Buch

Tim Waverly, der Profigambler aus *Die Spur des Spielers,* ist zurück, und mit ihm sein großer Widersacher, der Chicagoer Gangsterboß Gunter Dietz. Zwischen beiden ist noch eine Rechnung offen, und Dietz will sie möglichst geradlinig begleichen: Um eine Viertelmillion Dollar einzutreiben, setzt er zwei Profikiller auf Waverly an, der seinerseits versucht, in einer drei Nächte dauernden Pokerrunde in Palm Beach das Geld von einem schwerreichen Araber zu erspielen. Doch das Pech klebt ihm an den Karten, während die Killer immer näher rücken. Sie haben es schon lange nicht mehr auf das Geld abgesehen – die Abrechnung soll endgültig sein, und der Wettlauf mit der Zeit hat begonnen. Doch beim finalen Showdown sind die Karten völlig neu gemischt.

Autor

Tom Kakonis stammt aus Kalifornien und lebt heute als Schriftsteller in Grand Rapids, Michigan. Sein Erstling *Die Spur des Spielers* (Goldmann-Taschenbuch 5113) wurde als die Geburtsstunde eines neuen großen Autors gefeiert, und nach *Über Kreuz* (Goldmann-Taschenbuch 5135) etabliert sich Kakonis mit seinem dritten Roman *Abgezockt* endgültig unter den wichtigsten Autoren seines Faches. Die Rasanz seiner Geschichte, die Tiefe seiner Figuren und die Kraft seiner Sprache sind kaum zu übertreffen. »Kakonis muß man lesen!« (Norbert Klugmann in *Krimi*)

TOM KAKONIS
ABGEZOCKT

Kriminalroman

Aus dem Amerikanischen von
Michael Kubiak

Goldmann Verlag

Deutsche Erstausgabe

Originalverlag: Dutton, New York

Der Goldmann Verlag
ist ein Unternehmen der Verlagsgruppe Bertelsmann

Made in Germany · 11/91 · 1. Auflage

Umschlaggestaltung: Design Team München
Umschlagillustration: Tilman Michalski, München
Satz: IBV Satz- und Datentechnik GmbH, Berlin
Druck: Elsnerdruck, Berlin
Krimi 5168
Lektorat: Ulrich Genzler
Redaktion: Jochen Stremmel
Herstellung: Gisela Rudolph
ISBN 3-442-05168-1

Für Judith,
ohne die es nicht fertig geworden wäre.
Und für Jeff Gerecke,
aus ähnlichen Gründen.

»Nachdem der Spieler seine verdeckt liegenden Karten gesehen hat, kann er sich dafür entscheiden, seinen Einsatz zu verdoppeln und eine, und nur eine, weitere Karte ziehen.«

Double down, wie es in Edward O. Thorps *Beat the Dealer* definiert wird.

1. Teil

1

Tammi, Debbie, Dori, Kristi, Marci, Angie, Barbi – in Florida war der Diminutiv schwer in Mode, ganz gleich welches Alter die Dame hatte oder welche Maße. Zum Beispiel Tammi, die am Sessel nebenan arbeitete: ein Pudding von einer Frau mit knallroten Lippen, glatte hundertachtzig Pfund und eine Figur wie ein Feuerhydrant, sonnengegerbtes Vierzigergesicht und ein Brustkorb, auf den ein Ledernacken stolz wäre. Kätzchenhaft konnte man sie nicht gerade nennen. Oder die andere, die gerade an seiner Haarpracht herumschnibbelte, die ihm über die Ohren wucherte und sich üppig in seinem Nacken kräuselte. Sie maß an die einsachtzig in ihren Arbeitslatschen. Hinzu kamen rund zehn weitere Zentimeter in den Killerpumps, die sie bei ihrem anderen, nach Feierabend beginnenden Job bei Bennie's Key Line Services, Inc. trug. Akkordarbeit nannte sie diese Zusatzbeschäftigung und kicherte über ihren hervorragenden Witz. Sie lief unter Steffi, aus Stephanie, bewegte sich aber rasant und, so vermutete er, unaufhaltsam in Richtung einer noch weiter verkürzten Steff (»Hey, Steff«, keifte Tammi sie gerade an, »leih mir mal die Flasche Jojoba.«). Nicht mehr lange, und sie würde schon auf ein Zischen reagieren.

Und nach dem Gefängnis konnte man ihm noch mal tausend Jahre geben, und er würde sich trotzdem nie wohl fühlen in diesen Unisex-Salons, umgeben von glänzenden Spiegeln und Wänden aus braun getöntem Glas und Einen-Moment-ich-verbinde-Musik, die die kalte, klimatisierte Luft sedierte. Dazu der scharfe Geruch von Haarspray, Shampoo, Dauerwellenlösung, Schaumfestiger, Jojoba – was immer *das* sein mochte. Und die Stimmen, die ständigen Schnatterorgane – um diese Tageszeit vorwiegend weiblich –, die über Diät, Mode, Karibikkreuzfahrten, Dinnerparties, arbeitsscheues Hauspersonal diskutierten. Mehr oder weniger lustige Anekdoten und allgemeine Unzufriedenheit. So wie Steffi es im Augenblick tat, indem sie ihn mit einer Geschichte über einen unangenehmen Kunden erfreute, der die Haare in der Nase geschnitten haben wollte.

»Ich sag dir, Tim, diesem Mistbock wuchs die Matte aus der Nase, wie zwei Abrazzokissen. Er: ›Aber Sie schneiden doch auch meine Ohren‹, und ich: ›Klar, Köpfe, Augenbrauen, Ohren – prima. Kein Problem. Aber keine Nasen. Vielen Dank, aber danke nein.«

»Irgendwo muß man die Grenze ziehen«, sagte Waverly. Er wollte nur irgendwas von sich geben, damit sie weitermachte und er schneller rauskam.

Falsche Taktik. Sie hörte nämlich auf, gekonnt an seinem Schädel herumzuschnipseln, und stach statt dessen mit der Schere fast in sein Gesicht, um ihren Zorn zu unterstreichen. »Das habe ich auch gesagt. Das waren *exakt* meine Worte. Wenn du das nicht tust, wollen sie am Ende auch noch, daß du ihnen das Gehänge rasierst, nicht wahr? Du weißt schon, was ich meine, oder?«

Waverly nickte, um anzudeuten, daß er verstanden hatte.

»Na ja, wenn es soweit kommt, dann wird die kleine Steff sich nach 'nem anderen Job umsehen.«

Die kleine Steff, die blieb jedenfalls auf dem Teppich.

»Apropos«, sagte sie, und ihre Stimme sank zu einem vertraulichen Flüstern herab, »wann glaubt ihr denn, daß ihr wieder im Geschäft seid?«

Nicht gerade die raffinierteste Überleitung. Waverly sagte, er wisse es nicht.

»Wie lange ist es denn jetzt her? Zwei Monate?«

»Mindestens.«

»Eigentlich müßte sich doch mittlerweile alles beruhigt haben, bei dem ganzen Kies, den Bennie hat.«

»So viel hat er auch nicht mehr.«

»Hat er was gehört?«

»Nicht viel.«

»Na und, wann kommt er zurück?«

Sie wollte es aber ganz genau wissen. Er wußte auch warum, und er hatte Verständnis für sie. Aber er hatte nicht vor, Bennies aktuelle Absichten zu verraten, seinen Plan, der aus reinster Verzweiflung geboren war. »Das weiß ich auch nicht. Vielleicht an diesem Wochenende.«

»Weißt du, ich frag ja nur, weil Lonnie schon wieder auf der Straße sitzt. Und für Darryl sind die Studiengebühren fällig. Ich könnte wieder etwas Action gebrauchen.«

Lonnie war, wie er sich erinnerte, der derzeitige Freund, Darryl, ihr Sohn, besuchte im zweiten Jahr die FAU. Sie waren beide Koksnasen und hatten auch noch andere teure Hobbies. Sie hielten sie ganz schön auf Trab.

»Tatsache ist«, sagte er, »es sieht für uns nicht sehr gut aus. Jedenfalls nicht in dieser Gegend. Du solltest mal überlegen, ob du es nicht mal solo versuchen willst.«

»Mein Gott, Tim, das ist nicht mehr so einfach.«

»Ich weiß.« Er hob die Schultern in einem hilflosen Achselzukken. »Was kann ich dir sonst noch sagen?«

Sie schob diesen unmöglichen Vorschlag schnellstens beiseite. »Bennie wird schon was einfallen«, sagte sie und konzentrierte sich wieder auf ihre Schere. »Er findet immer eine Lösung.«

Wenn Brecht recht hatte, war ein Optimist jemand, der die schlechte Nachricht noch nicht empfangen hat. Bennie war nicht der Typ, der Katastrophen publik machte, insofern traf die Definition auf Steffi sicherlich zu. Unter keinem anderen Aspekt war ihr kurzsichtiges Vertrauen auf ein glückliches Ende gerechtfertigt. Waverly versuchte die Logik ihrer seltsamen Realität zu begreifen, aber es war nicht so leicht. Sie schien ungefähr in seinem Alter zu sein, sicherlich Ende Dreißig, und zeigte die ersten Abnutzungserscheinungen, genauso wie er. Medusalöckchen, grell platinblond gebleicht, umringelten das nichtssagend hübsche Gesicht eines freundlichen Schafs. Aber unter Augen, die mit violettem Lidschatten verdeckt waren, breitete sich ein Netz feiner Fältchen und Linien unter den Farbschichten aus. Und blaue Adern, das notarielle Siegel der Zeit, schlängelten sich deutlich über ihre schlanken Hände. Arme Steffi, wie verzweifelt sie sich im Angesicht der dahingegangenen Jahre an ihre forcierte Mädchenhaftigkeit klammerte. Der letzte Akt des Floridadramas. Es war traurig.

»Und wie ist es mit dir?« erkundigte sie sich. »Wie kommst du zurecht?«

Die Wohnung weg, der Wagen verpfändet, das Bankkonto leer, als Bleibe eine triste Hütte am Strand und weniger als einen Dime im Sparstrumpf – es war nicht berühmt, wie er zurecht kam, aber mit so was ging man nicht hausieren. Soviel hatte er von Bennie gelernt. »Es läuft ganz gut.«

Im Spiegel zeigt ihr Gesicht einen leicht ungehaltenen Ausdruck. »Nein, was los ist, meine ich.«

»Ich bleibe in Deckung, Steffi. Bin abgetaucht.« In der vergeblichen Hoffnung, daß sie den Wink verstand und voran machte, fügte er hinzu: »Eigentlich dürfte ich noch nicht mal hier sein.«

»Was ist denn nun passiert, Tim? Daß hier plötzlich die Hölle losbricht.«

Soviel zu seinem Wink. Was passiert war? Das war eine lange, traurige Geschichte. Aber nicht von der Sorte, die er ihr unter die Nase reiben würde. »Keinen Schimmer«, sagte er.

»So einfach wie aus dem Nichts. Und warum nur Bennie? Du kennst Armand Zender, der seine Geschäfte von Pompano aus macht? Sieh ihn dir an. Seine Leute arbeiten noch.«

Sie wollte partout keine Ruhe geben. Konnte nicht davon aufhören. »Vielleicht waren wir gerade mal an der Reihe«, sagte Waverly.

»Ich blick da noch immer nicht durch.«

Wenn man nicht alles wußte, war das kein Wunder, und das traf auf sie zu. Was ihr fehlte, waren die entscheidenden Faktoren der Gleichung. Nämlich der Michigan-Teil. »Es ist eben ein großes Rätsel«, war das Beste, was er ihr anbieten konnte. »Hör mal, sind wir bald fertig?«

»Hey, wenn du reinkommst wie der Wolfsmensch persönlich, dann dauert es seine Zeit. Bleib locker. Wir sind gleich soweit.« Ein paar schnelle Schnitte mit der Schere, und sie war zufrieden. Sie trat zurück und begutachtete kritisch die Resultate ihrer Arbeit. »Und wie findest du's?«

Waverly betrachtete sein Ebenbild, das aus dem Spiegel heraus seinen Blick erwiderte. Im Kontrast zu dem schwarzen Umhang, den er um den Hals trug, wirkte sein Gesicht unnatürlich blaß. Außerdem sorgenvoll, älter. Aber, wie er zugeben mußte, kein Fitzchen klüger, wie seine Anwesenheit hier bewies: draußen in der Welt des mitleidlosen Tageslichtes und Bennies guten Rat nicht befolgend, in der Versenkung zu bleiben, bis die Dinge sich beruhigt hatten. Das nun adrett geschnittene Haar schien stärker mit Grau durchsetzt zu sein, und die steile Falte zwischen den Augenbrauen und die Linien um seine Nase waren so tief wie Gräben. Sorgenfalten eines Mannes, der sich mit einem beständigen bohrenden Kopfschmerz herumschlagen muß. Was er im übertragenen Sinne während der vergangenen Monate auch getan hatte. »Du kannst das ganz toll«, sagte er, um etwas zu sagen.

Steffi schenkte ihm einen spitzbübischen Blick. »Yeah, das sagt ihr schlimmen Kerle mir ständig. Ich kenne euch.« Sie nahm ihm den Umhang mit einer schwungvollen Geste ab, bürstete ein paar Haare von seinem Kragen und sagte: »Ta-ta! Willkommen im Schoß der menschlichen Rasse. Das nächste Mal wartest du nicht so lange.«

Schon wieder ein guter Rat. Heutzutage versuchte jedermann sich in Lebenshilfe. Er holte seine Brieftasche hervor und fischte ein paar Scheine heraus und legte noch einen Fünfziger drauf. Viel war es nicht. Das Äußerste, was er auf die Beine brachte.

Der Blick signalisierte aufrichtige Dankbarkeit. »Danke, Tim. Ich kann's gut gebrauchen.«

Er hob eine Hand. »Ist schon gut, vergiß es.«

Sie folgte ihm zum Ladeneingang. An der Tür sah sie sich schnell sichernd um und flüsterte: »Wenn sich irgend etwas tut, dann gibst du mir Bescheid, ja?«

»Ich tue, was ich kann, Steff.«

»Bist ein guter Kerl, Waverly. Das warst du schon immer. Paß gut auf dich auf, hörst du?«

Er blieb einen Moment lang stehen und ließ sich das blasse Gesicht von der Sonne des späten Nachmittags wärmen. Der gute Kerl Waverly, nichts, wohin er gehen konnte, außer in ein schmuddeliges Apartment, das fest in Kakerlakenhand war, und nichts zu tun, als aufzupassen, sich Sorgen zu machen und zu warten. Am Ende des kleinen Einkaufszentrums, eher eine Ladenstraße, befand sich ein Schnellrestaurant, das sich auf einer Reklametafel unbescheidenerweise des kältesten Biers und der besten Hamburger der Welt rühmte. Es war fast fünf Uhr, und er nahm an, daß er hungrig war. Oder es eigentlich sein sollte. Vielleicht auch durstig. Okay, Zeit für einen Imbiß.

Er ließ seine Blicke vorsichtig über den Parkplatz schweifen. Verstreut geparkte Fahrzeuge, Bennies rosafarbener Seville mittendrin, das letzte Flaggschiff einer aufgelösten Flotte. Einige glänzende Pfützen standen in den Nahtstellen zwischen den Asphaltplatten, Reste des obligatorischen Mittagsregens. Ein paar Kauflustige eilten hin und her, auf der Flucht vor der feuchten Hitze. Zu seiner Linken floß der Verkehr zügig über den Old Dixie Highway. Und rechts von ihm, vor der Ladenzeile, niemand, der auch nur entfernt verdächtig aussah. Nichts Ungewöhnliches, so weit er es beurteilen konnte. Er betrat den Parkplatz und steuerte auf das Restaurant zu.

Er hatte kaum die halbe Strecke hinter sich, als eine hartnäckige, fragende Stimme ihn anrief: »Timothy? Timothy Waverly?« Instinktiv duckte er sich hinter den nächsten Wagen und wirbelte herum und entdeckte den Eigentümer der Stimme, eine Frau, die durch die Tür des Frisiersalons herauskam und auf ihn zurannte. Und über vierzig Meter diese Parkplatzes in Süd-Florida und die beträchtlich weitere Distanz der Jahre erkannte er sie sofort. Ausgerechnet sie an diesem von allen unmöglichen Orten. Er tauchte hinter dem Wagen hervor und wartete, bis sie bei ihm war. Und dann, während er langsam den Kopf schüttelte, sprach er ihren Namen aus. »Caroline.«

»Timothy. Du bist es tatsächlich.«

»Wer sonst?«

»Als ich dich den Laden verlassen sah, wußte ich, daß du es bist. Ich *wußte* es auf Anhieb.«

Als sie sich bestätigt sah, schlang sie freudig die Arme um ihn, und in dem kurzen Moment, den sie sich aneinanderpreßten, wurde er sich der Wärme ihres Körpers und des feinen Duftes ihres Haars bewußt. Ein ganzer Schwarm Erinnerungen summte durch seinen Kopf. Gleichzeitig ließen sie sich los und wichen ein Stück zurück und schauten einander mit jener kurzfristigen Benommenheit an, die so manchen unerwarteten Bruch im stetigen Strom der Zeit kennzeichnet.

»Du siehst... wunderbar aus«, sagte sie schließlich, ein wenig unsicher.

»Du auch«, sagte er, nur meinte er es auch so. Die gleichen, weit auseinanderstehenden Augen, kobaltblau mit goldenen Splittern.

Die gleiche üppige Haarflut, die sich von der hohen weißen Stirn nach hinten über den schlanken Nacken und die schmalen Schultern in einem Katarakt honigfarbener Locken ergoß. Die gleichen prägnanten Knochen in einem herzförmigen Gesicht, das bis auf einen winzigen Hauch Korallenrot auf den Lippen frei war von jeglichem Make-up. Der jugendliche Schimmer lag noch immer auf der Haut. Erstaunlich. Und er hatte dafür einen prägnanten Vergleich: »Als hättest du auf Eis gelegen, Caroline.«

Sie belohnte ihn mit einem kurzen belustigten Lächeln. »Ich wußte in all den Jahren, daß in meinem Leben irgend etwas fehlte. Wieviel sind es?«

»Es müßten fünfzehn sein.«

»Fünfzehn«, wiederholte sie mit einem wehmütigen Seufzer, als ob ihr die wahre Bedeutung der Zahl jetzt erst klargeworden wäre.

»Und Robbie? Wie geht's ihm?«

»Robbie? Wie immer. Nein, das stimmt nicht. Besser als je zuvor. Du weißt ja, wie Robbie ist.«

Er glaubte in ihrer Stimme eine leichte Schärfe zu hören, einen kaum wahrnehmbaren Hauch von Ironie und Spott. Aber er irrte sich wohl. Er sagte: »Wohnt ihr noch in Boston?«

»O nein. In Houston. Seit 1980.«

»Ist er mit einer Firma dort?«

»Sozusagen. Er hat einige Partner. Sie haben ihre Finger in allem möglichen.«

»Kinder. Bestimmt habt ihr Kinder.«

»Junge und Mädchen. Von jedem eins. Knapp unterhalb des nationalen zwei-Komma-zwei-Durchschnitts für eine gehobene Familie, wie wir es sind.«

Jetzt war der Spott nicht mehr zu überhören. Er wußte nicht, was er darauf erwidern sollte, daher nahm er Zuflucht zu einer weiteren Banalität. »Und was führt euch in dieses Sonnenparadies?«

»Ich glaube, man könnte es Urlaub nennen. Eher schon ein Arbeitsurlaub, auf jeden Fall für Robbie. Er ist ein ziemlich rühriger Unternehmer geworden.«

»Wie schön für ihn«, sagte Waverly und betrachtete sie. Es war dieselbe Caroline, ja, aber größer, als er sie in Erinnerung hatte, schlanker, unendlich viel eleganter, irgendwie. Vielleicht war es die Garderobe: eine rosafarbene Bluse, Designerjeans, die von einem handgefertigten Cowboygürtel gehalten wurden, lässige abgeschabte Bootsschuhe. Das Freizeitoutfit der Reichen. Über ihrer Schulter hing eine Handtasche aus weichem Büffelleder mit Silbernieten und Stickereien, die zum Gürtel paßten. Um das Handgelenk trug sie ein goldenes Armband, das mit winzigen funkelnden Brillanten besetzt war, am anderen eine Rolex Damenuhr. Zwei kleine Steine an den Fingern, nichts Auffälliges, Grelles. Da war immer noch ihre unbeschwerte natürliche Grazie, nun jedoch durch Geld intensiviert. Das, so stellte er fest, war der Unterschied. Das und die seltsame Hektik, Unstetigkeit in ihren Augen, die seltsamen wegwischenden Bewegungen ihrer Hände, mit denen sie das, was sie sagte, zu unterstreichen versuchte.

Wie zum Beispiel jetzt: »Was ich wissen möchte, ist, was ausgerechnet du hier treibst?«

»Ich habe mir die Haare schneiden lassen. Sicherlich das gleiche wie du, scheint mir. Bei dir heißt es wohl eher ›gestylt‹.«

»Nein, hier.« Ihre Geste wischte an ihm vorbei und deutete einen weiteren Bereich an.

»Hier? Ich wohne hier.«

»Aber ich dachte – Nun, wir haben gehört...« Sie ließ es vergehen. Ihr Gesicht durchlief verschiedene Stimmungen und Ausdrücke, als wäre sie sich nicht sicher, welcher der für diesen Moment angemessene war. Ihre Augen schienen irgend etwas auf dem Boden zu suchen.

Es war eigentlich einleuchtend, klar, daß sie davon wußte. Aber es hatte nicht lange gedauert, bis sie darauf gekommen war. »Vier Jahre sind es jetzt, die ich schon wieder draußen bin«, sagte er ein wenig steif. »Ich habe meine Schulden bezahlt. Ich bin rehabilitiert, könnte man sagen. Mehr oder weniger.«

»Es tut mir leid, Timothy. Was damals passierte. Ich wollte dir schreiben, aber ich wußte nicht, was ich hätte sagen sollen. Es tut mir aufrichtig leid.«

»Zerbrich dir deswegen nicht den Kopf.«

»Ich tu's trotzdem. Ich hab mir wegen dir Sorgen gemacht.«

Stille breitete sich zwischen ihnen aus. Caroline Vanzoren Crown, ein süßes holländisches Girl, das zu einer schlanken Kindfrau herangewachsen war, und sie machte sich noch immer Sorgen um ihn, jedenfalls sagte sie es. Dazu Robbie Crown, in jenem anderen Leben derjenige, der einem Freund am nächsten kam, schon lange verschwunden, abgereist zu dem Ultima Thule verschwommener und wehmütiger Erinnerungen. Eine Menge gemeinsamer Vergangenheit. Aus einem Impuls heraus sagte er: »Hör mal, hast du Zeit für einen Drink?« Er fing den schnellen Blick auf die Uhr auf. »Wenn nicht, ist das auch okay.«

Nun hob sie den Kopf und betrachtete ihn mit einem liebevollen Blick. »Es gibt nichts, was ich lieber täte, Timothy Waverly.«

»Super. Da drüben ist ein Restaurant –«

»Aber ich kann nicht.«

Waverly betrachtete seine Handflächen. »Ich verstehe.«

»Nein, das tust du nicht. In etwa zwei Stunden beginnt drüben im The Island eine Cocktailparty. Eine hochoffizielle Angelegenheit, Ehefrauen nicht nur willkommen, sondern erwünscht. Ich muß ins Hotel zurück und mein Gesicht in Ordnung bringen. Übrigens in jedem Sinne dieses grauenhaften Ausdrucks.«

»Es ist schon okay, Caroline.«

»Es ist nicht okay. Aber wir werden dafür sorgen, daß es das ist.« Sie wühlte in der Handtasche herum und holte einen Schreibstift und einen Fetzen Papier hervor, kritzelte etwas darauf und reichte es ihm. »Das ist unsere Zimmernummer. Wir sind im Breakers. Morgen sind wir an der Reihe als Gastgeber für den allabendlichen Umtrunk. Um sieben Uhr. Du hast den Befehl, dort zu erscheinen.«

»Wir werden sehen.«

»Du mußt kommen, Waverly. Wenn nicht, dann werde ich dich suchen, fesseln und bei mir an der Tür abliefern lassen.« Ihr Gesicht verdüsterte sich plötzlich. »Oh, das war sicher nicht so witzig, oder?«

Er beließ es dabei. »Wir werden sehen«, sagte er wieder.

»Das reicht mir nicht. Du mußt einfach kommen. Robbie macht mich zur Schnecke, wenn du nicht erscheinst. Versprich es.«

»Was versprechen?«

»Daß du hinkommst.«

Er dachte darüber nach, aber nicht lange. Palm Beach (oder The Island, wie die Einheimischen und die anderen erfahrenen Insider es nannten), Breakers, die übermütigen Reichen – es war vermutlich ungefährlich. Und außerdem hatte er vierundzwanzig einsame Stunden Zeit, es sich gründlich zu überlegen. »Ich werde da sein.«

»Prima. Dann wäre das also geklärt. Und jetzt bring mich noch zum Wagen.«

Sie hakte sich bei ihm unter und ging voraus zu einem silbernen Jaguar am Ende der Reihe.

»Eine nette Kiste«, stellte er fest.

»Er ist nur geliehen. Von einem von Robbies Partnern im großen Dollarspiel. Rate mal, was ich zu Hause fahre.«

»Jetzt sag bloß nicht, einen Kombi.«

»Treffer.«

Sie hakte sich von ihm los und schob einen Schlüssel ins Türschloß. Und dann wandte sie sich zu ihm um, sah ihn an und schien zu zögern. »Eine Frage. Als ich dich gerade anrief, warum hast du dich hinter diesem Wagen versteckt?«

Der Jacktown-Tick, hätte er so gut wie jedem darauf geantwortet. Zu ihr sagte er jedoch: »Ich glaube, ich hab mich erschrocken. Du warst wirklich die letzte Person, die ich hier zu sehen erwartet habe.«

Ein skeptischer Blick entspannte sich allmählich zu einem verträumten Lächeln. »Weißt du, es ist schon seltsam, wie die Dinge sich manchmal entwickeln.«

»Wieso?«

»Kennst du den Typen, der mir immer die Haare macht, wenn ich hier bin – Perry? Er arbeitete früher im Hotelsalon. Dann kaufte er den Laden da drüben, vor etwa einem Monat, wie er mir gerade erzählte. Und das ist ausgerechnet derselbe Laden, in den du gehst. Und dazu noch am selben Tag. Das würde ich schon sehr seltsam nennen, du etwa nicht?«

»Nun, du erinnerst dich sicher noch an diese alte Sache: Setz einen Affen lange genug an eine Schreibmaschine –«

»Und irgendwann kommt *Hamlet* heraus«, beendete sie den Satz für ihn. »Ja, ich erinnere mich. Philosophie 101, das Zufallsprinzip in allen Dingen. Wir haben seit dem Calvin College und Grand Rapids, Michigan, einen weiten Weg zurückgelegt. Wir alle.«

»Das haben wir.«

»Es tut gut, dich wiederzusehen, Waverly. Mehr als gut.« Sie küßte ihn sacht, schnell. Eine Frau in Eile. Als sie hinter dem Lenkrad saß, meinte sie: »Morgen abend. Sieben Uhr.« Ihre Finger winkten ihm ein Lebewohl zu.

Der Jaguar überquerte den Parkplatz, fädelte sich in den Highwayverkehr ein und verschwand im Strom der Fahrzeuge. Waverly schaute ihr nach, benommen vor Verblüffung. Es war alles so schnell passiert, daß er kaum entscheiden konnte, ob es real oder nur ein Produkt seiner Phantasie gewesen war. Außer daß er einen Papierfetzen in der Hand hielt mit einer Zimmernummer im Breakers darauf und einer Zeitangabe und der Aufforderung *Komm bitte,* gefolgt von einer ganzen Reihe Ausrufezeichen. Der war real.

2

In einem Fitneßstudio innerhalb eines Einkaufszentrums, weniger als zwei Meilen von der Stelle entfernt, wo Waverly gerade stand, quälte D'Marco Fontaine, 29, gut gebaut, von einigen, er selbst eingeschlossen, als tödlich gutaussehend eingestuft, sich mit seinem zehnten und letzten Satz Kniebeugen ab. Fünfzehn tiefe, bis ganz nach unten. Hundertzwanzig Kilo auf der Stange. Er überprüfte die Ausführung im Spiegel. Makellos: Kopf hoch, Brust gewölbt, der Rücken flach und gerade, der Hintern angespannt und die Fersen leicht nach innen gedreht. Nach zehn Wiederholungen fühlten die verdammten Quads sich an, als würden sie gleich durch die Haut platzen. Bei den letzten fünf ging sein Atem in keuchenden Stößen. Trotzdem führte er die Übung zu Ende, wuchtete das Gewicht auf den Ständer und ließ sich auf die Bank sinken: völlig kaputt.

Heute war der Bein-Tag, eine echte Strapaze. Zehn Sätze Kniebeugen, zehn Sätze an der Extension- und an der Curl-Maschine, dann eine halbe Stunde auf dem Konditionsrad – wenn du das hinter dir hast, siehst du Gespenster. Man kam sich vor wie im Paradies. Natürlich müßte er auch noch etwas für seine Waden tun, aber es war schon spät, nach fünf Uhr bereits. Außerdem wollte er sich nicht zu sehr quälen, falls er am Abend noch in Aktion treten mußte. Schließlich mußte man ja auch von irgendwas leben. Für die Waden war morgen noch Zeit, nach den Armen.

Sobald sein Herz zu hämmern aufhörte und er wieder etwas ruhiger atmen konnte, stand D'Marco auf, ein bißchen wackelig auf den Füßen, und begutachtete sein Kapital im Spiegel. Er war mit dem, was er sah, nicht unzufrieden: breite, ausladende Schultern mit beachtlichen Armen; Lats wie Geierschwingen, die sich verengten zu der schmalen Taille und den Hüften eines Tänzers; hübsche Konturen auf den Oberschenkeln, Muskelwülste über den Knien; ein runder, ausgeprägter Gluteus, nicht zu sehr, er hatte keinen Eselsarsch. Mit einsfünfundachtzig und hundertfünfundsiebzig Pfund ein ausgewogener Körperbau, wohlproportioniert, harmonisch, nicht übertrieben, eben von der Art, die die Köpfe der Leute herumfahren läßt, ohne daß sie die Augen verdrehen. Nicht zu vergleichen mit den Freaks und Preisbullen, aufgepäppelt mit irgendwelchen Zaubersäften, die sogar Muskeln scheißen. Das war nichts für D'Marco Fontaine. Es war schon wichtig, sich in Form zu halten und ein wenig für seinen Körper zu sorgen, aber in seinem Job konnte er sich ein zu auffälliges Aussehen nicht erlauben.

Das Studio, bekannt unter dem Namen »Stayin Alive«, war ihm fremd, und am Ende eines der Übungsräume bog er auch tatsächlich falsch ab und stand plötzlich vor der Eingangstür. Er fluchte leise, ging zurück, bis er den Herrenumkleideraum fand, holte sich seine Sporttasche und verzog sich unter die Dusche. Eine halbe Stunde später war er fertig, aber auf dem Weg vorbei an den Spiegeln im Umkleidebereich blieb er kurz stehen und leistete sich noch eine schnelle Kontrolle seiner äußeren Erscheinung. Wenn man D'Marco Fontaine hieß, dann war es schwer, an einem Spiegel vorbeizugehen.

Sieh ihn dir an, total cool in seiner Sommerjacke mit Druckknöpfen, dunkelblau, Größe 44 lang, weit geschnitten, um seine Schultern aufzunehmen; darunter ein weißes Baumwollhemd, die Knöpfe vorne offen, damit man das Tal zwischen seinen Brustmuskeln gut sehen konnte; seine gürtellose Leinenhose schmiegte sich an seinen flachen Bauch; seine Etonic Laufschuhe, mit all ihrer darin verarbeiteten Raumfahrttechnik, hatten ihn anderthalb

Hunderter gekostet. Und was sagst du zu dem Gesicht: ein Helm aus kräftigem schwarzem Haar, glänzend von Vavoom-Gel und straff aus der Stirn und über den Ohren zurückgekämmt, das sich im Nacken kräuselte; eisige graue Augen, verborgen hinter den eckigen blauen Gläsern einer Vuarnet-Sonnenbrille; ein schmaler Mund, der nur selten lächelte, doch wenn er es tat, entblößte er zwei Reihen perfekter, fleckenloser Zähne; gemeißelte Wangenknochen und ein Felsen von einem Kinn. Man kam nicht dran vorbei: von Kopf bis Fuß der absolute Hammer. Er sah exakt aus wie der Floridaplayboy, der er war. Bis auf seine Haut vielleicht, kalkweiß und, das mußte er zugeben, für diesen Teil der Welt reichlich seltsam. Er wäre schön blöd, wenn er in der Abteilung den gleichen Mist machte wie alle anderen, ob er damit auffiel oder nicht. In der Sonne braten, sich völlig austrocknen und verdorren lassen und mit dreißig so aussehen, daß er den Rentnerpaß beantragen konnte, wie es bei einigen der Fall war. Vielleicht Krebs kriegen. Vergiß es. Es gibt Dinge, da macht man keine Kompromisse.

Während D'Marco sich selbst und sein ausgeklügeltes Wertesystem bewunderte, schlich sich von der Seite ein mickriger Heini heran und tat so, als würde er sich im Spiegel betrachten. Er ließ sich einen Moment Zeit, ehe er, superbeiläufig, sagte: »Hey, Mann, ich hab dich draußen im Saal beobachtet. Du siehst richtig gut aus.«

D'Marco reagierte auf das Lob mit einem Grunzlaut.

»Trainierst für den Gold Coast Pokal nächste Woche?«

D'Marco sagte ungh ungh.

»Das solltest du aber, Mann. Noch zehn Pfund an den richtigen Stellen, und du wärst unter den ersten drei, klare Sache.«

»Ich mach keine Wettkämpfe«, sagte D'Marco. Er ging sparsam um mit Worten.

Wie sie so nebeneinander standen, unterhielten sie sich jeweils mit dem Spiegelbild des anderen. Der Heini hatte eine Punkerfrisur, ein Mausgesicht mit Pickeln, und er trug ein weites Hemd mit einem wilden Muster gelber Blumen. D'Marco rechnete damit, daß der Typ gleich zur Sache kommen würde. Er hatte sich nicht geirrt. Der Heini sagte: »Weißt du, wenn du Stoff brauchst, um die zehn Pfund schneller draufzukriegen, dann könnte ich dir vielleicht helfen.«

»Stoff«, wiederholte D'Marco und brachte es heraus, daß es fast wie eine Frage klang.

»Klar, du weißt schon, was zum Aufpäppeln, Siegerdiät.«

D'Marco drehte sich etwas zur Seite, gerade genug, um seinen eisigen blauen Blick anzubringen. »Handelst du mit Cocktail? Versuchst du mir was anzudrehen?«

»Ich biete nur meine Hilfe an, könnte man sagen. Weil ich sehe, was in dir steckt.«

»Kann ich dich was fragen?«

»Sicher. Schieß los.«

»Kannst du auch Nummernschilder besorgen?«

»Häh?«

»Hast du 'ne Ahnung, welchen Job ich habe?«

Das Mausgesicht spannte sich. Er wich zurück und schüttelte den Kopf, nein.

»Dann paß gut auf. Palm Beach Sheriff's Department, Spezialtruppe, Narkotika. Steroide, das sind ebenfalls kontrollierte Substanzen. Dafür kannst du in den Knast kommen.«

»Nun hör aber auf, Mann, ich dachte, du wärst ein Muskelfreak. Hab mich geirrt, ehrlich. Außerdem ist mein Zeug völlig ungefährlich. Nicht schlimmer als, sagen wir, Gras. Das nimmt doch fast jeder.« Er hob die Hände in einer entschuldigenden Geste. Seine Stimme hatte einen weinerlichen Klang angenommen.

D'Marco produzierte ein knappes, verkniffenes Grinsen. »Ich sag dir was. Weil ich im Augenblick was Wichtiges zu erledigen habe, könnte das dein Glückstag sein. Kommt drauf an, wie schnell du bist.« Er schaute auf die Uhr. »Weißt du, Wichser, du bekommst einen Vorsprung von genau dreißig Sekunden. Wenn ich dich draußen erwische, dann hast du garantiert nichts zu lachen.«

Das Grinsen vertiefte sich zu einem Lächeln, als er ihn durch die Tür flitzen sah. Spezialtruppe – mein Gott, der Witz des Tages. Dafür brauchte man Phantasie, und davon hatte er eine ganze Menge. Außerdem konnte er es nicht leiden, ständig von irgendwem angelabert zu werden. Geh pinkeln, und schon kommt irgendsoein Pissoirstratege und will dir was verticken. Was für eine Welt.

Das gleiche draußen in der Halle. Die Tussi hinter der Theke grinst ihn an, als wäre ihr Gesicht aus Gips, zeigt ihre Zähne und fragt: »War Ihr Training zufriedenstellend?« Als wär's ihr nicht scheißegal.

Er sagte, es sei in Ordnung gewesen.

»Und wie finden Sie den Club?«

»Ganz hübsch eingerichtet.«

»Nächsten Monat bekommen wir ganz neue Maschinen und Geräte. Das Beste vom Besten. Modernste Technik.«

»Tatsächlich?«

Sie trug eines dieser glitzernden Aerobictrikots, gold-metallic und schwarz auf einem weißen Bodysuit. Wie aus Sprayfarbe. Die Prinzessin vom Mars. Sie beugte sich vor und legte ihre festen Möpse auf die Theke, damit er was zu sehen bekam. »Wir haben ein Sonderangebot für neue Mitglieder«, sagte sie und ließ die Zähne blitzen. »Die ersten fünfzig, die sich eintragen, bekommen ein Gratis-Jahr.«

Jeder wollte was verkaufen. »Ich überleg's mir«, sagte D'Marco.

»Aber nicht zu lange. Das Angebot gilt nur bis Ende Juni.«

»Na schön, das sind noch zwei Wochen, oder? Dann habe ich ja noch Zeit. Aber was anderes, wobei Sie mir vielleicht helfen können. Gibt's in der Nähe einen Laden mit Naturkost?«

»Der beste, den ich kenne, ist Mother Nature's draußen auf Singer Island.«

»Und wie kommt man von hier dahin?«

Sie erklärte ihm den Weg und musterte ihn mit einem Blick, als wollte sie fragen, woher kommst du denn? »Sie sind noch nicht lange in North Palm, oder?«

Damit er den Bein-Tag nicht ausließ, hatte er sieben Dollar für dieses eine Training bezahlt. Das bedeutete aber nicht, daß er ihnen einen Lebenslauf schuldig war. »Nein, ich wohne schon immer hier«, sagte er über die Schulter. »Ich verlaufe mich nur leicht.«

»Dann wünsche ich Ihnen einen guten Tag«, rief sie ihm nach. »Und vergessen Sie nicht das Sonderangebot.«

Ja ja, welches meinst du denn, dachte er säuerlich, deine Möpse oder das Gratis-Jahr? Wahrscheinlich beides. Nun, die Maus hatte in beiden Fällen keine Chance. D'Marco ließ sich von niemandem anmachen. Er grinste zufrieden.

Eine Hitzewoge hüllte ihn ein, als er durch die Tür nach draußen trat, und er beeilte sich, den Parkplatz zu überqueren, die Augen wegen des grellen Sonnenlichts zusammengekniffen, und schob sich hinter das Lenkrad seines aufgemotzten Mustang LX. Er drehte den Zündschlüssel, der Ventilator startete, und innerhalb von dreißig Sekunden war die Luft so eisig wie ein Bankiersgrinsen. Ein schickes kleines Wägelchen, dieses Fahrzeug, eine echte Granate. Er hatte sich das Ding vor drei Monaten ausgesucht, nachdem er mit einer Bande total verrückter Burschen aus Miami ein dickes Geschäft durchgezogen hatte. Und nach ihm selbst war das Prachtstück sein größter Stolz.

Aus gutem Grund. Unter der Haube saß ein 5-Liter-V-8-Motor mit Einspritzpumpe und 225 ungestümen PS, die einen innerhalb eines Lidschlags von null auf sechzig Meilen beschleunigten. Es war genauso, als faßte man ein blankes Hochspannungskabel an. Auf freier Strecke schaffte der Wagen lockere hundertvierzig. Er jagte jedem harmlosen Bürger einen heillosen Schrecken ein, wenn er plötzlich in dessen Rückspiegel auftauchte: schwarz wie die Nacht, dunkel getönte Fenster, überbreite Reifen, der Fürst der Finsternis persönlich, der sich da an einen gehängt hatte – bereue deine Sünden! – der Tag des Jüngsten Gerichts ist angebrochen! – whoosh! – zapp! – zu spät! – schon vorbei und weit weg! Wenn ihm überhaupt etwas leid tat, dann deswegen, weil er niemals eine Chance hatte, sich selbst fahren zu sehen. Wenn es eine Steigerung für den Begriff cool gab, dann mußte dieser Anblick der absolute Südpol sein.

Aber im Augenblick fuhr er wie einer jener braven Bürger, gliederte sich behutsam in den Verkehr auf der North Lake ein, wartete vor Fußgängerüberwegen und überließ den verstörten Spurspringern die Vorfahrt. Auf dem Highway 1 wandte er sich nach Süden, suchte dabei nach dem Blue Heron Boulevard, wie die Prinzessin vom Mars es ihm erklärt hatte. An die Hauptverkehrsstraßen erinnerte er sich noch ganz gut, aber es war schon eine Weile her, seit er sich in dieser Gegend aufgehalten hatte, mindestens ein Jahr. In letzter Zeit hatte seine Arbeit ihn in andere Gegenden geführt, und normalerweise hält man sich dort auf, wo man seine Geschäfte abwickelt.

Der Blue Heron war vor ihm. An der Ampel bog er nach links

ab und fuhr über eine Brücke, die sich in einem eleganten Bogen über die Fluten des Intracostal hinwegschwang. Es gab eigentlich nichts, was D'Marco Fontaine mit Ehrfurcht erfüllen konnte, aber als er den Scheitelpunkt dieser Brücke überwand, gab es einen Moment, in dem sogar er beeindruckt war. Die Reihe der Wolkenkratzer, die wie bleiche Grabsteine vor dem Himmel standen, der Streifen gelben Sandes, einige weiße Flecken von Segelbooten, die über die grüne Oberfläche des Meeres glitten, die erstaunliche Farbmischung, Lavendel und Gold und ein intensives Violett am fernsten Rand des Horizonts – ein einmaliges Panorama. Das sogar einen Zombie beeindrucken würde. Eines Tages in nächster Zukunft besäße er ein Apartment in einem dieser Türme da drüben oder in einem anderen, ähnlichen. Apartment, Quatsch, das Stockwerk, das ganze Gebäude, bei dem Tempo, mit dem er sein Geld scheffelte. Natürlich mußte man das Ganze auch praktisch sehen und durfte nicht zu sorglos werden. Es war schon okay, seinen Träumen nachzuhängen, aber man kann nicht rumlaufen mit dem Kopf im eigenen Hintern. Es waren noch einige Fußangeln zu umgehen auf dem Weg dorthin. Wie zum Beispiel heute abend.

Er parkte auf dem Platz hinter der Ocean Mall und machte sich auf den Weg zu Mother Nature's am anderen Ende. Das sogenannte Einkaufszentrum war kaum mehr als eine Kette miteinander verbundener Kramläden für Koksnasen, gelegentlich unterbrochen von einem Durchgang, der zum Strand führte. Um diese Jahreszeit waren nicht viele Touristen da, aber es gab noch immer eine Menge eingefleischter Sonnenanbeter, die gemütlich umherschlenderten und sich den Kitsch in den Schaufenstern ansahen und dabei ihre abstoßenden Körper zur Schau stellten. Man sollte eigentlich annehmen, daß irgend jemand sie darauf aufmerksam machte oder daß sie mal einen Blick in den Spiegel warfen und mit Schock und Abscheu auf das reagierten, was sie da sahen. Es lag wohl daran, daß es so etwas wie Scham nicht mehr gab. Er wandte seine Blicke ab und ging schneller.

Mother Nature's Pantry – das war für ihn das Richtige. Das erste gute Zeichen war das Schild an der Tür, das den Laden als Nichtraucherzone auswies (es gab nichts Schlimmeres als Tabakgestank, konnte einem die ganze Mahlzeit verderben). Drinnen waren die Wände mit Regalen bedeckt, die gefüllt waren mit einem

Überfluß an exotischer Gesundheitskost, Kräutergetränken, Naturkosmetik, diversen Ernährungszusätzen. Eine Ecke wurde von einer großen Saft- und Imbißbar beherrscht, hinter der ein diensteifriges Strandhäschen mit einem Schnürsenkel als Bikinioberteil und der kürzesten aller Shorts stand. Jede Menge sonnengebräuntes Fleisch, ein Gesicht, dem nichts mehr fremd war. Wahrscheinlich siebzehn, auf dreißig tendierend. Sie musterte ihn bewundernd und knipste ein einladendes Lächeln an.

»Hi. Wie geht's?«

Seine Antwort bestand aus einem kurzen Nicken.

»Was darf's sein?«

So wie sie es sagte, klang es, als brauchte man bei ihr nur zuzugreifen. Das überraschte ihn nicht. Sobald die Bräute D'Marco Fontaine sahen, lagen sie auf Anhieb flach. Er ignorierte sie und studierte einen Moment lang die Speisekarte. Das Training hatte seinen Appetit angeregt, aber er wollte auch nicht mit vollem Magen an die Arbeit gehen. Das brachte es nicht. »Der Thunfisch ist doch nicht in Öl eingelegt, oder?«

»Natürlich nicht«, erwiderte sie herablassend, geradezu vorwurfsvoll, als wäre das allgemein bekannt.

»Okay, dann den Thunfisch in einer wilden Ananas, grünen Salat mit Keimlingen, kein Dressing, und einen Papaya Cooler, aber ohne Banane, dafür Bierhefe.«

»Die Keimlinge und die Hefe gehen extra. Dadurch wird es etwas teurer.«

Die ganze Welt versuchte, einem in die Taschen zu langen, auf die oder andere Art. D'Marco legte die Karte auf die Theke und brachte seinen Polarblick. »Soso, schön, ich glaube, das kriege ich grade noch zusammen. Können Sie bald servieren? Ich muß nämlich bis Mitternacht wieder zurück sein.«

Das machte ihr Beine. Ihr Lächeln fiel in den Keller, und sie verzog sich, wobei sie ein bißchen mit ihrem Hintern wackelte, damit er sah, was ihm entging.

Alle Hocker waren besetzt, daher ging er, als seine Bestellung gebracht wurde, mit dem Tablett nach draußen auf den Gehsteig und fand einen freien Tisch mit Schirm, der ihn vor den Sonnenstrahlen schützte. Sie fielen schon ziemlich flach ein, konnten ihm aber noch immer die Haut verbrennen. Er konzentrierte sich auf sein Essen und kaute jeden Bissen gründlich. Direkt gegenüber, auf der anderen Seite der Mall, befand sich eine Bar und ein Grill namens The Greenhouse, dicht bevölkert mit regelrechten Mastschweinen, die Bier in sich hineinschütteten und saucetriefende Hamburger und extrem scharfe Chili-dogs und krossgebratene Muschelpasteten verschlangen. Mein Gott, was für einen Abfall die Leute sich in ihre fetten Bäuche stopften – da wurde einem schon schlecht vom Zusehen. Am Tisch nebenan diskutierte ein sonnenverbranntes Greisenpaar ernsthaft darüber, wieviel winzige Engelchen der Erlösung auf dem Käppchen eines bestimmten Multi-Mineral-Präparats tanzten. D'Marco hörte ihnen eine Zeitlang zu und kam zu dem Schluß, daß sie keine Ahnung von gesunder Ernährung hatten. Was ihn betraf, so schluckte er jeden Tag geballte Ladungen an Vitaminen. Wenn es um die Gesundheit ging, konnte man nicht umsichtig genug sein.

Nun war es 18.45 Uhr. Zeit, sich auf den Weg zu machen. Er trank die letzten Tropfen seines Papayacocktails, stand auf und schlenderte zu seinem Wagen. Er spürte, wie die Spannung wieder in seine Beine zurückkehrte und die alte Energie geweckt wurde. Ein gutes Gefühl, wieder in Form zu sein. Das brachte die notwendige Schärfe. Er fuhr über die Brücke und auf den Highway 1 und kehrte auf der gleichen Route aufs Festland zurück. Seine Instruktionen lauteten, eine Park Avenue zu finden, und als er sie erreichte, hielt er sich links und fuhr an einigen tristen Wohnblocks entlang, bis er eine Reihe Geschäfte entdeckte, die etwas zurückgesetzt standen und von der Straße durch einen schmalen Parkplatz getrennt wurden. Da war auch der Löwenkopf, der auf Androcles Hair Styling Salon aufmerksam machte, und an der vorderen Wand befanden sich tatsächlich zwei Münztelefone, so wie es ihm erklärt worden war. Bis jetzt das reinste Kinderspiel.

Nichtsdestoweniger fuhr er erst mal langsam vorbei, kontrollierte die Gegend und hielt Ausschau nach Warnsignalen. So wie er es betrachtete, war Vorsicht bares Geld: in seinem Geschäft konnte es davon nie genug geben. Alles sah sauber aus, daher benutzte er die hintere Einfahrt und rollte vor und bis auf ein paar Schritte an die Telefone heran. Er machte den Motor aus. Das Fenster schnurrte herunter. Es war drei Minuten vor sieben. Er wartete.

Genau zur vollen Stunde fing eines der Telefone an zu klingeln. D'Marco stieg aus dem Wagen, blickte nach rechts, nach links, über die Schulter. Nach dem vereinbarten fünften Klingeln nahm er den Hörer ab und sagte nur: »Ja?«

Die Stimme, die durch die Leitung kam, war knurrig, wachsam. »Frog? Bist du das?«

»Ja, ich bin's.«

»War es schwierig, die Stelle zu finden?«

»Ich rede doch mit Ihnen, oder?«

»Häh?«

D'Marco seufzte. »Ihre Anweisungen waren okay.«

»Gut, gut. Kannst du heute abend arbeiten?«

»Ich dachte, deswegen wäre ich hergekommen.«

»Okay. Hier sind die Einzelheiten.«

3

Zur gleichen Zeit, als D'Marco Fontaine seinen Papaya Cooler austrank (allerdings wegen der Sommerzeit in Illinois auf der Uhr eine Stunde früher), beugte Sigurd Stumpley sich über seinen vollgeladenen Teller und stürzte sich auf sein Abendessen. Er aß mit der konzentrierten Gründlichkeit eines Verhungernden, wobei die Gabel in der einen Hand rhythmische Bewegungen machte, der Daumen der anderen emsig als Erbsenschieber diente, Schweißtropfen auf seine Schläfen traten und die Augen den starren Ausdruck reinsten verinnerlichten Vergnügens zeigten. Sigurds Mom hatte ihm sein sommerliches Leibgericht zubereitet: einen Berg gebratene Stinte, weißen Reis, grüne Erbsen mit Perlzwiebeln, Tomaten- und Gurkenscheiben, die in einer sämigen Pfütze aus Essig und Öl schwammen, als Getränk Eistee und Backpflaumen mit Schlagsahne zum Nachtisch. Sie wieselte um ihn herum und sah ihm liebevoll zu. Sie sorgte für ihren Jungen.

Allerdings konnte sie einem auch auf die Nerven gehen mit ihrem aufgeregten Herumgeflattere. Dabei blubberte ihr Mund wie eine defekte Klosettspülung: *Noch etwas Reis, Liebling? Oder ein*

Stück Zitrone für den Fisch? Iß, iß, du mußt anständig essen, Sig. Jesus, kein Wunder, daß er soviel Gewicht mit sich herumschleppte, nämlich zweihundertzehn Pfund, was bei seiner Größe etwa sechzig zuviel waren. Das kommt davon, wenn man Witwe ist, vermutete er, und er das einzige Kind war. Wenn er sie ließe, würde sie ihm sogar den Arsch abwischen, trotz seiner fünfundzwanzig Jahre.

Sie wohnte in der Kleinstadt Downers Grove, Illinois, einer von mehreren gesichtslosen Vororten, die westlich von Chicago wie Perlen an der Kette der Burlington Railroad aufgereiht waren. Bis zu seinem einundzwanzigsten Geburtstag hatte Sigurd mit ihr das enge Apartment bewohnt, doch nach seiner Entlassung aus Stateville (wo er zweieinhalb Jahre wegen eines verpatzten Schaufenstereinbruchs gesessen hatte), war er zu dem Schluß gekommen, daß er eine eigene Wohnung brauchte. Es machte keinen guten Eindruck, wenn ein Schnellstarter in seinem Alter immer noch bei der Mami wohnte. Außerdem, wenn das alte Jucken sich wieder meldete und gekratzt werden wollte – nicht daß es oft gekratzt wurde –, wenn es also dazu kam, dann wollte er nicht daran denken müssen, daß sie sich auf der anderen Seite der Wand befand bei all dem Gekeuch und Gestöhn. Ein Mann braucht auch seine Privatsphäre. Also suchte er sich eine Bleibe in Lisle, einen Ort weiter, aber er schaffte es immer noch, drei- bis viermal in der Woche zu ihr zu kommen und ihr Gesellschaft zu leisten. Auch um eine anständige Mahlzeit vorgesetzt zu bekommen und seine Wäsche abzuladen und mitzunehmen, worauf sie bestand. Verdammt, wenn es sie bei Laune hielt.

Und darüber war sie gerade am Jammern, über Wäschewaschen, Strümpfestopfen, irgendwas in dieser Richtung, er achtete jedenfalls nicht darauf. Schließlich, nachdem er sich einen dritten Nachschlag geholt hatte, hielt er die Gabel hoch, Stoppschild, und sagte: »Warum setzt du dich nicht einfach mit an den Tisch. Und ißt auch einen Teller.«

»Ist schon gut, Sig. Ich habe schon gegessen.«

»Mach's trotzdem. Heute ist es einfach zu heiß, um auf den Füßen zu sein.«

Von seiner Fürsorge gerührt, ließ sie sich schwerfällig und mit pfeifendem Atem auf den Stuhl ihm gegenüber sinken. Eigentlich hatte sie das ganze Jahr über Mühe mit dem Atmen, seine Mom, aber bei diesem Wetter wurde es noch schlimmer. Draußen vierunddreißig Grad im Schatten, die Luft so zäh wie Ultrakleber. Und drinnen war es nicht viel besser. Es machte wenig aus, daß man sich im obersten Stockwerk eines sechsstöckigen Gebäudes befand. Hinzu kam noch die Hitze, die vom Herd in der engen Küche hinter ihnen aufstieg und den Geruch von Fisch mitbrachte, der langsam in einer Fettpfütze erkaltete. Die Vorhänge vor dem Fenster der kleinen Eßecke waren zugezogen und boten etwas Schutz vor dem grellen Schein der untergehenden Sonne, doch er konnte die Burlington-Bahn einen halben Block entfernt über die Gleise rattern hören. Es mußte der 5:55 sein, der die Pendler aus der Stadt mitbrachte. Wenigstens war er nicht einer von denen und fuhr in einem verdammten Viehtransporter, nachdem er zwei Münzen ausgegeben hatte, um so eng aufeinander zu hängen. Also gab es immer etwas, wofür man dankbar sein konnte, wenn man es genau überlegte, selbst wenn es noch heißer war als eine Nutte im Schritt an Silvester.

Sigurd und seine Mom zündeten sich Zigaretten an, lehnten sich zurück und pafften zufrieden. Jeder Fremde hätte sie in diesem Moment für nichts anderes halten können, als sie waren – Mutter und Sohn. Abgesehen von dem Altersunterschied von fünfunddreißig Jahren und den Spuren, die Schwerkraft und Zeit bei ihr hinterlassen hatten, zeigten beide nahezu identische Gesichter, ohne irgendwelche Flächen und Kanten, formlos, wie zwei Lehmklumpen. Rötliches Haar (das ihre, leicht getönt, neigte eher zu orange) über flacher Stirn. Schlammfarbene Basedowaugen prangten über runden, mit Sommersprossen übersäten Wangen, Gurkennase und breitem rotem Mund. Von der Statur her waren sie beide ungefähr gleich, wobei Sigurd den größten Teil seines Gewichts vor sich hertrug, als Bauch mit parabelförmiger Wölbung; und Mom hinten, in einem breiten, ausladenden Gesäß. Um die Hüften herum besaßen beide Ziehharmonikafalten schlaffen Fleisches, das über dicke Oberschenkel südwärts wallte (bei Mom den ganzen Weg bis hinunter zu den Knöcheln). Es gab Zeiten, da fragte Sigurd sich mit einem Anflug von Bitterkeit, warum ihm nicht das Glück beschieden war, ein wenig mehr von der Figur und dem Aussehen seines Vaters geerbt zu haben. Natürlich hatte er seinen alten Herrn gar nicht richtig gekannt, er hatte schon das Zeitliche gesegnet, ehe Sigurd aus den Windeln heraus war, doch er hatte Fotos von ihm im Familienalbum gesehen. Und diese Fotos zeigten einen stolzen Kerl, schmal wie eine Klinge, Wolfsgesicht, schwarzes, eng anliegendes Haar auf kantigem Schädel, dunkle, unergründliche Augen, dazu ein überhebliches, hartes Lächeln. Das glatte Ebenbild von Onkel Eugene, was, wenn er es genau betrachtete, ihn etwas fröhlicher stimmte. In der Abteilung Aussehen war Onkel Eugene nicht gerade eine Konkurrenz für Robert Redford.

Mom plapperte in einem fort von ihrem Tag und setzte ihn einem wahren Trommelfeuer von Posten aus. Zuerst einmal frühmorgens Wäschewaschen, dann das Mittagessen (inklusive genaue Speisefolge) beim Griechen unten auf der Main Street, dann Großeinkauf bei Jewel in der Ogden Street, Oprah und ihre Gäste im Fernsehen am Nachmittag... Mit allen Einzelheiten. Das einzige, was noch fehlte, war eine detaillierte Beschreibung dessen, was sie täglich auf dem Klo ablud, und wenn er darum bat, dann würde sie ihm auch noch das liefern. Wenn es auch einen Schwarzen Gürtel für Labern gäbe, dann hätte sie den ganz sicher. Sie könnte sich beim Film glatt als Hintergrundmurmeln für Massenszenen melden. Sie wäre längst Millionärin.

Etwa als sie bei *L. A. Law* angelangt war, ihrem nachmittäglichen TV-Vergnügen, klappte Sigurds Unterkiefer zu einem ausgiebigen Gähnen nach unten. Sie machte eine Pause, betrachtete ihn mit einem mitfühlenden Blick und fragte: »Bist du müde, Kleiner? Möchtest du dich nicht aufs Sofa legen und ein Nickerchen machen?«

»Nee, geht nicht. Ich habe heute abend wieder 'ne Menge zu tun.«

»Du darfst nicht soviel arbeiten, Sig.«

Sigurd hob die Schultern und verzog das Gesicht zu einer Grimasse, die ausdrückte, ein Mann muß tun, was ein Mann tun muß.

»Ich mache mir Sorgen«, sagte seine Mom.

»Kein Grund, sich Sorgen zu machen. Tatsache ist, daß sich aus dem Job, den ich im Moment erledige, was Großes ergeben könnte.« Er ließ etwas Stolz in seine Stimme einfließen und achtete auf ihre Reaktion.

Sie gab keine Antwort. Zu seinen Lebzeiten hatte ihr Mann niemals von seiner Arbeit gesprochen. Ebensowenig ihr Schwager Eugene, wenn er einmal im Monat vorbeikam, um sich zu erkundigen, wie es ihr ging, und eine Rolle Scheine – ihre einzige Unterstützung – auf die Küchenanrichte zu legen. Ihr war das nur recht. Es gab eben Dinge, von der eine Lady nichts zu wissen brauchte.

Ihr Schweigen störte Sigurd jedoch, und am Ende sagte er: »Also, willst du nicht hören, was ich gerade tue?«

»Ich weiß nicht, Sig. Meinst du, du solltest darüber sprechen?«

»Tut doch keinem weh, ich erzähl ja nur das, was ich weiß.«

Im Prinzip hatte sie natürlich recht, wenn man es genau nahm. Und gewöhnlich ließen sie ihn Handlangerdienste tun, benutzten ihn als Laufburschen, zwei Scheine die Woche und Kleingeld, nichts Besonderes, worüber sich zu reden gelohnt hätte. Aber in den Laden reinzukommen, die richtig großen Nummern zu treffen, direkt mit Onkel Eugene zu tun zu haben und vielleicht sogar Mr. Dietz persönlich zu sehen, verdammt noch mal – das war eine ganz dicke Sache. Das mußte man doch irgendwo loswerden, und wenn man nicht mal seiner eigenen Mom trauen konnte, wer blieb denn dann noch übrig?

»Also paß auf«, begann Sigurd. »Vor zwei Tagen, Dienstag, ruft Onkel Eugene mich an, verlangt, daß ich ihn draußen in O'Hare treffe. Offenbar soll irgend so'n Typ aus Florida kommen, und er, Onkel Eugene, hat mich ausgesucht, damit ich mich an ihn dranhänge.«

»Du solltest immer tun, was Eugene sagt, Sig. Er ist wirklich ein feiner Mann.«

»Ja, ja, das weiß ich doch, klar. Aber darum geht's ja gar nicht, Percy.« Sigurd hatte gehört, wie Mr. Dietz das letzte, dieses Percy benutzte, wenn er sich mit Onkel Eugene unterhielt, und obgleich er nicht genau wußte, was er damit meinte, gefiel ihm allein der Klang. Es hörte sich nach echter Klasse an, daher konnte er eigentlich nichts falsch machen, wenn er es auch benutzte.

»Vergiß niemals, was er für uns getan hat. Nachdem dein Vater gestorben war. Und überhaupt!«

Mit dem betonten »und überhaupt« meinte sie etwas ganz Bestimmtes: Es war Onkel Eugene, der den gerissenen Winkeladvokaten besorgt hatte, der aus der Sache dreißig Monate gemacht hatte, die ihm durchaus zehn Jahre hätte einbringen können; und es war Onkel Eugene, der für ihn einen Posten im Unternehmen gefunden hatte, als er wieder rausgekommen war. Okay, Onkel Eugene hatte sich um ihn gekümmert. Deshalb war er ihm etwas schuldig. Na und? »Also«, sagte er leicht ungehalten, »willst du die Geschichte nun hören oder nicht?«

»Erzähl schon.«

»Okay, wir treffen uns draußen am Flughafen, und Onkel Eugene meint, verdrück dich in die Büsche, behalt ihn im Visier, sieh zu, daß er dich nicht bemerkt. Die Maschine landet, und der Judenjunge, ein riesiger Fettsack, steigt aus und schüttelt Onkel Eugene die Hand. Danach fahren sie nach Floral Gardens runter, während ich an ihrer Stoßstange klebe. Im Gardens suchen sie sich einen freien Tisch und kippen zwei Bier. Aus der Judenfresse rauscht es raus wie aus einem Kanal bei Wolkenbruch, die Arme sind dauernd in Bewegung. Onkel Eugene, der sitzt nur da und starrt auf sein Glas und nickt ab und zu mit dem Kopf. Total cool.«

»Apropos Glas, soll ich dir noch was zu trinken holen?«

Sigurd holte tief Luft und funkelte sie wütend an. »Ich erzähl dir hier eine absolut heiße Sache, und du denkst nur an deinen Eistee.«

»Ich wollte ja nur mal fragen.«

»Okay, dann hol mir schon von dem verdammten Tee.«

Sie quälte sich von dem Stuhl hoch und watschelte in die Küche. Sigurd zündete sich eine frische Zigarette an, während sie einschenkte. Er wartete, bis sie sich wieder hingesetzt hatte, dann fuhr er fort.

»Du mußt verstehen, daß ich nur einen Platz auf dem Balkon habe, daß ich also nicht weiß, was überhaupt los ist. Auf jeden Fall sieht es nicht so aus, als wäre das nur 'ne harmlose Plauderei. Als sie fertig sind, fährt Onkel Eugene mit ihm die Ogden runter und setzt ihn am Downers Grove Motel ab, das, wie du weißt, nicht gerade das Ritz ist.«

»Ist schon komisch, daß er dort absteigt«, gab seine Mom zu. »Wo er Jude ist.«

»Das war mein erster Gedanke«, sagte Sigurd listig. »Es verrät einem ja 'ne Menge über seine Brieftasche.«

»Und was hast du dann getan, Sig?«

»Was man mir gesagt hat. Ich behalte den Laden die ganze Nacht bis zum Morgen im Auge. Bis Onkel Eugene vorbeikommt und sagt, ich soll nach Hause gehen und was schlafen, er braucht mich die nächsten zwei Tage.«

»Du warst sicher völlig kaputt, oder?«

»Ja, ich war ein bißchen angeschlagen«, sagte Sigurd tapfer. »Aber es war nichts, womit ich nicht fertig werde.«

»Du mußt auf dich aufpassen, Junge. Gesundheit ist viel wert.«

»Die Kohle auch, Mom, und ich glaube, daß ich da vielleicht in eine ganz große Sache reinrutsche. Sieh mal, gestern nachmittag hat Onkel Eugene mich schon wieder angerufen und gesagt, ich soll zum Hilton oben in Arlington Park kommen, das ist der Schuppen an der Rennbahn. Und ich soll einen Anzug anziehen. Weißt du warum, Mom?«

Sie blickte ihn verständnislos an.

»Weil ich *Dietz* treffe! Wie findest du das, hey?«

Sigurds Mom fiel die Kinnlade herunter. »Dietz? Du hast mit Mr. Dietz gesprochen?«

Sigurd beugte sich über den verchromten Klapptisch und streckte ihr seine offene Hand entgegen. »Da – schüttle die Hand, die die Hand von Gunther Dietz geschüttelt hat.«

Sie ergriff andächtig seine Hand, zog sie an ihren voluminösen Busen, drückte sie dagegen. Ihre Augen wurden feucht. »Ich bin furchtbar stolz auf dich, Liebling.«

»Ich hab dir doch gesagt, daß du die Geschichte hören willst.«

Sigurd zog seine Hand zurück und fuhr fort.

»Ich war natürlich nur kurz bei ihnen«, sagte er in einem Anflug von Bescheidenheit, »und dann unterhielten sie sich unter vier Augen, für etwa eine Stunde oder so. Aber du weißt ja, Mom, daß ich in letzter Zeit die Ohren immer offen halte, nicht wahr? Daß ich ganz schön schnell schalten kann. Und ich glaub, ich kann mir denken, was da gerade läuft. Oder laufen wird.«

Mom rutschte auf dem Stuhl langsam hin und her, als wollte sie die Sitzfläche mit ihrem Hintern polieren. »Ich glaube, Sig, jetzt kommt der Teil, über den du lieber nicht reden solltest.«

Ja, ja, ja, ja – recht hatte sie. Aber das Problem war, daß das genau der Teil war, den er unbedingt loswerden mußte. Nämlich der beste Teil. »Kein Problem«, meinte er, »es ist nichts, was du nicht hören kannst.« Das stimmte eigentlich auch. Tatsache war, daß er noch immer nur durchs Schlüsselloch linste und kaum etwas erkannte, obgleich, wenn er das richtig deutete, was er sah, dann wartete das Paradies auf Sigurd Stumpley, hundert pro.

Sie schien noch immer nicht überzeugt zu sein. Er erzählte es trotzdem. »Sieht so aus, als ob dieser Jidd – oder ein Kumpel von ihm, das war nicht so klar zu verstehen – sich irgendwelches Zeug aus der Firma unter den Nagel gerissen hat. Vor etwa 'nem Jahr, irgendwo in der Provinz, Michigan, hab ich glaub ich gehört. Natürlich reden wir hier nicht von irgendwelchem Kleinkram. Es geht um einen Haufen Scheine. Percy.« Er entschied, daß es wohl besser war, den Teil wegzulassen, als die State Troopers auf der Bildfläche erschienen und für Ordnung sorgten. Sie würde sich nur unnötig Sorgen machen.

»Mr. Dietz war darüber nicht gerade erfreut, deshalb ließ er verlauten, man solle mal die Augen offenhalten. Es dauerte einige Zeit, aber dann stöberte er sie auf, unten in Florida. Ziemlich unmöglich, sich vor Dietz und seinen Freunden zu verstecken. Also kommt der Jidd her, um zu sondieren, ob er sich irgendwie aus der Sache rauswinden kann, so wie diese Kerle es immer versuchen. Wie ich Dietz kenne, würde ich sagen, daß unser Rabbi wahrscheinlich ein paar Tassen zu wenig im Schrank hat, daß er auf so eine Idee kommt. Jedenfalls läuft es wohl darauf hinaus, daß ich glaube, Onkel Eugene schickt mich los, um –«

Sigurds Mom schnitt ihm das Wort mit einer heftigen Handbewegung ab. Mit Nachdruck sagte sie: »Das reicht jetzt, Sigurd. Ich möchte nichts mehr darüber hören.«

Aber jetzt konnte er unmöglich aufhören. Denn jetzt folgte der absolute Höhepunkt. »Es ist nicht das, was du denkst«, sagte er, obwohl es wahrscheinlich genau das war. »Weißt du, nachdem wir gestern das Hilton verließen, hat Onkel Eugene mich wieder auf Judenwache geschickt. Die ganze Nacht und heute. Ich hab während der letzten achtundvierzig Stunden kaum zehn geschlafen. Aber das ist nicht schlimm. Also, Onkel Eugene sagt, ich soll einen Koffer packen und mich bereit halten. Im Augenblick haben sie draußen im Gardens eine Konferenz – Dietz, Onkel Eugene und Itzig. Und je nachdem, was dabei herauskommt, könnte ich derjenige sein, der an ihm dranbleiben soll *bis nach Florida.*«

»Florida?« sagte sie zweifelnd. »Du?« Sie hatte jeden Grund, skeptisch zu sein, denn sie wußte, daß Eugene von ihrem Sohn nicht gerade die beste Meinung hatte. Damals, als Sigurd sich in Schwierigkeiten gebracht hatte, schäumte Eugene vor Wut und sagte, Sigurd sei so dämlich, daß er nicht mal wisse, ob Christus am Kreuz oder bei 'nem Wagenrennen ums Leben gekommen war. So dämlich. Und wenn sie ihn jetzt betrachtete, sein pausbäckiges Gesicht zu einem strahlenden Kindergrinsen verzogen, mußte sie sich fragen, ob Eugene mit seiner Meinung nicht genau richtig lag.

»So ist es. Sieh mich an, der neue Star von Florida sitzt wahrscheinlich vor dir.« Da er noch nie in seinem ganzen Leben Chicago und seine unmittelbare Umgebung verlassen hatte (Joliet zählte da nicht), bot diese Ankündigung, obwohl reichlich verfrüht, Anlaß genug, um ziemlich stolz zu sein.

»Ich sehe es gar nicht gern, wenn du dich mit Juden einläßt, Sig. Sie sind zu... gerissen. Für dich.«

»Ach, wenn sich dieser Job wirklich ergibt, dann ist es nichts Besonderes. Völlig harmlose Sache.« Er wußte es besser. Wenn es dazu kam, dann war das seine große Chance. Endlich eine große Nummer, ein echter Chicago-Hai. Dann könnte er zur Abwechslung mal sein eigenes Programm durchziehen. Das war der Riesenknüller, den er da ansteuerte.

»Wenn«, war alles, was sie sagte.

Eine Stunde und zwei Portionen Backpflaumen mit Schlagsahne später griff Sigurd hinter sich und nahm den Hörer vom klingelnden Telefon ab. Er murmelte ein paar Worte in die Sprechmuschel, doch die meiste Zeit hörte er zu. Am Ende sagte er »Alles klar«, legte den Hörer wieder auf und stemmte sich schwerfällig auf die Füße. Er richtete sich zu seiner vollen Größe auf, ungefähr eins siebzig, kniff die Augen zusammen und sagte: »Zeit, wieder an die Arbeit zu gehen.«

»Aber sei wirklich ganz vorsichtig, Sigurd«, vergatterte seine Mutter ihn auf dem Weg zur Tür.

4

»Ich sage dir, Care...« sagte Robbie ihr, wobei seine Stimme durch die offene Tür zwischen ihren Zimmern dröhnte. Je nach Stimmung oder Publikum konnte er seinen vollen Bariton einsetzen, wie es ihm vorschwebte, entweder weich und einschmeichelnd wie Butterkaramel oder beißend wie Säure oder irgendwo dazwischen. Sechzehn Jahre Ehe hatten ihre Ohren empfindlich gemacht für jegliche Akzente und Kadenzen und Modulationen. Was sie nun hörte war der metallische Klang der Prahlerei, unterlegt mit einem winzigen Hauch von, wirklich kaum wahrnehmbar, Angst und Besorgnis.

»...der Mann wird einfach nicht müde. Ein Meister im Armdrücken, und er trainiert ständig. Das ist ein Typ, der sogar ein Vermögen verdienen würde, wenn er Amway auf der Worth Avenue verhökerte. Du hättest ihn heute auf dem Golfplatz sehen sollen. Er müßte schon auf die Sechzig zugehen, aber er hat die Kraft eines Jungen.«

Er sang gerade das Loblied auf seinen Partner in diesem speziellen Geschäft (was immer es war, irgendein Sumpfland-Nirwana für alte Menschen, Traumparadies des Lebensabends), ein gewisser Jack (»Nenn mich Jock«) Appelgate. Sein Idol. Jack und seine tolpatschige Frau, Avis. Jack und Avis. Es klang wie der Name eines Showtanzpaares der Gong Show, ziemlich gewichtig. Bauern erster Ordnung, nach ihrer Auffassung, die der Definition von neureich neue Dimensionen der Abscheu hinzufügten. Aber das ist nicht gerade das, was eine zuverlässige Gehilfin ihrem schon vor seinem großen Auftritt total nervösen Gatten erklärt, daher sagte sie nur beiläufig: »Er muß einen guten Motor haben.«

»Was meinst du?« rief er zurück.

Ihre Worte waren in dem einsetzenden Summen des Elektrorasierers untergegangen. Sie machte sich nicht die Mühe, sie zu wiederholen. Niemand hätte zugehört. Ebensowenig machte sie Anstalten, aus dem Sessel aufzustehen. Kein Grund zur Unruhe. Außerdem entfalteten die magischen roten Perlen, die sie vor einer halben Stunde geschluckt hatte, nach und nach ihre Wirkung. Ein Ölfilm, der sich auf ihren Oberkörper und ihre Gliedmaßen legte.

Eine fedrige Leichtigkeit erfüllte die verborgensten Nischen ihres Kopfs und breitete einen weichzeichnerischen Schimmer über die Welt jenseits ihrer Augen. Die Chemie verschönte das Leben.

Sie war angezogen und bereit: ein schlichtes schwarzes Kleid, der Gipfel des Understatements; jede einzelne Locke genau an ihrem vorgeschriebenen Platz dank der Kunstfertigkeit Perrys (obgleich Gott allein wußte, wo seine schlanken, gelenkigen Finger sich befunden hatten, ehe er damit ihr Haar berührte – noch einer dieser Gedanken, die man nicht weiter verfolgen sollte); das Gesicht derart sorgfältig geschminkt, daß es, in dem weichen Licht, beinahe wie beschichtet wirkte. Robbie hatte von sieben Uhr gesprochen, und sieben Uhr war es jetzt. Pünktlich wie immer. Pflichtbewußt. Er war es, der sich verspätete, nicht sie. Daher gab es überhaupt keinen Grund, den Sessel zu verlassen.

Von dort, wo sie saß, die Füße auf die geblümte Tagesdecke eines der Kingsize-Betten des Zimmers gelegt (so was nannte man Verschwendung – zwei Personen, vier Betten), ein Glas Perrier in der Hand (für die härteren Sachen war nachher noch Zeit, viel Zeit), konnte sie beobachten, wie die Dämmerung sich wie ein Segen auf den Atlantik herabsenkte. Wellenförmige Schatten kamen über die glatte Oberfläche näher. Pelikane segelten dahin. Auf der Bühne in ihrer Phantasie führte ein Paar von ihnen einen atemberaubenden pas de deux auf. Tänzer in einem anderen Element, segelnd, treibend, Kreise voller Leichtigkeit zeichnend, die Flügel aufstellend, als bäten sie um Applaus, um dann unbeweglich zu verharren – seht doch! Zwei Vögel, Pelikane, einfach an den blauen Himmel genagelt! –, um dann in einem dramatischen Bombersturzflug aus ihrem Gesichtsfeld zu verschwinden. Ende. Vorhang. Donnernde Ovationen, Bravorufe. An die Erde gefesselt, wurde sie von Neid, seltsamen Sehnsüchten, namenloser Trauer überschwemmt.

»Diese verdammten Remingtons bringen es einfach nicht mehr.«

Oh, oh. Plötzliche Gewitterwolken am Horizont, die sich schnell auftürmten und heranjagten. Hätte doch lieber aufstehen und hineingehen sollen, hätte ihn bewundernd ansehen sollen, *Toll, Boss, du bist wirklich super*, und hätte ihm ehrfürchtig zuhören sollen. Dazu war es jetzt zu spät.

»Du erinnerst dich vielleicht, daß ich dich *gebeten* hatte, meinen Braun einzupacken.«

In der Türöffnung, sie beinahe sprengend, stand ein übelgelaunter Ehemann, nur mit einem Slip bekleidet und vor Wut schäumend. R. Blake Crown, Strafverteidiger und Rechtsanwalt, Unternehmer, Geschäftemacher, angehender Wirtschaftsboß, ließ seinen zornigen Blick zwischen ihr und dem Rasierapparat, beide gleichermaßen schuldbeladen, in seiner Hand hin und her wandern. »Warum nimmst du keine Klinge?« meinte sie, wahrscheinlich zu beiläufig für die Bedeutung dieser Krise.

»Klinge!« schnappte er. »Du weißt genau, daß ich mich nicht naß rasieren kann. Die Klingen reizen meine Haut, machen sie rot wie einen Hummer.«

Das Bild, auch wenn nicht besonders einfallsreich, war nicht ganz unzutreffend. Sein Gesicht und sein Hals sahen tatsächlich irgendwie gekocht aus, eine leuchtende Mischung aus Sonne und Bourbon und hohem Blutdruck; und seine Arme, bis zum Ärmelrand, hatten die Farbe verwitterten Klinkers. Ansonsten war er schneeweiß. So etwas nannten wir in Grand Rapids immer »Farmerbräune«, dachte Caroline und unterdrückte ein Kichern. »Wie wäre es mit Puder?« fragte sie. »Ich habe welchen dabei.«

»Puder hilft nicht.«

»Ich weiß nicht, was ich sonst noch vorschlagen soll, Robbie. Wenn du mir eher Bescheid gesagt hättest, wäre ich noch losgegangen und hätte dir den gekauft, den du haben willst. Wir sind schließlich schon seit zwei Tagen hier.«

»Das ist nicht der Punkt.«

»Und welcher ist es?«

»Der *Punkt* ist«, sagte er, nun mit seiner Kreuzverhörstimme, »daß ich mich darauf verlassen habe, daß du dich um unser Gepäck kümmerst, das heißt, alles einpackst, was ich brauche. Diese Verantwortung ist doch nun wirklich keine allzu große Last. Ich hatte – offenbar irrtümlich – angenommen, daß du mittlerweile weißt, welchen Rasierapparat ich benutze.«

Caroline stellte das Glas auf den Tisch neben ihr. Sie drehte sich etwas zur Seite und betrachtete diesen zweifarbigen Mann, der so selbstbezogen, so fest und sicher im Mittelpunkt seines eigenen Universums stand, daß es Momente gab (wie zum Beispiel diesen), in denen sie das unangenehme Gefühl hatte, daß, wenn er jemals aus dem Leben scheiden würde, sie und die ganze übrige Welt, ohnehin Produkte seiner Phantasie, gleichzeitig mit ihm verschwinden würden. Puff. Weg. »Tiefstes Bedauern, ich bin zerknirscht«, sagte sie. »Morgen früh, als allererstes, hole ich dir einen neuen – was war das noch? – wie heißt er?«

»Braun. Das hilft mir heute abend auch nicht weiter, verdammt noch mal.«

»Wenn wir uns schon streiten, Robbie, können wir uns da nicht ein etwas interessanteres Thema suchen als Elektrorasierer? Wir sind schließlich kreative Menschen. Zumindest waren wir das mal.«

Keine Antwort. Er wartete einen Moment, war deutlich eingeschnappt. Dann kam er in das Zimmer geschlurft und ging schnurstracks auf die Gästebar in einer Ecke zu. Sie nahm die Füße vom Bett, um ihn durchzulassen. Verfolgte, wie er Whiskey in ein Wasserglas schüttete, sich auf das hintere Bett sinken ließ, verzweifelt auf den blaßgrünen Teppichboden starrte und einen Seufzer unendlicher Erschöpfung von sich gab. Durchsichtige Manöver im komplizierten Ehespiel, die von beiden Parteien auf Anhieb verstanden wurden. Schließlich sagte er: »Nur einen. Zum Entspannen.«

»Es geht nichts über ein bißchen Entspannung«, sagte sie. »Das wirkt immer.«

Er studierte weiterhin den Teppich. Nahm einen Schluck von seinem Drink. Sie griff wieder nach ihrem Glas, trank ebenfalls. Wartete. Die Kaltfront zog vorüber.

»Hast du die Kinder angerufen?«

»Ja.«

»Und?«

»Es geht ihnen gut. Sie vermissen uns. Es ist alles in Ordnung.«

Wieder Stille.

»Na schön«, sagte er und stellte jetzt den Augenkontakt mit ihr her. »Tut mir leid, Care. Aber du glaubst nicht, unter welchem Druck ich zur Zeit arbeiten muß.«

Ihr Stichwort, um zu erwidern, erzähl's mir, also sagte sie es. Es reichte aus, um ihm die Zunge zu lockern.

Ein ernster, verdrießlicher Monolog über den Stand des Projekts, seinen schleppenden Fortgang, die enormen Risiken. Seine Rede, so bemerkte sie, war gespickt mit dem synthetischen Vokabular der geschäftigen Welt der Tricksereien und Intrigen. Deutliche Botschaften verbargen sich dazwischen. Sie runzelte die Stirn und mimte konzentrierte Aufmerksamkeit, doch es dauerte nicht lange, da änderten ihre Augen die Blickrichtung und schauten nach innen. Und während sie ihm zuhörte oder eine Miene aufsetzte, als hörte sie zu, wurde ihr träumend klar, wie wenig sie ihn kannte, diesen fast nackten Kerl auf dem Bett, diesen Business-Freak, diesen Fremden. Vielleicht sollte sie den Sicherheitsdienst alarmieren: Hallo, hier in meinem Zimmer ist ein Mann, nur mit einer Unterhose bekleidet, und redet eine völlig fremde Sprache. Ihr Name, Ma'am? Sie nennt ihren Namen. Zimmernummer? Sie gibt sie durch. Können Sie den Eindringling beschreiben? Sie bemüht sich: breitschultrig, gewölbter Brustkorb, kräftige Taille, eigentlich nicht ausgesprochen fett, eher fleischig, könnte man sagen, eben so, wie ehemalige Sportler meistens aussehen, wenn sie älter werden. Nur die Tatsachen, Ma'am – Größe, Gewicht, Statur – keine Ausschmückungen. In Ordnung, einsneunzig, zweihundert Pfund, ungefähr, ich weiß es nicht genau, eine große, imposante Erscheinung. Haar? Hellblond, von der Sonne gebleicht, raffiniert arrangiert, um erste Geheimratsecken und einen rosigen, kahlen Fleck auf dem Hinterkopf zu bedecken. Augen? Ein schmieriges Blau, rotgerändert, etwas stumpf. Gesicht? Eine adlige angelsächsische Nase, ziemlich breiter Mund, Zähne makellos hergerichtet, darunter ein leicht schlaffes Kinn, immer noch attraktiv auf seine massige Art. Irgendwelche besonderen Kennzeichen? Nun, da ist diese Ausstrahlung, der Mittelpunkt des Universums zu sein, und dann die heftigen Stimmungsumschwünge und die bohrende Angst vor dem Versagen und – Ma'am, bitte, Fakten.

»Bekommst du überhaupt *ein Wort* von dem mit, was ich rede?«

Indem sie in die Gegenwart zurückkehrte, sah sie den vertrauten eisigen Blick, mit dem er sie fixierte. Die Augen, die sie der anonymen körperlosen Stimme in ihrem Kopf als schmierig beschrieben hatte (was bedeutete das eigentlich genau?), blitzten ärgerlich. Offensichtlich war ihr eine Zäsur in seinem Redestrom entgangen. »Natürlich höre ich zu«, sagte sie.

»Das solltest du auch lieber tun, Care, denn es ist schließlich unsere Existenz, um die es hier geht. Deine und meine. Alles, was wir haben. Wenn dieses Projekt den Bach runtergeht, dann läuft nichts mehr, Ende der Fahnenstange. Also kannst du vielleicht verstehen, daß ich ein bißchen gereizt bin. Sei etwas nachsichtig mit mir.«

Sie wollte schon erwidern, daß sie die Nachsicht in Person sei, überlegte es sich jedoch anders. Das war zu spöttisch. Statt dessen verlieh sie ihrem Gesicht den angemessenen Ausdruck: nachdenkliche Besorgtheit, das mußte reichen.

Es reichte.

»Bis jetzt haben wir knapp zehn Millionen auf die Beine gebracht«, fuhr er fort. »Jetzt kommt alles auf diesen Pfeifenkopf an. Ohne ihn können wir uns begraben lassen. Und zwar ganz tief.«

»Du meinst doch den Araber, von dem du schon mal gesprochen hast, nicht wahr?« Sie mußte raten und konnte sich nur auf eine vage Erinnerung verlassen. »Der Prinz?«

»Da drüben sind sie alle Prinzen«, sagte er ungeduldig. »Entweder das, oder sie handeln mit Kamelmist.«

»Aber er hat noch nicht, äh, eingezahlt? Dieser Prinz?«

»Noch nicht. Wenn er herkommt, müssen wir uns ganz schön intensiv um ihn kümmern.«

»Und wann ist das?«

»Morgen in einer Woche. Jock hat ein Programm mit allem möglichen Pipapoh zusammengestellt, aber es müssen noch einige Räder richtig geschmiert werden, bis wir uns an dieses Starkstromkabel anschließen können.«

Was für ein Aufruhr von Metaphern! Er hatte gefragt – mit gutem Grund –, ob sie ihm zuhörte; nun mußte sie sich fragen, ob er überhaupt einmal bewußt etwas von dem Jargon mitbekam, der sich aus seinem Mund ergoß. Aber nun war sie an der Reihe, etwas zu sagen, daher fragte sie ihn, ob sie sich schon einen Namen, ein Motto für ihr Projekt überlegt hatten. Ein kleiner Scherz konnte nicht schaden. Das lockerte die Stimmung.

»Namen? Was meinst du mit Namen?«

»Alle Parks oder größeren Einrichtungen haben irgendein Motto.«

»Ach ja, na klar«, sagte er mit dem verzweifelten Ausdruck eines Lehrers, der einen besonders begriffsstutzigen Schüler vor sich hat, »Wohnwagenparks, Vergnügungsparks. Es ist aber kein Park,

Caroline. Wir sind nicht an den kleinen Leuten interessiert. Es handelt sich um eine ganz exklusive Altensiedlung, ausschließlich für die Oberen Zehntausend mit ihren ausgefallenen Wünschen.«

Zum Fröhlichen Koma-Kränzchen könnte man den Laden nennen. Oder auch Shuffleboard Shangri-La. Das wäre doch gar nicht schlecht. Irgend etwas Alliteratives auf jeden Fall, das einem leicht von der Zunge geht. Ihr gingen noch weitere Kalauer durch den Kopf; sie sagte jedoch: »Ich meine ein Motiv. So eine Art Untertitel.« Sie betrachtete ihr Glas, als könnte sie dort, in dem kristallklaren Wasser, eine Inspiration finden. Der angeborene Takt warnte sie, ihrer Phantasie die Zügel schießen zu lassen, doch die Clowns in ihrem Kopf trieben ihr Spiel weiter. »Wie wär's denn mit ›Damit das Ende nicht schreckt‹?«

Sie blickte strahlend auf. Und schaute direkt in ein Paar finsterer Augen (und *das* war es, was schmierig für sie bedeutete! – Verkniffen, humorlos).

»Machst du dich über mich lustig, Care? Wenn ja, dann finde ich das nicht so gut. Im Augenblick komme ich mir vor wie ein Jongleur, der mit einigen Bällen zuviel jongliert, und ich habe für deine Studentenspäßchen nicht allzu viel übrig.« In seiner Stimme war ein Anflug von verletztem Stolz wahrzunehmen.

»Nein, ernsthaft. Es ist eine Zeile aus einem Browning-Gedicht, ›Sei meiner alten Tage Licht,/dann schreckt das Ende nicht.‹ Als Name oder Slogan finde ich das eigentlich durchaus passend.«

In der Stille, die darauf folgte, wagte sie einen verstohlenen Blick in seine Richtung. Er schien ernsthaft überlegend und seine Chancen abwägend ins Leere zu starren. War es möglich, daß er tatsächlich über diese Idee nachdachte? »Ich versuche doch nur dir zu helfen«, sagte sie voller Unschuld.

Er sah sie abschätzig an. Nicht gerade begeistert. R. Blake Crown ließ sich von niemandem zum Narren halten. »Wenn du mir helfen willst«, sagte er kalt, »dann verzichte heute abend auf deine müden Scherze. Wenn es überhaupt welche sind. Die kämen bei dieser Gesellschaft ohnehin nicht an.« Er trank den Rest von seinem Whiskey, stand vom Bett auf und ging zur Tür. »Außerdem muß ich mich beeilen. Sie fragen sich bestimmt schon, wo wir sind.«

Wo sind wir? Die Gesetze der Metaphysik besagen, ohne Antwort kann es keine Frage geben. Okay. In dieser feudalen Festung, von der aus man auf ein gemäßigt tropisches Meer blicken kann – da gibt es eine Antwort. In zwei elegant eingerichteten Zimmern, separat, aber identisch, beherrscht von Betten und Sofas und Nußbaumschränken und -tischen, Louis XVI.-Fauteuils, handgefertigten Tischchen und Kopfbrettern, mit eisernen Stehlampen, Aquarellen an den Wänden, auf denen venezianische Brunnen mit lachenden Nymphen dargestellt waren. Es gibt noch eine Antwort. Aber beide zu prosaisch. Na schön: mitten in den ranzigen Resten einer gescheiterten Beziehung – auch eine Antwort. Das Bild gefiel ihr. Alle Rätsel müssen sich am Ende der Logik und der Vernunft geschlagen geben. Nur weiter so mit dieser Philosophie 101. Ein weiteres Bild, das vom vage erkennbaren Rand ihres Bewußtseins aufstieg, kehrte zu ihr zurück, und sie sagte zu Robbies sich entfernendem Rücken: »Heute ist mir Timothy Waverly über den Weg gelaufen.«

Das ließ ihn abrupt stehenbleiben. Er wandte sich in der Türöffnung um, die Augen geweitet, den Kopf leicht schräg haltend. »Wer?«

»Waverly.«

»*Unser* Tim Waverly?«

»Genau der.«

»Mich laust der Affe! Wo? Wann? Komm schon, erzähl!«

»Bei Perrys neuem Frisiersalon drüben in North Palm. Vor etwa zwei Stunden.«

»Warum, zur Hölle, hast du das nicht schon vorhin gesagt?«

»Du kamst rein, hast geduscht, warst in Eile. Ich weiß nicht.« Es würde nichts nutzen, wenn sie ihm gestand, daß es ihr gerade wieder eingefallen war. Mit dieser Enthüllung wäre nichts gewonnen.

Der Blick, mit dem er sie bedachte, signalisierte nicht unbedingt Abscheu – dafür war er zu erstaunt –, aber er verriet Ärger. »Was treibt der denn hier?«

»Er sagt, er wohnt hier.«

»Aber ich dachte...«

»Ich auch. Stimmt aber nicht. Offensichtlich ist er schon seit einiger Zeit draußen. Ich glaube, er sagte, vier Jahre.«

»Wie sieht er aus?«

»Älter. Er sieht älter aus.«

»Hat er gesagt, was er macht? Welchen Job er hat?«

»So weit bin ich gar nicht gekommen. Wir haben nur ein paar Minuten miteinander geredet.«

»Tim Waverly«, sagte er, kopfschüttelnd und die Augen nun halb geschlossen. »Das war bestimmt ein Hammer für dich, nach all den Jahren.«

»Fünfzehn, nach seiner Berechnung.«

»Mein Gott, ich würde ihn gerne wiedersehen. Schade, daß wir hier einen so knappen Terminplan haben.«

Caroline holte tief Luft. Jetzt würde es heikel. Kein Wunder, daß ihr Gedächtnis sich kurzzeitig abgeschaltet hatte. »Nun«, sagte sie so neutral und beiläufig, wie sie es vermochte, »der Zufall will es, Robbie, daß du ihn wohl doch sehen wirst. Ich habe ihn für morgen eingeladen.«

»*Was* hast du getan?«

»Ich hab ihn zu der Party eingeladen, zu diesem Treffen, oder wie man es nennen will. Morgen abend.«

»Willst du mich schon wieder verscheißern, Care? Ist das nur ein anderer von deinen miesen Scherzen?«

»Es ist kein Scherz. Ich nahm an, daß du ihn wiedersehen willst. Du hast es gerade gesagt.«

»Mein Gott, wo, zum Teufel, hast du deinen Kopf?« fragte er, legte den eigenen in den Nacken und hob beschwörend die Hände zur Decke. Als wolle er den Himmel anrufen.

»Ich verstehe dein Problem nicht.«

»Du verstehst nicht?«

»Nein.«

»Nun, dann laß es mich dir erklären. Und hör gut zu, damit du alles verstehst. Zuerst schwängert er irgendeine Landpomeranze und heiratet sie. Die Tante betrügt ihn, daher tötet er dank seiner bestechenden Logik ihren gottverdammten *Scheidungs*anwalt. Er sitzt seine Strafe in Jackson ab. Sicher hast du schon mal von Jackson gehört. Das ist eines der gehobeneren Institute Michigans, fast so was wie eine Bibelschule.«

»Diese Geschichte kennen wir doch«, sagte sie leise. »Und Jackson kenne ich auch, zufälligerweise.«

»Gut. Das ist wirklich sehr gut. Dann erkennst du vielleicht mein Problem. Das Problem ist, daß er mal im Knast gesessen hat.

Er ist ein ehemaliger Sträfling, rechtmäßig verurteilt. Wegen eines Kapitalverbrechens, eines Mordes. Er ist also ein Mörder. Nicht gerade der willkommene Ehrengast in einer friedlichen Runde, und schon gar nicht bei unseren Leuten. Ist das deutlich genug? Hab ich mich dir verständlich machen können?«

»Er war außerdem ein Freund.«

»Ein Jugendfreund, ein Mitstudent. Das alles liegt doch schon weit zurück. In dem Spiel, in dem ich mitmische, sind Freundschaften etwa genauso wertvoll wie 'n Sonderangebot im K-Mart. Wenn du nicht ständig mit deinen Dämpfern rumlaufen würdest, dann hättest du vielleicht bemerkt, daß die Zeit vergeht, die Umstände sich ändern. Wach endlich auf, ja?«

Mit einer Stimme, die kaum mehr war als ein Flüstern, sagte sie: »Du bist ganz groß im Kommen, Robbie. Weißt du das?«

»Ja, schön, kann sein. Wünsch dir lieber, daß es so ist, daß einer von uns Fortschritte macht. Vernünftig wird. Und jetzt schnapp dir endlich das verdammte Telefon und lade ihn wieder aus. Sag ihm... Scheiße, ich weiß es nicht... erfinde irgendeine Entschuldigung. Denk dir was aus. Beweise mal etwas von der Kreativität, von der du mir immer erzählst.«

»Ich fürchte, das kann ich nicht.«

»Das war keine Bitte, Care.«

»Ich habe es versäumt, mir seine Telefonnummer geben zu lassen.«

»Dann such sie aus dem Buch raus.«

»Das habe ich schon versucht. Sie ist nicht eingetragen.«

»Und du hast ›versäumt‹, danach zu fragen?«

»Das stimmt.«

»Dann gibt es also keine Möglichkeit, ihn loszuwerden.«

»Nein, es sei denn, er beschließt, doch nicht zu kommen. Wenn es dich tröstet, er klang, na ja, mindestens unschlüssig.«

»Unschlüssig«, wiederholte er, voller Hohn. Einen Moment lang stand er da, unfähig, weiterzureden. Sein Körper versteifte sich vor Zorn. Ein kaltes Licht funkelte in den schmierigen Augen. Dann schien er für ein paar Sekunden irgend etwas vor sich hinzumurmeln. Und dann, laut und deutlich, wobei seine Hand ins Leere schlug, sagte er: »Eines Tages erwischt es dich doch noch, Caroline. Alle diese Pillchen, die du ständig einwirfst, Mamis kleine Helfer. Ständig bist du im Weltraum auf irgendeinem Trip. Wird 'ne Bruchlandung werden. Wenn es dazu kommt, dann rechne nicht damit, daß ich dich wieder auflese und dir den Staub abklopfe.«

Und während sie ihm zuhörte, diesmal mit ungeteilter Aufmerksamkeit, dämmerte es ihr, und es war wie das Aufflammen einer besonders hellen Beleuchtung, daß der Angelpunkt der Ehe, jeder Ehe, die Freundschaft ist. Eine Ehe kann schwere Sorgen, kleine Schwierigkeiten und all die gedankenlosen Alltagsgrausamkeiten überstehen; sie erträgt den Verlust der Leidenschaft, des Interesses, des Vertrauens – sogar der Achtung. So wie ihre Ehe es ertragen hatte – jeden Verlust, jeden Kummer. Aber wenn die Freundschaft nicht mehr da ist, dann bleibt nichts mehr übrig. Trennung. Leere. Nichts. Ihr freudloser Blick glitt durch den Raum, blieb schließlich an ihm hängen. Und als sie ihn betrachtete, diesen mit einer Unterhose bekleideten Mann, der vor ihr stand und sie mit einem Ausdruck kalter Verachtung musterte, da sah sie keinen Freund.

5

Waverly war davon überzeugt, daß das Südende von Singer Island etwa genauso viele Ferienapartments enthielt, wie es halbwegs intelligente Kombinationen der Worte Sonne, Brandung, Sand, Meer, Palmen, Küste, Luft, Strand, tropisch, Gischt, Insel und vielleicht noch ein paar anderer gab, die er übersehen hatte. Er glaubte außerdem, daß, als diese Kombinationen ausgeschöpft waren, sämtliche Bautätigkeit knirschend zum Stillstand gekommen war. Ihnen waren ganz einfach die Möglichkeiten ausgegangen, Paradies zu buchstabieren.

Der Komplex, in dem er wohnte, lief unter dem Namen Tropicaire, vier cremefarbene Bungalows mit Stuckfassade umrahmten einen baumlosen Hof, zwei mit Front zur Ocean Avenue, die beiden anderen etwas von der Straße zurückgesetzt. Als er eingezogen war, hatte er einen der letzteren haben wollen. Die Bitte wurde ihm versagt. »Es müssen noch einige Renovierungsarbeiten vorgenommen werden«, erklärte der Eigentümer und Verwalter, »das dauert zwei Wochen. Sobald wir fertig sind, können Sie in einen rein.« Das war zwei Monate her. Er wartete noch immer. Aber bei vierhundertfünfundzwanzig im Monat konnte er keinen Krach schlagen. Oder wählerisch sein. Während der Saison brachte seine Behausung leicht den gleichen Betrag pro Woche ein, vielleicht sogar noch mehr. Falls es also irgendwelche neuen Schwierigkeiten in seinem Leben geben sollte, dann am besten außerhalb der Saison. Er sollte vielleicht aufhören zu stöhnen und so etwas wie Dankbarkeit entwickeln (so wie Bennie es immer empfahl: »Das war wieder ein schöner Tag, mein Junge – hat uns nicht unter die Erde gebracht, stimmt's nicht?«).

Andererseits bekam man für vier Scheine plus ein paar Dollar Kleingeld nicht viel mehr geboten. Nicht auf Singer Island, wo funktionell genau das bedeutete, was es hieß, und keinen Deut mehr. Sieh dich nur um. Eine Schachtel von einem Zimmer, durch eine mit Resopal beschichtete Theke aufgeteilt in eine Kochnische, die gerade einem Pygmäen Platz bot, und in das, was euphemistisch Wohnraum genannt wurde. Dieser Raum war vollgestopft mit einem Schlafsofa, so weich wie ein Betonklotz (Decken und Bettwäsche nicht inklusive, tut mir leid), La-Z-Boy, drei Barhokkern aus Korbgeflecht (wahrscheinlich für Gäste), vier Wollteppichen mit Fransen, einem mit Brandflecken übersäten Couchtisch, einem Beistelltisch, auf dem eine gedrungene Lampe stand, Farbfernseher, an einer Wand ein Zahlenfeld-Gemälde von einem sturmgepeitschten Meer, an einer anderen ein Paar betender Hände aus Blech, an der Decke ein Ventilator mit breiten, langen Flügeln. Sieh über deine Schulter, durch die Türöffnung in eine schrankgroße Toilette: Klosett, Waschbecken – beide voller Rostflecken – und Duschkabine mit grünlichem Schimmel, der so den Kacheln zu einem Muster verhalf. Und das war sie, eine funktionelle Tropicaire Wohneinheit. Das Paradies. Oder wohl eher das jugoslawische Modell davon.

Er hatte sich auf dem Sofa ausgestreckt, der Herr des Palastes, und betrachtete seine prinzliche Domäne. Er rauchte, entspannt, aber stetig. Die Luft war dick und blau. Der einzige Aschenbecher im Zimmer, schon fast überquellend, ruhte in seinem Schoß. Kein

Grund zur Sorge. Auf der Anrichte standen zwei Gallonenplastikmilchflaschen, die Hälse abgeschnitten, innen geschwärzt von dem ansteigenden Pegel Zigarettenasche, eine Zweimonatsration. Das war sein einziger Beitrag zur Raumgestaltung. Im abnehmenden Licht ähnelten sie verblüffend einem Schockfoto von den Lungenflügeln eines Krebstoten nach der Autopsie. Sagen Sie einfach nein, Mr. Waverly.

Er trank ein Diätbier, sein viertes, vielleicht hatte er auch noch mehr getrunken, er hatte nicht mitgezählt. Das tat er selten, wenn er allein trank. Aber in den Stunden nach der zufälligen Begegnung mit Caroline Crown hatte er ein seltsames Gefühl der Desorientierung gehabt, ähnlich einem Mann, der aus tiefem Schlaf aufwacht. Und jetzt war nicht die richtige Zeit für Desorientierung. Nach dem letzten katastrophalen Michigan-Abenteuer hatte er sich von Bennie eine Formel zur Wiederherstellung der Ordnung ausgeliehen. Die von Benjamin S. Epstein langfristig getestete, narrensichere Therapie: willkürliche Amnesie, ein gezieltes Desinteresse an der Vergangenheit. Ein Teil seiner Persönlichkeit fand Zuflucht und Sicherheit im Berechenbaren, in den Chips und den Karten und Chancen und endlosen Zahlenkolonnen, die in seinem Kopf umherwirbelten. In den Werkzeugen seines Gewerbes und in der konzentrierten Ausübung dieses Berufs. Ein anderer Teil fand Zuflucht und Trost in einem friedlichen, dumpfen Fatalismus. Der Himmel stürzt zusammen, also laß ihn ruhig fallen; in der Zwischenzeit vergehen die Zellen des Körpers sowieso, stumm, millionenfach, eine nach der anderen. Der Urheber dieses Zerfalls ist die Phantasie, und die einzige sichere Methode, diesen Prozeß aufzuhalten, besteht darin, der Ansteckung durch die Erinnerung zu entgehen.

Sicher. Warum nicht. Das ist doch einfach.

Nichtsdestoweniger dachte er an sie (das Leben paßte sich nicht immer dem markigen Sprichwort an). Und an Caroline Vanzoren Crown zu denken bedeutete, sich gleichzeitig auch mit Robbie Crown zu beschäftigen, mit ihrer gemeinsamen Kindheit, ihrer verwickelten Dreier-Freundschaft. Drei Internatsgören, aufgewachsen in der luxuriösen Geborgenheit eines kleinen Privatcollege von entschieden intellektuellen Eltern auf eine Weise erzogen, die ihre Verhältnisse mit Sicherheit überstieg, wie es bei den meisten akademischen Lehrern der Fall ist. Im gleichen Block aufgewachsen, Robbie auf der anderen Straßenseite, Caroline drei Türen weiter. Von Kindheit an darauf gedrillt, widerspruchslos die alten Ideale und Vorstellungen zu übernehmen und anzustreben. Musterschüler und -studenten mit Auszeichnung? – Aber natürlich. Hervorragende Sportler und Vertreter ihrer Schule, alle drei. Nach dem Platonischen Ideal: Robbie ein Laufstar, sowie hervorragend mit Kugel und Diskus; Caroline eine Stütze des Tennisteams; er selbst der Schwimmer. Zweiundzwanzig Jahre ernsthafter Kameradschaft, von den ersten wilden Rangeleien im Kindergarten und weiter durch Pracht und Zeremoniell, wie sie für das Calvin College typisch waren. Ein Leben der gemeinsamen Hoffnungen, der leicht erreichten Ziele, der Träume, Absichten und Erkenntnisse. All die Jahre. Wie sollte man es da schaffen, nicht darüber nachzudenken, hier in der bedrückenden einsamen Stille einer funktionellen Wohneinheit des Tropicaire, während die Vergangenheit sich eigensinnig im Kopf abspult.

Doch wenn du schon diesen Erinnerungen an die Sonnenseite deines Lebens nachhängst, was hält dich davon ab, sie weiter zu verfolgen, die Aktentasche der anderen Seite deines Lebens zu öffnen, der dunkleren Seite, und all ihre traurigen Dokumente auszubreiten zu einer beiläufigen Überprüfung? Nun, gar nichts, dachte er sich, und daher tat er es auch, und weil die zeitliche Distanz und der Bierschleier ihre schmerzstillende Wirkung entfalteten, sah diese stürmische Chronik unglücklicher Umstände, fehlgeleiteten Vertrauens, verpfuschter Entscheidungen, der Treulosigkeit, des Mißgeschicks, explosiver, tödlicher Gewalt, riesenhafter und winziger Kümmernisse nicht so schlecht aus, nach all dem vielleicht gar nicht so schlecht. Und er war, seiner Einschätzung nach, gar kein pferdefüßiger Dämon, der auf der Erde wandelte und keinen Schatten warf. Nicht unbedingt.

Sieh sie dir an, diese Dokumente. Dort das Protokoll einer Ehe, die nur ein übelwollendes Geschick entworfen haben konnte, Bilderbuchfall der Gegensätze, die sich abstoßen, ihr einziger Gnadenerweis ein unschuldiger Sohn, der nun auf immer für ihn verloren war. Und da das seines ersten Abstiegs in eine Art wilder Raserei, wie er den Anwalt seiner Frau (sogar jetzt konnte er ein Bild dieses habgierigen, fleischigen Winkeladvokaten-Gesichts vor seinem geistigen Auge heraufbeschwören) auf diese ausgeklügelte, komische Weise auszahlte, es ihm heimzahlte, und diese Aktion plötzlich schiefging, ein Schuß in den Ofen, der unglückselige Rechtsanwalt verkrümmt auf dem Boden eines Büros, Blut aus der klaffenden Wunde in seiner Stirn rinnend und den beigen Teppich rot färbend. Ein Unfall? Tragischer Irrtum? Jawohl, richtig. Erklär das mal dem Richter.

Wollen Sie noch mehr, Mr. Waverly? Sie sind jetzt schon soweit; und überhaupt, haben Sie vielleicht was Besseres vor? Also wirf einen Blick auf das nächste, eine Akte, die während eines Urlaubs von sieben Jahren in Jacktown zusammengestellt wurde (mit einem kurzen Abstecher in das Gerichtspsychiatrische Zentrum von Ypsi, um dir den Kopf zurechtzurücken – vergiß das nicht). Aber das ist verschwommener als die andern, deine Zensoren blockieren gnädig die Erinnerung an ein wildes Dschungelreich, Haus der Raserei, auf beiden Seiten der Gitterstäbe von brutalen Wilden bevölkert. Aus all diesen gefährlichen, verzweifelten Jahren die einzigen Erinnerungen, die die Oberfläche mit annähernder Lebendigkeit erreichen, die an zwei Männer, verspätete Mentoren für dich, die dich vor dem bewahrt haben, was Conrad einst das »größte Unheil der Einsamkeit und der Verzweiflung« nannte, und die dich gelehrt haben, wie man in einer Welt, von Mauern umgeben oder nicht, überlebte, die ohne jede Gnade war. Einer von ihnen war ein geisteskranker Mystiker, Lebenslänglicher, Visionär, ein verschrobener Heiliger, inzwischen tot vermutlich; der andere, Bennie Saul Epstein, Zellengenosse und späterer Partner und unwahrscheinlicher Freund, ein Mann, der das Leben sieht wie es ist, nicht angekränkelt von irgendwelchen Schatten der Zweideutigkeit: Geld ist Geld, Feinde sind Feinde, Verpflichtungen sind zutiefst bindend. Sie waren beide, jeder auf seine Weise, die feinsten Menschen, die er je kennengelernt hatte.

Noch mehr? Vielleicht würdest du dich gerne den *konkreten* Dokumenten zuwenden, dein Hemd aufmachen und die Nähte inspizieren, die deine Brust schmücken, dauerhaftes Andenken an die letztjährige unüberlegte, unglückselige Reise in seine Vergangenheit. Er knöpfte sein Hemd nicht auf, aber trotzdem überfiel ihn aus dem Nichts ein Schwall bitterer Erinnerungen, überwältigte ihn. Erinnerungen an Michigan, sie alle: noch eine treulose

Frau; eine ausgedehnte brutale Folterszene im Keller eines Hauses in den Wäldern außerhalb von Traverse City; ein weiteres Heimzahlen, und diesmal – eine Leiche, die hinten in einem Porsche verbrennt, ihr Kopf weggerissen von dem Schuß einer Schrotflinte in *seinen* Händen – auch von einer noch so bewegten Phantasie nicht in einen Unfall zu verwandeln; ein kurzer heftiger Kampf in dem dunklen Hof eines schäbigen Motels. Michigan-Erinnerungen. Nicht eben freundliche.

Genug.

Aber wenn du die Vergangenheit nicht ausradieren kannst, wie setzt du sie außer Kraft? Wie? Durch einen bewußten Willensakt, antwortete er auf seine Frage. Indem er die Formel hervorholte. Indem er sich auf reale und akute Gefahren konzentrierte, jene sehr privaten Furien, die sich wahrscheinlich zu Schritten entschlossen hatten, über die nur Gott und vielleicht, mittlerweile, auch Bennie genau Bescheid wußten. Das war der richtige Weg. Nach seiner Erfahrung kam der Ärger, wenn er sich denn einstellte, schnell und meistens unangekündigt. Daher gab es andere Dinge zu bedenken, Dinge, die noch dringender waren als Caroline und Robbie Crown.

Er versuchte, seine Gedanken auf diese Angelegenheiten zu richten. Doch ohne großen Erfolg. Er hatte seit dem Morgen nichts gegessen (Nahrung hatte in letzter Zeit nur wenig Bedeutung für ihn), und, ungeübter Trinker, der er war, war sein Kopf von dem Bier etwas benebelt. Er schaute sich in seiner Behausung um. Eine leichte Brise ließ die Lamellen der Jalousie vor dem offenen, zur Straße gelegenen Fenster klappern. Er stand auf und ging hinüber, drückte die Lamellen mit den Fingern auseinander und sah hinaus.

Nicht gerade ein atemberaubendes Panorama. Direkt gegenüber, auf der anderen Straßenseite, stand das ausladende Collonades Beach Hotel, früher einmal das Juwel von Singer Island, nun jedoch aufgegeben, vollkommen verlassen und allmählich zerbröckelnd. Tropische Vögel veranstalteten in der Palmengruppe, die den mit einer Markise überdachten Eingang umstand, einen Höllenlärm. Die Dämmerung legte länger werdende Schatten auf die Balkone und Fenster der oberen Stockwerke. Hier und da glimmte ein vereinzeltes Licht in einem leeren Zimmer oder einem

Korridor auf, Einladung zu einer Gespensterparty. Auf dieser Straßenseite nahte ein anderes Licht, knisterndes Neon, das auf das Tropicaire hinwies, und ergänzte seine Art von runenhafter Einladung mit dem stetigen gelben Schein eines uneingeschränkt zustimmenden YES. Ein rosafarbener Kotflügel des Seville war auf dem Gästeparkplatz um die Ecke neben seiner Wohneinheit zu sehen. Der Pickup des Eigentümers parkte in der Halteverbotszone vor der Anlage. Eine winzige grüne Eidechse huschte über den Asphalt, ein furchtbarer Drache in seiner Insektenwelt.

Ein Wagen tauchte am Ende der Straße auf. Waverly ließ die Lamellen wieder in ihre Ausgangslage springen und wich vom Fenster zurück. Er machte ein paar schnelle, flache Atemzüge. Die Muskeln seines Halses und seiner Schultern spannten sich. Er verfolgte, wie der Wagen sich näherte, vorbeifuhr und dann außer Sicht geriet. Gefahren wurde er von einer kleinen zerbrechlich wirkenden Frau im vorgerückten Alter, die krampfhaft das Lenkrad umklammerte, sicherlich die Großmutter von irgend jemandem. Nach und nach verlangsamte sich sein Atem wieder. Mein Gott, er war die Drohungen, die Risiken, die Gefahren leid. Es reichte ihm endgültig, sich ständig auf seine Vorsicht, seine Wachsamkeit, seine Heimlichkeit, Strategie, Raffinesse verlassen zu müssen. In einer Welt voller Fallstricke, Konflikte, Überfälle aus dem Hinterhalt, verdrehter Perspektiven. In einer Welt, in der es von Drachen wimmelte. Er kam sich vor wie das geborene Opfer, wie ein Mann, der die düstere Vorahnung von seinem Schicksal hat, aber nichts tun kann, um ihm zu entgehen.

Sein Blick fiel auf die Fensterbank, die bedeckt war mit den abgebrochenen Flügeln von Nachtschwärmern, oder vielleicht auch von Totengräberkäfern, ein Name, der perfekt in diese Situation paßte. Er berührte sie vorsichtig, und sie zerbröselten unter seinen Fingern zu trockenem Staub. Er strich mit der Hand über die Fensterbank und entdeckte auf der Fläche ein weiches, körniges Pulver. Termitenkot. Sicher, wenn man in einem Sumpf lebt, dann muß man sich den Lebensraum mit dem Ungeziefer teilen. Morgen oder irgendwann in nächster Zukunft würde er dem Eigentümer Bescheid sagen. Keine Eile. Wenn er nur ein wenig Glück hatte, dann wäre er sowieso längst draußen, ehe die Wände und die Decken zusammenbrachen.

Er kehrte zum Sofa zurück und streckte sich aus und wartete auf den Schlaf. Er versagte sich ihm für einige Zeit, obgleich er ab und zu eindöste, und dann erwachte hinter seinen Augen ein Gewimmel von Bildern: verspielte Gestalten, Spaßmacher, Clowns, doch sie alle mit Gesichtern, die, seltsamerweise, überhaupt nicht lachten. Dann verflachten die Bilder, wurden schwächer, verschwanden völlig, und er schreckte aus dem Schlaf hoch. Gut eine Stunde verstrich auf diese Weise. Ehe er endlich in einen friedlichen Schlummer sank, galt sein letzter wacher Gedanke Bennie und der Frage, wo er sich in diesem Moment aufhalten mochte, worüber er verhandelte, wie es ihm ging.

6

Nicht gerade sensationell, hätte Bennie wohl auf die Frage geantwortet, wie es ihm gerade ging. Er saß in einer feudalen, halbkreisförmigen Nische im hinteren Teil der Floral Gardens Lounge, die an der Ogden Avenue im eleganten Vorort Hinsdale lag. Links neben ihm saß Eugene Stumpley. Ihm gegenüber Gunter Dietz. Bennie und Eugene tranken Scotch mit Eis. Dietz, der gerade erst eingetroffen war, bestellte noch: Martini, Cocktailnüsse und eine Karaffe Eiswasser. »Und dazu nehmen Sie natürlich Ihren Bombay Gin«, fügte er hinzu, gleichermaßen höfliche Frage wie Befehl.

»*Natürlich,* Mr. Dietz«, sagte der händereibende Kellner.

Dietz ließ seinen Blick über Bennie hinweggleiten. »Wollen Sie noch etwas, Mr., äh, Ep-stein, nicht wahr?« fragte er und legte eine leicht spöttische Betonung auf die erste Silbe von Bennies Nachnamen.

»Epstein, richtig. Sagen Sie ruhig Bennie zu mir.« Dietz bedachte ihn mit einem undeutbaren Blick, sagte nichts weiter, daher legte Bennie eine Hand um sein Glas und sagte mit erzwungener Herzlichkeit: »Ich hab dieses Glas noch nicht leer. Stumpy und ich, wir sitzen hier schon eine Weile, reden über die alten Zeiten.«

»Eugene?«

»Ich bin auch versorgt, Mr. Dietz.«

Dietz gab mit seinen Augen ein Zeichen, und der Kellner verschwand im Gedränge der Gäste. Die Lounge war um diese Zeit dicht bevölkert, jede Nische, jeder Tisch und Barhocker waren besetzt. Die verspiegelten Wände reflektierten die lebhaften Gestalten, erlebnishungrige Männer und Frauen, die meisten um die Dreißig, makellos und gepflegt lässig gekleidet. Es gab keine Musik und kein Fernsehen, sondern nur ein gedämpftes Stimmengemurmel, gelegentlich von einem hellen, perlenden Gelächter unterbrochen. Ein riesiges Aquarium mit stumm herausstarrenden Fischen beherrschte den Raum zwischen den Armen der hufeisenförmigen Bar. Strategisch günstig installierte Kristallkronleuchter lieferten ein gedämpftes gelbes Licht. Der Teppichboden und die üppigen Polster der Nischen waren in einem dunklen Türkis gehalten. Und dem Namen entsprechend bestand der größte Teil der Innendekoration der Floral Gardens aus einem Überfluß an Grünpflanzen. So als säße man mit seinem Glas im tiefsten Kongo, dachte Bennie, beschissene Pflanzen und Bäume, wohin man blickte. Was er jedoch sagte, nachdem der Kellner zurückgekommen war und den Martini und eine hohe Wasserkaraffe auf den Tisch gestellt hatte, war: »Ein netter Laden.«

»Ich komme gerne her«, sagte Dietz. »Hier findet man anständige Leute. Echte Profis. Per se.«

Er redete sehr akzentuiert, so als hülfen ihm die längeren Pausen, seine Gedanken zu ordnen. Aber da die Worte aus diesem schmallippigen Schlitz von einem Mund herausdrangen, war die Wirkung mehr als frostig, auch wenn er über seine Erfahrungen und Vorlieben im Hinblick auf Bars redete.

Bennie hatte Dietz noch nicht persönlich kennengelernt, aber im Laufe der Jahre hatte er sehr viel von ihm gehört. Und wenn er all das bedachte, was er über ihn erfahren hatte, dann war er nicht unbedingt darauf erpicht gewesen, mit ihm zusammenzutreffen. »Das sind immer die besten Gäste«, sagte er und verlieh seinem Gesicht einen listigen, berechnenden Ausdruck und versuchte, die Rolle des erfahrenen Geschäftsmannes zu spielen. Scheiße, egal was, nur versuch's. »Die lassen was springen. Und machen einem keinen Ärger.«

»Ärger«, meinte Dietz nachdenklich. »Ärger ist etwas, das wir alle vermeiden wollen. Jeder von uns. Wenn es irgend geht.«

Bennie entschied, daß es wohl am besten war, überhaupt nichts zu sagen. Ärger – zumindest die Art, die Dietz meinte – war ein Thema, das er lieber nicht aufgreifen wollte. Wenn es möglich war.

Lange Zeit herrschte Stille zwischen ihnen. Eugene zog seine mageren Schultern hoch, blickte zur Decke, auf den Fußboden, dann ließ er seinen Blick durch den Raum schweifen und schließlich auf seinem Schoß zur Ruhe kommen. Dietz nahm einen umständlichen Schluck von seinem Martini, bediente sich dann von dem Eiswasser. Er lehnte sich zurück, strich sich mit einer Hand durch sein kräftiges weißes Haar. Zupfte den Knoten seiner Seidenkrawatte zurecht. Strich sich über das Kinn. Er ließ seinen eisigen Blick langsam zwischen Bennie und Eugene hin und her wandern. Sogar in der Enge der Nische wirkten seine Größe und sein Umfang so, daß er seine Gesprächspartner zu überragen, fast zu erdrücken schien. »Schön«, sagte er schließlich. »Ihr beide kennt euch also schon einige Zeit.«

»Stimmt genau«, bestätigte Bennie. »Seit den fünfziger Jahren, als wir noch junge Burschen waren und gerade ins Geschäft einstiegen. Ich hatte meine erste Organisation. Nichts Großes. Ich managte sie von Skokie aus. Und der alte Stumper hier –« er streckte die Hand aus und versetzte Eugene einen kameradschaftlichen Klaps auf den Arm – »er spielte damals das Maultier, wenn ich mich recht erinnere. Er rannte für jeden, der ihn engagierte.«

»Das ist schon eine Ewigkeit her«, sagte Eugene und distanzierte sich sorgfältig sowohl von dem freundschaftlichen Klaps als auch von der scherzhaften Erinnerung an ihren früheren Umgang.

»Ja, dreißig Jahre oder mehr«, fuhr Bennie fort und schlug den Ton eines weisen alten Kauzes an, der von vergangenem Ruhm träumt. »Erinnerst du dich noch an die dicken Caddies, die wir damals gefahren sind, Stump? Die mit den Haifischflossen hinten? Fast so groß wie ein Panzer? Ich weiß noch, mit ein paar Scheinen in der Tasche waren wir die Fürsten der Welt. Das waren Zeiten.«

Mit einer Miene angespannter Verschlagenheit wagte Eugene einen Blick zu Dietz, der nachdenklich nickte, sich eines Kommentars enthielt und alles nur in sich aufnahm. Er war ein unscheinbarer Mann, Eugene, mit fast zarten Knochen und einer sehnigen Statur. Sein blauer Polyester-Nadelstreifen, das beste Stück in seinem Kleiderschrank, hatte die unselige Tendenz, um seine Figur zu schlottern wie die Lumpen einer Vogelscheuche. Ebenso unvorteilhaft war ein fliehendes Kinn, das seinem Kopf eine leicht oberlastige Erscheinung verlieh, die die spärlichen, wie an den Schädel geklebt wirkenden Haare nicht entscheidend mildern konnten. Spinnennetzartige Äderchen auf den hohlen Wangen und der Nase verliehen einem Teint, der ansonsten gleichförmig grau und schmuddelig wirkte, einen Hauch von Farbe. Seine Geieraugen zuckten ständig hin und her. Im Augenblick wünschte er es sich, daß das Windei endlich die Klappe hielt. Soweit er sich erinnern konnte, hatten sie ein bißchen herumgemaggelt, nichts Großes. Der Jidd tat so, als hätten sie sogar das Bett geteilt. Als wären sie regelrecht Partner oder so was gewesen.

»Nun«, sagte Dietz und wandte sich jetzt direkt an Bennie, »auf jeden Fall ist es glücklicher Zufall, daß Sie Eugene kennen. Für Sie, meine ich. Ein Glück.«

»Ja, ist ganz schön was dabei rumgekommen. Für jeden von uns.«

»Sagen Sie mal, Mr. Ep-stein. In welcher Branche sind Sie zur Zeit tätig?«

»Zur Zeit? Ich mische ein bißchen im Wettgeschäft mit. Außerdem habe ich ein paar Spieler auf der Lohnliste, wenn sich eine günstige Gelegenheit ergibt.« Er dachte sich, daß er den Miezenstall, den er unterhielt, am besten nicht erwähnte. Er sollte lieber sagen, den er früher mal unterhalten hatte. Ein Typ wie Dietz, wie er dasaß, kühl und ruhig, in seinem weißen Leinenanzug und seinen Martini trank, Mr. Fortune 500 persönlich, er würde die Nase über eine solche Tätigkeit rümpfen, obwohl er wahrscheinlich sogar selbst in dieser Branche mitmischte. »Eine Art Altersversorgung«, fügte er hinzu. Es war besser, sein Licht unter den Scheffel zu stellen, kleine Brötchen zu backen.

»Und das in Florida?«

»Richtig, in Florida.«

»Und es ist einer dieser Spieler, wegen dem Sie hergekommen sind, soweit ich verstanden habe?«

Bennie beugte sich über den Tisch und schuf, wie er hoffte, eine vertrauliche Nähe. »Sehen Sie, als ich erfuhr, was in Michigan abgelaufen war, da rief ich Stumpy sofort an und –«

Dietz schnitt ihm mit einer Handbewegung das Wort ab. »Der Mann, von dem die Rede ist. Er heißt Waverly. Stimmt das auch?«

»Ja, so heißt er.«

»Und Sie sind hier, äh, in seinem Namen?«

»Na ja, sicher, ich denke schon. So könnte man sagen.«

Dietz betrachtete ihn mit dem müdesten und eisigsten Lächeln. »Entweder, Sie vertreten ihn, oder Sie vertreten ihn nicht, Mr. Epstein. Beides geht nicht. Und was ist nun?«

Bennie trug ein am Hals offenes lachsfarbenes Sporthemd, eine pfirsichfarbene Hose und bordeauxrote Mokassins mit Fransen. Der letzte Floridaschrei. Nun bedauerte er, kein Jackett angezogen zu haben, etwas Dunkles, um den Schweiß zu verbergen, der sich in seinen Achselhöhlen bildete, über seine Brust und die Terrassen aus welligem Fett auf seinem Bauch hinunterrann und in seinem Hosenbund versickerte. Er kam sich vor wie ein verdammter Regenmacher oder wie einer der Fische in dem Aquarium da oben. Im Gegensatz dazu war sein Mund knochentrocken. Aber er mußte reagieren, mußte irgend etwas bemerken, deshalb sagte er: »Wissen Sie, Mr. Dietz, dieser Waverly hatte überhaupt keine Ahnung, in welche Sache er reingeraten war. Eigentlich ist er ein recht intelligenter Bursche. Er war auf dem College. Aber er hat die Begabung, sich immer wieder in Schwierigkeiten zu bringen. Sehen sie, er hat einige Zeit im Bau verbracht, in der Puzzle-Fabrik, und deshalb spielt er manchmal ein bißchen verrückt. Er möchte jetzt folgendes tun –«

»Sie haben die Frage vergessen«, unterbrach Dietz ihn erneut. »Ich wollte wissen, ob Sie ihn hier vertreten. Oder nicht. Das ist alles.«

»Ich glaube schon.«

»Na schön. Gut. Prima, daß wir wenigstens das geklärt haben. Also, dann lassen Sie mal Ihren Vorschlag hören.«

Bennie machte ein verwirrtes Gesicht. Er wandte sich zu Eugene um. »Du hast es ihm nicht gesagt?«

Eugene reagierte mit einem kaum wahrnehmbaren Achselzukken und blickte fragend in Dietz' Richtung. In den vielen Jahren seiner Partnerschaft mit Gunter Dietz hatte er es gelernt, niemals zu reden, bevor er das Zeichen dazu bekam. Und das bekam er jetzt nicht.

»Ich habe es so verstanden«, fuhr Gunter Dietz fort, »daß Sie die Absicht haben, das Geld zurückzuzahlen, das Ihr, äh, Partner uns gekostet hat.«

»Deshalb bin ich hergekommen, Mr. Dietz.«

»In voller Höhe?«

»Genau. Hübsche grüne Scheine mit dem Bild von General George Washington für eine halbe Million.«

»Ist das der Betrag, den du genannt hast?« fragte Dietz. Er sprach mit Eugene, aber sein Blick löste sich nicht von Bennie, und was an Lächeln in seinem Gesicht versteckt gewesen war, das war schon lange verschwunden.

Eugene rutschte auf seinem Platz hin und her. Mit seinen Händen vollführte er einige flatternde Bewegungen, als wolle er damit Vögel imitieren. »Ja, stimmt«, sagte er. »Das war doch richtig, oder? Das hatten Sie doch gesagt, nicht wahr?«

Dietz widmete sich wieder seinem Martini. Dabei beobachtete er Bennie über den Rand seines Glases hinweg. Er ließ sich Zeit. Dann stellte er das Glas auf den Tisch und meinte: »Ich bin richtig neugierig zu erfahren, Mr. Ep-stein, warum Sie sich ausgerechnet jetzt mit uns in Verbindung setzen. So spät. Dieser, äh, Mißklang in Michigan liegt doch schon fast ein ganzes Jahr zurück. Warum haben Sie so lange gebraucht?«

»Nun, also, die Sache ist die, Waverly hat nicht darüber geredet, bis vor etwa zwei Wochen. Sicher, er hat schon einige Bemerkungen gemacht, im vergangenen Herbst, aber er hat nicht gesagt, *wem* er da ins Gehege geraten war. Sobald ich das herausbekam, sag ich zu ihm: ›Du mußt die Sache sofort in Ordnung bringen, mein Junge. Komm ans Fenster!‹«

»Das haben Sie ihm geraten?«

»Genau mit diesen Worten.«

»Und vor wieviel Wochen war das? Zwei, sagen Sie?«

»Ungefähr. Es kann auch etwas länger gewesen sein.«

Ein Schimmer des Unmuts glitt über Dietz' kontrollierte Gesichtszüge. »Wissen Sie was, Mr. Ep-stein, ich glaube, Sie wollen uns für dumm verkaufen. Eugene und mich. Halten uns für Idioten. Ich glaube, Sie haben davon Wind bekommen, daß einige unserer Freunde sich umhören. Da unten in Florida. Sie wollten die Spur aufnehmen, wie das so schön heißt. Und da erst beschlossen

Sie, von sich hören zu lassen. Und deshalb hat es so lange gedauert.«

Lieber Gott im Himmel, dachte Bennie, wie schaffe ich es, meinen süßen Judenarsch aus dieser Schlinge zu ziehen, und sagte: »Auf Ehre und Gewissen«, und hob eine Hand, als wolle er einen Schwur leisten, »aber es war genauso, wie ich es Ihnen erzählt habe. Was dieser Waverly vom Leben weiß, ist Null. Mehr nicht. Alles was er kennt, sind seine Karten. Wenn er letztes Jahr gesagt hätte, wem er da Ärger gemacht hatte, hätte ich sofort bei Ihnen auf der Matte gestanden. Mit dem Kies in der Hand.«

Während er das sagte, wurde Bennie sich bewußt, daß er mit den Augen einen auf Eugene machte, seine Blicke irrten durch das ganze Lokal wie bei einem Nachtjäger, der mit einer Wassermelone unter dem Arm erwischt worden war. Das half ihm auch nicht viel. Das Verrückte war, daß alles, was er sagte, wirklich stimmte, aber man erzählte so viele Lügen, daß einem sogar dieser ganze Wahrheitsguano schlüpfrig auf der Zunge vorkam. Fällt einem wie Brei aus dem Mund, so wie das hier.

Dietz legte seine Hände flach auf den Tisch. »Nun«, sagte er großzügig, »vielleicht ist das auch gar nicht so wichtig. Per se. Was zählt, ist, daß Sie hergekommen sind. Und das war genau das Richtige. Denn wir hätten Sie auf jeden Fall gefunden, so oder so. Früher oder später. Und zwar beide.«

Bennie unterdrückte einen tiefen Seufzer, obgleich ihm der bodenlose Klang des »beide« überhaupt nicht gefiel. »Wir wollen nichts anderes, als die Angelegenheit aus der Welt schaffen, Mr. Dietz.«

Dietz ließ einen Moment verstreichen, ehe er auf dieses friedliche Ansinnen reagierte. Hinter dem ausdruckslosen Gesicht schien er zu rechnen. Schließlich sagte er: »Sie erinnern sich noch an den Ärger, von dem wir gerade sprachen? Vor einer Weile?«

»Ja, ich erinnere mich«, sagte Bennie vorsichtig.

»Ihnen ist sicherlich klar, daß Ihr Freund uns davon eine ganze Menge beschert hat. Ärger. Das sehen Sie doch ein, nicht wahr? Mr. Ep-stein?«

»Ich weiß, wie das ist, ein solcher Ärger.«

»Viele Leute oben in Michigan wurden in die Sache reingezogen und haben darunter leiden müssen. Gute Leute.«

»Ja, ich hab davon gehört.«

»Und dann sind da noch diese Unannehmlichkeiten. Diese Störung der normalen Geschäfte, die Einbußen. Das ist auch eine Art Ärger, meinen Sie nicht auch?«

Bennie bewegte seinen Kopf, um seine Zustimmung anzuzeigen: Er war nicht gerade davon begeistert, wie diese Unterhaltung sich entwickelte.

»Sehen Sie, Mr. Ep-stein, das Problem bei Ihrem Angebot ist, daß es in keiner Weise unseren Ärger und unsere Verluste berücksichtigt. Das betrifft mich und Eugene. Und auch einige andere Leute. Dafür muß doch irgendein Ausgleich geschaffen werden, meinen Sie nicht?«

»Ich denke schon.«

»Was würden Sie denn als Gegenwert ansetzen?« fragte Dietz mit ruhiger, ernster Stimme, die auszudrücken schien, daß ihn B. Epsteins Meinung dazu aufrichtig interessierte.

»Ziemlich schwer, das in Zahlen zu fassen«, sagte Bennie, obgleich der Betrag ziemlich genau und unverrückbar in seinem Kopf stand. Eindeutig. 561,414. Und die paar Münzen in seinen Taschen. Das war alles, was sie zusammen hatten aufbringen können, und dabei hatten sie sämtliche Außenstände berücksichtigt und jeden Baum geschüttelt, der etwas herzugeben versprach. Wenn jetzt noch dieser verdammte Ärger- und Sorgen-Bonus hinzukam, dann waren sie total pleite.

»Vielleicht doch nicht«, sagte Dietz. »Vielleicht können wir uns auf eine Zahl einigen, die vernünftig ist. Die fair ist.« Er legte einen Zeigefinger auf seine Oberlippe, strich langsam an ihr entlang und überlegte. »Eine Frage, Mr. Ep-stein. In der Branche, in der Sie beide tätig sind, läßt sich doch sicherlich ganz gut verdienen. Habe ich recht?«

»Nun, eben da gibt es weitere Probleme. Ärger, der mit dieser Michigan-Affäre zusammenhängt. Sehen Sie, was Waverly da getan hat, wirbelte ziemlich viel Staub auf. Es war zwar nur eine Kleinstadt mit einer Handvoll Dorfpolizisten, aber die haben trotzdem einen langen Arm. Und der reicht sogar bis hierher in unsere Gegend. Während der letzten Monate sind die Cops uns ganz schön auf die Zehen getreten.«

»Eine Schande«, sagte Dietz.

»Ja«, sagte Bennie, der warm wurde bei der Rezitation seiner Leidensgeschichte, »es ist so, als hätten sie uns von sämtlichen Quellen abgeschnitten.«

»Demnach laufen die Geschäfte also nicht mehr so gut.«

»Eher schon gleich Null.«

»Aber, es gab doch Zeiten, da blühte Ihr Business, oder? Jedenfalls haben mir das meine Freunde da unten berichtet. Und die wissen in dieser Hinsicht ganz gut Bescheid.«

»Ja ja, wir haben im Laufe der Jahre ein bißchen was sparen können. Aber nicht viel. Gerade so, daß wir einigermaßen zurechtkamen.«

»Aber genug, um unsere Forderungen zu befriedigen. Was nun diesen Ärger und die Unannehmlichkeiten betrifft, um die es geht – was meinen Sie, welcher Betrag ist dafür – wie heißt es so schön? – recht und billig?«

»Ich denke, das kommt auf die Höhe an.«

»Mal überlegen«, sagte Dietz, massierte wieder seine Lippe und schien genau das zu tun, wobei seine Augen eisig funkelten. »Wenn man heutzutage eine halbe Million anlegt, dann bekommt man dafür zehn Prozent. Das wären fünfzigtausend. Hinzu käme dann der Bonus für Ärger und Unannehmlichkeiten, das wäre eine weitere Viertelmillion, um das abzudecken. Klingt das angemessen?«

»Mein Gott, Mr. Dietz, dreihundert Riesen, das sind aber verdammt hohe Gebühren.«

Dietz richtete einen fragenden Blick auf Eugene. »Was hältst du davon, Eugene?«

»Klingt okay für mich. Richtig großzügig.«

Dietz schaute wieder zu Bennie. »Betrachten Sie es als kleinen Aufschlag«, sagte er mit dem Anflug eines Lächelns, »sozusagen die Kosten für Versand und Verpackung in unserem Gewerbe.«

Bennies Gesicht wurde blaß und verlor jeglichen Ausdruck, aber er konnte die Zahlen nicht anhalten, die durch seinen Kopf schwirrten, eine rasend schnelle Berechnung, einfachste Arithmetik, eine einzige große Substraktion, an deren Ende eine Null übrigblieb. »Die Zinsen, die bringen wir vielleicht noch auf die Beine«, sagte er vorsichtig, »aber das muß ich Ihnen sagen, die zweihundertfünfzig haben wir einfach nicht.«

»Sie scheinen mir ein sehr einfallsreicher Mann zu sein, Mr. Epstein. Ich wette, daß Sie einen Weg finden, den Betrag zusammenzubringen.«

Bennie saß in der Klemme, und er wußte es. Was er auch versuchte, jedes Drehen und Wenden nutzte nichts. Nicht bei diesem Wichser, der keine Ruhe geben würde. Das Beste, was er jetzt noch tun konnte, war, Zeit zu gewinnen, und daher lenkte er ein. »Vielleicht schaffen wir's doch. Aber das dauert etwas.«

»Sie bekommen zwei Wochen.«

»Zwei Wochen!« jaulte Bennie. »Heiliger Bimbam! Zweihundertfünfzig in zwei Wochen, das ist unmöglich!«

»Das ist nur eine Frage der Prioritäten«, sagte Dietz milde.

Sicher. Er hatte gut reden, das dämliche Arschloch. »Sehen Sie, Mr. Dietz«, sagte Bennie, erschrak über das plötzliche Zittern in seiner Stimme und versuchte es zu unterdrücken, »wir wollen uns gütlich mit Ihnen einigen. Waverly und ich. Sonst wäre ich ja gar nicht erst hergekommen, oder? Aber wir brauchen etwas mehr Zeit als zwei Wochen.«

»Und Sie haben nicht richtig zugehört, Mr. Ep-stein. Es gibt nichts zu verhandeln. Einspruch abgewiesen.«

Nun nahm Bennies Gesicht den betroffenen Ausdruck eines Mannes an, der einen nahen Verwandten zu Grabe trug. Oder der soeben mit einer Axt niedergeschlagen worden war. »Ich werde sehen, was ich tun kann«, murmelte er.

»Tun Sie das. Fahren Sie jetzt zurück in Ihr Motel. Essen Sie eine Kleinigkeit. Ruhen Sie sich aus. Wenn ich alles richtig verstanden habe, dann liefern Sie morgen Eugene die erste Rate. Natürlich inklusive der zehn Prozent. Das beweist uns Ihren guten Willen, zeigt uns, daß Sie den Ernst der Situation begriffen haben. Danach sollten Sie sich in die nächste Maschine nach Süden setzen. Und wenn Sie zu Hause sind, dann setzen Sie sich mal mit Ihrem Spielerfreund zusammen. Überlegen Sie sich etwas. Machen Sie ein bißchen Brainstorming. Denken Sie nach. Sie werden feststellen, es gibt immer eine Lösung.«

Damit war er unmißverständlich entlassen. Und in der Welt des Gunter Dietz, in der keine Gefangenen gemacht werden, gab es kein Bitten und kein Flehen mehr. Ohne ein weiteres Wort schlüpfte Bennie aus der Nische und machte einen schlurfenden

Schritt in Richtung Tür. Dietz schnippte mit einem Finger, weniger als sei ihm noch etwas eingefallen, sondern mehr so, als hätte er es mit einem ungehorsamen Hund zu tun.

»Eine Sache noch«, sagte er ruhig und ohne einen Anflug von Bösartigkeit, obgleich seine Augen in einem kalten, drohenden Licht erstrahlten. »Wissen Sie noch, was dieser Boxer, ich glaube, es war Joe Louis, gesagt hat? Über irgendeinen Gegner, ich hab aber vergessen, über welchen. ›Er kann weglaufen, aber er kann sich nicht verstecken‹, das hat er gesagt. Gar nicht dumm, unser Joe. Sie sollten mal darüber nachdenken. Es ist viel dran an diesem Spruch. Per se.«

Sobald Bennie gegangen war, wandte Dietz sich an Eugene. »Hast du jemand auf ihn angesetzt?«

»Rund um die Uhr. Überhaupt kein Problem, Mr. Dietz.«

»Wen?«

»Den jungen Burschen, der gestern bei mir war. Sie erinnern sich, Sigurd? Ein Neffe von mir. Der Junge meines Bruders.«

Dietz' Stirn legte sich in skeptische Falten. »Dieser Neffe von dir, Eugene, der wirkte aber nicht wie ein großer Denker. Auf mich.«

»Na ja, vielleicht ist er nicht gerade eine Leuchte«, sagte Eugene mit der Andeutung eines Lächelns. »Aber wenn es um einen Beschattungsjob geht, ist er wirklich gut. Sie wissen schon, nur Instinkt, aber kein bißchen Phantasie.«

»Hoffentlich. So was wie in Michigan möchte ich nicht noch mal erleben. Aufs Kreuz gelegt von einem Kartenhai und einem Juden – nicht diesmal. Ist das klar, Eugene?«

Eugene nickte heftig. Seine Finger trommelten auf der Tischplatte im Rhythmus mit seinen Gedanken, die im Augenblick zwischen dem massigen Erscheinungsbild seines dicken Neffen und der abstrakten Idee seiner eigenen übereilten Entscheidung, ihm diesen Auftrag anzuvertrauen, hin und her pendelten und die deshalb nicht frei von bösen Vorahnungen waren. Seine zahnstocherdünnen Beine legten sich überkreuz und streckten sich wieder. Tiefe Besorgnis machte sich auf seinem eingefallenen Gesicht breit. In der Vergangenheit waren die meisten seiner Geschäfte mit Mr. Dietz per Telefon abgewickelt worden, und so fielen in der

Gegenwart von jemand mit soviel Gewicht und Bedeutung seine Gesten und Verhaltensweisen und Gefühlsäußerungen entsprechend übertriebener aus.

»Gut«, sagte Dietz. »Um zum Wesentlichen zu kommen, was haben wir in Florida arrangiert?«

»Ich habe gestern abend einige Anrufe gemacht. So, wie Sie verlangt haben. Ich hab da jemand gefunden, der zur absoluten Spitzenklasse zählt, hört auf den Namen –«

»Keine Namen, Eugene.«

»Ach ja, klar, hab ich vergessen. Jedenfalls, dieser Junge arbeitet frei, hat schon jede Menge Aufträge da unten ausgeführt. Überall, wo ich mich nach ihm erkundigt habe, sagen die Leute, er ist ein absoluter Künstler. Die Itaker haben ihn schon benutzt, sämtliche Mexikanersyndikate, sogar die Typen aus Jamaica, soweit ich gehört habe.«

»Hmm«, hmmte Dietz. »Beste Referenzen.«

Für einen Moment schwieg er. Eugene beobachtete ihn aus den Augenwinkeln. Sein Gesicht blieb unbeweglich, die Schultern waren nach vorn gesunken – er sah aus, als wäre er eingedöst. Eugene schwieg.

Die Stille breitete sich aus. Eugene betrachtete sein leeres Glas und wünschte sich, er hätte doch noch eins bestellt, als er dazu die Chance gehabt hatte. Er wünschte sich, er könnte eine Zigarette anmachen, nur wußte er genau, daß Mr. Dietz etwas gegen Rauchen hatte. Wünschte sich, er würde bald was sagen, verdammt noch mal.

Und schließlich tat er es.

»Ruf ihn heute abend an, Eugene. Engagier ihn. Zahl den Höchstpreis, wenn es sein muß. Aber sag ihm auf jeden Fall, er soll die zwei Wochen warten. Bleib ihnen auf den Fersen, melde dich regelmäßig, aber unternimm nichts, ehe ich nicht das Zeichen dazu gebe.«

Eugene sah ihn verwirrt an. »Sie wollen nicht, daß sie sofort ausgeknipst werden?«

»Nein, geben wir ihnen die zwei Wochen Zeit. Mal sehen, wie gut sie sind.«

»Sie meinen tatsächlich, sie könnten diese Menge zusammenbekommen, in zwei Wochen?« fragte Eugene skeptisch.

Dietz' Lippen klafften in einem knappen Lächeln auseinander, in dem kein bißchen Belustigung lag und das für niemanden sonst gedacht war als für ihn selbst. »Du hast doch gesehen, wie dieser Itzig geschwitzt hat. Oder etwa nicht, Eugene?«

»Ja, das hab ich gesehen.«

»Das war nur der Anfang. Für beide. Wenn du morgen kassiert hast, dann wird es eisig kalt. Das ist doch im Grunde alles nur ein Trinkgeld, könnte man sagen. Das geht schon in Ordnung. Spielt keine Rolle. Hier geht es nicht um Geld, Eugene. Jetzt nicht mehr.«

7

Sprengmeister, Flammenwerfer, Fahrer, Stuntman, Sandmann – sowohl gewerbemäßig wie auch als Person war D'Marco die Universalpackung. Er lieferte einen Rundumservice. Seine Kunden kannten ihn als Frog, eine Art Codename für ihn. Er hatte nichts gegen diese Bezeichnung. Im Gegenteil, er war sogar stolz auf seine gallischen Vorfahren. Schließlich, wie viele echte Franzosen (wenn auch in der dritten Generation und mit einem schweizerischen Einschlag durch seine Mutter) konnte man hier unten im Land der Bastarde, Heimat der Mexikaner und Itzigs und Rednecks und Nigger, schon antreffen? Die Antwort auf diese Frage lag auf der Hand: nicht viele. Wenn überhaupt welche. Daher dachte er, daß es sein Geburtsrecht war, etwas Besonderes zu sein, praktisch einmalig; und seit frühester Kindheit verhielt er sich entsprechend dieser Annahme, schuf er sich diesen muskelgepanzerten Körper, meisterte er die Schwierigkeiten seines selbstgewählten Berufs, kultivierte er jene lässige und zugleich erhabene Haltung, welche nicht nur natürliches Anderssein, sondern auch natürliche Überlegenheit signalisierte. Und er hatte es ganz allein geschafft, von Null angefangen, ohne irgendwelche ethnischen Beziehungen wie die Dagos, ohne alte Familientradition, auf die er sich hätte stützen können (sein Vater war ein ängstlicher Optiker in Memphis, wo D'Marco aufgewachsen war), ohne Mitgliedschaft in einer Jugendbande (Musterknabe, der er war, war er sogar mal ein Pfadfinder mit zehn Verdienstmedaillen gewesen). Nein, er war das Produkt seiner eigenen Phantasie, Endergebnis einer sich selbst angeeigneten Fähigkeit, einen Mythos zu erschaffen. Aber es war nicht immer leicht gewesen, ein Original zu sein, und man mußte hart dafür arbeiten, und manchmal, unter den Proleten, erntete man dafür ein spöttisches Grinsen.

Nehmen wir nur mal diesen Abend, zum Beispiel. Obgleich er heute abend nur einen Einsatz hatte, eine schnelle und schmutzige Angelegenheit, und obgleich er noch einige Stunden totschlagen mußte, ehe er aktiv werden konnte, würde er auf keinen Fall etwas Alkoholisches trinken (was er ohnehin nur überaus selten tat). Es benebelte einem den Kopf, lähmte die Reflexe – das war nichts für D'Marco Fontaine. Ob es um viel oder wenig Geld bei seinen Jobs ging, er hatte einen Ruf zu verteidigen. Daher, als er reinkam und einen Platz am Ende der ovalen Bar fand mit einem ungehinderten Blick auf den gedämpft beleuchteten Gastraum mit rechteckigen Grundriß, auf die Tische, die eine Tanzfläche säumten, die von einem Podium für die Kapelle beherrscht wurde, auf den Eingang zur Rechten und den Korridor, der zum Speisesaal irgendwo im hinteren Teil des Etablissements führte – als er das tat, sich setzte und eine Bloody Mary, aber ohne Wodka, bestellte, handelte er sich von dem Heini von Barkeeper ein unwilliges Knurren und ein spöttisches Grinsen ein. Und während die Zeit sich langsam weiterschleppte und er wartete, seinen Tomatensaft trank und an der Selleriestange knabberte, seine Umgebung und die anwachsende Gästeschar und den zunehmenden Betrieb mit wachen, professionellen Augen studierte, wurde der Heini immer frecher und begleitete die Neubestellung grinsend mit einem lauten: »Ein frischer Kindercocktail, kommt sofort.« Als dann das Glas vor ihn hingestellt wurde, tat D'Marco das, was er immer mit solchen Schlaumeiern tat, er bedachte ihn mit einem kalten, harten Henkerblick, und das Grinsen zerbröselte, und der Heini verzog sich eilends zum anderen Ende der Bar und stimmte mit den anderen Schnapsjongleuren zum x-ten Mal einen anscheinend besonders lustigen Song an: »Andy ain't mad at no-body, n-o-o bah-dee a'tall.«

Andy's Old Fashion Chophouse and Fun Time Saloon. Spezialität: italienische Küche. Jeden Abend Live-Bühnenshow. Ein kurzes Stück den Highway 1 rauf, gleich hinter Juno Beach. Ihr Gastgeber: Andrew J. »Andy« Scalisi. Ein richtig gemütlicher Laden, sogar mit eigener Hymne, die immer wieder mal von den Gästen, außer D'Marco angestimmt und hinausgegrölt wurde. Einer der Sänger, der Barkeeper-Heini, schlug einen Gong an, und über der Bar blinkte ein Zick-Zack-Muster von Lampen auf. Applaus, Pfiffe, Hochrufe, Gläser wurden gehoben, und es wurde auf Tischen getrommelt. Ja, ein richtiges Feierabendparadies, Andy's. Außer der Tatsache, daß, wenn Andy selbst auch auf niemanden sauer war, irgend jemand so sicher wie das Amen in der Kirche mit ihm ein Hühnchen zu rupfen hatte.

Weshalb, das ging ihn nichts an, obgleich die Stimme am Telefon – nach Marcos Dafürhalten unnötigerweise und auch völlig unprofessionell – einige Einzelheiten erzählt hatte. Er pantschte den Schnaps, nahm Geld aus der Kasse, ließ sich von den Lieferanten schmieren – das waren nur einige der geringeren, verzeihlichen Sünden Andys. Aber wenn deine Frau die Tochter eines wichtigen Mannes war und du deinen Job (wenn man das überhaupt so nennen wollte, eine Geldwaschanlage betreiben) nur dank der Duldsamkeit dieses wichtigen Mannes hattest, dann war es schon blöder als schwachsinnig, die Barsängerin zu stoßen, eine schlanke Blondine, die gerade zum Podium schritt, und ansonsten einen großen Teil seiner Freizeit auf der einen oder anderen Cocktailkellnerin zu verbringen. Vor allem, wenn du vorher gewarnt worden warst. Er lernte sehr langsam, unser Andy. Er brauchte Nachhilfestunden. Und dafür war Professor Fontaine da.

Fünf Minuten vor neun, und die Liveshow absolvierte das allabendliche Ritual des Bühnenaufbaus. Drei leichenhaft aussehende Männer mit wie elektrisiert abstehendem Stachelhaar und blassen, hageren Gesichtern leisteten der Blondine auf der Bühne Gesellschaft und machten betont lässig an ihren in ihrer Vielfalt ziemlich verwirrenden Gerätschaften herum. Als Komparsen im Hintergrund trugen sie identische schwarze Overalls. Sie war mit einem silbern glänzenden Fetzen bekleidet, der aussah wie ein kunstvoll um sie geschlungenes Badetuch, das wenige Zentimeter über ihren prallen, gepuderten Möpsen und einigen Millimeter unterhalb ihres Schritts endete. Hübsche Zurschaustellung cremefarbenen Fleisches. Einige Bemerkungen wurden *sotto voce* ausgetauscht, das ein oder andere wissende Lächeln blitzte auf. Einer der Overalls, die Gitarre locker an der Seite, tauchte hinter einer der zahlreichen Lautsprecherboxen auf, die auf der Bühne herumstanden wie Särge, und stellte das Mikrofon ein, klopfte zweimal dagegen, ließ ein hohles Echo durch den Raum rollen und murmelte: »Testing one three six nine –« Er zögerte, überlegte kurz, und sagte: »Six, nine – sixty-nine heißt das. Geht es Ihnen allen heute abend gut?«

Ein Komiker. Wurde großzügig mit Gelächter belohnt.

»Guten Abend, Lady und Gentleman – jeder einzelne von euch beiden – und auch alle anderen, und willkommen in Andy's Fun Time Saloon.« Seine Stimme klang schleppend, flüsternd, ein bißchen heiser. Die zweite Gitarre und der Schlagzeuger intonierten ein langsames, gedämpftes Riff. Vor einem weiteren Mikrofon stand die Blondine reglos in einem Lichtbalken. »Wir sind die Winds of Change mit Miss Lala – Verzeihung, es heißt Lola – Rivers, und wir wollen Sie mit Ihren Lieblingshits und vielleicht dazwischen ein paar langsamen Sachen unterhalten.« Das Riff baute einen drängenden, treibenden Rhythmus auf. »Wenn also jeder bereit ist – dann los, bringen wir die müden, alten Knochen in Schwung und geben wir G-a-a-a-a-s!« Er schob die Gitarre in Position, attackierte sie regelrecht, und die Musik dröhnte los, und eine Schar Tänzer eilte durch den Raum zur Bühne, und die Blondine, die Augen geschlossen wie in einem Schock, ergriff das Mikrofon mit beiden Händen und heulte:

That was yesterday
Things're changin' now,
Visions of the past
Never gon-na last,
Winds are risin' fast
Measureless and vast
Nothin' never last.

D'Marco verfolgte das Geschehen voller Abscheu. Er haßte diese dröhnende Urwaldmusik und diese Zuckungen und Verrenkungen, die offenbar dazugehörten. Er hielt mehr von Barry Manilow oder Neil Diamond. Auch ein paar der alten Sinatra-Titel waren ganz gut. Winds of Change – die Band klang eher wie der Furz eines Elefanten. Und er hatte noch neunzig Minuten vor sich, in denen er diesen Lärm ertragen mußte. Bei jedem Job, den man übernahm, mußte man für sein Geld arbeiten, aber es gab welche – wie diesen –, da war es verdammt viel schwieriger als bei anderen.

Etwa um halb zehn erschien ein feister Bursche in meergrünem Anzug im Eingang, und der musikalische Lärm wurde mitten in der Nummer unterbrochen, und die Blondine reckte ihm die Arme entgegen, und der Schlagzeuger spielte einen Wirbel, und die Köpfe der Gäste fuhren herum, sogar D'Marcos, während die Musiker und Barkeeper erneut Andys Hymne anstimmten. Das Objekt dieser unmelodischen Ovation bedankte sich mit einem Winken, spreizte dabei die Finger zum Victory-Zeichen und verbeugte sich. Dann gab er durch eine Geste zu verstehen, das Programm solle weitergehen, und die Musik wurde schlagartig lauter, und die kurzzeitig erstarrten Tänzer wurden wieder zum Leben erweckt. Prinz Andy betrat den Raum und drängte sich durch die Menge, schlug hier in eine dargebotene Handfläche, tätschelte dort jemandem den Bauch, tippte einem dritten auf den Oberarm, grinste breit und ließ ab und zu ein übertriebenes Lachen hören. Er badete in der allgemeinen Aufmerksamkeit und verteilte huldvoll seine Gunst unter den Anwesenden. Sein Kopf war ungewöhnlich groß, bedeckt mit kräftigem eisengrauem Haar und durch einen fettgepolsterten Nacken mit seinen Schultern verankert. Schweinchenaugen wölbten sich aus einem fleischigen Gesicht, das von diversen Exzessen ruiniert war, von Elefantenohren eingerahmt und von einer Folge wabbeliger Doppelkinne gestützt wurde. Er schien sich mit einer Art schwerfälliger Bedächtigkeit zu bewegen, als würde er hinter dem Strahlen dieses Scheinwerferlächelns hergeschleift. Am Ende gelangte er so zu einem Tisch unweit des Podiums, wo ihm schnellstens Platz gemacht wurde. Er senkte seinen massigen Körper in den Sessel, ein Drink wurde gebracht und ihm in die Hand gedrückt, und er legte den Kopf nach hinten und leerte das Glas mit einem Zug. D'Marco beobachtete ihn mit einer Mischung aus Mitleid und Verachtung. Ihm blieb noch eine Stunde Lächeln.

Kurz nach zehn Uhr kam eine Frau an die Bar, ging direkt auf

D'Marco zu und forderte ihn zum Tanzen auf. Kein so übles Gesicht, wenn man den auffälligen, nuttigen Typ der Asphaltprinzessin mochte. Was er nicht tat. Eine abgewrackte Schlampe wie die würde das Ganze am Ende noch eine Trockennummer nennen und ihm die Rechnung präsentieren, kaum daß der letzte Ton der Musik verklungen war. Und sechs Wochen später der positive AIDS-Test. Mindestens aber ein Tripper.

»Ich tanze nicht«, sagte er und blickte sie kalt an.

»Oh, dann entschuldigen Sie, beschissene Hoheit«, keifte sie, erwiderte seinen Blick, die Hände auf die Hüften gestützt und leicht schwankend. Ihre verschwommenen Augen blieben an den Pectoralmuskeln hängen, die sich unter seinem Oberhemd abzeichneten. »Ich hatte angenommen, ihr Muskelmänner hättet was zwischen den Beinen hängen. War wohl ein Irrtum.«

D'Marco spürte, wie er rot anlief. Er spürte, wie die amüsierten Blicke der anderen Gäste ihn streiften. Normalerweise und an einem anderen Ort und unter anderen Umständen hätte er sie zum Schweigen gebracht, und das auf drastische Weise. Aber er konnte sich im Augenblick kein Aufsehen erlauben. »Warum versuchen Sie Ihr Glück nicht bei jemand anderem?« fragte er.

»Ich rede aber mit Ihnen, Mr. Muskelmann.«

»Na schön, dann müssen Sie Selbstgespräche führen«, murmelte er und wandte sich ab.

»Was 'n los, mögen Sie keine Frauen?«

All das paßte nicht in seinen Plan. Es war das letzte, was er jetzt brauchen konnte. Er erhob sich von seinem Hocker und schlängelte sich um sie herum und durch die Menschentrauben in Richtung auf die Tür und das Asyl des Parkplatzes.

»Unser Muskelmann mag keine Girls«, hörte er sie hinter sich herrufen, »dafür geht er sich jetzt einen süßen Jungen suchen!« Brüllendes Gelächter verfolgte ihn bis zur Tür. Er drehte sich nicht um.

Und nun, als er neben dem Heck seines LX auf dem verwaisten Parkplatz stand, empfand er nichts als rasende Wut. Konzentrier sie, wies er sich selbst an, lenke sie in die richtigen Kanäle, such dir ein Ziel. Du weißt, wer du bist. Was du vorhast. Du brauchst sowieso kaum mehr als fünfzehn Minuten zu warten (verkündete ihm das Leuchtzifferblatt seiner Uhr); die sollte er lieber hier draußen verbringen, in der frischen Luft und der angenehmen Stille unter einem funkelnden Nachthimmel voller Sterne. Stimmt's nicht? Stimmt.

Diese Selbstgespräche beruhigten, besänftigten ihn. Er holte einen Schlüssel hervor und öffnete den Kofferraum. Darin lag ein Leinensack, der sein Werkzeug enthielt. Sehr frühzeitig hatte er seine Auswahl auf zwei Möglichkeiten beschränkt: Lötlampe oder Pickel, Feuer oder Eis. Er hatte bei diesem Auftrag carte blanche bekommen (»Sie sind der Fachmann, Frog«, hatte die Stimme am Telefon gesagt, »tun Sie, was Sie wollen, solange es nur weh tut.«), daher lag die Entscheidung bei ihm. Feuer war immer gut, aber die Bedingungen waren in diesem Fall nicht so günstig. Da bot sich an diesem Abend die kalte Methode eher an. Er wühlte in dem Sack herum, bis er den Eispickel und eine Rolle Klebeband fand. Beides verstaute er in einer Tasche seines Jacketts. In die andere schob er die .32er, die er gewohnheitsmäßig zu solchen Jobs mitnahm, falls das Objekt Schwierigkeiten machte. Es war eine Versicherung.

Er klappte den Kofferraum zu und nahm sich einen Moment Zeit, um das Gelände zu sondieren. Andy's Laden stand auf dem letzten Zipfel zwischen dem Nordende von Juno Beach und dem Südrand von Jupiter, vom Highway ein wenig zurückgesetzt, mit einem Parkplatz vorne und einem auf der einen Seite und einer Palmengruppe auf der anderen. Der nächste Nachbar, der Saloon eines Konkurrenten, befand sich eine Viertelmeile die Straße hinunter. Der LX parkte am entfernten Ende der äußeren Wagenzeile mit direkter und schneller Zufahrt zum Highway. Das Arrangement konnte nicht günstiger sein, selbst wenn er alles hätte selbst bestimmen können. Aber das hatte er auch schon lange vorher gewußt, da er sich gleich nach seiner Ankunft das Operationsgebiet gründlich angesehen hatte.

Er spazierte gemütlich über den vorderen Parkplatz und am Eingang vorbei und um die Ecke der Baumseite herum und hielt sich dabei im Schatten. Hinten gab es eine einzelne Tür mit einer kleinen Lampe darüber; und ein paar Schritte weiter, dicht neben der Mauer, einen Müllcontainer; und dahinter, auf einem durch ein Schild für Mr. Scalisi reservierten Platz, einen weißen Lincoln Town Car. Ansonsten gab es dort nichts mehr, sondern nur noch einen Asphaltstreifen, der von einem freien Feld trockenen Grases begrenzt wurde, das sich in der Ferne verlor. Auch das war geradezu ideal.

D'Marco schlüpfte hinter den Müllcontainer und zwängte sich zwischen Behälter und Mauer. Aus seiner Position konnte er sowohl den Wagen als auch die Tür beobachten. Man hatte ihm versichert, daß Andy stets an seinen Gewohnheiten festhielt, fünf Minuten nach dem ersten Set durch die Tür kam, sich auf die Rückbank seines Lincoln setzte und auf die Blondine wartete, die zehn Minuten später kam, als hätten sie alle hinters Licht geführt, sich auf den Wagenboden kniete und den Mann in selige Gefilde abschwirren ließ. So hatte man es ihm geschildert, aber er hielt wenig von Überraschungen. In diesem Fall bewegte er sich in einem sehr engen Zeitrahmen. Und in seinem Gewerbe, auch wenn er nur Denkzettel verteilte, waren Zeugen unerwünscht.

Und so stand er da, vom Sternenlicht übergossen, flach gegen den Müllcontainer gepreßt, rhythmisch seine Lungen mit der reinen Nachtluft füllend (die von dem säuerlichen Gestank der verschiedenen unidentifizierbaren Essenreste geschwängert war, der durch den Deckelspalt des Containers nach draußen drang), dabei dem ständigen Zirpen der Grillen auf dem Feld und dem gedämpften Pulsieren der Musik jenseits der Wand lauschend. Er zwang sich zur Ruhe. Und wartete.

Es gab keine Überraschungen. Um halb elf brach die Musik plötzlich ab. Um drei Minuten nach halb elf trat Andy durch die Hintertür und summte irgendeine unbekannte Melodie. Er war früh dran, wahrscheinlich war er heute besonders scharf. D'Marco trat hinter dem Container hervor und baute sich zwischen Lincoln und heraneilendem Itaker auf und sagte mit jener freundlichen, unbedarften Stimme, die er vor solchen Auftritten am liebsten benutzte: »Hallo, Mr. Andy. Auch mal frische Luft schnappen?«

Andy blieb stehen. Das Summen verstummte. Der Abstand zwischen ihnen betrug etwa drei Meter, nicht mehr, und Andy überwand ihn mit jenem scharfen, prüfenden Blick des Mannes, der sein Gegenüber blitzschnell abschätzt und mit jenem klassischen Test einordnet: Kann ich ihn benutzen? Kann er mir schaden? Paßte man in keine der beiden Kategorien, dann war man in den Augen von Andrew J. Scalisi ein Nichts, unsichtbar. Dem wachsamen Ausdruck seines Gesichtes und der breitbeinigen, angriffslustigen Körperhaltung nach zu urteilen, schien er sich noch nicht ganz sicher zu sein, in welche Abteilung die Gestalt paßte, die ihm den Weg verstellte, doch er ging kein Risiko ein. »Wer zum Teufel sind Sie?« knurrte er.

»Ein Freund von Freunden von Ihnen«, erwiderte D'Marco gutgelaunt. Dies war der Teil seines Auftritts, der ihm am besten gefiel. Das Vorspiel. »Sie haben mich gebeten, mal mit Ihnen zu reden.«

»Schön, und worüber?«

»Ach, über nichts Spezielles. Sie sagten nur, ich solle mal vorbeischauen, mich mit Ihnen bekannt machen.«

»Bekannt machen, soso. Und welche Freunde von mir haben Ihnen das gesagt?«

»Hab die Namen vergessen. Es gibt ja so viele.«

»Haben Sie vergessen«, sagte Andy nach einer kurzen Pause mit einem spöttischen Grinsen, als hätte er gründlich über D'Marcos Antwort nachgedacht, ihn bewertet und seinem Rang entsprechend eingestuft, irgendwo unter Wurmniveau. »Okay. Das ist cool. Ich sag dir was, wenn dir die Namen wieder einfallen, dann kannst du noch mal wiederkommen. Mach vorher einen Termin. Im Augenblick habe ich zu tun.«

Er machte einen Schritt vorwärts. D'Marco streckte eine Hand aus, drehte sie um, um zu zeigen, daß sie leer war, harmlos, und sagte mit einem bittenden Unterton: »Ich dachte, wir könnten uns jetzt gleich unterhalten. Es dauert höchstens eine Minute.«

Andy bremste erneut, nur reckte er diesmal seine massigen Schultern und schob seinen überdimensionalen Kopf vor und ballte die Fäuste und sagte mit leiser, grollender Stimme, in der mühsam verhaltene Wut mitschwang: »Paß mal auf, Rattenarsch, ich kenn dich nicht, und ich will dich auch gar nicht erst kennenlernen, und ich habe keine Freunde, die eine solche Wichsfresse wie dich kennen. Deshalb empfehle ich dir, schnellstens die Fliege zu machen. Aber dalli. Bevor du echte Probleme bekommst.«

D'Marco hob abwehrend beide Hände und wich langsam zurück. »Aber hören Sie doch, Mr. Andy«, sagte er, immer noch in einem weinerlichen Ton, »ich bin nur hergekommen, um mich nett mit Ihnen zu unterhalten. So wie in Ihrem Laden immer gesungen wird, sollen Sie auf niemand sauer sein.«

Von einer Duftwolke eines moschushaltigen Aftershave umgeben, die vor ihm herwehte, näherte Andy sich dem zurückweichenden D'Marco und sagte: »Du hast wohl Scheiße in den Ohren, Junge, oder? Paß gut auf, was ich sage. Verpiß dich. Verschwinde. Solange du kannst.«

Nun spürte D'Marco die Tür des Lincoln an seiner Wirbelsäule. Er griff in die Jackentasche, holte die .32er hervor, richtete Sie auf Andy und ließ diesen abrupt stehenbleiben. Ein gefährliches Grinsen breitete sich auf D'Marcos Gesicht aus. »Lustig, wie Sie das gerade gesagt haben«, sagte er lässig und nicht mehr jammernd. »Das ist wirklich ein toller Zufall. Sehen Sie, Ihre Freunde haben nämlich erzählt, daß auch Sie dieses Problem haben. Mit dem Hören, meine ich. Sie sagen, Sie wären regelrecht taub, wenn man Ihnen etwas erklärt.«

Andys Augen flackerten. Sein Gesichtsausdruck änderte sich abrupt. »Hey, stecken Sie lieber die Knarre weg«, sagte er und wies auf die Waffe.

»Ach, deshalb brauchen Sie sich keine Sorgen zu machen. Ich hatte eigentlich schon immer eine ruhige Hand.« D'Marco streckte sie vor, als wollte er seine Worte demonstrieren, dann trat er hinter Andy und drückte die Mündung gegen seinen zitternden Nacken. Er tastete ihn schnell ab und fand nichts.

»Hören Sie«, sagte Andy verzweifelt, »wenn Sie mit mir reden wollen, dann nur zu, reden wir. Egal, was sie Ihnen zahlen, ich biete Ihnen mehr. Das Doppelte. Das Dreifache.«

»Ehrlich, Andy, ist das wirklich wahr? Sie wollen mir so viel Geld geben?«

»Nennen Sie die Summe, und Sie bekommen sie.«

D'Marco schwieg einige Sekunden lang, als dächte er ernsthaft über dieses Angebot nach. Mal ein bißchen Hoffnung in dem Schmierlappen wecken. Ehe ihm der Himmel auf den Kopf fällt. Schließlich sagte er: »Na ja, das klingt verführerisch. Das muß ich mir durch den Kopf gehen lassen. Und während ich das tue, wäre ich Ihnen sehr verbunden, wenn Sie sich solange auf den Boden legten.«

»Auf den Boden?«

»Richtig. Auf den Bauch, und die Arme auf den Rücken. Meinen Sie, das schaffen Sie?«

»Hören Sie, ich rede von richtigem Geld –« begann Andy, aber D'Marco stieß den Pistolenlauf zwischen zwei Fettrollen im Nakken, und Andy gab einen tiefen, hilflosen Seufzer von sich und ging auf Hände und Knie herunter und streckte sich dann, wie befohlen, auf dem Asphalt aus und verschränkte die Hände auf dem Rücken. D'Marco bückte sich, hockte sich rittlings auf ihn und nagelte die Arme mit seinem Körpergewicht fest, verstaute mit geschmeidigen Bewegungen die Pistole in seiner Tasche und holte Klebeband und Eispickel aus der anderen heraus. Er griff in Andys Haare und riß den Kopf hoch und pappte ihm einen breiten Klebestreifen quer über den Mund. Immer noch seine Haare festhaltend, die sich in seiner Hand fettig und glitschig anfühlten, drehte er den Kopf in einem schmerzhaften Winkel zur Seite und hielt ihm den Eispickel vor die Augen und zeichnete damit langsame Kreise in die Luft. Indem er sich herunterbeugte, sagte er: »Das ist ein ganz tolles Angebot, das Sie mir machen, Mr. Andy. Das Dreifache. Ich fürchte, ich muß trotzdem ablehnen. Ich muß schließlich auf meinen guten Namen achtgeben. Das verstehen Sie doch, oder?«

Ihre Gesichter waren nur wenige Zentimeter voneinander entfernt. Eine Ader pulsierte an Andys Schläfe. Unter dem Klebeband drangen erstickte Laute hervor, so als hätte er Schwierigkeiten beim Atmen. Seine von Natur aus hervorquellenden Augen waren voller Entsetzen, voller Angst, flehten stumm. Aber in den neunundzwanzig Jahren seines bisherigen Lebens hatte D'Marco noch nie so etwas wie Gnade oder Mitleid walten lassen, und auch diesmal machte er keine Ausnahme und brachte seine bisher makellose Vorgeschichte nicht in Gefahr. »Sie wissen ja, wie das Sprichwort lautet«, sagte er ernst, »die Suppe, die man sich einbrockt, muß man auch auslöffeln. So ist das Leben, Mann.«

Er drückte eine Seite von Andys Gesicht flach auf den Untergrund und stieß den Eispickel in das freiliegende Ohr. Dann drehte er den Kopf und stach in das andere Ohr. Er sprang auf die Füße, als die Schmerzwelle durch den zuckenden Körper rollte, sich bis in die äußersten Extremitäten fortsetzte, umkehrte und wieder zurückwallte und dabei eine Reihe konvulsivischer Verrenkungen auslöste. Andys Hände, plötzlich befreit, packten die Ohren, preßten sich darauf, als ob sie einen furchtbaren Lärm abhalten wollten, den nur er hören konnte, denn der einzige wahrnehmbare Laut war das Zirpen und Schnarren des Insektenheers in dem Feld hinter ihm. D'Marco blieb für einen Moment stehen, wie lange, konnte er nicht sagen, und beobachtete die Ergebnisse seiner Aktionen mit klinischer Leidenschaftslosigkeit. Und dann, weil die Zeit allmählich knapp wurde, verließ er schnellstens den Ort des Geschehens.

Da er ziemlich zügig, jedoch stets innerhalb der Geschwindigkeitsbeschränkung fuhr, kehrte D'Marco kurz vor Mitternacht nach Hause zurück. Sein Heim bestand aus einem geräumigen, teuer möblierten, makellos sauberen Apartment in einem kleinen Komplex in der Nähe der Glades Road in Boca Raton. Eine gepflegte, ruhige Gegend, seriöse Nachbarn, vorwiegend ältere Leute, ein paar fleißig wirkende Studenten der Florida Atlantic, ein oder zwei Witwen. Einstweilen eine angenehme Wohngegend, die sämtliche Bedürfnisse seines geordneten Lebens befriedigte.

Das erste, was er wahrnahm, als er durch die Wohnungstür trat, war das rote Blinklicht seines Anrufbeantworters. Er war völlig schachmatt, erstens war es spät (an Abenden, an denen er nicht arbeiten mußte, lag er normalerweise schon um zehn im Bett), hinzu kamen die lange Fahrt, das Training, sein Einsatz, dann die Rauchschwaden in der lauten Bar – es war wirklich ein langer Tag gewesen. Aber da seine Nummer natürlich geheim war und nirgendwo verzeichnet, konnte das Blinklicht nur etwas Geschäftliches bedeuten, einen neuen Auftrag vermutlich, daher entschied er, daß es wohl besser wäre, sich die Nachricht anzuhören. Er stellte den Leinensack auf den Fußboden, drückte auf den PLAY-Knopf, und das Tonband wurde zurückgespult und eine ihm unbekannte Stimme sagte: »Frog? Ich rufe auf Empfehlung einiger Ihrer Geschäftspartner an, in Miami, die meinten, Sie könnten an einem Auftrag von uns interessiert sein. Wenn ja, würden Sie dann folgende Nummer anrufen, wenn möglich noch heute, aber spätestens morgen früh, ja? Fragen Sie nach Eugene.«

D'Marco notierte die Nummer auf einem linierten Schreibblock mit der Überschrift »Heute zu erledigen«, der stets neben seinem Telefon lag. Er kannte die Kennzahl des Ortsnetzes nicht, daher schlug er das Telefonbuch auf und suchte den entsprechenden Eintrag. Illinois, im Nordosten, das müßte eigentlich Chicago sein. Ansonsten gab es dort oben nichts mehr.

Trotz seiner Müdigkeit reagierte D'Marco mit einer erregten Gespanntheit. Er hatte aus dem Mittelwesten noch nie einen Auftrag bekommen, und er kannte dort oben niemanden. Auch wenn er in den letzten beiden Jahren schon mal für Leute in New Jersey tätig gewesen war, verdiente er sich seinen Lebensunterhalt doch mehr in der näheren Umgebung. Deshalb betrachtete er dies hier als eine vielversprechende Nachricht. Vielleicht begann hiermit der Aufbau einer bundesweiten Reputation. Am liebsten hätte er sofort zurückgerufen, doch er hatte es sich zur Angewohnheit gemacht, niemals aus einem Impuls heraus zu handeln, und nach reiflicher Überlegung entschied er sich dagegen. Morgen würde auch noch ausreichen. Richtig cool war man nur, wenn man sich nicht unter Druck setzen ließ.

Er ging in die Küche und nahm sich eine Handvoll Vitamintabletten aus dem Pillenbehälter und spülte sie mit Wasser hinunter. Im Schlafzimmer zog er sich aus, hängte Hose und Jackett auf Hosen- und Jackenbügel und entdeckte zu seiner Verärgerung den Flecken auf dem Rücken des Jacketts. Dieser verdammte Müllcontainer. Hoffentlich ließ sich der Fleck entfernen. Wenn nicht, dann müßte er den Preis eines neuen Jacketts neben Kilometergeld und Essensspesen in seine Kostenrechnung mit aufnehmen. Das war nur fair bei einem derart teuren Jackett. Im Badezimmer wusch er sich das Gesicht, putzte die Zähne, schrubbte die Hände und vollführte vor dem Spiegel einige schnelle Muskelposen. Und als er schließlich im Bett lag, versank er sofort in einem tiefen, traumlosen Schlaf.

2. Teil

8

Freitag, 19. Juni – ein Tag für Telefongespräche.

Um 8.30 Uhr (eine Stunde später nach östlicher Zeit) führte Bennie mit einem Angestellten der Filiale der Barnett Bank in Palm Beach Gardens ein vertrauliches Gespräch. Im Laufe der Jahre hatten er und dieser Gentleman eine beträchtliche Anzahl von Geschäften abgewickelt, sehr viele telefonisch und nicht alle rein bankmäßig, daher kam Bennies Bitte – fünfzigtausend Dollar sofort zu einer kleinen Bank in Downers Grove, Illinois zu überweisen – für den Angestellten nicht allzu überraschend, allerdings wies er darauf hin, daß die Transaktion fast einen ganzen Tag in Anspruch nehmen würde, und er bemerkte noch, sozusagen en passant und mit dem angemessenen banktypischen Ernst, daß der Kontostand der Key Line Services, Inc. in gefährliche Tiefen abgesunken sei. Bennie sagte Ja, ja, ja, schaffen Sie nur das Geld rüber, okay? Und der Angestellte sagte Gewiß doch, und sie beendeten das Gespräch.

Als nächstes rief er Eugene an. »Stump«, sagte er, »die Hauptsumme habe ich jetzt hier, aber diese 50 Riesen Zinsen, die dauern noch etwas.«

»Du hast gehört, was Dietz gestern abend zum Thema Verhandeln gesagt hat.«

»Ich rede von ein paar Stunden, Stump.«

»Wie viele?« wollte Eugene wissen, und in seiner Stimme lag nichts von der warmen Freundschaft, die nach so vielen Jahren aufgefrischt worden war.

»Sei um drei oder vier heute nachmittag bei mir«, sagte Bennie und ließ es wie eine besonders gute Nachricht klingen, während er die ganze Zeit dachte, daß er diesen öligen Schmock eigentlich nie richtig gemocht hatte, soweit er sich an ihn erinnern konnte. Er wartete ab, während die Leitung stumm blieb. Am Ende sagte er: »Wie soll denn die Übergabe stattfinden? Soll alles auf einmal –«

»Ich bin in einer Stunde bei dir. Die Hauptsumme hole ich jetzt gleich, den Rest heute nachmittag.«

»Hey, ist ja riesig, Stump!« sagte Bennie freudig. »Vielleicht können wir ein bißchen auf den Putz hauen und –« Aber es war sinnlos, den anbiedernden Gedanken zu Ende zu führen, denn er unterhielt sich nur noch mit dem Summen des Freizeichens.

Das dritte und letzte Telefongespräch, das Bennie an diesem Morgen führte, fand mit einer Reiseagentur statt, die er willkürlich aus dem Branchentelefonbuch ausgesucht hatte, und in dem längeren Gespräch erfuhr er zu seiner Verwunderung und gründlichen Verärgerung, daß kein Platz auf irgendeinem der Flüge nach Palm Beach International bis zum nächsten Morgen frei wäre, egal, wie dringend er einen brauche. Daher reservierte er einen Platz in einer dieser Maschinen und beantwortete den freundlichen Abschiedswunsch des Agenten für einen weiterhin schönen Tag mit einem obszönen Fluch und knallte den Hörer auf die Gabel.

Er überlegte, ob er sich bei Waverly melden sollte, doch ein Blick auf seine Armbanduhr informierte ihn, daß die Zeit knapp wurde. Die Telefongespräche hatte er vom Bett aus geführt, wo er gegen das Kopfbrett gelehnt dasaß, mit einem Laken über seinem nackten Körper und einer Zigarre im Mund. Nun stand er schwerfällig auf und duschte und rasierte sich und benutzte unter Qualen die Toilette (denn Reisehektik und Nervosität wirkten sich stets hemmend auf seine Verdauung aus) und zog sich an. Aus einer zusammengeknüllten schmutzigen Unterhose holte er den Schlüssel eines Schließfachs hervor, das er in der Downers Grove Bank gemietet hatte. Das Schließfach war leer bis auf einen weiteren Schlüssel zu einem Gepäckschließfach im O'Hare Flughafen, in dem eine Tasche stand, die wiederum mit Banknoten unterschiedlicher Nennwerte für insgesamt fünfhunderttausend Dollar gefüllt war. Den Schlüssel des Bankschließfachs versteckte er eigentlich nur deshalb dort, wo er ihn hergeholt hatte, weil ihm kein besseres Versteck eingefallen war. Er hatte zu diesem Bereich des Lebens, zu all diesen gerissenen Tricks, jeglichen Kontakt verloren. Er war für diesen Quatsch viel zu alt.

Während er auf Eugene wartete, lugte er durch einen Vorhangschlitz am Fenster und entdeckte, wie er erwartet hatte, den Olds Cutlass auf dem Parkplatz. Etwa genauso raffiniert und geschickt wie ein Tritt in den Hintern. Der Fahrer, derselbe mondgesichtige Schatten, der ihm, reichlich amateurhaft, folgte, seit er hier angekommen war, schien zu dösen. Bennie mußte sich fragen, wo sie sich mittlerweile ihre Handlanger suchten – in den Stellenanzeigen etwa? –, und für einen kurzen Augenblick erwärmte er sich für die Idee, ihn abzuhängen und schnellstens zu verschwinden, wenn sie nichts Besseres zu bieten hatten. Aber der Gedanke hielt sich nur für ein paar Sekunden, bis ihm Dietz' Abschiedsbemerkung einfiel, und er begriff, daß sie überhaupt nicht raffiniert aufzutreten brauchten, denn es gab zweifellos wirklich keinen Ort, wo man sich hätte verstecken können.

D'Marco ließ sich absichtlich Zeit bis genau 10 Uhr morgens, ehe er die Nummer auf seinem Tastentelefon wählte. Nach dem knappen »Ja?« als Begrüßung sagte er: »Ich wollte Eugene sprechen.«

»Am Apparat.«

»Frog«, sagte D'Marco genauso knapp.

»Frog, hey, nett, daß Sie zurückrufen.«

Als D'Marco darauf nichts erwiderte, sagte Eugene: »Ich hab Ihren Namen von einigen Leuten –«

»Von wem?« unterbrach D'Marco ihn.

Eugene nannte einige vertrauenswürdige Namen.

»Okay«, sagte D'Marco, »diese Leute sind in Ordnung. Was wollen Sie?«

Eugene erläuterte das Angebot. D'Marco hörte aufmerksam zu, machte sich auf seinem Telefonblock einige Notizen und schwieg. »Was halten Sie davon?« schloß Eugene. »Sind Sie interessiert?«

»Mal sehen, ob ich alles richtig verstanden habe. Ich soll zwei Wochen beschatten und dann vielleicht wegputzen.«

»Nicht vielleicht. Unklar ist lediglich, wann. Das erfahren Sie von uns.«

»Und es sind zwei?«

»Richtig.«

D'Marco dachte nach. »Das könnte ich übernehmen«, sagte er dann. »Aber das kostet Sie was.«

»Wieviel dachten Sie?«

D'Marco nannte eine Zahl. Ein leiser Pfiff drang durch die Leitung. »Ist das Ihr günstigstes Angebot?« sagte Eugene.

»Das ist der Preis. Plus Spesen für die zwei Wochen. Im voraus.«

»Das würde ich nicht gerade billig nennen.«

»Sie können die Sache billig erledigen lassen oder richtig. Ich mache es richtig. Bei Nichtgefallen Geld zurück. Wenn Sie wollen, fragen Sie die Leute, mit denen Sie über mich gesprochen haben.«

Selbst Eugene, der routinemäßig mit solchen Dingen zu tun hatte, erschien die Zahl übertrieben, totaler Wucher, aber indem er sich an Dietz' Anweisungen und an das klirrende Eis in seiner Stimme und in seinen Augen erinnerte, sagte er: »Okay, abgemacht.«

D'Marco sagte, gut.

Nach diesem verbalen Äquivalent eines Handschlags über die vielen Meilen hinweg kam Eugene auf die Einzelheiten zu sprechen. »Der Jidd heißt Brian Epstein. Er landet heute oder morgen in West Palm – ich melde mich bei Ihnen, sobald ich es genau weiß. Wir setzen einen Jungen zu ihm ins Flugzeug, damit er Ihnen den Burschen zeigt.«

»Wie sollen wir uns erkennen, Ihr Junge und ich?«

»Wir denken uns ein Zeichen aus, ich gebe Ihnen Bescheid«, sagte Eugene etwas ungeduldig. Zu viele verdammte Details waren zu klären. »Egal einstweilen, aber der Jidd bringt Sie zu diesem anderen Burschen, Waverly sein Name, Timothy Waverly. Das ist der Kerl, der uns hier oben soviel Ärger gemacht hat. Auf den müssen Sie besonders aufpassen.«

»Das werde ich«, sagte D'Marco. Er schrieb die Namen in Druckbuchstaben auf den Notizblock. Waverlys unterstrich er und umrahmte ihn mit Kringeln.

»Vorerst brauchen Sie nichts anderes zu tun, als in ihrer Nähe zu bleiben, wie ich schon sagte. Kommen Sie ihnen nicht zu nahe, machen Sie sie nicht nervös. Sie rufen jeden Abend an und geben uns durch, was los ist.«

»*Jeden* Abend? Zwei Wochen lang?«

»Nun, ja«, sagte Eugene und schien sich fast dafür zu entschuldigen. Und dann, weil der Zeitpunkt genauso gut war wie jeder andere, und in der Hoffnung, es ohne große Probleme zur Sprache bringen zu können, fügte er hinzu: »Wenn Sie mal zu sehr beschäftigt sein sollten, dann kann der Junge das für Sie übernehmen.«

D'Marco hörte abrupt auf, herumzukritzeln. »Von welchem Jungen reden Sie?«

»Von dem aus dem Flugzeug. Sehen Sie, er soll gleich unten bleiben und Ihnen in den zwei Wochen zur Hand gehen. Sich ansehen, wie Sie arbeiten, dabei etwas lernen. Okay?«

»Keine Chance«, sagte D'Marco kalt. »Nicht okay. Wenn Sie mit meinen Bekannten gesprochen haben, wie Sie behauptet haben, dann wissen Sie, daß ich immer solo arbeite.«

»Ja, das habe ich gehört. Aber ich dachte, daß Sie diesmal vielleicht eine Ausnahme machen. Er braucht ein bißchen Übung, mehr nicht. Er soll bei einem echten Profi lernen.« Selbst für ihn klang diese Erklärung reichlich windig, gequält.

»Keine Ausnahmen. Ich bin schließlich kein Nachhilfelehrer.«

Eugene atmete zischend ein, zögerte und sprach dann die Worte aus, die, weil so selten geäußert, ihn ungeheure Mühe kosteten und ihm fast im Halse steckenbleiben wollten. »Und wenn ich das Arrangement etwas versüße? Einen kleinen Bonus aus meiner eigenen Tasche hinzuschieße? Sagen wir, zehn Riesen?« Es war unglaublich, wozu man sich hinreißen lassen mußte, wenn man sich um die Familie kümmerte.

D'Marco stellte einige schnelle Berechnungen an, in seinem Kopf die taktischen Überlegungen, auf seinem Schreibblock die Zahlen, und obgleich beides nicht im Einklang stand, überwogen am Ende die Zahlen. »Für zehn Riesen – neben dem normalen Honorar, ebenfalls im voraus – mach ich eine Ausnahme.«

»Prima. Ich verspreche Ihnen, er wird Sie nicht behindern.«

Nachdem sie verabredet hatten, daß D'Marco sich in der Nähe des Telefons aufhalten und Eugene sich irgendwann im Laufe des Tages noch einmal melden würde, legten beide auf. Eugene empfand kurzfristig Erleichterung, wenn er bedachte, daß die zehn Riesen gut angelegt wären, wenn es ihm gelänge, seinen völlig verkorksten Neffen in einem einträglichen Bereich ihres Gewerbes unterzubringen und sich auf diese Weise vielleicht die schwere Last ständiger Fürsorge für die Familie vom Hals zu schaffen. Und D'Marco, am anderen Ende, erlebte einen Moment euphorischer

Begeisterung über die erstaunliche Summe, die er ausgehandelt hatte, bisher die höchste in seiner Karriere, obgleich seine Begeisterung etwas gedämpft wurde durch seine Zusage, den Babysitter zu spielen, und durch die Erkenntnis, daß dies seinen gesamten Tagesablauf völlig in Unordnung bringen würde. Damit wäre sein Arm-Tag gestorben, und wahrscheinlich alle weiteren Trainingstermine für die nächsten zwei Wochen ebenfalls.

Waverlys Telefongespräch an diesem Tag fand erst gegen 15 Uhr statt, und auch dann war er noch ziemlich unsicher, nachdem er sich lange mit dem Gedanken herumgeschlagen hatte, die Angelegenheit von allen Seiten betrachtet, sie bewertet, sie verworfen und nachdrücklich aus seinem Kopf verbannt hatte, nur um entdecken zu müssen, daß sie sich schnell wieder in seinen Gedanken einnistete, als hätte sie einen eigenen, unabhängigen Willen. In diesem Moment erwachte er vollständig, getrieben von seiner Blase, und stolperte auf die Toilette und erleichterte sich und, von dem Bier noch immer ein wenig groggy, reckte sich und gähnte und spritzte sich kaltes Wasser ins Gesicht. Der Gedanke war noch da, als er ins Wohnzimmer zurückkehrte, daher legte er sich auf den Fußboden und machte Liegestütze, hundert, und dann, indem er die Füße unter dem Sofa festklemmte, Situps, davon fünfhundert, und nach diesem heilsamen Drill war er endlich verschwunden. Schritt eins im Zen der Einsamkeit, einer Überlebenstechnik, die er früher einmal beherrscht hatte, an die er sich jetzt nur noch vage erinnerte. Aber sie tauchte nach und nach wieder aus seinem Gedächtnis auf.

Nach einer Dusche und einem flüssigen Frühstück, Saft und Schnellkaffee, holte er den Gedanken wieder zurück und brachte eine Stunde damit zu, die Möglichkeiten zu analysieren, von denen es eigentlich nur zwei gab. Mal sehen, hatte er ihr gesagt, doch in den breiten Streifen grellen Morgenlichts, das durch die vertikalen Jalousienschlitze hereindrang, sah er ganz eindeutig überhaupt nichts. Nach einer Weile überkam ihn ein Gefühl der Absurdität, daß eine beiläufig geäußerte Einladung, impulsiv ausgesprochen in einem euphorischen Aufwallen von Nostalgie und ganz gewiß schon wenige Sekunden nach dem Aussprechen zutiefst bedauert, ihn derart aus dem inneren Gleichgewicht brachte. Der Mörder (mittlerweile zweifach, falls die ganze Wahrheit je herauskäme) auf der Party, der die Gäste mit düsteren und lustigen Anekdoten aus Jacktown unterhielt? Natürlich würde er nicht hingehen; bescheuert, überhaupt mit diesem Gedanken zu spielen, absolut schwachsinnig. Von dem Risiko ganz zu schweigen. Wenn man untertaucht, dann sollte man nur eins tun: sich flach hinlegen und liegenbleiben.

Nachdem er diese Entscheidung getroffen hatte, überlegte er, was er mit dem Rest des Tages anfangen sollte. Er hatte keine Idee, bis sein Blick auf das Fenster fiel, und indem er sich an die Fensterbank voller Termitenkot erinnerte, ging er hinaus und schlenderte über den Hofweg und klopfte an die Tür des Apartments, das von dem Eigentümer des Tropicaire, einem gewissen Ignatius O'Boyle, bewohnt wurde. O Boy O'Boyle, wie er sich gerne selbst nannte, wenn er guter Laune war, was selten geschah. Die Tür öffnete sich einen Spaltbreit, und ein faltiges, rötliches Gesicht erschien im Spalt und schaute etwas ungehalten heraus. Waverly machte ihn auf die Gefahr eines Termitenbefalls aufmerksam, holte etwas weiter aus in der Hoffnung, daß O Boy ihn hereinbat, wie er es manchmal tat, auf eine Tasse Kaffee und ein Schwätzchen, das sich unweigerlich als Monolog erwies, wilde Jugenderinnerungen, Flucht aus den Schneebreiten (Massachusetts glaubte Waverly einmal gehört zu haben, seine Aufmerksamkeit war selten gefesselt), Spaß in Florida, viele Ehen, viel mehr Eroberungen, die Leiden und Siege und Phantasien eines alten Mannes. Die wirre, selbstverherrlichende Chronik eines Lebens. Weitschweifig, monoton, langweilig, aber eine andere Stimme neben der in seinem Kopf (übrigens immer noch bohrend), deutlich hörbar. Ab und an bot es sich als Möglichkeit an, die langen Stunden herumzubringen. Aber nicht an diesem Morgen. Waverly hörte ein leises Rascheln hinter der Tür, und O Boy zwinkerte vielsagend und sagte, im Augenblick sei er beschäftigt, aber er wolle gleich morgen oder spätestens am Montag vorbeischauen. Seine Enttäuschung überspielend, sagte Waverly klar, keine Eile, und kehrte in seine eigene Wohnung zurück.

Während der nächsten Stunden kämpfte er mit Schwierigkeitsstufe 6 seines Chess Challenger, das Schachspiel reduziert auf das Kräftemessen zwischen ihm und raffinierten Germaniumschaltungen, erfüllt mit elektrischem Blut. Er hatte schwarz gewählt und verfolgte, wie die Strategien sich entwickelten und abliefen und die weißen Figuren unbarmherzig zogen und voranschritten zu einem Rhythmus elektronischer Summ- und Pieptöne und aufflackernder roter Zahlen, die auf der beigefarbenen Fläche des Spielbretts leuchteten wie rachsüchtige Neonreklamen. Gelegentlich wurde er von einem vagen Bild Caroline Crowns abgelenkt, aber er konnte sein schwaches Spiel nicht damit entschuldigen. Stufe 6 war ein hervorragender Gegner. Gestern hatte er sie geschlagen, doch gestern hatte er mit den weißen Figuren gespielt. Heute verlor er.

Am frühen Nachmittag schlief er. Als er erwachte, wälzte er sich vom Sofa herunter und ging wieder zum Fenster und stand dort und starrte blicklos auf ein leerstehendes Hotel und eine Straße, die im Sonnenlicht zu verglühen schien. Er schaute hinauf zu einigen verstreuten Quellwolken, die an einem hitzeweißen Himmel standen. Hoch über ihnen zog ein Düsenjet im Zeitlupentempo dahin und erzeugte einen Streifen, der den Himmel zu spalten schien. Am Ende verschwand er aus dem Fensterrahmen, und seine Spur löste sich auf wie Trockenmilchpulver in klarem Wasser, aber so langsam, daß er Zeit fand, über die Leute dort oben nachzudenken, die, unbehindert, zu allen möglichen exotischen Orten fliegen konnten, nach Sambia zum Beispiel oder nach Smolensk. Sie konnten vor sich hin dösen oder sich einen Drink bestellen, in der *Business Week* lesen, sich mit Fremden unterhalten, wenn sie dazu Lust hatten, einen Flirt beginnen, sich zu einem Rendezvous verabreden. Momentan und vielleicht sogar für immer blieben ihm diese elementaren Freuden versagt.

Er wandte sich um und betrachtete das armselige stille Zimmer. Seine Blicke wanderten vom Telefon, das an der Wand der Kochnische hing, weiter zu dem Schachspiel, das spielbereit und eingestöpselt auf der Frühstückstheke stand. Wie streng und geordnet seine Spielregeln waren. Ein starres Universum von Ursachen und vorhersehbaren Wirkungen. Wie kam es, daß niemand bereit war, sich mit ihm gemeinsam den Regeln des Lebens zu stellen? Und unter dem stetigen Drängen von Erinnerungen und Sehnsüchten, die er nicht mehr begreifen und unterdrücken konnte, durchquerte er den Raum und nahm den Telefonhörer ab und wählte die Nummer, die Caroline ihm gegeben hatte; und als sie sich meldete, machte er einige bemüht launige Bemerkungen und fragte beiläufig nach dem Anlaß der Party; und sie erwiderte, es sei ein eher zwangloses Beisammensein, einige von Robbies Geschäftspartnern mit ihren Frauen, keine offizielle Angelegenheit, ganz gewiß nicht, und sie wiederholte noch einmal ihre Bitte, er möge doch auf jeden Fall kommen, und daß sie mit seinem Erscheinen rechnete. Unter dem perlenden Strom ihrer Worte war in ihrer Stimme ein Zittern wahrzunehmen, ganz schwach nur, aber unüberhörbar. Es gehörte zu seinem Gewerbe, auf solche Dinge zu achten. Aber mit all der unbekümmerten Selbstsicherheit eines Mannes, der ein privilegiertes Leben führt, sagte er, was er auch schon am Tag vorher gesagt hatte: »Ich komme.«

Gegen halb sechs telefonierte Eugene mit Dietz, der den Anruf auf der Privatleitung in seinem Arbeitszimmer annahm.

»Mr. Dietz? Hier ist Eugene. Ich hab ein paar Neuigkeiten, die Ihnen sicherlich gefallen.«

»Gute Nachrichten interessieren mich immer, Eugene.«

»Ich habe gerade die erste Rate kassiert.«

»Alles?«

»Den vollen Betrag. Fünfhundertfünfzig.«

»Sehr vielversprechend.«

»Das dachte ich mir auch. Ich habe noch mehr.«

»Red schon.«

»Sie wissen, die Florida-Connection? Die ist in Betrieb. Aktiviert und am Ball.«

»Und diese Person kennt den, äh, Zeitplan?«

»Ich habe alles wie gewünscht weitergegeben, Mr. Dietz.«

»Was ist mit unserem hebräischen Freund?«

»Ich bekam heraus, daß er heute morgen in Richtung Süden abgerauscht ist. Ich hatte nachts jemand auf ihn angesetzt, und ich habe einen zweiten im Flugzeug, und wenn er dann –«

»Das reicht an Einzelheiten, Eugene.«

»Richtig, ja. Gut. Sonst noch was, Mr. Dietz?«

»Damit scheint alles unter Kontrolle zu sein. Vorerst jedenfalls.«

»Okay. Ich melde mich, sobald ich etwas höre.«

»Oh, da ist noch eine Sache, Eugene. Über die du dir völlig klar sein mußt. Und jeder andere, der damit zu tun hat.«

»Und das wäre?« fragte Eugene, obgleich er eine ziemlich genaue Vorstellung hatte, welche Sache das war.

Eine kurze Pause trat ein, und dann sagte Dietz in einem neutralen Tonfall, der zwischen geschäftsmäßiger Autorität auf der einen Seite und philosophischer Nachdenklichkeit auf der anderen lag: »Wir dürfen niemals aus den Augen verlieren, nach welchen Gesetzen die Welt funktioniert, Eugene. Sie haben uns einmal eine Nase gedreht. Und sie werden es wieder versuchen. Aber das werden wir nicht zulassen, oder? Diesmal nicht.«

»No Sir, Mister Dietz. Diesmal machen wir Nägel mit Köpfen.«

»Gut. Ich hatte gehofft, daß du das sagst. Und jetzt erwarte ich regelmäßige Lageberichte von dir. Ich möchte stets auf dem laufenden sein. Wer weiß? Vielleicht fahre ich sogar persönlich da runter. Zum, äh, Abschluß.«

Sobald er sich von Dietz verabschiedet hatte, rief Eugene seinen Neffen an, der instruktionsgemäß in seiner Wohnung in Lisle saß und wartete. Er erklärte Sigurd, er werde nach Florida fliegen, und er solle Kleidung für mindestens zwei Wochen einpacken. Er nannte ihm Fluggesellschaft, Flugnummer und Abflugzeit und wies ihn an, morgen früh zu ihm zu kommen und das Flugticket, seinen Spesenvorschuß sowie einen Umschlag mit Bargeld abzuholen, den er dem Mann aushändigen sollte, für den er arbeiten würde. Er nannte ihm außerdem die Garderobe, die er auf dem Flug tragen sollte: lachsfarbene Sportjacke mit einem T-Shirt der Chicago Bears darunter, eine dunkelblaue Baumwollhose und Reebok Basketballschuhe. Bis ins kleinste Detail setzte er ihm auseinander, worin seine Aufgaben und Pflichten bestanden. Er schloß das Gespräch mit einem Rat und einer Warnung: »Der Typ, den du triffst, ist ein ganz schweres Kaliber. Absolute Spitze. Paß gut auf, beobachte ihn, hör zu, und vielleicht kannst du von ihm lernen. Aber er duldet keine Faxen. Hörst du, was ich sage?«

»Ich höre dich gut, hey«, sagte Sigurd.

Eugene gefiel der flapsige Tonfall überhaupt nicht. »Hör zu, Junge, ich erzähle hier keinen Scheiß. Das ist eine ernste Sache. Ernster geht's gar nicht mehr. Du arbeitest jetzt für Dietz. Und zwar direkt. Wenn irgend etwas schief geht, dann weißt du ja, wer es ausbaden muß. Hab ich mich klar ausgedrückt?«

»Hast du, Onkel Eugene. Alles easy, es werden keine Klagen kommen.«

Kaum hatte jeder seinen Hörer auf die Gabel gelegt, da führten sie schon das nächste Gespräch, Sigurd mit seiner Mom, um ihr die aufregende Neuigkeit mitzuteilen (die nur eine weitere wenig begeisterte Reaktion auslöste und ihm den neuerlichen Rat einbrachte, er solle sich ja in acht nehmen), und Eugene mit D'Marco, um ihm die neuesten Informationen und Instruktionen durchzugeben (die größtenteils stumm oder allenfalls mit einsilbigen Knurrlauten zur Kenntnis genommen wurden). Nachdem sie ihre Gespräche beendet hatten, öffnete Sigurd eine Dose Coors, schaltete den Fernseher ein und machte es sich bequem, wobei Visionen von einer rosigen Zukunft durch seinen Kopf schwirrten; während sein Onkel sich heimlich, still und trübsinnig vollaufen ließ.

Und während Sigurd und Eugene in dieser Weise beschäftigt waren, versuchte ein zutiefst beunruhigter Bennie, Waverly zu erreichen. Ohne Erfolg. Viermal zwischen halb sechs und sieben hatte er die Nummer im Tropicaire gewählt, und viermal hatte er verärgert und laut fluchend den Telefonhörer auf die Gabel geknallt. Bleib verdammt noch mal in Deckung, hatte er ihm eingehämmert. Laß dich nirgends blicken. Während er sich fast den Arsch aufriß und alles mögliche unternahm, um ihm zu helfen. Und für seine Mühe seine Eier auf den Hackklotz legen mußte. Wollte denn niemand mehr auf B. Epstein hören?

Ihm wurde schmerzlich bewußt, daß er seit dem Morgen nichts Richtiges mehr gegessen hatte, weil er den ganzen Tag mit diesem Zahnstocher Stumpley herumgefahren war, daher griff er wieder nach dem Telefon und bestellte eine Pizza, groß, mit Peperoni, Salami, Anchovis, Zwiebeln und Hackfleisch, klar? Während er wartete, genehmigte er sich aus der Flasche Johnnie Walker Red auf der Kommode einen großzügigen Beruhigungsschluck. Eine Dreiviertelstunde später klopfte der Botenjunge an die Tür. Bennie öffnete, und während er bezahlte, bemerkte er auf dem Parkplatz einen anderen Wagen mit einem anderen Typen, der hinter dem Lenkrad lümmelte. Dieser schlief nicht. Er verriegelte die Tür und setzte sich mit der Pizza an den Tisch und schlang sie bis auf den letzten kalten Krümel in sich hinein. Wenigstens hatte sein Appetit nicht gelitten, was bedeutete, daß noch nicht alles verloren war. Er schüttete sich einen frischen Drink ein, diesmal einen Doppelten. Es war ein langer, anstrengender Tag gewesen. Das reinste Gift für seine Nerven.

Sehr bald ließen die Mahlzeit und der Whiskey und das rhythmische Zischen des Freitagabendverkehrs auf der Ogden ihn schläfrig werden. Um zehn schreckte er aus dem Schlaf hoch. Seine Knochen schmerzten, und heftiges Sodbrennen tobte in seinem Bauch. Er schlurfte zur Toilette, erleichterte sich, rülpste und furzte, beides explosionsartig laut, und kehrte ins Zimmer zurück und versuchte erneut, Waverly zu erreichen. Keine Antwort. Nun war er hellwach und hatte nichts zu tun. Von zehn bis kurz nach Mitternacht leerte er die Flasche Johnnie Walker und starrte auf den Fernseher, bis der Schirm vor seinen Augen verschwamm. Dann war er gründlich besoffen, zu nichts mehr zu gebrauchen. Nichtsdestoweniger versuchte er zum letzten Mal sein Glück bei Waverly, und diesmal war er dran.

9

Da er einen Seville fuhr, und einen leuchtend rosafarbenen dazu, suchte Waverly sich die fernste und unauffälligste Tasche auf dem Parkplatz des Breakers, die sich schließlich hinter einem erbsengrünen Dodge befand, einem weiteren ordinären Eindringling in dieser Domäne des Wohlstands. Er machte den Motor aus, überprüfte seine äußere Erscheinung im Rückspiegel und fuhr sich mit einem Kamm durch die Haare. Seine Hände waren alles andere als ruhig. Trotz der kühlen Luft im Wagen schwitzte er. Er sah auf die Uhr: eine halbe Stunde vor der verabredeten Zeit. Er kam sich vor wie ein aufgeregter Jüngling vor seinem ersten Rendezvous. Dumm und kindisch.

Es war nicht Palm Beach oder das Breakers, was ihm Respekt einflößte. Nicht im mindesten. In den vier Jahren, die er sich nun schon in Florida aufhielt, war er des öfteren hier gewesen, allerdings stets in professioneller Funktion, eher als besonders geschickter Handwerker, als Installateur oder Techniker, der den Reichen seine Dienste anbot. In dem Hotel hatten eine ganze Reihe erinnerungswürdiger, heiß umkämpfter Spielrunden stattgefunden, denn die Plutokraten dieser Welt, so hatte er herausgefunden, nahmen die Karten ebenso ernst wie sich selbst und konnten nicht gut verlieren. Gewinnen übrigens ebensowenig. Nein, es war nicht so sehr die Umgebung, die ihn beunruhigte, sondern eher dieses seltsame Gefühl des Zurückkehrens, dieses durch den Flaschenhals der Zeit Zurückzwängens in die verwunschenen, düsteren Gefilde der Vergangenheit. Dieses Gefühl der Nacktheit einer schutzlosen Seele. Natürlich könntest du jederzeit diesen kitschigen Karren vom Parkplatz und durch die Ausfahrt und zurück auf die Coconut Row und über die Flagler Bridge und zurück in die vertrauten Bereiche eines Lebens und der Persönlichkeit lenken, die du dir selbst verpaßt hast (so raunte ihm eine spöttische Stimme in seinem Kopf zu). Noch ist es nicht zu spät, noch kannst du es tun. Aber du wirst nicht.

Ein Schwall feuchter, schwüler Luft traf ihn, als er aus dem Wagen stieg. Er bemühte sich, die Knitterfalten in dem Jackett und der Hose seines leichten Sommeranzugs zu glätten, und dann schlängelte er sich durch die Reihen glänzender Automobile. Die Gischtfahnen des Springbrunnens vor dem Eingang zauberten kleine Regenbogen in das abnehmende Tageslicht. Er ging durch die Halle und die ganze südliche Veranda zur Alcazar Lounge. Noch war es zu früh, um hier Gäste in größerer Zahl anzutreffen: ein paar vereinzelte Paare, ein paar Männer an der Bar, gewichtig aussehende Typen, alle im vollen Bewußtsein des Ortes, an dem sie sich aufhielten. Sie genossen es sichtlich. Er entschied sich für einen Tisch an einem der Fenster mit Blick aufs Meer. Eine Kellnerin eilte zu ihm. Brandy und Wasser bestellte er bei ihr, und im Handumdrehen stand beides vor ihm. Er trank langsam, und er schaute dabei einem Gebirge goldglänzender Wolken zu, die über einen fahlen Himmel zogen, an dem bereits die Sichel des Mondes zu erkennen war. Im Norden waren die Wolken schwarz, schwer von Regen, und sie näherten sich schnell. Er rauchte einige Zigaretten, bestellte einen weiteren Drink. Machte es sich in dem samtgepolsterten Korbsessel gemütlich. Fast eine Stunde verstrich dabei. Um halb acht bat er um die Rechnung, legte ein paar Scheine auf den Tisch und stand auf. Er kehrte in die Halle zurück und fuhr mit dem Lift in die richtige Etage und schlenderte durch einen Korridor und um eine Ecke und durch einen weiteren, bis er die gesuchte Suite erreichte. Durch die Tür drang Partylärm: hohe, aufgekratzte Stimmen, Gläserklirren, ausgelassenes Gelächter. Er zögerte. Aber nicht lange. Nachdem er sich so weit vorgewagt hatte, war es zu spät für Zweifel. Was sollte er außerdem sonst anfangen?

Er klopfte, und nichts geschah. Er klopfte erneut, und die Tür schwang auf, und eine hochgewachsene Frau mit einem länglichen Pferdegesicht erschien in der Öffnung und meinte schlicht und nicht als Frage. »Ja.«

»Ist dies die Suite der Crowns?«

»Ja.«

»Ich bin eingeladen.«

Ihre Blicke taxierten ihn von Kopf bis Fuß, ehe sie sagte: »Ich denke, Sie sollten lieber reinkommen. Wenn Sie eingeladen sind.«

Sie ging gerade weit genug zur Seite, um ihn eintreten zu lassen, und drückte die Tür hinter sich ins Schloß. Sie hielt ein Glas in einer von blauen Adern durchzogenen Hand, an deren Fingern Brillanten funkelten und deren Nägel lackiert waren wie rote Raubtierklauen. »Ich bin Avis Appelgate«, sagte sie. Der Tonfall ihrer Stimme drückte aus, daß dieser Name für ihn eine bestimmte Bedeutung haben sollte.

»Timothy Waverly.«

»Sind Sie Investor?«

»Nein.«

»Kein Investor. Was dann?«

Diese Frau mit dem unwahrscheinlichen Namen Avis Appelgate trug einen bodenlangen Kaftan in einem derart grellen Grün, daß es so aussah, als wäre er elektrisch aufgeladen. Silberkugeln baumelten an ihren Ohren und klirrten, wenn sie redete; und wenn sie etwas sagte, dann hatte ihre Stimme einen schrillen, elfenhaften Klang, der überhaupt nicht zu einer solchen grobknochigen und langgliedrigen Frau passen wollte. Dem Aussehen nach war sie Ende vierzig, vielleicht auch älter, bei den Frauen Floridas fielen Schätzungen etwas schwerer, und trotz ihrer irgendwie in die

Länge gezogenen Züge vielleicht sogar schön, zumindest vor den letzten beiden Schönheitsoperationen. »Nur ein Freund der Familie«, sagte Waverly.

»Ein Freund. Nun, Sie sind hier richtig, Freund.« Mit einer Kopfbewegung und indem sie die Augen verdrehte, wies sie auf den Raum. »Die Kirmes.«

Sie war in Rauchschwaden gehüllt, die Kirmes, und es wimmelte von Gästen, elegant gekleideten Damen und perfekt maßgeschneiderten Herren. Mittelalter und darüber, die meisten. Gesichter, die zu einem unbarmherzigen und professionellen Lächeln erstarrt waren. Ein ständiges Ringen um die beste Position. Übertriebene Gesten, betontes Händeschütteln, aufdringliche Gesichter. Flaschen, Gläser, Eiskübel und Tabletts mit Appetithäppchen bedeckten den Rauchtisch und den kleinen Schreibsekretär und die Nachttische und die Kommode und den Servierwagen. Eine Tür führte in ein anderes Zimmer, in dem ähnlicher Betrieb zu herrschen schien.

»Holen Sie sich lieber selbst etwas Trinkbares«, riet Avis Appelgate ihm. »Ihre Gastgeber sind wohl auf Begrüßungstour, wie ich annehme.«

»Danke, eine gute Idee«, sagte Waverly, aber ehe er den Rat befolgen konnte, tauchte Caroline aus dem Partytreiben auf, und als sie ihn entdeckte, schien sie von unbändiger Freude erfüllt.

»Timothy! Ich hatte schon befürchtet, du kommst doch nicht.«

Und indem er ihre Umarmung erwiderte, sagte er: »Könnte ich dich je enttäuschen?«

Sie lachte, aber es war ein Lachen, das viel fröhlicher, viel ausgelassener klang, als die Bemerkung es verdient hätte. Sie ließ die Arme sinken und trat zurück und sah ihn an. Und er sie. Unter dem Make-up war der zarte Knochenbau ihres Gesichts immer noch deutlich zu erkennen, doch in ihren Augen lag ein fiebriger Glanz. Für einen Moment schien sie überhaupt nicht zu bemerken, daß Avis Appelgate immer noch dastand und alles beobachtete, und dann, indem sie sich an die Etikette für solche Anlässe erinnerte, sagte sie oder wollte sagen: »Avis, das ist –«

»Ich weiß. Ein Freund. Wir kennen uns schon.«

»Wir sind zusammen aufgewachsen«, sagte Caroline zur Erklärung.

Avis hob eine Augenbraue. Ihr großer Mund verzog sich zu einem boshaften Grinsen. »Das ist ja rührend«, sagte sie.

Caroline ignorierte den Unterton und sah Waverly an und sagte: »Wir müssen Robbie suchen. Ich weiß, daß er ganz wild darauf ist, dich wiederzusehen.«

Avis murmelte etwas, das klang wie ›Ich wette‹. Laut und mit einem Gesicht voller hinterhältigem Spott sagte sie: »Sucht nur nach meinem Mann. Ganz bestimmt ist Robbie bei ihm, zumindest in seiner Nähe.«

»Entschuldige uns, Avis.«

Caroline ergriff Waverlys Arm und geleitete ihn durch das Gedränge der Leute. Sie beugte sich zu ihm und flüsterte, indem sie mit einer Kopfbewegung über die Schulter hinter sich wies: »Eine absolut furchtbare Frau. Wie lang mußtest du sie ertragen?«

»Nicht lange.«

»Der gute alte Waverly. Immer der Stoiker.«

Ihr Atem roch süßlich nach Gin, und wenn sie redete, vollführte sie mit ihren Händen flatternde Bewegungen, was ihm schon am Vortag aufgefallen war. In all ihren Gesten und in ihrem Reden lag eine angespannte, übertriebene Theatralik. »Stoiker sind im Grunde sentimentale Menschen«, sagte er. »Aus welchem Grund sollte ich sonst hier sein?«

Sie reagierte mit einem seltsamen verträumten Lächeln und schuf ein wenig Distanz zwischen ihnen und winkte ihm zu, ihr durch die Tür ins Nebenzimmer zu folgen. Sie blieb stehen, schaute sich um. »Da ist er«, sagte sie und zeigte in eine bestimmte Richtung. »Avis hat mal wieder recht gehabt.«

Zwischen den umherschlendernden Gästen erhaschte Waverly einen Blick auf eine Couch, die vor der gegenüberliegenden Wand stand. Sie war besetzt mit einem runden, stämmigen Burschen in einem cremefarbenen Anzug, der überhaupt nicht aussah wie Robbie. Viel zu alt. Ihm gegenüber jedoch, breitbeinig auf einem Stuhl sitzend und den Rücken den Gästen zuwendend, war ein anderer Mann, dieser mit einem pastellblauen Anzug bekleidet. Er schien ziemlich eindringlich zu reden, denn sein Kopf stieß heftig vor und zurück, und seine beiden Hände wischten durch die Luft. Das da, das mußte Robbie sein.

»Komm mit«, sagte Caroline, und sie durchquerten den Raum.

Der Mann auf der Couch sah sie kommen und winkte ihnen mit ausgestrecktem Arm. Der Mann auf dem Stuhl drehte den Kopf und suchte die Ursache für die Geste. Ein blitzartiges Stirnrunzeln glitt über sein Gesicht und ging sofort in ein kontrolliertes Grinsen über, und er erhob sich und drehte sich ganz zu ihnen um.

»Hier ist jemand, über dessen Besuch du dich sicherlich freust«, sagte Caroline zu ihm, und die Ironie vom Vortag schwang in ihrer Stimme unüberhörbar mit.

»Waverly. Ich werd verrückt. Tim Waverly.«

Unter dem im Laufe der Jahre üppig gewucherten Fleisch waren die Charakteristika der äußeren Erscheinung Robbie Crowns etwas verschwommen, verwischt, aber noch immer unverkennbar. »Wie geht's dir, Rob?« fragte Waverly und streckte ihm eine Hand entgegen.

Robbie schob sie beiseite und drückte ihn statt dessen an sich. »Toll, dich wiederzusehen, Tim«, sagte er. »Einfach super.« Dann trat er zurück und musterte ihn mit mildtätigen Blicken. »Sieh dich nur an. Wie schlank du bist. Als wärest du gerade aus dem Swimmingpool des Calvin College gestiegen. Wie zum Teufel schaffst du das?« Um auf den Kontrast hinzuweisen, klopfte er sich auf seinen beachtlichen Leibesumfang.

In seinem freundlichen, prüfenden Blick sowie in seinem gesamten Auftreten lag etwas vage Herablassendes, so als wollte er ausdrücken: Du magst ja schlanker sein als ich, aber ich bin größer, breiter, stärker und in allen Dingen, die in dieser Welt von Bedeutung sind, um einiges schlauer als du. Es war der Robbie Crown, an den er sich noch gut erinnern konnte. »Das schafft nur ein diszipliniertes Leben«, sagte Waverly. »Böse Gedanken, aber anständige Gewohnheiten.«

An dem heiseren, dröhnenden Rotarierlachen und an den Augen, die leicht berauscht glänzten und besorgte Blicke über seine Schultern schickten, erkannte Waverly, daß er hier gar nicht willkommen war. Robbie drehte sich um und sagte, indem er auf den Mann auf der Couch wies: »Wenn du einen wirklich bösen Denker kennenlernen willst, dann hast du die Gelegenheit, ihm die Hand zu schütteln. Der gemeinste Spieler der Goldküste. Jack Appelgate. Tim Waverly.«

»Nennen Sie mich Jock«, sagte dieser gemeine Spieler, und obwohl er sich nicht von der Couch erhob, streckte er eine Hand aus, und Waverly trat einen Schritt vor und kam endlich doch noch in den Genuß, jemandem die Hand schütteln zu dürfen.

»Tim und ich waren zusammen auf der Schule«, erklärte Robbie. »Mein Gott, wir sind vom Kindergarten bis zum College praktisch zusammen Amok gelaufen.«

Es war eine seltsame Art und Weise, ihre ruhige, disziplinierte Jugend zu beschreiben. »Es war allerdings ein kontrollierter Amoklauf«, schränkte Waverly ein.

»Nicht schon wieder einer dieser wilden Michigan-Boys«, sagte Jock Appelgate vorwiegend zu Robbie. »Neben euch Yankees kriegen wir armen Hinterwäldler geradezu Minderwertigkeitskomplexe.«

Beide hatten, wie Waverly registrierte, rote, verbrannte Gesichter, typische Golf- und Whiskeyvisagen. Beide hatten harte, aufdringliche Stimmen. Befehlsgewohnte Stimmen, die an Unterwürfigkeit und Gehorsam gewöhnt waren. Er fragte sich, was er überhaupt hier zu suchen hatte.

»Wo ist denn dein Glas?« fragte Robbie. Er wandte sich an seine Frau. »Care, hat Tim nichts zu trinken?«

Das leicht spöttische Lächeln, das sie während der gesamten fröhlichen Begrüßungsszene gezeigt hatte, verflog plötzlich und wurde von einem hilflosen, fast benommenen Ausdruck ersetzt. »Ich weiß nicht. Das habe ich wohl vergessen.«

»Das habe ich vergessen«, imitierte Robbie seine Frau mehr oder weniger belustigt, allerdings mit einem leicht abfälligen Unterton.

»Hey, laß deine reizende Frau doch in Ruhe, hörst du«, sagte Jock, ebenfalls belustigt, und betrachtete sie gierig.

»Was trinkst du, Tim?«

»Habt ihr Brandy?«

Jock antwortete für ihn. »Egal, was Sie wollen, er hat es hier irgendwo herumstehen. Stimmt's nicht, Robber?«

Robbie bestätigte, daß es stimme.

»Ich nenn ihn Robber, weil er Anwalt ist«, erklärte Jock für Waverly und kicherte über seinen glänzenden Witz. Wie seine Frau hatte er einen ausgeprägten Mund, eingerahmt von purpurroten, wurmartigen Lippen. Er reichte Caroline sein Glas und sagte:

»Wenn Sie schon so nett sind, kleine Lady, dann machen Sie mir das auch noch mal voll. Und zwar aus der Wild Turkey-Flasche, die Ihre schlechtere Hälfte im Safe eingeschlossen hat.«

Jock und Robbie johlten unisono über dieses hervorragende Beispiel feinsinnigen Humors.

»Und was ist mit dir, geliebtester Ehemann?« fragte Caroline.

Robbie sagte, er habe noch genug, und sie nahm Jocks Glas und verschwand im Gewimmel der Gäste.

»Warum setzt ihr euch nicht, ehe ihr umfallt«, schlug Jock vor.

Robbie setzte sich wieder rittlings auf den Stuhl, und Waverly nahm auf Jocks entsprechende Einladung am anderen Ende der Couch Platz.

Ein Moment unbehaglichen Schweigens entstand.

Ganz eindeutig in der Absicht, diesen Moment zu überbrücken, sagte Robbie: »Ganz schön seltsam, daß du und Care euch auf diese Weise über den Weg gelaufen seid.«

»Das war schon eine Überraschung, bestimmt. Nach all den Jahren. Natürlich eine freudige.«

Um Jock in das Gespräch mit einzubeziehen, sagte Robbie zu ihm: »Fünfzehn Jahre lang haben wir von diesem Clown nichts gesehen oder gehört, und gestern kommt Care aus ihrem Schönheitsladen drüben in North Palm und rennt ihn fast über den Haufen.«

Jock schnalzte mit der Zunge und interessierte sich eindeutig kaum für diese flüchtige Illustration der Unwägbarkeiten des Zufalls. »Ihr drei«, sagte er, »stammt also alle aus der gleichen Stadt im Norden?«

Waverly bejahte, und Robbie, indem er sich wiederholte, lieferte eine Erklärung, um eine weitere unangenehme Pause auszufüllen. »Wir wohnten in derselben Straße, waren auf denselben Schulen. Und als wir schließlich das College besuchten, brauchten wir nur zwei Blocks weiterzugehen, und schon waren wir da.«

»Das Calvin College«, sagte Waverly. »Der Inbegriff studentischer Untätigkeit und akademischer Ruhe, jedenfalls damals.«

Robbies Lachen war laut und klang erstaunlich echt, so als amüsierten ihn die Bemerkung und die dadurch geweckten Erinnerungen tatsächlich. Weil Jock ihn etwas ratlos ansah, erklärte er: »Damals tobte der Vietnamkrieg. An sämtlichen Universitäten wurde demonstriert. Wir in Calvin haben davon nichts mitbekommen.

Es ist ein Ableger der Christlich Reformierten Kirche und hatte keine andere Aufgabe, als der Ehre Gottes zu dienen.«

»Ich dachte, du hast mir erzählt, du hättest Harvard absolviert.«

»Das kam später, Jock. Um etwas für meine Beziehungen zu tun.«

Jock schnaubte verächtlich. »Damit bist du ja ein echter Halsabschneider, was? Machst deinem Namen alle Ehre. Und wie sieht es bei Ihnen aus?« wollte er von Waverly wissen. »Sind Sie auch einer von diesen Ivy League-Eierköpfen?«

»Nein«, sagte Waverly und fügte nach einem Blick zu Robbie hinzu: »Ich habe einige andere Institute besucht.«

»Tim ging auf die Universität von Michigan«, warf Robbie schnell ein. »Fachhochschule.«

»Daraus schließe ich, daß keiner von euch gedient hat, in unserer Armee, meine ich.«

»Das haben wir auch ausgelassen«, sagte Waverly.

»Nun, wißt ihr, was ich denke«, sagte Jock und richtete sich auf der Couch auf wie ein runder, weiser, nicht so gütiger Buddha. »Ich denke, wir hätten den Gelben in diesem Krieg ordentlich in den Arsch treten sollen. Auch den kleinen Oberschlauen hier zu Hause. Aber was weiß ich schon?« fragte er rhetorisch, und das in einem Ton, der ausdrückt, daß die Antwort gleich folgen würde. »Ich hatte nie das Glück, ein College zu besuchen, wie ihr beide. Ich habe immer nur die Ärmel hochgekrempelt und im Dreck gewühlt, hab mir meinen Lebensunterhalt hier mit meinen Händen verdient.« Er hielt sie demonstrativ hoch, zwei außergewöhnlich große, knorrige, von Arbeit und Wetter gezeichnete Hände, die Finger geschmückt mit einem strahlenden Trauring und Brillantringen an den kleinen Fingern, die Nägel makellos gepflegt.

»Hast du schon mal von Appelgate Developers gehört?« fragte Robbie Waverly.

»Ich fürchte, nein.«

»Nun, das ist die Art harte Arbeit, mit der dieser alte Dreckwühler sich das halbe Palm Beach County unter den Nagel gerissen hat«, erklärte Robbie im besten stiefelleckenden, schwanzwedelnden Arschkriecherton.

Waverly machte große Augen, um anzudeuten, daß er beeindruckt war, und Jocks wurmartige Lippen klafften in einem trägen

Lächeln auseinander, in dem ein Funken von Gemeinheit mitschwang. Seine verschlagenen Augen glänzten. Er schien in keiner Weise mit dem unzufrieden zu sein, was er darstellte – Jock Appelgate. »Alles, was wir jetzt noch wollen, ist die andere Hälfte«, sagte er zu Waverly, »ich und der Robber dort. Stimmt's, Robber?«

Ehe Robber darauf etwas erwidern konnte, erschien Caroline mit zwei Gläsern und den Worten: »Ihre Bestellung, meine Herren.« Ein Glas reichte sie Waverly, wobei sie ihn lange ansah. Er erwiderte ihren Blick, und das Glitzern in ihren Augen schien weicher zu werden, und ihre Augen füllten sich mit einem warmen Schein. Das andere Glas war für Jock, der sagte: »Vielen Dank, liebste Lady«, und zur leisen Andeutung einer höflichen Verbeugung in Bauchhöhe einknickte.

»Es war ein absolutes Vergnügen, Exzellenz, Sir.«

Robbies bereits rotes Gesicht färbte sich fast violett. Er faßte nach ihrem Ellbogen und zog sie zu sich heran und zischte ihr etwas ins Ohr. Ihre Augenbrauen hoben sich in einer überraschten Reaktion, und zu niemand Bestimmtem sagte sie daraufhin: »O ja, natürlich, Männergespräche.« Und an Waverly direkt gewandt: »Vielleicht können wir uns etwas später in aller Ruhe unterhalten, Tim. Über die alten Zeiten reden und so weiter. Ich bekam gerade den Auftrag, mich unter die Gäste zu mischen.« Sie deutete in Appelgates Richtung eine spöttische Verbeugung an und war verschwunden.

Über dem gutgelaunten Stimmengewirr der Party war in der Ferne ein Donnergrollen zu vernehmen. Robbie versuchte ein offensichtliches Mißbehagen zu verbergen, indem er dazu eine Bemerkung machte. »Hier soll heute nacht ein schweres Unwetter runterkommen.«

»Du hast aber eine ganz schön kesse Frau«, stellte Jock fest, der sich offenbar nicht für das Wetter interessierte. Er lächelte noch immer, doch sein Mund zeigte bereits einen Ausdruck von Härte. »Echt scharf.«

Oder geladen, dachte Waverly, denn sie war ganz offensichtlich auf irgendeinem Trip, und er hatte den Verdacht, daß es von etwas anderem kam als nur von Fusel. Robbie fragte ihn, wie lange er schon in Florida sei. »Jetzt sind es etwa vier Jahre«, erwiderte er.

Die ganze Unterhaltung schien sich seltsam sprunghaft zu entwikkeln.

»Vielleicht will dein Freund sich auch an dem Geschäft beteiligen, das wir gerade vorbereiten«, sagte Jock.

»Oh, das bezweifle ich«, sagte Robbie voller Hast und mit einem gequälten Grinsen. »Tim hatte eigentlich mit Geschäften nie viel im Sinn. Er ist mehr der literarische Typ. Hab ich recht, Tim?«

»Ich denke, das stimmt. Oder es stimmte zumindest früher mal.«

»Nun«, sagte Jock und wandte sich an Robbie, »wenn du den Sandnigger bei der Stange halten kannst, dann ist es sowieso egal. Es gibt sowieso nicht viel zu teilen. Ohne ihn haben wir nur einen Haufen Hundescheiße in der Hand.«

Unter dem kumpelhaften Benehmen und dem nicht allzu freundlichen Lächeln lauerte in seinen Worten und seiner Haltung eine unmißverständliche kalte Drohung, und Robbie kaute auf seiner Unterlippe und wand und krümmte sich auf seinem Platz. Seine vorher so erdrückende Massigkeit schien reduziert, tatsächlich zusammengeschrumpft, und er sagte lahm: »Jocko, alter Freund, hab ich dich jemals im Stich gelassen? Dieser Kameljokkey ist doch nur ein nasser Furz. Ich weiß genau, wie man den anfassen muß.«

»Ich hoffe, daß es genauso kommt, Robber. Genau betrachtet und unterm Strich ist er das einzige entscheidende Problem.«

Waverly fühlte sich außerordentlich unbehaglich, so wie ein unfreiwilliger Zuhörer bei einem zweideutigen Dialog, den er niemals hätte mithören dürfen. Mehr als je zuvor fragte er sich, was er auf dieser Couch in diesen Räumen dieses Hotels zu suchen hatte. Hier. Es wurde Zeit, die Flucht zu ergreifen. Höchste Zeit. Er war gerade im Begriff, seiner inneren Stimme zu folgen, als Appelgate ihre Aufmerksamkeit auf jemanden auf der anderen Seite des Zimmers lenkte. »Hey, da ist ja Bulldog.«

Robbie wandte sich um. »Wo?«

»Da drüben«, sagte Appelgate und wies auf einen Mann, der allein bei der Tür stand und mit schwachsinniger Ernsthaftigkeit an seiner Pfeife zog.

»Der alte Bulldog«, sagte Robbie. »Er sieht etwas verloren aus. Ich zeig ihm besser, wo die Bar ist. Bin gleich wieder zurück.«

Er schoß von seinem Stuhl hoch und verzog sich eilends. Auch ein Flüchtling, dachte Waverly, noch schneller als ich. Und jetzt sind nur noch ich und Jock übrig, Mann gegen Mann. Regelrecht in die Enge getrieben.

»Ein wichtiger Investor in unserem kleinen Projekt«, sagte Appelgate, um den Pfeifensauger näher zu charakterisieren. »Er heißt richtig Norman Drummond. Wir nennen ihn Bulldog.«

Schon frühzeitig hatte Waverly entschieden, daß es an dem Mann, diesem vierschrötigen Buddha mit dem runden, roten, wohlgenährten Gesicht und den zusammengekniffenen Augen voller Bosheit und Verschlagenheit, nichts gab, was er hätte sympathisch finden können. Keinerlei einnehmende Eigenschaften. Und er hatte hier keinerlei Interessen zu wahren. In ein paar Minuten würde er all das hinter sich lassen. »Das ist wirklich clever«, sagte er.

Nun preßten die Appelgate-Lippen sich zu einer Grimasse zusammen. »Das finden wir auch.«

Waverly zündete sich eine Zigarette an. Damit er was in der Hand hatte. Er sagte nichts.

»Hat Robber nicht gerade gesagt, Sie hätten was mit Literatur zu tun? Oder so ähnlich. Was heißt das genau? Sind Sie Lehrer?«

Lehrer war für ihn offenbar gleichbedeutend mit Kellner oder Hausdiener oder Florist oder Friseur, irgendein Diener, eine Tunte, etwas, das keine Beachtung verdiente. »Nein«, sagte Waverly.

Appelgate hob sein Glas und nahm einen tiefen, genußvollen Schluck. Und jetzt kam es.

»In welchem Gewerbe sind Sie denn tätig, Mr. Waverly?«

»Ich bin Spieler«, erwiderte Waverly und beobachtete, wie die Augen sich zusammenzogen und ihn skeptisch musterten.

»Spieler, was Sie nicht sagen. Ich hätte Sie niemals für einen Spieler gehalten. Wetten Sie auf Pferde? Hunde?«

»Nein, von Tieren habe ich keine Ahnung.«

»Wovon denn?«

»Karten. Ich bin Kartenspieler.«

»Also das ist ja interessant. Sehen Sie, ich mische mir auch mal gerne ein Blatt. Ein kleines Laster von mir.«

»So etwas hat doch jeder. Ein Laster, meine ich.«

»Kritisch wird es erst, wenn man ein Dutzend oder mehr davon hat.«

»Genau was ich sage.«

Nun schaute Appelgate ihn prüfend an. Abschätzend, anerkennend. »Ich hab's mit dem Pokern. Stud, Draw, Lowball, High-Low, Hold-'em, was Sie wollen, ich spiele alles. Sogar ein paar dieser verrückten Joker-Spiele.«

»Tatsächlich. Und wie schneiden Sie ab?«

»Ganz gut. Meistens jedenfalls. Weil ich nicht so dran arbeite, wie Sie es wahrscheinlich tun müssen. Wenn Sie davon leben.«

»Wenn man davon lebt, dann muß man dran arbeiten.«

»Kann ich mir denken. Wissen Sie, Mr. Waverly, das ist wirklich ein verrückter Zufall, daß Sie ein Kartenprofi sind. Gerade nächste Woche haben wir mit ein paar von den Jungs hier eine Runde angesetzt. Um sie bei Laune zu halten, könnte man sagen, während wir darauf warten, daß das Projekt endlich abgeschlossen wird. Hätten Sie nicht Lust mitzumachen?«

»Danke, aber ich glaube nicht.«

»Spielen Sie nicht mit Amateuren?«

»Ständig. Amateur oder Profi, letztendlich kommt es doch nur auf die Karten an.«

»Wir haben ein paar ganz heiße Spieler«, sagte Appelgate, und in seiner Stimme schwang eine Herausforderung mit. »Zum Beispiel Drummond. Er ist Arzt, besitzt eine ganze Kette von Privatkliniken, aber er ist sicherlich nicht viel weniger ein Profi als Sie selbst. Und dann hörte ich, daß dieser Arabertyp, der in dieser Woche ebenfalls herkommt, einer der Besten ist. Außerdem soll er ganz schön Geld haben und jedes Risiko mitgehen. In den nächsten Tagen geht es hier sicherlich ganz schön rund. Meinen Sie nicht, daß ich Sie überreden kann?«

»Ich weiß die Einladung zu schätzen, Mr. Appelgate –«

»Jock.«

»Jock. Find ich wirklich nett von Ihnen, aber in diesem Fall muß ich passen. Bis dahin bin ich längst nicht mehr hier. Habe auswärtig zu tun.«

»Schade. Na ja, wenn Sie es sich anders überlegen sollten, dann melden Sie sich. Reden Sie einfach mit Robber.«

Waverly betrachtete das lange Aschenende seiner Zigarette. Er sah keinen Aschenbecher in Reichweite. Eine Fluchtmöglichkeit. Er hielt die Hand darunter und erhob sich und sagte: »Ich drück mal eben die Kippe aus. Bis gleich.« Er umrundete die Couch und ging durch die halboffene Schiebetür und hinaus auf den Balkon und schnippte den Zigarettenrest in die Dunkelheit unter ihm. So zäh und feucht die Luft hier draußen auch sein mochte, sie stellte nach der klaustrophobischen Enge der Räume trotzdem eine willkommene Abwechslung dar. Fern am Horizont zauberten die funkelnden Lichter eines Dampfers Sterne in den schwarzen Ozean. Ein Blitz erschien wie ein gedrucktes Leuchtzeichen auf der samtenen Schwärze des Himmels. Ein wuchtiges Donnergrollen folgte, und einen Moment später spürte er die ersten Regentropfen auf dem Gesicht.

Er ging wieder hinein, hielt sich von der Couch fern und suchte Zuflucht im Gewimmel der Gästeschar. Niemand hatte irgend etwas mit ihm zu besprechen. Drüben an der Tür unterhielt Robbie sich angeregt mit dem Mann, den sie Bulldog nannten und der einen starken Überbiß hatte, wodurch sein Mund zu einem ständigen Grinsen erstarrt zu sein schien. Waverly mied die Tür. Eine Menschentraube hatte sich zusammengefunden und verfolgte das Geschehen auf dem Bildschirm eines tragbaren Fernsehers, der auf einem Servierwagen an der Wand aufgestellt worden war. Er gesellte sich zu ihnen. Was dort gesendet wurde, war eine Breakers-Werbung, ein langes und ausgiebiges Loblied auf sich selbst. Eine süßliche Stimme lenkte die Aufmerksamkeit der Zuschauer auf den Springbrunnen vor dem Gebäude, auf die Inneneinrichtung im italienischen Renaissancestil, an die mit einem Fresko verzierte Kuppeldecke der Halle, auf die flämischen Wandteppiche aus dem fünfzehnten Jahrhundert und die eindrucksvollen Kronleuchter. Dann folgte der statistische Teil: ein Grundstück von 57 Hektar, 528 Zimmer, 1200 Angestellte, die insgesamt 28 Sprachen beherrschen, 5 Restaurants, 17000 Weine auf Lager, weitere Zahlen, eine ganze Menge davon. Die ölige Stimme sang im überheblichen Jargon des Überflusses: prachtvoll, majestätisch, riesig, luxuriös, himmlisch ruhig, intim, absolut unerreicht – derlei Attribute. Er glaubte, das Großartige körperlich spüren zu können. Die Untermalungsmusik wurde lauter. Stimme und Bilder riefen beim Publikum lobende Kommentare hervor, begleitet von einem gelegentlichen zustimmenden Ausruf. Eine weitere Stimme drang an sein Ohr, spöttisch, murmelnd. »Hoffentlich legst du die angemessene Ehrfurcht an den Tag.«

Er drehte den Kopf und entdeckte Caroline neben sich. Mit einem Kopfnicken auf den Bildschirm weisend, sagte er: »Es ist fast so, als wäre man tatsächlich da.«

»Waverly, Waverly, du änderst dich wohl nie, oder?« sagte sie, und sie bedachte ihn mit einem Lächeln, so wehmütig, so verletzt, daß es ihm einen Stich versetzte.

»Ich ändere mich nie? Ich wollte, es wäre so.«

»Siehst du? Das ist es, was ich meine. Wer sonst würde so reagieren?«

»Irgendein anderer sentenziöser Dinosaurier. Es laufen immer noch einige von unserer Sorte herum.«

»Aber nicht in dieser Suite.«

»Da hast du recht. Nicht hier.«

»Komm, gehen wir raus in den Flur. Hast du Lust?«

»Das ist die beste Idee, die ich heute abend gehört habe.«

»Dann geh schon vor. Ich hole eben meine Handtasche.«

Auf dem Weg zur Tür kam er an Avis Appelgate vorbei. Sie fragte ihn, ob er sich amüsiere, wobei ihre feindseligen Blicke ihn langsam abtasteten. Ein ideales Paar, die Appelgates. Königlich, versicherte er ihr.

Auf dem Korridor zündete er sich eine Zigarette an. Bald erschien auch Caroline. Sie sah seine Zigarette und kramte in ihrer Handtasche nach ihren eigenen. Waverly hielt ihr sein Feuerzeug hin, während sie die Zigarette in einen kleinen Plastikzylinder schob. Ihre Hände zitterten. »Ein Aqua-Filter«, sagte sie. »Damit wird das Rauchen definitiv gesund.«

»Was sein muß, muß sein.«

»Ich kann mich nicht erinnern, daß du auch diesem Laster verfallen warst. Als wir jung waren.«

»Siehst du, das ist eine der vielen Veränderungen bei mir, die dir entgangen sind. Ich tue es, weil es einen abschirmt.«

»Wogegen?«

»Ach, vielleicht gegen diese altmodische Kollektion von Vorstellungen, die wir gerne Realität nennen.«

Unterhielten sie sich über das Rauchen? Er fragte sich, was da vor sich ging. Er hatte keine Ahnung. Sie fragte ihn, wie ihm die Party gefalle. »Ganz nett«, sagte er.

»Und was hältst du von unseren Gästen?«

»Ein gutbetuchtes Volk.«

»Und Jock? Wie findest du ihn?«

»Willst du meine ehrliche Meinung über Jock hören?«

»Ja, die interessiert mich brennend.«

»Jock Appelgate. Die Seele eines Zahnarztes, die Phantasie eines Hautarztes. Zweifellos der Grund, warum er so erfolgreich ist.«

Caroline legte den Kopf in den Nacken und lachte. Es war ein schrilles, fast hysterisches Gelächter, das durch den leeren Korridor hallte. Sie schien leicht zu schwanken. Um sich zu fangen, stützte sie eine Hand gegen die Wand.

»So witzig war es wirklich nicht«, sagte Waverly.

»Sag mal«, sagte sie, als sie sich wieder etwas unter Kontrolle hatte. »Wie findest du meinen Aufzug? Ganz ehrlich.«

Das weiße Cocktailkleid schmiegte sich wie eine zweite Haut um die eleganten Konturen ihrer Gestalt. »Das Kleid gefällt mir.«

»Es ist von Saks.«

»Jetzt gefällt es mir noch besser.«

»Und meine Ohrringe?«

Zwei lange Hänger funkelten unter ihren Ohren. »Sie sind auch sehr schön«, sagte er.

»Brillanten und Rubine.«

»Sehr beeindruckend.«

»Was treibst du so, Tim?«

»Wie bitte?« Er hatte an diesem Abend ernste Schwierigkeiten mit den seltsam verdrehten Unterhaltungen. Die reinsten verbalen Trickspiegelkabinette.

»Was du tust. Hier in Florida.«

»Ich versuche zurechtzukommen«, sagte er. »Mit Hilfe meines mutigen Geistes. Ich halte meine Umwelt in Schach.«

»Na schön. Und wo wohnst du?«

»Auf Singer Island. Zur Zeit noch.«

»Lade mich zu dir ein. Ich möchte sehen, wo du lebst.«

»Ich glaube nicht, daß du das willst. Es ist nicht so wie das hier.« Mit einer ausholenden Bewegung wies er auf die Zimmer und den Korridor und das gesamte Hotel.

»Ich will es trotzdem sehen. Ich möchte mich noch einmal mit dir unterhalten, ehe wir abreisen.«

»Ich weiß nicht, ob das eine so gute Idee ist. Man kann die Vergangenheit nicht wieder lebendig machen.« Wie wir es genau in diesem Moment feststellen, hätte er hinzufügen können, aber er tat es nicht.

»Laß mich das beurteilen. Schreib sie auf.«

»Was soll ich aufschreiben?«

»Deine Telefonnummer.«

Er zeigte ihr seine leeren Hände. »Ich habe nichts zum Schreiben.«

»Ich werd schon was finden.« Sie kramte wieder in ihrer Handtasche herum, als die Tür aufging und Robbie sein finsteres Gesicht herausstreckte und mit gereizter Stimme meinte: »Care, wo zum Teufel –« Als er Waverly entdeckte, brach er ab und kam vollends auf den Korridor, während er sich zu einem Lächeln zwang. Es schien ihm weitaus lieber zu sein, ihn hier draußen zu sehen als drinnen bei seinen Gästen. »Tim«, sagte er, und seine Stimme klang plötzlich viel sanfter, »geht es dir gut?«

Jedem schien heute sein Wohlbefinden am Herzen zu liegen. Waverly beteuerte, daß er sich ausgiebig amüsiere.

»Prima. Absolut super.« Zu Caroline sagte er: »Wir haben Gäste, Liebes.«

»Fühlen sie sich etwa vernachlässigt?«

Robbie schaffte den schwierigen Trick, seine Frau wütend anzufunkeln und gleichzeitig ein Lächeln für seinen alten Freund beizubehalten. Das gelang ihm bestens. »Der Punkt ist«, sagte er zu ihr, »daß wir aufbrechen wollen. Jock möchte, daß wir alle noch in seinen Bau mit rüberkommen.«

»Mit Bau ist Haus gemeint«, sagte sie zu Waverly, und dann zu ihrem Mann gewandt: »Ich dachte, du hättest bei Jo's einen Tisch reservieren lassen.«

»Es regnet zu stark. Außerdem hat er für französische Küche nichts übrig. Avis bereitet uns ein paar Omelettes.«

»Wie häuslich. Die kleine Frau am heimischen Herd. Sag bloß, dazu gibt es Hafergrütze.«

Nun verflüchtigte das Lächeln sich vollkommen. Nur das Funkeln blieb, und das war haßerfüllt. »Verdammt noch mal, Caroline, hör endlich mit deinen dämlichen Scherzen auf. Laß es in Gottes Namen endlich mal gut sein.«

Caroline legte eine Hand hinters Ohr und setzte eine übertrieben gehorsame Miene auf. »Die Stimme ihres Herrn«, sagte sie.

Waverly räusperte sich. Dies war etwas, das er nicht miterleben wollte. »Ach, ich muß sowieso los. Vielen Dank für alles. Es war schön, euch beide mal wiedergesehen zu haben.« Die üblichen Abschiedsfloskeln.

Robbie musterte ihn, als hätte er völlig vergessen, wer er war. Zögernd sagte er: »Na ja, also Jock sagte, ich soll dafür sorgen, daß du auch mitkommst. Er scheint zu denken, daß du ein Spieler oder so was bist. Warum hast du ihm das erzählt, Tim?«

»Ich glaube, weil es die Wahrheit ist.«

»Mach keinen Scheiß. Das treibst du heute? Du spielst?«

»Kein Scheiß.«

»Jocks ist selbst kein schlechter Pokerspieler.«

»Das hat er mir erzählt. Entschuldige mich bei ihm. Ich muß jetzt wirklich gehen.«

»Hey, tut mir leid, daß du nicht bleiben kannst«, sagte Robbie, lächelte wieder und wirkte überhaupt nicht betrübt. »Paß mal auf, wir sind mindestens noch zwei Wochen hier. Wir können uns ja irgendwann treffen und uns in Ruhe zusammensetzen und uns ein paar genehmigen.« Er reichte ihm die Hand, und diesmal fiel der Händedruck herzlich und voller Wärme aus. »Ruf mich an.«

»Das tue ich ganz bestimmt.«

Robbie drehte sich zur Tür um, und Waverly wollte sich durch den Korridor entfernen. Caroline trat ihm in den Weg, umarmte ihn und drückte ihm einen Kuß auf die Wange. »Sag mir deine Nummer«, flüsterte sie. »Ich behalte sie.«

Und in diesem kurzen Augenblick der Entscheidung kam ihm die Idee, daß irgendeine falsche Nummer oder auch nur eine simple Umstellung von Ziffern diese Situation ein für allemal lösen konnte, daß die Ordnung in seinem Leben wiederhergestellt und er zu dem zurückkehren würde, was er als Normalität gerade noch aufrechtzuerhalten fähig war. Aber er tat nichts von beidem. Er nannte ihr die Nummer, und sie belohnte ihn mit einem sehr heimlichen, strahlenden Lächeln, das sich von dem Robbies gründlich unterschied.

Er lag auf dem Sofa in seinem Zimmer im Tropicaire, starrte in die Dunkelheit. Er lauschte dem Regen, der auf das Dach trommelte, wie ein Kind, das behaglich in seinem Bett liegt und dem Toben eines Unwetters draußen zuhört. Ein Gefühl bedrückender Einsamkeit überkam ihn. Von Schlafen konnte keine Rede sein. Im Gefängnis hatte er eine Methode entwickelt, dieses Gefühl zu unterdrücken, zu isolieren, und sie hatte ihm oft und gut geholfen. Sie hatte ihm sogar einmal ermöglicht, drei Wochen im Loch heil zu überstehen, diese Methode. Er versuchte es nun erneut, kniff die Augen zu und ließ einen Film aus seiner Phantasie dahinter ablaufen.

Er erschuf ein Unterseeboot, ein Prachtstück raffinierter Mechanik und Technologie. Er besetzte es mit einer Mannschaft, verlieh ihnen Namen, Gesichter, Tätigkeiten, Charaktere. Er belud es mit Vorräten, dachte sich eine Mission, ein Ziel, einen Auftrag aus. Sich selbst stellte er auf die Brücke. Commander Waverly. Stark, energiegeladen, mit stählernem Blick und ohne Furcht. Er hatte ein vages Handlungsgerüst. In diesem Szenario war die Welt von einem Atomkrieg heimgesucht worden, und ihre Aufgabe bestand darin, nach noch vorhandenen Spuren von Leben zu suchen. Ähnlich wie in dem Film *Das letzte Ufer,* den er mal als Kind gesehen hatte. Sie starteten von einem Hafen in der Arktis aus, unbegreiflicherweise unzerstört, sagen wir von Grönland oder Nord-Labrador. Sie fuhren an der Ostküste entlang, verlangsamten ihre Fahrt, um sich durch das Periskop verwüstete Städte und Landschaften anzusehen, die von Feuerstürmen heimgesucht worden waren und über denen sich giftige Wolken auftürmten. Es gab keine Überlebenden; sie waren allein auf der Welt, aber sicher im Meer. Mannhaft, heroisch leitete er sie auf ihrer Reise, erfüllt von jenem geheimnisvollen, rätselhaften Wissen, wie U-Bootkommandanten es manchmal haben, anstelle dessen, worüber er tatsächlich verfügte, was nicht mehr war als ein mickriger Rest von Wahrscheinlichkeiten und Prozentzahlen und Strategien und Sichtweisen und ein Vorrat an Ausdrücken und Gesten und Verhaltensweisen und stimmlichen Variationen und – ach ja – eine ständig undeutlicher werdende Erinnerung an die Leben und Werke toter Dichter und das Vokabular und die Syntax einiger toter Sprachen. Und so fuhren sie dahin, an der Küste entlang, vorbei an jenem herunterhängenden topographischen Glied, das Florida darstellte, durch die Karibik, vorbei an dem riesigen Buckel namens Brasilien und in den Südatlantik, und als sein Schiff schließlich Kap Horn umrundete, stellte sich auch der Schlaf ein.

Allerdings nicht, so schien es, für lange. Er hatte gerade nördlichen Kurs befohlen und zog an dem langen Gebirgswall Chiles entlang, als ein scharfes Piepen ihn in einen halbwachen Zustand hochriß. Er setze sich auf dem Sofa auf und rieb sich mit den Handballen die Augen. Sein Mund fühlte sich an, als wäre er mit einer Mischung aus Nikotin und Brandy beschichtet. Sein Magen war hohl. Nach und nach erkannte er, wo er war und was geschah: er lag im Tropicaire, und das Telefon klingelte. Drängend. Er knipste die billige Stehlampe an und stolperte in die Kochnische, nahm den Hörer des Wandtelefons ab und murmelte ein Hallo.

»Timothy? Bist du das?«

»Ja. Am Apparat.«

»Bennie hier.«

»Bennie. Wo bist du? Wie spät ist es?«

»Spät. Wie in Später als du denkst. Wo warst du? Ich versuch den ganzen Abend, dich zu erreichen.«

»Eh, äh, draußen. Ich war unterwegs. Ein bißchen.«

»Hab ich dir nicht gesagt, du sollst dich verkriechen?«

»Jaja, na und? Ich war eben draußen. Aber niemand hat mir ein paar über den Schädel gegeben. Zumindest glaube ich das. Ich rede doch mit dir.«

Eine Pause. Ein Pfeifen. Langgezogen und in der Tonart hilflosen Zorns. »Bist du klar? Oder besoffen?«

»Nein. Ein paar Drinks, mehr nicht.«

»Dann geht es dir besser als mir.«

»Wo bist du?«

»In Downers Grove. Das liegt in Illinois. Eine der besseren Gegenden.«

»Und wie ist es gelaufen? Sind wir klar?«

»Wie es gelaufen ist? Du fragst mich, wie es gelaufen ist?«

Waverly wurde allmählich vollends wach, und was er aus der leicht lallenden Stimme seines Freundes und Partners heraushörte, war nicht beruhigend und überhaupt nicht das, was er zu hören gehofft hatte. »Das ist doch eine verständliche Frage, Bennie.«

»Die Antwort ist nicht gut. Wie ist es gelaufen? – Nicht gut. Ich komme mir vor, wie durch den Fleischwolf gedreht.«

»Bist du okay? Sie haben doch nicht –«

»Nee, nichts in dieser Richtung. Noch nicht jedenfalls.«

»Was ist passiert?«

»Jetzt ist nicht die Zeit, um darauf näher einzugehen. Aber morgen. Morgen nehmen wir uns die Sache vor, sehen sie uns an, wenn wir beide wieder klar denken können. Was mich darauf bringt, weshalb ich dich angerufen habe. Hol mich morgen vom PBI ab. Hast du was zum Schreiben greifbar?«

Waverly fand einen Bleistift und ein Stück Papier. »Laß hören«, sagte er.

Bennie nannte ihm die Daten seines Flugs. »Hast du alles?«

»Habe ich.«

»Okay, ich erwarte dich. Und hör gut zu, was du bis dahin tun sollst – und halte dich daran – ist, in deinem Versteck zu bleiben. Wir sitzen ganz dick in der Scheiße, Timothy. Das Leben, das du damit rettest, könnte meins sein.«

10

Dreißigtausend Fuß hoch oben, mit ungefähr tausend Meilen pro Stunde nach Südosten fliegend, eingezwängt und mit steifem Rükken auf einem Fensterplatz dieses fliegenden Viehwaggons sitzend, für die nächsten vier Stunden von dem Genuß getrennt, sich eine Beruhigungszigarette anzuzünden, erging Sigurd Stumpley sich in nachdenklichen Betrachtungen über die Sterblichkeit. Über die Sterblichkeit im allgemeinen und seine eigene im besonderen. Diese zerbrechliche Aluminiumröhre konnte wie ein Stein vom Himmel fallen; unten konnte ein Lkw oder ein Autobus oder auch nur ein anderes Fahrzeug ins Schleudern geraten, auf deine Fahrbahn schießen und dich plattmachen; oder du konntest mit einem fröhlichen Lied auf den Lippen über die Straße schlendern, von deiner nächsten Nummer träumen und dann auf einer Bananenschale ausrutschen und dir das Genick brechen; oder du steckst aus Versehen ein Messer in den Toaster und wirst von einem Stromschlag gargegrillt; oder du schwimmst in einem See oder schläfst in der Badewanne ein und ertrinkst; vergiftete Luft konnte dich ersticken, verdorbene Speisen vergiften; du hast Kopfschmerzen und nimmst ein Aspirin, und irgendein Irrer hat es mit Zyankali geimpft; in dem Gewerbe, in dem er tätig war, brauchte man nur jemandem den Rücken zuzudrehen und – zack! – schon wurde man für immer auf die Bretter geschickt. Eine verdammt gefährliche Welt, um am Leben zu bleiben.

Trotzdem, auch bei all diesen morbiden Überlegungen, fühlte er sich schon viel besser als zu dem Zeitpunkt, als er das Flugzeug bestiegen hatte und die Maschine zum Start rollte, bremste, die Turbinen aufheulen ließ und den Rumpf schüttelte und dann die Rollbahn hinunterraste und sich fast unbemerkt vom Boden löste, dann in einen brutal steilen Steigflug überging, der die Erde in einem grotesken Winkel unter ihm wegkippen ließ. Das erste Mal in einem Flugzeug ließ ihn sich fast in die Hose machen, er hatte beide Fäuste geballt, die Augen fielen ihm beinahe aus dem Kopf, und in seinen Ohren knallte es. Aber nun, da er anfing, sich daran zu gewöhnen, fühlte er sich zunehmend besser. Er war wieder er selbst. Zu allen Schandtaten bereit. Unterwegs nach Florida.

Vielleicht doch ein wenig verkrampft angesichts der zwei Wochen, die vor ihm lagen, die er bei diesem Spitzenkiller verbrachte, ihn begleitete, bei seiner Arbeit beobachtete, vielleicht sogar bei dem großen Finale erlebte. Eine einzigartige Gelegenheit. Und er würde natürlich auch einiges an Sonne tanken und ganz bestimmt mit irgendeinem dieser allzeit bereiten Florida-Flittchen eine Nummer schieben. In Florida vögelten sie alle. Wenn er daran dachte, empfand er fast warmen Dank für Onkel Eugene, obgleich der alte Knacker ihm noch an diesem Morgen auf die Nerven gegangen war mit seinem Sermon: Steh nicht im Weg herum, halte Augen und Ohren offen, sieh dir an, wie's gemacht wird, mach dir Notizen, merk dir alles, du verbringst keinen Urlaub da unten, du fliegst hin, um was zu lernen. Der gleiche Scheiß wie gestern. Er klang, als wäre er der große weise Vater, als hätte er irgendsoeinen Klotzkopf vor sich, der die ganze Zeit mit irgendwelchen verdreckten Heckenpennern herumgelaufen wär. Nun, er würde ihm schon beweisen, daß Sigurd Stumpley einen ganz schön hellen

Kopf auf den Schultern trug, er war keiner von der Sorte, die man herumschubsen konnte. Er würde es allen zeigen.

Apropos Kopf, wenn er sich den Hals ein wenig verrenkte, dann konnte er die hintere Partie des kahlen Judenschädels erkennen, der drei Reihen entfernt am Gang saß. Eine Platte mit ein paar fettigen Strähnen quer darüber, so daß er aussah wie gestreift. Wahrscheinlich beschäftigte er sich gerade mit dem Gedanken, wie er es schaffen könnte, sich aus dem Staub zu machen, sobald die Maschine gelandet war. Kannst du vergessen, Judenjunge; dieser Knabe hier hängt dir am Arsch wie ein Satz Hämorrhoiden. Ohne den kommst du nirgendwo mehr hin. Zweimal, seit sie gestartet waren, hatte der Jude sich hochgequält und war nach hinten zur Toilette geschlurft. Beide Male hatte es ausgesehen, als hätte er einen kurzen Blick auf Sigurd geworfen, zumindest war das sein Eindruck gewesen. Genau konnte er es nicht sagen. Wahrscheinlich bildete er sich etwas ein. Nichts, weshalb er sich Sorgen machen mußte. Bleib ganz cool und zieh deine Nummer durch.

Auch noch apropos Kopf, wenn auch mit einer etwas anderen Bedeutung, so konnte man die dunkle Stewardess nicht übersehen, die durch den Mittelgang auf und ab wanderte und strahlendweiße Zähne in einem schwarzen Gesicht leuchten ließ, dessen Züge genauso klar und gleichmäßig waren wie bei einem weißen Girl, gerade, schmale Nase, nichts Affenartiges, völlig normal große Lippen mit silbrig glänzendem Lippenstift, kurzes, schwarzes Haar, ein strammer, griffiger Körper, wie ihn die sonnenbraunen Schnallen manchmal entwickeln, Beine an die drei Meter lang, daß sie sich zweimal um einen legen können. So gut wie unmöglich, das alles zu übersehen. Sie kam gerade wieder durch den Gang und zog einen Getränkewagen hinter sich her. Sigurds Blicke saugten sich an ihr fest, und als sie sich bückte, um irgendeinem Wichser auf der anderen Gangseite etwas zu servieren, dachte er, daß er ihr den Zwickel aus dem Höschen knabbern würde, nur um an ihren schwarzen Arsch heranzukommen. Schwarz oder nicht, er wäre erster alles. Wenn es darum ging, sein Rohr zu verlegen, hatte er keine Vorurteile.

Als sie ihn fragte, ob er etwas zu trinken haben wolle, sagte er: »Aber sicher doch, Süße. Whiskey und Wasser, genau das richtige für vorher.« Vielleicht verstand sie, was er meinte, wenn nicht, dann würde sie sicherlich schnell dahinterkommen. Es schien, als zuckte sie leicht zusammen, obgleich er sich auch das eingebildet haben könnte, aber für den Fall, daß er sich nicht getäuscht hatte, gab er ihr einen Zehner und sagte, ehe sie ihm herausgeben konnte: »Ist schon okay, Schätzchen, behalten Sie den Rest.« Es gab nichts Besseres als grüne Scheine, um ein Lächeln hervorzuzaubern, vor allem bei den Farbigen. Sie bedankte sich überschwenglich und sagte, als sie das Logo auf seinem T-Shirt unter seinem Jackett las, daß auch sie ein Fan der Bears sei. Na bitte, schon hatten sie etwas gemeinsam, aber ehe er den Kontakt richtig vertiefen konnte, da zog sie schon wieder an dem Servierwagen und war aus seinem Blickfeld verschwunden. Vielleicht, wenn er ein bißchen Glück hatte, bekäme er doch noch eine Chance, wenn er aufstand und auf die Toilette ging und ihr über den Weg lief oder daß er sie erwischte, nachdem sie gelandet waren, sie mit ein paar scharfen Bemerkungen anmachte, ihren Namen erfuhr, vielleicht eine Telefonnummer. Mit ein bißchen Dusel könnte er noch an diesem Abend eine Nummer im Kohlenkeller schieben.

Sigurd stellte fest, daß Reisen etwas an sich hatte – das hektische Treiben in den Flughäfen, das Einklemmen der Eier auf den engen Sitzen, das sanfte Vibrieren des Flugzeugs, die weißen Wolkenberge vor dem Hintergrund des blauen Himmels vor den Fenstern –, das einen besonders scharf machte. Das einen dazu brachte, sein Ding ins nächste Astloch zu stecken. Natürlich mußte man auf dem Boden bleiben. Er durfte nicht vergessen, weshalb er hier war, nämlich um Mr. Matzes und Co. zu beschatten, und dieses Unternehmen, dieser Dietz-Auftrag, konnte einem das Liebesleben ganz schön verderben. Es hing sehr viel von seinem zukünftigen Partner ab, davon, was für ein Typ er war, ob er etwas für solche Späße übrig hatte, ob er den Feierabend gerne in scharfer Gesellschaft verbrachte. Und während er über ihn nachdachte und versuchte, sich auszumalen, wie er wohl aussah, wie sie miteinander auskämen, verspürte Sigurd eine gewisse Vorfreude, gemischt mit leichten Zweifeln, aber nicht vielen. Sei einfach du selbst, sagte er sich und bestärkte damit nur, was seine Mom ihm immer riet: Die Leute sind so wie sie sind, und wenn du mit ihnen zurechtkommen willst, dann versuch auf keinen Fall, etwas anderes zu sein, als du bist. Gute alte Mom – wie recht sie doch hatte.

In diesem Augenblick tat D'Marco Fontaine im großen und ganzen das gleiche wie Sigurd; das heißt, er stellte Überlegungen über die Persönlichkeit und den Charakter des jungen Mannes an, mit dem er die nächsten zwei Wochen verbringen würde. Nicht gerade fröhlich. Der äußeren Beschreibung nach (»Dieser Junge ist nicht allzu groß, ein bißchen schwerer als der Durchschnitt – na ja, er hat eine ziemlich dicke Wampe –, hat rötliches Haar, Sommersprossen...«) hörte er sich nicht nach jemand an, an dem D'Marco, unter normalen Umständen, im mindesten interessiert gewesen wäre. Wer wollte schon jemand kennenlernen, der so aussah? Und dann der Name, den er, als er ihn zum erstenmal hörte, für einen Witz hielt. Sigurd Stumpley? Mein Gott. Außer in den Comicseiten oder den Zeichentrickfilmen im Kinderprogamm am Samstagmorgen, wer hieß da noch Sigurd? Und wenn er an die Einzelheiten der Kluft dachte, an der er ihn erkennen sollte, mußte D'Marco zu dem Schluß kommen, daß der Typ sich nicht viel aus Mode machte.

Anders als er selbst, denn D'Marco trug ein braunes Seidenjakkett, ein beiges Baumwollpolohemd, eine braune Leinenhose mit dunkelbraunem Ledergürtel und handgenähte Wildledermokassins mit hochgezogenen Sohlen. Das ganze Ensemble sah aus, als stammte es aus der Werkstatt eines dieser eleganten Spaghettidesigner, obwohl alles, was er anhatte, tatsächlich bei Burdines von der Stange gekauft worden war. Nicht schlimm, seine Zeit würde kommen.

Er saß in dem Imbißcafé im Hauptgebäude des Palm Beach International, natürlich im Nichtraucherbereich, obgleich das ein schlechter Witz war angesichts der dichten Schwaden Zigarettenrauchs, die aus der Selbstmordabteilung herübertrieben und sich auf seinen Tisch und seine Kleider und sein sorgfältig frisiertes Haar herabsenkten wie eine Wolke giftigen Senfgases. Von den betäubenden Gerüchen ganz zu schweigen, die von dem brutzelnden Grill hinter der Theke aufstiegen. Nicht gerade die bevorzugte Umgebung für D'Marco Fontaine, aber er konnte nichts dran ändern, da die Terminalhalle überfüllt war mit Wochenendausflüglern und jeder Platz in der Wartehalle besetzt war. Irgendwo hatte er gehört oder gelesen, daß sie die Absicht hatten, einen neuen Flughafen zu bauen, und das sollten sie verdammt noch mal endlich tun, mit dem Bau anfangen und fertig werden, dachte er. Dieser Ort war eine verfluchte Schande. Hier herrschte die schmierige Atmosphäre eines Vierundzwanzig-Stunden-Imbiß, ein konzentrierter Angriff auf die Empfindsamkeit eines jeden, der auf die Qualität der Luft achtete, die er atmete, und auf die saubere Umgebung und allgemeine Ruhe. Was er tat.

Aber indem er sich den Leitsatz seines Berufslebens in Erinnerung rief – man ist stets dort, wo einen der Auftrag hinführt –, blieb D'Marco dort sitzen, trank einen Orangensaft (der bestimmt nicht frisch gepreßt und wahrscheinlich mit Zucker gesüßt war, dem Geschmack nach zu urteilen) und wartete. Es war ein Uhr, und ihm blieb noch knapp eine Stunde. Er durchlebte jetzt diesen Zustand wachsender Erregung, der sich mit jedem neuen Auftrag einstellt, vor allem wenn er so lukrativ zu werden versprach wie dieser. Er war bereit. Der LX draußen auf dem Parkplatz war aufgetankt und einer eingehenden Inspektion unterzogen worden. Darin lagen drei Taschen. Vier, wenn man die Sporttasche mitzählte. Zwei enthielten Kleider und andere notwendige Dinge für einen längeren Aufenthalt, in der dritten befand sich sein Werkzeug, und zwar vollständig, denn er hatte noch keine speziellen Anweisungen erhalten, wie der Doppelschlag durchgeführt werden sollte, und, wie jeder gute Handwerker, wollte er auf jede Eventualität vorbereitet sein. Einige Leute wollten einen schnellen, sauberen Schnitt, ohne großes Aufsehen; andere zogen ein Ende mit Schmerzen vor. Es war ein Kennzeichen seiner Arbeit, daß er stets seinen Klienten das lieferte, was sie wünschten, und nicht selten in jener einzigartigen D'Marco-Fontaine-Handschrift wie neulich bei Andy. Die Sporttasche hatte er mitgenommen für den Fall, daß sich die Möglichkeit ergab, sich in ein Fitneß-Studio abzusetzen, was durchaus sein konnte. In zwei Wochen Beschattungsarbeit müßte es irgendwann auch mal freie Momente geben. Der eine Vorteil in seiner Kindermädchentätigkeit, der einzige neben den zehn Riesen, war der, daß er die Beschattungsarbeit vielleicht von dem Chicago-Heini erledigen lassen und sich freimachen könnte, um trainingsmäßig nicht zu sehr ins Hintertreffen zu geraten. Das kam natürlich ganz auf den Grad an Intelligenz an, mit dem er es zu tun haben würde, und bei jemandem mit dem Namen Sigurd Stumpley wollte er seine Hoffnungen nicht zu hoch schrauben. Nun, einstweilen waren ihm die Hände gebunden. In einer weiteren Stunde würde er mehr wissen.

In einen Sitz gezwängt, der für einen Zwerg bestimmt war, den Kopf dick wie ein Ballon, verquollene Augen, einen Geschmack im Mund wie eine Müllkippe, der Atem eines Nilpferdes, Sodbrennen, streikende Verdauung – für B. Epstein schien dies nicht gerade einer der besten Tage gewesen zu sein. Besser Jahre. Es war ein schlimmes Jahr gewesen, wenn er es sich recht überlegte, was er nach Möglichkeit nicht tun wollte, sondern er versuchte statt dessen die Philosophie seines eigenen Ratschlags zu befolgen, den er so gerne seinem Partner mitgab, ein Ratschlag, der, wenn man ihn auf seinen Gehalt reduzierte, das Urteil Henry Fords, sen., über die Geschichte darstellte, welches mit Epsteins Worten besagte, daß die persönliche Vergangenheit ebenfalls Quatsch ist. Was einmal unten war, das blieb unten; man kriegte es nicht mehr hoch (predigte er sich selbst, obgleich, wenn er den üblen Zustand seiner Eingeweide betrachtete, sogar er erkannte, daß dieses Bild unglücklich war). Was wichtig war, war das Jetzt, oder genauer und der Wahrheit entsprechender, Jetzt in zwei Wochen. Er mußte nach vorne schauen, sich auf die nächsten vierzehn Tage konzentrieren, eine Lösung finden. Wenn er das nicht tat, dann bekam er eine in Stein gehämmerte Einladung zur Dietzschen Gartenparty – Hauptgang: Würmer.

Doch trotz all seiner Bemühungen, sich zu konzentrieren, wollte ihm keine Lösung einfallen, und seine Gedanken blieben perverserweise in der Vergangenheit stecken. Vor zwölf Monaten lief alles so glatt wie Hundespucke: ein Dutzend Bräute, die ständig im Einsatz waren; drei oder vier feste Spieler, Waverly sicherlich der beste der Truppe, die ein hübsches Sümmchen heranschafften; die Buchmacherei brummte und war die reinste Geldmaschine; mit ein paar Scheinen hielt er sich die Bullen vom Leibe. Key Line Services, Inc., genaugenommen er selbst, machte sich hervorragend. Besser noch – einfach phantastisch. Scheiße, sein alter Herr, an den er seit Jahren nicht mehr gedacht hatte, vielleicht sogar seit Jahrzehnten nicht, und an den er, Gott weiß warum, ausgerechnet jetzt denken mußte, wäre richtig stolz gewesen, hätte er miterleben können, wie weit dieser Judenjunge es gebracht hatte.

Aber das war vor zwölf Monaten. Wenn er sich und seine Lage jetzt eingehender betrachtete, was sah er da? Key Line Services am Boden, elf Tausender in der Kasse, alle Quellen angezapft und leergemolken und jeden Schein zusammengekratzt. Sieh dir die Zahlen an: eine große 25 mit vier dicken Nullen dahinter. Und eine noch größere 14 – eine 13 nur noch, wenn man gestern mitzählte, was Dietz ganz gewiß tat –, die um so größer wurde, je mehr sie schrumpfte. Und ein preußisch genauer Kassierer, der auf Zahlung wartete, der dich eher zu einem Lampenschirm verarbeitete als dich laufen zu lassen. Verdammt noch mal, wer hatte da schon Lust, in diese Richtung zu schauen, bei der Aussicht?

Die Sauerei dabei war, daß er nichts dafür konnte. Was hatte er getan? Er hatte sich Waverly geholt, der ein anständiger Goi war, wie man keinen besseren finden konnte. Das konnte er nicht leugnen. Zwei Jahre in einer Zelle und Bescheißen in Jacktown City und vier weitere Geldscheffeln in Florida bewiesen das. Und ob Goi oder nicht, er mußte zugeben, daß er Waverly immer gern gehabt hatte, selbst wenn er nicht mal beim Kartenspiel vermeiden konnte, sich in Schwierigkeiten zu bringen. Daß er ihn mochte, das war vermutlich sein größter Fehler. Vor einem Jahr um diese Zeit wischten sie sich den Hintern mit Fünfzigern ab (ein weiteres unglückliches Bild, erinnerte sein verstopfter Verdauungstrakt ihn), und dann muß er rauffahren nach Michigan und sich mit irgendwelchen Bauernlümmeln anlegen, die, wie sich schnell rausstellt, auf Dietz' Lohnliste standen. Er zündet da oben eine Atombombe und bringt den gesamten Fallout mit zurück. Das Problem war, wie er in Illinois hatte feststellen müssen, daß der Fallout sich nicht auf Timothy Waverly beschränkte. No Sir, er war ansteckend.

Also verfolgst du es so weit wie möglich zurück, und das hatte er getan – er hatte den guten Samariter gespielt, so wie die Bibel es von einem verlangt. Das war's, was er getan hatte. Und wohin hatte es ihn gebracht: Bis zum Arsch in ein Treibsandloch im Dietzschen Dschungel, und es war niemand da, der ihm ein Seil oder ein Ruder oder einen Ast oder was immer reichte oder zuwarf, womit man sich in dem verdammten Dschungel helfen konnte, und er hörte auch keinen Tarzan im Busch schreien, der heranstürmte, um ihn zu retten. Wo war der alte Tarzan, wenn man ihn brauchte? Wenn er Glück hatte, trieb er es gerade mit Jane, oder er schob ihn Cheetah rein.

Zweimal während dieser trübsinnigen Meditationen hatte ein sachtes Rühren in seinen unteren Regionen, begleitet von einem gedämpften Darmwind, die verlockende Verheißung der Erleichterung signalisiert, und er hatte sich aus seinem Sitz hochgequält und war den Gang hinuntergeschwankt und hatte die Toilette aufgesucht. Falscher Alarm, beide Male. Aber bei beiden Trips hatte er einen ausführlichen Blick auf den Typ aus Chicago werfen können, der mit ihm Nachlaufen spielte und der sich jetzt gegen sein Fenster lehnte und so tat, als bemerkte er nichts. Damit würde er keinen Oscar erringen, mit dieser Nummer. Was ihn nicht überraschte, da es der gleiche Heini war, der ihm während des größten Teils der Woche gefolgt war und der ganz bestimmt (was, die Überzeugung gewann er allmählich, auch keine sichere Garantie mehr war wie alles andere in seinem aus den Fugen geratenen Leben) kein Killer sein konnte. Nicht ein derart aufgeblähter Ballon, der soviel totes Gewicht mit sich herumschleppte. Dadurch fühlte er sich aber auch nicht entscheidend besser; in Florida waren Berufskiller nicht gerade knapp.

Später kam die Schokoladenbraut vorbei, und er bestellte sich eine Bloody Mary, um festzustellen, ob ihn das ein wenig beruhigte, ihm den Kopf etwas klärte. Unter normalen Umständen hätte er mit ihr ein wenig herumgealbert, hätte sie zum Lachen gebracht, so daß ihre Augen und Zähne blitzten. Einem hübschen Exemplar wie diesem hätte er unter normalen Bedingungen seine Visitenkarte gegeben und ihr vielleicht sogar eine Teilzeitbeschäftigung angeboten. Er hatte schon früher Stewardessen in seinem Key Line-Stall gehabt, und einige hatten ganz gut eingeschlagen. Zwischenstop-Jobs, hah, hah.

Aber die Verhältnisse waren nicht mehr normal. Das Beste, was er im Augenblick tun konnte, war, nach Hause zurückzukehren, sich gründlich zu entleeren und Platz zum Nachdenken zu finden. Von wegen Platz, wie sollte man den in einem gottverdammten Flugzeug finden? Man durfte ja noch nicht mal rauchen, verdammt noch mal. Er wünschte sich, er könnte sich zu der Bloody Mary eine Zigarre anzünden. Da er das nicht durfte, nuckelte er langsam daran, und ehe das Glas leer war, knisterte es in den Bordlautsprechern, und sie wurden von der unmittelbar bevorstehenden Ankunft in Kenntnis gesetzt.

In der Annahme, daß eine Stunde mehr als genug war, um zum Flughafen zu gelangen, und eingedenk der Warnung vom Vortag, auf jeden Fall in der Versenkung zu bleiben, verließ Waverly das Apartment im Tropicaire erst gegen ein Uhr mittags. Seine Annahme erwies sich als falsch. Die schmalen Straßen hinter dem Ocean Einkaufszentrum waren verstopft, und er brauchte fast fünf Minuten, um nach links auf den Blue Heron Boulevard abzubiegen. Jenseits der Brücke wurde es nicht besser. Der Verkehr auf der I-95 floß natürlich zügiger, und der Verkehr pulsierte hektisch in der Mittagshitze, aber dann bremste ein Unfall auf dem Okeechobee-Verteiler, ein umgekippter Sattelschlepper, alles bis auf Schrittempo herunter, und dann bis zum totalen Stillstand. Er saß dort und trommelte ungeduldig auf das Lenkrad. Die Zeit vertickte. Die Fenster des Seville waren nicht getönt (»Ich will, daß alle sehen, daß Captain B. Epstein dieses Schiff steuert«, lautete Bennies Begründung dafür), und die Sonne ließ die rosafarbene Motorhaube in einem grellen Gefunkel erstrahlen. Wenn er an ihr mitternächtliches Gespräch dachte, an die düsteren Andeutungen, mußte er sich fragen, ob Bennie diese Entscheidung, neben einigen anderen, jetzt nicht bereute.

Schließlich setzte die Autoschlange sich wieder in Bewegung, kroch weiter und fand sich auf einer einzigen Fahrspur zusammen. Bald hatten sie wieder freie Fahrt, konnten Gas geben, und als er auf dem PBI-Parkplatz ankam, hatte er noch zwanzig Minuten Zeit. Zehn kostete jedoch die Suche nach einem freien Platz. Ein kofferschleppender Mitbürger erschien endlich und gab einen frei, und Waverly parkte und sprintete hinüber zur Ankunftshalle.

So kam es, daß es ein leicht atemloser und etwas verschwitzter Timothy Waverly war, der drei Minuten vor der planmäßigen Ankunftszeit auf der oberen Galerie vor dem entsprechenden Flugsteig stand und wartete. Eine Menschengruppe sammelte sich unweit des Eingangs, vorwiegend ältere Leute, die Männer in grellbunten Sporthemden, ihre Frauen in dünnen Blusen, beide Geschlechter zu häufig in Shorts, die schwammige Oberschenkel und krampfadrige Waden entblößten, die besser hätten verhüllt bleiben sollen. Zweifellos Floridavolk und dermaßen uniform, daß sich nicht mal ein zweiter Blick lohnte.

Die einzige Ausnahme war ein ziemlich schick gekleideter junger Mann, der etwas abseits von allen anderen stand, mit dem Rükken zum Geländer, von dem aus man in die Haupthalle schauen konnte. Waverly faßte ihn etwas eingehender ins Auge. Der Schnitt seiner Kleidung verriet, daß der Körper darunter vor Gesundheit strotzte, eine Art wilder Kraft. Er hatte das verräterisch gute Aussehen eines geborenen Schlägers, das schwarze, an den Kopf geklebte Haar, kantiges Gesicht, jenes unauffällige, sorgfältig gepflegte Fehlen jeglichen Ausdrucks, das nichts verriet. Der typische Outlaw-Look. Waverly hatte derartiges schon früher gesehen, im Hof von Jacktown und auch anderswo, oft genug. Wie zu erwarten, versteckten die Augen sich hinter dunklen Gläsern, aber Waverly hätte jede Wette darauf angenommen, daß alles in den Augen zu sehen war, nur kein Funken Licht. Es waren tote Augen. Oder Augen, die den Tod heraufbeschworen.

Waverly suchte sich einen Platz vor der gegenüberliegenden Wand, von wo er ihn beobachten konnte. Es hatte in seinem Leben viele Zufälle gegeben. Aber er hatte eine Ahnung, daß dies keiner war. Er konnte sich natürlich irren, aber noch war er nicht bereit, darauf eine Wette abzuschließen.

Das »Bitte Anschnallen«-Zeichen leuchtete auf, und die Maschine begann ihren langen, langsamen Landeanflug. Sigurds Ohren machten recht seltsame Dinge, nichts davon besonders angenehm. Seine Stirn preßte sich gegen das Fenster. Sein Hals verkrampfte sich. Wolken segelten vorbei, luftig und körperlos wie Träume. Tief unten dehnte sich die Erde in einem Muster aus moosgrünen Rechtecken. Sie flogen über einen riesengroßen blauen See hinweg. Kleine Ansiedlungen tauchten auf, mehr Moos, dann größere und dafür kleiner werdende Moosflächen, und plötzlich sah er nichts mehr davon, sondern nur noch Besiedlung, Stadt, Meile für Meile, Block für Block, die sich bis zum südlichen Horizont erstreckte. Nicht eine Spur von dem grauen, giftigen Dunst, der Chicago verschwimmen ließ. Sie sanken tiefer. Alles wurde in seinen Konturen schärfer, deutlicher. Fahrzeuge bewegten sich wie Spielfiguren auf einem riesigen Monopolybrett. Die runden blauen Augen von Gartenswimmingpools blickten zu ihm herauf, zwinkerten, als sie das Sonnenlicht reflektierten. Die Küstenlinie tauchte auf. Ein Strandstreifen, auf dem es von Gestalten wimmelte, Streichholzfiguren, die in einem wahllosen Muster auf dem Sand verstreut lagen. Weiße Dreiecke wanderten über ein saphirblaues Meer. Florida. In lebensechter verdammter Farbe. Mochten die Ohren klingeln oder nicht, er war endlich angekommen.

Die Maschine flog eine steile Kurve über dem Ozean und ging in einen langen Gleitflug über, und wenig später waren sie schon gelandet. Sich seiner Aufgabe bewußt, drängte Sigurd sich durch die Passagiere, die in den Mittelgang traten, und behielt ein wachsames Auge auf Epstein, der vier Sitzreihen von ihm entfernt war. Sein eigener Körper fühlte sich verkrampft und steif an, als hätte er die Reise in einer engen Holzkiste verbracht. Er brauchte unbedingt eine Zigarette. Für eine ganze Weile geschah nichts, rührte sich niemand. Dann schoben sie sich allmählich vorwärts. Er sah die Negerprinzessin am Ausgang stehen und sich mit einem aufgesetzten Lächeln von den Passagieren verabschieden. Als Sigurd an der Reihe war, sagte er: »Wollen Sie nicht mitkommen? Vielleicht fliegen wir beide heute abend noch ein bißchen?«, weil er sich dachte, warum nicht, fragen kostet nichts. Die Antwort war ein herablassender Blick und ein knappes Good-bye, wobei die Klugscheißerin deutlich das »bye« betonte. Diese verdammten hochmütigen Niggerbräute. Wenn es nach ihm ginge, könnten sie die Sklaverei wieder einführen.

Aber er hatte keine Zeit, sich darüber noch länger den Kopf zu zerbrechen. Für einen Sack Scheiße legte Judenbaby ein ganz nettes Tempo vor. Sigurd holte ihn kurz vor dem Ende der Rampe ein und blieb bis zum Durchgang am Flugsteig dicht hinter ihm. Die Leute vor ihm verteilten sich, einige stürzten sich in von Kreischen begleitete Umarmungen, andere eilten zielstrebig durch den Gang, ein paar, so wie Epstein und er selbst, blieben einfach stehen und machten einen verwaisten Eindruck. Das war der schwierige Teil. Der Teil, vor dem Onkel Eugene ihn gewarnt hatte. Er mußte einerseits den Kontaktmann finden und durfte gleichzeitig den Juden nicht verlieren. Zwei Dinge auf einmal.

Er schüttelte sich eine Zigarette aus der Packung, zündete sie an, parkte sie verwegen in einem Mundwinkel, stand da, mit den Händen in den Taschen, und sortierte nervös seine Eier. Die Menschenmenge keilte ihn ein. Er spürte einen ersten Anflug von Panik, und dann war da plötzlich eine sachte Berührung an seinem Arm, und er blickte in ein Gesicht, hart und attraktiv genug, um auf einer Kinoleinwand zu erscheinen.

»Du mußt Sigurd sein.«

»Ja, richtig, stimmt. Frog?«

»Ich heiße D'Marco. Nenn mich so.« Die Stimme war kurz und knapp, soldatisch. Sie duldete keine Faxen. Nicht unbedingt ein gutes Zeichen.

»Sicher, Mann«, sagte Sigurd. »Ich nenn Sie, wie Sie wollen.«

»Ist das der Typ?« fragte der Filmstar mit einem Kopfnicken an Sigurds Schulter vorbei.

Sigurd drehte sich wieder um und entdeckte durch die sich nach und nach verlaufende Menschenmenge den Juden mit irgendeinem Fremden drüben am Eincheck-Schalter. »Das ist er«, bestätigte er. »Woher wußten Sie?«

»Hab ich mir gedacht.«

»Er heißt Brian Epstein. Den anderen Typen kenne ich nicht.«

»Ich weiß den Namen schon«, sagte D'Marco ungnädig. »Der andere ist wahrscheinlich dieser verdammte Spieler.«

»Der? Sieht mir nicht danach aus.«

Hinter seinen blauen Gläsern blickte D'Marco sie unverwandt an. Abwägend. »Na ja«, sagte er gedehnt, »das tun sie nie. Jetzt komm schon, sie gehen.«

Mit D'Marco als Führer folgten sie dem Paar. Sigurd mußte sich beeilen, um dranzubleiben. Im Korridor entdeckte er die farbige Stewardess Arm in Arm mit einem hochgewachsenen blonden Strandläufer, ebenfalls ein Filmstar, an den sie sich drückte. Mein Gott, es war einfach widerlich, weiß und schwarz so einfach zusammen, wo jeder sie sehen konnte, als wären sie stolz darauf. Mit einiger Mühe verbannte er dieses Bild aus seinem Bewußtsein. Zurück zum Geschäft.

Auf der Treppe, die zur Gepäckausgabe führte, sagte er, nur um etwas zu sagen und weil sein Partner nicht gerade einer von den Redseligen war: »Hatten Sie Schwierigkeiten, mich zu finden?«

Ohne ihn anzusehen, erwiderte D'Marco: »Nein, dein T-Shirt, das ist deutlich genug.«

»Das wäre ja ein tolles Ding gewesen, wenn jeder im Flugzeug sich als Bears-Fan entpuppt hätte«, sagte Sigurd. »Wenn alle ein solches Hemd getragen hätten. Wie manchmal in diesen lustigen Filmen.« Er mußte bei diesem Gedanken grinsen.

Nun streifte D'Marco ihn mit einem Seitenblick. Aber er erwiderte das Grinsen nicht. »Ich glaube, ich hätte dich auch so erkannt«, sagte er sachlich und mit mehr Geringschätzung als Heiterkeit in seiner Stimme.

»Ja? Wieso?«

»Instinkt.«

Ein ganzer Schwarm aufgeregter Fluggäste drängte sich um das u-förmige Gepäckförderband. Epstein und sein Freund mitten unter ihnen. Im Augenblick stand das Band. D'Marco fragte Sigurd, wie viele Koffer er habe.

»Nur einen. Voll bis obenhin. In Florida scheint ja dauernd die Sonne, oder nicht?«

Mit zusammengekniffenen Lippen meinte D'Marco: »Okay. Geh runter und sieh zu, daß du ihn bekommst, sobald er rauskommt. Stell dich auf die andere Seite von den beiden. Ich bleibe hier und behalte sie im Auge.«

»Wie Sie meinen.«

D'Marco verfolgte, wie er sich durch die Menschenmenge schlängelte, sich dabei mit jenem schwankenden, mit dem Hintern wackelnden Watschelgang vorwärtsbewegte, wie man es bei einigen Fettsäcken beobachten kann, die zu blöde sind, um sich dessen zu schämen. Er sah, wie er sich breitbeinig aufbaute und die Daumen hinter den Gürtel hakte, über den das Fett quoll. Sah, wie er eine Hand hochnahm und sie bis zu seinem Bowlingkugelkopf hob und mit einem Finger in seinem Ohr herumbohrte, den Finger herauszog und seinen Fund aufmerksam begutachtete, als hätte er einen wertvollen Edelstein ausgegraben. Dabei dachte er trübsinnig an die bevorstehenden zwei Wochen in Gesellschaft dieses absoluten Schwachkopfs, die ihm jetzt schon vorkamen wie zwei Lichtjahre, und er dachte gleichzeitig, wie verdammt schwer es doch heutzutage war, sein Geld auf anständige Weise zu verdienen.

Und der in seinem Ohr puhlende Sigurd seinerseits dachte, daß dieser Floridastar, von dem er mittlerweile soviel gehört hatte, in keiner Weise so aussah, wie er es erwartet hatte, auf keinen Fall wie die harten Burschen, die er in Chicago oder Stateville erlebt hatte. Während diese Jungs danach aussahen, was sie waren, zum Beispiel Straßenräuber, in harten Schlachten vielfach erprobt und die ein oder andere Naht im Gesicht, die das bewies, sah dieser Typ aus, als könnte er genausogut ein Gigolo sein, der sein Geld damit verdiente, reiche alte Damen zu beglücken, oder ein schwuler Schauspieler, der einen auf böser Bube machte. Reden wie einer konnte er ja, okay, aber mit dem Reden fing es ja immer an, und das bewies überhaupt nichts. Daß man aus Florida stammte und gut aussah und einen Athletenkörper hat machte einen nicht unbedingt zu einem gemeinen Burschen. Machte einen nicht zu einem Gunter Dietz. Und wenn einer gemein war, dann der. Daher dachte Sigurd, daß er am besten abwartete und beobachtete, sich an seinen neuen Bekannten hielt, klar, denn er bewegte sich auf fremdem Terrain, und weil Onkel Eugene es ihm so befohlen hatte, aber er würde nicht den dummen Jungen spielen, der sich hinhockte und auf Kommando schiß. Er hatte auch schon einige Erfahrung auf diesem Gebiet, und er ließ sich nicht für dumm verkaufen. Er war schließlich jemand, Sigurd Stumpley, nicht mehr und nicht weniger, was man sieht, das bekommt man auch, also sei zufrieden oder fick dich ins Knie.

Bennie kaute auf dem Torpedo einer Zigarre, die aus seinem Mund ragte. Die Wurstfinger seiner Hände krümmten und streckten sich, schlugen in die Luft. Als das Förderband anruckte, versteifte er sich wie ein Kaninchen, das plötzlich von den Scheinwerferstrahlen eines heranrasenden Wagens erfaßt wird. In all den Jahren ihrer Partnerschaft hatte Waverly ihn noch nie so erlebt: angespannt, reizbar, schreckhaft, ungewöhnlich schweigsam. In der Vergangenheit hatte sein ständig daherplappernder Freund es stets geschafft, auch aus den verfahrensten Situationen und Tiefpunkten des Lebens einen Hauch Fröhlichkeit (oder wenigstens ein wenig Galgenhumor) zu gewinnen. Jetzt nicht. Schweigsamer Bennie. Was genauso war, als sage man appetitloser Nigerianer oder ehrenwerter Dieb oder moralischer Anwalt. Ein klassisches Oxymoron.

Gepäckstücke schoben sich auf dem Förderband heran, verschwanden hinter einer Klappe in der Wand, tauchten durch eine andere wieder auf. Ihnen gegenüber und rechts und links von ihnen holten Reisende sich ihre Koffer und Taschen und entfernten sich mit zufriedenem Lächeln im Gesicht, das unendlich erleichterte Menschen oft aufsetzen. Kein B. Epstein-Koffer.

»Das ist genau das, was mir noch fehlt nach diesem sensationellen Urlaub, daß mein Koffer weg ist«, knurrte Bennie.

»Beruhige dich«, sagte Waverly. »Er ist da.«

»Beruhigen. Du hast gut reden.«

Sie beobachteten das Förderband, seine hypnotische schlangenhafte Bewegung und seine ständig abnehmende Last. Von Sekunde zu Sekunde, Koffer für Koffer, verliefen sich die Reisenden. »Er kommt nicht«, sagte Bennie niedergeschlagen.

»Warte noch eine Runde.«

Sie warteten, und der Koffer erschien. Bennie riß ihn vom Band und ging ohne ein Wort, allerdings mit deutlich pfeifendem Atem, zur nächsten Tür. Waverly bot ihm seine Hilfe an und wurde knapp abgewiesen: »Nee, nee, ich hab ihn schon. Laß uns schnellstens hier verschwinden.«

Nachdem sie den verirrten Koffer sicher im Gepäckraum des Seville verstaut hatten, rollten sie auf der I-95 nach Norden, Waverly hinter dem Lenkrad. Er fuhr langsam, vorsichtig, und hielt sich stets auf der rechten Fahrspur. Der Verkehr zischte an ihnen vorbei. Hitzeschleier standen über dem Highway und schimmerten im grellen Nachmittagssonnenschein. Gelegentlich warf er einen verstohlenen Blick auf Bennie, der mit nach vorn gesunkenen Schultern dasaß, stur geradeaus starrte, das Wageninnere mit blauem Zigarrenrauch füllte, jedoch nicht mit seinem üblichen Wortschwall. Am besten wäre es wohl, sich damit abzufinden und ihm Zeit zu lassen, entschied Waverly, er würde schon reden, wenn die Zeit reif war. Und natürlich tat er das am Ende auch.

»Hast du sie eben gesehen?« fragte Bennie, während sie sich dem Ausgang zur Blue Heron näherten.

»Ich denke schon. Einer mit Sonnenbrille und unheimlich breiten Schultern?«

»Das müßte er sein. Und der Feuerhydrant, der mit mir aus dem Flugzeug stieg. Der aussieht wie ein absoluter Trottel. Hast du auch den bemerkt?«

»Habe ich. Zufälligerweise sind sie direkt hinter uns. In einem schwarzen Mustang. Ich würde mich nicht umdrehen.«

»Niemand dreht sich um«, sagte Bennie grimmig.

»Soll ich versuchen, sie abzuschütteln?«

»Nee, du bist kein Fahrer, du würdest es nicht schaffen. Es ist sowieso egal. Den kannst du nicht abhängen.«

»Würdest du mir verraten, was los ist?«

»Wenn wir in deiner Wohnung sind.«

»Meiner Wohnung?«

Da er seine eigene Wohnung vor ein paar Wochen verscherbelt hatte (und mit dem Preis unheimlich runtergehen mußte, wie er Waverly sofort hatte wissen lassen), hatte Bennie im Singer Island Hilton gewohnt, und Waverly hatte natürlich angenommen, daß sie dorthin unterwegs waren. Schon wieder eine falsche Annahme.

»Richtig, deine Bleibe. Von jetzt an heißt es su casa mi casa, Amigo. Wir haben keine Kohle mehr für irgendwas sonst.«

Im Tropicaire-Apartment wuchtete Bennie seinen Koffer auf die Couch und ging direkt Richtung Klo, tätschelte seinen prallen Bauch und verkündete: »Da drin ist eine Ladung TNT, die jeden Augenblick explodieren muß.« Tatsächlich gehörten die Laute, die von jenseits der Tür herausdrangen eher in die Kategorie Vulkanausbrüche, Krakatau-Kaliber. Waverly begab sich zum Fenster. Er schob die Lamellen auseinander und sah den schwarzen Mustang auf der anderen Seite stehen, ein memento mori, das in der leeren Auffahrt zu dem leeren Hotel vor sich hin tuckerte. Unmöglich, hinter dem getönten Glas etwas zu erkennen. Er entfernte sich vom Fenster. Der Krakatau – oder war es jetzt der Vesuv oder der Mt. St. Helens? – rumpelte und knatterte weiter.

Nach einer Viertelstunde kam Bennie wieder heraus, wischte sich seine schweißbedeckte Stirn und seinen kahlen Schädel mit einem feuchten Handtuch ab. »Puuh!« rief er. »Mein Gott! Hör mal, tu dir selbst einen Gefallen und geh da so schnell nicht rein. Ich glaube, ich hab 'ne tote Ratte geschissen.«

»Das habe ich gehört«, sagte Waverly.

»Ich schwöre, daß in meinem Arsch ein Radar eingebaut ist. Kaum bin ich nördlich von Jupiter, dann weiß er automatisch Bescheid und tut den Korken drauf, wie die Tür von 'nem Zellenblock im Knast.«

»Südlich von Jupiter scheint er aber hervorragend zu funktionieren.«

»Dank dem Großen Wärter da oben, der einem 'nen Gefallen tut. Was hast du zu essen im Haus?«

Waverly wies auf die Kochnische. »Was immer du auftreiben kannst. Bedien dich.«

Bennie umrundete die Theke, schleuderte das Handtuch in die Spüle und durchsuchte die Schränke und den Kühlschrank. Waverly beobachtete ihn und dachte, daß es auf diesem engen Raum ziemlich viel an Beisammensein geben würde. Und er fragte sich, wie lange es wohl dauern würde.

»Ich denke, ich genehmige mir erst mal ein Bier«, erklang Bennies Stimme hinter der offenen Kühlschranktür. »Und du?«

»Ich nicht.«

Er kam zurück, hatte ein Paket Wheat Thins, ein Stück Käse und eine Dose Coors in der Hand. »Nicht grade ein Supermarkt bei dir, verpflegungsmäßig«, sagte er, streifte die Schuhe ab und ließ sich in den La-Z-Boy sinken.

Waverly stellte den Koffer auf den Boden, setzte sich auf das Sofa und musterte ihn. Er wartete darauf, daß der ernste Vortrag stattfand.

»Bist du ganz sicher, daß du keins mittrinken willst? Ein schönes gekühltes?«

»Ich will kein Bier, Bennie. Ich möchte nur endlich hören, wo wir stehen.«

»Mit einem Bier läßt es sich leichter verdauen.«

Waverly reckte die Hände hoch. »Redest du endlich, oder bist du zu schüchtern?«

»Okay«, sagte er schließlich mit einem Mund voller Käse. »Jetzt reden wir.«

»Weißt du«, sagte Sigurd, »eigentlich stehen wir hier ganz schön im Freien.«

Keine Reaktion.

Er wartete einen Moment und versuchte es erneut, diesmal etwas deutlicher. »Was ich sage, ist, daß sie nur mal vorne aus dem Fenster schauen müssen, und wir sind entdeckt.« So wie er es sah, verletzten sie jede halbwegs vernünftige Regel des Beschattens, von der er je gehört hatte, und er fühlte sich verpflichtet, den Mund aufzumachen. Schließlich war ein Teil dieser Mission auch seine Sache.

Mit einer flachen, tonlosen und total gleichgültigen Stimme sagte D'Marco: »Einer von ihnen tut es gerade.«

Sigurd lehnte sich über das Armaturenbrett, legte eine Hand über die Augen und blinzelte durch die Windschutzscheibe auf den kastenförmigen Bungalow auf der anderen Straßenseite. »Tatsächlich? Wo? Ich sehe niemand.« Trotz des getönten Glases hatte er Mühe, sich an das grelle, die Augen verbrennende Licht hier unten zu gewöhnen. Diese verdammte Sonne, sie war wie eine geballte Faust in der weißen Glut des Himmels. So eine Sonne gab es in Chicago nicht.

»Zu spät. Du hast ihn verpaßt.«

»Siehst du, was ich meine? Das mußte ja so kommen, so wie du denen auf der Fahrt hierher am Arsch geklebt hast. Wir stehen hier so offen herum, sogar Stevie Wonder könnte uns sehen. Dann können wir denen auch gleich unsere Akten und Fotos rüberschicken.«

»Glaubst du denn, dieser Epstein hätte dich nicht längst entdeckt?«

»Ja. Ich meine nein, ich glaube – weiß –, das hat er nicht.«

D'Marco blies die Backen auf und ließ die Luft explosionsartig entweichen. »Einen Scheiß weißt du.«

»Scheiß?« fragte Sigurd indigniert. »Na ja, schön, ich weiß, daß sie jetzt Muffensausen haben, aber das war nicht meine Schuld.«

Ein weiteres zischendes Ausatmen. »Du mußt noch eine Menge lernen, Fattie. Sie sollen Muffensausen haben bei einem derart langen Job wie dem hier. Man muß ihnen ein bißchen Angst machen. Für den Fall, daß sie auf die Idee kommen sollten, doch noch abzuhauen.«

»Okay, nehmen wir mal an, du hast recht, ich sage nicht, daß es so ist, aber nehmen wir es nur mal an. Jetzt haben sie also Schiß, und was tun wir jetzt?«

Für Sigurd, der zusammengekrümmt und steif in dem winzigen Sitz hockte, war die Frage mehr als rhetorisch, denn trotz der Klimaanlage im Wagen war ihm heiß, und er schwitzte, und seine Glieder schmerzten, und seine Boxershorts rutschten ihm in die

Kimme und seine Blase reichte mindestens bis zum Adamsapfel. Außerdem war er ziemlich groggy. Reisen, so stellte er jetzt fest, machte einen nicht nur scharf, sondern es machte einen auch fertig. Eine Dusche und ein kleines Nickerchen wären jetzt genau das Richtige für ihn.

»Tun?« fragte D'Marco. »Ich werd dir sagen, was wir tun. Ich gehe rüber und red mal mit dem Manager, erkundige mich nach den Burschen. Und du bleibst hier. Hältst die Augen offen. Rührst dich nicht vom Fleck. Vielleicht kommt dir noch irgendeine Idee. Meinst du, das schaffst du?«

Er wartete nicht auf die Antwort. Er schaltete den Motor aus, steckte den Schlüssel in die Tasche, stieg aus und schlenderte über die Straße auf den Bungalow zu, in dessen Fenster das Schild des Hausverwalters hing. Sigurds wütender Blick folgte ihm. Sieh nur mal, wie er sich bewegt, dieser leichtfüßige rollende Gang, als spürte er die Sonne nicht, die ihm auf den Pelz brennt. Oder als machte sie ihm nichts aus. Als hätte er eine Klimaanlage in seinen Klamotten. Im Nu füllte der Wagen sich mit einer erstickenden Hitze. Das hat der Arsch extra gemacht, dachte Sigurd bitter. Hätte doch den Motor laufen lassen können. Fattie war er, einen Scheiß wüßte er? Florida-Klugscheißer. Und jetzt klopfte dieser Klugscheißer an die Tür des Managers. Und jetzt ging er rein.

Fünf Minuten lang, vielleicht auch weniger, saß Sigurd da wie befohlen, schwitzend, bratend, während sein Atem in immer kürzeren Stößen kam. Und dann sagte er sich, Scheiß was drauf, das Leben ist auch so schon viel zu kurz; und in ganz bewußter Mißachtung seiner Anweisungen stieg er aus dem Wagen und trat in das rasende Inferno dieser Floridahitze. Etwa zwanzig Meter vom Wagen entfernt befand sich das Vordach über dem Haupteingang des Collonades. Ein kleiner Lichtblick. Er ging schnell hinüber, wobei ihm der Schweiß in Strömen über die Brust rann und seine Augen von der Intensität des grellen Lichts brannten. Es war hier im Schatten etwas besser, aber nicht viel. Wenigstens kam seine Sehkraft wieder zurück, wenn auch nur zögernd. Wenn er hier zwei Wochen aushalten wollte, dann müßte er sich unbedingt auch eine dieser Hollywoodbrillen kaufen, wie Mr. Klugscheißer sie hatte. Entweder das, oder er müßte an der Leine eines dieser Blindenhunde nach Hause fahren.

Er lehnte sich gegen einen der quadratischen weißen Pfeiler und rauchte seine erste Zigarette seit dem Flughafen, als ihm gesagt worden war, kalt und mit Nachdruck, daß Rauchen im Wagen nicht gestattet sei. Zu allem anderen war dieser Klugscheißer auch noch empfindlich wie ein altes Weib. Auf der anderen Straßenseite spielte sich absolut nichts ab, bei keinem Bungalow, doch aus dem Augenwinkel glaubte er eine Bewegung wahrzunehmen. Er schob den Kopf um die Kante des Pfeilers herum, von dem die weiße Farbe abblätterte, und sah sich Auge in Auge einer furchteinflößenden grünen Eidechse gegenüber, mit nicht mehr als zehn Zentimetern zwischen ihnen; und darüber erschrak er so heftig, daß er ein entsetztes Quieken ausstieß und keuchend zurücksprang. Verdammter Herr Jesus, was für eine Gegend war das hier, wo es von Minidrachen wimmelte. Er wurde sich plötzlich der erdrückenden Masse des verlassenen Hotels bewußt, seiner riesigen Dimensionen, seiner Friedhofsruhe. Er ging rückwärts zur Tür, drehte sich halb um und linste durch die halbblinde Glasscheibe. Er konnte eine Halle erkennen und ein Empfangspult und so etwas wie einen Eingang zu einer Bar. Ein langer Korridor führte zu einem riesigen, rundum verglasten Speisesaal. Weiße Tischdecken lagen noch auf, und auf einigen, soweit er es erkennen konnte, standen sogar noch Gedecke, als müßte jeden Moment ein Geisterbankett anfangen oder als wäre es noch im Gange. Ein Fest der Phantome. Es sah derart gespenstisch aus, daß er schon fast damit rechnete, jeden Moment Teller und Tassen und Messer und Gabel durch die Luft schweben zu sehen, zu beobachten, wie Servietten unsichtbare Lippen abtupften, und geisterhaftes Stimmengemurmel in dem leeren Halbdämmer zu hören.

Aber es war eine reale Stimme, die ihn in die Welt zurückriß, die er als greifbar, materiell, wirklich kannte; eine rauhe und wütende Stimme, die sagte: »Willst du dir hier ein Zimmer nehmen?« Er wirbelte herum, und da stand Klugscheißer, wie aus dem Nichts aufgetaucht, und starrte ihn an (zumindest sah es so aus, als starrte er ihn an, denn wie sollte er das bei diesen dunklen Brillengläsern genau feststellen können?), ein bösartiges Grinsen im Gesicht.

»Unsere Objekte sind da drüben«, sagte D'Marco und zeigte mit dem Daumen über seine Schulter. »Erinnerst du dich?«

»Ja, sicher. Natürlich erinnere ich mich.«

»Das ist ja vielversprechend, daß du dich erinnerst. Wie kommt es denn, daß du dich nicht an das erinnerst, was ich dir gesagt habe, nämlich, daß du im Wagen bleiben und sie beobachten solltest?«

»Das habe ich getan«, verteidigte Sigurd sich. »Es ist da drin viel zu heiß geworden.«

»Zu heiß. Soso. Wir sollten von Anfang an ein paar Grundregeln festlegen. Die erste ist einfach: Wenn du keine Anweisungen befolgst, dann wirst du sehr bald erleben, was richtige Hitze ist. Und das wird dir nicht gefallen. Dafür kann ich dir garantieren. Hast du verstanden?«

Sigurd nickte, ja.

»Gut«, sagte D'Marco, wandte sich um und ging zum Wagen. »Jetzt komm.«

Sigurd ging hinter ihm her. »Wo wollen wir hin?«

»Das wirst du schon sehen.«

»Dieser Dietz«, begann Bennie, »hat nicht viel mit den Grundtugenden Nachsicht und Nächstenliebe zu tun.«

»Du hast ihn getroffen?«

»O ja.«

»Und wie hast du das arrangiert?«

»Durch meine Kontakte da oben. Und das muß ich dir sagen, Timothy, mit Dietz zu verhandeln, hat schlagartig meine Verdauungsprobleme gelöst.«

»Wie schätzt du ihn denn ein?«

»Bei Dietz gibt es kein Einschätzen, da geht es einem gleich ans Leder. Du mußt dir einen SS-Typen vorstellen, jemand, den du mit Hallo begrüßt und der mit Sieg Heil! antwortet. Der trägt seine Kampfstiefel sogar noch im Bett. Während wir uns unterhielten, hat er mich angesehen wie ein Stück Schmierseife. Ich habe den schlimmen Verdacht, daß er für das auserwählte Volk wenig übrig hat.«

»Und was will er?«

»Das, was ihm zusteht.«

Waverly drehte seine Hände um und zeigte die leeren Handflächen, eine Geste der Hilflosigkeit, der Unmöglichkeit. »Ich kann ihm nicht geben, was nicht mehr da ist, Bennie. Das habe ich doch längst erklärt. Das wußtest du von Anfang an.«

»Ja, ich weiß das, und du weißt es. Das Problem ist, daß *er* es wissen muß. Daß er es kapiert. Das war schließlich Schnee für fünfhundert Riesen, den du verbrannt hast, Timothy, oben in Michigan.«

»Und wir haben uns bereit erklärt, dafür zu zahlen, nicht wahr? Und zwar den vollen Betrag.«

»Nicht nur das. Er hat das Geld bereits.«

»Aber das ist nicht genug«, sagte Waverly knapp, und er meinte es nicht als Frage.

»Nicht annähernd genug.«

»Warum kommst du dann nicht endlich zur Sache, Bennie, und nennst mir, wieviel genug ist. Und zwar klar und unmißverständlich.«

»Du willst es klar und unmißverständlich? Dann denk mal an 300 Riesen, fünfzig davon mußte ich ihm schon im voraus abliefern. Das heißt, wir besitzen gerade noch elf kleine und was wir in der Tasche haben. Und die sind so gut wie leer. War das klar genug?«

Zu Beginn ihrer Unterhaltung hatte Bennies Stimme noch ruhig und kontrolliert geklungen, dem Bericht angemessen, den er liefern wollte. Waverly schrieb dieses ermutigende Zeichen teilweise dem beruhigenden Einfluß des Essens und des Biers zu, zum Teil dem befreiten Gefühl soeben entleerter Verdauungsorgane und zum Teil auch dem, was er als den nach und nach wiederhergestellten nimmermüden Optimismus Bennies kannte, jene natürliche Zuversicht und Unbeugsamkeit eines Mannes, der das Leben durch die rosige Brille der Hoffnung betrachtet. Nun jedoch hatte die Stimme sich zu einem hektischen Stakkato beschleunigt, das unterlegt war mit einem nicht zu überhörenden Zittern. »Zweihundertfünfzigtausend«, sagte Waverly. »Wieviel Zeit?«

»Versuch's mal mit zwei Wochen, und sag mir, ob das hinhaut.«

»Zwei Wochen!« sagte Waverly entgeistert. Er spürte, wie auch seine Stimme zu vibrieren begann. »Zwei?«

»Soweit kannst du doch zählen, oder?«

Waverly schüttelte den Kopf. »Das ist nicht zu machen. Nicht mit einem Grundstock von elftausend.«

»Selbst wenn es ginge, hier sind wir aus dem Geschäft, wie du vielleicht noch weißt, dank dem Wirbel, den du im Norden veranstaltet hast. Die Jungs mit dem Stern haben wenig Lust, unsere Lizenz zu erneuern, wie ich kürzlich hören mußte.«

»Und wenn wir die große Fliege machen, abhauen?«

»Ich bitte dich, du weißt selbst, daß das nicht läuft. Du hast doch den Torpedo am Flughafen gesehen.«

»Na schön. Nicht mehr im Geschäft, keine Fluchtmöglichkeit – was schlägst du vor?«

»Ich habe keine Vorschläge. Du warst schließlich auf dem College, deshalb hab ich gehofft, daß *du* vielleicht eine Idee hast.«

»Die sind mir ausgegangen«, sagte Waverly, obwohl sich ein verzweifelter Gedanke in seinem Kopf abzeichnete, der aus dem erwuchs, was er bisher als eine für immer verschlossene Gruft betrachtet hatte.

»Weißt du, dieser Dietz, der macht keine Witze. Im Augenblick trennen uns noch zwei Wochen von dem großen Desaster. Aber wenn die vorbei sind, dann heißt es Zahlen. Entweder das, oder wir sind tot. So sieht es aus, Timothy, also sorg besser dafür, daß es dir gefällt.«

Waverly sagte nichts. Er saß zurückgelehnt auf der Couch und beobachtete träge einen Palmettokäfer, der auf der Frühstückstheke umherkrabbelte, und dachte an Caroline und Robbie und Jock Appelgate und erinnerte sich an die scherzhafte Herausforderung vom Abend vorher und an die nebenbei gemachte Bemerkung über den kartenhungrigen Araber, möglicherweise noch ein dickerer Fisch, und er dachte auch an die seltsamen Drehungen und Wendungen des Schicksals, seines eigenen im Speziellen, und daß das Leben – seins ohnehin – letztendlich nicht mehr war als ein einziger langer Fehlstart.

»Hörst du mir überhaupt zu?«

»Wie bitte?«

»Zwei Wochen, Mann. Ich frage, ob du irgendwelche Ideen hast.«

Waverly hob sein Gesicht, löste den Blick von dem Käfer und richtete ihn auf das Gesicht seines Freundes, und was er sah, war ein trübsinniges Gesicht, gezeichnet von Sorge, Erschöpfung, Stress, Angst. »Weißt du, Bennie«, sagte er ruhig, »du warst bei dieser Affäre eigentlich nur der unbeteiligte Beobachter. Sozusagen das Opfer, das bei der Schießerei im Wege stand. Und das tut mir leid. Wenn es überhaupt möglich ist, entschuldige ich mich dafür.«

Bennie fuhr mit einer fleischigen Hand durch die Luft. »Ach, das macht doch nichts. Es hätte genausogut umgekehrt passieren können. Du und ich, wir haben schon eine Menge erlebt. Aber wir müssen uns jetzt irgend etwas einfallen lassen, und das pronto, sonst ist es diesmal endgültig aus.«

»Ich glaube, es gibt eine Möglichkeit. Aber die Chancen sind nicht gut.«

»Das ist immer noch besser als gar keine.«

11

Direkt im Norden des einstmals prächtigen Collonades Hotels stand ein bedeutend bescheideneres Etablissement, bekannt unter dem Namen Sea Spray Inn. Das Schild über seinem Eingang (gelb auf Schwarz und mit einer goldenen Krone versehen, die an das Markenzeichen einer bestimmten Margarine erinnerte) verkündete seine Zugehörigkeit zur Best-Western-Kette, und im Gegensatz zu seinem dem Verfall preisgegebenen Nachbarn erfreute das Sea Spray sich eines lebhaften Zuspruchs. Es bot solche Annehmlichkeiten wie einen geheizten Swimming-pool, ein allgemeines Sonnendeck mit einer mit Markise überdachten Erfrischungsstation, Zugang zum »breitesten und saubersten Strand, den Sie je gesehen haben« (so wurde in der Broschüre nicht so bescheiden behauptet), eine Lounge mit Speisesaal in der obersten Etage, angemessen, wenn auch nicht allzu phantasievoll Top O' Spray genannt, mit einem »herrlichen Blick auf den Strand und das Meer« (noch eine Broschüren-Formulierung) und natürlich drei Etagen mit Gästezimmern. Jedes Zimmer hatte als Ausstattung ein überlanges Doppelbett, Farbfernseher, Tastentelefon, zwei stabile Polstersessel, einen achteckigen Rauchtisch mit einem Korb voller künstlicher Blumen, einen großen Kleiderschrank, ein kleines Bad und in der Außenwand eine Fensterzeile und eine gläserne Schiebetür, die zu einem privaten Balkon gehörte. In dem Zimmer, das sich im zweiten Stock und dort an der äußersten südwestlichen Ecke des Gebäudes befand, stand eine Gestalt an einem Fenster und blickte weder auf Sand noch auf Meer, sondern auf eine ziemlich ausgefranste Palme, einen Flügel des unbewohnten Collonades, das sogar im grellen Morgensonnenschein irgendwie gespenstisch wirkte, und, auf der anderen Seite der sonnendurchglühten Straße, auf die Tropicaire Apartments. Die Gestalt war ein Mann. Er machte ein finsteres Gesicht. Er war eindeutig nicht glücklich. Es war D'Marco Fontaine.

D'Marcos schlechte Laune hatte ihren Ursprung nicht in dem, was er durch das Fenster sah. Das war ungefähr das, was er erwartet hatte: der Zuhälter-Caddie, der immer noch auf demselben Platz stand, keinerlei Anzeichen für ungewöhnliche Aktivitäten in dem Bungalow oder in seiner näheren Umgebung. Ziemlich gleichförmig. Ziemlich langweilig. Mittlerweile wußten die Objekte Bescheid, hatten sie begriffen, daß er hier draußen war, Wache hielt und ganz bestimmt nicht vom Fleck weichen würde. Ihre ganz persönliche Krebsgeschwulst. Und zwar von der endgültigen Sorte. Seine Instruktionen besagten, daß er sie an der langen Leine halten sollte, aber nicht zu locker, und genau das tat er. Nach allem, was er aus Chicago gehört und selbst gesehen hatte, schätzte D'Marco sie als ausreichend vernünftige Zeitgenossen ein, die nicht versuchen würden, ihn aufs Kreuz zu legen. Noch nicht jedenfalls; das würde später noch kommen, wenn es Zeit wurde für das Showdown, und dann wäre es längst zu spät. Als zusätzliche Versicherung hatte er den Manager angezapft und eingeweiht, für den Fall, daß sie irgendwelche schnellen Entschlüsse trafen und aktiv wurden. Am Abend vorher hatte er Chicago angerufen und berichtet, was es zu berichten gab, was nicht viel war: Kontaktaufnahme und Identifikation problemlos, bisher ein simpler Auftrag. Er hatte außerdem sein Spesengeld und die Gebühr fürs Babysitten in Empfang genommen, so daß diese bisher noch offene Angelegenheit auch abgehakt werden konnte. Einstweilen waren alle Positionen besetzt, und alles war unter Kontrolle, jobmäßig. Das war also nicht der Grund für das bohrende Unbehagen, das er im Augenblick verspürte.

Nein. Der Grund war offensichtlich und leicht zu bestimmen, denn er befand sich genau in diesem Zimmer, gleich hinter ihm, gleich *hier.* Der Grund war dieser... dieser... wie zum Teufel sollte er ihn nennen, um dieser abstoßenden Erscheinung halbwegs gerecht zu werden? – Meisterwichser aller Klassen? Ekliger Riesenwal? – Obertrottel? – ganz bestimmt nicht Partner, denn D'Marco Fontaine hatte keinen Partner und würde auch nie einen haben, er brauchte keinen, wollte keinen, war mit sich selbst völlig zufrieden. Wie sollte er ihn dann nennen? Die Antwort kam aus einer längst versunkenen Kindheitserinnerung, die irgendwie zu ihm zurückfand, ein Bild von seiner Mutter, einer verkniffenen, leidenden, geplagten, bibelfesten (denn sie war zu sehr vom Leben in Mitleidenschaft gezogen worden, um ihn je zu schlagen) Frau, die die vielfältigen Leiden und Nöte und Niederlagen des Lebens mit einem simplen, auf alles zutreffenden Begriff erklärte: das Kreuz, das man tragen mußte. Und nun, Jahre später, verstand er endlich, was sie meinte. Sigurd Stumpley – er war sein eigenes Kreuz, das er in den vor ihm liegenden Tagen tragen müßte. Grund genug für seine düstere Laune, die an Verzweiflung grenzte.

Er wandte sich vom Fenster ab und betrachtete ein Zimmer, das, trotz all seiner heroischen Bemühungen, wenigstens einen Anschein von Ordnung aufrechtzuerhalten, aussah, als sei ein Wirbelsturm hindurchgerast. Der Boden war übersät mit verschiedenen Kleidungsstücken, ein Socken hier, ein T-Shirt dort, sogar eine schmutzige Boxershorts (Boxers! – Niemand trug diese Dinger!). Reste eines späten Abendessens, von draußen gelieferte Fischstäbchen, Pommes frites, Salatreste – alles lag verstreut auf dem Tisch. Bierdosen zierten den Nachttisch und die Kommode. Überquellende Aschenbecher. Ein Zimmer, das über Nacht in ein totales Chaos verwandelt worden war.

Der Urheber all dessen, das Kreuz, lümmelte in einem Sessel, hatte die nackten Füße auf ein Bündel zerwühlter Laken auf einem ungemachten Bett gelegt und fixierte mit hervorquellenden Augen wie gebannt einen flimmernden Fernseher. Der Mund glich einem aufklaffenden Müllschluckerschacht, in den in regelmäßigen Abständen und völlig unbewußt ein Hostess Nutty HoHo gefolgt von einem Schluck Royal Crown Cola geworfen wurde. An diesem Morgen trug er eine orangefarbene Bermudashorts, so leuchtend, daß sie wie poliert aussah, und ein frisches T-Shirt, auf dem die dämliche Botschaft zu lesen war: *liquor up front, poker in the rear.* Das Hemd war hochgerutscht und entblößte eine Speckrolle von Bauch, in deren Mitte sich ein Loch von einem Nabel befand, umwuchert von dichten Büscheln roten Haars.

Von seinem Ekel über alles, was er sah, überwältigt, meinte D'Marco: »Jesus, wie kannst du es ertragen, in einem solchen Schweinestall zu leben? Jesus!«

Als machte er sich über ihn lustig, drang aus dem Fernseher ein rhythmischer Gesang JEE-ZUS JEE-ZUS. Auf dem Bildschirm flehte ein schwankender, augenrollender, gottbesoffener schwarzer Prediger seinen Schöpfer mit erhobenen Armen an, und hinter ihm schmetterte ein wogender Chor eine frohlockende, heisere Hymne.

»Ich sage dir«, sagte Sigurd und ignorierte die Frage, »jeder, der meint, daß diese Blackies nicht den Rhythmus im Blut haben, der hat meiner Meinung nach den Kopf im Arsch. Sieh dir nur mal an, wie die den Jesus-Boogie tanzen.«

D'Marco ließ sich in den anderen Sessel sinken. Er starrte auf den Bildschirm, auf dem es von zuckenden, sich windenden schwarzen Körpern wimmelte, und dachte bei sich, wenn man ihnen die Chorhemden abnahm und sie in Lendenschurze oder was immer steckte, was die Eingeborenen in Afrika trugen, dann könnte man glatt meinen, einem Haufen Zulus beim Kriegstanz zuzusehen. Er hatte jedoch nicht die Absicht, etwas davon dieser Fettblase neben ihm zu verraten, daher sagte er nur: »Ach, so was ist doch der reinste Mythos. Die haben nicht mehr Rhythmus als ich oder du oder sonst jemand.«

»Hör mal, das ist eine Tatsache. Das ist wissenschaftlich erwiesen. Ich hab's mal irgendwo gelesen. Außerdem kenn ich genug von der Sorte, um genau Bescheid zu wissen.«

»Ja, und woher kennst du die?« D'Marco interessierte sich zwar nicht im mindesten dafür, aber es war auch eine Möglichkeit, sich die untätige Zeit zu vertreiben, die ihn, egal wie gut der Job sein mochte, immer etwas ruhelos und gereizt machte.

»Aus dem Knast.«

»Du warst im Knast?« fragte D'Marco skeptisch.

»Ja, aber nicht lange. War nur 'ne kleine Strafe. Und du? Hast du schon mal gesessen?«

»Nein.«

»Nun, ich kann's auch nicht empfehlen«, sagte Sigurd, und seine Stimme klang rauh, als er sich an die Zeit und die damals gemachten traurigen Erfahrungen erinnerte. »Vor allem keinem Burschen, wie du einer bist, mit all den tollen Muskeln. Diese schwarzen Teufel packen dich, machen dir die Beine breit und nageln deinen Arsch, ehe du Martin Luther Nigger sagen kannst.«

»Hah, das möchte ich sehen«, schnaubte D'Marco und erinnerte sich, wie sein erster Auftrag, vor Jahren, einem Schwarzen gegolten hatte, eine Abreibung als Denkzettel, die er schon lange verdient hatte. Aber abgesehen von dieser Episode, die rein geschäftlich war, hatte er nichts gegen Farbige, und er hatte eigentlich auch nie über sie nachgedacht.

»Vertu dich nicht. Im Bau sind sie mit zehn zu eins in der Überzahl. Genauso wie es hier draußen bald aussieht, in der freien Welt. In meiner Gegend, wenn du da über die Straße gehst, kannst du von Glück reden, wenn du überhaupt noch ein weißes Gesicht siehst. Und weiter im Süden ist es noch schlimmer als in Tanganjika.«

D'Marco gab dazu keinen Kommentar. Rassenfragen oder alles, was nicht in irgendeiner Verbindung zu ihm selbst stand, interessierten ihn überhaupt nicht. Leben und leben lassen, das war seine Politik, außer natürlich wenn es ums Geschäft ging. Da mußte man farbenblind sein und die Gelegenheiten nehmen, wie sie kamen. Außerdem ging ihm das Thema auf den Senkel.

Das galt aber nicht für Sigurd, der nachdenklich sagte: »Weißt du, wenn man es genau überlegt, dann müßte man mit diesen Typen 'ne Menge Geld machen können. Und ich denke nicht an die Straßengeschäfte. Da mischt doch jeder mit. Sondern ich meine was Legales.« Für einen kurzen Moment verzog sein Gesicht sich von seinem angestrengten Nachdenken, und dann hatte er plötzlich die große Inspiration. »Ich glaube, was man mal versuchen sollte, wäre, einen Film nur für die zu drehen.«

»In welchem Land lebst du, Scheißkopf? Das haben sie doch schon längst getan. Hunderte.«

»Ja, ja, das weiß ich, aber ich denke an einen Western. Einen Western haben sie für die noch nie gedreht.«

»Ein Western? Für Nigger?«

»Richtig, ein ganz schwarzer Western«, sagte Sigurd, und indem er sich für seine geniale Idee erwärmte, stieg er spontan ins Drehbuch ein. »Also, der Film fängt mit einer schwarzen Leinwand an, nichts darauf zu sehen, schwarz wie ein Niggerarsch. Und keine Musik dazu. Alles ganz still. Dann sieht man einen winzigen Lichtstrahl ganz unten, so als ginge die Sonne auf, und man hört dann erst Musik, anfangs ganz leise, aber was man hören kann, klingt wie der Hiphop, den sie dauernd spielen. Wie hier im Fernsehen gerade. Okay. Dann sieht man einen kleinen schwarzen Punkt, und man kann gar nicht erkennen, was es ist, aber er kommt auf einen zu, langsam, und er wird immer größer. Die Musik wird lauter, nicht viel. Bald kann man sehen, daß es ein Typ auf einem Pferd ist. Aber es ist noch immer zu verdammt dunkel, um zu erkennen, wer es ist. Die Musik wird jetzt lauter, und das Pferd und der Typ füllen fast die ganze Leinwand aus, und hinter ihnen wird es hell. Schließlich kann man erkennen, was es ist – ein schwarzes Pferd, ein riesiger schwarzer Kerl im Sattel, der wildeste Nigger, den man je sah. Und wenn man ihn endlich ganz genau erkennt, wenn die beiden die ganze Leinwand ausfüllen, dreht die Musik voll auf, und dann erscheint der Titel: RIDE, MUTHAFUCKA, RIDE.«

Im Zuge der erheiternden Idee hatten Sigurds Hände weiträumig in der Luft herumgefuchtelt. Nun lehnte er sich in seinem Sessel vor und verschränkte sie unter der Wölbung seines Bauchs, als wollte er damit verhindern, daß sein Vorbau auf den Fußboden rutschte. Er sah D'Marco erwartungsvoll an. »Wie findest du das?«

»Willst du wirklich wissen, was ich denke?« fragte D'Marco mit einer Stimme, in der plötzlich ein rauher, abfälliger Klang lag.

»Ja. Deine ehrliche Meinung.«

»Meine ehrliche Meinung. Okay. Ich denke, daß dein Film von vorne bis hinten stinkt. Genau wie du.«

Nun blickte Sigurd überrascht, sogar beinahe verletzt. »Na ja, das Ganze muß noch ein wenig überarbeitet werden. Man braucht Pferdewagen, Rothäute, Schießereien, alles, was dazugehört.« Vor seinem geistigen Auge erschien wieder die Stewardeß vom Vortag. »Ein Tanzhallengirl, schwarz natürlich, die gehört auch zu einem Western. Und eine Story.«

»Deine beschissene Story kannst du dir schenken.«

»Hey, glaub mir, die Nigger werden ganz wild darauf sein. Der Film würde ein Hit.«

»Wahrscheinlich im Irrenhauskino«, zischte D'Marco wütend und fragte sich unwillkürlich, was er eigentlich tat, indem er mitten in diesem Durcheinander hockte, tatsächlich irgendeinem Schwachsinnigen mit dem Gehirn eines Smackjunkies zuhörte, der ihm etwas vorheulte von irgend einem Phantasiefilm, als gäbe es ihn wirklich und als wäre er irgendein verdammter Hollywoodproduzent. Von wegen Irrenhaus. Mein Gott, er lebte mittendrin. Schlimmer noch, er schien sich alle Mühe zu geben, in eins reinzukommen.

Er erhob sich aus seinem Sessel und bezog wieder seinen Posten am Fenster. Mal wieder ein wenig Wirklichkeit tanken. Nur war die Szene auf der anderen Straßenseite unverändert. Absolut keine Aktion, nichts geschah. Er rieb sich die Augen. Er schien tiefe Ringe darunter zu haben, was auch kein Wunder war angesichts der Tatsache, daß er die letzte Nacht verdammt schlecht geschlafen hatte. Wie soll man denn auch ein Auge zumachen bei einem Wiegenlied, das aus rasselndem Geschnarche bestand? Unter seinem engen Polohemd spannte er seine Lats, pumpte seine Pectoralmuskeln auf. Sie fühlten sich schlaff an, als wäre ihnen die Luft ausgegangen. Ein Feuerzeug klickte hinter ihm. Seine Nasenlöcher zuckten in Erwartung der Rauchschwaden, die gleich folgen würden. »Mußt du das unbedingt hier drin tun?« fragte er und blickte mißbilligend über die Schulter, die ebenfalls in Umfang und Breite zu schrumpfen schien.

»Ich zahle für die Hälfte, dann rauche ich auch in meiner Hälfte.«

»Wie kommt es denn, daß deine Hälfte immer genau dort ist, wo ich gerade bin?«

»Ich trag sie mit mir herum. Wenn ich pinkeln geh, dann ist da meine Hälfte. Sitze ich vor der Glotze oder draußen auf dem Balkon, alles meine Hälfte. Meine Hälfte ist immer da, wo ich gerade bin. Das ist doch nur fair.«

D'Marco schien ihn mit seinen Blicken durchbohren zu wollen. Es war ein Maßstab für die Menge an Selbstkontrolle, die er während der letzten vierundzwanzig Stunden eingebüßt hatte, daß er auf diese unwiderstehliche Logik keine Erwiderung hatte. Ein weiterer Maßstab war das Zimmer, in dem mittlerweile eine Unordnung herrschte, die sogar eine Prozession von Heiligen um den Verstand gebracht hätte. Der finstere Ausdruck, der eigentlich schon lange nicht mehr aus seinem Gesicht gewichen war, vertiefte sich noch. »Sieh dir nur dieses Loch hier an«, sagte er. »Es ist elf Uhr. Wo ist das gottverdammte Zimmermädchen?«

»Laß sie doch, ganz ruhig. Es ist schließlich Sonntag. Vielleicht versorgt sie gerade ein paar Gäste und zeigt ihnen die Kirche. Die Kirche zur Offenen Möse, hah hah. Wird das in Florida nicht so gemacht?«

D'Marco hatte keine Lust, diese Bemerkung mit einem Kommentar zu belohnen. Er konzentrierte sich wieder auf das Fenster, und das im genau richtigen Augenblick, denn gerade kam der Dicke, Epstein, aus dem Bungalow, stieg in den Caddie und fuhr auf der Ocean Avenue in nördlicher Richtung davon.

»Schalte den Scheiß-Fernseher aus«, bellte D'Marco.

Sigurd erkannte sofort den dienstlichen Unterton in dem wütenden Kommando. Schade. Er war gerade im Begriff, es sich richtig gemütlich zu machen, und beschäftigte sich in Gedanken noch immer mit seinem Negerwestern. Er schaltete das Gerät ab und tappte zum Fenster. »Ist da draußen etwas im Gange?«

»Ja, irgendwas läuft da. Einer der beiden ist gerade abgehauen.«

»Welcher?«

»Der Jude. Komm mir mit der Zigarette nicht zu nah. Deine Hälfte ist nicht direkt neben mir. Und zieh deine Schuhe an. Ich habe so eine Ahnung, als ginge es gleich los.«

Er hatte recht. Nach nur zwei Minuten kam der andere durch die Tür, schaute nach rechts und nach links und trat dann auf die Straße und marschierte ohne Eile los. Ein Sonntagsspaziergang. Klar. Der schnelle sichernde Blick hatte ihn verraten.

»Da geht er«, murmelte D'Marco vor sich hin. »Mal sehen, was er vorhat.«

Er fuhr herum und fühlte sich sofort besser, denn er bewegte sich wieder auf vertrautem Gelände: Action, Bewegung, Jagd. Business. Volle Kontrolle. Bis er sein Kreuz am Tisch stehen sah, wo er sich einen weiteren HoHo einschob und den Rest Cola kippte. Angetan mit seiner Obertrottelkluft, dem affigen T-Shirt, das er sich in die Hose gestopft hatte, und mit einer dicken Fettrolle, die ihm auf die Neonshorts hinunterhing. Obertrottel? Eher wohl Obertollpatsch. Seine Laune stürzte jäh ab. »Sag bloß, du willst dieses Hemd anbehalten?« sagte er.

»Klar, damit kriege ich immer viel Spaß.«

»Kann ich mir vorstellen. Dann komm.«

Als sie aus dem Eingang des Sea Spray traten, war ihr Objekt etwa einen Block entfernt und, wie es schien, unterwegs zur Ocean Mall, dem Einkaufszentrum. Sie hängten sich an ihn, hielten einen gewissen Abstand, achteten aber darauf, daß sie ihn ständig im Blick hatten. Sigurd begann von der Hitze und der Anstrengung bereits zu keuchen. Aber er hatte seine gute Laune noch nicht verloren. »Weißt du«, sagte er, »als ich den Rest Royal Crown trank, da kam mir eine andere Idee.«

»Ja, und welche?« D'Marco nahm an, er spräche über ihren augenblicklichen Einsatz. Er irrte sich.

»Jemand müßte Cola nur für diese schwarzen Kerle herstellen. Die könnte er dann Nat King Cola nennen. Reinen Wassermelonensaft. Wenn dir die Idee mit dem Film nicht gefällt, wie findest du die denn?«

D'Marco blieb abrupt stehen. Er starrte Sigurd wutentbrannt an, der breit grinste wie ein Clown, der nur Bosheiten im Kopf hat. Hinter seinen blauen Brillengläsern waren D'Marcos Augen so kalt wie der Himmel im Winter. Die Stimme hatte mindestens die gleiche Temperatur, als er sagte: »Da hinten« – und er wies mit einem Kopfnicken in die Richtung des Sea Spray – »da kannst du den Komikerarsch spielen, solange und soviel du willst. Hier draußen, wenn's ums Geschäft geht, da tust du, was ich dir sage. Und das wäre, daß du erst mal deine blöden Scherze vergißt. Verstanden?«

Sigurd zuckte schicksalsergeben die Achseln. »Wie Sie meinen, Chef.«

Von seinem Tisch im hinteren Teil des Greenhouse hatte Waverly einen ungehinderten Blick auf den ruhigen Ozean und auf die hektische Strandrattenparade. Im Gegensatz zu dem glühenden Sonnenschein auf der Terrasse jenseits der Glaswand war es hier drin relativ dunkel und, ebenfalls relativ, kühl. Die Tische auf der Terrasse füllten sich allmählich, doch bis auf ihn selbst und ein paar

Sonntagmorgengäste an der Bar war das Innere des Ladens leer. Er hatte ein Ginger Ale vor sich stehen und nahm einen tiefen Zug von einer Zigarette. Sein Frühstück. Trotz eines auf dem letzten Loch geschnallten Gürtels, saß seine Hose, früher mal wie maßgeschneidert, locker um seine Hüften, und sein Sporthemd flatterte vor der Brust und auf den Schultern. Die Diätkur des Florida-Spielers: wie man Gewicht durch Sorgen verlor.

Und er machte sich Sorgen. Vor einer Stunde hatte er im Breakers angerufen und fest damit gerechnet, Robbie an den Apparat zu bekommen. Um zehn Uhr an einem Sonntagmorgen war das eine durchaus vernünftige Annahme. Schon wieder falsch. Statt dessen meldete sich Caroline mit der ungehaltenen, schläfrigen Information, daß er nicht da sei, nein, er wäre wahrscheinlich zum Golfspielen gefahren, sie wisse es nicht, und wie spät ist es überhaupt? Mein Gott! Wer spricht denn dort? Ihm blieb nichts anderes übrig, als es ihr zu sagen, und sofort wich alle Verärgerung aus ihrer Stimme, und eine neue Lebhaftigkeit löste sie ab. Sie könne mit ihm essen gehen, und sie bestand darauf, daß sie sich träfen: Sag wo, und ich komme sofort. Bennie hatte einiges zu erledigen und brauchte den Wagen, daher nannte er das Greenhouse. Es war der einzige Laden in der Nähe, der ihm in den Sinn kam. Sie hatte noch nie davon gehört, aber sie hörte sich seine Wegbeschreibung an und versicherte ihm, sie würde es schon finden, er solle ihr eine Stunde, vielleicht auch etwas mehr, Zeit lassen.

Und so saß er da und wartete voller Vorahnungen von einem nahenden Unheil. Wenn er sich selbst gegenüber vollkommen ehrlich war (und das wäre mal was Neues), dann mußte er gestehen, daß er sie wiedersehen wollte. Aber die gleiche Ehrlichkeit führte ihn auch zu der unausweichlichen Schlußfolgerung, daß das letzte, was er in einem Leben brauchte, das bereits in großer Gefahr und totaler Unordnung war, eine weitere Komplikation wäre. Aber trotzdem, dies war ein völlig harmloses Treffen – ein gemeinsames Essen, ein Aufwärmen gemeinsamer Erinnerungen, ein kleiner Nostalgietrip, mehr nicht. Und es hatte auch noch einen nützlichen Zweck, wenn man es genau betrachtete, denn er mußte sich mit Robbie in Verbindung setzen, um an Appelgate heranzukommen und an dem teilnehmen zu können, was ihm und seinem Partner, wenn er nur ein wenig Glück hätte, dazu verhalf, sich aus dem

Schlamassel zu befreien, in den er sie beide hineingeritten hatte. Oder auch nicht. So viel zu deiner Ehrlichkeit, flüsterte ein anderer, vertrauter Partner in einem staubigen Verlies in einem fernen Winkel seines Kopfes.

Es war kurz vor Mittag, als Caroline eintraf, und er hatte mittlerweile sein drittes Ginger Ale bestellt, und im Greenhouse wimmelte es von Gästen. Die meisten Barhocker und die meisten Tische, drinnen wie draußen, waren besetzt. Serviererinnen huschten umher. Rauch schwängerte die Luft. Musik erklang. Sie stand im Eingang, wirkte etwas unsicher, zögernd, ein wenig verwirrt, als hätte sie Schwierigkeiten, sich an den Lärm und die gedämpfte Beleuchtung zu gewöhnen. Nach einem Moment entdeckten ihre Augen seinen winkenden Arm, und sie schlängelte sich geschickt durch den dicht bevölkerten Raum und ließ sich in den Sessel ihm gegenüber fallen und sagte, leicht atemlos: »Entschuldige, daß ich mich verspätet habe.«

»Ist schon in Ordnung. Hast du den Weg gut gefunden?«

»Aber ja. Es war nur dieses morgendliche Lazarus-Syndrom. Du weißt ja, wie das ist.«

»Ich weiß.«

»Entschuldige auch, daß ich so unfreundlich war, als du angerufen hast. Der gleiche Grund.«

Waverly hob eine beschwichtigende Hand, und sie antwortete ihm mit einem strahlenden Lächeln, in dem ein Hauch Müdigkeit lag. Sie trug eisgewaschene Jeans und ein Jeanshemd für Männer, dessen Ärmel sie bis zu den Ellbogen hochgekrempelt hatte. Zerzauste honigfarbene Locken umrahmten die feinen Züge ihres Gesichts. Abgesehen von den seltsam glänzenden Augen und den Händen, die wieder diese flatternden Gesten in der Luft ausführten, hätte sie die Caroline Vanzoren – noch nicht Crown – von vor zwanzig Jahren sein können, die da vor ihm saß, ein Girl mit einem unglaublichen Flair, einer bemerkenswerten Erscheinung und vielen überraschenden Charakterzügen. Es ließ sich nicht leugnen, er war froh, daß sie da war.

Eine Serviererin erschien, verharrte neben ihrem Tisch und klopfte mit dem Fuß einen ungeduldigen Rhythmus.

»Was möchtest du?« fragte er Caroline.

»Ach, irgendwas. Was hast du denn da?«

»Das ist Ginger Ale.«

Sie verzog das Gesicht. »Nein, nicht so etwas. Dann lieber einen Rusty Nail.«

Eine seiner Augenbrauen rutschte hoch, und nachdem die Serviererin sich entfernt hatte, sagte sie beiläufig, aber mit einem leicht herausfordernden Ton: »Was dagegen, wenn ich schon vormittags trinke?«

»Ich habe nichts gesagt.«

»Aber du selbst tust es nicht.«

»Nicht oft. Für mich ist das genauso, als würde ich mich morgens vor den Fernseher setzen. Das gilt allein für mich, verstehst du. Über andere urteile ich nicht.«

»Na ja«, sagte sie, und ihr Lächeln verflog und machte einem fast verzweifelten Ausdruck Platz, »es bringt wenigstens die Maschine auf Touren.«

»Das klingt verdächtig nach einem Robbie-Spruch«, sagte Waverly und fragte sich gleichzeitig, warum er das gesagt hatte.

»Ich glaube, du hast recht«, sagte sie verträumt. »Ich glaube, bei ihm habe ich das auch zum erstenmal gehört.«

Auf der Party hatten sie sich über das Rauchen unterhalten. Heute ging es ums Trinken. Betrachtungen zu den verschiedenen Lastern. Um die Unterhaltung in eine andere, ergiebigere Richtung zu lenken, sagte er: »Apropos Robbie, wann erwartest du ihn zurück?«

»Ich habe keine Ahnung. Am späten Nachmittag. Heute abend. Warum?«

»Ich muß ihn sprechen. Wenn möglich noch heute.«

»Ich sollte es dir fairerweise sagen, Tim, Robbie hält nicht mehr so viel von alten Freundschaften, vom Aufwärmen alter Zeiten. Er interessiert sich nur noch für Geld, macht Geschäfte, denkt in Projekten. Vielleicht ist es dir auch schon selbst aufgefallen.«

»Das schon, und ich weiß, was du sagen willst. Aber dies *ist* eine geschäftliche Angelegenheit. In gewisser Weise.«

»Sag nur nicht, du willst einer seiner Investoren sein.«

»Nein, eher einer seiner Entertainer.«

»Was heißt das?«

»Erinnerst du dich daran, daß wir über Kartenspielen sprachen?«

»Ganz schwach. Du mußt mir schon mehr verraten.«

»Sie veranstalten diese Woche einen Spielabend, angeregt, soweit ich es verstanden habe, von Jock Appelgate. Er hat mich eingeladen. Ich habe abgelehnt, aber nun habe ich es mir anders überlegt.«

»Und was hat dich umgestimmt?«

Ehe er darauf antworten konnte, erschien die Serviererin mit dem Drink. »Wollen Sie was zum Essen bestellen?« fragte sie.

»Caroline?«

»O Gott, nein. Nichts zu essen für mich.«

»Bist du ganz sicher?«

»Ganz sicher. Aber du solltest essen, wenn du möchtest.«

Er schüttelte den Kopf, und die Serviererin zuckte die Achseln und entfernte sich wieder.

»Ich dachte, wir wollten gemeinsam zu Mittag essen«, sagte er.

»Ach, Essen, das sagt man so. Damit meint man eine ganze Menge Dinge.«

Eine sorgfältige Wortwahl, *Dinge* statt der erwarteten *Sünden.* Waverly musterte sie prüfend und versuchte etwas in ihrem Gesichtsausdruck zu erkennen, der nichts anderes verriet als eine mühsam im Zaum gehaltene Melancholie hinter den unnatürlich hellen, unruhigen Augen.

»Du solltest wirklich etwas essen, Timothy. Du bist schrecklich mager, weißt du das?«

Sie schien ihre letzte Frage vergessen zu haben, was nicht schlimm war. »Ich nenne es lieber schlank«, sagte er.

»Ehrlich, du bist mager.«

»Na ja, schön, okay. Gleich morgen früh werde ich ein Trainingsquartier beziehen.«

Das quittierte sie mit einem kurzen Lacher. Sie zeigte auf ihr Glas und sagte: »Willst du kein Gebet sprechen? Es ist Sonntag.«

»Warum betrachtest du es nicht einfach als gesprochen?«

Sie führte das Glas an die Lippen und nahm einen Schluck, vornehm, aber tief. »Erinnerst du dich noch, wie unsere Eltern es immer machten? Das Tischgebet sprechen, meine ich.«

»Ich erinnere mich noch gut.«

»Wir haben immer geglaubt, daß ihre Welt viel weiser war als unsere. So viel besser.«

»Wir waren jung.«

»Wie geht es deinem Vater, Tim?«

»Meinem Vater?« Für einen kurzen Moment reagierte er verwirrt auf diesen abrupten Themawechsel. »Mein Vater ist tot. Schon seit vielen Jahren.«

»Das tut mir leid.«

»Das braucht es nicht. Es war nicht deine Schuld.«

»Es tut mir trotzdem leid. Ich habe deinen Vater immer bewundert.«

»Er war ein anständiger Kerl«, sagte Waverly, dachte nun an ihn und versuchte ihn sich vorzustellen. »Sehr fromm, sehr ernst. Es gibt Augenblicke, weißt du, das gehe ich an einem Spiegel vorbei und muß stehenbleiben und sehe plötzlich ein Gesicht, von dem ich sicher bin, daß es ihm gehört, das mich durch mein eigenes Gesicht anschaut. Es kann erschreckend sein.«

»Ist es nicht seltsam, wie Bruchstücke der Kindheit wieder zu einem zurückkommen. Dein Vater, das Sprechen eines Gebets – wie das Flüstern des Windes. Man vergißt, wie sehr man all das vermißt.« Ihre Augen glänzten feucht. »Ist das nicht komisch, Timothy?«

»Stimmt etwas nicht, Caroline?«

»Ob etwas nicht stimmt? Alles stimmt. Nichts stimmt.«

»Es ist wegen dir und Robbie.«

»Das hast du auch bemerkt.«

»Es war nicht zu übersehen.«

»Ich denke, das muß es wohl sein.«

Waverly hatte das untrügliche Gefühl, sich auf gefährlichem Grund zu bewegen, aber er fand keine Möglichkeit, sich taktvoll zurückzuziehen, daher sagte er widerstrebend: »Warum bleibst du bei ihm?«

»Die älteste Begründung der Welt: wegen der Kinder. Habe ich dir schon gesagt, daß ich zwei wundervolle Kinder habe?«

»Ich glaube ja.«

»Möchtest du mal ein Bild von ihnen sehen? So etwas tut man doch, oder? Fotos herumzeigen.«

»Ich glaube, das ist so üblich.«

Sie griff in ihre Handtasche, holte eine Brieftasche hervor, klappte sie auf und reichte sie ihm. Durch die Plastikfolie sah er einen etwas steif wirkenden Jungen in dunkelblauem Blazer und korrekt gebundener Krawatte, ein richtiger kleiner Mann, und ein Mädchen mit engelhaftem Gesicht in einem weißen Kleidchen. Sie hatten beide blondes Haar und die Gesichtszüge ihres Vaters. Es war eine dieser starren Fotostudioposen, und ihr Lächeln wirkte falsch, gezwungen.

»Hübsche Kinder«, sagte Waverly. »Erfahre ich auch die wichtigsten Daten?«

»Jennifer ist sieben. Sie ist Vaters Liebling. Meiner auch.«

»Und der Junge? Wie heißt er?«

»Robbie Blake, natürlich. Wie sonst? Er ist zehn. Er ist das Sorgenkind.«

»Wieso?«

»Mit zehn Jahren bekommt man schon einiges mit. Er weiß, daß irgend etwas im Gange ist. Er ist ein sehr unglückliches Kind.«

Waverly wußte nicht, was er dazu sagen sollte, daher sagte er gar nichts. Nachdem das Fotoritual absolviert worden war, steckte sie die Brieftasche wieder zurück. Sie nahm einen weiteren tiefen Schluck von ihrem Drink. Zündete sich eine Zigarette an. Fuhr sich mit der Hand über die Augen. Er wartete.

»Siehst du«, sagte sie mit nachdenklicher und ruhiger Stimme, einer Stimme stoischer Vernunft, »ich bin davon überzeugt, daß die meisten von uns Erwachsenen genau das bekommen, was für uns vorbestimmt ist. Was wir verdient haben. Wenn es nur um uns beide ginge, um Robbie und mich, dann könnte ich sicherlich dieses Desaster einer Ehe hinter mir lassen und ohne Bedauern weggehen. Ich glaube, dazu wäre ich fähig.« Sie hielt inne, und eine Wolke sorgfältig ausgestoßenen Rauchs folgte ihren Worten wie die in die Luft geschriebene Notiz eines Herausgebers. »Ich weiß, daß es nicht mehr in ist, von Sünde zu reden, doch wenn es so etwas gibt, dann kann damit nur gemeint sein, daß man unschuldigen Kindern Leid zufügt. Das ist eine Sünde. Oder alles, was wir noch unter diesem Begriff verstehen. Begreifst du das, Tim?«

»Besser als die meisten«, sagte Waverly.

»Nun, das war eine langatmige Antwort auf deine Frage. Deshalb bleibe ich. Und damit wäre unsere calvinistische Predigt für diesen Sonntag beendet.«

»Ich glaube, jetzt muß ich mich wohl entschuldigen.«

»Nein, aber du mußt eine traurige Geschichte erzählen. Ich möchte hören, wie es dir ergangen ist. Was ist schiefgelaufen?«

»Was gibt es da zu erzählen? Ich habe geheiratet, ich bekam einen Sohn, ich wurde geschieden. Ich hab mich danebenbenommen. Und das hat mich sieben Jahre gekostet.«

»Aber du hast dein Gefängnis hinter dir. Ich bin immer noch in meinem.«

»Glaub mir ruhig, wenn ich dir sage, daß es da einen Unterschied gibt.«

»Dein Sohn. Wo ist er?«

»Bei seiner Mutter und ihrem Mann. In Michigan.«

»Vermißt du ihn?«

Was antwortet man darauf? Diese Fragen betrafen gar nicht ihn. Was sie im Augenblick suchte, war ein Weg, die Geographie ihres Herzens wiederzufinden. Sie wollte Antworten, die er nicht hatte. »Ist besser für ihn dort, wo er ist«, sagte Waverly. »Manchmal wünsche ich mir, es gäbe eine Möglichkeit, für ihn alles wiedergutzumachen. Mich zu revanchieren, ihn zu entschädigen für alles, was ich getan habe. Aber das geht nicht. Es ist so, wie ein Freund von mir sagt: ›So sieht es aus, Mann, also sorg besser dafür, daß es dir gefällt.‹ Und das ist deine Lektion für heute.«

Caroline schüttelte traurig den Kopf. »Wir sind schon ein seltsames Paar, Timothy. Freust du dich nicht, daß ich mich mit dir zum Essen treffen wollte?«

»Es ist immer noch eine gute Idee.«

»Ich glaube, ich brauche noch was zu trinken.«

Waverly sah sich im Raum um und suchte nach einer Serviererin. Nichts zu sehen. Statt dessen fiel sein umherwandernder Blick auf eine breitschultrige Gestalt, die an der Bar stand und sie durch eine undurchsichtige Sonnenbrille betrachtete und dabei die Andeutung eines dünnen und bösartigen Grinsens zeigte. Im Moment des Augenkontaktes, oder was Waverly als Kontakt annahm, genau konnte er es nicht entscheiden, hob der Mann einen Zeigefinger und berührte sacht sein Brillengestell. Eine Grußgeste. Ein unheilvolles Hallo. In einer Welt absoluter Grausamkeit, der unausweichlichen Revanche, war es sicherlich ein verhängnisvoller Fehler, mit weniger zu rechnen. Obgleich er diese harte Wahrheit kannte und sie akzeptierte, erschrak Waverly trotzdem. Für eine kurze Zeitspanne hatte er es beinahe vergessen. »Komm«, sagte er, »wir gehen.«

Caroline sah ihn entgeistert an. »Wir gehen? Wir haben uns doch kaum hingesetzt.«

Waverly erhob sich aus seinem Sessel und legte ein paar Dollarscheine auf den Tisch. »Glaub mir«, sagte er, »es ist wirklich Zeit zum Gehen.«

Als sie das Greenhouse betraten, suchten Sigurd und D'Marco sich einen Tisch in einer Ecke der Terrasse. D'Marco hatte sich bewußt dafür entschieden, denn er befand sich unter einem Vordach, und dann gestattete seine Position es ihm, die Ausgänge im Auge zu behalten und durch die Glaswand den größten Teil des Innenraums, darunter auch Waverlys Tisch zu beobachten. Wenn er an seine beiden unglücklichen Opfer dachte, nannte er sie jetzt bei ihren Namen, was er nach Möglichkeit immer tat, vor allem bei einem derart ausgedehnten Auftrag. Das half ihm, seinen Job richtig anzugehen, ihn zu personalisieren, ihm seinen eigenen Charakter zu geben. Epstein und Waverly. Ein Schwein und ein Arschloch. Die Welt wäre um ein Schwein und einen Arsch ärmer, wenn D'Marco Fontaine mit ihnen fertig war. Kein nennenswerter Verlust.

Eine Serviererin kam zu ihnen. »Was darf ich bringen?«

Sigurd wandte sich mit einem Ausdruck übertriebener Vertrautheit an seinen Mentor und fragte: »Was meinst du, haben wir Gelegenheit, eine Kleinigkeit zu essen?«

D'Marco konnte erkennen, daß Waverly einen Drink vor sich stehen hatte. Er schien es sich für längere Zeit in seinem Sessel eingerichtet zu haben, in Eile war er offenbar nicht. Es sah eher so aus, als befände er sich in einer Art Trance. Wahrscheinlich brachte die Angst ihn fast um den Verstand, was auch in Ordnung war. Ob er sie schon entdeckt hatte oder nicht, konnte D'Marco nicht mit Sicherheit sagen. »Mach, was du willst«, sagte er.

»Ein kleiner Imbiß ist genau das Richtige.« Sigurd wandte sich an die Serviererin. »Was ist denn die Spezialität des Hauses, Süße?«

»Beliebt sind unsere Muscheln im Bierteig.« Ihre Blicke lösten sich von seinem Gesicht und wanderten weiter. Ihre Lippen bewegten sich, als lese sie die Worte auf seinem T-Shirt.

»Die hatte ich noch nie. Dann bringen Sie mir mal welche. Wo ich schon mal hier bin.«

»Ihr T-Shirt gefällt mir«, sagte sie, lächelte ihn an und schien es offenbar ernst zu meinen. »Das ist richtig nett, was da steht. Frech, aber nett.«

Sigurd reagierte mit seinem strahlendsten Grinsen. »Ihres ist aber auch nicht schlecht.« Keine Frage, er meinte es ernst, denn ihr Shirt, schwarz, weitgeschnitten und mit kleinen weißen Blockbuchstaben, die direkt unter ihren schweren Brüsten saßen, verkündete: *It should be easy for me to make it hard for you.* Die Botschaft wurde durch dünnes, zerzaustes Haar in der Farbe eingetrockneten Brotteigs, ein ungewöhnlich reizloses Gesicht, das zu verschönern oder zu kaschieren mehrere Schichten Farbe nicht schafften, und eine füllige grobknochige Figur Lügen gestraft; der Widerspruch schien sich Sigurd in keiner Weise zu erschließen, der sagte: »Wie heißen Sie denn, Sie Prachtstück?«

Das einfältige Gesicht verzog sich zu einem Lächeln, das seinem eigenen an Breite nichts nachstand. »Maylene. Und Sie?«

»Burt.«

»Schön, Burt«, sagte sie mit witzelnder, abgebrühter Stimme, »ich glaube, unsere Pasteten werden Ihnen schmecken.«

»Das glaube ich verdammt noch mal auch«, sagte Sigurd.

D'Marco hatte diesen schüchternen Meinungsaustausch mit Widerwillen, der an Ekel grenzte, verfolgt. Er sah plötzlich das Bild der beiden in einer verschwitzten, zuckenden Umarmung vor sich. Wie zwei sich paarende Nashörner. Der Gipfel des Obszönen. Ziemlich gleichgültig fragte das weibliche Nashorn: »Und für Sie?«

»Haben Sie Fruchtsaft? Ich meine, richtigen Saft, nicht dieses Zeug aus der Dose?«

»Nur das, was sie an der Bar brauchen. Wenn Sie einen dieser seltsamen Drinks haben wollen, dann müssen Sie nach nebenan zu Mother Nature's gehen.«

D'Marco fand das nicht spaßig und sagte knapp: »Dann einen Tomatensaft.«

»Ich möchte ein Bier«, sagte Sigurd. »Budweiser Light.« Indem er sich auf den Bauch klopfte, fügte er hinzu: »Ich muß auf die Kalorien achten.«

Sie grinsten einander an, und sie entfernte sich.

Sobald sie außer Hörweite war, stieß Sigurd triumphierend die Faust in die Luft. »Spitze! Hast du das gesehen? Die hat mich ja geradezu angefleht, zu ihr unter die Decke zu kriechen.«

»Ja, das habe ich gesehen, Burt.«

Sigurd sah ein bißchen verlegen aus, aber nicht sehr. »Ach das. Weißt du, ich geb mir immer einen Namen, der sich nach einem harten Burschen anhört. Die Mädels sind da ganz scharf drauf. Die wissen dann schon selbst, wie der Hase läuft.«

»Und du nennst dich also Burt, ja?«

»Manchmal Burt. Jake ist auch ganz gut oder Vic oder Al. Na ja, ist alles reine Strategie. Klappt so gut wie immer.«

»Ich sehe schon, wie das klappt«, sagte D'Marco und nickte vielsagend hinter der Serviererin her, deren Elefantenarschbacken ihre Jeans bis zum Platzen ausfüllten und bei jedem Schritt hin und her rollten.

»Was, Maylene? Klar, sicher, aussehen tut sie nicht so toll. Aber ich kann dir sagen, Mann, das zahlt sich nicht aus, wählerisch zu sein, schnallenmäßig, meine ich.«

»Das ist ja wohl ein Problem, mit dem du dich nicht rumschlagen mußt.«

»Verdammt richtig. Und ich verrat dir auch, warum. Ich kannte da einen Burschen im Knast, Skeeter nannten wir ihn, war ein richtig heißer Bursche. War dauernd mit seinem Kleinen zugange, hat dran rumgemacht, bis er ganz wund war. Nicht lange, und er –«

»Ich hab wenig Lust auf deine Knastgeschichten«, unterbrach D'Marco ihn. »Wir sind hier, um zu arbeiten.«

»Was gibt's denn zu tun? Unser Mann geht nirgendwo hin.« Sigurd wies auf Waverly, der untätig an seinem Tisch hinter der Glaswand saß. Dieses Argument ließ sich offenbar nicht widerlegen. D'Marco hatte darauf keine passende Erwiderung, daher machte er nur ein finsteres Gesicht und sagte nichts. Sigurd interpretierte sein Schweigen als Erlaubnis, mit seiner Geschichte fortzufahren.

»Jedenfalls«, sagte er ernsthaft, »eins ist an der ganzen Sache besonders wichtig. Sozusagen eine Lehre. Siehst du, Skeeter mußte ganz schön was abreißen, fünfzehn bis zwanzig Jahre, hab vergessen wofür, ist auch egal, und nach etwa fünf Jahren kam ihm der

Gedanke, daß das auf die Dauer doch nicht das Richtige ist. Diese Wichserei, meine ich.«

»Ich weiß, was du meinst, Blödmann.«

»Okay, okay. Als wäre der Heilige Geist über ihn gekommen, und was macht er, er schmiert einen Wärter und schafft es, daß er ihm eine von diesen Sexpuppen reinschmuggelt, die man aufblasen kann und die diese Löcher an den richtigen Stellen haben. Das sind diese Dinger für die Typen, die gar keine Phantasie haben.« Sigurd überlegte einen Moment und verbesserte sich. »Vielleicht auch zuviel, wer weiß. Du weißt schon, wovon ich rede, nicht wahr?«

»Jetzt mach schon mit deiner verdammten Geschichte weiter«, sagte D'Marco säuerlich.

»Diese Puppe tauft er Brandy. Er läßt die Luft raus und packt sie unter seine Matratze, wenn sie gerade nicht in Betrieb ist, was nahezu jede Nacht der Fall ist. Skeeter geht es jetzt richtig gut, er sitzt seine Strafe ab, er hat seine Brandy, er ist verliebt. Man könnte glatt meinen, jetzt ist alles klar, jetzt sitzt er seine Strafe auf einer Arschbacke ab. Du kannst dir bestimmt vorstellen, was als nächstes kommt, oder? Kein Happy-End. Eines Tages wird unser Block von oben bis unten durchsucht, und sie entdecken Brandy. Skeeter kommt ins Loch, und mit Brandy ist es Sense, wahrscheinlich wird sie jetzt von einem Oberwärter gebumst. Zwei Wochen später ist unser Skeeter derart down, er vermißt seine Brandy so sehr, daß er vom obersten Stockwerk die Fliege macht. Bis ganz nach unten. Das hättest du sehen sollen. Er sah aus wie ein Käfer, der auf der Windschutzscheibe klebt.«

Nach oben gedrehte Hände und ein amüsierter Gesichtsausdruck deuteten das Ende der Geschichte an.

D'Marcos Finger trommelten auf die Tischplatte. »Und was ist jetzt?« wollte er wissen.

»Was ist was?«

»Ich dachte, du hättest gesagt, daß in dieser dämlichen Geschichte eine Lehre enthalten ist.«

»Hast du die nicht mitgekriegt?«

»Nein.«

Sigurd war ernsthaft verwirrt. Wie zum Teufel erklärt man etwas, das offensichtlich ist? Es ist genauso, als würde man die Pointe eines Witzes erklären. Und dieser Junge sollte für seine Intelligenz bekannt sein? Da konnte man sich nur wundern. Zum Glück für ihn erschien eine Erklärungshilfe in Gestalt der Serviererin, die sich mit wabbelndem Hintern näherte und auf einem fleischigen Arm ein Tablett balancierte. »Womit wir wieder auf Maylene kommen«, sagte er mit einem geduldigen, leicht überlegen klingenden Unterton in der Stimme. »Sie ist zwar nicht unbedingt Hollywoodmaterial. Aber was ich dir klarmachen will ist, daß ein Spatz in der Hand – von mir aus auch eine Aufblaspuppe wie Brandy – besser ist, als sich jeden Tag einen runterzuholen. Jetzt verstanden?«

»Und *das* ist die Lehre aus der Geschichte?«

»Was sonst.«

D'Marcos Augen verdrehten sich hilfesuchend.

Weitere Gäste strömten jetzt herein, und Maylenes reizloses Gesicht nahm einen angestrengten Ausdruck an, während sie ihre Bestellung vom Tablett nahm und auf den Tisch stellte. Dennoch hatte sie Zeit, Sigurd mit einem Augenzwinkern und einem affektierten »Guten Appetit« auszuzeichnen, und dann war sie auch schon wieder im Gedränge untergetaucht.

Sigurd grinste D'Marco an. »Was habe ich gesagt? Volltreffer.«

D'Marco ignorierte ihn. Er war an weiteren Lektionen aus der Dummenschule nicht mehr interessiert. Er trank mürrisch seinen Tomatensaft. Er schmeckte wie lauwarme Pisse. Was sollte man machen? Job war Job. Drinnen tat sich noch immer nichts. Waverly saß noch immer da und suchte die Antworten auf seine Fragen in seinem Glas. Vergiß es Junge, dort findest du keine Lösung. Nirgendwo.

Also wartete man. Man wartete und, weil man dem nicht entgehen konnte, sah einem Schwachsinnigen dabei zu, wie er sich Muscheln und Bier direkt aus der Dose ins Gesicht stopfte und schüttete. Dazu ein lautes Schmatzen und Schnaufen. Es kam einem allein von dem Anblick und von den Geräuschen schon hoch. Darüber konnte man geradezu zum Hungerkünstler werden. Als er sich nicht länger zurückhalten konnte, sagte D'Marco: »Hast du überhaupt eine Ahnung, was du deinem Körper antust?«

Sigurd, dessen Kiefer methodisch mahlten und mampften, blickte von den Muscheln hoch. »Was meinste?«

»Ich meine den Müll, den du in dich reinschaufelst.«

Sigurd erstarrte mitten im Kauen. Sein Mund blieb offen stehen. Teigreste klebten zwischen seinen Zähnen. »Wovon redest du, Mann? Die Dinger sind gut. Willst du probieren?«

»Wie bitte? Ich soll davon etwas essen?«

»Ja, sicher, bedien dich. Es ist genug da.«

D'Marcos zusammengekniffene Lippen zuckten leicht. »Eher würde ich eine Dosis Strychnin nehmen«, sagte er. »Das wäre auch nicht schlimmer als diese Scheiße.«

»Hey, Essen ist Essen.«

»Ja, anständiges Essen. Echte Nahrung. Was du da ißt, ist das reinste Gift. Du hast heute immerhin schon eine Flasche Soda und einen beschissenen Twinkie –«

»Das war ein HoHo.«

»– und jetzt kommen noch ein Bier und dieser fritierte Hundedreck dazu. Ich sag dir was. Was du hier treibst, ist der reinste Selbstmord. Und zwar durch Essen.«

Sigurd war ehrlich verwirrt. »Was, behauptest du etwa, daß das, was ich gerade esse, mich umbringt?«

»Richtig. Genau. Das sage ich.«

»Ach, das ist doch absoluter Quatsch.«

»Sicher ist es dann auch absoluter Quatsch, wenn irgendein Medizinmann dich aufmacht und feststellt, daß du voller Krebs bist.«

»Krebs! Von Bier und Muscheln?«

»Davon und von allem anderen, was du in diesen Abfalleimer schaufelst, den du an Stelle eines Magens hast.«

Sigurd schüttelte langsam den Kopf. »Herrgott, Scheiße, Mann, du hast aber ein schlimmes Problem. Du solltest dir mal irgendwo Hilfe von einem Profi in solchen Dingen suchen.« Mit einer wegwerfenden Handbewegung wischte er Fontaines Ernährungshinweise und Diättheorien beiseite und widmete sich wieder seinem kleiner werdenden Berg Muscheln.

D'Marco wandte sich sichtlich verärgert ab. Was zum Teufel tat er da eigentlich, daß er seinen wertvollen Atem an diesen Gehirnamputierten vergeudete. Soll der Dreckeimer doch fressen, was er wollte, von ihm aus konnte er sich ins Grab fressen und dort den Würmern als Festmahl dienen. Das war ihm egal. Sigurd fing den Blick der gehetzten Maylene auf und bestellte, als wollte er sich demonstrativ D'Marcos Warnung widersetzen, ein Krabbensandwich und, wie er es ausdrückte, »noch ein Bierchen«. Schweigen senkte sich über den Tisch oder zumindest soviel Stille, wie man erwarten konnte, wenn man die lauten Schmatz- und Schlürfgeräusche und das Glucksen beim Schlucken der Speisen berücksichtigte. Dreißig Minuten verstrichen. Kein Wort wurde zwischen ihnen gewechselt.

Gegen Mittag bemerkte D'Marco eine attraktive Frau, die im Eingang gegenüber der Bar stand. Sie war schlank, ziemlich groß und lässig mit Jeans und Jeanshemd bekleidet. Jene Art von Frau, die man auffällig nennen würde. Sie blickte suchend in den bevölkerten Raum. Sie schien verwirrt zu sein. Er sah an ihr vorbei und bemerkte Waverlys Arm, der winkte. Sie sah ihn ebenfalls und ging zu seinem Tisch.

Okay, es tat sich etwas. Endlich. »Siehst du das?« fragte er Sigurd.

»Was soll ich sehen?«

»Da drin.«

Sigurd beugte sich über die Armlehne seines Sessels, um einen besseren Überblick zu haben. »Hey«, sagte er mit einem Mund voller Krabbensandwich, »unser Freund hat sich eine Braut bestellt.«

D'Marco hatte nur einen undeutlichen Blick auf den Tisch, und nun, da die Frau dort saß, konnte er von Waverly kaum etwas sehen. Nicht gut. Er schob seinen Sessel etwas weiter nach rechts. Der Blickwinkel war etwas besser, aber nicht viel, und nun schützte ihn die Markise auch nicht mehr vor der glühenden Sonne.

»Was meinst du, wer das ist?« überlegte Sigurd laut.

D'Marco gab keine Antwort. Er beobachtete sie. Zehn, fünfzehn Minuten lang schaute er nur zu ihnen hinüber. Nichts. Sie unterhielten sich, tranken etwas, mehr nicht. Das konnte so den ganzen Tag gehen. Und er müßte dasitzen, während die empfindliche Haut in seinem Gesicht, am Hals und auf den Armen verbrannte. Sie begann bereits leicht zu jucken. Er wurde unruhig. Desgleichen Sigurd, der schließlich sagte: »Ganz gleich, wer sie ist, er sollte seine Nummer lieber bald schieben. Viel Zeit für das Vorspiel hat er nicht mehr.«

»Weißt du, was ich denke?« fragte D'Marco ihn.

»Nein. Was denn?«

»Daß du zur Abwechslung mal recht hast.« D'Marco erhob sich. »Du wartest hier. Aber halte dich bereit, gleich zu starten.«

»Wohin gehst du?«

»Ich mach mal ein bißchen Dampf. Mal sehen, was passiert.«

D'Marco schlenderte durch den Eingang und stellte sich ans Ende der Bar. Es dauerte eine Minute, bis seine Augen sich an das gedämpfte Licht gewöhnt hatten. Seine Sonnenbrille half ihm nicht viel. Er nahm sie jedoch nicht ab. Die Luft war zum Schneiden dick von Rauch, und die Musik drang mit ihrer Lautstärke schmerzhaft an seine Ohren. Wenigstens gab es hier keine Sonne. Und seine Sicht auf den Tisch war jetzt besser. Er hatte sie jetzt beide im Auge, mit ihren Gesichtern. Eine angeregte Unterhaltung war im Gange. Sehr eindringlich. Sie schien sogar ein paar Tränen zu zerdrücken, die Braut. Wahrscheinlich hatte Waverly schlechte Nachrichten für sie: Baby, du redest hier mit einem Toten.

Nach drei oder vier Minuten, lange dauerte es nicht, suchten Waverlys Augen den Raum ab, gingen auf Wanderschaft und hielten Ausschau nach einer Serviererin. Aber schließlich fielen sie auf ihn. Ihre Blicke trafen sich. D'Marco verzog seine Lippen zu einem sparsamen, gefährlichen Lächeln, legte einen Finger an sein Brillengestell. Hallo, Mr. Abgehakt.

Das brachte ihn auf Trab. Er nötigte die Braut aufzustehen und bugsierte sie zur Tür. Um dorthin zu gelangen, mußte er ganz dicht an der Stelle vorbei, wo D'Marco stand. Er starrte ihn den ganzen Weg über direkt an. Das Lächeln war aus seinem Gesicht verschwunden. Die Braut wirkte ziemlich überrascht, verwirrt, schien ihn gar nicht zu bemerken. Aber Waverly sah ihn, und das allein zählte. Er war schließlich das Objekt dieser kleinen Übung. Sie gingen weiter.

D'Marco trat hinaus auf die Sonnenterrasse. Er gab Sigurd ein Zeichen, und sie folgten dem Paar durch den schmalen Gang, der auf den Parkplatz führte. Am Ende des Durchgangs blieb D'Marco abrupt stehen.

»Was ist los?« sagte Sigurd.

»Paß gut auf.«

Sie sahen sie den Parkplatz überqueren und in einen silbernen Jaguar steigen, die Frau hinter das Lenkrad, und sich in den Verkehr einfädeln, der sich langsam durch die Einbahnstraße hinter dem Einkaufszentrum schob.

»Heilige Scheiße«, rief Sigurd. »Diesmal hast du sie aber aufgescheucht.«

D'Marco sagte nichts.

»Warum hast du das tun wollen?«

»Im Augenblick will ich nur, daß du die Klappe hältst. Ich habe gesagt, paß gut auf.«

Der Jaguar bog an der Ecke nach links ab. Ohne eine Vorwarnung sprintete D'Marco plötzlich los. Er konnte den Idioten hinter sich rufen hören. Er achtete nicht darauf. Die Straße endete am Strand, daher hatte der Jaguar nur zwei Möglichkeiten: nach links, zurück in Richtung Blue Heron Boulevard oder nach rechts auf die Ocean Avenue. Er erreichte rechtzeitig die Ecke, um den Wagen nach rechts fahren zu sehen. Genauso wie er es sich gedacht hatte. Er verlangsamte seinen Lauf und schlenderte langsam weiter. Ein keuchender, hechelnder Sigurd holte ihn an der Kreuzung ein.

»Verdammte Scheiße, Mann, du kannst ruhig was sagen, ehe du die große Sprintnummer bringst.«

»Warum? Würdest du dann schneller laufen?«

Sigurd hatte darauf keine Erwiderung, daher sagte er, immer noch etwas außer Atem: »Ich nehme an, du hast sie verloren, oder?«

»Dann sieh doch mal dorthin«, sagte D'Marco und zeigte auf den Jaguar, der zwei Blocks weiter vor den Tropicaire Apartments stand. »Siehst du etwas, das dir bekannt vorkommt?«

Sigurd war wider Willen beeindruckt. »Woher wußtest du, daß sie dorthin wollten?«

»Das erste, was du in diesem Geschäft lernen mußt, ist, auf deinen Instinkt zu hören.« D'Marco streifte Sigurd mit einem kurzen Seitenblick, und in diesem Blick lag eine Mischung aus Schicksalsergebenheit, Mitleid und abgrundtiefer Verachtung. »Natürlich mußt du diesen Instinkt erst einmal haben.«

»Was sollte das gerade, im Restaurant?«

»Es ist besser, du fragst nicht.«

»Bist du in irgend welchen Schwierigkeiten?«

»So könnte man sagen.«

»Warum tust es dann nicht, es sagen, meine ich. Du hast mir zugehört.«

»Das hier ist etwas völlig anderes, Caroline. Es kommt aus einer völlig anderen Welt, als du sie kennst.«

»Vielleicht kann ich dir helfen.«

»Wenn du mir helfen willst, dann sorge dafür, daß Robbie mich heute noch anruft. Das wäre Hilfe genug.«

»Ende der Diskussion, oder?«

»Richtig.«

»Na schön. Dann was anderes. Warum halten wir hier?«

Sie parkten vor dem cremefarbenen Kasten von einem Bungalow, den er sein Zuhause nannte. Sie hatte den Motor des Jaguar laufen lassen, und kühle Luft wurde ins Wageninnere geblasen. Waverly konnte das Heck des Seville um die Ecke erkennen. Er blickte über die Schulter und sah die beiden Verfolger die Straße hinunterkommen und sich dabei Zeit lassen. Zwei Touristen bei einem Spaziergang. Der eine, fette, in Shorts und T-Shirt, hatte einen Watschelgang und kam ihm vor wie ein schlechter Witz. Der andere, mit seinem kalten, leeren Tausendmeterblick, war kein Witz. Sie blieben unter dem Vordach über dem Eingang des Sea Spray stehen. Und schauten herüber.

»Tim?«

»Äh, ja. Würdest du die Frage noch mal wiederholen?«

»Ich wollte wissen, was wir hier tun.«

»Ich wohne hier.«

»*Hier?* Du wohnst hier?«

Sie gab sich alle Mühe, das Erstaunen in ihrer Stimme zu unterdrücken, doch sie hatte damit nicht viel Erfolg. Trotzdem nett, daß sie es versuchte. »Ich fürchte ja«, sagte er. »Ich hatte dich gewarnt, daß es nicht das Breakers ist.«

»Ich möchte gerne sehen, wo du wohnst. Läßt du mich mit hineinkommen?«

»Das wäre keine gute Idee, Caroline.«

»Und warum nicht?«

»Zum einen habe ich einen Mitbewohner.«

»Einen Mitbewohner«, sagte sie skeptisch. »Eine Frau?«

»Nein. Einen Partner. Einen Geschäftspartner. Er ist jetzt da.«

»Du könntest mich mit ihm bekannt machen. Eine alte Freundin, ein Schatten der Vergangenheit.«

»Du würdest mit ihm nicht viel anfangen können. Er kommt aus der Welt, die ich gerade erwähnte.«

»Gibt es eine Frau, Timothy? Seit deiner Scheidung, meine ich, und... was danach war.«

Obgleich er so etwas hatte kommen sehen, verwirrte Waverly die Frage. Er überlegte eine Minute, dachte an die andere Frau, die er gekannt und der er vertraut hatte, in Michigan, in einer anderen unruhigen, gefährlichen Zeit, die noch gar nicht so lange zurücklag. Es war ein Gedanke, den er nicht weiterverfolgen wollte. Schließlich sagte er: »Es gab eine. Früher. Jetzt nicht mehr.«

»Was ist passiert? Erzähl es mir.«

»Es gibt nichts zu erzählen. Es war ein zufälliges Zusammentreffen, eine Episode. Nenn es ein Intermezzo, wie es schon mal vorkommen kann. Jetzt ist es nur noch eine Erinnerung.«

»Eine Erinnerung«, wiederholte sie versonnen, und ihre glänzenden Augen schienen in weite Fernen zu blicken. »Wir haben auch unsere Erinnerungen, Tim, du und ich.«

»Die liegen fast zwanzig Jahre zurück.«

»Eine weiß ich noch. Von unserem Schulfest. Wir waren zu viert, Robbie, ich, du und deine Begleiterin, ich weiß ihren Namen nicht mehr.«

»Jane. Jane Sowieso.«

»Robbie hatte ziemlich viel getrunken, und wir hatten nur ein Auto, deshalb brachten wir sie zuerst nach Hause, diese Jane, meine ich, und du bist gefahren, und ich saß vorne neben dir, und Robbie lag hinten und war eingeschlafen.« Die Erinnerung schien für sie mit jedem hervorgesprudelten Wort lebhafter zu werden. Ihre Hände fuhren durch die Luft. »Du hast mich nach Haus gebracht, und wir blieben noch eine Weile im Wagen sitzen. Und wir unterhielten uns, so wie wir es jetzt tun. Ich war traurig, redete in einem fort, weil Robbie uns den Abend verdorben hatte, jedenfalls glaubte ich das damals. Du hast versucht, mich zu trösten. So wie ein guter Freund es tut. Und dann nahmst du meine Hand und brachtest mich zur Tür, und weil niemand da war, der mir einen Gutenachtkuß geben konnte, hast du auch das getan. Erinnerst du dich noch, Tim?«

»Nein«, sagte er, erinnerte sich sehr gut daran, an alles, und weitaus lebhafter als sie. Er erinnerte sich an die ungewöhnlich warme Mainacht und an den wolkenlosen Michiganhimmel, übersät mit Sternen, und er spürte wieder den Duft der Päonien, der vom Blumenbeet im Vorgarten des Vanzoren-Hauses aufstieg, und den Geruch ihres Haars und die kühle Berührung durch ihre Lippen, und er durchlebte wieder den Moment einer zarten Melancholie, klammerte sich noch einmal an die hoffnungslos romantischen Träume, die durch seinen Kopf summten, während ein Insektenschwarm die Lampe über der Tür attackierte.

»An gar nichts mehr?« fragte sie mit der enttäuschten Stimme eines kleinen Kindes.

»Vielleicht ganz vage an einige Eindrücke, jetzt wo du davon sprichst.«

»Weißt du, daß man, wenn man sein Leben betrachtet, bestimmte Kreuzwege erkennen kann? Wendepunkte, die man nicht genutzt hat?«

»Das weiß ich.«

»Nun, das war einer dieser Wendepunkte, Tim, dieser Abend.« Sie sah ihm unverwandt in die Augen, und in ihrem Gesicht lag ein seltsames Leuchten, eine unmißverständliche Verheißung. »Dies könnte auch einer sein.«

»Ich glaube nicht.«

»Warum nicht? Sag es mir.«

»Weil das eine bestimmte Phase in unserem Leben war, Caroline. In deinem und meinem, in Robbies. Das ist jetzt vorbei. Trotz allem, was in den Jahren geschehen ist, mit jedem von uns, du bist jetzt mit ihm verheiratet, und er war ein Freund.«

»Du hast einen altmodischen Begriff von Ehre, Timothy. Ungewöhnlich, in dieser Zeit.«

»Vielleicht ist es auch nur das letzte Aufbäumen des Gewissens.«

»Wenn man lange genug lebt, dann nutzt sich dieses Gewissen sehr schnell ab.«

Ihre Stimme hatte jetzt einen leicht ironischen Klang, der zu dem verträumten Lächeln irgendwie nicht passen wollte. Sie strich sich die Locken aus ihrer hohen, intelligenten Stirn. Auch das war eine Erinnerung, diese Geste. Caroline strich sich das Haar aus der

Stirn und konzentrierte durch diese Geste ihre Gedanken auf eine komplizierte chemische Formel oder auf eine mathematische Gleichung oder auf die verschlüsselte Aussage irgendeines literarischen Textes. Caroline war die intelligenteste von ihnen dreien, die begabteste, und sicher die fleißigste. Caroline, die Überfliegerin. Was war falsch gelaufen? Mit ihnen allen?

»Wie schade, daß wir nicht mehr jung sein können«, sagte sie, sanft wie ein ausgesprochener Traum, der als mit Worten gefüllter empfindlicher Ballon über ihren Köpfen schwebte.

»Die Sache ist die, daß es auch dann ganz genauso gekommen wäre.« Ein weiterer schneller Blick über seine Schulter bestätigte seine bittere Feststellung. Die beiden Gestalten – die eine lächerlich, die andere bedrohlich, wie die beiden Hälften dieses schlechten Witzes von seinem Leben, Prolog und Pointe – standen noch immer vor dem Sea-Spray-Eingang. Beobachteten. »Ich muß jetzt gehen. Denk daran, deinen Mann zu bitten, daß er mich anruft. Ich wäre in deiner Schuld.«

»Oh, ich denke bestimmt daran«, sagte sie, und ihre Miene hellte sich auf. Sie beugte sich vor und hauchte einen Kuß auf seine Lippen. »Da, für dich, damit du was zum Nachdenken hast.«

12

An diesem Sonntag, dem 21. Juni, wurde abends ausgiebig telefoniert.

Gegen elf Uhr, als sich in oder vor dem Apartment im Tropicaire nichts mehr rührte und es so aussah, als wären die beiden Objekte endgültig schlafen gegangen, dachte D'Marco, daß es an der Zeit sei, sich in Chicago zu melden. Er hatte wenig Lust zum Reden – ein Tag der Gesellschaft von Captain Klotzkopf, das reichte ihm, was das Reden betraf –, daher gab er Sigurd den Auftrag anzurufen. So wie Sigurd es betrachtete, gab es gar nichts zu berichten, aber er widersprach nicht. Er wählte Onkel Eugenes Nummer und schilderte ihm, was passiert war, seit er und der Judenjunge gestern nachmittag aus dem Flugzeug gestiegen waren, was natürlich nicht viel war. Er erzählte ihm auch von der Aktion am Vormittag. Treffender wäre wohl In-aktion gewesen, da es ja nirgendwo hingeführt hatte, sondern nur dazu, daß sie den ganzen verdammten Tag in diesem Zimmer herumgehangen hatten. Auch eine Methode, Florida kennenzulernen –, das dachte er, aber er sprach es nicht aus. Er redete ständig von *wir* und *uns*, so daß es sich anhörte, als wären er und D'Marco Partner bei diesem Unternehmen, gleichberechtigt. Er schaute einmal vom Telefon hoch und sah D'Marco am Fenster stehen und auf die Straße hinunterstarren, wie er es schon fast den ganzen Tag tat. Dieser Kerl schien aus einem Block Grönlandeis zu bestehen. Der Eismann.

Onkel Eugene hörte sich seinen ausführlichen, gelegentlich ausgeschmückten Bericht kommentarlos an, bis Sigurd ihn abgeschlossen hatte, und dann fragte er ihn lediglich, ob er auch genau aufpaßte und nicht im Wege herumstünde. Und das mit einem Ton, wie man ihn bei einem unvernünftigen Kind anschlägt, das sein Auge auf den Marmeladentopf geworfen hat. Wie eine Warnung. Ein wenig beleidigt erwiderte Sigurd ja ja ja, er mache es schon alles richtig. Er hörte Onkel Eugenes tiefen Seufzer, und dann folgte ein knappes: »Gib mir Frog.«

Sigurd legte eine Hand auf die Sprechmuschel und sagte zu D'Marcos Rücken: »Er will mit dir sprechen.«

D'Marco wandte sich nicht um. »Worüber? Du hast doch alles erzählt. Mehr haben wir nicht unternommen.«

»Was weiß ich, weshalb. Das hat er nicht gesagt.«

D'Marco durchquerte das Zimmer und schnappte sich den Hörer. Er sagte: »Ja?«

»Frog?«

»Ja. Am Apparat.«

»Können Sie für mich noch mal alles rekapitulieren, ja?«

»Es war genauso, wie er es erzählt hat.«

»Die halten sich so nahe bei ihrem Versteck auf?«

»Richtig.«

»Sie sind an ihnen dran?«

»So nahe, daß sie wissen, daß ich da bin«, sagte D'Marco. Er benutzte den Singular ganz bewußt.

»Aber sitzen Sie denen nicht zu dicht auf der Pelle?« Die Stimme klang besorgt, nervös, voller Zweifel.

»Hören Sie, ich mache es nach Vorschrift. Ihrer Vorschrift. Sie haben es mir so erklärt.«

»Und sie haben noch nichts unternommen?«

»Ich habe es Ihnen doch gerade erklärt. Was sollen sie den unternehmen?«

»Geld ranschaffen.« Nun klang seine Stimme verärgert, ungeduldig. »Wetten plazieren, Kartenspielen, irgendwelche Ware verschieben – verdammt, was weiß ich. Irgendwas. Sie haben hier oben eine ganze Menge Schulden.«

»Davon läuft hier nichts. Außer der Jude hat etwas in dieser Richtung unternommen, als er heute vormittag unterwegs war, oder sie machen alles per Telefon. Wenn sie sonst noch an Geld kommen wollen, dann müßten sie es schon selbst drucken.«

»Was ist denn mit dieser Schnalle, von der Sigurd gesprochen hat? Was halten Sie von ihr?«

»Keine Ahnung. Wahrscheinlich ist sie nicht mehr als genau das, nämlich irgendeine Muschi, mit der unser Arschloch rummacht.«

»Insgesamt, wie beurteilen Sie die Lage? Meinen Sie, die haben was vor? Abhauen vielleicht? In den Wind schießen?«

D'Marco dachte, was zum Teufel will dieser dämliche Scheißer – sollte er einen Blick in die Kristallkugel tun? Fragte sich, was das für Typen sind, die ständig aus Chicago herkommen. Er verlor jeglichen Respekt vor dieser Stadt, wenn diese beiden, der Schwachkopf im Zimmer und die Quengelstimme am anderen Ende der Leitung, der obere Maßstab für Klasse waren. Er sagte tonlos, was die unbestreitbare Wahrheit war: »Wer weiß das schon? Man läßt ihnen zwei Wochen Zeit, zeigt ihnen, daß man da draußen ist, für den Fall, daß sie ans Abhauen denken. So wollten Sie es haben. Sie haben mir gesagt, daß es so laufen soll. Ich halte mich nur an Ihre Anweisungen.«

»Dazu darf es nicht kommen, Frog. Daß sie abhauen, meine ich. Zuviel hängt von der Sache ab. Und zwar für alle Beteiligten.«

Für D'Marco klang das schon fast wie eine Drohung. Und Drohungen gefielen ihm nicht. »Was wollen Sie mir also klarmachen«, fragte er und legte etwas Winterkälte in seine Stimme.

»Nichts. Ich will Ihnen gar nichts klarmachen. Ich hoffe nur, daß Sie alles im Griff behalten, okay?«

»Sie haben mich für einen Job angeheuert, also wird er auch erledigt. Ich denke, das habe ich Ihnen schon gesagt. Wollen Sie es noch mal hören?«

»Okay, okay. Regen Sie sich nur nicht auf. Ich wollte Ihnen nur noch einmal nahelegen, daß dies ein äußerst wichtiger Auftrag ist, okay?«

»Was sonst noch?«

»Hä?«

»Was wollen Sie mir sonst noch nahelegen?«

»Äh, ich nehme an, das war alles. Sie melden sich wieder, okay?«

Zur Beruhigung und als Abschiedsgruß gab D'Marco ihm das Freizeichen. Kaum hatte er den Hörer auf den Apparat auf dem Nachttisch gelegt, da griff Sigurd, der sich auf seinem Bett herumlümmelte, nach dem Apparat. D'Marco erhob sich und funkelte ihn wütend an.

»Wen rufst du an?«

»Niemand besonderen.«

»Dieser ›niemand‹ ist besser nicht deine Greenhouse-Prinzessin. Ich dulde hier keine Weiber. Ist das klar?«

»Ich will gar nicht Maylene anrufen«, gab Sigurd unwillig zurück. Mein Gott, das zerrte an den Nerven, mit einem gottverfluchten Mönch zusammen zu wohnen. »Ich rufe meine alte Dame an, verstehst du?«

Sigurd benutzte das vieldeutige »alte Dame« anstatt Mom mit der vagen Hoffnung, dann ungestörter telefonieren zu können, obgleich Jesus allein wußte, wie er das bei einem Zimmer dieser Größe schaffen sollte, vor allem wenn dieser Eismann-Mönch ein paar Meter entfernt auf dem anderen Bett saß, so wie jetzt, und ihn fixierte, lauschte. Faß dich kurz bei diesem Gespräch. Mach gleich wieder Schluß. Wenn es möglich ist.

Nach dem zehnten Klingeln machte er schon Anstalten, wieder aufzulegen, als sich eine krächzende Stimme meldete: »Stumpley hier. Hallo, bitte?«

»Sigurd hier. Wie geht's?«

Seine Mutter machte ihrer Freude über seinen Anruf lautstark Luft, und dann beantwortete sie seine Nachfrage, wie es ihr gehe. In allen Einzelheiten. Eine minutiöse Schilderung ihres gesamten Tagesablaufs. Bis hin zu dem Fertiggericht, das sie sich am Sonntag abend zubereitet hatte. Die reinste Nachteule, seine Mom. Sie würde diese Nacht keine Schwierigkeiten haben, einzuschlafen. Er hatte nur Probleme, seine Augen in der Gewalt zu haben bei dem Sermon, der sich durch die Leitung in sein Ohr ergoß. Aber er hielt durch, würzte den Vortrag mit einem gelegentlichen »Tatsächlich?« oder einem »Mach keine Witze!« oder anderen diversen Bemerkungen, um sie in Gang zu halten.

Bis ihr der Stoff ausging und sie anfing, ihn zu fragen, was er so treibe. Kommst du mit deinem Job zurecht? Geht es dir gut? Ißt du auch genug? Paßt du auch gut auf dich auf? Sigurd druckste, so gut er konnte, sagte kein einziges Mal *Mom*, antwortete nur mit Ja, sicher, klar, alles in Butter, kann jetzt nicht reden, nicht am Telefon. Solche Ausflüchte. Aber er konnte erkennen, daß D'Marco alles mitbekam, daß er gar nicht mehr so wütend aussah, sondern grinste, dieser Klugscheißer.

Sigurd sagte, er müsse jetzt auflegen, aber vorher ermahnte seine Mutter ihn noch, nicht in Schwierigkeiten zu geraten und immer zu tun, was man von ihm verlangte, und dann meinte sie noch: Das Leben ist wie eine Straße, gib zuviel Gas, und du fliegst aus der Kurve, fahr schön langsam, dann kommst du auch ans Ziel. Was immer das bedeuten sollte. Schon wieder so ein verdammter Rat, nahm er an. Allmählich reichte es ihm mit Ratschlägen.

Schließlich war ihm das Schicksal gnädig, und er durfte den Hörer auflegen. Auf dem Tisch stand die letzte Dose des Sechserpacks, den er sich hatte kommen lassen, daher wälzte er sich vom Bett und ging hin und öffnete sie zischend. Er spürte D'Marcos Blicke auf sich. Und wich ihnen aus.

»Das ist richtig süß«, sagte D'Marco, »daß du deine Mutter anrufst.«

»Wie kommst du darauf, daß das meine Mom war?«

»Habe ich geraten.«

»Na ja, schön, dann war sie's eben. Sie ist alt, macht sich Sorgen.«

»Hat sie dir gesagt, du sollst baden? Dich hinter den Ohren waschen? Immer frische Wäsche anziehen? Mit dem Mädchen keine schlimmen Sachen machen?«

»Hey, kannst du mal mit diesem Quatsch aufhören?«

»Ein Junge sollte immer auf seine Mutter hören. Sie ist schließlich seine beste Freundin, heißt es nicht so?«

»Ach, leck mich doch«, knurrte Sigurd und nahm sich vor, seine Mutter das nächste Mal aus einer Telefonzelle anzurufen.

D'Marco mußte noch einen weiteren Anruf erledigen, doch der machte ihm nicht so viel aus, denn dabei würde er nicht reden müssen. Sogar sein Herumgeschimpfe mit diesem Breitarsch, womit er sich für den Ärger des Tages revanchierte, wurde auf die Dauer langweilig. Er griff nach dem Telefonhörer und tippte seine eigene Nummer zu Hause ein, hörte sich seine eigene eisige Begrüßung an, wartete auf den Piepton und gab dann seinen dreistelligen Sicherheitscode ein. Die Nachricht auf dem Band war rätselhaft, warnend und in keiner Weise das, was er zu hören erwartete: »Frog? Diese Andy-Sache, neulich – übrigens, gute Arbeit, unsere Leute sind wirklich zufrieden – egal, jemand muß Sie erkannt haben, in seinem Laden. Es heißt, die taube Nuß hat Sie ausgeschrieben. Er will Sie haben. Ich dachte, das sollten Sie wissen. Also halten Sie die Augen offen, klar, Mann?«

D'Marco spulte das Band zurück und hörte es sich noch einmal an. Eine leise Alarmglocke schlug in seinem Kopf. Das war für ihn neu, der Verfolgte zu sein, anstatt der Verfolger, und er konnte nicht sagen, daß ihm das gefiel. Ein ganz neues Spiel mit ganz neuen Regeln. Ein seltsames Gefühl. Als er aufblickte, studierte Sigurd ihn, und sein Gesicht erstrahlte in einem schwachsinnigen Grinsen.

»Was ist los? *Deine* Mom nicht zu Hause?«

D'Marco legte den Hörer auf die Gabel. »Siehst du den Sessel da vorne?«

»Ja, sehe ich.«

»Schieb ihn rüber zum Fenster.«

Sigurd gehorchte.

»Und jetzt setz dich rein.«

Sigurd setzte sich mit dem Gesicht zum Fenster. »Und was nun?«

»Du denkst dir doch so gerne Filme aus, nicht wahr? Dann stell dir vor, das ist ein Kriegsfilm. Ich bin der Offizier und du der Soldat. Jetzt wird Wachdienst geschoben, und da drüben sitzen die Gefangenen. Und du bist gerade für die erste Wache eingeteilt worden.«

»Und wann ist die Schicht vorbei?«

D'Marco streckte sich auf dem Bett aus und schob sich ein Kissen unter den Kopf. »Wenn ich es sage.«

Eugene mußte es sich erst einmal gründlich überlegen, ehe er Dietz' Nummer wählte. Er war nicht unbedingt scharf darauf, ihn so spät an einem Sonntagabend noch anzurufen. Er konnte bis zum Morgen warten, aber er dachte, daß das auch keine so gute Idee war. Zumal er auch noch seinen Lagebericht liefern mußte. Scheiß-Lage. Mittlerweile müßten die beiden Kerle sich fast ein Bein ausreißen, anstatt sich zu verkriechen und die Decke über den Kopf zu ziehen, als ob alles wieder gut würde, wenn sie nur hart genug beteten. Das könnte man annehmen. Er hätte lieber einen besseren Bericht geliefert. Dietz würde darüber nicht gerade glücklich sein. Aber das wäre er am nächsten Tag auch nicht, vielleicht sogar noch weniger. Also beschloß Eugene, daß er das Ganze genausogut gleich hinter sich bringen könne.

Die Stimme am anderen Ende, dem Klang nach ein Japs, fragte: »Wer spricht dort, bitte?«

»Sagen Sie, hier ist Eugene.«

Er hörte Schritte, die sich entfernten, dann zurückkehrten. »Einen Moment, bitte.«

Der Moment verstrich. Die nächste Stimme gehörte Gunter Dietz, sagte sie.

»Eugene hier, Mr. Dietz. Entschuldigen Sie, daß ich so spät noch anrufe.«

»Das ist schon in Ordnung, Eugene. Ich habe nur gelesen.«

Dämlicher Fatzke, dachte Eugene, doch er sagte: »Ja, da unten im Süden ist einiges im Gange. Ich dachte mir, Sie wollten sicherlich informiert werden.«

»Aber klar doch. Also, was gibt es?«

Eugene erzählte ihm alles, was er erfahren hatte. Dann wartete er in dem sich ausdehnenden Schweigen nach seinem Bericht.

»Es rührt sich also nichts«, sagte Dietz schließlich weniger als Frage, sondern eher als Feststellung. Er klang nicht zu ungehalten, was die Situation erträglicher machte.

»Wie ich schon sage. Natürlich könnten sie irgendwelche Geschäfte per Telefon abwickeln«, fügte Eugene hinzu und eignete sich Frogs Theorie an.

»Das bezweifle ich. Mit Wetten oder ähnlichem Kleinkram können Sie niemals soviel Geld zusammenbringen.«

»Vielleicht versuchen sie, Stoff zu verschieben.«

»Das ist noch unwahrscheinlicher, Eugene. Unsere Quellen verneinen das. Das sind doch kleine Fische, die beiden, ein Zuhälter und ein Kartenhai. Nein. Es gibt eigentlich nur eine Möglichkeit, wie sie ihre, äh, Schuldverschreibungen einlösen können. Sie müssen irgendwas organisieren, und ich glaube, das ist es, was sie im Augenblick versuchen.«

»Was mich an der Sache etwas beunruhigt, Mr. Dietz, ist die Möglichkeit, daß sie vielleicht daran denken abzuhauen.«

Wieder trat Stille ein, diesmal etwas länger. Als er wieder das Wort ergriff, war Dietz' Stimme immer noch ruhig und gelassen, aber Eugene konnte das Feuer spüren, das darunter loderte.

»Diese Möglichkeit besteht natürlich immer, aber ich gehe davon aus, daß unsere Leute da unten, nun, solche Absichten gründlich zerstreuen können. Du hast sie engagiert, Eugene. Du solltest es doch wissen. Meine Annahme ist doch richtig. Oder?«

»Jaja, sicher«, erwiderte Eugene schnell und konnte dabei nicht vergessen, daß einer von den Leuten, die er engagiert hatte, sein einfältiger Neffe war. Mittlerweile wünschte er sich, er hätte das nicht getan, und daß dieser Frog tatsächlich seinem Ruf gerecht wurde. »Aber ich dachte mir, wenn sie doch nicht aktiv werden, dann sollten wir gleich Schluß machen. Wenn es gar nicht mehr um das Geld geht, wie Sie meinten, dann sehe ich keinen Sinn darin, noch länger zu warten.«

Was er gerade gesagt hatte, klang ganz gut, dachte Eugene. Irgendwie vernünftig. Und das war es auch, was er am liebsten getan hätte: Sie ausgeschaltet, die Angelegenheit erledigt, ehe jemand anderer – und er hatte eine ziemlich genaue Vorstellung, wer dieser jemand sein würde – alles verdarb und zwischen die Fronten geriet. Auf seinen Vorschlag folgte Stille. Die noch länger anhielt.

Schließlich, in freundlichem Ton und in einer Art, die keinen Widerspruch duldete, weil das, was gesagt wurde, absolut richtig war, sagte Dietz: »Eines der Grundprinzipien im Geschäft, Eugene, ist, daß du von dem ausgehen mußt, was du siehst. Nur davon. Von nichts anderem. Was du *kriegen* kannst, was sonst noch zu holen ist, das steht auf einem ganz anderen Blatt. Betrachte nur die augenblickliche Situation. Unser Jude ist erst gestern zurückgekehrt. Und heute ist erst Sonntag. Mit dem Geld hast du absolut recht; das ist nicht mehr der Hauptpunkt. Per se. Trotzdem besteht die Möglichkeit, daß sie uns überraschen, daß sie tatsächlich irgendwas auf die Beine stellen und wenigstens mit einem Teil der Schuld rüberkommen. Vielleicht sogar mit dem ganzen Betrag. Wer weiß? Im Geschäft, Eugene, zahlt es sich nie aus, wenn man zu hastig reagiert. Wenn man in Panik gerät.«

Soviel zu seinem Vorschlag. Den Bach runter. Dietz-mäßig steckte Eugene viel zu tief in der Sache drin, um zu protestieren. Er sagte: »Ganz wie Sie wollen, Mr. Dietz.«

»So ist es. Einstweilen machen wir weiter wie geplant. Wir lassen ihnen noch etwas Zeit. Vorerst. Aber ich denke an deinen Rat, Eugene. Wenn wir nicht bis, sagen wir mal, Mittwoch irgendeine positive Entwicklung sehen, dann müssen wir unsere Taktik wohl überdenken.«

Etwas früher an diesem Abend, gegen zehn Uhr, kam endlich der Anruf, auf den Waverly weder geduldig noch zuversichtlich gewartet hatte. Er sprang aus dem La-Z-Boy hoch und hatte die Hand schon beim zweiten Klingeln auf dem Hörer. Bennie, der sich auf der Couch ausgestreckt hatte, bedeutete ihm mit einer Geste, es langsam angehen zu lassen. Was natürlich richtig war, er durfte auf keinen Fall seine Ungeduld offen zeigen. Erst beim vierten Klingeln nahm er ab und meldete sich.

»Tim? Hier ist Robbie. Wie geht's dir, Junge?«

»Ganz gut, Robbie. Und dir?«

»Super. Na ja, vielleicht ein bißchen schlapp. Hab den ganzen Tag die Schläger geschwungen. Das ist eigentlich nicht so schlimm, aber es ist das neunzehnte Loch, das dich in die Knie gehen läßt. Das kannst du mir glauben.«

Waverly glaubte es. Die Stimme, die er hörte, verriet deutlich, wie kräftig sie mit Brandy geschmiert worden war, doch ihre trügerische Freundlichkeit klang ziemlich gezwungen. Er machte einen müden Scherz über das Risiko des Golfspielens im Suff. Es war eine Art Einleitung.

Robbies automatisches Kichern erstarb schnell. »Also. Was ist los? Care sagte, du hast angerufen.«

Dieser knappen Information nach war das alles, was Care ihm gesagt hatte. Sie hatte das mittägliche Rendezvous weggelassen. Ein raffiniertes Girl. Mit einer Lässigkeit, die mindestens ebenso falsch und erzwungen war wie die Herzlichkeit auf der anderen Seite, sagte Waverly: »Du erinnerst dich doch noch an die Spielrunde, die dein Freund Appelgate erwähnt hat? Auf der Party?«

»Sicher. Die ist für morgen abend angesetzt. Warum?«

Ein sehr knappes *Warum.* Auf der Ausdrucksskala für Herzlichkeit eher im Bereich tiefster Eiskeller. »Ich glaube, ich möchte doch mitmachen. Das heißt, wenn die Einladung noch gilt.«

Eine kurze Pause trat ein, die ihm klar machte, daß der rote Willkommensteppich schon ziemlich ausgefranst war.

»Hast es dir anders überlegt, was?«

»Stimmt«, sagte Waverly steif. Er brauchte die Action, aber er war auch nicht bereit, deshalb den Unterwürfigen zu spielen. »Mir kam es so vor, als wollte Appelgate gerne jemandem am Tisch haben, den er für einen Profi hält.«

»Hey, versteh mich nicht falsch. Jock wird begeistert sein.«

Na wenigstens einer, dachte Waverly. Er sagte: »Das höre ich gerne. Ich freue mich schon auf das Spiel.«

»Aber laß dich warnen. Es ist so, wie ich es dir angedeutet habe, Jock ist ein ziemlich gerissener Spieler. Und es wird nicht um Kleingeld gespielt. Ich hab ihn schon mit dreißig-, vierzigtausend Dollar aufstehen sehen. Und sogar mit noch mehr.«

»Vielen Dank für die Warnung.«

»Nur damit du Bescheid weißt. Beim Pokern sind diese alten Knacker nur auf Mord aus. Die wollen dir sofort ans Leben.«

»Und was ist mit dir? Bist du genauso?«

»Ach, ich spiele nicht. Ich gehe nur dann ein Risiko ein, wenn ich mir ganz sicher bin, daß ich gewinne.«

»Aber du bist doch da?«

»Hör mal, das lasse ich mir nicht entgehen. Es ist nur so, daß ich die Karten nicht anrühre.« Die Stimme bekam einen vertraulichen Klang. Den Von-Mann-zu-Mann-Ton. »Es gibt ja auch noch andere Spiele, und da mische ich mit.«

»Ich verstehe«, sagte Waverly und erinnerte sich an die Unterhaltung mit Caroline am Vormittag und sah nun mehr von dieser gescheiterten Crown-Gemeinschaft, als er hatte sehen wollen oder sollen. Um das Gespräch zu beenden, erkundigte er sich noch nach der Zeit und dem Ort der Spielrunde, und die Information wurde ihm mit dem Enthusiasmus eines Narkoleptikers im fortgeschrittenen Stadium gegeben. »Dann bis morgen abend«, sagte er.

»Ach, Tim, eine Sache noch. Würdest du dich mit Bemerkungen über deine Vergangenheit vielleicht ein bißchen zurückhalten? Diese Männer sind Geschäftsleute. Sie würden es nicht verstehen.«

»Aber du verstehst.«

»Na klar. Du und ich, das ist was anderes.«

»Du brauchst keine Angst zu haben«, sagte Waverly kalt. »Ich verspreche dir, meine Handschellen und das gestreifte Hemd zu Hause zu lassen. Kein Knastausdruck kommt über meine Lippen. Wenn es was zu essen geben sollte, benutze ich sogar eine Gabel. Ich werde dich nicht kompromittieren.«

»Komm schon, Tim. Du weißt, was ich sagen will. Betrachte es doch mal aus meinem Blickwinkel. Das ist ein Riesengeschäft, mit dem ich da balanciere. Sehr empfindlich. Und für mich ist es ein zweischneidiges Schwert. Entweder klappt es, oder ich stürze ab. Wenn das in die Hose geht, dann sitze ich voll auf der Straße. Das ist es, was ich dir klarmachen will.«

»Ich hab's gehört.«

»Es ist nichts Persönliches. Das weißt du genau.«

»Bis morgen, Robbie.«

Er legte den Hörer auf und ging um die Frühstücksbar herum und ließ sich in den Sessel sinken. Seine Hände zitterten. Wovon – Wut? Angst? Scham? Allgemeines Unbehagen? – er konnte es nicht entscheiden. Er führte keine Analyse der verwirrenden Syntax seiner Emotionen mehr durch. Bennie hatte sich auf der Couch mittlerweile aufgerichtet, kaute nervös auf seiner erkalteten Zigarre und beobachtete ihn. Er wartete auf eine Zusammenfassung des Anrufs, auf eine Bestätigung. Er mußte ihm irgend etwas sagen. Soviel war er ihm schuldig.

»Du hast alles gehört?« fragte Waverly.

»Ja. Ist alles klar?«

»Sieht so aus. Ich brauche das Geld. Kannst du es morgen holen?«

»Ich gebe dir, was noch übrig ist. Du erinnerst dich sicher, die Rede war von zehn Riesen und etwas Kleingeld, und das ist alles. Danach sind wir pleite. Also paß gut auf, wo die Asse stecken.«

»Ich tue, was ich kann.«

»Was für Burschen sind das denn? Hast du irgendeine Vorstellung?«

»Die scheinen ganz betucht zu sein und eine Menge zu riskieren. Ich glaube, ich hab da was von vierzig Riesen gehört.«

»Das wäre ja schon mal ein Anfang. Und dieser Araber, der erwartet wird, der soll absolute Oberliga sein?«

Waverly war es so satt, all das Analysieren, dieses Planen und Denken und Tricksen und dieses Suchen nach Strohhalmen, um sich daran festzuhalten. Diesen endlosen Redestrom. In den vergangenen vierundzwanzig Stunden waren sie es immer wieder durchgegangen. Es gab nichts mehr, was noch hätte gesagt werden können. Er sagte: »Ich weiß nur, was ich dir gesagt habe, Bennie.«

»Er ist einer von denen, die immer auf günstige Gelegenheiten scharf sind, er hat es ganz dick. Und er hat ganz sicher eine offene Kreditkarte in der First National in Mekka.« Für einen Moment starrte er in die Ferne. Zahlen, Summen schienen hinter seinen Augen zu tanzen. »Wenn du die Jungs also morgen ausnehmen kannst«, sagte er und kehrte zu seinem alten Gedankengang zurück, »oder übermorgen, je nachdem, wie lange es dauert, dann haben wir vielleicht noch mal Glück gehabt.«

»Wenn morgen die Karten richtig verteilt sind«, sagte Waverly. »Und wenn es stimmt, was über den Araber erzählt wird.«

»Das sind aber zwei ganz entscheidende Wenns, Timothy.«

»Ich weiß. Ich hab's gehört. Aber das ist alles, worauf wir uns stützen können.«

Bennie riß ein Zündholz an und gab seiner Zigarre Feuer. Er paffte heftig. Der Deckenventilator verteilte den Rauch zu einem Heiligenschein um seinen Kopf. Der Schutzheilige des Spielerglücks. »Aber ich hab noch eine ganz andere Frage«, sagte er.

»Schieß los.«

»Dieser Kumpel von dir, dieser Crown. Ihr wart richtige Freunde?«

»Das kann man so sagen, wir waren ziemlich eng befreundet. Früher. Aber das ist lange her.«

»Freunde also. Und was ist mit dir und seiner Alten?«

Waverly erkannte sehr wohl, wohin das Gespräch lief, aber diese Richtung gefiel ihm nicht. »Wir waren ebenfalls befreundet. Wir waren ein Trio.«

Bennies Lippen verzogen sich skeptisch um seine Zigarre herum. Er legte den Kopf auf die Seite. Seine teigigen Gesichtszüge nahmen einen lauernden, berechnenden Ausdruck an. »Freundschaft, ja ja. Ich hab wohl gesehen, was für eine Freundschaft das ist, die ihr beide heute in aller Öffentlichkeit aufgefrischt habt.«

»Wie bitte, du hast uns beobachtet?«

»Hey, bei dem Schlamassel, in dem wir stecken, interessiert man sich für alles.«

»Na schön, wenn du wissen willst, was läuft, dann will ich dir das Herumstochern ersparen. Hör zu. Ich brauchte sie, um an ihren Mann ranzukommen. Er wiederum ist nötig, damit ich den Araber treffe und das Geld verdiene, um unser Leben zu kaufen oder zumindest es zu versuchen.« Waverly spürte, wie sich ein Unterton der Verärgerung in seine Stimme schlich. Seine Hände zitterten immer noch. Er blieb einen Moment still. Riß sich zusammen. »So und nicht anders steht es. Leuchtet dir das ein? Begreifst du das?«

»Und für all ihre Mühe hast du ihr einen dicken Kuß gegeben.«

»Mein Gott, warum rede ich überhaupt mit dir?«

»Nun komm schon, Timothy, ich bin doch Onkel Bennie. Du weißt, daß es keine Freundschaft zwischen einem Kerl und einer Schnalle geben kann. Einer von beiden denkt immer nur ans Bett.«

»Ich bin dir für deine Stammtischweisheiten wirklich dankbar. Ich lege das unter ›allgemeine Lebensberatung‹ ab.«

»Kannst du dich auch noch an einen anderen Rat erinnern, über Frauen, den ich dir mal gegeben hab?«

»Du hast mir schon über so viele Dinge Ratschläge erteilt, Bennie. Frauen waren sicherlich auch darunter.«

»Darauf kannst du deinen Arsch verwetten. Ich hab gesagt, Frauen sind Gift für dich. Wenn du mir nicht glaubst, dann sieh dir dein Leben an. Im Augenblick spielen wir ein *double-down*-Blatt. Wir müssen verdoppeln, Timothy. Wir bekommen nur noch eine Karte. Dietz denkt nicht mehr über Gnadenerlasse nach. Deshalb hoffe ich, daß du mit dieser Frau nicht wieder deine Michigan-Nummer bringst und mich hängen läßt.«

»Wenn ich dir sage, daß du dir keine Sorgen zu machen brauchst – jedenfalls nicht im Hinblick auf das, was du gerade angedeutet hast – akzeptierst du das? Hörst du dann endlich davon auf?«

»Ja, wenn du es ernst meinst, akzeptiere ich das.«

»Ich meine es ernst«, sagte Waverly mit soviel Überzeugungskraft, wie er in seine Stimme legen konnte. »Aber eins will ich dir noch erzählen. Über das Blatt, das wir im Augenblick auf der Hand haben. Du weißt, gegen wen wir spielen. Sie werden sich mit dem Geld allein nicht zufriedengeben. Angenommen, wir haben Glück und können es besorgen. Du weißt das, und ich weiß das, und wir beide wissen, daß *sie* das wissen.«

Bennie sah ihn verwirrt an. »Jaja, sicher, natürlich. Was erwartest du auch. Du warst in Jacktown. So ist das Leben nun mal. Aber wenn wir das Geld erst mal haben, dann haben wir eine Trumpfkarte. Dieser Dietz ist bösartig, aber er ist noch geldgieriger als bösartig. Verschaff mir die Viertelmillion, und ich mache einen Handel mit ihm. Das tue ich.«

Waverly hatte weder die Energie noch den Wunsch, alles noch einmal durchzuhecheln. Das Thema war erschöpft, und er war es auch. Er stand aus dem Sessel auf und ging zum Kleiderschrank und sagte: »Paß mal auf, ich bin wirklich fertig. Ich gehe schlafen.«

»Gute Idee. Du hast morgen einen harten Tag.«

Auf dem Boden des Kleiderschranks lag eine Luftmatratze, die O Boy O'Boyle ihm großzügig überlassen hatte. Waverly nahm sie mit ins Bad und blies sie mit Bennies Fön auf. Ein halbes Dutzend dünne und vereinzelte Strähnen bedeckten seinen blanken Schädel, und er besaß einen Fön. Nun ja, warum nicht? Das war auch nicht seltsamer oder widersprüchlicher als viele andere Dinge in seinem Leben. In *ihrem* Leben.

Er trug die Matratze in den hinteren Teil des Wohnraums und legte sie neben der Bar auf den Fußboden. Er streckte sich darauf aus. Überraschenderweise war es ziemlich gemütlich. Besser als die Couch. Bennie war in den Sessel umgezogen. Er hatte eine Dose Bier in der einen Hand und ein Stück Käse in der anderen. Der Fernseher lief.

»Stört dich das?« fragte Bennie.

»Nein. Es geht schon. Laß nur.«

»Was soll man sonst tun?«

»Richtig.«

»Ruh dich aus, Junge. Du brauchst deinen Schlaf. Ich würde sonst sagen, laß dich nicht von den Flöhen fressen, aber das ist in diesem Termitenbau nicht besonders witzig, oder?«

»Gute Nacht, Bennie.«

Waverly legte sich einen Arm auf die Augen. Mit einiger Willenskraft gelang es ihm, die Geräusche aus dem Fernseher aus seinem Bewußtsein auszusperren. Er spürte die ersten Anzeichen eines bohrenden Kopfschmerzes an seiner Schädelbasis. Ein Krampf zerrte kurz an seinen Eingeweiden und verschwand. Ein Magengeschwür? – War es vielleicht sein Blinddarm, der sich meldete? – Oder etwas Schlimmeres? Er versuchte, nicht über die mannigfaltigen Katastrophen des Lebens nachzudenken. Einfach war es nicht. Einmal, als er noch sehr jung war, hatte er eine Reportage über eine Ballonkatastrophe gesehen. Zwei Männer, winzige Streichholzfiguren, klammerten sich an die Leinen eines riesigen Luftsacks über ihnen, der sie mit seinem Schatten erdrückte. Und dann schickte irgendein launischer Gott eine heftige Windbö, und vor seinen staunenden Augen schoß der Ballon in den Himmel, über hundert Meter hoch, und die beiden winzigen Gestalten klammerten sich noch immer an seine Halteleinen. Warum hatten sie nicht losgelassen? Haltet fest, haltet fest! Den Bruchteil einer Sekunde später trudelte der erste zur Erde. Der zweite hielt etwas länger durch, aber nicht viel, und als er schließlich losließ, ruderten seine Arme und Beine verzweifelt durch die Luft, bis er endlich aufschlug.

Mit einiger Mühe verdrängte Waverly diese unwillkommene Erinnerung aus seinem Kopf, und das letzte, was er hörte, ehe er sich dem Schlaf ergab, war das Flüstern des Deckenventilators.

3. Teil

13

»Zweier für Bulldog, Lusche, hey! – Noch 'n As für den Big Guy, eine hübsche Lady für den Profi, Lusche, und der Geber kriegt auch Mist.«

Jocks Non-stop-Kommentar kam aus einem Mund, der zu der unbarmherzigen Karikatur eines Lächelns verzogen war. Gesprochen wurde er in jenem fröhlich-gefährlichen Singsang, der für Kirmesausrufer typisch ist und der offensichtlich seine Kenntnis des Spielerjargons dokumentieren sollte. Oder seine Gegner verunsichern. Oder beides. Seine lebhaften Augen betrachteten flüchtig die Karten auf dem Tisch. Fünf waren draußen in einer Runde Seven-card Stud, und jeder war noch im Spiel. Bis jetzt. Er sagte: »Deine Asse sind vorn, B. B.«

Buel Bogardus, manchmal auch B. B. genannt, gelegentlich auch »Big Guy« in scherzhafter Anspielung auf seine winzigen Proportionen, ließ sich Zeit und schaute auf seine verdeckten Karten. Zufrieden, daß sie sich nicht verändert hatten, räusperte er sich und schob einen blauen Chip in den Pott. »Die Asse verlangen fünf«, sagte er mit einem leisen Zittern in der Stimme.

»Hey!« brüllte Jock. »Mr. B. B. will uns ans Leder!«

Waverly hatte zwei Paare, Damen und Sechser. Kein besonders starkes Blatt, aber angesichts dessen, was die anderen hatten, standen seine Chancen, ein Full House zu bekommen, recht gut. Gut genug, um zu zahlen und die sechste Karte zu sehen. Er ging mit.

Der Spieler links von ihm murmelte ein unwirsches »Weg« und drehte seine Karten um. Er war ziemlich korpulent und füllte den Armsessel völlig aus. Beruf Bankier, Name Rodney Merritt. Aber da er als Mittel-Initiale unglücklicherweise ein D. für Douglas hatte, kannte man ihn in dieser fröhlichen Gesellschaft auch als

Demerit. Sein Gesicht war grobflächig, mürrisch in der Niederlage, was oft der Fall war, strahlend im Triumph, der extrem selten war. Ein Gesicht, dem man alles deutlich ablesen konnte.

»Demerit kneift den Schwanz ein«, sagte Jock und strich mit den Fingern über einen der wachsenden Stapel Chips vor ihm. Nun war er an der Reihe. Er studierte seine offenen Karten. Sein Kopf wackelte, während er nachdachte. Er sah erst zu Buel, dann zu Waverly. »Würde wer weiß was drum geben, um zu sehen, was ihr beide so versteckt.« Dabei konnte ihm jedoch keiner helfen. Er zögerte weiter. Zweifel furchten seine Stirn. Schließlich, ein Mann, der sich seinem grausamen Schicksal ergibt, nahm er einen blauen Chip vom Stapel und schob ihn behutsam in den Pott. »Na schön«, sagte er, »jemand muß schließlich darauf achten, daß ihr ehrlich bleibt.«

Waverly beobachtete ihn aufmerksam. Ganz schön geschickt, seine Vorstellung. Vor allem mit einem Blatt, das total tote Hose sein mußte: Acht, Sieben und die magere Drei, die er sich gerade gegeben hatte. Nur daß die Acht und die Drei beide Karo waren, und nachdem dreißig Karten ausgeteilt waren, gab es nur drei weitere Karokarten auf dem Tisch. Waverly rechnete sich aus, daß er noch zwei verdeckt haben mußte. Er war offensichtlich auf einen Flush aus. Oder einen offenen Straight. Oder vielleicht auf beides.

Bulldog Drummond war der nächste. Er betrachtete seine Karten nachdenklich. Im Gegensatz zu den Gesichtern von Demerit und Buel war in Bulldogs Gesicht nichts zu lesen, was nicht zuletzt an seinem von einem Überbiß erzeugten Grinsen lag. Die Natur hatte sich revanchiert: er hatte das perfekte Pokergesicht. Gewinnen oder verlieren (und weitaus häufiger war es das erstere; sehr frühzeitig hatte Waverly ihn als kunstvollen Spieler entlarvt, überflügelt nur von Jock als seinem Konkurrenten am Tisch), diese vorstehenden Zähne zeigten nichts anderes als jenes stumme Lächeln. Das konnte einen ganz schön verunsichern. Er hatte zwei Neunen und eine einsame Zwei. Er drehte sie um. »Nee, diesmal nicht«, sagte er. Jeder, der ihm zusah, hätte annehmen können, daß er soeben eine wunderbare Neuigkeit verkündet hatte, wären da nicht die Augen gewesen, die kalt glänzten wie von der Sonne poliertes Eis.

Der letzte Mann, der noch mithielt, trug den unwahrscheinlichen Namen Orton Gillingham. Ebenfalls Bankier, war er jedoch im Gegensatz zu Demerit geradezu quälend mager. Er bestand nur aus Löchern und scharfen Kanten, eingefallene Brust, eingefallene Schläfen, eingefallene Wangen, traurige, tiefliegende Augen, überschattet von dem knochigen Vorbau einer Stirn, darunter ein verkniffener Mund, umringt von winzigen vertikalen Fältchen. Als sie miteinander bekannt gemacht wurden, fragte Waverly sich, ob er an irgendeiner tödlichen Krankheit litt. Später hörte er, wie Orton stolz von seiner allmorgendlichen Joggingdistanz redete, ansehnlichen sieben Meilen. Was diese Frage klärte. Sein sportlicher Ehrgeiz und seine Ausdauer erstreckten sich jedoch nicht auf das Pokern. In nunmehr fast vier Stunden hatte er erst einen Pott gewonnen, und dann auch noch einen kleinen, und der glasige, lustlose Ausdruck des Verlierers schlich sich nach und nach in seine ausgezehrten Gesichtszüge. Die typische Null, geboren, um das Schlußlicht zu sein. Er sah schnüffelnd auf seine Karten. Drehte sie um. »Ich bin weg«, verkündete er freudlos.

»Na komm schon, Orton«, sagte Jock mit einem Ausdruck spöttischen Bedauerns, »willst du mich diesen Haien ausliefern?«

»Das wird für mich zu üppig.«

Darin zumindest hatte Orton recht. Waverly schätzte den Pott auf dreieinhalbtausend und weiter steigend. Ein hübsches Sümmchen zum Mitnehmen, und er war längst überfällig und stand dem glücklosen Orton auf der Verliererstraße nicht viel nach. Acht Blätter in Folge ohne einen Gewinn. Von seinen ursprünglichen fünf Riesen, mit denen er sich in den Tisch hatte einkaufen müssen, waren keine tausend mehr übrig. Wenn es jetzt zur Sache gehen sollte, dann müßte er auf sein Bargeld zurückgreifen, um drinzubleiben, aber das wäre wenigstens ein kleiner Schritt auf dem Weg aus dem Jammertal. Falls es überhaupt dazu kam.

Jock teilte wieder aus. Nur sie drei waren noch übrig. Er machte es nun im Zeitlupentempo, begleitete alles mit ausführlichen Kommentaren und ließ die Spannung anwachsen. Auch ein netter Trick. »O mein Gott!« rief er beim Anblick von Buels drittem As aus. »Jetzt ist der Big Boy nicht mehr aufzuhalten.« Buel gab sich Mühe, ein triumphierendes Kichern zu unterdrücken, doch ohne Erfolg. Die Finger seiner schlanken Hände trommelten auf dem Tisch.

Jock gab Waverly seine Karte. Eine wertlose Fünf. »Sieht von hier aus nicht gerade gut aus«, stellte er zur allgemeinen Belustigung des Tisches fest, »aber bei euch Profis weiß man ja nie.« Waverly verspürte einen plötzlichen Anflug von Ärger. Dennoch ließ er sich nichts anmerken. Den ganzen Abend hatte er diesen »Profi«-Unsinn ohne Widerspruch geschluckt. Er sagte jetzt nichts.

Jock gab sich selbst eine Karte. Es war eine Dame. Waverlys Dame. Die Karo-Dame. »Sieh mal einer an«, sagte Jock und schaute zu Waverly, wobei seine Augen boshaft funkelten. »Scheint so, als hätte ich Ihre Dame bekommen. Ist das Schicksal nicht manchmal unfreundlich?« Als Waverly nichts darauf erwiderte, ließ er seinen Blick, immer noch boshaft, aber nun mit einer Spur Belustigung, zu Buel weiterwandern. »Du bist immer noch vorn, B. B.«

»Noch fünf«, sagte der kleine Buel mannhaft. Sein erster Fehler.

»Mr. Waverly?«

Seine rechtmäßige Dame links von ihm, Asse zu seiner rechten – dagegen richtete niemand etwas aus. Waverly sagte »Passe« und drehte seine Karten um.

Jock kratzte sich am Kopf, ein Zeichen von Unentschlossenheit. Eine Wolke Schuppen wirbelte um seine Ohren herum und legte sich auf die Schultern seines schwarzen Polohemdes. Seine wurmartigen Lippen spannten sich, entspannten sich, stülpten sich vor. »Nun«, sagte er, »ich hab zwar den Eindruck, als würde ich nur dem Bogardus Fonds eine Spende zukommen lassen, aber wenn man so weit gekommen ist, dann sollte man auch einen Blick hineinwerfen.« Er schnippte einen blauen Chip in den Pott und grinste Buel an. Buel erwiderte das Grinsen tapfer, schwach.

Waverly verfolgte aufmerksam das Spiel. Blatt für Blatt lernte er sie immer besser kennen. Jock hatte ganz sicher seinen Flush zusammen. Und der bedauernswerte kleine Big Boy lebte nur von seiner Hoffnung, von nichts sonst, der verzweifelten Hoffnung des Kartenspielers, daß er wenigstens mit der letzten Karte ein Paar zusammenbekam.

Jock teilte sie aus. Buel betrachtete sie und wagte dann einen weiteren entlarvenden Blick auf die beiden anderen verdeckten Karten vor ihm. Sein zweiter Fehler. Er versuchte mühsam, das wiederaufleben zu lassen, was von seinem Lächeln noch übrig war.

Jock würdigte seine Karte kaum eines Blickes. »Also, wie sieht die Strafe aus, großer Meister? Wie viele Hiebe teilst du aus?«

Buel ließ einen blauen und drei rote Chips in den Pott fallen. »Achthundert«, sagte er mit einem abgebrühten Quieken in der Stimme.

Unglaublich, er wollte einen totalen Bluff versuchen. Sein dritter Fehler, dieser aber tödlich. Der arme Buel. Angesichts von Jocks offensichtlichem Verständnis für die Arithmetik des Spiels und, hinter der bauerntölpelhaften Fassade, der schlauen Anwendung seiner Psychologie, war der kleine Buel total deklassiert. Hier stand ein kleines Massaker bevor.

»Acht Scheine!« heulte Jock. »Heiliger Bimbam, Mr. B., wollen Sie mich ins Armenhaus bringen?« Nur mit deutlich erkennbarer Mühe konnte er sein gieriges Grinsen unterdrücken. Er blickte über den Tisch auf Buels säuberlich aufgebaute Chipstapel. »Wieviel hast du denn da noch vor dir?«

Buel rechnete schnell. »Vierzehn-vier«, sagte er. Seine Tenorstimme bewegte sich gefährlich in Sopranhöhen.

Methodisch, und dabei jede Sekunde auskostend, zählte Jock die gleiche Summe ab, fügte die achthundert hinzu und schob die Chips in die Tischmitte. »Ich bringe deine acht«, sagte er, und dann hielt er inne, holte jeden Rest an dramatischem Effekt aus der Situation, und dann erklärte er ernst, »und ich will auch deinen ganzen Rest auf dem Tisch sehen und nachprüfen, ob du wirklich die Hände voll hast.«

Buels Gesicht wurde kreideweiß. Er schluckte. »Du erhöhst um vierzehn-vier?«

»Was auf dem Tisch ist. So lauten die Regeln. Mit den Regeln kannst du gewinnen oder untergehen.«

Laß es sausen, drängte Waverly ihn mit all seinen telepathischen Kräften, die ihm zur Verfügung standen, es geht hier nicht um deine Männlichkeit, vergiß es. Der Rat ging in der verrauchten Luft des Raums unter. Buel schob seine Chips in den Pott. »Ich glaube nicht, daß du irgendwas in der Hand hast, Jocker. Ich glaube, du bluffst.«

Jock deckte seinen Flush auf. »Nun, ich habe hier fünf rote Schätzchen. Wenn du natürlich da unten ein Paar bunkerst, kannst du die große Banane mit nach Hause nehmen.«

Natürlich gab es kein Paar. Buel drehte seine Karten um und murmelte: »Du hast gewonnen.« Er sah aus, als brauche er dringend eine Bluttransfusion. Unter dem Tisch vollführten seine kleinen Füße einen Steptanz auf dem Teppich.

Jock zog den Pott in seine Richtung. »Ich hab dich gewarnt, B. B.«, sagte er und streute Salz in die offene Wunde. »Ich verbrenne heute die Erde, auf tausend Meilen in jeder Richtung.« Er blickte bedeutungsvoll zu Waverly. Sein breites Gesicht strahlte.

Demerit sagte zu Buel: »Als er die Dame bekam und dein Gebot hielt, da hatte er offensichtlich seinen Flush komplett. Du hättest es eigentlich kommen sehen müssen.« Als einer von den Spielern, die dazu neigen, Ergebnisse zu analysieren, gab Demerit gerne seine scharfsinnigen Kommentare im nachhinein ab.

Buel achtete nicht auf ihn. Er hörte heute abend auf keinen Rat, wurde er nun offen ausgesprochen oder anders übermittelt. Er holte einen dicken Stapel Dollarnoten aus der Tasche und fing an, Scheine abzuzählen. »Noch mal fünftausend«, sagte er trotzig.

Jock schaute auf die Uhr. »Zehn vor Mitternacht. Ich denke, wir können noch eine schnelle Runde einschieben. Spiel so lange mit dem Bargeld, B. B. Nach der Pause ist die Bank wieder offen.« Er betrachtete die Chipstapel auf dem Tisch. Und wieder blieb sein Blick an Waverly hängen. »Ist ja möglich, daß auch die anderen noch mal nachfassen wollen.«

Auch diesmal gab Waverly keine Antwort.

Jock sammelte die Karten ein, stieß sie zu einem ordentlichen Stapel auf und reichte diesen an Drummond weiter. »Spielen wir Five-card, Bulldog. Zu mehr dürfte die Zeit nicht reichen.«

»Five-card Stud ist angesagt«, sagte der gehorsame Bulldog.

Jocks Räume, seine Regeln, seine Bank, sein Programm. Wo er saß, da war der Kopf der Tafel. Über eine schuppengepuderte Schulter rief er: »Robber, hast du oben im Hotel alles klargemacht?«

Robbie saß mit zwei anderen Männern in einer fernen Ecke des großen Raumes. »Es ist alles vorbereitet, Jock«, rief er zurück.

»Das hoffe ich, sonst schicke ich dich wieder auf die Straße, wo du den Krankenwagen hinterherjagen kannst, um deine Fälle zu bekommen.«

Das löste ein allgemeines Gelächter aus, sogar bei Robbie.

Drummond mischte die Karten, und das letzte Blatt vor Jocks verfügter Pause wurde ausgeteilt. Waverly bekam nichts. Wieder ein Einsatz futsch. Er mußte aufhören, so zu denken, ermahnte er sich: was da liegt, ist nur Spielgeld, es sind keine echten Dollars, und vier Stunden einer Pechsträhne können einem eigentlich nichts anhaben. Trotzdem mußte er sich fragen, wie lange er diesem Sturm noch würde standhalten können. Sicherlich hatte er schon längere Schlachten geschlagen, aber das war damals geschehen, als Zeit und Geld nicht knapp gewesen waren. Die Karten verziehen nichts, sicher, aber sie waren ebenso leicht vergeßlich. Irgendwann mußte das Blatt sich wenden. Das war eines der ungeschriebenen und unabänderlichen Gesetze des Spiels. Aber bei seinen fünf Riesen und ein paar Gequetschten (Spielgeld! Spielgeld!) gegenüber all dem Geld, das dieser Tisch hier repräsentierte, sollte es sich möglichst bald wenden. Auch das war ein Gesetz dieses Spiels.

Er zündete sich eine Zigarette an und verfolgte das Spiel. Diese Übung bewirkte, daß er seine Ruhe wiederfand. Jock und Drummond paßten klugerweise nach der dritten Karte und überließen die Entscheidungsschlacht den drei Anfängern. Demerit paßte bei der vierten Karte, und Orton und Buel fochten es aus. Der Kampf der Titanen. Als es zum Showdown kam, hatte Orton zwei kleine Paare über Buels Buben. Orton stich erfreut den Pott ein, sein zweiter Gewinn an diesem Abend. Etwa neunhundert waren es diesmal. Jock beobachtete das Geschehen mit nur schlecht verhohlener Verachtung, Bulldog zeigte sein starres, leeres Grinsen, und Demerit erklärte Buel seine Fehler.

»Okay«, verkündete Jock, »wir machen für eine Stunde Schluß. Das Spiel geht um Punkt ein Uhr weiter.« Er wandte sich an Robbie und sagte fordernd: »Robber, wo bleibt denn das Vergnügen, für das du sorgen solltest?«

Robbie kam zum Tisch gewieselt. »Es muß jeden Augenblick hier sein. Jock. Soll ich mal anrufen?«

»Tu das, verdammt noch mal. Sag Zack, er soll seinen Arsch bewegen. Wir alten Knaben brauchen auch mal ein bißchen Zerstreuung. Die Sache an sich ist nach dreißig Sekunden erledigt, aber die halbe Stunde, um ihn hochzukriegen, geht von unserer Pause ab.«

Für Waverly klang es wie eine abgedroschene Nummer, doch bei diesem gehorsamen Publikum erreichte es ein begeistertes Gejohle. Robbie verließ eilends den Raum, und Jock wuchtete sich schwerfällig aus seinem Sessel hoch und gab damit das Zeichen für alle anderen, sich zu erheben, und sie taten es, bis auf Waverly.

»In der Küche gibt es zu trinken«, sagte Jock, »bedient euch, Leute. Das Essen und andere Annehmlichkeiten sind schon unterwegs.«

Der Raum leerte sich. Waverly blieb sitzen, und der Gastgeber betrachtete seinen Gast kritisch, prüfend, als wäre er ein Käfer unter Glas.

»Wollen Sie sich nicht mal die Beine vertreten, Mr. Waverly?«

»Mir geht es gut, danke.«

»Kommen Sie, leisten Sie mir bei einem Glas Gesellschaft.«

Er wollte offensichtlich ein bißchen Herumprotzen. Da er nicht lockerlassen würde, sagte Waverly, sicher, warum nicht, und schickte sich an, aufzustehen.

Jock bedeutete ihm, er möge sitzenbleiben. »Nein, nein, bleiben Sie ruhig, ich hole her, was wir brauchen. Was trinken Sie?«

»Wenn Sie haben, Ginger Ale. Wenn nicht, dann irgendein Glas Soda.«

Jocks rotviolette Lippen verzogen sich unmerklich. »Sie liegen wohl auf der Lauer, wollen uns arme Säufer ausnehmen, was?«

Waverly zuckte die Achseln. »Mit klarem Kopf spiele ich besser.«

»Bei mir ist es genau umgekehrt. Kaum habe ich einen leichten in der Krone, da spiele ich wie ein Weltmeister, als hätten die Karten nur darauf gewartet. Ist schon komisch, wie das läuft.«

Eine ziemlich grobe Psychologie. Waverly war überrascht; er hätte mit etwas weniger Durchsichtigem gerechnet. Es sei denn, auch das war eine raffinierte List, eine weitere Unschuldsnummer des harmlosen Bauerntölpels: Ach, was für ein Glück ich wieder habe, kann ich gar nicht verstehen. Waverly gab zu, daß es seltsam war, und Jock sagte, er solle warten, er sei gleich wieder zurück.

Das war er auch nach einigen Sekunden, beladen mit zwei Gläsern und seinem simulierten Lächeln. Er reichte Waverly ein Glas und sagte: »Suchen wir uns was Gemütliches zum Hinsetzen und tun unserem Hintern einen Gefallen.«

Sie fanden Sessel vor einer breiten Glastür, durch die man auf den Golfplatz schauen konnte. In der Ferne funkelten die Lichter des Sheraton vor dem Nachthimmel.

»Was halten Sie von meinem kleinen Versteck?« fragte Jock.

Das Versteck war ein luxuriöser Bungalow, der auf dem Grundstück des PGA National Golf Course stand. Abgesehen von dem Raum, in den man ihn sofort nach seiner Ankunft führte, hatte Waverly nur sehr wenig davon zu sehen bekommen und wegen seiner Konzentration auf das Spiel auf noch weniger geachtet. Nun sah er sich in dem Zimmer um, das Jock einige Zeit vorher als »Bargeldsaal« bezeichnet hatte. Der Kartentisch, in Kasinoausführung, stand in der Mitte, und Polstersessel und Couches, die geschmackvoll zu Gruppen arrangiert waren, umringten den Tisch. Eine Vitrine voller vergoldeter Trophäen, Golfspieler, die zum Schlag ausholten, allesamt vermutlich Abbilder des schrecklichen Jock, beherrschte eine Wand. Darüber befand sich ein ganzes Sortiment von Gedenktafeln und gerahmten Fotos von Jock in Begleitung aller möglicher Prominenter, und darüber hing ein riesiger Fisch, den Waverly, der diesem Sport nicht frönte, noch nie gesehen hatte. »Sehr elegant«, sagte er. »Und aufschlußreich.«

Jock kicherte selbstgefällig. Wie es schien, unempfänglich für derartige Ironie. »Außerdem kann man hier mal alle viere von sich strecken. Ein Mann muß ab und zu mal seinem Schloßdrachen und den Kindern entfliehen können.«

»Sie haben Kinder?« fragte Waverly seinen jovialen Gastgeber, nur um irgend etwas von sich zu geben.

Jock hob eine gespreizte Hand und reckte den Zeigefinger der anderen hoch. »Sechs«, sagte er, und dann verdüsterte sich sein Gesicht, und der Zeigefinger umkrampfte sein Glas. »Nun, eigentlich sind es nur fünf. Mein Jüngster ist ums Leben gekommen.«

»Das tut mir leid.«

»Es ist schon eine Weile her. Ein Motorradunfall.« Ein Schleier legte sich über seine Augen, und seine Mundwinkel sackten nach unten. Er schwieg einige Sekunden lang, als wolle er eine Gedenkminute für seinen dahingeschiedenen Sohn einlegen, und dann nahm er sich eine Zigarre aus dem Behälter aus Bleikristall, der auf dem Rauchtisch zwischen ihnen stand. »Wollen Sie auch eine?« bot er an.

»Danke, nein.«

»Sollten Sie mal versuchen. Macanudos. Das Beste an Tabak, was Sie finden können.«

»Später vielleicht.«

Jock zündete seine Zigarre an. Rauch verhüllte sein Gesicht, das sich schnell erholte. Das Lächeln war wieder da. »Sagen Sie mal, Mr. Waverly, gefällt es Ihnen hier? Ich frage nur, weil Sie mir am Spieltisch ein bißchen einsilbig vorkamen.«

»Bei diesem Spiel wird nun mal nicht viel geredet. Es sind auch nicht viele Worte nötig.«

»Und die Gesellschaft? Was halten Sie von diesen Jungs?«

»Scheinen ganz nett zu sein.«

»Ich meine, als Spieler.«

»Drummond ist sehr gut. Sie auch.«

Das Kompliment rief die Andeutung eines Grinsens hervor. »Und der Rest?«

»Die anderen drei, na ja, die sind ziemlich lahm. Kein Vergleich.«

»Aber ich will Sie mal was anderes fragen, und zwar über das Pokern allgemein. Sie als Profi, was meinen Sie, wieviel Glück gehört zu diesem Spiel?«

»Schwer zu sagen. Ich habe schon gehört, daß sehr gute Spieler auf nicht mehr als fünf Prozent tippen. Ich selbst schätze etwas mehr.«

»Und wie hoch genau«, wollte Jock wissen, »Ihrer Meinung nach.«

»Zwanzig vielleicht. Unter der Voraussetzung, daß wir vom richtigen Pokern sprechen, nicht von diesen lächerlichen Varianten.«

»Und wie würden Sie die restlichen achtzig Prozent aufteilen?«

»Dreißig Prozent simple Rechnerei, der Rest ist Instinkt oder was viele Leute gerne Psychologie nennen.«

Jock nahm einen tiefen Zug an seiner Zigarre. Sein Gesicht war nachdenklich, skeptisch.

»Sie sind nicht meiner Meinung?« fragte Waverly.

»Ich fürchte nein. Sehen Sie, für mich ist das Pokerspiel genauso wie das Leben: sobald die Karten verteilt sind, ist alles andere reines Glück. Wenn man Psychologie sagt, dann meint man damit nur die menschliche Natur, es ist nichts als ein anderer Ausdruck dafür, und dann kann man genausogut auch von Glück reden. Einigen Leuten fällt alles in den Schoß, anderen könnten sie alles in den Schoß legen, und sie könnten trotzdem keinen Zipfel davon festhalten.« Sein Tonfall ließ wenig Zweifel daran, zu welcher Kategorie der vom Glück gesegnete Jock Appelgate gehörte, und die Art und Weise, wie er *menschliche Natur* sagte, deutete an, daß sie eher zu verachten als zu bewundern war.

»Nun, ich kann Ihrer Theorie schlecht widersprechen«, sagte Waverly und wies mit einem Kopfnicken auf den Tisch. »Als Beweis haben Sie ein ganzes Gebirge von Chips vor sich liegen.«

»Ja«, sagte Jock gedehnt und spielte den Bescheidenen, »bis jetzt waren die Karten für mich günstig.« Er wischte sich über den Kopf und fixierte Waverly mit einem unschuldigen spöttischen Blick. »Für Sie hat es nicht ganz so gut ausgesehen, oder?«

»Das Spiel ist ja noch im Gange.«

»Das stimmt. Aber was diese Varianten angeht, die Sie gerade angesprochen haben – nach der Pause müssen wir mal eine davon einschieben, damit auch Orton und B. B. ihren Spaß haben.«

»Ich verstehe.«

»Dann geht wahrscheinlich Ihre Theorie, von mir aus auch Psychologie, völlig den Bach runter. Dann spielen Sie alleine mit Glück. Und die Einsätze sind hoch.«

Waverly erwiderte den prüfenden, bohrenden Blick. »Ich bin zum Spielen hergekommen«, sagte er.

»Das habe ich mir gedacht.«

Ein plötzlich aufbrandendes Begeisterungsgeschrei kam aus dem Nebenzimmer.

»Es sieht so aus, als hätte der Zeremonienmeister endlich die Ware geliefert«, sagte Jock. Er stand auf und ging zur Tür. Und auch diesmal rührte Waverly sich nicht. »Wollen Sie nicht an der Fleischbeschau teilnehmen?«

»Ich verzichte diesmal.«

»Die Spieler haben die erste Wahl. Das ist eine andere Regel des Hauses.«

»Sie können meinen Anteil haben. Betrachten Sie es als Geschenk.«

»Geschenk, aha. Kein Brandy, keine Frauen, so etwas wie Sie

nennnt man wohl einen disziplinierten Menschen, Mr. Waverly.« Das *diszipliniert* wurde genauso abfällig ausgesprochen wie vorher der Begriff *menschliche Natur.*

»Das ist mein Job, wie Sie wissen«, sagte Waverly mit dem Anflug eines Lächelns. Er kannte sich ebenfalls in diesem Spiel aus.

Jock betrachtete ihn, als nehme er Maß, um den tödlichen Treffer anzubringen. »Das ist es wohl«, sagte er, und für einen kurzen Moment ließ er die Maske des Bauerntölpels fallen. »Ich werde daran denken, wenn wir wieder am Tisch sitzen. Bis nachher.«

14

»Sieh doch, wenn ich den Kopf zum Fenster rausstrecke, dann kommt kein Rauch herein. Und es geht ganz bestimmt kein Wind.«

»Nein.«

»Nein. Okay. Und wenn ich aussteige und mich hinter den Wagen stelle?«

»Ich sagte nein, Schwachkopf.«

»Na komm schon, Mann, wahrscheinlich hängen wir die ganze Nacht hier herum. Ich brauch 'ne Zigarette.«

»Du kriegst gleich eins in die Fresse, wenn du nicht endlich still bist.«

Sigurd murmelte etwas und versank in finsteres Schweigen. Wahrscheinlich hatte er sich in seinem Leben schon mieser gefühlt, aber er konnte sich nicht erinnern, wann. Nichts zu rauchen, nichts zu essen, er konnte sich nicht rühren und durfte nicht reden – mein Gott, das war fast genauso wie im Loch in Stateville.

Sie parkten etwa dreißig Meter vom Appelgate-Quartier entfernt. Der LX stand nahezu unsichtbar im Schatten, der vom Mondschein und dem Apartmenthaus erzeugt wurde. Seit gut drei Stunden standen sie schon dort, seit der Judenjunge seinen Partner abgesetzt hatte, und obwohl die Fenster weit offenstanden, war die Luft im Wagen stickig und schwer, klebrig wie Fliegenpapier. Um Mitternacht war es hier unten nicht viel angenehmer als mittags, dachte Sigurd bitter; er kam sich noch immer vor wie in einer gottverdammten Sauna. Wenn man sich eine Handvoll von dieser Luft schnappte und sie ausdrückte, tropfte es einem auf die Hose. Scheiß-Florida, es konnte ihm gestohlen bleiben.

Was er in diesem Moment viel lieber tun würde, war, es sich in dem schönen kühlen Zimmer im Spray gemütlich machen, Beine auf dem Bett, Fernseher eingeschaltet, ein kaltes Bier in der einen Hand, Maylene oder sonst eine Schnalle, die auf dem Mittelfinger der anderen ihre Schmierung in Gang brachte, damit er bald an Bord kommen und die heilige Scheiße aus ihr rausbumsen konnte. Er sagte statt dessen, zaghaft und nach einer angemessenen trotzigen Pause: »Was meinst du, was da drüben im Gange ist?«

D'Marco gab keine Antwort, was nicht sonderlich überraschte, da er, abgesehen von den knappen Worten, die nötig waren, um die regelmäßigen Bitten um eine verzweifelt ersehnte Zigarette abzuschlagen, in der ganzen Zeit, die sie sich dort schon aufhielten, so gut wie nichts gesagt hatte.

»Meinst du, er ist mit dieser Schnalle von gestern zusammen, der aus dem Greenhouse? Macht mit ihr das alte Rein-und-raus-Spiel?« Sigurds Phantasie wurde von dem Bild einer wollüstigen Maylene oder jemand gleichen Kalibers beflügelt, das immer noch vor seinem geistigen Auge flimmerte.

D'Marco seufzte. »Wie viele Wagen zählst du?«

»Ich glaube, sieben.«

»Sieben Wagen. Wenn du etwas mehr zwischen den Ohren hättest als Hundescheiße, dann würde es auch dir dämmern, daß er nicht zum Schmusen hingekommen ist.«

»Könnte doch 'ne Party sein«, sagte Sigurd verteidigend.

»Versuch's noch mal.«

Sigurd dachte einige Zeit nach. »Vielleicht ist er zum Spielen da. Meinst du, sie spielen Karten?«

D'Marco schnippte mit den Fingern. »Wie bist du nur darauf gekommen? Da ist ein Bursche, der mit den Karten rumjongliert, er hängt an der Angel, weil er euch irgendein Geschäft vermasselt hat, und er hat zwei Wochen Zeit, mit den Mäusen rüberzukommen. Und aus diesen mageren Hinweisen kommst du zu deiner geradezu genialen Schlußfolgerung. Weißt du, was du mal versuchen solltest?«

Sigurd dachte sich schon, daß es wieder irgendeine Klugscheißerei wäre, aber er erwiderte trotzdem: »Ja, was denn?«

»Du solltest dich bei den Bullen melden. Die suchen noch gute Leute. Vielleicht machen sie dich sogar zum Chef der Kriminalabteilung, bei deiner Kombinationsgabe.«

Sigurd griff an seine Genitalien. »Ich kann auch noch mehr.«

»Das hat sich mittlerweile rumgesprochen. Je fetter desto lieber, Mr. Allesficker. Und jetzt halt endlich die Schnauze und konzentrier dich auf das, was wir hier tun. Ich sag's dir nicht noch mal.«

Dreißig stumme Minuten verstrichen. Kurz nach Mitternacht kam ein Lieferwagen vom Hotel die Straße entlang und hielt vor dem Bungalow. Der Fahrer stieg aus, öffnete die Seitentür und brachte eine Gruppe Frauen in engen Röcken zur Tür. Er drückte auf die Klingel, und eine Lampe ging über ihren Köpfen an. Die Tür schwang auf, und ein Mann erschien in der Öffnung und hob beide Arme in einer übertriebenen Willkommensgeste. Die Frauen stießen wie auf ein Stichwort spitze Schreie aus, während er sie hereinwinkte.

»Sieht so aus, als hätten sie draußen was bestellt«, sagte Sigurd, dessen Gedanken auf Grundbedürfnisse fixiert blieben. »Menü frei Haus.«

D'Marco schob den Kopf aus dem Fenster, um besser sehen zu können, allerdings vorsichtig, indem er erst hinter den Wagen und dann die dunkle Straße hinauf und hinunter blickte.

Nachdem alle Frauen im Haus verschwunden waren, kehrte der Fahrer zu seinem Lieferwagen zurück und brachte Tabletts zum Haus, die er dem Mann in der Türöffnung übergab. Dies gechah mehrmals. Nach dem letzten Tablett klopfte der Mann dem Fahrer auf die Schulter und drückte ihm ein paar Scheine in die Hand. Der Fahrer salutierte knapp, die Tür fiel vor seiner Nase ins Schloß, und die Lampe ging aus. Er ging zum Lieferwagen, pfiff vor sich hin und fuhr in Richtung Hotel davon.

D'Marco ließ den Motor an und lenkte den LX auf die Straße.

Sigurd sah ihn erstaunt an. »Was tun wir denn jetzt?«

»Schon mal was von Verfolgen gehört? Macht man so was nicht in Chicago?«

»Das sehe ich. Ich frage nur warum? Das ist doch nur irgendein Zuhälter, oder?«

»Auch Zuhälter haben was auf dem Kasten.«

Der Lieferwagen bog auf den Gästeparkplatz ein und parkte am hinteren Ende einer langen Wagenreihe. D'Marco fand einen Platz zwischen dem Lieferwagen und dem Hotel.

»Okay«, sagte er, »wir werden uns jetzt mal mit ihm unterhalten. Nur werde *ich* mit ihm reden. Du hältst die Klappe, bis ich etwas zu dir sage, verstanden?«

»Jaja, ist schon klar.«

Der Fahrer schlenderte über den Parkplatz, immer noch vor sich hinpfeifend, bis zwei Gestalten aus dem Schatten hinter einem Automobil hervortraten und sich auf seinem Weg aufbauten. Das Pfeifen brach plötzlich ab. Er blieb stehen.

»Du«, sagte D'Marco und winkte mit dem Finger. »Komm doch mal her.«

Der Fahrer näherte sich wachsam. Es war ein junger Mann, Anfang Zwanzig, korrekt gekleidet in Jackett und Krawatte und mit der Figur eines Surfers: hochgewachsen, schlank, fit. Unter einem wuscheligen Schopf sonnengebleichten Haars war sein Gesicht hager, sonnenverbrannt, völlig unschuldig, bis auf die Augen. Verschlagene, berechnende Augen, die sofort den Parkplatz absuchten und niemanden sonst fanden. Er knipste ein einladendes Lächeln in seinem unschuldigen Gesicht an und sagte: »Was kann ich für euch tun, Freunde?«

»Bist du im Hotel angestellt?«

»Nein, aber ich weiß hier Bescheid. Kann ich Ihnen helfen?«

»Das ist seltsam. Du gehörst also nicht zum Hotel. Dabei könnte ich schwören, daß du gerade ein Stück die Straße rauf etwas angeliefert hast.«

»Nun, genaugenommen arbeite ich nicht *für* das Hotel. Sondern eher *vom* Hotel aus. Sozusagen.«

»Tatsächlich? Und was genau tust du sozusagen?«

»Ich bin für den Service außer Haus zuständig.«

Das Lächeln verflüchtigte sich allmählich.

»Hah«, sagte Sigurd, der nicht an sich halten konnte, »der Fotzenservice.« Er war stolz auf seinen Geistesblitz.

D'Marco musterte ihn finster von der Seite. Den Fahrer fragte er: »Stimmt das in etwa, was er gerade gesagt hat?«

»Was ich tue, ist meine Sache. Wer seid ihr überhaupt?«

D'Marco betrachtete ihn. Das Lächeln war nun völlig verflogen. Da es auf die nette Tour nicht klappte, spielte er jetzt den harten Mann. Ein flexibler Junge, aber ein paar Nummern zu klein für dieses Business. »Die Sittenpolizei interessiert sich vielleicht für deine Geschäfte«, sagte er.

»Die Sitte!« Der Fahrer grinste spöttisch. »Ihr beide seid von der Sitte? Du und dieses wandelnde Fettauge? Aber immer.«

Sigurd versteifte sich. Er wollte etwas erwidern, aber D'Marco brachte ihn mit einer Geste zum Schweigen. So stand er nur da, ballte hilflos die Fäuste und biß knirschend die Zähne aufeinander. Nach all dem Scheiß, den er gerade erst hatte einstecken müssen, war es nicht einfach, sich so was von einem Zuhälter gefallen zu lassen, und von einem solchen Bengel noch dazu.

»Wie heißt du denn, Junge?« fragte D'Marco.

»Zack.«

»Zack. Okay, Zack, bis jetzt waren wir ja noch nett und höflich, wie man es bei euch braven Bürgern von uns erwartet. Aber wenn du weiter meinen Partner beleidigst, bin ich nicht für das verantwortlich, was passiert. Deshalb frage ich dich noch einmal, immer noch höflich, welche Art von Außerhaus-Services du bietest?«

»Wenn ihr Jungs von der Sitte seid, dann zeigt eure Dienstmarken vor. Wenn ihr das nicht könnt, dann verpißt euch.«

»Das wäre eine Möglichkeit«, sagte D'Marco und nickte nachdenklich, als ließe er sich Zacks Empfehlung ernsthaft durch den Kopf gehen. »Und dies ist eine andere.« Er machte einen Schritt vorwärts und schlug einmal zu, hart, dicht unterhalb der Gürtellinie. Zack gab ein erstauntes Grunzen von sich und knickte nach vorne ein und hielt sich den Bauch; und D'Marco packte eine Handvoll von dem goldblonden Haar, brachte den wackelnden Kopf in Position und zur Ruhe und ließ eine geballte Faust auf den Nacken niedersausen. Es war ein gutes Gefühl, vier, fast fünf Tage aufgestauter Wut und Energie zu entladen. Zack sank auf die Knie. D'Marco packte ihn bei den Revers seines Jacketts, riß ihn hoch auf die Füße und rammte ihn gegen die Seite eines Wagens, nicht seines eigenen, sondern des danebenstehenden. Er wollte nicht das Risiko eingehen, seinen LX zu zerkratzen oder anderweitig zu beschädigen, obgleich es danach aussah, als reichten diese paar Schläge aus, um für die gewünschte Aufmerksamkeit zu sorgen.

Und das stellte D'Marco zuerst fest. »Können wir erwarten, daß du uns jetzt zuhörst, Zack?«

Zack stöhnte etwas, das nach einer Bejahung klang.

»Gut. Nachdem das geklärt ist, können wir uns wieder dem zuwenden, wo wir stehengeblieben waren. Nämlich bei deinem Job.«

»Was wollt ihr denn, Leute?« fragte Zack mit schwacher, zittriger Stimme. »Auch ein Stück von dem Kuchen?«

D'Marcos Gesicht zeigte einen geschockten Ausdruck. »Hast du das gehört, Burt?« fragte er, ohne Sigurd anzusehen. »Das klingt ja, als wollte er uns bestechen.«

Aber für Sigurd klang es eher wie eine deutliche Einladung, sich an dem Spiel zu beteiligen. »Bestechung, das ist ja 'ne tolle Geschichte. Dafür mußt du ganz schön lange im Bau sitzen, nichts mit Bewährung. Und das kann ich dir flüstern, Freundchen, diese arschgeilen Nigger da drin warten nur auf einen süßen weißen Sonnyboy wie dich –« Er brach unter D'Marcos bösem Blick abrupt ab. Schade. Er kam gerade so richtig in Schwung und bekam das nötige Feeling für seine Rolle.

»Ihr wollt kein Geld«, sagte Zack und geriet allmählich in Panik, »was dann?«

D'Marco musterte ihn kalt. »Wir wollen wissen, wer das ist, den du eben beliefert hast. Wer alles dabei ist, was da drin abläuft. Eigentlich leicht zu beantworten.«

»Das ist Mr. Appelgates Haus. Die anderen Leute kenne ich nicht.«

»Wer ist das, dieser Appelgate?«

»Keine Ahnung, irgendein reicher Baumensch, was weiß ich. Er wohnt drüben auf der Insel. Das hier ist seine Spielwiese.«

»Was hast du denn noch hingebracht? Außer den Damen, meine ich. Hast du ihnen Stoff besorgt, Schnee, irgendwelches anderes Zeug?«

»Nee, Mann, das nehmen diese Typen nicht. Nur Weiber und Schnaps. Die sind schon ziemlich alt. Gefriergetrocknet.«

»Und was ist mit Karten? Veranstalten die da drin vielleicht ein verbotenes Spielchen?«

»Na ja, sicher, einige spielen Karten. Es ist 'ne Party.«

»Eine Kartenparty, häh? Erzähl doch mal, Zack, worum spielen sie? Einfach so zum Zeitvertreib, oder geht es um richtiges Geld, um den dicken Dollar?«

»Scheiße, wie soll ich das wissen?«

»Aber du kommst doch rum, hörst 'ne ganze Menge in deinem Servicejob.«

»Dinge aufschnappen ist nicht gerade meine Stärke.«

D'Marco schüttelte traurig den Kopf, und dann packte er Zack am Hals, mit beiden Händen, und stieß ihn hinunter auf die Motorhaube des Wagens. »Wie steht es denn mit Atmen? Ist das deine starke Seite?«

»Ernsthafte Spiele«, sprudelte Zack hervor, wenn er nicht gerade röchelte und nach Luft schnappte. »Dicke Kohle.«

»Und wie lange dauern diese Parties?«

»Die ganze Nacht... mindestens, manchmal länger...« Sein Gesicht färbte sich unter dem harten Griff allmählich violett.

D'Marco ließ ihn plötzlich los und wandte sich zu Sigurd um. »Was meinst du, Burt? Sollen wir ihn einlochen?«

Sigurd, überrumpelt, zögerte. Es klang wie eine echte Frage, auf die er antworten sollte, daher äußerte er eine Meinung: »Ich finde, er braucht noch 'ne Abreibung. Dieser Muschimakler ist schon lange fällig.« Er gab sich alle Mühe, zu improvisieren, aber da er so lange ausgeschlossen gewesen war, fand er nicht den richtigen Ton.

»Hey, das ist ein guter Gedanke, diese Abreibung«, sagte D'Marco und sprach die Worte langsam aus, als denke er darüber nach. Dann drehte er sich wieder um und sah Zack an, in dessen Augen, die gar nicht mehr so verschlagen wirkten, die nackte Angst flackerte. Er sagte: »Was du deinen Gästen an Service bietest, verstößt gegen die Gesetze des Palm Beach County und des Staates Florida. Zufälligerweise interessiert uns aber nur, was in dem Schuppen vor sich geht, und das hat nichts mit deinen illegalen Geschäften zu tun. Deshalb ist das heute vielleicht dein Glückstag. Aber nur vielleicht. Je nachdem, wie du mitspielst, lassen wir dich laufen. Zum Beispiel, wenn es dir in den Sinn kommen sollte, deinen Kunden anzurufen und ihm zu erzählen, worüber wir gesprochen haben, also das wär ganz falsch. Richtig undankbar. Und das würde uns erheblich ärgern.«

»Hören Sie, ich werde ganz bestimmt nicht –«

»Nein, jetzt hörst du zu, Zack. Ich bin noch nicht fertig. Wenn wir uns ärgern, dann können wir unheimlich gemein werden, vor allem mein Partner. Weißt du, was ein Totschläger ist?«

Zack nickte mit dem Kopf ja.

»Sergeant Burt, der hat einen. Den benutzt er gern, wenn er einen schweren Jungen geschnappt hat, um ihm damit die Abreibung zu verpassen, von der er gerade gesprochen hat. Er nennt das ›sich der Verhaftung widersetzen‹. Das ist eine Art Hobby von ihm.«

»So mache ich mir immer meine Preiselbeermarmelade«, meldete sich Sigurd und verlieh D'Marcos Worten Nachdruck in der Hoffnung, doch noch seinen großen Auftritt zu bekommen.

Vergeblich, denn D'Marco ging nicht auf seinen Text ein und sagte statt dessen zu Zack: »Wir lassen dich in Ruhe, so lange du vernünftig bist. Und du bist doch vernünftig, oder?«

Ein weiteres heftiges Nicken.

D'Marco trat zur Seite. Zack betrachtete ihn unsicher, immer noch vor Angst wie gelähmt, vollkommen unfähig, an das Wunder zu glauben, daß man ihn laufenließ. D'Marco streckte einen Arm in Richtung Hotel aus, und Zack schob sich um ihn herum und setzte sich in Bewegung, langsam zuerst, warf unsichere Blicke über die Schulter, dann ging er schneller, und als der Abstand zwischen ihnen sich beruhigend vergrößert hatte, fiel er in einen steifbeinigen, humpelnden Trab.

»Sieh mal, wie er Leine zieht«, posaunte Sigurd. »Ich glaube, der hat vor Schreck in die Hose gepinkelt.«

»Sieht ganz so aus, Sergeant.«

»Das war gut, hey, mich Sergeant zu nennen. Diese dumme Sau, der hat doch glatt geglaubt, wir sind Bullen.«

»Ja, das war ganz gut. Aber nicht so gut war, daß du nicht getan hast, was ich dir gesagt habe.«

»Hey, was meinst du? Ich hab nicht geredet, nur wenn du was gefragt hast. Na ja, vielleicht bis auf einmal.« Sigurd war aufrichtig beleidigt. Dieses Wort *Partner*, das er gehört hatte, mehrmals sogar, er hatte gedacht, daß es etwas zu bedeuten hatte, daß es eine Art Durchbruch in ihrer kühlen Beziehung anzeigte. Denn so miesepetrig dieser Florida-Torpedo auch war, Sigurd mußte zugeben, daß er sein Geschäft verstand. Das war eine ganz tolle Nummer, die er mit diesem Fotzenmakler abgezogen hatte, saubere Arbeit. Onkel Eugene hatte recht: von dem Jungen konnte er einiges lernen.

»Einmal ist einmal zuviel. Was du deshalb jetzt tust, ist, daß du sofort zum Sea Spray zurückgehst.«

»Häh?«

»Hast du es genauso auf den Ohren wie der Junge? Ich sagte, daß du von hier verschwindest.«

»Das hab ich schon gehört. Ich will wissen warum.« Sigurd war sich hinsichtlich dieses knappen Befehls nicht ganz schlüssig. Einerseits eröffnete er ihm geradezu atemberaubende Möglichkeiten: die Nacht war noch jung, hey, sicher war noch eine ganze Menge williges Fleisch unterwegs. Andererseits klang es so endgültig, aus und vorbei, entlassen, und er ließ sich nicht so einfach abhängen. Das kam nicht in Frage. Wenn ihn jemand entließ, dann Dietz oder Onkel Eugene, aber nicht Mister Müslimann.

»Warum«, wiederholte D'Marco. »Du willst wissen, warum. Okay.« Er hielt eine Hand hoch und begann an den Fingern abzuzählen. »Erstens, weil ich es dir sage. Dann weil du Chicago anrufst, wenn du im Hotel bist, und durchgibst, was hier heute abend läuft, falls du das alles in die Reihe bringst. Das war zweitens. Und drittens, weil du in dem Zimmer bleibst und den Juden auf der anderen Straßenseite im Auge behältst. Du bewegst dich nicht von dort weg, ehe du von mir was anderes hörst. Reicht dir das an Gründen?«

Es reichte. Es war mehr, als Sigurd hatte hören wollen, vor allem der dritte Punkt, der jede seiner guten Feierabendideen gründlich zerschlug. »Und wie soll ich zum Hotel kommen?« fragte er zaghaft. »Du hast den Wagen.«

»Was weiß ich«, sagte D'Marco und ging auf seinen LX zu. »Nimm ein Taxi vorn am Hotel. Oder geh zu Fuß. Sind ja kaum mehr als zehn Meilen. Ein kleiner Abendspaziergang tut dir sicher gut. Dabei kannst du ein bißchen von deinem Fett abtrainieren.«

»Das ist richtig Klasse, Mann. Du bist ein echter Clown. Du solltest dich mal im Zirkus vorstellen.«

»Ach ja, fast hätte ich's vergessen«, sagte D'Marco. Er saß mittlerweile hinter dem Lenkrad, und seine Stimme troff vor Hohn. »Der vierte Grund ist der, daß ich diesen Scheiß nicht mehr ertragen kann, der ständig aus dem Loch mitten in deiner Visage rausläuft.« Damit trat er aufs Gaspedal und röhrte davon.

Er parkte wieder im Schatten ein Stück von dem Bungalow entfernt. Nichts hatte sich dort verändert: sämtliche Räume waren erleuchtet, die Vorhänge waren vorgezogen, die sieben Fahrzeuge standen noch immer davor. Ihm blieb nichts anderes übrig als zu warten. Und er wartete, aber voller Unbehagen und mit einer ärgerlichen Unruhe und ohne das Vergnügen und den Nervenkitzel, welche er normalerweise in seiner Arbeit fand.

Der Grund für D'Marcos Gereiztheit war der, daß ihm nichts mehr normal vorkam, seit er jene beunruhigende Nachricht auf seinem Anrufbeantworter gehört hatte. Die Idee an sich, daß jemand ihn, D'Marco Fontaine, verfolgte, war so fremd, so weit außerhalb seines Erfahrungshorizonts, daß er innerlich angespannt war wie eine Klaviersaite. Nun mußte er, zusätzlich zu seinem derzeitigen Auftrag, der sich ewig hinzuziehen schien, obgleich er erst drei Tage an der Sache arbeitete, auch darauf achten, was hinter seinem Rücken passierte. Und daß dieser Quatschkopf ihm auf der Pelle hockte, der ständig nach Nikotin und all diesen anderen Giften jammerte, die er in seinen verfaulten Organismus saugte und stopfte, machte seine Lage nicht besser. Hinzu kam, daß er die strenge Ordnung hatte durchbrechen müssen, der sein sonstiges Leben unterworfen war: die regelmäßigen bis zur Erschöpfung durchgezogenen Trainingsprogramme, die akribische Sorgfalt bei der Zusammenstellung seiner Ernährung, die angemessenen Ruhepausen (er hatte irgendwo gelesen, daß Muskeln nach sechsundneunzig Stunden ohne Training und Pflege zu schrumpfen anfingen, und in seinem Fall waren diese Stunden vorbei).

Es war beunruhigend, das Ganze, brachte ihn regelrecht aus dem Tritt. Er glaubte nicht an das Glück – der Mensch schmiedete sein Glück selbst, genauso wie er sich seinen eigenen Körper und seinen Charakter, sein Schicksal schuf und gestaltete –, aber allmählich hatte er, was diesen Job betraf, gewisse düstere Vorahnungen. Und wenn er diese Empfindungen hätte identifizieren können, hätte er sich wahrscheinlich eine weitere seltsame Gefühlsregung eingestehen müssen, die ihm ebenso fremd war, und wenn er sie hätte benennen können, wäre keine andere Bezeichnung treffender gewesen als Angst.

15

Die Rauchformationen, gespeist von Drummonds Pfeife, Jocks Macanudos und Waverlys Zigaretten, schienen reglos über dem Tisch in der Luft zu hängen wie irgendein auf wunderbare Weise zum Schweben gebrachtes Möbelstück des Raums. Drüben auf einer Couch streichelte ein nicht am Spiel teilnehmender Gast lustlos die heroischen Brüste einer Frau, deren pechschwarzes Haar und grellroter Lippenstift einen scharfen Kontrast zu ihrem Überfluß an cremefarbenem Fleisch bildete. Eine andere Couch wurde von einer reifen jungen Nymphe geziert, naturblond, um die fünfzehn Jahre alt. Ihr glänzendes Unterzeug, per Post bei Frederick's of Hollywood bestellt, lag achtlos hingeworfen auf dem Fußboden neben einem knieenden Mann, dessen kahler Kopf in ihrem Schoß begraben war. Beide schienen zu schlafen. Ein Kichern, abgenutzt und schwach, war aus der Küche zu hören; ansonsten herrschte Stille, nur unterbrochen von den gelegentlichen monotonen spielbedingten Kommentaren. Eine Party, die kurz vor dem endgültigen Absturz stand.

»Seven-card Stud, nichts Wildes«, sagte Waverly. Der Geber kann wählen, und er entschied sich für das, was er immer nahm, wenn er dran war. Eine Phase der Vernunft in dem verrückten Mischmasch von Spielen, die immer bizarrer wurden. Spiele mit einem selbstmörderischen Risiko, in denen die Elemente von Geschick und Geduld und Berechnung und Schlauheit so gut wie völlig ausgeschaltet waren, und die, in einer unheilvollen Umkehrung der rechtmäßigen Ordnung, dazu geschaffen waren, die Würdigen zu bestrafen und die Unwürdigen zu belohnen. Da waren Bitch, Stalingrad, Woolworth, Dr. Pepper, Baseball und dessen seltsamer Ableger No Peekee Midnight Baseball, Pass the Trash – egal wie bizarr die Variante war, irgend jemand an diesem Tisch, halbbetäubt von Müdigkeit und Alkohol und anderen Ausschweifungen, würde sich darauf stürzen.

Die Karten kamen auf den Tisch. Waverly spielte mit einer kühlen Gelassenheit, beruhigt durch das Wissen um die zuverlässige Mechanik eines rationalen Spiels und die seltsame zeitliche Verzögerung, der man sich unterwirft, wenn man das Leben durch einen

Filter von Zahlen erfährt. Nach der sechsten Karte hatte er eine starke Basis: zwei offene Asse, eins im Keller. Alle hatten gepaßt bis auf Demerit, der drei aufeinanderfolgende Karten hatte, die ihn auf einen Straight hoffen ließen, der jedoch, wenn man mitgezählt hatte, so gut wie unmöglich war. In diesem Blatt steckten nur ein paar Träume. Waverly setzte bescheidene achthundert, als glaubte auch er ernsthaft an einen Straight. Und Demerit, wie immer ein offenes Buch, legte fünf Scheine drauf. Waverly hielt mit. Er kannte ihn. Nachdem die letzte Karte verteilt war, schob Waverly vier blaue Chips in die Tischmitte. »Zwei Riesen«, sagte er. Demerit zögerte. In seinen wächsernen Gesichtszügen fand ein heftiger Kampf statt. Sein Kopf drängte ihn, den Bluff durchzuziehen, doch seine Nerven reichten dazu nicht aus. Er drehte seine Karten um und murmelte mißgelaunt: »Na los, es gehört Ihnen.«

Waverly sammelte die Chips ein. Dreiundzwanzig Stunden gespielt – alle vier Stunden eine Stunde Pause, wie Jocks Hausregeln es verlangten – und er war rund 15 Riesen im Plus. Gewöhnlich eine recht ordentliche Einnahme für einen Tag Arbeit, aber gemessen an der zur Diskussion stehenden und drohend lauernden Viertelmillion allenfalls ein Trinkgeld. So als kratzte man mit einem Taschenmesser an einem Eisberg herum. Was er tatsächlich brauchte, war einer dieser Monsterpötte, die gelegentlich bei den abartigen Spielvarianten zustande kamen. Wenigstens sollte er mit etwas mehr in der Tasche aufstehen als nur dem Taxigeld. Doch dies war die letzte Runde – auch dies eine Verfügung Appelgates –, und da sie keine Stunde mehr dauerte, waren die Chancen eines solchen Glückstreffers nicht gerade ermutigend.

Mehr als vierzig Minuten verstrichen, ehe er wieder einen Treffer landete, und dann war es auch nur ein bescheidener, nichts, was seine Lage grundlegend besserte. Während er den mickrigen Haufen Chips einsammelte, kam Robbie ins Zimmer geschlurft, in jedem Arm eine Frau, eine Farbige und eine Asiatin. Trophäen. Sie trugen die gleiche Kluft: knappe Spandextrikots, feuerrot, mit leicht zugänglichen Reißverschlüssen, die saßen wie eine zweite Haut – der letzte Schrei der Strichcouture. Dazu das einstudierte lüsterne Grinsen, das zu diesem Geschäft gehört. Robbies Kleider waren zerknautscht und voller Flecken. Die Knöpfe seines Hemdes waren offen, vom Hals bis zum Bauchnabel, und entblößten einen überhängenden Bauch. Er war barfuß. Sein Gesicht war gerötet, die Augen waren verquollen und mit roten Äderchen durchzogen. Nichtsdestotrotz grinste er, das breite Lachen eines Siegers. Ein fröhlicher Dreier.

»Seht euch mal den alten Robber an«, sagte Jock und grinste boshaft. »Hat sich zwei Buchstützen angelacht. Hast Sie wohl beide auf einmal genagelt, was, Herr Anwalt?«

Robbie befreite seine Arme und legte eine Hand auf das runde Gesäß der Farbigen. »Pursey Sue hier ist eben erst gekommen, um beim Finale dabeizusein.« Seine Stimme klang heiser, flüsternd, und verschliff die Silben miteinander.

»Und? Wer hat gewonnen?«

»Frag mich nicht.«

Robbie gab jedem der Girls einen freundschaftlichen Klaps und verscheuchte sie. Er zog einen Stuhl neben Waverly und setzte sich in seiner typischen Manier rittlings darauf. »Na, wie läuft's denn so, alter Junge? Verdienst du gut?«

»Es geht so, Robbie«, erwiderte Waverly in jenem nachsichtigen Singsang, den man meistens bei Betrunkenen und Kindern anschlägt.

Robbies Blicke wanderten langsam über den Tisch und blieben an Jocks beachtlichem Chipsvorrat hängen. »Sieht so aus, als sei Mr. Jocko der große Gewinner.« Er stieß Waverly einen Ellbogen in die Seite. »Ich habe dich vor den Jungs gewarnt. Hab ich dich gewarnt?«

»Du hast mich gewarnt.«

Mittlerweile war Jock als Geber an der Reihe. Er mischte die Karten. »Erzähl doch mal, Robber«, sagte er. »Färbt dieses Schwarz ab?«

Robbie tat so, als untersuchte er seine Arme, seinen Oberkörper und seine Füße. »Kann ich nicht behaupten. Die übrigen Stellen sehe ich mir morgen an.«

»Tu's lieber gleich. Wäre schlimm, wenn du mit Ruß am Schwanz nach Hause kämst.«

Dieser flaue Scherz löste ein gehorsames müdes Lachen aus. Hah hah hah. Nicht bereit, es damit genug sein zu lassen, lieferte Jock einige weitere Beispiele seines Humors: warst du mit einer Schwarzen im Bett, bekamst du dein Fett; man ist erst dann ein

Mann, wenn man eine Schwarzeiche gespalten hat; Robber liebt seine Frauen genauso wie seinen Kaffee – heiß und schwarz. Und noch eine Reihe weiterer Schenkelklopfer. Ein Rest seines beißenden Spotts hatte sich gehalten, aber nicht sehr viel, und was noch vorhanden war, wirkte gezwungen, schwerfällig. Seine Augen waren zusammengekniffen und wiesen vor Müdigkeit dunkle Ringe auf. Sein Gesicht war schlaff. Selbst ziemlich übernächtigt, war er deutlich in der Verfassung, die Nachtsitzung zu beenden.

Was er auch tat. »Okay, letztes Spiel«, sagte er an und mischte die Karten und schob sie zu einem ordentlichen Päckchen zusammen. »Wir spielen Stalingrad. Das scheidet die Männer von den Kindern. Oder«, fügte er hinzu, »vielleicht sollte es heißen, die Amateure von den Profis. Was halten Sie davon, Mr. Waverly?«

Waverly erwiderte seinen lauernden, boshaften Blick. »Teilen Sie aus, und wir werden sehen«, sagte er.

»Wird sofort erledigt.«

Das Spiel, das an diesem Tisch unter dem Namen Stalingrad bekannt war, stellte lediglich eine Variante des Hi-Lo Split dar. Beim Stalingrad betrug die beste niedrige Hand $5^1/_2$ Punkte, die entsprechend hohe $21^1/_2$. Halbe Punkte zählten die Bilder, Asse wurden wahlweise mit einem oder elf Punkten gerechnet (oder, selten, mit beiden), und alle anderen Karten hatten ihren Zahlenwert. In der ersten Runde wurden zwei Karten ausgeteilt, eine offen, eine verdeckt. Ein Spieler konnte entweder warten oder passen und in folgenden Runden mitbieten, wenn er es wünschte. Nach jeder Runde wurde neu geboten. Solange mindestens ein Spieler hielt, gingen Spiel und Bieten weiter; wenn jeder Spieler seine Hand komplett hatte, wurde zum letzten Mal geboten, und es wurde erklärt, ob man auf hoch oder tief spielte. Und dann kam der Augenblick des Showdown. Mit der richtigen Kartenkombination konnte man es auf beide Arten versuchen und den ganzen Pott mitnehmen. Es war grundsätzlich möglich, allerdings ziemlich ungewöhnlich und sehr, sehr riskant. Es war ein reines Blufferspiel, und das war einer der Gründe, warum Jock es so gerne spielte. Er hielt sich nämlich für einen undurchschaubaren Strategen. Es war außerdem eine Spielvariante, die zu einem riesigen Pott führen konnte, obgleich der Pott, da er meistens halbiert wurde, ganz so riesig nun doch nicht ausfiel.

Erste Runde. Drummond zeigte eine Zwei, Orton eine Sechs, Buel eine Acht, Demerit die Drei und Jock eine hohe Zehn. Waverly erwischte eine Vier und ein Bild verdeckt. Viereinhalb. Vielversprechend, aber alles andere als eine sichere Hand. Vor allem gegen drei mögliche niedrige Wetten.

Jock wandte sich an Drummond. »Wie hoch gehst du ran, Bulldog?«

Drummond zog einige Sekunden lang nachdenklich an seiner Pfeife. Dichte Rauchwolken drangen zwischen seinen vorstehenden Zähnen hervor, krochen über sein ausdrucksloses Gesicht. Da es in diesem Spiel keine eindeutig starke Position gab, hatte der Spieler links vom Geber es am schwersten: er mußte als erster wetten und als erster auf eine Karte halten oder passen. Der Geber äußerte sich natürlich in beiden Fällen als letzter. Er hatte die beste Position. Das war ein weiterer Grund, weshalb Jock Stalingrad bevorzugte, sobald er mit dem Geben an der Reihe war.

Schließlich legte Drummond zwei blaue Chips in den Pott. »Tausend.«

»Tausend!« rief Jock aus. »Hallooo! Nach diesem Spiel nenne ich dich nur noch Pitbull!«

Orton und Demerit machten ziemlich finstere Mienen, beide hatten schwer bluten müssen, aber keiner paßte.

Zweite Runde. Jock fragte: »Wer will Karte? Bull?«

Drummond winkte ab. Waverly vermutete bei ihm eine verdeckte Drei oder Vier, einen halben Punkt über oder unter dem Optimum. Im Laufe der Nacht hatte er festgestellt, daß Drummond wettete, sobald er das hatte, was er sich wünschte.

Orton wollte ebenfalls keine, doch der unglückliche Ausdruck seines Gesichts enthüllte die traurige Geschichte seines Spielerlebens. Er war eigentlich nur dabei, um dabeizusein. Der olympische Gedanke.

Der kleine Buel wollte eine neue Karte. »O lala«, sagte Jock, »das sieht ja aus, als wären ich und der Big Boy hier auf der Jagd nach der hohen Hand«, und er gab ihm eine Neun. Buels Mund zuckte. Er sah aus, als würde er gleich zu weinen beginnen. Wahrscheinlich wünschte er sich, sie spielten 31½ hoch.

»Mr. Profi?« fragte Jock mit einem häßlichen, strahlenden Grinsen. Die Erschöpfung schien zu bewirken, daß seine angeborene Gemeinheit zutage trat, und als Hetzer vom Dienst schien er tatsächlich so etwas wie die zweite Luft zu bekommen. Waverly schüttelte den Kopf. Er würde eine Runde lang warten und sich ansehen, wer was beabsichtigte.

Demerit verzichtete, jedoch ohne besondere Betonung oder Überzeugung. Trotz seinem Leibesumfang wirkte er eingeschrumpft, blaß, ausgelaugt. Seine wenigen noch verbliebenen Chips waren bereits zu säuberlichen Stapeln geordnet. Ein Mann, der nur darauf wartete, sich auszahlen zu lassen und nach Hause zu schleichen.

Jock nahm eine Karte. Wieder eine Zehn. Er gestattete sich gerade noch den Anflug eines Lächelns. »Seht euch das an. Ein Pärchen. Ich hab wohl das falsche Spiel angesagt.« Eine Menge theatralische Enttäuschung. Zwanzig offen, wenn er eine niedrige Karte im Keller hatte, dann war es nahezu perfekt. Oder er hatte sich selbst aus dem Spiel geschossen. Seine Ansage würde darüber Aufschluß geben. Jocks Triebkraft war Habgier, und es war seine Art zu wetten, die ihn verriet.

Drummond schob Chips für weitere tausend in den Pott. Als Jock an der Reihe war, sagte er mit unschuldiger Miene: »Ich muß noch zwei Riesen opfern. Damit der Pott schön fett wird.« Das gab Demerit den Rest. Waverly nahm sich im stillen vor, niemals mit der Demerit First National Geschäfte zu machen. Jedenfalls nicht, wenn er in seinem Bankjob genauso verfuhr wie beim Pokern.

Bei der dritten Runde wollte Drummond wieder keine Karte. Orton ließ sich eine geben. Nachdem bei Tief nichts mehr drin schien, versuchte er es offenbar verzweifelt mit Hoch. Wahnsinn. Der reinste Selbstmord. Er bekam einen König, und ein pfeifender Seufzer drang aus seinem Mund.

»Bei diesem Tempo geht es aber nur langsam aufwärts«, stellte Jock fest. »Aber das ist schon okay, Orton. Du hast das Geld, wir haben die Zeit.«

Buel war der nächste. Er sagte kein Wort und gab auch kein Zeichen. Er schien völlig gelähmt zu sein, bis auf den Tic unter seinem Auge, so regelmäßig wie ein Metronom. Jock sah ihn fragend an. »Heißt das nein, B. B.?«

»Ja. Nein.«

»Also, was denn nun?«

»Nein.«

»Du und Orton laßt mich hier oben ganz allein verhungern, was?« Er wandte sich an Waverly. »Sir?«

»Nein.«

»Keine für den Profi, Demerit ist draußen, und der Geber ist zufrieden mit dem, was er hat. Was sagst du also, Bull Boy?«

Drummond sagte zweitausend. Was mit Sicherheit bedeutete, daß er entweder ein Fünfer- oder ein Sechserblatt hielt. Und das reichte, um Orton und Buel zu killen. Für Waverly war es dumm. Sie hatten ihn in der Mitte, Drummond und Jock, und er hatte viel zuviel reingesteckt, um auszusteigen und den Pott sausen zu lassen. Er zählte seine Chips ab. Jock erhöhte um weitere zwei. Bei seiner Hoch-Karte würde er seine Ankündigung, die Erde zu verbrennen, am Ende doch noch wahrmachen. Er und Drummond wechselten schnelle Blicke, und dann erhöhte auch Drummond. Jetzt ging es zur Sache.

»Okay«, sagte Jock. »Jetzt sind nur wir drei übrig und treten auf der Stelle. Reicht der Pott?«

Er reichte.

»Bulldog, noch eine Karte?«

Drummonds Antwort war ein knappes »Nein.«

»Mr. Waverly?«

»Ich nehme eine«, sagte Waverly. Er hoffte auf ein Bild, das ihn retten würde und ihm wenigstens die Hälfte von der Hälfte des dicken Potts sicherte. Wunderbarerweise erwischte er ein As. Fünfeinhalb. Auf den Punkt.

»Eine Bombe!« tönte Jock. »Das läßt man sich gefallen. Mir scheint, als wäre dieses Spiel doch noch nicht vorbei. Ich habe, was ich brauche. Bull, du bist vorne.«

Der Anblick des Asses hatte Drummond härter auf sein Pfeifenmundstück beißen lassen, und für einen kurzen Moment sah es so aus, als würde er das Mundstück glatt durchbeißen und abbrechen. Er sah auf Waverlys Karten, dann zu Waverly selbst, der erste Augenkontakt in vierundzwanzig Stunden, und zum erstenmal gab er auch einen Kommentar. »Ich glaube nicht, daß Sie es haben. Ich setze viertausend.«

Waverlys Vorrat an Chips hatte bedrohlich abgenommen, und

es gab keine wandelnde Bank namens Bennie mehr, der als *deux ex machina* in den Kulissen wartete. Alles, was er tun konnte, war mitzuhalten. Nicht unbedingt die beste Art zu pokern.

»Legen wir noch vier drauf«, sagte Jock, durchschaubar wie eh und je und teuflisch grinsend. »Ich muß was für meinen Anteil am Pott tun.«

Drummond, der nicht mehr so zuversichtlich war, hielt lediglich mit. Waverly ebenfalls. Jock sagte die letzte Möglichkeit an, Karten zu nehmen. Drummonds Kopf zeigte nein. Waverly machte eine ablehnende Geste.

Jock war an der Reihe. Er machte eine dramatische Pause. »Nun, ihr beide macht die niedrige Kiste unter euch aus, und ich steh hier vor einer richtig schweren Entscheidung. Nehme ich keine Karte, dann machen wir noch diese eine Wette, und danach ist Schluß für heute. Aber wenn ich mir ein nettes kleines Kärtchen auf meine Zehner lege, drehen wir noch eine Runde um den Block und blasen den Pott ein bißchen auf. Was haltet ihr denn davon, Jungs?«

Waverly zuckte die Achseln. Drummond sagte nichts, doch das Mundstück seiner Pfeife befand sich weiterhin in akuter Bruchgefahr.

»Ihr seid mir wirklich keine Hilfe«, knurrte Jock gespielt vorwurfsvoll und verspottete sie. Er liebte jede Sekunde, und er würde nicht aufhören, ehe er das Tuch leergefegt und sie in Unterhosen nach Hause geschickt hätte. Und er brauchte Publikum. Die Ausgestiegenen, ruhelos und mürrisch, hatten das Interesse am Spiel verloren, daher wandte er sich an Robbie. »Robber, du bist doch im beratenden Gewerbe tätig. Was meinst du?«

Robbie hatte zugesehen, wie das Blatt sich entwickelte, jedoch ohne Aufmerksamkeit oder Verständnis. Seine Augen waren glasig, und seine Schultern sackten herab. Er brachte ein kraftloses Grinsen zustande und sagte: »Da hast du wenig Glück mit mir, Jocker. Du bist der Kartenhai.«

»Häh, nirgendwo eine Hilfe. Ich glaube, auf dieser Welt ist man immer allein.« Um den Augenblick zu verlängern, nahm Jock eine nachdenkliche Kinnmassage vor. Und legte die Stirn in Falten. Schließlich sagte er: »Nun, ich glaube, wir sollten noch einen weiteren Durchgang wagen.« Er nahm sich eine Karte. Es war eine

Sechs. Für einen winzigen Moment huschte ein Schatten der Unsicherheit über sein Gesicht. Es war nur ein Aufflackern. Gerade genug. Er stellte sofort sein Grinsen wieder her, doch es war etwas unsicher, etwas schief. Er sah zu Drummond. »Was hast du zu melden?«

Drummond schob.

»Das ist Ihr Spiel, Mr. Waverly.«

Jetzt nahm Waverly sich Zeit. Dachte nach. Er hatte ein perfektes niedriges Blatt. Aber auch 15½ Punkte hoch, sechs dicke Punkte weniger als perfekt. Die Regeln beim Stalingrad waren drakonisch: wenn man beides versuchte, mußte man beides gewinnen, verlor man eines, verlor man alles. Jock zeigte sechsundzwanzig offen. Wenn die zugedeckte Karte ein As oder ein Bild war, dann war Waverly geliefert. Wenn. Doch Waverly hatte das Flattern der Augen gesehen. Es war ihm nicht entgangen. Er zählte seine restlichen Chips: 14 blaue, zwei rote, ein einziger weißer. »Ich habe hier sieben Riesen und ein bißchen Kleingeld«, sagte er. »Die setze ich.«

»Ei ei ei ei«, sang Jock. »Der Profi zieht endlich die Handschuhe aus. Was wollen Sie denn tun, falls ich oder Bull über Ihre siebentausend plus Kleingeld gehen? Ihnen scheint das Geld ausgegangen zu sein.«

»Dann muß ich wohl aussteigen, nehme ich an. Oder ich leihe mir was von Robbie.«

Robbie hob abwehrend beide Arme und fuchtelte damit in der Luft herum. »O nein, das tust du nicht. Laß mich aus diesem Getümmel raus.«

»Ich hab nur einen Scherz gemacht«, sagte Waverly zu ihm. Und zu Jock sagte er: »Ich könnte Ihnen einen Schuldschein geben. Würde das reichen?«

»Nicht nötig, Mr. Waverly. Das ist ein Spiel unter Freunden. Ich halte Ihren Einsatz. Es bringt nichts, wenn man zu geldgierig ist.«

Er zählte die Chips ab und schob sie in den Pott. Drummond tat nichts. Er schien sich mit irgendwelchen inneren Visionen auseinanderzusetzen. Er hielt eine Seance mit sich selbst ab. Rauchwolken stiegen aus seinem Pfeifenkopf auf. Er drehte seine Karten um. Und sagte: »Passe.«

Jock hob seine Augenbrauen. Sein Mund verzog sich zu einem breiten Grinsen des Triumphs, aber es lag auch Erleichterung darin. »Sieht so aus, als teilten wir diesen Braten nur unter uns auf, Mr. Waverly.«

»Ich glaube, wir sollten zuerst ansagen«, sagte Waverly ruhig. Er fühlte sich jetzt gut, selbstsicher und unerschütterlich.

»Was gibt es anzusagen? Sie fahren die niedrige Tour, stimmt's?«

»Ich sage niedrig *und* hoch an.«

»Beides?«

»Richtig, Mr. Appelgate. Beides. Ich glaube, Sie haben eine Karte zuviel genommen. Nur eine Vermutung, Sie verstehen.«

»Okay, wenn Sie es unbedingt wollen«, sagte Jock, aufgeblasen und überheblich. »Was haben Sie denn hoch?«

Waverly drehte seine verdeckte Karte um. »Fünfzehneinhalb. Und Sie?«

Jock war wie vom Donner gerührt. Sein triumphierendes Grinsen wurde säuerlich. Er deckte eine Zwei auf. »Sie haben richtig geraten. Ich fürchte, mit meinem Schrott hier verhungere ich dicht vor dem Ziel. Ich hätte zugreifen sollen, als alles sicher war.«

Waverly sammelte den Chipshaufen ein. »Sie wissen ja, was Savonarola sagt: ›Befreie uns von unserem Wahn.‹ Ein weises Wort.«

»Wer ist das, dieser Savona-undsoweiter?«

»Fragen Sie Robbie. Er kennt ihn.«

Robbie war eingeschlafen. Sein Kopf war auf die Sessellehne gesunken. Der Klang seines Namens weckte ihn. Seine Augen bekamen einen glotzenden Ausdruck angesichts des riesigen Potts, der sich vor Waverly auftürmte. »Hey, was ist passiert, Jocker? Ich dachte, du hättest sie alle im Sack.«

Jock gab keine Antwort. Sein steinerner Blick war auf Waverly gerichtet. Sie fixierten sich gegenseitig. Eine feindselige Stille entstand zwischen ihnen. Plötzlich brach Jock in ein rauhes, hohles Gelächter aus, das bar jeglicher Heiterkeit war. »Ich mag Sie, Waverly. Sie sind ein echter Wegelagerer. Gemein und schmutzig. Ganz nach meinem Herzen.«

»Danke. Ich fühle mich geschmeichelt.«

»Das ist ja ein ganz schöner Batzen, den sie heute abschleppen.«

»Für die Miete reicht es.«

»Sie werden es brauchen für den Anschlag auf den Araber, den wir nächste Woche planen. Ich höre, daß er nur ohne Limit spielt.«

»Wenn das eine Einladung ist, dann komme ich.«

»Oh, klar, Sie sind eingeladen. In aller Form. Ich schätze, daß ich und Bulldog und die anderen eine Revanche verdient haben.«

Waverly schien zu lächeln. »Ich bin da«, sagte er wieder.

Jock rammte sich eine Macanudo in den Mund. Die Hand mit dem Feuerzeug zitterte leicht. »Robber«, sagte er durch eine Rauchwolke, nun wieder ganz der joviale Gastgeber, »warum holst du nicht diese Schokoladentorte her. Damit dein alter Schulkamerad seinen Sieg zelebrieren kann.«

»Also das ist eine Klasseidee«, sagte Robbie. »Was hältst du davon, Tim?«

»Ich glaube, ich passe.«

Jock schnaubte wütend. »Dieser Bursche ist kein Mensch. Er trinkt nicht, ißt nicht, bumst nicht. Dafür, daß ihr Freunde seid, habt ihr aber wenig gemeinsam. Unser Robber hier ist so scharf wie ein Ziegenbock mit zwei Schwänzen.«

Robbies Gesicht erstrahlte in einem lüsternen Grinsen. Offenbar hatte man ihm ein Kompliment gemacht. »Bist du ganz sicher, Tim? Pursey Sue ist unersättlich. Sie schluckt alles, je mehr desto lieber.«

Waverly betrachtete seinen einstigen Freund und dachte, daß die Vergangenheit immer anders ist, als man sie in Erinnerung hat, und kleiner. »Vielleicht fällt mir etwas ein, wie ich anders feiern kann«, sagte er.

Bennie lag in dem La-Z-Boy mit etwa der gleichen Haltung wie jemand, der auf dem Zahnarztstuhl auf das Jaulen des Bohrers wartet. Sein Gesicht war eine Karte der beiden benachbarten Länder Hoffnung und Angst. »Und«, fragte er, »atmen wir noch, oder fressen uns die Würmer?«

Waverly legte mehrere dicke Stapel Dollarnoten auf die Frühstückstheke. »Entscheide du.«

Bennie kämpfte sich auf die Füße, watschelte herbei und begann zu zählen. Seine geübten Finger blätterten die Scheine rhythmisch durch; seine Lippen bewegten sich stumm während des Zählens. Als er fertig war, sah er Waverly an, und nun lag Erleichterung in seiner Miene. »Achtundsiebzig Riesen. Und ein paar Gequetschte. Timothy, du bist voll im Programm. Du Zauberkünstler.«

»Jaja, das bin ich wohl. Hans im Glück.«

»Nicht so bescheiden. Du hast praktisch ein Drittel geschafft. Ich geb dir ein Bier aus, Junge. Heute hast du es dir verdient.«

»Bitte keins für mich. Ich bin fertig.«

»Eins schaffst du. Das entspannt dich.«

Er ging zum Kühlschrank und holte zwei Flaschen Löwenbräu heraus. Waverly ließ sich auf einen der Hocker an der Frühstücksbar sinken. Er war zu müde, um zu widersprechen. Sein Körper war ein einziges steifes Schmerzbündel. Etwas von der Depression, die er stets nach einer ausgedehnten Sitzung am Spieltisch verspürte, machte sich nach und nach bemerkbar. Erzeugt wurde sie durch die zu abrupte Öffnung jenes engen, kleinen abgeschlossenen Universums mit seinen unendlichen Risiken innerhalb der statischen, unerschütterlichen Ordnung der Zahlen. Das Spiel ist vorbei, tut mir leid, Zeit, nach Hause zu gehen. Zurück in jene andere Welt: trist, grau, prosaisch, aber auch schlüpfrig, weitaus verwickelter und angefüllt mit den kleinen und großen Katastrophen des Lebens. Der Wechsel geschah zu plötzlich. Zu desillusionierend.

Bennie setzte sich auf den Hocker ihm gegenüber. Er hob prostend seine Bierflasche. »Auf dich und auf mich und auf die Geldsäcke, die unsere Rettung sind. Eine kleine Laudatio für unseren Meisterspieler.«

»Wie reizend«, sagte Waverly.

Sie stießen mit den Flaschen an.

Bennie nahm einen tiefen gluckernden Schluck. Wischte sich den Mund mit dem Handrücken ab. Unterdrückte einen aufsteigenden Rülpser. »Dann erzähl mal. Wie ist es gelaufen? Wie waren die anderen?«

»Es war kein Ringelreihen. Zwei waren gut. Wirklich gut.«

»Aber nicht von deiner Klasse, oder?«

»Da bin ich mir nicht so sicher.«

»Aber du hast doch die Beute, die es beweist.«

»Die meiste Zeit haben wir diese schrägen Pokervarianten gespielt. Dieses Geld ist nichts anderes als der Beweis dafür, daß ich unwahrscheinlichen Dusel hatte.«

Bennie wies auf den Stapel Banknoten. »So einen Dusel lasse ich mir immer gefallen.«

»Beim nächsten Mal brauchen wir etwas mehr als Dusel.«

»Wie das denn? Denkst du an den Araber?«

»Und daran, daß er am liebsten ohne Limit spielt. Was den Schluß nahelegt, daß achtundsiebzigtausend ein verdammt dünnes Polster sind. Wenn die Karten gegen mich sind und ich eine Pechsträhne habe, dann fallen wir beide auf die Nase.«

Bennie setzte erneut seine Flasche an und nahm einen weiteren Schluck. Einige Sekunden lang schwieg er, dachte nach und runzelte sorgenvoll die Stirn. »Du willst sagen, daß wir uns nicht zu früh freuen sollten.«

»Ich wäre jedenfalls sehr vorsichtig.«

»Ich sag dir eins, Timothy. Beim Poker gibt es solche und solche. Und du bist einer von denen, die an der Spitze stehen. Ich vertraue auf dich.«

»Ich wünschte, ich könnte es genauso sanguinisch sehen.«

»Was heißt sanguinisch? Sprich so, daß man dich versteht.«

»Nun ja, rosig, optimistisch, positiv. Du scheinst ja weiß Gott das Selbstvertrauen gepachtet zu haben.«

»Das nur, weil du der Beste bist, wenn es um Karten geht. Und ich weiß, was ich sage, hab schließlich sechzig Jahre Erfahrung hinter mir. Und du bist beim Poker der Phönix aus der Asche. Egal wie tief du in der Scheiße stehst, am Ende tauchst du auf und verbreitest reinsten Rosenduft.«

»Na, dann brauchen wir uns ja keine Sorgen zu machen. Bei derart überzeugenden Beweisen.«

Bennie musterte ihn. Ein bohrender, prüfender Blick. »Es sind nicht die Karten, die mich beunruhigen«, sagte er schleppend. »Sondern mir bricht der Angstschweiß aus, wenn du nicht spielst. Ich frage mich, wie lange du deine Klasse noch hältst.«

»Würdest du mir mal verraten, was du meinst?«

»Ich meine, daß jemand angerufen und nach dir verlangt hat, als du weg warst. Eine Lady.«

Waverly wartete. Es kam nichts weiter. Schließlich fragte er: »War es das? Kein Name? Keine Nachricht?«

»Sie heißt Caroline. Bat dich, zurückzurufen. Die Nummer wüßtest du.«

Waverly trank von seinem Bier. Es schmeckte bitter. Er schob die Flasche auf der Theke von sich. »Trink du den Rest«, sagte er. »Ich muß schlafen.«

Er ging zum Schrank, holte die Matratze hervor, pumpte sie auf und streckte sich darauf aus. Er lag dort, starrte die rissige Decke an und spürte Bennies Blick auf sich. Ihre Unterhaltung war nicht beendet. Noch nicht.

»Ehe du einschläfst«, sagte Bennie, »könntest du mir kurz andeuten, was du in dieser Sache vorhast?«

»Welche Sache meinst du?«

Bennie seufzte. »Die Sache mit dem Anruf. Die Sache mit der Lady. Die mich einigermaßen nervös macht. Die meine ich. Komm schon, Timothy, wir sind zu lange zusammen. So wie ich es sehe, bist du mir einiges schuldig.«

Damit hatte er zweifellos recht. Unwidersprochen. »Ich weiß es nicht«, sagte Waverly ehrlich. Soweit er fähig war, Wahrheit und Unwahrheit zu unterscheiden, war dies die Wahrheit. »Ich schlaf drüber.«

16

Am nächsten Abend saß er an einem Tisch vor der Glaswand und blickte hinaus auf einen schmalen Seitenarm des Intracoastal. Am gegenüberliegenden Ufer ragte das Wahrzeichen des Jupiter-Leuchtturms über einer Baumgruppe empor, die in einer leichten Brise schwankte. Er schaute mit düsteren Gedanken in eine Dämmerung, die von Sekunde zu Sekunde den Leuchtturm und die Bäume vor einem sich verdunkelnden Himmel schwärzer werden ließ. Aber er erzählte etwas von dem Leuchtturm, seinem Ursprung in der Zeit des Bürgerkriegs, über seine historische Bedeutung. Er redete, murmelte, dozierte. Die Worte entströmten stetig seinem Mund. Professor Waverly, stets zu Diensten. Der Professor der windigen Abschweifung, der lahmen Ausflucht.

Das Gemurmel der Speisenden im Saal hinter ihm schwoll allmählich an. Und ihm gegenüber, mit einem wissenden, verstohlenen Lächeln, mit dem sie ihn ansah, saß Caroline Crown und hörte ihm geduldig zu. Ihre Augen musterten ihn, fixierten ihn, ließen ihn nicht los, als gäbe er faszinierende Weisheiten allerhöchsten Ranges von sich. Zugleich schienen sie in unendliche Fernen zu blicken. Als sein Vortrag schließlich zu Ende war, fragte sie sanft: »Bist du nervös, Tim?«

»Nervös? Nein, ich glaube nicht. Na ja, ein bißchen vielleicht.«

»Das brauchst du aber nicht zu sein. Ich habe meine Spuren gut verwischt.«

»Was dagegen, wenn ich frage wie?«

»Ich habe gesagt, ich ginge einkaufen. Einkaufen ist genauso überzeugend wie Essen gehen. Völlig unverdächtig.«

Für Waverly klang das verdächtig danach, als spräche sie aus Erfahrung, doch er machte keine Bemerkung dazu. Statt dessen sagte er: »Und dein Mann? Wo ist der heute abend?«

»Er heißt Robbie, schon vergessen? Du darfst seinen Namen auch weiterhin benutzen.«

»Na schön, dann eben, wo ist Robbie?«

»Ach, mit Jock unterwegs. Irgend etwas Geschäftliches, glaube ich. Ich hab keine Ahnung.« Sie unterstrich die vage Antwort mit einer wegwerfenden Geste. Unwichtig. Sie schaute sich in dem gut besetzten Speisesaal um. »Wie heißt dieses Restaurant?«

»Harpoon Louie's.«

»Das ist typisch Florida. Mit all dem Glas und dem tropischen Grünzeugs, dem Wasser und deinem Leuchtturm da drüben. Bist du oft hier?«

»Ab und zu. Oft eigentlich nicht.«

»Und warum heute abend?«

»Damit ich dich mit meinem Leuchtturmvortrag verblüffen konnte. Und auch weil es unwahrscheinlich ist, daß du hier einem eurer Freunde aus Palm Beach begegnest. Das liegt nicht ganz auf deren Linie.«

»Ich glaube, wenn man es genau betrachtet, dann ist mir das am Ende ziemlich egal. Wenn ich ganz ehrlich bin, habe ich mir mehr Sorgen gemacht, daß du nicht anrufen würdest. Dein Freund klang nicht sonderlich begeistert.«

»Er ist dagegen.«

»Soviel habe ich mitbekommen. War auch nicht zu überhören.«

»Du mußt verstehen, daß er sich auch seine Sorgen macht. Vorwiegend um mich.«

»Dann verrat es mir, Tim, warum *hast* du angerufen?«

Er überlegte eine Minute lang, ihm wollte keine plausible Antwort einfallen, aber die Frage löste einen Schwarm verschwommener Erinnerungen aus. Eine von ihnen, ein seltsames Echo dieses besonderen Augenblicks, löste sich von den übrigen und rückte hinter seinen Augen scharf in den Brennpunkt. Ein Frühlingstag, ihr letztes Jahr im College, Robbie irgendwo unterwegs – ein Leichtathletik-Wettbewerb, eine Diskussionsveranstaltung, irgendwo außerhalb des Bildes – und sie hatte angerufen, und sie verbrachten den Tag miteinander: Tennis (ihr Spiel, sie schlug ihn vernichtend), ein schnelles Abendessen, ein paar Bier. Und Gespräche. Er erinnerte sich an lange Gespräche. Sie und Robbie wollten diesen Sommer heiraten, und die unvermeidlichen Zweifel an der Richtigkeit dieser Entscheidung setzten ein. Und wie er so zuhörte, der vertraute Freund, dem nicht ganz wohl bei der Sache war, glaubte er einen Unterton in all diesen Sätzen zu vernehmen, etwas, das mehr war als einen Freund ins Vertrauen zu ziehen, etwas in der Richtung einer Einladung, vielleicht sogar ein Appell. Hart am Rand einer unausgesprochenen Alternative schien sie ihn zu bitten: Sag jetzt die richtigen Worte, und alles kann anders werden, für uns beide, aber du mußt sie jetzt sagen.

Damals hatte er nur müde Gemeinplätze der Beruhigung von sich gegeben, und was er jetzt sagte, anderthalb Dekaden später, war genauso uninspiriert: »Wer weiß. Wir denken besser nicht drüber nach. Es spottet jeder Vernunft. Wir sind hier, vielleicht ist das Erklärung genug.«

Ihr forschender Blick irrte ab. Das Lächeln verflog. »Das sind wir wohl«, sagte sie.

Sie saßen wirklich da, beschäftigten sich angeregt mit ihren Drinks, dachten nach. Sie saßen da, und waren sich beide darüber im klaren, daß sie sich mit einer Vergangenheit herumschlugen, die nicht zu ändern war. Und indem er sie betrachtete, wie sie ihm gegenüber saß, mit ihrem schlanken, eleganten Körper, mit ihrem Haar, das ihr Gesicht umrahmte wie eine Aura aus goldenem Licht, mit ihrem traurigen, reizenden verschlossenen Gesicht, auf dem ein bitteres Lächeln lag und dessen Augen den tiefen Kummer in ihrem Herzen widerspiegelten – indem er sie so sah, spürte Waverly das Gespenst der Zeit, die phantomhaft über ihren Köpfen schwebte, und er wußte, daß sämtliche Verheißung und Kraft ihrer gemeinsamen Jugend aufgebraucht und verflogen waren.

Als wollte sie die Melancholie vertreiben, die sich über ihren Tisch gesenkt hatte, sagte sie fröhlich: »Vielleicht muntert es dich etwas auf, daß Robbie sagt, Jock sagt, du wärst der beste Pokerspieler, gegen den er seit Jahren angetreten ist.«

»Das baut mich richtig auf. Ich muß mein Ego unter Kontrolle halten.«

»Du mußt Eindruck auf sie gemacht haben. Und das ist schon allerhand. Wahrscheinlich hast du bemerkt, daß keiner von ihnen leicht zu beeindrucken ist.«

»Ich hatte Glück.«

»So wie Robbie es geschildert hat, war es wohl doch etwas mehr als nur Glück.«

»Du solltest nicht alles glauben, was du hörst. Ich kann mich erinnern, daß Robbie schon immer zu Übertreibungen geneigt hat.«

»Allerdings. Darin ist er stark.« Ein knappes bitteres Lachen schien auf ihren Lippen zu verenden. »Er sagt auch, du würdest in der nächsten Woche wieder spielen, wenn der so lang ersehnte Herr aus Arabien endlich eintrifft.«

»Das habe ich vor.«

»Und du willst wieder gewinnen?«

»Man spielt immer mit der Absicht zu gewinnen. Aber das kann niemand vorhersagen. Die Karten sind unzuverlässig. Wußtest du, daß die Puritaner die Karten das Bilderbuch des Teufels nannten?«

Caroline lachte wieder, nur diesmal belustigt und ohne eine Spur von Bitterkeit. Und mit einem kaum wahrnehmbaren ironischen Unterton fügte sie hinzu: »Leuchttürme, Kartenglück – Gespräche mit dir sind sehr instruktiv, Timothy. Sehr erbaulich.«

»Ein Informationskörnchen nach dem anderen.«

»Nun, ich hab eins, was du bedenken solltest«, sagte sie, und jetzt klang ihre Stimme kontrolliert und ernst. »Möglich, daß Jock tatsächlich von dir beeindruckt ist, aber er mag dich nicht. So wie Robbie es ausdrückt, hat er es auf dich abgesehen. Er hat dich in seinem Fadenkreuz.«

»Vielen Dank für die Warnung«, sagte Waverly und versuchte

mit seinem eigenen Tonfall etwas von der Leichtigkeit zu beschwören, die einmal zwischen ihnen geherrscht hatte.

Ohne Erfolg. »Ich würde ihn an deiner Stelle nicht unterschätzen«, sagte sie mit einem leicht ungeduldigen Unterton. »Dieser Mann ist im Grunde seines Herzens gemein und bösartig. Er verfügt über das, was man unter einem Raubtierinstinkt versteht. Er ist zu allem fähig.«

»Das klingt richtig unheimlich. Du willst doch nicht andeuten, daß er beim Spielen betrügt? Bei einem Spiel auf diesem Niveau betrügt man nicht.«

»Ich gebe dir nur weiter, was ich gehört habe. Ich weiß nicht, was ich damit andeuten will. Aber ich kenne Jock Appelgate. Und er haßt es leidenschaftlich zu verlieren. Egal wo und wobei.«

»Tun wir das nicht alle?«

Caroline schüttelte den Kopf und seufzte. Es war ein tiefer, hilfloser Seufzer. »Ich dachte nur, du solltest Bescheid wissen. Ich kann nicht einmal so tun, als verstünde ich genau, was du tust, Tim. Oder warum du es tust.«

Waverly drehte seine Handflächen nach oben, eine Geste der Kapitulation, des Sichgeschlagengebens. »Es gibt nichts zu verstehen«, sagte er. »Ich bin dankbar für deine Sorge, deine Anteilnahme, aber so verdiene ich mir meinen Lebensunterhalt. Und das hat seine Risiken.« Die Richtung, die diese Unterhaltung nahm, verursachte ihm ein tiefes Unbehagen. Er wollte das Ganze nicht zu weit treiben.

Er brauchte es auch nicht. Sie sagte: »Zeit für einen Themawechsel, nicht wahr?« Sie war ihm weit voraus, wie sie es immer gewesen war.

»Über Leuchttürme weiß ich nichts mehr. Vielleicht fällt mir was Neues ein, wenn wir noch einen Drink bestellen.«

»Das klingt gut.«

Er blickte über die Schulter. Und sah ihre Serviererin, die mit zwei Drinks in den Händen auf sie zukam. »Sie können ja Gedanken lesen«, sagte er zu ihr, während sie die Gläser auf den Tisch stellte.

Für einen kurzen Moment schien sie verwirrt zu sein. Dann, wie es sich für Serviererinnen gehört, strahlte sie ihn an. »O nein, Sir. Die kommen mit den besten Grüßen von dem Herrn da drüben.«

Waverly erstarrte innerlich. »Von welchem Herrn reden Sie?«

»Von dem Mann mit der Sonnenbrille«, antwortete sie und wies mit einem Kopfnicken auf die Bar, »der mit dem athletischen Körper. Er sagte, Sie sollen es sich schmecken lassen, also zum Wohle.«

Sie entfernte sich.

»Ein Freund von dir?« fragte Caroline.

Waverly drehte sich auf seinem Stuhl, um besser sehen zu können. Der großzügige Gast mit der Sonnenbrille und dem Athletenkörper saß allein am Ende der Bar. Unter einem minzgrünen, figurbetonten Sporthemd hatte sein Oberkörper die Form eines Drachens von den keilförmigen Latissimus- bis zu den ausladenden Trapezmuskeln. Sein zurückgekämmtes schwarzes Haar glänzte wie frisch lackiert. Er schien sie anzustarren. Ein schmales, betont knappes Lächeln erschien in seinem markanten Gesicht. Er hob eine Hand, bildete aus Daumen und Zeigefinger eine Pistole, zielte damit auf sie und senkte ganz langsam den Daumen, so als würde er abdrücken.

»In gewisser Weise, ja«, sagte Waverly. »Warte mal eine Minute. Ich bin gleich zurück.«

Er stand auf und ging durch den Raum. Der leere, undurchsichtige Blick schien ihn zu verfolgen. Das Grinsen vertiefte sich, aber nicht viel. Waverly umrundete die Bar und tauchte neben ihm auf. »Vielen Dank für den Drink«, sagte er.

D'Marco drehte sich etwas und hob in einem fragenden Ausdruck eine Augenbraue. »Sie brauchten sich aber nicht die Mühe zu machen, den ganzen Weg hierherzukommen, um sich zu bedanken.«

»Es war keine Mühe.«

»Eigentlich sollten Sie sich bei Ihren Freunden in Chicago bedanken. Sie haben gesagt, ich soll nicht vergessen, dem Mann einen Drink zu spendieren.«

»Sehr aufmerksam von ihnen.«

»Oh, Sie halten sehr viel von Ihnen, Mr., äh, Waverly, nicht wahr?«

»Stimmt.«

»Zum Beispiel hoffen sie, daß die Karten Ihnen gestern gnädig gesonnen waren.«

»Es geht so. Bestellen Sie ihnen das.«

»Es geht so, aha«, wiederholte D'Marco zweifelnd. »Ich denke, sie werden sich freuen, wenn sie das hören.«

»Haben sie sonst noch irgendwelche Probleme?«

D'Marco lehnte sich auf dem Barhocker zurück und verschränkte mächtige Arme unter einem Gebirge von einem Brustkorb. Er schien zu überlegen. Er hatte die nervöse Angewohnheit aller Kraftsportler und Hantelfans, ständig seine Muskeln spielen und zucken zu lassen, als müsse er jederzeit ihren Zustand prüfen und sich von ihrem Vorhandensein vergewissern. »Also«, sagte er schließlich, »wenn ich mich recht erinnere, meinten sie auch noch, ich soll Sie daran erinnern, gelegentlich einen Blick auf den Kalender zu werfen. Sie sagten, die Frist liefe allmählich ab. Etwa eine Woche haben Sie noch Zeit, wenn ich richtig verstanden habe.«

»Haben Sie. War das alles? Oder gibt es sonst noch was?«

»Das war's wohl.«

»Dann habe ich auch etwas für Sie. Hauen Sie ab. Kommen Sie mir nicht vor die Augen. Halten Sie Abstand. Wenn die Woche vorbei ist, reden wir, wir beide, Sie und ich.«

D'Marco quittierte das mit einem sparsamen Lachen. »Das klingt ja wie eine Drohung. Sie drohen mir, Mr. Waverly?«

»Betrachten Sie es als ein Versprechen.«

D'Marco legte den Kopf schief. Er musterte ihn, diese Vogelscheuche in dem weiten Jackett, das etwa drei Nummern zu groß zu sein schien, und dem Hemd und der Krawatte, die lose an seinem hageren Hals hing, wie er dastand, dreist und den harten Mann spielend, und *ihm* drohte. Er musterte ihn auf diese amüsierte, nachsichtige Art und Weise, wie man einen frechen Schoßhund betrachtet, der an der Leine zerrt, wütend knurrt und keine Ahnung von seiner Harmlosigkeit hat. »Dieses Versprechen«, sagte er gedehnt, »wie wollen Sie das denn einlösen?«

»Ich denk mir was aus«, sagte Waverly und sprach dabei langsam und mit klarer und entschlossener Stimme und verlieh jedem seiner Worte Nachdruck. »Verlassen Sie sich darauf.«

Er konnte spüren, wie die Wut in seiner Brust hochzulodern begann, ihm in die Kehle stieg. Er machte auf dem Absatz kehrt und entfernte sich. Und hinter ihm erklang der spöttische Kommentar: »Ich freu mich schon auf unser nettes Gespräch nächste Woche.«

Sie hatten auf einem der Plätze für die Gäste der Tropicaire Komfortapartments geparkt. Ein heftiger Regenguß, der wie aus dem Nichts losgebrochen war, trommelte auf das Dach des Jaguar. Durch die schlierige Windschutzscheibe war in einem der Fenster von Waverlys Bungalow ein Licht zu erkennen, obgleich Bennies Cadillac verschwunden war. Wohin und für wie lange ließ sich unmöglich sagen. Hinter ihnen flackerte die Neonreklame des Tropicaire ihr ständig wiederkehrendes YES. Auf der anderen Straßenseite ragte das verlassene Collonades Beach Hotel wie eine Schattenmauer in den dimensionslosen Himmel.

Waverly hatte während der Fahrt kein Wort gesprochen und abgewartet, daß die ohnmächtige Wut sich legte, verflog. Und er sagte auch jetzt nichts.

»Wie kommt es«, fragte Caroline leise und brach das Schweigen, »daß du dich immer vor irgend etwas zu verstecken scheinst, sobald ich in deiner Nähe bin?«

Waverly starrte düster auf das Armaturenbrett. Er holte tief Luft. »Ich glaube, das ist eins der Dinge, die du wirklich nicht wissen willst.«

»Oh, aber ich will.«

Er zuckte die Achseln. »Du sagst ja. Ich sage nein.«

»Sind das die Schwierigkeiten, in denen du steckst, ja?«

»Ja.«

»Und dieser Mann an der Bar, er gehört auch dazu?«

»Er ist ein Teil davon. Aber es gibt da noch eine ganze Menge mehr.«

»Ist das dein Leben, Tim – dauernd ausweichen, dich verstekken, weglaufen?«

»So ist es nicht immer. Erst seit kurzem.«

»Ich wünschte, es gäbe einen Weg, wie ich dir helfen kann«, sagte sie mit zaghafter, trauriger Stimme, als wäre sie von seiner Schwermut angesteckt worden.

»Daß du hier bist, ist mir Hilfe genug.«

Sie streckte einen Arm aus und legte ihre Hand auf seine. Wieder trat Stille ein.

Nach einer Weile murmelte sie: »Erinnerst du dich noch, was du gesagt hast, als ich fragte, warum du mich angerufen hast?«

»Ich habe gesagt, ich wüßte nicht warum. Etwas in der Art.«

»Du hast gesagt, es spotte jeder Vernunft.«

»Das tut es auch. Keiner von uns beiden sollte eigentlich hier sein.«

»Und vor kurzem hast du gesagt, die Vergangenheit wäre eine Phase unseres Lebens gewesen. Erinnerst du dich?«

»Ich erinnere mich.«

Sie rutschte hinter dem Lenkrad ein Stück zur Seite auf ihn zu und lehnte sich vor und schlang einen Arm um seinen Hals. Sie streichelte zärtlich seine Wange, gab ihm einen Kuß auf die Stirn. »Irgendein Dichter hat mal gesagt, Liebe brauchte nur Zeit und keinen Grund«, sagte sie, und dann, fast gewaltsam, küßte sie ihn auf den Mund. Eine Flut ihres duftenden Haars ergoß sich über sein Gesicht.

»Möchtest du mit reinkommen?« fragte er. »Mein Partner ist weggefahren, es müßte eigentlich –«

Sie legte ihm einen Finger auf die Lippen, um ihn zum Schweigen zu bringen. »Keine Worte mehr. Ich möchte endlich zu Ende bringen, was wir in einem anderen Auto, vor zwanzig Jahren, hätten zu Ende bringen sollen.«

Waverly gab sich ihrer Berührung hin, und bei den unbeholfenen Bewegungen und in jener in immer wahnwitzigeren Tempo rotierenden Spirale schien die Zeit, für einen wunderbaren Augenblick lang, rückwärts abzulaufen; und nach einem langen, gewaltsamen Aufbäumen, so gewaltsam wie ihr Kuß, schien Frieden sich auf sie herabzusenken und sie einzuhüllen, während der Regen in einem zapfenstreichartigen Trommelwirbel auf das Wagendach hämmerte.

17

Mr. Arschloch. Versuchte eine Bogart-Nummer bei D'Marco Fontaine. Ein grandioser Witz.

D'Marco schaute ihm nach, wie er zum Tisch zurückging und die Schnalle von ihrem Platz hochzog und zur Tür bugsierte. Er ließ sie gehen. Warum auch nicht? Es gab sowieso keinen Ort, wohin sie verschwinden konnten und wo er sie nicht finden würde. Außerdem waren die Fronten jetzt geklärt, und die Uhr lief, und er meinte es tatsächlich, wie er es gesagt hatte, nämlich daß er sich schon auf die nächste Woche freute. Mit dem hier, der besser war als die meisten anderen bisher, würde er sicherlich seinen Spaß haben.

Bis dahin gab es jedoch zwei andere unangenehme Probleme, die gelöst werden mußten. Nicht, daß er in beiden Fällen irgend etwas Entscheidendes tun konnte. Da war erst einmal dieser Fettsack im Hotel. Noch einen Abend voller dämlicher Fragen und Herumquengelei und schwachsinnigem Gesülze würde er nicht überleben – wie ließ sich das regeln? Die Antwort lautete, verdammt noch mal überhaupt nicht; bis dieser Auftrag erledigt war, würde dieser Wichser Sigurd Stumpley nicht verschwinden. Und dann war da diese dringendere – alarmierendere, wenn man es genau bedachte – Angelegenheit mit der Nachricht auf dem Anrufbeantworter. Und weil er gerade daran dachte, überprüfte er die Gesichter an der Bar, suchte den leeren Ausdruck des Berufskillers oder den verstohlenen eisigen Blick, der ihn streifte. Man muß selbst ein Profi sein, um einen Profi zu erkennen. Aber er sah nichts anderes als eine ganze Kollektion fröhlicher, lärmender Zecher, vorwiegend Nachsaison-Touristen, die Florida auf die billige Tour erleben wollten. Nein, wenn dieser Typ zuschlug, dann mit aller Wucht und unvermittelt und wie aus dem Nichts, so wie auch er selbst es tun würde. Also paß auf, was hinter dir läuft, Junge.

D'Marco trank den letzten Rest seiner wodkafreien Bloody Mary und schlenderte hinaus auf den Parkplatz. Er schaute sich wachsam um, nach rechts und links und über die Schulter. Alles klar. Er schob sich hinter das Lenkrad seines LX und fuhr vom Parkplatz auf die Straße und weiter zum Highway One. Dort rollte er nach Süden und hielt sich wie alle anständigen Bürger an das Tempolimit. Andere Wagen huschten an ihm vorbei. Immer wieder warf er einen Blick in den Rückspiegel. Hinter ihm war nichts Ungewöhnliches zu sehen. Etwa in Höhe Juno Beach begann es wieder zu regnen. Die Fahrspuren des Highway verschwammen im Dunst eines heftigen Wolkenbruchs. Er setzte seine Fahrt fort, langsamer und vorsichtiger als je zuvor.

Und so dauerte es gut eine halbe Stunde oder länger, nachdem er

Harpoon Louie's verlassen hatte, ehe er durch die Tür des Zimmers im Sea Spray Hotel trat. Und als er es tat, war der Anblick, der ihn erwartete, so erschütternd, so völlig entnervend, so absolut abstoßend, daß ihn für einen kurzen Moment seine einstudierte Gelassenheit im Stich ließ und sein Mund aufklappte und sein Magen sich in einer plötzlich krampfartig aufflammenden Übelkeit umzustülpen drohte.

Er sah: zwei aufgeblähte Zeppeline, aneinandergeklammert und einander umschlingend in einem klassisch-geilen Neunundsechziger, wabbeliges weißes Fleisch, das sich zuckend hin und her warf und wand, schamlos im harten Licht der Deckenbeleuchtung.

Er hörte: eine Symphonie von Grunzlauten, lustvollem Stöhnen, widerwärtigem Schmatzen.

Er roch: einen Affengestank von Schweiß, diversen Körperflüssigkeiten, billigem Parfüm, moschushaltigem Aftershave und anderen namenlosen Düften, die vom Bett aufstiegen und den Raum wie ein hartnäckiges Gas verpesteten.

Er empfand: außer nackter Übelkeit eine kalte Wut.

Wenn man von Berggipfeln des Abscheus sprach, dann war dies der Mount Everest.

Sigurd hob den Kopf und drehte ihn so weit, daß er D'Marco erkennen konnte. Ein halbmondförmiges Grinsen leuchtete auf seinem einfältigen Gesicht. »Hey, Kumpel, erinnerst du dich noch an Maylene? Aus dem Greenhouse?«

D'Marco gab keine Antwort. Sein Mund hatte sich wieder geschlossen, die Haut spannte sich in den Winkeln.

Sigurd, der jetzt die gesamte Länge dieser grotesken Paarung hinunter sah, sagte: »Maybelle-Liebling? Schätzchen? Das ist mein Partner.« Als Erklärung fügte er hinzu: »Wir teilen uns dieses Zimmer.«

Man wurde einander vorgestellt.

Maylene hob etwas den Kopf und lugte unter einem fetten Stumpleyschenkel hervor. Feuchte Strähnen ihres farblosen Haars fielen ihr in die Augen. Sie wischte sie ungehalten weg und funkelte D'Marco wütend an. Ihre Wangen leuchteten rot wie glühende Kohlen. Ihr Oberkörper mit den schlaffen, wogenden Brüsten hob und senkte sich heftig, ob wegen eines soeben durchlebten Höhepunkts heißester Leidenschaft oder aus aufwallender

Wut über die zeitlich ungünstige Störung – gewiß nicht aus Scham – war unmöglich festzustellen. »Der hat ja ein schönes Timing«, murmelte sie ärgerlich, erstickt.

Mit einer Stimme, die von eisiger Selbstkontrolle klirrte, sagte D'Marco direkt zu Sigurd. »Apropos Timing, du hast genau drei Minuten, um dieses Walroß rauszuwerfen.«

»Wen meinen Sie mit Walroß?« sprudelte Maylene.

»Ich bezahle dieses Zimmer zur Hälfte«, protestierte Sigurd. »Ich habe auch meine Rechte.«

»Drei. Und die Zeit läuft.«

Sigurd hörte die leise grollende Drohung der Stimme. Und die Gewitterwolken in diesen Augen waren nicht zu übersehen. Sein Ärger ließ nach, er wälzte sich vom Bett und wühlte mit fieberhafter Eile in dem Haufen Kleider auf dem Fußboden herum.

D'Marco machte auf der Stelle kehrt und ging zurück in den Korridor und schlug die Tür hinter sich zu. Dort stand er und zählte die Sekunden auf seiner Armbanduhr, lauschte den gedämpften Stimmen, die eine tief und besänftigend, die Worte nicht zu verstehen, und die andere ein vorwurfsvolles Keifen – »Was fällt dem überhaupt ein, mich als Walroß zu bezeichnen« – gefolgt von einer ganzen Litanei Flüche.

Nach knapp weniger als den zugestandenen drei Minuten schwang die Tür auf, und Maylene, zerzaust, aber mehr oder weniger vollständig bekleidet mit weiter Bluse und einer zirkuszeltartigen Jeans und hohen Pumps, die sie zu einem kopflastigen Stelzengang zwangen, kam herausgestürmt. Sigurd, der nur seine Boxershorts trug und ein mühsames Grinsen aufgesetzt hatte, schaute um die Ecke und rief ihr nach: »Und melde dich mal, ja?« Ohne sich umzudrehen, hob sie eine Hand mit hochgerecktem Mittelfinger und setzte ihren Weg durch den Flur fort.

»Man könnte meinen, sie hat es eilig«, sagte Sigurd.

D'Marco drängte sich an ihm vorbei. Sigurd wartete in der Türöffnung, beobachtete, wie eisige Blicke das Schlachtfeld abtasteten, wie das Kinn vorgereckt und die Zähne zusammengebissen wurden, wie der Kopf langsam und unfreiwillig staunend nickte. Er dachte, daß es am besten wäre, nichts zu sagen. Noch nicht. Erst einmal sollte das Eis ein wenig tauen. Am Ende fielen die Blicke auf ihn. Er hob in einer hilflosen Geste die Schultern.

»Mach die Tür zu«, befahl D'Marco.

Sigurd machte die Tür zu.

»Schließ ab.«

Er schloß ab.

»Und jetzt sieh zu, daß du in deine verdammten Klamotten kommst, ehe ich kotzen muß.«

Sigurd zog sich hastig an.

Sobald er vollständig bekleidet war, fragte D'Marco: »Ist das deine Vorstellung davon, wie man einen Job erledigt?«

Sigurd hob eine Hand, als wolle er einen Schwur leisten. »Hey, nun mal langsam, der Judenjunge haute in seinem Caddie ab, kaum daß du weg warst. Was hätte ich denn tun sollen?«

»Da hast du dir gedacht, daß du dir genausogut ein bißchen die Zeit vertreiben kannst, oder? Die große Nilpferdnummer schieben?«

»Ich dachte, daß das niemand weh tut. Du warst weg. Und ich dachte, du bist weg bis morgen früh.«

»Was habe ich dir gesagt, wie es mit Fotzen auf dem Zimmer aussieht?«

Sigurd winkte mit seiner Schwurhand ab. »Okay, okay, okay«, sang er. »Versteh sowieso nicht, warum du dich so darüber aufregst. Wir sind jetzt schon – wie lange? – fast eine ganze Woche an der Sache dran. Ein Mann muß ab und zu mal seinen Dorn polieren.« F ihn klang es völlig einleuchtend und vernünftig. »Die meisten«, fügte er vielsagend hinzu, »wären jetzt soweit.«

Ein Schatten huschte über D'Marcos Gesicht. Er ging durch das Zimmer und warf sich auf sein Bett, der einzige unberührte Fleck im Zimmer. Einige Sekunden lang schwieg er, blickte zur Decke, dachte nach. Dann richtete er seinen düsteren Blick auf Sigurd. »Du bist doch hergekommen, um zu lernen, wie man Beschattungen vornimmt, stimmt's?«

Sigurd sagte ja. Ihm gefiel der Blick seines Partners überhaupt nicht.

»Okay, dann fangen wir mal mit einer ganz einfachen Lektion an.« D'Marco zeigte auf die Terrasse und sagte: »Dann geh jetzt raus und paß auf, was auf der anderen Straßenseite passiert.«

Ein heftiger Regen klatschte gegen die Glasscheibe und prasselte auf die Terrasse. Sigurd schaute hinaus, dann wieder zu D'Marco.

Das war wohl ein Witz. Er grinste krampfhaft. »Komm schon, Mann. Es ist am *Regnen*.«

Der feste Blick kühlte sichtlich ab, wurde drohend, mörderisch.

Kein Witz. »Gottverdammte Scheiße«, murmelte Sigurd bitter, aber er öffnete trotzdem die Schiebetür und trat hinaus auf die Terrasse.

»Laß offen«, sagte D'Marco. »Damit dieser Affenstall mal gelüftet wird.«

Sigurd, der augenblicklich bis auf die Haut durchnäßt und dem jämmerlich zumute war, rief eine Warnung: »Dann regnet es doch auf den Teppich.«

»Scheiß auf den Teppich.«

Gegen zwei Uhr nachts schreckte D'Marco aus einem Schlaf hoch, der von schrecklichen Träumen erfüllt war, deren vollständiger Inhalt sich ihm entzog, obgleich ein paar vage Bilder – Bilder von Katastrophen: entgleisende Eisenbahnzüge, einstürzende Wolkenkratzer, brennende Zeppeline, die vom Himmel fielen – immer noch in seinem Bewußtsein flackerten; und jene unerklärliche Angst, die er kürzlich abends, als er allein im Wagen saß, empfunden hatte, packte ihn erneut. Er rollte sich aus dem Bett und tappte zur offenen Schiebetür. Der Teppich quietschte naß unter seinen nackten Fußsohlen. Der Regen hatte aufgehört, die Luft war feucht und schwer. Sigurd kauerte in einem Liegestuhl, döste, hatte den Kopf nach hinten gelegt. Sein Mund war ein aufklaffendes Loch, seine nasse Kleidung klebte an ihm, das Haar war an seinen runden Schädel geklatscht. D'Marco betrachtete ihn mit einer seltsamen Mischung aus Abscheu und, ja, Neid. Ein Schwachsinniger wie der hatte wahrscheinlich den unschuldigen traumlosen Schlaf eines Kindes. Das war nicht fair. Er stieß ihn gegen die Schulter und sagte knurrend: »Ist drüben irgend was passiert?«

Sigurd schnaufte einige Male, ehe er völlig aufwachte. »Häh?«

»Ist was passiert?«

»Nee, nichts war los. Konnte sowieso nichts erkennen, bis der Regen aufhörte. Die Judenkutsche ist um Mitternacht zurückgekommen. Dann gingen die Lichter aus, und seitdem hat sich nichts getan.«

»Woher willst du das wissen?«

»Sieh doch selbst.«

Der Cadillac stand in einem gelben Lichtstrahl, der von der Tropicaire-Reklame auf den Parkplatz fiel. Der Bungalow lag im Dunkeln und war nur als schwarzer Kasten zu erkennen. »Okay«, sagte D'Marco, »du kannst reingehen.«

Zu zerschlagen und müde, um Beschwerden anzubringen, murmelte Sigurd nur: »Ja, tausend Dank«, und quälte sich von dem Liegestuhl hoch, schlurfte ins Zimmer und fiel auf die zerwühlten Laken auf seinem Bett. Wenige Momente später drang sein rhythmisches Schnarchen, begleitet von einem gelegentlichen Schmatzen und einem abschließenden Pfeifen, hinaus auf die Terrasse.

D'Marco stand am Geländer. Zur Abwechslung hatte dieser Idiot mal recht: auf der anderen Straßenseite war nichts zu sehen, und um diese Zeit gab es verdammt noch mal nichts, was man hätte tun können. Was er brauchte, war ein wenig Ruhe. Nach einer Weile ging er wieder hinein und legte sich ins Bett. Er lag hellwach auf dem Rücken und starrte in die Dunkelheit, lauschte dem rasselnden Schlaflied seines Partners, das von den Wänden und der Decke zurückgeworfen wurde. Und erstaunlicherweise wiegte es ihn nach einiger Zeit in den Schlaf, in einen unruhigen, von Alpträumen gepeinigten zwar, aber immerhin war es Schlaf und somit besser als nichts.

Ebenso wie mit der kindlichen Gabe eines ungestörten Schlafs, war Sigurd auch noch mit der kindlichen Fähigkeit gesegnet, die Unannehmlichkeiten der nahen und fernen Vergangenheit zu annullieren, die Ängste und Hoffnungen einer ungewissen Zukunft zu verdrängen und die Zeithorizonte seines Lebens in die wachen Stunden eines jeden erlebten Tages zu projizieren. Und so kam es, daß er am Nachmittag des folgenden Tages vor dem Fernseher lümmelte; er vertilgte zufrieden einen Brunch aus zwei Chilidogs, einer großen Portion Pommes frites, Krautsalat und, mit Rücksicht auf seine Gewichtsprobleme, eine Zweiliterflasche Pepsi Light; die ungemütliche Nacht auf der Terrasse und die abgewürgte Leidenschaft des vergangenen Abends hatte er dabei längst vergessen. Zu allem, was sich auf dem Bildschirm abspielte, waren es nun Werbespots oder irgend etwas anderes, hatte er eine Meinung oder einen Kommentar. Er spottete über den Zauber eines George Zamfir: »Ja, super, der Meister der kastrierten Pfeife.« Die von Aqua Ban gegebene Garantie zum Abmagern inspirierte ihn zu dem Gelübde, »diesen Scheiß gleich morgen mal auszuprobieren« oder sobald er wieder in Chicago wäre. Die von Dream Away aufgestellte Behauptung, einem die überflüssigen Pfunde wegzuschmelzen, während man schlief, rief einen skeptischen Pfiff hervor. Aber es war der Anblick eines grinsenden Fitneßgurus, der zweideutig hinter einer wohlgeformten, mit einem Trikot bekleideten Blondine stand, die vor ihm eine Rumpfbeuge ausführte und mit den Armen Windmühlenflügel imitierte, der seine begeistertste Reaktion auslöste: »O Gott, jetzt geht Jake schon wieder auf das Arschloch los!« Er sprang spontan auf und ließ, indem er den Vorturner im Fernsehen imitierte, seinen Unterleib vor dem eingebildeten Gesäß einer ebenfalls eingebildeten Nymphe kreisen und feuerte sie an: »Liebling, gleich fliegst du wie ein Vogel und gackerst wie ein Huhn.«

D'Marco, der am Fenster saß und zu den Tropicaire Apartments hinübersah, legte stöhnend die Stirn in seine Hände. Nur noch eine Woche. Ihm blieb nichts anderes, als durchzuhalten.

»Ich sage dir, Mann«, sagte Sigurd zu ihm, »Freund Jake hat den Schlüssel zu allen Schnallen der Stadt.« Er ließ sich wieder in seinen Sessel fallen, trank aus seiner Pepsiflasche und sah bewundernd zu D'Marco, als wäre ihm gerade ein genialer Gedanke gekommen. »Weißt du, du solltest auch in diese Szene einsteigen, bei den Muskeln, die du hast.«

»Ich habe einen Beruf«, sagte D'Marco mürrisch und dachte an den unbarmherzigen Schrumpfungsprozeß seiner untrainierten Physis.

»Vielleicht möchtest du irgendwann mal legal werden. In diesem Business wärst du doch der absolute Hammer. Du hättest mehr Fleisch im Bett, als du allein versorgen kannst.«

»Von der Klasse, wie du es gestern abend hattest? Darauf verzichte ich gerne.«

»Na schön, Maylene ist ein bißchen wabbelig, das kann man nicht leugnen. Aber ich sage dir eins, es sind gerade die Fetten, die manchmal für die besten Nummern sorgen. Ich suche immer nach diesen runden Fettpolstern hinten an den Beinen, direkt unterm Arsch. Zellutittis heißen die, glaube ich.«

»Litis«, korrigierte D'Marco ihn. »Es heißt Zellulitis.«

»Tittis, Littis, ist doch egal. Du weißt sowieso, wovon ich rede.«

»Ich weiß, was Zellulitis ist. Aber ich hab' keine Ahnung, wovon du redest.«

»Also, ich hab da eine Theorie über die Bräute, die das haben.«

»Wäre es vielleicht möglich, daß du mir deine geniale Theorie verraten willst?«

»Klar, wenn du sie hören willst.«

D'Marco widersprach nicht und bejahte auch nicht, und so, mit dem sicheren Zeitgefühl des geborenen Märchenerzählers, verputzte Sigurd den letzten Bissen Chili-dog, ließ die Pommes frites auf dem gleichen Weg verschwinden, spülte alles mit einer Niagaraflut Pepsi hinunter, klopfte sich zufrieden auf den Bauch und rülpste laut. »Siehst du«, begann er, »einige Schleudern haben es, andere nicht. Diese Zellutittis, meine ich. Meistens findet man sie bei den Jumbogirls, aber nicht immer. Manchmal haben es auch die Mageren. So oder so, die Frage ist, wie sie da drankommen.«

»Laß mich mal raten. Du hast die Antwort gefunden.«

Sigurd nickte weise mit dem Kopf. »Ich denke, das habe ich. Ich denke mir, daß es daher kommt, daß sie viel auf dem Rücken liegen und dabei wie die Wilden ackern. Die ständige Bumserei macht sie an den Hüften und am Hintern und an den Schenkeln richtig platt. Wenn man es also lange genug treibt, hat man am Ende Zellutittis. Das ist dann wie ein Abzeichen, das sie tragen. Ein todsicheres Zeichen, daß sie eine superheiße Muschi haben.«

»Deshalb bist du hinter jedem Walroß her.«

»Ich bin hinter den Zellutittis her, egal, wo ich sie finde, ob bei einem Walroß oder einem Zahnstocher. Ich schwöre dir, das Rezept ist todsicher. Zum Beispiel Maylene. Ihre Beine sehen hinten aus wie ein Sack Mehl, aber dafür hat sie die reinste Treibsandmuschi, die alles verschluckt, was man reinsteckt, und außerdem kann Maylene einen Basketball durch einen vierzig Fuß langen Gartenschlauch lutschen.«

»Was deine Theorie beweist, nicht wahr?«

Sigurds Gesicht erstrahlte in einem lüsternen Grinsen. Er hob die Schultern. »Bei ihr stimmte es genau. Du hättest es gestern abend selbst ausprobieren können, wenn du dich nicht so angestellt hättest.«

D'Marco krümmte sich. Der Gedanke, allein seine Erwähnung, das abgrundtiefe häßliche Bild, das daraufhin vor seinem geistigen Auge entstand, machten ihn regelrecht seekrank. Er konnte einfach nicht fassen, daß er das hier war, daß er still dasaß, sich diesen Schwachkopf anhörte, ihm sogar antwortete und sich tatsächlich an diesem Scheißhausgespräch beteiligte. Es war ein Indiz für die Monotonie des Tages, die ermüdende Ereignislosigkeit auf der anderen Straßenseite. Es war entsetzlich. Und es machte einen fertig. »Tu mir einen Gefallen«, sagte er.

»Ja, und welchen?«

»Such dir irgendwas zu tun. Nimm den Nachmittag frei.«

Sigurd musterte ihn mit zusammengekniffenen Augen. »Hey, ist das dein Ernst?«

»Ich hab's doch gesagt, oder etwa nicht?«

Sigurd sprang aus dem Sessel hoch und fing an, sich auszuziehen, und ließ eine Spur von Kleidungsstücken hinter sich zurück. »Prima!« johlte er. »Dann nichts wie runter an den Swimmingpool. Da hol ich mir die richtige Floridabräune und seh mal nach, ob ich 'ne heiße Muschi finde.«

»Ja ja, tu das, überprüf deine Einstein-Theorie«, sagte D'Marco sarkastisch und mehr zu sich selbst.

Sigurd hörte sowieso nicht zu. Sekunden später stand er da in einer Badehose, stahlblau und so knapp wie ein Posingslip. Eingerahmt war sie ober- und unterhalb von zahlreichen Wellen und Terrassen ungebändigten Fettes, um den kurzen Hals hatte er sich ein Handtuch geschlungen, und seine Augen waren hinter einer Sonnenbrille mit blauen Gläsern verborgen, die mit D'Marcos Brille identisch war. Er stand da, als führte er den letzten Schrei an Bademode vor, begeistert, aufgeregt und völlig ohne Scham. D'Marco wandte sich ab. Das war zuviel für seinen bereits angegriffenen Magen.

»Und du bist ganz sicher, daß ich dich nicht irgendwann ablösen soll?« fragte Sigurd ohne den geringsten Enthusiasmus.

»Mach, daß du hier rauskommst, ja? Und schalte unterwegs dieses verdammte Plappermaul ab.«

»Wird gemacht, Champ.«

»Und hör auf, mich Champ zu nennen.«

»Okay. Wie wär's denn mit Chief?«

D'Marco hieb blind in die Luft. »Hau endlich ab!«

»Alles klar, Chief.«

Die Tür schlug zu, und er war fort. D'Marco sah sich in dem Gott sei Dank nun stillen Zimmer um, das erst an diesem Morgen gesäubert und aufgeräumt worden war (er hatte das Zimmermädchen persönlich beaufsichtigt und ihr Anweisungen gegeben: dort drüben staubsaugen, hier vorne staubwischen, da mal mit einem feuchten Lappen drüber), sich nun jedoch in dem üblichen Zustand der Schmuddeligkeit und Unordnung befand. Er fühlte sich hilflos angesichts einer Macht, so elementar und flüchtig wie der Wind, die seine besten Bemühungen um Ordnung und System und Richtung und Kontrolle null und nichtig machte. Sein potentielles Opfer drohte ihm, der schwachköpfige Clown strapazierte seine Geduld, ein Killer war hinter ihm her – fast war es so, als stünde die gesamte Welt plötzlich kopf; niemand und nichts befand sich mehr an seinem angestammten Platz. Laß dich davon nicht verrückt machen, hämmerte er sich ein; niemand macht D'Marco Fontaine nervös. Noch sieben Tage. Halt durch, halt durch.

Drei Stunden lang saß er reglos wie eine Eule da, beobachtete, wie die Sonne auf den Tropicaire-Bungalows brannte, und sah nichts anderes als eine Szene ständiger und absoluter Ereignislosigkeit. Kurz nach vier meldete sich das elektronische Läuten des Telefons. Er stand auf, ging durch das Zimmer und nahm den Hörer ab. Eine Stimme im singenden Tonfall des mittleren Westens, die sich geheimnisvoll als Chicago vorstellte, wollte wissen, was los war. D'Marco faßte die Nichtereignisse der vergangenen sechsunddreißig Stunden zusammen und ließ dabei die kurze Unterhaltung mit Mr. Arschloch aus. Die Stimme wollte wissen, ob das alles war. Keine weiteren Bemühungen, das Geld zusammenzubekommen? Keine Versuche, die Situation zu ändern? D'Marco erklärte ihm, daß dies alles sei. Die Stimme beklagte sich, daß sie sich nicht regelmäßig meldeten. D'Marco erwiderte, das überließe er dem Wasserträger, den sie runtergeschickt hatten, er habe genug zu tun, und falls es etwas gab, das sich zu melden lohne, dann würde er selbst zum Telefon greifen. Die Stimme bat zum Abschied noch um einige aufmunternde Prognosen. Davon hatte D'Marco nichts auf Lager. Er würde sich wieder melden, sagte er kühl, legte den Hörer auf die Gabel und nahm seine Position am Fenster wieder ein.

Nach zehn Minuten klingelte das Telefon schon wieder. Fluchend stand D'Marco auf, nahm erneut ab und meldete sich. »Ja?«

Stille.

Er wiederholte sein Ja?, lauter diesmal, schärfer.

Mehr Stille.

»Wer ist da?«

Er erhielt keine Antwort.

D'Marco begriff plötzlich. »Ich warte schon auf dich«, sagte er mit leiser, dumpfer Stimme, in die er alles an Drohung und Gefahr hineinlegte, was er zusammenbrachte. Aber diesmal ließ er den Hörer auf die Gabel krachen und stieß einen Strom wüster Flüche aus, doch als der Strom schließlich versiegte, entdeckte er zu seiner unendlichen Verblüffung, daß sein Herz hämmernd in seiner Brust schlug und seine Zunge nach dem letzten Schimpfwort wie festgenagelt an seinem Gaumen klebte.

Eine Stunde später wurden D'Marcos Überlegungen durch ein Hämmern an der mit der Kette gesicherten Tür unterbrochen. Dazu brüllte eine ungeduldige Stimme: »Hey, Mann, ich bin's, Sigurd. Mach auf!« D'Marco hatte seinen Sessel an die Wand geschoben, so daß er Fenster und Tür im Auge hatte. Er hatte sich mittlerweile erholt, hatte seine eiskalte Ruhe wiedergefunden und war mehr oder weniger wieder er selbst. Er erhob sich aus seinem Sessel und näherte sich der Tür. Seine Hand lag auf dem Griff eines .38er Revolvers, der in einem Schulterhalfter unter seinem Arm steckte und durch eine weitgeschnittene Sportjacke verdeckt wurde. Es war eine Vorsichtsmaßnahme, zu der er sich gleich nach dem zweiten Telefonanruf entschlossen hatte. »Bist du allein?« erkundigte er sich.

»Natürlich bin ich allein. Komm schon, laß mich rein.«

D'Marco löste die Kette, und Sigurd stürmte ins Zimmer. Sein nicht durch Aqua Ban reduzierter Wanst war beschmiert mit Sonnenöl und Schweiß, die Haut hatte die Farbe roten Lehms angenommen, dennoch grinste er – es war ein breites, erwartungsvolles Grinsen. Und ohne irgendwelche Vorbemerkungen strömte eine Flut von Worten aus dem jubelnden Loch in dem versengten Puddinggesicht. »Warte ab, bis ich dir verrate, was ich am Pool aufgerissen hab. Das wird dir gefallen. Garantiert, nichts als gute Nachrichten, die ich bringe.«

»Wurde auch allmählich Zeit für gute Nachrichten«, sagte D'Marco, verriegelte die Tür und sicherte sie mit der Kette und schob sich um ihn herum und ließ sich wieder in seinen Sessel sinken. »Und was gibt's bei dir?«

Sigurd hatte sich mitten im Zimmer aufgebaut. Er hatte seine blaue Sonnenbrille abgenommen, entblößte damit weißgeränderte Augen, die erregt funkelten. »Okay, ich liege also unten und fang ein paar Sonnenstrahlen ein und genehmige mir ein, zwei Bier und seh mir die Schnallenparade an – ein paar nette Miezen, aber nichts Besonderes –, bis eine absolut sensationelle Blondine auftaucht, besser als die im Fernsehen, der Jake es von hinten besorgt hat.«

Für einen kurzen Moment schien er den Faden zu verlieren. Doch dann fiel es ihm wieder ein, und er fuhr fort.

»Sie kommt also über die Terrasse, hat einen Badeanzug an, der aus nicht mehr besteht als aus zwei Flecken Stoff, die auf die Titten geklebt sind – ein Spitzenpaar, wenn du mich fragst – und einem Schnürsenkel, der vorne über dem Busch verläuft und von hinten durch die Arschfalte nach vorne gespannt ist. So was hast du noch nie gesehen.«

Seine Hände beschrieben tolle Kurven in der Luft, visuelle Hilfen zu seiner blumigen Beschreibung. Es kam noch mehr.

»Die Tante sah aus wie Eiskremsoda, die Haare auf dem Kopf wie ein Berg Schlagsahne, und der Mund ist die Kirsche. Ein echter Super-Schuß. Ich kann dir sagen, jedem wurde heiß am Pool, da gingen sämtliche Messer in der Hose auf. Mein Gott, fast wäre es mir an Ort und Stelle gekommen, allein von dem Hintern, den sie hin und her schaukelte.«

Er hielt inne, und seine glänzenden Augen bekamen einen verträumten Ausdruck, als er sich alles noch einmal ins Gedächtnis rief. D'Marco musterte ihn finster. »Sind *das* deine Neuigkeiten?«

»Moment, ich hab noch viel mehr auf Lager. Und alles läuft auf dich hinaus.«

»Auf mich, häh?«

»Ja, genau auf dich. Warte ab, bis du die Fortsetzung gehört hast.«

»Dann mach's kurz.«

»Okay, sie stolziert also um den Pool herum und plaziert ihren süßen Arsch in einem Liegestuhl genau an der Stelle, wo ich liege. Und meinst du, mein Schwengel hätte nicht sofort gestanden und stramm salutiert? Und wie der stand. Aber ich denke, vergiß es, Siggi, muß einen glücklichen Typen geben, zu dem sie gehört. Bestimmt taucht der gleich auf. Ich warte fünf, warte zehn Minuten. Kein Typ. Ich denk also, was soll's, hey, versuch's, was hast du zu verlieren? Wir fangen also an uns zu unterhalten – ist es nicht heiß heute? Woher kommen Sie? Und diesen ganzen Scheiß, was man so redet –, und sie erzählt mir, daß sie Urlaub macht, daß sie hier im Hotel wohnt, ganz allein ist –«

»Ich sagte, mach's kurz, Arschloch.«

»Jaja, bin gleich fertig. Wenn du es kurz willst, dann paß auf. Es stellt sich raus, daß sie – halt dich fest! – die verdammte Miß Rhode Island vom letzten Jahr ist.«

D'Marco wollte etwas sagen, doch Sigurd brachte ihn mit einem wackeligen Zeigefinger zum Schweigen.

»Warte ab. Es wird noch besser. Sie erzählt mir, daß sie so einsam ist, daß sie niemanden kennenlernt, weil alle Männer Angst vor ihr zu haben scheinen. Wenn man zwischen den Zeilen liest, dann lautet die Botschaft ganz klar, Miß Rhode Islands absolut spitzenmäßige Muschi ist schon lange nicht mehr richtig gerammelt worden. Nun, der alte Dr. Sigurd hat für dieses kleine Problem genau das richtige Rezept. Nämlich dich. Sieh mal, ich weiß, daß sie und ich nicht in der gleichen Welt leben, bumsmäßig, meine ich. Solange ich nicht das Geld habe und mir alles leisten kann. Bis es soweit ist, muß man das Ganze praktisch betrachten und seine Grenzen kennen. Ich also erzähl ihr, hey, Baby, da hast du aber Glück, ich hab nämlich einen Freund, den du unbedingt kennenlernen mußt, sieht aus wie ein Filmstar, hat sogar da Muskeln, wo andere nur Scheiße haben. Er ist unheimlich cool, eine Spitzenpersönlichkeit – na ja, da hab ich ein bißchen phantasiert –, und sie strahlt sofort über das ganze Gesicht und sagt: ›Also, ich wäre einfach beg*eist*ert. Wann?‹ Das hat sie gesagt. Nun, da mußte ich einen kleinen Rückzieher machen, denn ich kann nicht sicher sagen, wann, doch ich hab ihre Zimmernummer, und ehe sie aufsteht und geht, sagt sie noch: ›Sorgen Sie dafür, daß Ihr Freund mich anruft, vergessen Sie das nicht.‹ Ich denk also, daß wir ein bißchen Abwechslung bekommen, heute, morgen vielleicht. Es wird höchste Zeit, Chief, daß Sie sich was an Land ziehen, und jetzt fällt es Ihnen in den Schoß.«

Höchste Zeit. Was an Land ziehen. Miß Rhode Island. D'Marco schüttelte langsam den Kopf. Er gab sich geschlagen. Er betrachtete ihn – diesen lüstern grinsenden Klotz fettglänzenden, angebratenen Fleisches, dieses Kreuz, das zu tragen er verurteilt war – mit tiefer und wortloser Abscheu. »Bist du fertig?« fragte er.

»Das war's«, antwortete Sigurd mit nicht wenig Stolz. »Die letzten Meldungen vom Swimmingpool. Es sind doch gute Nachrichten, oder?«

»Okay. Ich habe auch eine Meldung für dich. Beweg deinen fettigen Arsch unter die Dusche. Zieh dich an. Versuch mal, ob du dein Spatzenhirn von deinem Schwanz losreißen und wieder aufs Geschäft konzentrieren kannst. Und zwar sofort.«

Eine ganze Batterie von Ausdrücken wanderte über Sigurds Gesicht: Enttäuschung, Wut (es gab Typen, die hatten immer eine derart schlechte Laune, daß sie noch nicht einmal danke sagten, wenn man ihnen den Himmel auf einem Silbertablett servierte, was er gerade getan hatte), Ratlosigkeit, Vorfreude. »Was, ist was im Gange?« fragte er und wies mit dem Kopf auf das Fenster. »Fahren wir irgendwo hin?«

»Tu nur, was ich dir sage.«

Sigurd zuckte die Achseln und machte sich auf den Weg zur Toilette. In der Türöffnung blieb er stehen und fragte unsicher: »Hey, möchtest du ihre Zimmernummer hören?«

»Umziehen!« bellte D'Marco.

Eine halbe Stunde später stand Sigurd, nach Noxzema und Old Spice duftend, mitten im Raum und verkündete: »Okay, Chief, wie es bei den Jungs auf dem Lande so schön heißt, ich bin zu allen Schandtaten bereit.«

D'Marco saß steif und senkrecht da und betrachtete gequält den Anblick, der sich ihm bot: eine Studie in Grüntönen – apfelgrüne Polyestersportjacke mit bestickten Revers, ein kleegrünes Hemd mit einem Rautenmuster, eine erbsengrüne Bundfaltenhose – gekrönt von einem strahlenden Puddinggesicht, das ziegelrot gebrannt war. Er sah aus wie ein gottverdammter Weihnachtsbaum.

Zähne und Augen waren daran die Kerzen. Es war entmutigend. Das war sein Partner. »Hast du ein Eisen mitgebracht?« fragte er.

»Nein. Mein Onkel hat gesagt, daß du mir was geben würdest, wenn ich eine Kanone brauche.«

D'Marco stand auf und ging zur Kommode und holte seine Werkzeugtasche aus der untersten Schublade. Er stellte die Tasche auf das Bett und begann darin herumzuwühlen. Sigurd schaute ihm zu. Er hatte den Mund weit aufgerissen, und seine Augen quollen ihm fast aus den Höhlen. »Herr Jesus Christus, du hast genug Eisenzeug mit, um ganz Florida zu Klump zu schießen.« D'Marco beachtete ihn nicht. Er schwankte zwischen zwei Pistolen, einer .25er und einer 9 mm, beide halbautomatisch. Eigentlich war es gleichgültig; dieses Arschgesicht würde wahrscheinlich auf die Wand zielen und die Decke treffen, aber falls es eng wurde, würden vielleicht sogar ein paar Knaller helfen, zumindest würden sie Verwirrung stiften und das Feuer von ihm ablenken.

D'Marco entschied sich am Ende für die 9 mm. Zusammen mit einem Schulterhalfter reichte er sie Sigurd und sagte: »Ich will, daß du das von jetzt an trägst. Wohin wir gehen, wo ich stehe oder sitze oder sonst was tue, hältst du mir den Rücken frei. Halt die Augen offen und versuch nach Möglichkeit, den Mund zu halten. Hast du verstanden, was ich sage?«

»Was ist denn los, Mann?«

»Tu nur, was ich sage.«

Gehorsam zog Sigurd die Jacke aus, schnallte sich das Halfter um und verstaute die Pistole darin. Als er die Jacke wieder anzog, erzeugte die Waffe nur eine kleine Ausbuchtung unterhalb der Achselhöhle. Sie fühlte sich gut an, schwer und solide, genau das Richtige für die Cityunterwelt. Er vibrierte innerlich vor Erregung, gab sich aber Mühe, es nicht offen zu zeigen. »Wohin geht es jetzt?« fragte er mit neuer Härte und Entschlossenheit.

»Du gehst zurück auf die Terrasse«, sagte D'Marco und drehte seinen Sessel zur Tür. »Wenn sich drüben irgendwas tut, dann melde dich.«

Sigurd war zutiefst betrübt. »Ich dachte, wir würden endlich mal zur Sache kommen.«

»Sieht so aus, als hättest du dich geirrt.«

Für über eine Stunde saßen sie so da, einer bewachte die Straße und die Tropicaire Apartments, der andere die Tür. Kurz nach sieben rief Sigurd durch die offene Schiebetür: »Einer von ihnen zieht ab.«

»Welcher?«

»Der Kartenhai.«

»Im Auto oder zu Fuß?«

»Er geht.«

»In Ordnung, dann los. Gehen wir.«

18

Im Bungalow auf der anderen Straßenseite wurden während des größten Teils jenes langen, trägen Donnerstagnachmittags Geschichten erzählt. Bruchstücke des bewegten und bunten Lebens von Bennie Saul Epstein. Er saß entspannt in dem La-Z-Boy, nippte an einem Glas Scotch und war in einer untypisch nachdenklichen Stimmung. »Er sagte immer zu mir –« sagte er gerade zu Waverly, der ihm gegenüber auf der Couch saß, ihn aufmerksam betrachtete und von den Offenbarungen überrascht und verwirrt war – »›Benjamin‹ (›Benjamin‹, so nannte Pop mich immer), ›eines darfst du niemals vergessen, nämlich daß wir die einzigen Juden in Iowa sind. Deshalb müssen wir zusammenhalten, uns gegenseitig helfen.‹«

»Ich wußte gar nicht, daß du aus Iowa kommst«, sagte Waverly. Was der Wahrheit entsprach. In all den Jahren, die sie ein Team bildeten, hatte Bennie, der stets nur das Übermorgen im Blick hatte, nur sehr selten von seiner Vergangenheit erzählt, und wenn, dann waren niemals Einzelheiten zur Sprache gekommen.

»Waterloo, Iowa. Dort bin ich geboren und aufgewachsen. Ein durch und durch amerikanischer Itzig.«

»Was hat er da draußen gemacht, dein Vater, meine ich.«

»Eine Poolhalle geführt. Idle Hour and Gentleman's Billard Academy, so nannte er den Schuppen. Er hatte immer Klasse. Es gab keinen einzigen Billardtisch in dem Laden, sondern nur Pool und Snooker, doch die Jungs vom Land fanden es trotzdem toll.

Samstagabend in der Academy – sie dachten glatt, sie lebten in goldener Kuhscheiße. Nebenbei machte er noch ein paar andere Geschäfte. Er war ein gerissener Bursche. Mein Pop, der ließ sich von niemandem reinlegen. Die Academy war damals in Waterloo das, was einem Buchmacher am nächsten kam.«

»Und dort hast du gelernt?«

»Das kam später. Ich war vierzehn oder fünfzehn, als meine Mutter mit irgendeinem schwedischen Bumskopf abhaute. Mein Gott, mit einem dämlichen Fischfresser, der an der Tür Damenwäsche verkaufte. Bei ihr muß er besonders viel Glück gehabt haben, denn sie räumte Pops Konten ab und machte die Fliege. Ich hab sie nie wiedergesehen, daher nehme ich an, daß er zumindest einmal in seinem Leben aufs Kreuz gelegt wurde.«

Bennies Stimme hatte einen kehligen, rauhen Klang angenommen. Mit einem tiefen Schluck leerte er das Glas, lehnte sich vor und schenkte sich aus der Flasche, die auf dem Fußboden neben dem Sessel stand, großzügig nach. Die Tageshitze stand im Zimmer, und in der kurzen Stille waren als einzige Geräusche das Summen des Deckenventilators und das stetige, wirkungslose Rattern einer Fensterklimaanlage zu hören.

»Na ja, es hilft sowieso nicht viel, wenn man zu lange über all das nachdenkt«, fuhr er fort. »Aber um deine Frage zu beantworten, erst danach fing ich an, in die Lehre zu gehen. Pop mußte die Academy verkaufen, und er nahm mich aus der Schule, und wir gingen auf die Straße. Er bekam einen Job als Vertreter für Dünger. Kannst du dir das vorstellen? Einen Juden namens Saul Epstein, der in Iowa Scheiße verhökert? Wenn das nicht etwas total Verrücktes ist. Aber Pop machte es überhaupt nichts aus. Im Gegenteil, er sagte immer: ›Benjamin, unsere Zukunft liegt in der Scheiße.‹«

Er schloß die Augen und schien über das zu lächeln, was die Erinnerung ihm an Bildern lieferte. Dann fuhr er fort.

»Natürlich war der Job nur eine Tarnung für die Wetten, die er überall im Staat annahm. Pop war ganz heiß darauf, lieber spielen als bumsen. Manchmal hatten wir es ganz dick, manchmal nahmen sie uns aus bis aufs Hemd, aber ständig waren wir den Bullen einen Schritt voraus. Das war eine Erziehung, kann ich dir sagen. Mein Pop hat mir eine Menge beigebracht. Wirklich.«

»Und wie lange hast du das mitgemacht?« wollte Waverly wissen.

»Zwei Jahre, mehr nicht. Wir kamen in so eine kleine Fliegenschißstadt. Den Namen werde ich nie vergessen – Ida Grove. Wir wohnten in einem Loch, Biggs Hotel hieß es – diesen Namen vergesse ich auch nicht. Die Leute da sagten, im Biggs hat man nicht mal Platz zum Bumsen. Damit hatten sie jedenfalls recht. Die Zimmer waren nicht geräumiger als Schränke. Dazu kam die Bettwäsche mit Stockflecken. Dagegen ist diese Bude hier das reinste Breakers.

Na, jedenfalls, Pop drehte fleißig seine Runden, tat was für den Umsatz, und dann machte er sich auf die Suche nach etwas Action, um einzusteigen. Er sagte, ich solle im Hotel bleiben und auf ihn warten, er wolle die Bauern ein wenig erleichtern und ein paar Runden spielen. Zwei Stunden später taucht dieser Bauernjunge vor der Tür auf, sieht mich so seltsam an und fragt: ›Bist du ein Epstein?‹ Als wäre ich irgendeine besondere Rindviehrasse. Ich sage Yeah, und er weiter: ›Dann solltest du besser mitkommen und mal nach deinem Daddy sehen.‹ Er geht mit mir runter in den Keller des Biggs, und da liegt Pop platt auf dem kalten Steinboden und ist selbst so kalt wie Stein. ›Er hatte wohl einen Herzschlag‹, sagte der andere Junge, ›aber wenigstens hat er noch gesetzt, ehe er abkratzte.‹ Das sagte er tatsächlich. Abkratzte.«

»Viel war nicht mehr da, mußt du wissen. Die Bauerntölpel waren längst über alle Berge, und das Kleingeld in seinen Taschen mit ihnen. Ich suchte also alles Geld zusammen, das mir geblieben war, und fand einen Totengräber, damit Pop anständig unter die Erde gebracht wird. Ich denke, er war sowieso fällig. Am Tag der Beerdigung fuhren wir aus dem Leichenhaus raus, in einer Karre, einem langen schwarzen Ungetüm, in dem ich vorne saß, und wir bogen auf die Mainstreet ein und – halt dich fest! – landeten mitten in einem *Zirkus*umzug. Elefanten vor uns, Clowns neben uns, die Kapelle mit ihrem Getöse hinter uns. Die Bürger am Straßenrand winkten uns zu und glaubten wohl, daß wir eine weitere Attraktion waren, ein Teil des Zirkusprogramms. Weißt du, Timothy, zuerst fing ich furchtbar an zu heulen – vergiß nicht, daß ich erst siebzehn war – und dann dachte ich über alles nach, und schon hatte ich einen Lachanfall, konnte mich kaum halten und winkte zurück und dachte bei mir, wenn Pop mich so sehen könnte, dann würde er sich auch kaputtlachen, bei seinem Humor. Ja, er war schon ein toller Bursche, mein Pop. Ich wünschte, ich hätte ihm das damals gesagt.«

Eine verwirrte Melancholie lag auf seinem pausbäckigen Gesicht, jener Ausdruck, der von verlorenen Dingen sprach, die sich nicht zurückbringen ließen. Er balancierte das Glas in seinem Schoß und massierte seine vom Whiskey leicht glasigen Augen mit den Handflächen.

Waverly saß schweigend da, schaute auf seine Hände und dachte, wie wenig er diesen Mann kannte, diesen seinen Partner. Und ihm wurde klar, um wieviel weniger er, trotz all seiner formellen Ausbildung, seiner Gelehrtheit, die unermeßlichen Weiten und verwinkelten Gefilde des menschlichen Herzens verstand. Schließlich fragte er: »Danach, was geschah dann?«

»Danach?« wiederholte Bennie geistesabwesend, während er von dort zurückkehrte, wohin seine Erinnerung ihn entführt hatte. »Nun, nachdem ich Pop zur ewigen Ruhe gebettet hatte im Ida Grove Eternal Rest – Saul Epstein unter all den Gojim, das ist auch etwas, das ihm gefallen hätte – danach war ich völlig abgebrannt, geldmäßig, und nun, wo ich der *einzige* Jude in Iowa war, sagte ich mir, daß ich am besten anfange zu denken wie er. Ich kehrte in die Stadt zurück und meldete mich im Zirkus. Dort laufen nebenbei immer jede Menge faule Spiele, und ich hatte das Glück, bei einem Kartenhai anzufangen, der mir die Grundbegriffe beibrachte. In den nächsten drei, vier Jahren war ich ständig bei den Weizenfarmern unterwegs und verdiente gutes Geld, indem ich die Heinis ausnahm. Als ich einundzwanzig war, dachte ich, ich wüßte jetzt alles und wäre bereit für die Oberliga, also machte ich mich auf den Weg nach Westen. Vegas.«

»Wann war das?« fragte Waverly. Als ordentlicher Mensch hatte er ein dringendes Bedürfnis nach Fakten, Statistiken, Chronologien.

»Ach, irgendwann nach dem Krieg«, sagte Bennie vage. »Damals war Vegas bei weitem nicht das, was es heute ist. Damals hatten die Itaker alles unter Kontrolle, da durfte man sich nichts erlauben, das kann ich dir flüstern. Aber ich war einundzwanzig, war der King, und was wußte ich schon?

Ich bekam einen Job am Würfeltisch in einem Bums in der Stadt, und nach einer Weile tauchte so ein windiger Typ auf und belaberte mich, was für ein tolles Angebot er für den jungen B. Epstein habe. Es sah so aus, daß ich einen Strumpf tragen sollte – du weißt, was ein Strumpf ist?«

»Nein.«

»Ein Strumpf ist ein Stück Stoff, das man sich in die Hose näht, in etwa wie eine große Socke, und das die Chips aufnimmt, die man bei jeder Gewinnauszahlung abzweigt. Sobald es am Tisch hoch herging, tauchte dieser Typ auf, lärmte herum, so als wär er besoffen oder sonstwas, und lenkte den Tischwächter ab und spielte ihm seine Nummer vor. Unterdessen schob ich die Hauschips in meinen Strumpf, immer schön langsam und gleichmäßig, niemals zu viele auf einmal. In den Pausen ging ich dann aufs Klo und gab sie dem Sammler weiter. In acht Stunden brachten wir auf diese Art und Weise mindestens fünf Hunderter auf die Seite, manchmal sogar bis zu zwei Riesen. Ein ganz schöner Verdienst für einen Abend. Die Sicherheitssysteme damals waren noch nicht so wissenschaftlich ausgeklügelt wie heute. Dafür ging es dir schlecht, wenn sie dich erwischten, und das taten sie. Mir ging es an den Kragen. Meine Partner machten sich aus dem Staub, und ich hatte immer noch den Strumpf.«

»Und was haben sie mit dir gemacht?«

Bennie lächelte wehmütig. »Sie haben gründliche Arbeit geleistet. Eines muß man den Itakern lassen, wenn sie einem eine Abreibung verpaßten, dann entwickelten sie wirklich Phantasie. Sie brachen mir den rechten Arm und die rechte Hand, die Geldhand, und das linke Bein. Hast du eine Vorstellung, wie das einen bremst, Timothy? Danach ist dein Tempo zum Teufel.«

Das Glas war wieder leer. Er füllte es und hielt die Flasche einladend hoch. Ehe Waverly ablehnen konnte, klopfte es laut an der Tür. Sie sahen sich gegenseitig erschrocken an.

»Erwartest du Besuch?« fragte Bennie anzüglich.

Waverly schüttelte den Kopf und ging zum Fenster, schob die Lamellen der Jalousien auseinander und sah hinaus. Ein schmalschultriger älterer Mann stand auf dem Weg, machte ein finsteres Gesicht und wippte ungeduldig mit dem Fuß. Oh Boy O'Boyle.

»Es ist der Verwalter«, sagte Waverly.

»Ach ja, ich habe ganz vergessen, es dir zu erzählen. Er war an dem Tag hier, als du gearbeitet hast. Sagte, er wolle sich den Termitenschaden ansehen. Ein aufgeblasener alter Kacker, aber ansonsten ganz in Ordnung, harmlos. Mach schon, laß ihn rein.«

Waverly ging zur Tür, blieb in der Öffnung stehen, und die finstere Miene des Verwalters hellte sich abrupt zu einem falschen Hauswirtgrinsen auf. Und dazu verkündete er: »Gute Nachrichten für euch, Freunde, wegen des Ungeziefers. Ihre Bleibe wird gesäubert.«

Waverly bat ihn nicht herein; er war heute nicht in der Stimmung für Oh-Boy-Geschichten. »Tatsächlich«, sagte er. »Und wie wollen Sie das schaffen?«

»Mit Gas«, sagte Oh Boy und änderte seine Position ein wenig, um einen Blick in den Raum werfen zu können. »Der ganze Bau kommt unter ein Zelt. Dann werden die Termiten regelrecht vergast. Der Kammerjäger ist nächste Woche Mittwoch hier.«

Bennie, der wie hingegossen in seinem Sessel hing, hatte sich nicht gerührt, doch nun hob er eine Hand zum lässigen Gruß und rief über die Schulter: »Wie geht's denn so, Alter? Schmeckt's noch?«

»Und wie, Mr. Goldstein.« Oh Boys Augen leuchteten auf, und seine tiefroten Lippen spannten sich, produzierten ein wüstes Grinsen und entblößten dabei fleckige Zähne, die brüchig und schartig waren wie eine alte Säge.

»Es heißt Epstein«, korrigierte Bennie.

»Mir geht's bestens, Mr. Epstein. Und Ihnen?«

»Kann nicht klagen«, sagte Bennie schwerfällig. »Ich laß es heute langsam angehen.«

»Ihnen reicht es auch mit der Hitze, nicht wahr?«

»Kann man wohl sagen«, bestätigte Bennie.

Waverly hatte keine Lust, sich an diesem leeren Geschwätz zu beteiligen, daher sagte er: »Was haben Sie denn mit uns vor, während hier mit dem Gas hantiert wird?«

»Da habe ich mir was ausgedacht«, sagte Oh Boy rasch. Zurück zum Geschäft. »Die Leute in Bungalow drei ziehen aus, deshalb kann ich Sie dort unterbringen, während hier gelüftet wird. Das dauert voraussichtlich zwei Tage. Das Gas, das sie benutzen, tötet wahrscheinlich alles, was atmet.«

»Na schön«, sagte Waverly in einem Ton, der das Gespräch beendete. »Wir richten uns darauf ein. Am Mittwoch also.«

Ehe er die Tür schließen konnte, schnippte Oh Boy mit einem Finger, als fiele ihm noch etwas Wichtiges ein. »Mittwoch. Stimmt. Mittwoch ist auch der Erste. Dann ist die Miete fällig. Bleiben Sie noch?«

Waverly wußte auf diese Frage keine Antwort. Bei alldem Durcheinander und den Gefahren ihrer augenblicklichen Lage und bei seinem sorgfältigen Zählen der Tage, die unaufhaltsam dahinschwanden, hatte er überhaupt nicht mehr auf den Kalender geachtet. Er sagte: »Bennie?«

Und Bennie, der die gegenüberliegende Wand anstarrte, sagte teilnahmslos und mit einem Seufzer: »Ja, sicher, wir mieten den Bau noch für einen Monat. Warum auch nicht?«

Damit schien Oh Boy zufrieden zu sein. »Dann komme ich am Dienstagabend vorbei und gehe mit euch rüber in die Drei. War nett mit euch, Freunde.« Er verabschiedete sich mit einem knappen militärischen Gruß und entfernte sich arthritisch humpelnd, glücklich über die Aussicht auf eine weitere Monatsmiete.

Waverly verriegelte die Tür und kehrte auf die Couch zurück. »Ich glaube, du hättest ihn nicht reinlassen sollen«, sagte er. »Sicherlich sind sie längst bei ihm gewesen.«

Bennie wischte diese Bemerkung mit einer Handbewegung weg. »Ach, was macht es, wenn sie wirklich mit ihm gesprochen haben. Was passieren soll, das wird passieren. Außerdem weiß dieser alte Furzer ein paar wilde Geschichten. Einmal hat er erzählt, daß er ein großer Stecher ist und auf Singer Island rummacht. Jede Woche einmal täglich und Sonntags sogar zweimal.«

»Seine Phantasie ist ein bißchen überhitzt.«

»Na ja, wenigstens passiert das bei ihm nur in seinem Kopf.«

Waverly sah ihn fest an. »Was soll das heißen?«

»Du meinst wohl, ich wüßte nicht, was los ist, Timothy, mit dir und deiner Freundin? Ich meine die Lady. Die mit deinem Freund verheiratet ist, der zufälligerweise auch mit dem identisch ist, den wir brauchen, um in diese Pokerpartie einsteigen zu können, die uns vielleicht – Betonung auf vielleicht – soviel Kohle verschafft, damit wir aus der Scheiße rauskommen, in der wir stecken. Meinst du, ich wüßte das nicht? Ich weiß es aber.«

»Es war nie ein Geheimnis«, sagte Waverly ruhig, doch ohne viel Überzeugungskraft. »Und es ist nichts, weshalb du dir den Kopf zerbrechen mußt. Ich werde am Spieltisch erscheinen. Ich habe alles unter Kontrolle.«

»Kontrolle!« Das Wort wurde von einem Speichelregen begleitet und wiederholt. »Kontrolle. Bei deiner Vergangenheit mit der Schnalle redest du von Kontrolle. Mein Gott. Laß dir eins gesagt sein, Timothy«, sagte er und schien ihn mit dem Zeigefinger aufspießen zu wollen. »Wenn du einen Tanz auf dem Hochseil versuchst, in Knobelbechern, dann bin ich oben bei dir. Dann fallen wir beide auf die Schnauze. Die Bräute sind dein wunder Punkt. Sei dir darüber im klaren.«

Dem wollte Waverly nicht widersprechen. Es gab nichts zu diskutieren. Alles, was er hörte, traf zu, und das war ihm klar. Er zündete sich eine Zigarette an. Ein schlanker Rauchfaden, dünn und blaß wie ein Atemhauch im Winter, stieg im Sog des Ventilators zur Decke hoch. Bennie leerte sein Glas und schenkte sich mit übertriebener Sorgfalt einen neuen Drink ein. Der Flascheninhalt nahm rapide ab. Lange blieb es still. Es war ein unbehagliches Schweigen.

Nach einer Weile sagte Bennie: »Wo wir gerade von Frauen und den Problemen mit ihnen reden, willst du mal hören, was ich mir dazu überlegt habe?« Seine Worte waren undeutlich, lallend, kaum zu verstehen. Das Fleisch in seinem Gesicht – die Wangen, das Kinn – hing herab, als ob die Erdanziehung einen unermeßlich starken Zug ausübte, so daß seine Stirn, wenn sie ebenfalls aus losen Fettmassen bestanden hätte, genauso abgesackt wäre.

»Und was wäre das?«

»Ein Mann sollte sich am besten eine blinde Frau suchen«, sagte Bennie und ließ diese Aussage in der Luft stehen wie eine Prophezeiung des Orakels von Delphi.

»Das war's? Das ist deine tolle Idee?«

»Überleg doch mal. Mit den Blinden kannst du essen oder einen trinken gehen, niemals sehen sie sich um und inspiziren die Konkurrenz. Sie versuchen gar nicht erst, mehr aus sich zu machen oder von irgendeiner Karriere zu träumen. Daher sind die Blinden immer treu, um damit anzufangen. Außerdem können sie ihre Nase niemals in deine Geschäfte stecken, weil sie ja nichts sehen können. Das ist ein weiteres Plus. Und was ganz sicher ist, im Bett sind sie die reinsten Granaten und ständig zugange, denn sie haben ja nur den Tastsinn. Und was sollen sie auch anders machen, zur Unterhaltung? Zudem sind sie für alles dankbar – die meisten jedenfalls. Wie willst du denn diese Kombination noch übertreffen? Na los, sag schon, was noch besser ist.«

Die abschließende Frage war direkt, drängend, verlangte nach einer Antwort. »Eine scharfsinnige Überlegung«, sagte Waverly, »sehr gut beobachtet. Trifft genau ins Schwarze.«

»Ins Schwarze, genau. Was wollen die Weiber mit dem Blindenstock denn noch mehr, als ins Schwarze getroffen werden. Also hör auf deinen guten alten Onkel Bennie und such dir ein nettes blindes Mädchen, Timothy, und schon kommst du nicht mehr in Schwierigkeiten...«

Die Stimme versiegte. Der Ratschlag endete in einem unverständlichen Gebrabbel. Die Augen fielen zu, der Mund erschlaffte. Er furzte einmal, kurz nur, dieser whiskeyselige Nestor, und dann schlief er.

Waverly stand auf und nahm ihm sacht das Glas aus der Hand. Er stellte es auf die Frühstückstheke und ging zum vorderen Fenster. Es war nichts zu sehen außer den Hitzeschlieren in der Luft, die von der Straße aufstiegen wie Benzindämpfe. Er ging zum hinteren Fenster. Dort gab es nichts bis auf einen Rasensprenger, der den kleinen Flecken vergilbten Grases auf dem Innenhof benetzte, und eine Sonne, die am weißen Himmel zu pulsieren schien. Zurück auf die Couch. Er fühlte sich ruhelos, nervös. Es schien, als sollte irgend etwas passieren: was, dessen war er sich nicht ganz sicher. Der Nachmittag schleppte sich dahin. Er wartete.

Der Abend brach an, und der Tag brannte aus und hinterließ eine feuchte Hitze. Kurz vor sieben klingelte das Telefon. Er sprintete durch das Zimmer und nahm den Hörer noch vor dem zweiten Klingeln ab. Carolines Flüsterstimme drang durch die Leitung. Die Nachricht war knapp, drängend: Tim?... muß dich sehen... heute... jetzt... gute Nachrichten, glaube ich... kann nur ein paar Minuten weg... irgendwo, wo niemand uns sieht... wo? Andere Geräusche waren im Hintergrund zu vernehmen: lautes Geplapper, blechernes Lachen, Partylärm.

Waverly mußte kurz nachdenken. Ein sicherer Platz, diskret

und ungestört. Am Donnerstag, so erinnerte er sich, gab es etwas, das sie Key West Night nannten. Es fand in einem Yachthafen an der Westküste der Insel statt, eine Freiluftshow mit Künstlern und Artisten, Musik, bengalischer Beleuchtung und jeder Menge Menschen. In einem solchen Gewühl war man verhältnismäßig sicher. Er konnte zu Fuß hingehen, für Caroline war es nur eine kurze Fahrt. Er erklärte ihr den Weg, dann sagte sie: »In zehn Minuten«, und legte auf.

Waverly legte ebenfalls den Hörer auf die Gabel zurück und schaute zu seinem Partner, der weiterschlief. Ungestört. Auf Zehenspitzen huschte Waverly zur Tür, öffnete sie, so leise er konnte, und schloß und verriegelte sie hinter sich. Er sah sichernd die Ocean Avenue hinauf und hinunter. Niemand zu sehen. Er blickte auf die andere Straßenseite. Hier und da flackerte ein fahles Licht in einem Fenster oder in einem schwarzen Flur des verlassenen Collonades. Ansonsten nichts. Er machte sich auf den Weg.

Eine halbe Stunde später schlängelte Caroline sich durch die Menschenmenge auf der gepflasterten Promenade der Sailfish Marina und eilte über das von Yachten gesäumte Dock, das weit in die Fluten des Lake Worth hineinragte. Waverly wartete am Ende des Docks, wo sie sich verabredet hatten. Sobald sie ihn entdeckte, ging sie schneller, bis sie dicht vor ihm stand. Sie ergriff seinen Arm und sah ihm zärtlich ins Gesicht.

»Soso, Inspektor Crown«, sagte er in einem gespielt drohenden, bösen Tonfall, »da wären wir wieder einmal.«

»Stimmt«, sagte sie, »aber diesmal bleiben Ihre Untaten nicht ungesühnt. Diesmal werden Sie teuer bezahlen.«

»Wir werden schon sehen, wer zahlt. Warten Sie ab.«

Sie kämpfte vergeblich gegen ein Lächeln an, das zu einem perlenden Gelächter wurde. Lange, bernsteinfarbene Haarsträhnen umflatterten ihr feingeschnittenes Gesicht. Sie trug einen lässigen Jeansrock und eine leichte Bluse, hellblau, um die Tiefe ihrer Augen zu betonen, die in einem unnatürlichen Licht zu leuchten schienen, als wären sie auf Hochglanz poliert worden. Sie drückte seinen Arm und streifte seinen Mund mit einem sanften Kuß.

»Wenn das die grausame Bestrafung sein soll, die Sie für mich bestimmt haben«, sagte Waverly, »dann muß ich sie wohl über mich ergehen lassen.«

»Glauben Sie nur nicht, daß Sie so glimpflich davonkommen. Schlimmeres erwartet Sie, viel Schlimmeres. Und um Ihnen das zu offenbaren, bin ich hergekommen.«

»Schlimmeres?« rief er. Seine Hand preßte sich auf sein angegriffenes Herz, seine ganze Welt drohte zusammenzubrechen.

Caroline machte jetzt ein leicht ungeduldiges Gesicht. »Nun mal ernsthaft, Tim. Du weißt, daß ich nur eine Minute bleiben kann.«

»Es ist ernst. Jetzt stürzt sie gerade in sich zusammen. Meine Welt, meine ich.«

»Nun hör auf, Klugscheißer.«

Er hob die Hände in einer beschwichtigenden Geste. »Okay, ganz ernst.«

Sie ließ seinen Arm los und warf einen prüfenden Blick auf das Dock. »Entschuldige, daß ich mich verspätet habe«, sagte sie. »Es war schwierig, sich wegzustehlen.« Sie redete mit knappen, abgehackten Worten, Telegrammstil. Ihre Gesten und Bewegungen wirkten flatterhaft, wie bei einem aufgescheuchten Vogel.

»Schon wieder eine Abendgesellschaft?«

»Diesmal ein Barbecue. Kannst du dir das vorstellen? Bei den Appelgates. Jock steht am Grill und trägt eine Schürze mit irgendeinem tollen Aufdruck. Ich weiß nicht mehr was – glücklicherweise.«

»Und wie hast du deine Flucht gerechtfertigt?«

»Geradezu genial. Ich habe gesagt, ich hätte meine Ration im Hotel vergessen, und ich brauchte sie ganz dringend. Sogar die liebe Avis hatte dafür Verständnis.«

Waverly blickte verständnislos. »Ration?«

Sie sah ihn seltsam an. »Ja, du weißt doch, Poppers, Uppers, meine kleinen Tablettenfreunde. Ich hatte sie natürlich die ganze Zeit in der Handtasche. Ich geh nie ohne von zu Hause weg.«

Waverly sagte nichts. Sie sahen einander an, schienen übereinander nachzudenken. Ihr Ausdruck zeigte zuerst Verärgerung, dann war er verteidigend.

»Erinnerst du dich noch, wie sie uns in christlicher Nachsicht gedrillt haben, Timothy, als wir noch Kinder waren? Also übe dich jetzt in Nachsicht. Man braucht mindestens eineinhalb Rationen, um einen Abend wie diesen durchzustehen.«

»Ich kann mir kein Urteil erlauben, über niemanden. Das habe ich dir schon mal erklärt. Aber ich kann traurig sein. Zum Beispiel über die Art und Weise, wie die Dinge sich entwickeln.«

Eine Art melancholischer Resignation milderte den Glanz ihrer Augen. »Es ist zu spät, um traurig zu sein«, sagte sie wehmütig.

»Vielleicht nicht«, sagte Waverly, allerdings mit nicht mehr Überzeugungskraft, als er sie während seines Gesprächs mit Bennie an den Tag gelegt hatte.

Für einen Moment standen sie nebeneinander, blickten auf die ruhige Seeoberfläche, die so klar und glatt war wie grünes Glas. Die untergehende Sonne färbte den Himmel im Westen violett. Die Stille dehnte sich. Um sie zu unterbrechen, wedelte Caroline mit einer Hand vor seinem Gesicht herum.

»Ich bin mit Neuigkeiten hergekommen, Tim, und nicht um über meine Charakterfehler zu diskutieren. Möchtest du sie hören?«

»Dann erzähl mal.«

»Es ist etwas Gutes«, sagte sie und holte mühsam die Unbeschwertheit in ihre Stimme zurück. »Für uns ganz bestimmt. Der Prinz von Arabien trifft morgen abend ein. In Miami, und natürlich mit seinem eigenen Jet. Robbie und Jock holen ihn ab, und sie haben bereits angedeutet, daß sie erst spät zurückkommen werden. Was bedeutet – tata! – daß ich den ganzen Abend frei bin.« Beinahe ängstlich fügte sie hinzu: »Wenn du verfügbar bist, heißt das.«

»Ich habe so gut wie keine Verpflichtungen zur Zeit. Ich bin verfügbar.«

Sie klatschte begeistert in die Hände. »Wunderbar. Ich habe eine herrliche Überraschung für dich.«

Waverly schüttelte langsam den Kopf. »Alles an dir ist eine Überraschung, Caroline.«

Ihr Lächeln wirkte zerbrechlich, federleicht, verheißungsvoll. »Ich hol dich morgen nachmittag ab, so gegen fünf.«

Waverly dachte an Bennie und sagte: »Wahrscheinlich wäre es besser, wenn ich dich irgendwoanders treffe.«

»Warum? Gibt es ein Problem?«

»Kein Problem. Es wäre nur einfacher so.«

Sie zuckte die Achseln. »Wo dann?«

»Wie wäre es mit der Ecke Highway One und Blue Heron? Du erinnerst dich doch, es ist die Kreuzung, wo du abgebogen bist, um auf die Brücke hierherzukommen.«

»Wie du meinst.« Ihre Blicke wanderten zu ihrer Uhr. »Ich muß wieder zurück.«

»Ehe du gehst, eine Frage noch. Haben Robbie oder Jock irgendeine Bemerkung über das Spiel gemacht?«

»Spiel?«

»Die Pokerpartie. Mit dem Araber.«

»Nein. Ich habe gehört, sie wollen mit ihm einen Rundgang über den Bauplatz machen, und zwar entweder am Samstag oder am Sonntag. Von einem Spiel wurde nicht gesprochen.«

Waverlys Stirn legte sich in besorgte Falten.

»Was ist los, Tim?«

»Sieh mal, du könntest mir helfen, über das Spiel so viel wie möglich in Erfahrung zu bringen. Vor allem, wann sie die Absicht haben, mit der Partie zu beginnen.«

»Soll ich fragen?«

»Hör lieber gut zu, was geredet wird.«

»Das kann ich tun«, sagte sie und schaute auf die Uhr. »Aber ich muß jetzt wirklich los. Sonst gefährde ich meine Glaubwürdigkeit.«

»Ich weiß.«

»Bringst du mich zum Auto?«

»Natürlich.«

Sie schob ihre Hand in seine, und sie gingen über das Dock. Auf dem Ufer wandten sie sich in Richtung Parkplatz. Waverly betrachtete die Gesichter in der Menschenmenge. Bisher war da nichts, zumindest hatte er nichts gesehen. Hinter ihm erfüllten die Klänge des Calypso-Trios die schwülfeuchte Luft. Sie gingen an den Vitrinen mit Schmuck, handbemalter Keramik, Skulpturen aus Treibholz, diversem Krimskrams vorbei, alles in den grellsten Farben und käuflich. Ein Stück weiter kam die Kunst, Seelandschaften und tropische Motive vorwiegend, aber auch Schiffe hatten Hochkonjunktur: Yachten, Schoner, Segelschiffe mit hohen Masten, sogar eine anachronistische Trireme war vorhanden.

»Ziemlich kitschig, nicht wahr«, sagte Caroline.

»Was denn?«

»Die Gemälde.«

»Ach ja, heute kommen die Amateure zum Zuge«, sagte Waverly. »Um dich an deine Nachsicht zu erinnern.«

»Schau«, sagte Caroline und blieb abrupt stehen. »Sieh dir das mal an.«

Sie wies auf eine Bude vor ihnen. Unter all den sattsam bekannten Motiven und Szenen befand sich ein nicht dazu passendes Aquarell, auf dem eine gemütliche Hütte inmitten einer Schneelandschaft mitsamt bläulich schimmernder Schneewehe zu sehen war. Dahinter ragte in einem scharfen Kontrast ein dunkler Wald auf, und über allem lenkte ein sich kräuselnder Rauchfaden aus dem Schornstein den Blick des Betrachters auf den intensiv violetten Himmel.

»Das erinnert an Michigan, nicht wahr?« sagte sie.

»Ein bißchen vielleicht.«

»Mehr als ein bißchen, glaube ich. Es ist sehr seltsam.«

»Ein Proustscher Moment?«

»Etwas in der Art. Wie das Aufflackern eines Traums unserer Kindheit. Deiner und meiner.«

»Oder eine Karikatur dieses Traums. So wie es niemals war.«

»Wie es aber hätte sein können.«

»Ja. Du hast recht. Wie es hätte sein können.«

Für einen kurzen Moment betrachteten sie es stumm, und sie beide ließen verschiedene Eindrücke einer verlorenen Kindheit, deren verschwundene Unschuld, durch ihr Bewußtsein laufen. Aus einem Impuls heraus sagte Waverly: »Gefällt es dir? Ich schenk's dir.«

»Das ist sehr lieb, Tim, aber lieber nicht. Ich könnte niemals erklären, wie ich dazu gekommen bin.«

»Ich verstehe.« Der Zauber war gebrochen, und er blickte auf den Weg hinter der Bude. Plötzlich erstarrte er.

»Was ist los?«

Dort stand eine Gestalt, die in jeder Hinsicht unauffällig wirkte: Ein Mann von undefinierbarem Alter, vielleicht dreißig, vielleicht vierzig, stämmig und untersetzt, eher klein, mit mausgrauem Haar, einem dunklen südländischen Gesicht mit eingefallenen Wangen, einem Mund mit ausgeprägten Lippen und nicht lächelnd. Unauffällig in jeder Hinsicht außer einer – den Augen, kalten schwarzen Marmoraugen, leer, geprägt von keiner anderen Empfindung als jener an Wahnsinn grenzenden Ausstrahlung des geborenen Killers. Sie waren auf etwas fixiert, die Killeraugen, aber nicht auf ihn. Waverly folgte ihnen über den gepflasterten Weg durch die Menschentrauben und entdeckte den muskulösen Mann vom Abend vorher und seinen wie einer komischen Oper entsprungenen Adlatus, den Watschler. Beide beobachteten ihn, reckten die Hälse, um ihn im Blick zu behalten, und sie bemerkten offenbar überhaupt nicht, daß sie selbst beobachtet wurden. Er sah wieder zu diesem anderen und versuchte die neue Dimension in diesem gefährlichen Spiel zu begreifen. Ein tödliches Dreieck.

»Tim, was ist los?«

»Ah, nichts. Es ist nichts.«

»Ich muß jetzt *wirklich* los.«

»Ich weiß. Ich bleibe noch eine Weile hier.«

»Was ist los? Der Wagen steht gleich da vorne.«

»Bitte, tu, was ich sage.«

Sie war verblüfft, sah ihn an, verletzt, ein wenig irritiert.

»Bitte«, sagte er noch einmal.

»Na schön. Bis morgen dann, ja?«

»Fünf Uhr.«

Sie ging zum Parkplatz, eilte zwischen den Buden dahin und bewegte sich dabei mit nervösen hastigen Schritten. Waverly sah ihr nach, bis sie ihren Jaguar erreichte, einstieg und losfuhr. Und während er sie so beobachtete, wurde er für einen kurzen Moment von einem fremdartigen Gefühl überschwemmt. Denn obgleich er über das peinlich genaue Gedächtnis eines Mannes verfügte, der schwere Zeiten durchlebt hatte, erschien ihm diese elegante davonfahrende Frau unerreichbar und irgendwie fern, als gehörte sie in eine Phase seines Lebens, an die er sich kaum erinnern konnte, Fragment eines längst vergessenen Traums, während sein waches, reales Leben geduldig hinter ihm wartete, ebenfalls beobachtete und beobachtet wurde.

19

Sigurd machte sich allmählich Sorgen. Sie parkten mit laufendem Motor hinter dem Eingangsgebäude des Hafens von Palm Beach. Auf der anderen Seite des hohen Maschendrahtzauns wand sich die Schlange fröhlicher Touristen von der Gangway des Kreuzfahrtschiffs herab, das den Pier überragte. Zwischen den Leuten standen auch ihr Mann und seine Schnalle. Sigurd warf D'Marco einen Seitenblick zu. Er verfolgte die Vorgänge fast teilnahmslos, und sein Gesicht war wie leergefegt und zeigte keinerlei Gefühlsregung. Schließlich sagte Sigurd: »Was meinst du denn, was er vorhat?«

Die Frage wurde, natürlich, ignoriert.

Er versuchte es noch mal. »Meinst du nicht, daß er uns austricksen will?«

Ebenfalls unbeantwortet.

»Ich werde dir verraten, was ich denke«, sagte Sigurd, und Unruhe ließ seine Stimme höher klingen. »Ich glaube, er hat es sich in den Kopf gesetzt, abzuhauen. Ich finde, wir sollten irgend etwas tun, als nur auf dem Hintern zu sitzen und ihm zuzuwinken, ihm gute Reise zu wünschen. Ehe er plötzlich weg ist.«

D'Marco bedachte ihn mit einem trägen Blick voll vernichtendem Spott. »Das ist es also, was du denkst, hnh?«

»Richtig, genau. Ich habe keine Lust, die Prügel einzustecken, wenn er tatsächlich abhaut. Du sicherlich auch nicht, wenn du den Kerl richtig kennen würdest, der dir den Auftrag gegeben hat. Laß dir sagen, der Bursche hat Einfluß und Gewicht.«

»Soviel Gewicht wie du, was? Nur an den falschen Stellen.«

»Warte ab, die falschen Stellen wirst du schon kennenlernen, wenn wir unseren Freund verlieren. Zum Beispiel wenn sie dir den Arsch aufreißen.«

»Sieh mal an, plötzlich entwickelst du ja richtig Interesse an diesem Auftrag. Hast du Schiß? Bekommst du das große Zittern?«

»Was ich meine, hab ich grade gesagt. Sieh doch hin. Er ist schon fast an Bord. Und wir quatschen immer noch dumm rum.«

»Was meinst du denn, wo dieses Schiff hinfährt?«

»Scheiße, keine Ahnung. Ist doch auch egal.«

»Du meinst wohl, es will nach Cancun? Oder nach Rio? Zum Südpol? Auf jeden Fall ganz weit weg?«

»Ich sage doch, ich weiß es nicht. Du bist doch der große Floridastar, du weißt doch auf alles eine Antwort und nicht ich.«

»Dann will ich dir mal was erzählen, Spatzenhirn«, sagte D'Marco bissig. »Das da nennt man einen Vergnügungstrip. Schon mal was davon gehört? Dort, wo du herkommst, wahrscheinlich nicht. Das Ganze läuft so: sie fahren drei, vier Meilen weit raus, werfen die Anker, und dann können die Gäste ein Spielchen machen oder sich vollaufen lassen oder sich was zum Fressen bestellen, und dann kommt der Kahn wieder zurück. Er fährt nirgendwo hin.«

»Das Schiff kommt heute nacht noch zurück? Hierher?«

»Du begreifst unheimlich schnell, das muß ich schon sagen.«

»Trotzdem würde es nicht schaden, ihnen auf der Pelle zu bleiben«, schimpfte Sigurd halblaut. Er wollte sich nicht sofort geschlagen geben. Außerdem war er noch nie auf einem Schiff gewesen, und nach der Beschreibung dessen, was dort abging – Getränke, Glücksspiel, gutes Essen –, schien es genau das Richtige für ihn zu sein. Wahrscheinlich hatten sie auch ein paar Nutten an Bord, die konnte man dann auf dem Achterdeck vernaschen oder auf der Brücke flachlegen oder wie diese speziellen Orte auf einem Schiff genannt wurden. »Vielleicht sollten wir lieber mitfahren«, sagte er und versuchte Interesse für seine Idee zu wecken.

»Du kannst wohl nicht richtig zuhören. Du möchtest ein bißchen durch die Gegend kutschieren, nicht wahr?«

Als er den finsteren Ausdruck in D'Marcos Gesicht bemerkte und das häßliche eisige Klirren in seiner Stimme hörte, entschied Sigurd, daß er die Idee mit dem Schiffstrip lieber doch fallenlassen sollte. »Ich wollte nur den Job richtig erledigen, mehr nicht«, sagte er.

»Okay, wenn du unbedingt so scharf bist auf die richtig harte Chicago-Action, dann tu etwas Nützliches. Geh rüber in den Schuppen da drüben und versuch herauszubekommen, wann der Kahn heute nacht wieder hier anlegt. Und zwar sofort.«

Sigurd widersprach nicht.

D'Marco beobachtete ihn, wie er eilig über den Platz marschierte, verfolgte, wie er sich bewegte, gegen seinen Willen fasziniert, so wie man über die Entdeckung einer unerwarteten Pfütze von Erbrochenem vor einem staunt oder über einen Hundehaufen, über irgend etwas Abstoßendes jedenfalls. Dieser armselige Bursche war vermutlich der einzige Mensch, der in seiner Gangart Schlurfen, Watscheln und Stolzieren vereinte. D'Marco ließ seinen Blick zum Pier zurückkehren. Etwa fünfzig Meter entfernt konnte er das Arschloch und seine Flamme erkennen, wie sie sich dem unteren Ende der Gangway entgegenschoben. Dort bremste ein Fotograf die Schlange der fröhlichen Reisegesellschaft und schnürte sie ein, indem er die Passagiere zu einem Andenkenfoto anhielt und sie durch alle möglichen Faxen zu einem Strahlen animierte. D'Marco trommelte ungeduldig auf das Lenkrad. Noch ein paar Tage, fünf waren es noch, und man würde sehen, wem dann noch zum Strahlen zumute war.

Apropos Strahlen, im selben Moment tauchte der Fettkloß wieder auf und verkündete aufgeregt: »Es wird zwei Uhr morgens, bis sie wieder einlaufen. Wie findest du das! Sieht so aus, als hätten wir beide acht ganze Stunden zum Totschlagen.«

D'Marco seufzte. Schon wieder eine untätige Nacht, und dann auch noch in dieser Gesellschaft. Acht ganze Stunden – ihm graute davor.

»Also, was meinst du, Chief? Sollen wir uns was aufreißen, während wir warten?«

D'Marco erwiderte nichts darauf. Er stellte den Motor des LX ab und lehnte sich in seinem Sitz zurück.

Sigurd sah ihn verwirrt und ziemlich enttäuscht an. »Sollen wir etwa jetzt die ganzen acht Stunden hier herumhängen?«

»Du Blödmann, wir bleiben hier, bis das Schiff abgelegt und den Hafen verlassen hat. Bis wir sicher sein können, daß er nicht mit irgendeinem Trick versucht, uns zu entkommen. Danach hängst du dich ans Telefon, rufst Chicago an und meldest, was hier unten läuft.«

»Und das wäre?«

»Ich weiß es nicht«, sagte D'Marco knapp. Und er wußte es wirklich nicht. Nichts schien einen Sinn zu ergeben. Der Judenjunge hockte unten im Tropicaire, das Arschloch war auf dem Schiff und spielte den Verliebten. Die Zeit verstrich, und keiner unternahm etwas, um die Schulden zusammenzubekommen, wie es eigentlich der Fall sein müßte. Als ob sie ihre Köpfe in den Sand steckten und hofften, alles würde sich von selbst erledigen. Obwohl Spielertypen wie die es besser wissen müßten. Nichts erledigt sich von selbst. Daher paßte es nicht zusammen, und das gefiel ihm nicht, überhaupt nicht.

»Okay«, beharrte Sigurd, »was geschieht danach?«

»Ich sage dir rechtzeitig Bescheid.«

»Lachen, Tim.«

»Ich lache doch.«

Er tat es auch, zumindest gab er sich Mühe, obgleich es ihm vorkam wie eine erstarrte Grimasse, die auf seinem Gesicht klebte. Die Schiffstour war eine Sache, aber dieses Fotografieren war nicht ganz in seinem Sinn. Für ihn war es ein unnötiges Risiko, doch sie bestand darauf: ein Symbol für diesen Abend, ein Andenken.

Der Fotograf stimmte sofort mit ein. »Na los doch, Sir. Sie sind auf einem Vergnügungstrip und nicht bei einer Totenwache.«

Waverly verzog gehorsam seine Mundwinkel.

»Das ist schon besser«, sagte der Fotograf und fügte fast unhörbar hinzu: »Ein bißchen.« Er schoß das Bild und winkte sie weiter.

Von der Gangway gelangten sie in ein inneres Deck, und sie schlenderten durch einen stahlgrauen Korridor, vorwärts geschoben von den ausgelassenen Mitreisenden. Sie landeten in einer Freiluftbar im Heckbereich des Schiffs. Waverly entdeckte einen freien Tisch an der Reling, von wo aus man auf den Pier sehen konnte, und geleitete sie hin. Sie ließen sich in einander gegenüberstehende Sessel sinken, und sofort erschien ein Kellner, ein kleinwüchsiger braunhäutiger Bursche mit weißer Jacke, gehetztem Blick und blitzenden Zähnen. Noch so ein Berufsgrinser.

»Champagner«, sagte Caroline. »Du auch, Tim. Heute abend trinken wir nur Champagner.«

Waverly nickte, und der Kellner entfernte sich eilig.

»Also«, sagte sie, breitete die Arme aus, als wollte sie das ganze Schiff umarmen, »was hältst du davon?«

»Es ist eine sehr schöne Überraschung, Caroline.«

»Ich hatte gehofft, daß es dir gefällt. Und das ist noch nicht alles. Es kommt noch mehr.«

»Was denn?«

»Du wirst schon sehen«, sagte sie mit einem fiebrigen, abgehackten Kichern. »Zuerst muß ich mal zur Ruhe kommen. Den ganzen Tag war ich angespannt wie eine Sprungfeder.«

Das glaubte er ihr aufs Wort. Ihr Gesicht war gerötet, ihr Make-up schien in der lastenden Hitze des Tages ganz sacht zu zerfließen. Ihre Augen leuchteten vor kindlicher Begeisterung. Ob sie diese Farbe und diese sprühende Lebhaftigkeit ihrer inneren Erregung oder der Angst oder der Chemie oder einer Kombination dieser drei Elemente verdankte, ließ sich unmöglich feststellen. Es war eine offene Frage, die er genausowenig weiterverfolgen wollte wie die Aufklärung des geheimnisvollen Hinweises auf all die Dinge, die noch auf ihn warteten. Nicht an diesem Abend. Es war ihre Überraschung, sollte sie ruhig den Ablauf der weiteren Ereignisse bestimmen.

Der Salon füllte sich schnell, und bald war jeder Tisch besetzt. An einem Ende der Freiluftbar spielte ein Trio schwarzer Musiker. Natürlich war es Calypsomusik, und der frivole Text sorgte für Stimmung:

»Lulu had a boyfriend,
Drove a garbage truck,
Never collect no garbage.
All he did was –
Bang bang, Lulu.
Lulu gone away.
Lulu gone a'bangin'
When Lulu gone away.«

Brüllendes Gelächter. Applaus. Ein Publikum, das leicht zu unterhalten war.

Bald wurde der Champagner serviert. Caroline hob ihr Glas. »Auf uns, Tim. Auf dich und mich. Und auf einen wundervollen Abend.«

»Wer hätte so etwas mehr verdient als wir?«

»Ja, wirklich, wer.«

Sie stießen mit den Gläsern an.

»Ich nehme an, du hattest keine Probleme, dich loszueisen«, sagte Waverly.

»Warum? Weil ich zur Abwechslung mal pünktlich war?«

»Zum Teil deshalb. Und weil du tatsächlich hier bist.«

»Es gab keine Probleme. Nun ja, Avis und einige der anderen Ehefrauen wollten zusammen essen gehen, aber ich habe mich entschuldigt. Ich erklärte, ich brauche mal eine Aus-Zeit.«

»Und Robbie?«

»Er und Jock sind kurz vor mir losgefahren. Ich solle nicht aufbleiben, lautete meine Anweisung.« Sie nahm einen Schluck Champagner, stellte das Glas hin, reichte über den Tisch und legte eine Hand auf seinen Arm. »Wir wollen nicht daran denken, Tim. An keinen von ihnen. Dieser Abend gehört uns. Und das reicht.«

»Carpe diem?«

Ein zerbrechliches, sinnierendes Lächeln huschte über ihr Gesicht. »Erinnerst du dich an Marvells Zeilen: ›Laß uns entreißen Freuden unvergällt/Dem Eisengitter dieser Welt‹?«

»Ich erinnere mich, aber nur ganz dunkel. In meinem Gewerbe findet eine ständige Entleerung intellektuellen Kapitals statt.«

»Na ja, wer würde auch schon einem metaphysischen Dichter widersprechen wollen?«

Nun hob Waverly sein Glas und stieß mit ihrem an. »Ich ganz bestimmt nicht«, sagte er, und diesmal war sein Lächeln echt und ungezwungen. »Auf dich.«

Um kurz nach sieben erzitterte das Schiff leicht unter ihnen und entfernte sich nahezu unmerklich vom Pier. »Komm, das sehen wir uns an«, sagte Caroline, und so standen sie an der Reling und betrachteten schweigend den Hafen, der immer kleiner wurde, dann die Traube heftig winkender Gestalten, die mit der zunehmenden Distanz zwischen Schiff und Ufer immer mehr einschrumpfte, und hinter dem Hafen den lebhaften Verkehr auf dem Highway One und noch weiter dahinter die flache orangene Scheibe der Sonne, die am Himmelssaum hing. Und für einen kurzen Moment wurde Waverly von diesem seltsamen Staunen erfaßt, das den zu fernen Gestaden Reisenden gelegentlich überkommt, dieses merkwürdige Gefühl, einen Blick in die eigene Vergangenheit zu tun. Bis sein Blick auf einen schwarzen Mustang fiel, der am Zaun hinter dem Hafengebäude parkte, und er begriff plötzlich und so deutlich wie nie zuvor, daß die Bluthunde der Vergangenheit in ihrem Jagdeifer unermüdlich, gnadenlos und bar jeder versöhnlichen Gefühlsregung waren.

Von einem kleinen Lotsenboot geleitet, umrundete das Schiff Peanut Island und glitt durch den Lake Worth Kanal hinaus aufs Meer, wo es durch das ruhige Wasser pflügte und eine schäumende Kiellinie hinter sich herzog. Caroline drehte sich zu ihm um und sagte: »Ich habe für uns eine Kabine gebucht, Tim. Luxusklasse. Das Beste vom Besten. Und das ist meine letzte Überraschung.«

Jock hatte ebenfalls eine kleine Überraschung auf Lager, aber er behielt sie für sich, sparte sie auf für später. Im Augenblick war er zufrieden, während er in der Stretchlimousine saß und auf der Interstate 95 nach Süden unterwegs war. Er hatte seinen zweiten Wild Turkey im Glas, beobachtete, wie der Rauch seiner Macanudo sich in die Luft kräuselte, und lauschte gelangweilt seinem Partner – eher Angestellten, um die Positionen genauer festzulegen –, der ihm Rauch von viel weniger Substanz um die Ohren blies. Nonstop, atemlos. Er klang wie ein vor Lampenfieber zukkender Schmierenschauspieler, der sich selbst Mut zu machen versuchte. Leeres Gewäsch. Warme Luft.

Geduldig wie eine Spinne wartete Jock, daß der Redestrom versiegte. Das geschah kurz vor Lantana, und mit trockener, skeptischer Stimme fragte Jock: »Also hängt er an der Angel, und wir brauchen ihn nur noch an Land zu ziehen, häh? Diesen Beduinenscheich?«

»Aber klar«, sagte Robbie und ließ seine Hand wie ein Beil nach unten sausen. »Wir müssen ihm nur richtig auf die Pelle rücken – das heißt, wir führen ihn über den Bauplatz, zeigen ihm die Grundrißzeichnungen, lassen ihn einen Blick auf die Zahlen werfen, rechnen ihm die Gewinne vor, sorgen für seine Unterhaltung –, wenn wir all das tun, dann sollte er eigentlich anbeißen. Wir müßten das Geschäft bis Dienstag unter Dach und Fach haben. Spätestens bis Mittwoch.«

»So schnell? Ich hätte eher angenommen, daß er Probleme mit der Geldbeschaffung hat, wenn man bedenkt, wie der Ölpreis gesackt ist.«

Robbies Gesicht verzog sich zu einem gerissenen Grinsen. »Der nicht. Er läßt an den Pumpen Überstunden machen. So wie mir angedeutet wurde, ist er dafür berüchtigt, die Fördermengen zu überschreiten.«

»Schön, und wer hat dir das erzählt?«

»Einige Makler, die ich in London kennengelernt habe. Als ich drüben war, um ihm den Mund wäßrig zu machen.«

»Und wann war das genau?«

»Im vergangenen Februar.«

»Im Februar«, wiederholte Jock. »Vor vier Monaten, fast schon fünf. Da kann sich eine Menge ändern. Diese arabischen Zauberteppiche fliegen heutzutage auch nicht mehr so hoch.«

Robbie produzierte ein automatisches Kichern, aber keine Antwort. Sein Blick irrte zu dem Glas in seiner Hand ab, fixierte es.

»Na ja, hoffentlich hast du recht«, sagte Jock in harmlosem, einlenkenden Ton. Dabei zog er seine Worte jedoch mehr als nötig in die Länge und musterte ihn. In seinen Augen lauerte die nackte Bosheit. »Mit dem Verkaufen, meine ich. Wenn du es nämlich nicht schaffst, dann sitzt hier jemand auf einem stinkenden Haufen Scheiße.« Und so wie er es betonte, war es klar, daß dieser *Jemand* ganz bestimmt nicht Jock Appelgate wäre.

»Beruhige dich, unser Mann schwimmt im Geld. Er ist ein echter Prinz. Ich hab ihn überprüfen lassen, und er hat mehr Kies als Kamelscheiße, und seine Ölquellen reichen noch für mindestens ein halbes Jahrhundert. Ich habe alles im Griff.« Die Worte kamen wie eine Maschinengewehrsalve, rat-a-tat, doch sie vibrierten auch, klangen fast wie eine Verteidigung und viel zu aufgeregt. Robbie schien es plötzlich zu bemerken und bremste sich etwas. »Wir brauchen uns keine Sorgen zu machen. Die Sache ist so gut wie abgeschlossen.«

»Das freut mich zu hören«, sagte Jock aufgeräumt. »Nichts verabscheue ich mehr, als mir Sorgen machen zu müssen. Dafür bin ich mittlerweile zu alt. Das ist eher was für euch junge Burschen.«

Robbi wußte darauf nichts zu erwidern. Er leerte sein Glas, füllte es erneut und hielt Jock auffordernd die Flasche hin, der jedoch ablehnend den Kopf schüttelte. Sie fuhren schweigend weiter, und die Stille wurde durch das leise, windgeschützte Dahingleiten der Limousine noch vertieft. Ausfahrten huschten vorbei: Delray, Boca, Deerfield. Dicht hinter Pompano griff Jock das Thema noch einmal auf.

»Das Unterhaltungsprogramm, von dem du gesprochen hast, was hast du alles vorbereitet?«

»Zuerst einmal einen ganzen Stall blauäugiger Blondinen. Bestes Floridamaterial. Es heißt, daß er sie so am liebsten hat.«

Jock schnaubte. »Hab ich mir fast gedacht«, sagte er abfällig. »Kratz an einem Araber, und du findest einen heimlichen Nigger. Die können von dem weißen Fleisch den Hals nicht voll kriegen.«

»Vielleicht werden sie deshalb Sandnigger genannt.«

»Ha, beim Vögeln sind sie noch schlimmer als die Nigger.«

Robbie lachte kurz. »Und dann ist da noch die Pokerpartie. Ich hab sie erwähnt, als ich am Mittwoch mit ihm telefoniert habe.«

»Und was hält er davon?«

»Er freut sich darauf. Er kann es kaum erwarten, sagte er.«

»Hast du ihm auch von deinem Profi-Freund erzählt?« fragte Jock, und das *Freund* klang leicht spöttisch.

Robbie krümmte sich unmerklich, sagte jedoch schnell: »O ja. Das macht ihn erst recht heiß. Du weißt ja, für wie gut er sich hält.«

»Ja, das habe ich schon gehört. Na ja, das werden wir ja bald sehen, nicht wahr? Das wird ja eine richtig blutige Schlacht.«

Robbie schien erleichtert zu sein über die Richtung, in die das Gespräch sich nun bewegte. Er bekam wieder festen Boden unter die Füße. Ermutigt redete er weiter, vorwiegend über Terminpläne, Strategien, Zahlen. Und so weiter. Mehr warme Luft.

Jock machte ein Gesicht, als hörte er zu, doch es lag auch eine gewisse Distanz in seiner Miene, und er hatte ihn eigentlich ausgeblendet. Er wartete auf den richtigen Augenblick, sammelte seine Gedanken und legte sich die Worte zurecht. Im Geschäftsleben, wo Bindungen so schlüpfrig waren wie Schweiß, bedeutete das richtige Timing alles. Daher wartete er, bis sie auf den Airport Expreßway einbogen: und dann, in einer kurzen Pause des dahinplätschernden Monologs, legte er den Kopf etwas auf die Seite, wie jemand, der sich in Gedanken mit einem Problem herumschlug, und landete seinen Überraschungstreffer.

»Weißt du, Robber, ich hab gestern mal ein paar Zahlen durch meine Rechenmaschine gejagt. Und bekam am Ende eine ganz schön hohe Summe heraus, die du mir schuldest. Ich meine diese Anzahlung, die ich dir damals gab, um dich über Wasser zu halten. Wenn ich mir diese Zahlen ansehe, dann habe ich den Eindruck, als hättest du dich bei diesem Geschäft nicht richtig ins Zeug gelegt.«

Robbie war wie vom Donner gerührt. »Na ja – schön – das kann schon sein – aber –« Er stotterte hilflos, und seine Stimmlage verschob sich in immer höhere Register. Er fing noch mal von vorne an. »Wir hatten es so abgemacht, Jock, vorerst jedenfalls. Es war doch nur kurzfristig. Du weißt, daß ich dafür gut bin. Und ich finde, ich habe dafür in letzter Zeit auch verdammt gute Arbeit geleistet, wo ich dieses ganze Paket zusammengefummelt habe.« Er hatte seine alte Tonhöhe wiedergefunden, und die Worte kamen ruhiger, deutlicher heraus. Voll.

»Das glaubst du, nicht wahr? Ich will dir mal eins sagen, Herr Anwalt. Diese Arbeit, von der du redest, ist einen feuchten Scheiß wert. Das war gar nichts. Alle anderen, die in dieser Sache drinstecken, tragen das Risiko. Ich bin es satt, dich ständig mitzuziehen, mein Junge. Komm mit deinem Anteil rüber, oder ich lasse dich fallen. So einfach ist das.«

»So einfach ist es eben nicht«, sagte Robbie und bemühte sich, seine Stimme ruhig und fest klingen zu lassen. »Du weißt genau, wie schwierig es im Augenblick ist, einen Kredit zu bekommen, jedenfalls dort, wo ich arbeite. Houston ist die reinste Geisterstadt, alles will verkaufen und abhauen. Ich dürfte eine Weile brauchen.«

»Na schön, das verstehe ich«, sagte Jock friedlich. »Vielleicht können wir uns irgendwie arrangieren. Die Hälfte wäre genug, würde zeigen, daß du es ernst meinst.«

»Die Hälfte! Das ist immer noch viel Geld. Und an welche Frist dachtest du?«

Jock stellte sein Glas auf das Tablett. Er schürzte die Lippen, legte nachdenklich einen Finger auf seinen Nasenrücken. »Ach, nächste Woche würde reichen. Sagen wir, ehe du wieder nach Hause fliegst.«

Robbies rotes Gesicht wurde blaß. »Mein Gott«, sagte er, krümmte sich auf seinem Sitz, seine Stimme schraubte sich wieder in die Höhe. »Das ist unmöglich. Wie soll ich das hinkriegen, gleichzeitig Geld heranschaffen und hier alles organisieren?«

Jock kicherte verhalten, betrachtete ihn mit einem unbarmherzigen verkniffenen Grinsen. Er nickte. »Ich vertraue auf dich, Robber. Das habe ich immer getan. Du bist einer von den Typen, die man in einen Schweinestall sperren kann und die am Ende als Rechtsberater der Schweine wieder rauskommen.«

Gegen acht Uhr mittelamerikanischer Zeit an diesem Abend wurde Gunther Dietz ans Telefon gerufen. Er entschuldigte sich bei seinen Gästen, die er zum Dinner eingeladen hatte, wich den wütenden Blicken seiner Frau aus und zog sich in die Abgeschiedenheit seines Arbeitszimmers zurück, um den Anruf entgegenzunehmen. Nachdem er die Tür hinter sich abgeschlossen hatte, räusperte er sich, nahm den Hörer ab und nannte mit seiner seriösesten Business-Stimme – ruhig, sachlich, fest – seinen Namen.

»Ich bin's, Mr. Dietz. Eugene. Entschuldigen Sie, daß ich Sie wieder zu Hause belästige.«

»Ist schon in Ordnung, Eugene. Ich hatte mir bereits gedacht, daß du es bist.« Unter seinen Gästen an diesem Abend befand sich auch ein Engländer mit Adelstitel, und Dietz, der jede Möglichkeit wahrnahm, seine Umgangsformen zu verfeinern, hatte einige Betonungen und Redewendungen dieses Gentleman aufgeschnappt. Doch da er sich mit Eugene unterhielt, rutschte er immer wieder in seinen Jargon. »Also, was hört man denn so?«

»Ich muß Ihnen sagen, Mr. Dietz, nichts, was richtig klingt.«

»In welcher Weise?«

»Ich habe gerade Meldung aus dem Süden bekommen, und es sieht so aus, als täte sich dort nichts. Null.«

»Wie meinst du das, es tut sich dort nichts? Genauer.«

»Genau das. Dort, wo sie wohnen, haben unsere Leute den Verwalter angezapft, und der erzählt, der Jude unternehme überhaupt nichts. Er hinge ständig an der Flasche. Hat sich die ganze Woche kaum vom Fleck gerührt. Und heute abend unternimmt der andere, der Kartenhai, eine Mitternachtskreuzfahrt auf einem Vergnügungsdampfer. Hat 'ne Tussi dabei. Es scheint so, als dächte er nur an sein Liebesleben anstatt an sein Geschäft.«

An der gegenüberliegenden Wand hing eine Urkunde, auf der Dietz' großzügige Spenden für den United Way gewürdigt wurden. Er starrte sie gedankenverloren an. Mit den Knöcheln der freien Hand klopfte er unbewußt auf die Schreibtischplatte. Nach einer kurzen Pause sagte er: »Die letzte Pokerpartie, die war doch am Montag abend, nicht wahr?«

»Ja stimmt. Montag und Dienstag.«

»Und seitdem hat es keine, äh, Anzeichen irgendwelcher Bemühungen gegeben?«

»Wie ich gerade sagte, überhaupt nichts.«

»Und auch keine Anstalten, sich aus dem Staub zu machen?«

»Keine Spur.«

»Das ist sehr seltsam, Eugene. Überhaupt nicht so, wie es sein sollte. Nicht gut.«

»Wem sagen Sie das, Mr. Dietz. Irgendwie paßt das nicht zusammen, es ergibt keinen Sinn. Wenn Sie meinen Vorschlag hören wollen, ich finde, wir sollten unserem Mann grünes Licht geben.«

»Wann sind die zwei Wochen abgelaufen?«

»Am Mittwoch, um Mitternacht.«

Dietz studierte den Kalender auf seinem Schreibtisch. »Hmm«, sagte er. »Noch fünf Tage.«

»Wenn Sie wollen, daß sie ihre Spielchen weiter treiben.«

»Und du meinst, die wollen uns aufs Kreuz legen?«

»Alles weist darauf hin.«

Dietz konnte die Besorgtheit und den Zweifel in der Stimme seines Laufburschen hören. Wie jeder fähige Manager achtete er auf solche Anzeichen, bezog sie in seine Überlegungen ein. Er schwieg einen Moment, dachte nach, ging seine Möglichkeiten durch, wog sie gegeneinander ab.

Eugene sagte schließlich: »Ich kann die Aktion da unten jederzeit abrufen, Mr. Dietz. Heute nacht, wenn Sie wollen.«

Und Dietz, der zu einer Entscheidung gelangt war, erwiderte ruhig: »Nein, nein, ich denke nicht. Noch nicht. Ich glaube, was ich tun sollte, ist, runterzufliegen. Die Geschäfte laufen zur Zeit sowieso etwas schleppend, deshalb könnte ich, sagen wir, am Dienstag dort sein.«

»Halten Sie das für eine gute Idee, Mr. Dietz. Sich so nahe heranzuwagen?«

»Ich finde es nett, daß du dir solche Sorgen machst, Eugene, aber ich trete ausschließlich in beratender Funktion auf. Als eine Art übergeordnete Institution, könnte man sagen. Dies ist ein Abschluß, den ich richtig durchgeführt sehen will.«

»Für eine Weile passierte es schubweise«, erzählte Caroline. Sie lag neben ihm, kuschelte sich an ihn. Ihre Stimme klang brüchig, klagend, und eine ihrer Hände beschrieb nervöse Kreise, als wolle sie Bilder von Unglück und Katastrophen in die Luft malen. »Es gab

Phasen – nicht viele –, wenn alles ruhig, fast friedlich war. Und dann kam es zu einer Explosion, und es wurde wieder ganz schlimm. Vor ein paar Jahren gab es eine Zeit, als alles außer Kontrolle zu geraten schien. Das war furchtbar für mich, Tim. Kliniken, Beruhigungsmittel, kluge Psychiater. Es war das, was sie, höflich wie sie waren, einen ›Nervenzusammenbruch‹ nannten.«

»Und jetzt?« fragte Waverly. »Wie ist es jetzt?«

»Jetzt ist es meistens nur ein taubes, dumpfes Gefühl.«

»Aber es gab doch eine Zeit, als du ihn liebtest. Zumindest am Anfang.«

Caroline dachte lange nach, ehe sie antwortete. »Ich denke schon. Ich weiß es nicht. Die Erinnerung spielt einem manchmal einen Streich, nach so vielen Jahren.«

»Meine nicht. Ich erinnere mich genau an deine Hochzeit. Ich habe dich gesehen. Ich war dabei.«

»Was du gesehen hast, war ein junges Mädchen«, sagte sie leicht ungehalten. »Ein Kind. Oh, damals gab es da auch noch das sexuelle Element. Robbie konnte unersättlich sein. Das ist er heute sicherlich auch noch ab und zu, natürlich nicht bei seiner Frau.«

Und Waverly erinnerte sich an die Szene in Jocks Absteige neulich abends, als er einen derangierten Robbie zwischen seinen Lustmaschinen erlebt hatte. Unersättlich paßte durchaus. Sie hatte es genau richtig getroffen. Aber was sagte man darauf, auf eine derart unschöne Wahrheit? Am besten nichts. Und genau das tat er auch, er sagte nichts, lag da, ließ seinen Blick durch die Kabine wandern, diese Luxusbleibe mit ihren beigefarbenen Wänden und den geblümten Vorhängen an den zurückgesetzten Fenstern; die Couch und die Sessel waren bedeckt mit hastig abgestreiften Kleidungsstücken; dazu die obligatorische Flasche Champagner, mittlerweile zu drei Vierteln geleert, auf dem Nachttisch neben dem Bett; dann der Spiegel über dem Schrank, der zwei melancholische Wesen zeigte, die sich auf ihrer Flucht vor den Enttäuschungen und Schicksalsschlägen des Lebens und vor einem Übermaß zerstörter Träume zusammengefunden hatten.

Es war Caroline, die das Schweigen brach. »Es tut mir leid, Tim, daß du dir das alles hast anhören müssen.«

»Ich habe gefragt.« Das stimmte. Er hatte es von ihr hören wollen. Er wollte Bescheid wissen.

»Daran ist der Champagner schuld. Ich bekomme dann immer den *vin triste*.«

»Weißt du«, sagte er nachdenklich, »es tut mir mindestens genauso leid. Aber ich muß sagen, daß ich nicht verstehe, warum du das alles über dich ergehen läßt. Warum du bleibst. Du nennst deine Kinder, aber das überzeugt nicht. Nicht in ihrem Alter. Kinder bleiben bei ihren Müttern.«

»Aber nicht, wenn die Mutter nicht in Ordnung ist, dann nicht. Robbie führt eine Akte über mich, sehr dick und sehr vernichtend. In Dokumentationen war er immer brillant. Dort findet man die Kliniken, die Psychiater. Die Drogen, die ich brauche, um durchzuhalten, sie sind dort festgehalten, und sie würden mir in dieser Sache auch nicht helfen.« Sie veränderte ihre Lage, drehte sich, damit sie ihn nicht mehr ansah. Sie hielt inne, machte ein paar flache Atemzüge und murmelte: »Und dann hat es auch andere Männer gegeben. Wie du erraten hast.«

Und auch diesmal wußte Waverly nicht, was er dazu sagen sollte.

»Irgendwann gibt man alles auf, Tim. Man läßt sich treiben.«

Wer weiß das besser als ich, dachte er, doch er sagte: »Würdest du es ohne sie nicht schaffen? Ohne deine Kinder?« Das war der Punkt, den er klären mußte.

Doch sie wich aus. »Ich weiß nicht. Ich weiß es wirklich nicht.« Verzweiflung schwang in ihrer Stimme mit. Sie griff über ihn hinweg, nahm sich eine Zigarette, zündete sie an, nahm einen tiefen Zug. Es schien sie etwas zu beruhigen. »Darf ich dir mal eine kleine Geschichte erzählen? Von Robbie Junior?«

»Natürlich.«

»Er war immer ein sehr einsames Kind, ein Einzelgänger. Er blieb zu Hause, hatte keine Freunde, keine Spielkameraden. Überhaupt nicht wie sein Vater. Ehe wir uns in Hunters Creek niederließen, wohnten wir in einem kleinen Haus in Houston. Dort gab es einen Park ein Stück die Straße hinunter, mit Picknickbänken, Schaukeln, Rutschen und einem Podium für kleine Musikkapellen. Es war überhaupt nichts Ungewöhnliches, nichts Besonderes, aber aus irgendeinem Grund liebte Robbie diesen Park.

Eines Morgens – er war sechs, ich erinnere mich noch genau daran – erklärte er, daß er dorthin wolle. Er wolle ein Picknick veranstalten, ganz allein. Die Gegend war sehr zivilisiert, sehr ruhig, überhaupt nicht gefährlich, und ich hielt das für eine gute Idee. Es war ein Zeichen der Unabhängigkeit. Ein sehr ermutigendes Zeichen. Ich packte ihm etwas zu essen ein und ließ ihn losziehen.

Es war Sommer, ein bestialisch heißer Tag, so wie man es in Houston erleben kann. Ich stand in der Tür und blickte diesem entschlossenen, tapferen kleinen Burschen nach, wie er in seiner kurzen Hose und seinem T-Shirt zu seinem einsamen Picknick marschierte. Er war so glücklich und so stolz auf sich. Mehrmals drehte er sich um und winkte. Dabei lachte er über das ganze Gesicht. In Texas gibt es im Sommer manchmal Schwärme von diesen riesigen schwarzen Fliegen, dick wie ein Daumen, die einen regelrecht angreifen. Und er hatte das Pech, mitten in einen solchen Schwarm hineinzulaufen. Etwa auf halbem Weg den Block hinunter blieb er abrupt stehen, und seine Arme ruderten durch die Luft, schlugen um sich, und er verfiel in ein hektisches Gehopse. Er schleuderte den Beutel mit dem Essen von sich und kam zum Haus zurückgerannt, ein ganzer Fliegenschwarm hinter ihm her, das Gesicht vor Entsetzen verzerrt, schluchzend, stürzte sich in meine Arme und schrie, ich solle ihm helfen, solle dafür sorgen, daß alles wieder gut wird.«

Ihre Stimme versagte. Sie biß sich auf die Unterlippe, und ihre Augen wurden trübe, starrten zur Decke. Sie drückte die Zigarette in dem Aschenbecher aus, den Waverly ihr hinhielt. Er betrachtete sie.

»Es war so, als hätte sich mir in dieser kleinen Szene seine ganze Zukunft offenbart, Tim. Als wäre dieses Erlebnis eine Metapher für sein ganzes Leben. Oder vielleicht auch nur ein kleiner Hinweis auf das, was ihn erwartet, was mit ihm passieren könnte, wenn ich nicht da wäre.«

Weil er früher mal sehr belesen gewesen war (vor tausend Jahren, in einem anderen Leben), und weil die Nähe zu ihr dieses Wissen wieder an die Oberfläche zu holen schien und weil schließlich diese Geschichte das verschwommene Bild von seinem eigenen verlassenen Sohn entstehen ließ, dachte Waverly plötzlich an Achilles, an »Das Leid, hineingewoben in das Muster eines Menschenlebens«. Eine prophetische Klage. »Das ist alles sehr traurig«, sagte er leise, und wieder schwiegen sie.

Nach einer Weile, diesmal nicht so lang, sagte Caroline: »Nun wird das doch noch zu der Totenwache, vor der der Fotograf uns gewarnt hat. Das habe ich nicht beabsichtigt, und ich lasse nicht zu, daß es soweit kommt. Das ist schließlich *unser* Abend.«

Und nach dieser Erklärung sprang sie aus dem Bett, nahm ihre Kleider und ihre Handtasche und verschwand im Bad. Die Dusche rauschte. Kurz darauf ging die Tür wieder auf, und sie kam heraus, bekleidet mit ihrem cremefarbenen Seidenhöschen und dem gleichfarbigen Büstenhalter. Dabei strich sie sich die Flut ihrer bernsteinfarbenen Haare aus der Stirn. Sie erschien wie ausgewechselt, mit neuem Leben erfüllt und angetrieben von der manischen Energie eines ruhelosen Geistes. Waverly hatte eine Vermutung, woher dieser plötzliche Stimmungsumschwung kam, doch er äußerte sich lieber nicht dazu.

»Komm schon, Tim«, sagte sie und stieß ihn spielerisch an, »du bist dran. Keine trüben Gedanken mehr. Ich räume in der Zwischenzeit auf.«

Als er ein paar Minuten später wieder die Kabine betrat, stand sie vor dem Spiegel und legte letzte Hand an sich: sie fuhr sich mit einem Kamm durch die Haare, schminkte ihre Lippen und frischte den Lidschatten auf, befestigte die Ohrclips, legte sich eine Kette um den Hals und streifte sich ein diamantenbesetztes Armband über. Er beobachtete das Ritual, ließ sie nicht aus den Augen, als wolle er ihr Gesicht und ihre fahrigen, nervösen Bewegungen für immer in seiner Erinnerung speichern.

Sie drehte sich um und breitete einladend die Arme aus. »Wie sehe ich aus? Sei ehrlich.«

»Einfach umwerfend siehst du aus.«

Sie reagierte mit einem Lächeln, selig und wehmütig zugleich.

Er fragte: »Was nun?«

»Ins Kasino. Du bringst mir jetzt bei, wie man Karten spielt. Wie man reich wird. Wenn wir schon nicht glücklich sein können, dann können wir wenigstens reich sein.«

D'Marco war gerade bei seinem dritten Satz Curls, führte kraftvoll die Übung aus – vier, fünf – brachte die Pumpe auf Touren – sechs, sieben – ließ es bis in die letzten Fasern seiner Bizeps brennen – acht – kämpfte um die letzten Wiederholungen – neun – biß die

Zähne zusammen, stöhnte – *zehn!* Geschafft! Er setzte die gekrümmte Hantelstange auf den Fußboden und ließ sich auf eine Bank fallen. Seine Arme waren prall von Blut, das Herz hämmerte, die Luft entwich in keuchenden Stößen seinen Lungen. Er war völlig fertig. Trotzdem war es ein gutes Gefühl, wieder mit dem Eisen zu arbeiten. Besser als gut – großartig. Der alte Schwarzenegger hatte ganz recht: Hanteln stemmen war besser als zu bumsen, daran war nicht zu rütteln.

Sigurd, der an der Squatmaschine lehnte und aus dessen Mund ein Zahnstocher herausragte wie eine feuchte Nadel, verfolgte das Geschehen mit einem leicht amüsierten, leicht überheblichen Gesichtsausdruck. Er wartete, bis D'Marco wieder halbwegs normal atmete, und dann äußerte er einen Rat: »Laß es lieber langsam angehen, Chief. Nachher hebst du dir noch einen Bruch, und du mußt für den Rest deines Lebens eine von diesen Binden tragen.«

D'Marco versuchte ihn zu ignorieren. Fettkloß. Latschte in seinen Straßenklamotten im Trainingssaal herum, lutschte an einem Zahnstocher und gab seine hanebüchenen Ideen zum Besten, als wären es Brocken besonders seltener und wertvoller Weisheiten. Der Idiotenprinz, Fürst der Schwachsinnigen. In jedem halbwegs ernstzunehmenden Trainingscenter hätten sie diesen Breitarsch längst rausgeschmissen. Hier jedoch, im Stayin' Alive, an einem Freitagabend, der ganze Laden leer bis auf ein paar Stengeltänzer, die Federgewichte stemmten, die nicht mal einem Invaliden Mühe gekostet hätten – hier schien das niemanden zu stören.

Sigurd ließ sich nicht so leicht zum Schweigen bringen. »Du weißt, was ich mit Binde meine? Eigentlich heißt es ja Bruchband. Sieht so aus wie 'ne Windel.«

D'Marco, der sich noch nicht ganz erholt hatte, brachte nur ein mürrisches Grunzen zustande. Die Vorstellung von sich selbst, mit Bruch, Bruchband und Windel, war eine Idee, wie sie nur von diesem Mr. Neunmalklug stammen konnte, der zu allem und jedem eine Meinung hatte. Man stelle sich vor, D'Marco Fontaine, mit einem Bruchband. Er mit seinen Waschbrettbauchmuskeln, so widerstandsfähig wie Panzerplatten, undurchdringlich. (Obgleich sie bei einer vorsichtigen Untersuchung tatsächlich weicher zu werden schienen. Vielleicht bildete er sich das aber auch nur ein. Vielleicht sollte er mit den richtig schweren Gewichten mal eine

Pause machen, wenigstens so lange, bis er sein Leben wieder in Ordnung gebracht hatte.).

Ohne ein Wort kam er wieder hoch auf die Füße und ging zur Latissimus-Maschine, schob den Stift im Scheibenstapel bei achtzig Kilo ein – ein hübsches mittleres Gewicht – und fuhr mit einer Serie Pressdowns fort. Er beobachtete, wie seine Trizeps spielten und anschwollen und sich über seine Arme spannten. Etwa nach dem halben Satz Wiederholungen begannen seine Muskeln zu verkrampfen. Was nun? Kämpf dagegen an. Ohne Schmerz kein Zuwachs. Natürlich war das nicht die richtige Art zu trainieren, ein Programm in acht Tagen, und dann auch noch für den ganzen Körper. Normalerweise teilte er es auf, Brust und Rücken am ersten Tag, die Beine am zweiten, Arme und Schultern am dritten. Danach ging es wieder von vorne los. Sechs große erschöpfende Sitzungen die Woche und ein Ruhetag zur Belohnung. Es war eine Wissenschaft für sich, seinen Körper aufzubauen und zu erhalten, und dazu war mentale Disziplin und mühsame Arbeit notwendig. Die Ergebnisse waren es allemal wert: man wurde eine lebende Skulptur, das reinste Kunstwerk.

Aber hatte er kaum die Stange losgelassen, da machte Sigurd, der ständig in der Nähe war, wieder den Mund auf. »Wofür war das?«

»Die Tris«, antwortete D'Marco knapp. Er wollte nicht zu weiterer dämlicher Konversation animieren.

»Was ist das denn?«

»Trizeps, Scheißkopf. Die hinteren Oberarme.«

Sigurds geschickte Zunge bewegte den Zahnstocher zwischen seinen Lippen nach vorne und balancierte ihn zwischen den Schneidezähnen. Er schüttelte langsam den Kopf, ein Bild totaler Verblüffung. »Das ist ja eine wüste Ackerei, nur um ein paar Mukkis in den Armen zu bekommen.«

D'Marco musterte ihn wütend. »Ein bißchen von dieser Ackerei würde dir bestimmt nicht schaden. Vielleicht kommst du am Ende mit deinem Nilpferdarsch sogar durch die Tür, ohne mit der Brechstange nachzuhelfen.«

»Ach, ich hab's mir schon mal überlegt«, sagte Sigurd gutmütig. Der Anwurf schien ihn nicht zu verletzen. »Aber dann habe ich mir gedacht, was ich davon habe, wenn ich mir die ganze Mühe mache. Früher oder später kratzen wir alle ab, sogar du, ob mit

Muskeln oder ohne. Das Leben ist so verdammt kurz, also warum es sich schwer machen? Genieße es, solange du kannst, so lautet mein Motto.«

»So ein Motto kann ja eigentlich nur von dir kommen«, sagte D'Marco. Er wandte sich ab und erhöhte das Gewicht auf hundertzehn (der erste Satz war sehr gut gegangen, dann konnte er auch gleich ernsthaft weitermachen und etwas für sein Schmerz-Zuwachs-Prinzip tun), holte tief Luft und konzentrierte sich auf die vor ihm liegende Anstrengung, blendete alles andere aus, packte die Stange und drückte sie nach unten.

Sigurd jedoch, der für dieses heroische Duell – Mensch gegen die unüberwindliche Gravitation – keinen Sinn hatte, redete weiter auf ihn ein.

»Nimm zum Beispiel diesen Bekannten von mir oben bei Lisle. Ein Schluckspecht, echter Säufer, sein ganzes Leben lang. Er liebte den Fusel leidenschaftlich, obgleich er ihn wahrscheinlich umbrachte. Eines Tages aber setzte er es sich in den Kopf, daß er einfach aufhören wollte – einfach so – zack! – keinen Sprit mehr. Er leistet einen Schwur: krempel dein Leben um, werde ein neuer Mensch.«

Schon bei der vierten Wiederholung verkrampften D'Marcos Muskeln sich. Schweiß trat auf seine Stirn. Seine Form zerbröselte. Seine Konzentration ließ rapide nach.

Die warnende Geschichte ging weiter:

»Ein ganzes Jahr lang blieb er völlig sauber. War stolz auf sich, doch er war plötzlich ganz fickerig, unfreundlich, haßte die Welt, wie es bei den trockengelegten Säufern immer wieder vorkommt. Eines Morgens bringt er den Abfall raus, und da kommt ein Kaninchen über die Straße gerannt, sieht ihn, beißt ihn ins Bein.«

Kaninchen. Bei der sechsten Wiederholung war D'Marcos Konzentration endgültig verflogen. Die hundertzehn waren plötzlich tonnenschwer.

»Na ja, der Bursche ist sauer, klar, aber er denkt nicht weiter über die Sache nach. Nur ein verdammtes Kaninchen, mehr nicht, oder? Großer Irrtum. Es stellt sich raus, daß dieses Häschen die Tollwut hat. Zwei Tage später hat er hohes Fieber, und auch ihm tritt ein bißchen Schaum vors Maul. Eine Woche danach finden sie ihn, tot – ach ja, ich hab vergessen, dir zu erzählen, daß er allein lebt. Jedenfalls ist er mausetot. Und wie ich gehört habe, stank er schon ganz schön. Was hat er nun getan? Sein letztes Jahr zur beschissensten Zeit seines Lebens gemacht, und für nichts und wieder nichts, denn am Ende war er tot. Wegen einem Kaninchen. Der Typ hieß Leonard, wenn ich mich recht erinnere. Ein großer Kerl, Glatze, trug immer einen Hut –«

Mitten in einer Übungswiederholung ließ D'Marco die Stange los, und die Gewichtsplatten prallten klirrend aufeinander. »Verdammt noch *mal*, ich trainiere hier. Kannst du nicht woanders hingehen?«

Sigurd zuckte die Achseln. »Ich hab nichts Besseres zu tun. Außerdem war ich noch nie in diesem Kraftladen. Ich hab mich schon immer mal gefragt, wie es in so einem Schuppen aussieht.«

»Jetzt hast du's gesehen. Warum wartest du nicht draußen?«

»Draußen ist es mir zu heiß.«

»Dann hör auf, mich anzuquatschen«, schimpfte D'Marco. »Ich versuche, mich auf meine Übungen zu konzentrieren.« Er ging zum Hantelständer, suchte sich ein paar Dreißiger und begann mit einem wilden Satz Laterals. Sogar die dreißig Kilo fühlten sich schwer an.

Sigurd blieb ihm auf den Fersen. Für eine Weile übte er sich in respektvollem Schweigen, aber schließlich, ein paar Übungssätze später, konnte er nicht mehr an sich halten. »Weißt du, wir hatten im Knast eine ganze Menge Eisenstemmer von deiner Sorte. Die meisten waren Knastladies. Ich erinnere mich an einen Knaben, der zwei Monate nach mir reinkam, ein Mex; Ramón hieß er. Er hatte eine Figur wie King Kong. Das war ein total irrer Chilifresser, neben dem sähst sogar du aus wie eine Vogelscheuche. Wirkte ganz schön gefährlich, daher dachte jeder, daß er hart genug war, um sich die anderen vom Leib zu halten. Falsch gedacht. Die Nigger schnappten ihn sich. Es war die El Rukn-Bande, die ihn zwischennahm, ihm den Arsch weitete. Nach einer Woche hatten sie ihn völlig umfunktioniert.«

Sigurds Zahnstocher war nun vollends zerfranst. Er nahm ihn aus dem Mund, betrachtete ihn und schnippte ihn weg. Dann schaute er D'Marco unschuldig an und beendete mit einem spöttischen Unterton in der Stimme seine Erzählung. »Ja, in der Gorillakluft steckte nichts anderes als eine geborene Schwester. Die ganzen Muskeln waren nur Schau, um die Jungs erst mal abzuschrecken.«

Okay, das war's dann, es reichte. Leistenbrüche, Bruchbänder, Windeln, Kaninchen, Mexikaner, Nigger, Schwestern – das war genug. D'Marco drehte sich langsam, sehr kontrolliert um und fixierte das grinsende Gesicht mit einem starren Blick, wütend und, trotz seiner Erschöpfung, eine mörderische Drohung. »Willst du mir was Bestimmtes sagen mit deiner Geschichte?«

Das Grinsen erschlaffte etwas. »Nein, eigentlich nichts Spezielles, nur –«

»Willst du etwa andeuten, ich sei wie dein Mexikanerfreund?«

»Nein, Mann, überhaupt nicht. Außerdem war er kein Freund von –«

»Was hab ich grade gesagt? Über dein dämliches Gequatsche, während ich dabei bin, mein Training über die Runden zu bringen – was hab ich gesagt?«

»Ich soll aufhören«, sagte Sigurd. Unter dem mörderisch feindseligen Blick war sein Grinsen total zerfallen.

»Hast du aber nicht.«

Sigurd drehte in einer einlenkenden Geste die Handflächen nach oben und wich zurück. »Vielleicht warte ich doch lieber vorne auf dich.«

Mit eisiger Stimme pflichtete D'Marco ihm bei. »Das solltest du besser tun. Solange du dazu noch in der Lage bist.«

Das machte ihm Beine.

D'Marco stand da, hatte die Arme vor seinem mächtigen Brustkorb verschränkt und schaute Sigurd nach, bis er endlich verschwunden war, und dann kehrte er zu seinem Training zurück. Aber nichts schien mehr in Ordnung zu sein: er war aus dem Rhythmus, seine Gedanken irrten ab, die Gewichte waren schwerer denn je, eine bleierne Müdigkeit, sowohl mental wie auch physisch, erfaßte ihn. Er zwang sich zu einigen weiteren lustlosen Übungssätzen, aber keiner hatte einen echten Nutzen für ihn, und das wußte er. Schließlich gab er seine Bemühungen auf. Es war dieser verdrehte Auftrag, der ihn völlig aus der Bahn geworfen hatte: wenn er den erst einmal erledigt hatte, dann könnte er wieder sein normales Leben und seine Gewohnheiten aufnehmen. Nächste Woche, schwor er sich auf dem Weg zur Dusche, nächste Woche.

Die Geberin hatte eine massive Glückssträhne. Sechs aufeinanderfolgende Runden ohne Niederlage. Als sie sich zu ihrem siebten Sieg in Folge wieder eine 21 mit zwei Karten teilte, schon das dritte Mal hintereinander, hob sich die dünne, nachgezeichnete Augenbrauenlinie leicht, und der Anflug eines Lächelns, belustigt und ohne den Hauch von Mitgefühl, glitt über die wie lackiert wirkende Maske ihres Gesichts. Im Gegensatz dazu zeigten die Gesichter der Spieler unterschiedliche Grade von Zorn, Sorge, Abscheu und Enttäuschung. Eine Stille, entstanden aus einer Kombination von Unglaube und Zorn über die mitleidlosen Götter des Schicksals, senkte sich über den Tisch.

Caroline besetzte den heiklen dritten Platz. Waverly stand hinter ihr und versuchte, sich die gefallenen Karten zu merken und mitzuzählen. Ohne viel Erfolg. Beim Blackjack war es schon schwierig genug, die Kartenfolge aus einem Schlitten mit vier Packs zu behalten, jedoch nahezu unmöglich – zumindest für ihn –, wenn der Kopf vom Alkohol etwas benommen war. »Betrachte die Chips nicht als Geld, sondern als Spielmarken«, flüsterte er ihr aufmunternd ins Ohr. Dabei dachte er wieder an sein eigenes Problem, keine vier Tage war es her, mit dem fundamentalen Axiom des Glücksspiels. Aber welcher Arzt konnte sich auf Anhieb selbst heilen?

Ermutigt durch seinen weisen Rat, reduzierte Caroline ihre schrumpfende Säule Zehn-Dollar-Chips, schob fünf auf das Einsatzfeld vor ihr und wartete gespannt auf das nächste Blatt.

Die Karten wurden verteilt. Sie bekam in der ersten Runde eine hoffnungsvolle Zehn, dann eine entmutigende Zwei in der nächsten. Die Geberin hatte eine Drei. »Nimm noch eine«, sagte Waverly, als sie wieder an der Reihe war.

Caroline warf ihm einen schnellen Blick zu. »Aber ich dachte, du verläßt dich auf solche todsicheren Blätter«, sagte sie unsicher. Sie lernte schnell, aber sie hatte bisher nur die Grundlagen des Spiels erfaßt.

»Diesmal nimmst du eine.«

Die Geberin sah sie ungeduldig an.

Caroline bat mit einem Handzeichen um eine Karte, und es war eine wunderbare Neun, die sie bekam. Sie klatschte begeistert in die Hände.

»Gut gemacht«, sagte die Geberin trocken und ohne eine Spur von Freude. Ihre Augen glänzten wie poliertes Messing und wirkten genauso hart. Sie drehte ihre verdeckte Karte um, zeigte eine Sechs und gab sich eine Zehn dazu. Ihre Neunzehn schlug alle anderen und erzeugte ein leises Stöhnen am Tisch.

Der blasse Typ rechts neben Caroline atmete pfeifend aus und funkelte sie an. Er hatte ein faltiges, schlaues Gesicht, betont durch eingefallene Wangen, eine von zu viel Alkohol ruinierte Nase und widerspenstiges rehbraunes Haar. »Der dritte Platz sollte sich in dem Spiel auskennen«, knurrte er gereizt. Er hatte achtzehn Punkte, fast ein Treffer. Ein Sonntagsspieler, er hatte einen einzigen Chip verloren, zehn ganze Dollars.

»Machen Sie Ihr eigenes Spiel«, sagte Waverly kühl zu ihm.

Für einen kurzen Moment starrten sie einander feindselig an. Der verärgerte Spieler gab sich zuerst geschlagen. Er wandte sich ab, murmelte dabei etwas wie »verdammte Kiebitze«, doch so, daß kaum jemand es hören konnte. Während der nächsten Runden saß er vornübergebeugt und offensichtlich schmollend da, und als neu gemischt wurde, erhob er sich von seinem Stuhl und schlich sich davon. Waverly ließ sich auf dem freien Platz nieder, der sich unter ihm feucht anfühlte. Die Resthitze des Verlierers.

»Was für ein ungehobelter Kerl«, sagte Caroline.

»Nun ja, hier trifft man nicht gerade die nettesten Leute an.«

Ein Lächeln breitete sich auf ihrem Gesicht aus. »Außer uns«, sagte sie.

»Das stimmt. Wir sind hier.«

Um den Platz zu behalten und sie vor möglichen weiteren Kretins abzuschirmen, die, wie es schien, reichlich auf dem Schiff vorhanden waren, kaufte er sich für hundert Dollar Chips und stieg mit ein. Und spielte zum Vergnügen. Falls es so etwas für ihn überhaupt noch gab. Offensichtlich nicht, denn er ertappte sich dabei, wie er beim nächsten Geben automatisch mitzählte, oder es zumindest versuchte, allerdings mit kaum größerem Erfolg als vorher. Ein beschleunigt ablaufender Film aus Karten und Zahlen, verschwimmend und nicht zu erkennen, spulte sich hinter seinen Augen ab. Das rhythmische Rattern der Geldautomaten, das aus dem Raum direkt hinter ihm hereindrang, peinigte die Ohren. Eine Symphonie des Mißklangs. Spieler kamen und gingen, konturlos bis auf ihre glasigen, neurasthenischen Augen. Das Spiel schien in einem Zeitvakuum abzulaufen.

Nach einer Weile – eine halbe Stunde? Eine Stunde? wer wußte das schon? – stieß Caroline ihn an und sagte: »Laß uns jetzt aufhören, Tim. Diese Karten machen mich ganz benommen.«

Der Kartenschlitten war bis knapp über die Hälfte geleert. Wenn er halbwegs richtig mitgezählt hatte, dann müßten in dem restlichen Stapel noch jede Menge Asse und Bilder stecken. Wenn er richtig aufgepaßt hatte. »Noch ein Spiel«, sagte Waverly, und er schob seine sämtlichen Chips, elf stramme Soldaten, sagenhafte hundertzehn Dollar, nach vorne. Mr. Furchtlos. Caroline stapelte ihre Chips zu zwei Säulen auf, sorgte dafür, daß sie die gleiche Höhe hatten, und setzte einen Stapel. Miss Vorsichtig.

Die Einsätze lagen auf dem Tisch, nun folgten die Karten.

Waverly bekam eine der Zehnen, die seiner Berechnung nach in dem Pack stecken mußten, und dann folgte eine Vier. Die Geberin deckte eine Fünf auf. Als er wieder an der Reihe war, hob Waverly ablehnend eine Hand.

Caroline hatte ein As und eine Sechs. »Was mache ich damit?« fragte sie.

»Verdoppeln«, sagte Waverly.

»Aber es sind doch nur siebzehn.«

»Trotzdem verdoppeln.«

»Ma'am?« fragte die Geberin seufzend.

Etwas widerwillig schob Caroline ihren zweiten Chipsstapel neben den ersten und sagte »Verdoppeln«, und ein weiteres As landete bei ihr. Waverly empfand kurzfristig Genugtuung darüber, daß er mit seinen Berechnungen nicht so weit danebengelegen hatte. Was immer das beweisen mochte.

Die Geberin drehte ihre verdeckte Karte um. Eine Zehn. Und dann, mit einer flinken geschmeidigen Bewegung zog sie, natürlich, die alles vernichtende Sechs aus dem Schlitten. »Einundzwanzig«, verkündete sie und sammelte die Chips und die Karten ein.

Caroline war wie betäubt. Als hätte jemand ihr von hinten mit voller Wucht auf den Kopf geschlagen. »Was ist passiert, Tim?«

Waverly zuckte die Achseln. »Manchmal verliert man auch.«

Sie brachte ein Lächeln zustande, aber es war verkrampft, sparsam. »Aber alles? Mit einem einzigen Blatt?«

Dieses »alles« waren gut dreihundert Dollar. »Na komm schon, ich spendiere dir zum Trost einen Drink.«

Waverly ging mit ihr durch den Speisesaal in eine kleine angrenzende Bar. Alle Tische waren besetzt, doch er fand für sie zwei Plätze an der Theke. Er bestellte zwei Champagnercocktails, und als sie serviert wurden, hob er sein Glas und sagte: »Willkommen in der Welt der Spieler.«

Caroline stieß mit ihm an. Sie nahm einen Schluck, stellte das Glas hin und holte eine Zigarette hervor, steckte sie in ihren Aqua Filter, zündete sie an und atmete einen dünnen Rauchfaden aus. Ihre Bewegungen waren abgezirkelt, sorgfältig, als müßte jede Geste genau überlegt sein, und sie wirkte noch immer leicht desorientiert, fast schon betäubt. »Wie lange haben wir gespielt?« fragte sie.

»Fast drei Stunden.«

»Drei Stunden. Ich hätte gesagt fünfzehn Minuten. Seltsam.«

»Wieso?«

»Wie eine außerkörperliche Erfahrung, ein Zeitstillstand. Und dieses Zurückkehren von dort ist genauso, als erwachte man aus einem tiefen Schlaf.«

Obgleich er es noch nie so betrachtet hatte, verblüffte es ihn, wie genau ihre Beschreibung zutraf. Ein tiefer Schlaf. Caroline Vanzoren Crown, scharfsichtig wie immer. »Ein durchaus zutreffender Vergleich«, sagte er.

»Und du verdienst dir damit deinen Lebensunterhalt. Ich verstehe nun auch warum. Es ist etwas Hypnotisches. Es ist anregend. Sogar wenn man verliert. Besonders wenn man verliert.«

»Mach nicht mehr daraus, als es wirklich ist«, sagte Waverly mit warnender Stimme. »Schließlich haben wir es mit nichts anderem zu tun als mit endlosen Wiederholungen innerhalb unabänderlicher Gesetze und Grenzen.«

»Trotzdem macht es einen süchtig. Und was Sucht betrifft, da kenne ich mich aus.«

»Was die Sucht angeht, da könntest du recht haben. Mein Partner sagt darüber, daß das Spielfieber einen fertigmachen und am Ende sogar töten kann. Die Spannung ist es, die süchtig macht. Trotz aller Regeln und Grenzen, trotz der Zahlen und raffinierten Strategien, die man in seinem Kopf herumwälzt, kann niemand voraussagen, wie es am Ende ausgeht. Niemand.«

»Insofern gleicht das Spiel dem Leben, nehme ich an«, sagte Caroline. Ihr Gesicht leuchtete, es war sorgenvoll, und in den Augen flackerte eine verzweifelte Unschuld.

»Ich glaube nicht. Es sind nur Zahlen, reine Abstraktion. Das Spiel steht in keiner Beziehung zum Leben, wie immer man es auch betrachten mag.«

Sie hob wieder ihr Glas. »Na schön, wie dem auch sei, trinken wir auf die Spannung.«

Ob Sieg oder Niederlage, dies war eine Nacht für Trinksprüche.

Ein Steward betrat den Raum und sagte das Mitternachtsbuffet an: Wir bauen es gerade auf, Leute. In zwanzig Minuten kann es losgehen. Ein fröhliches Gejohle erhob sich von einer Gruppe an einem Tisch in der Nähe, und sie eilten zur Tür.

»Du bist sicherlich hungrig«, sagte Waverly. Sie hatten beide das Dinner ausgelassen und den ganzen Abend noch nichts gegessen.

Auf Carolines Gesicht erschien ein anderer Ausdruck. Sie sah ihn mit einem trägen Lächeln an und schickte ihm einen Blick, der gerade lange genug in seine Augen tauchte, um ihm eine geheime Botschaft zu übermitteln. »Wir haben noch zwei Stunden, Tim. Vielleicht können wir damit etwas Besseres anfangen.«

Eine verdammt beschissene Art und Weise, einen freien Abend zu verbringen, dachte Sigurd. Was hätten sie alles unternehmen können: ein wenig durch die Gemeinde ziehen, ein paar Gläser kippen, vielleicht sogar ein paar anständige Bräute flachlegen, ordentlich was losmachen, wenn sie nur ein wenig Glück hatten. Eben das, was man gewöhnlich nach Feierabend tut. Die ein oder andere Nummer schieben, wie es sich für jeden anständigen Mann gehörte. Statt dessen machten sie etwas ganz anderes, nachdem der Käsefresser seine Muskeln aufgepumpt hatte, nämlich auf den Parkplatz hinter der Singer Island Ocean Mall einbiegen, damit er sich irgendeinen Seetangsalat oder sonst was reinziehen konnte, was sie in diesem Scheiß-Mother-Nature's-Laden als Essen verkauften. Wenn der Laden so spät überhaupt noch geöffnet hatte, was Muskelprotz so genau auch nicht wußte. Das war aber nicht schlimm, da sie sowieso zum Hafen unterwegs waren und ihnen noch zwei Stunden zum Totschlagen blieben, ehe das Schiff wieder einlief. Vielleicht (wollte Sigurd sagen, verbiß es sich aber lieber), wenn sie sich beeilten, fänden sie irgendwo noch eine Kirche, könnten an der Versammlung des Damenbibelklubs teilnehmen und dann friedlich ins Bett gehen. Das kommt davon, dachte er bitter, wenn man sich mit so einer Pfeife zusammentat. Es liefe alles völlig anders, wenn er diese Angeberkutsche steuern und die Regeln festlegen würde.

D'Marco parkte am südlichen Ende des Platzes, an einer Stelle so weit wie möglich von einer Lampe und anderen Autos entfernt. Er schickte einige prüfende Blicke in die Runde: auf der Straße hinter dem Einkaufszentrum spielten einige Kinder Nachlaufen, hier und da waren noch ein paar Strandgigolos unterwegs, ansonsten war die Luft rein. »Warte hier«, sagte er und stieg aus, öffnete den Kofferraum, holte seine .38er mitsamt Halfter heraus und kehrte damit wieder in den Wagen zurück. Es war etwas schwierig, das Halfter in dieser Enge überzustreifen, vor allem mit Armen und Schultern, die noch von dem Training schmerzten, aber er schaffte es. Als nächstes schlängelte er sich in seine Sportjacke und überzeugte sich, daß das Messer in der Tasche steckte, das er seit kurzem ständig bei sich hatte. Eine kleine zusätzliche Versicherung. Zufrieden, daß alles an Ort und Stelle war, sagte er: »Hast du dein Schießeisen bei dir?«

»Natürlich«, schnaufte Sigurd. »Was denkst du denn?«

»Bei dir weiß ich nie.«

»Jetzt weißt du's. Und was nun, holen wir uns jetzt eine Portion Kaninchenfutter, oder was?«

»Erzähl mir nichts mehr von Kaninchen.«

Sigurd hob hilflos die Hände. Mit Mr. Gekochte Eulenkacke konnte man ja über gar nichts mehr reden.

D'Marco wartete. Seine Beine waren verkrampft und zitterten beinahe. Seine Gesäßmuskeln pulsierten. Vielleicht hätte er es nicht so wild treiben sollen. Nach all der Untätigkeit machte ihn sogar ein harmloses Trainingsprogramm wie an diesem Abend völlig fertig. Eigentlich hätte er sich jetzt in jener auf jedes Training folgenden euphorischen Stimmung befinden müssen, hätte er den Energiestoß spüren müssen. Schließlich sagte er: »Ich gehe erst mal pinkeln«, und er wälzte sich aus dem Wagen und bewegte sich mit schwerfälligen, steifen, beinahe arthritischen Schritten über den Parkplatz. Sigurd holte zu ihm auf. Sie bogen um die Ecke und steuerten auf die öffentliche Toilette am Strand zu, die sich auf der anderen Straßenseite genau gegenüber der Mall befand.

Was keiner von ihnen bemerkte, war der Wagen, ein limonengrüner Olds Cutlass, der in diesem Moment am anderen Ende auf den Parkplatz rollte. Sein Fahrer war ein untersetzter Mann, dunkelhäutig, mit Augen so leer und ausdruckslos und starr wie die eines Reptils. Und diese Augen verfolgten sie nun.

D'Marco hatte eine intensive Abneigung gegen öffentliche Toiletten, die schon fast an Haß grenzte. Sie waren Drecklöcher, jedenfalls die meisten, düster und stinkend, Brutstätten für Gott weiß für welche schlimmen Krankheiten. Diese hier bildete keine Ausnahme, war, wenn überhaupt etwas, noch schlimmer als üblich: ein rostfleckiges Waschbecken, Wände, von denen die Farbe abblätterte und die mit primitiven Graffiti beschmiert waren, ein Klosettbecken mit rinnender Spülung in einer türlosen Kabine, Wasserpfützen unklarer Herkunft, die den Fußboden vor den Pissoirs schlüpfrig machten. Außerdem wurde er abgestoßen durch die unwillkommenen vertraulichen Gespräche, die diese feuchte Enge der öffentlichen Toiletten unweigerlich zu inspirieren schien. Wenn es um Belange der persönlichen Hygiene ging, da wünschte er sich eine gewisse Privatheit. Und Ruhe. Dankenswerterweise war die Toilette leer, bis, natürlich, auf den fetten Affen, der schnurstracks zum Waschbecken ging und anfing, seine Hände abzuschrubben, als bereite er sich auf eine Herztransplantation vor. Danach trocknete er sie gründlich ab und trat schließlich an ein Pissoirbecken, öffnete den Reißverschluß seines Hosenstalls und ließ einen kräftigen Strahl ins Becken sprudeln. Als Koda preßte er einen explosionsartigen Furz heraus.

D'Marco blieb an der Seite stehen und wartete darauf, daß er fertig wurde, und beobachtete das seltsame umgedrehte Ritual. Als Sigurd keine Anstalten machte, wieder zum Waschbecken zu gehen, sagte D'Marco: »Was soll das? Du wäschst dir die Hände vorher?«

»So mache ich das«, sagte Sigurd freundlich. »Ich wasche sie zuerst.«

»Man wäscht sie aber *nachher*, Blödmann. So gehört sich das. Danach. Hast du denn überhaupt nichts gelernt?«

»Ja, aber weißt du, ich habe da eine eigene Theorie.«

Sofort bedauerte D'Marco diesen Dialog. Und dabei war er es gewesen, der ihn ausgelöst hatte. Wer hatte hier nichts gelernt? »Typisch«, murmelte er. »Gibt es überhaupt etwas, wozu du keine Theorie hast?«

»Diese ist aber ganz vernünftig, wenn du mal ernsthaft darüber nachdenkst. Gesunder Menschenverstand. Also, mit deinen Händen faßt du am Tag doch alles mögliche an. Wer weiß schon genau, was alles? Hast du dich noch nie dabei ertappt, wie du dir das Schmalz aus den Ohren puhlst oder in der Nase herumpopelst? Oder was ist, wenn es dich am Hintern juckt? Dann wird gleich mächtig gekratzt. Oder sagen wir, du hast eine Muschi greifbar und spielst ein bißchen Stinkefinger? Alles machst du mit deinen Händen. Aber nimm jetzt mal deinen Schwanz. Der hängt da unten, liegt in deiner Jockeyshorts und ist so sauber wie 'ne Eins. So als wäre er bandagiert. Also ist meine Theorie, daß man den alten Freudenspender besonders aufmerksam behandeln muß. Also ihn auch nur mit sauberen Fingern anfaßt.« Er hielt inne und zwinkerte lüstern. »Sorge gut für ihn, dann sorgt er auch gut für dich.«

D'Marco preßte eine Handfläche gegen seine Stirn. »Tu mir einen kleinen Gefallen«, sagte er matt.

»Raus damit.«

»Nimm deine Scheiß-Theorien und verzieh dich nach draußen. Warte da.«

»Klar doch, Chief. Aber wenn du dir meine Theorie mal in Ruhe durch den Kopf gehen läßt, dann wirst du sehen, daß sie genau richtig ist.«

»Raus!«

Draußen war es etwas kühler, aber nicht viel. Eine leichte Brise wehte vom Meer landeinwärts und brachte etwas Erleichterung nach der Gluthitze des Tages. Sigurd zündete sich eine Zigarette an – er konnte genausogut diese Gelegenheit nutzen und sich eine genehmigen, dann blieb ihm wenigstens die Meckerei erspart – und füllte seine Lungen mit Tabakrauch und blickte staunend in die drohende Finsternis des Atlantiks, tief und unermeßlich. Es war vor allem um diese nächtliche Stunde ein unheimlicher Anblick. Man fühlte sich dabei unglaublich winzig, so als wäre man nicht mehr als der dünne Rauchfaden, der einem aus der Nase drang und in der Luft verwehte. Furchteinflößend, wenn man es sich recht überlegte: vielleicht – wieviel? – hundertfünfzig Meter Sand zwischen dir und all dieser wogenden, schäumenden Wucht und Energie. Sie könnte einen blitzschnell überschwemmen und mit sich reißen, wenn es dem Großen Typen da oben einfiel, einen Sturm aufkommen zu lassen, einen dieser Taifune oder Hurrikans oder was immer er sonst noch auf Lager hatte: Da geht er hin, Sigurd Stumpley, und immer abwärts in die Dunkelheit bis auf den Grund des Meeres. Und schon ist der liebe Sigurd Geschichte. Ein kleines Gedicht bleibt von ihm. Traurig, traurig.

Hinter ihm erklangen Schritte, und er sah gerade noch rechtzeitig über die Schulter, um einen kurzen Blick auf die untersetzte Gestalt zu erhaschen, die die Toilette betrat. Für einen winzigen Moment, nicht länger, trafen ihre Blicke sich. Sigurd wandte sich wieder zum Meer, nahm einen tiefen Zug von seiner Zigarette und versuchte dieses kosmische Wunder wieder zu erwecken, das er gerade eben noch gespürt hatte. Aber es erwies sich als zu flüchtig, dieses Wunder, dieses Staunen, vielleicht weil die Vorstellung von seinem eigenen Tod durch das Wirken launenhafter übernatürlicher Kräfte zu unfaßbar war; vielleicht auch weil ihm, nach kurzer Überlegung, klar wurde, daß in diesen Augen etwas Seltsames gelegen hatte, etwas ungewöhnlich Kaltes, Eisiges, irgendeine düstere Absicht; und plötzlich schlug in seinem Kopf eine Alarmglocke an, und er griff in sein Jackett und riß die Pistole heraus und stürmte durch die Toilettentür.

Und bremste abrupt ab. Erstarrte in einem paralytischen Schock. Seine Augen quollen hervor bei dem Anblick, der sich ihm bot: Die stämmige Gestalt – im fahlen Licht der nackten Glühbirne an der Decke sah sie aus wie ein Itaker – balancierte schwankend auf einem Bein, hatte das Knie des anderen in D'Marcos Rücken gestemmt, während behandschuhte Hände eine Nylonschlinge zuzogen, die um D'Marcos Hals lag; und D'Marco bäumte sich auf und warf sich hin und her, seine Füße pendelten über dem Fußboden, die Arme ruderten wild durch die Luft, seine Hände suchten hektisch irgendeinen Halt, die Adern an seinem Hals traten dick hervor, das Gesicht lief violett an, die Augen blickten glasig, der Mund war seltsam weit aufgerissen wie zu einem stummen Schrei. Die beiden waren Partner in einem brutalen Derwischtanz. Und Sigurd war der zu Stein erstarrte Zuschauer.

Der Itaker sah ihn, ließ die Schnur los und griff nach dem Kolben der Pistole, die aus seinem Hosenbund ragte. Zu spät. Der Bann war gebrochen. Sigurd griff an, angespornt von einer blinden Raserei, die ihm völlig fremd war, die er noch nie erlebt hatte; und mit einem weit ausholenden Rückhandschwung, aufgepeitscht durch seine aufbrandende Angst, hämmerte er seine Pistole mitten in das Gesicht des Itakers, zerschmetterte irgend etwas, dem Klang nach die Nase vielleicht, Wangenknochen, Zähne, irgendwas, jedenfalls genug, um ihn stolpern zu lassen und eine Blutfontäne auszulösen. Sigurd schlug erneut zu, diesmal eine Vorhand, traf den Kopf seitlich und verwandelte die Knie des Burschen in Gummi. Der Itaker sackte zusammen und landete auf allen vieren, während eine Hand noch immer den Kolben seiner Waffe umklammerte. Sigurd trat um ihn herum und wuchtete ihm mit einem mächtigen Schlag nach unten, einer Dampframme ähnlich, den Kolben seines Schießeisens auf den Schädel. Blut spritzte aus der entstandenen Öffnung. Erstaunlicherweise gab der Itaker außer einem pfeifenden Keuchen keinen Laut von sich. Er erschauerte einmal, dann kippte er mit dem Gesicht zuerst auf den Fliesenboden.

Sigurd stand über ihm, sang innerlich hab dich hab dich hab dich hab dich... Sein Atem kam in knappen, abgehackten Stößen. Ein Zittern lief durch seinen Körper. Eine seltsam betäubende Mischung aus Staunen und Delirium und Triumph und Erleichterung. Auch das eine Empfindung, die ihm völlig neu war. Und dann, als ihm sein Partner einfiel, fuhr er herum. Da war D'Marco, kauerte zusammengesunken vor der gegenüberliegenden Wand, die Beine in einem grotesken Winkel unter ihm verkrümmt, den Kopf gegen ein Pissoirbecken gelehnt, die Augen noch immer starr und ohne Leben. Sein Gesicht war kalkweiß, sämtliche violette Farbe war daraus gewichen bis auf einen dünnen weinroten Streifen um seinen Hals, wie eine Kette, die unter der Haut lag. Ein dunkler Fleck breitete sich auf dem Schoß seiner Hose aus.

Sigurd kam herüber und hockte sich neben ihn. »Bist du okay, Chief?«

Keine Reaktion.

»Chief?«

Die Augen zuckten. Sie füllten sich allmählich mit Leben.

D'Marco hob eine Hand, langsam, als bewegte er sie durch Wasser, und stach mit einem Finger in Richtung des zusammengebrochenen Itakers.

»Ja, er ist weggetreten«, sagte Sigurd fest. »Ich hab ihn erwischt.«

»Schleif ihn rüber... zu dem Klo«, zischelte D'Marco, und seine Stimme klang so rauh wie Sandpapier.

»Weshalb?«

»Tu es.«

Gehorsam richtete Sigurd sich auf und packte die reglose Gestalt an den Füßen und zerrte sie – sie war so schwer wie ein gottverdammter Sack Zement – über den Boden, bis sie mehr oder weniger gerade im Eingang zu der Kabine lag. Er ahnte schon, was jetzt kommen würde, und es gefiel ihm überhaupt nicht.

»Steck ihn mit seiner verdammten Visage rein«, pfiff D'Marco.

»Hör mal, ich muß dir was sagen, Mann. Ich hab noch nie jemanden umgebracht.«

»Jetzt hast du die Chance.«

Sigurd packte die Gestalt um die Taille, hievte sie halb hoch, verschob und drehte sie, bis sie über der blubbernden Klosettschüssel hing. Die Arme baumelten rechts und links von der Porzellanschüssel herab, die Hände wischten über den Fußboden, das Gesicht befand sich nur wenige Zentimeter über dem fließenden Wasser, das sich vom herabtropfenden Blut schnell rot färbte. Sigurd hockte sich rittlings auf den Rücken. Darüber zu reden, über diesen Moment, diesen Akt, daran zu denken, ihn sich vorzustellen – das war eine Sache. Es wirklich zu tun, ihn auszuführen, mußte er jetzt feststellen, das war etwas völlig anderes. Er sah seinen Partner mit einem verzweifelten Flehen in den Augen an. »Mann, ich weiß nicht, ob ich das –«

»Tauch ihn unter!« krächzte D'Marco mit belegter Stimme.

Und das tat er. Aber nicht ohne Gegenwehr, denn die Gestalt schien wenigstens teilweise wieder erwacht zu sein. Der Oberkörper drehte und krümmte sich, die Arme bewegten sich schwach wie die Flügel eines verletzten Vogels, der sich in die Lüfte schwingen will. Der untergetauchte Kopf zuckte hin und her unter Sigurds bebenden Händen, signalisierte ein verzweifeltes Nein. Nein.

Bald erschlaffte alles. Sigurd machte Anstalten aufzustehen, doch D'Marco bedeutete ihm sitzenzubleiben und suchte in seiner Jackentasche das Messer und schob es ihm auf dem Fußboden zu. Sigurd glotzte es verständnislos an.

»Heb's auf.«

»Also, hör mal –«

»Heb es auf.«

Sigurd hob es auf.

»Mach's auf.« Es war ein Springmesser. Sigurd drückte auf den Knopf, und die blitzende Klinge federte an einem Ende heraus.

»Und jetzt schneid ihm ein Ohr ab.«

»Heilige Scheiße, das kann ich nicht!«

»Doch, du kannst.«

»Der Scheißer ist tot, Mann. Laß es gut sein.«

»Mach schon.«

»Aber warum?« jammerte Sigurd. *»Warum?«*

»Ein Denkzettel. Die Leute, die ihn angeheuert haben, die wissen warum. Und jetzt tu, was ich dir gesagt habe.«

Sigurd bückte sich und faßte ins Haar und zog den leblosen Kopf aus dem Wasser. Er schob die Klinge in die Nische hinter dem rechten Ohr. Und während er die Augen krampfhaft zukniff, bewegte er das Messer auf und ab, beschrieb damit einen länglichen, halbkreisförmigen Bogen, sägte durch Sehnen, die so zäh und knorpelig waren wie rohes Fleisch. Als er die Augen wieder aufschlug, glänzte die ganze Kopfseite von Blut, doch das Ohr hing immer noch an einem widerspenstigen Sehnenfaden. Er hackte heftig mit dem Messer darauf ein. Am Ende durchtrennte er die Sehne, und das Ohr fiel ins Klosettbecken, schwamm auf der blutroten, schäumenden Wasserfläche. Sigurd ließ das Haar los, und der Kopf fiel zurück ins Wasser. Er wich zurück, murmelte Jesus Jesus Jesus... Er hatte das Gefühl, als löse er sich allmählich auf. Er drohte ohnmächtig zu werden. Zu viele Eindrücke, zu fremd, zu verwirrend, stürmten auf ihn ein. Und vor allem die verblüffende Erkenntnis, daß der Tod, brutal und endgültig, bestimmte Spielregeln hatte. Eine erstaunliche Entdeckung.

Es war D'Marcos rauhe Stimme, die ihn wieder in die Gegenwart holte. »Hol ein Handtuch. Mach es naß und wisch alles ab, was du berührt hast, seit du hier drin bist.«

Sigurd rieb jede Oberfläche ab, die angefaßt zu haben er sich erinnern konnte, das Waschbecken, das Pissoir, die Wände, das Klosettbecken, alles. Diese mühsame, geistlose Tätigkeit schien dazu beizutragen, daß er sich allmählich wieder beruhigte.

D'Marco beobachtete ihn mit Augen, die er zu schmalen Schlitzen zusammengekniffen hatte. Das Atmen erzeugte in seiner Kehle rasselnde Geräusche. »Das reicht«, sagte er schließlich. »Und jetzt hilf mir mal.«

Sigurd faßte ihn unter den Achselhöhlen und zog ihn hoch auf die Füße und stützte ihn, als er heftig schwankte und wieder umzukippen drohte. D'Marco fischte die Schlüssel des LX aus einer Tasche und gab sie ihm. »Geh zum Wagen. Hol ihn her. Hup dann. Und mach schnell, bevor jemand reinkommt.«

»Schaffst du's denn?«

»Los!«

So schnell seine dicken Beine ihn trugen, rannte Sigurd über den Parkplatz. Er lenkte den LX auf die Straße, bremste am Weg, der zu den Toiletten führte, und hupte dreimal kurz. Sofort tauchte D'Marco im Toiletteneingang auf, leicht schwankend, und setzte sich mit wackligen Schritten, fast wie ein mechanisches Kinderspielzeug zum Aufziehen, in Bewegung. Sigurd griff über den Beifahrersitz und stieß die Wagentür auf. D'Marco ließ sich schwerfällig in den Sitz sinken. »Fahr los«, sagte er.

»Wohin?«

D'Marco schüttelte den Kopf. »Keine Ahnung. Weg von hier.«

Verantwortlichkeiten, Entscheidungen, Möglichkeiten – diese Dinge waren Sigurd völlig fremd, allerdings nicht unangenehm oder unwillkommen. Fast war es so, als erlebte er durch eine wunderbare Umkehrung der Situation einen flüchtigen, so kurz er auch sein mochte, Aufstieg in dieser merkwürdigen Allianz, zumindest eine Gleichstellung. Als wäre er um eine wichtige Ecke seines Lebens gebogen, die nun endgültig hinter ihm lag. Daher hatte es sich vielleicht doch gelohnt, was er getan hatte, auf der Toilette. »Ich fahr zum Spray«, sagte er und faßte das Lenkrad fester, während die unter der Motorhaube gebändigten Pferdestärken auf seine Befehle reagierten. »Damit du wieder auf Vordermann kommst.«

»Wie du meinst.«

Sigurd fuhr um das Einkaufszentrum herum und schlug den Weg zum Hotel ein. Nachdem er die Zimmertür hinter sich verriegelt hatte, brachte Sigurd D'Marco zum nächsten Sessel, half ihm, sich darin niederzulassen, und hockte sich selbst auf die Bettkante und betrachtete ihn. »Wie geht's dir jetzt?« erkundigte er sich. »Ein bißchen besser?«

D'Marco gab nicht gleich eine Antwort. Seine Blicke wanderten durch den Raum, glitten über Sigurd hinweg und blieben an seiner feuchten Hose hängen. »Mein Gott«, sagte er kläglich. »Ich hab mich naß gemacht.«

»Hey Mann, das ist doch nicht schlimm. Ich hätte wahrscheinlich die ganze Hose vollgemacht.«

»Er hat mich von hinten überrumpelt.«

»Ja, ich weiß. Ich weiß. Aber wir haben es ihm ordentlich besorgt.«

D'Marco hob das Kinn. »Wie sieht mein Hals aus?«

Als hätte jemand mit einem Pinsel eine blutrote Linie darum gezeichnet, so sah er aus, aber Sigurd sagte: »Nicht so schlimm, noch ein bißchen wund.«

D'Marco berührte die Linie vorsichtig mit den Fingerspitzen. »Meinst du, da bleibt eine Narbe zurück?«

»Nee, bestimmt nicht. In ein, zwei Tagen ist alles weg.«

»Glaubst du wirklich?«

»Sicher.«

»Weißt du«, sagte D'Marco, und in seiner krächzenden Stimme lag Verwunderung. »Beinahe hätte es mich endgültig erwischt.«

»Es war ziemlich knapp«, bestätigte Sigurd.

D'Marco starrte ihn an, neugierig, fragend, so als sähe er ihn zum erstenmal. Hinter diesem verwunderten Blick schien er mit Empfindungen zu kämpfen, die seiner Natur fremd, seltsam, völlig widersinnig waren. Einige Sekunden lang herrschte Schweigen zwischen ihnen. Schließlich sagte er: »Ich glaube, ich schulde dir was, Dicker.«

»Vergiß es, Mann. Ist schon in Ordnung. Wir sitzen doch im gleichen Boot.«

»Von jetzt an nenne ich dich Burt.«

Sigurds Gesicht verzog sich, und er strahlte selig. Er hatte plötzlich eine Idee. »Hör mal, meinst du, wir könnten für heute Feierabend machen? Unsere beiden Typen unternehmen sowieso nichts.«

»Scheiß drauf. Mir reicht's für heute.«

»Na prima. Paß auf! Warte hier. Entspann dich.« Sein Blick fiel auf D'Marcos beschmutzte Hose. »Vielleicht kannst du dich kurz umziehen und dich frischmachen.«

»Wo willst du hin?«

»Ich hab eine Überraschung für dich, Chief. Die wird dir gefallen. Damit kehrst du schnell wieder ins Leben zurück.«

»Nun sieh dich nur mal an«, neckte Caroline ihn. »So etwas nennt man ein Henkerslachen.«

Das ließ sich nicht leugnen. Das Erinnerungsfoto, das sie ihm vor die Nase hielt, zeigte sie beide auf der Gangway, sein Gesicht war verkrampft und verbissen mit einem kaum wahrnehmbaren Lächeln in den Mundwinkeln. Ihr Gesicht dagegen erstrahlte in einem ausgelassenen Lachen. »Das liegt sicherlich daran, daß ich nicht besonders fotogen bin«, sagte Waverly. »Ganz bestimmt nicht an dem Abend. Oder an meiner Begleitung.«

»Es war ein wundervoller Abend, Tim«, sagte sie leise.

»Das war er.«

In der Stille, die darauf folgte, schienen beide darüber zu trauern, daß er nun vorüber war.

Die Gesichtszüge dieser Caroline, die gerade das Bild von ihnen studierte, trugen einen benommenen, leicht weggetretenen Ausdruck, so als wäre sie in andere Sphären entschwunden. Eine natürliche Ruhe und Friedlichkeit verlieh ihrem Blick Weichheit. Sogar die sonst nervös herumflatternden Hände waren ruhig. Sie betrachtete das Foto noch für einen Moment, dann schob sie es zurück in ihre Handtasche.

»Damit solltest du vorsichtig sein«, warnte Waverly sie behutsam. »Es gibt viele neugierige Augen, vergiß das nicht.«

»Vorsichtig bin ich schon mein ganzes Leben lang«, sagte sie und schaute hinaus aufs Meer.

Sie hatten sich Liegestühle neben dem Swimmingpool am hintersten Ende des Schiffes gesucht. Die Geräusche einer ausklingenden Party drangen aus dem Salon direkt über ihnen, müdes Lachen, ein gelegentlicher verkrampft fröhlicher Ruf, dazu das Calypso-Trio, wieder mit »Lulu«, aber diesmal wehmütig, fast verzweifelt: »Lulu gone away ...« Sie schienen den Song endlich zu seiner wohlverdienten Ruhe zu betten. Irgendwo tief unter ihnen rotierte die Schraube des Schiffs und zog eine wirbelnde, schaumige Naht durch das stille schwarze Wasser. Ein fetter gelber Mond hing an einem Himmel, der mit Sternen übersät war, die aussahen wie ganze Diamantentrauben auf dem schwarzen Samt der Nacht.

Nach einer Weile fragte Caroline: »Wann sehe ich dich wieder, Tim?«

»Ich weiß es nicht. Ich denke, das hängt nicht von mir ab.«

»Dessen bin ich mir nicht mehr so sicher.«

»Na ja, du weißt ja, wo du mich erreichen kannst. Ich habe nicht vor, wegzugehen.«

Als wäre es ihr gerade erst wieder eingefallen, sagte sie: »Diese Pokerpartie, nach der du gefragt hast? Mit dem Araber? Ich hörte Robbie sagen, daß sie irgendwann für nächste Woche geplant ist. Montag, wenn es klappt.«

Montag. Und die Gnadenfrist lief am Mittwoch gegen Mitternacht ab. Es würde eine ungemein knappe Angelegenheit. Und eher so etwas wie ein Tanz auf dem Drahtseil. Und was ihn erwartete, falls er abstürzte, wer konnte das sagen? Es hatte wenig Zweck, sich schon jetzt den Kopf darüber zu zerbrechen. Erst einmal mußte man überhaupt auf dem Seil stehen. »Danke«, sagte er. »Das macht einiges klarer.«

»Mehr konnte ich nicht erfahren.«

»Du hast deine Sache gut gemacht.«

»Und hast du die Absicht, zu spielen?«

»Nicht nur die Absicht. Ich rechne fest damit.«

Wieder trat Stille ein. Waverly streifte sie mit einem verstohlenen Blick von der Seite. Der Frieden war aus ihrem Gesicht gewichen. Ihre Augen, verwirrt, sorgenvoll, lösten sich nicht von der schäumenden Kiellinie des Schiffs. Schließlich sagte sie: »Darf ich dich mal was fragen, Tim?«

»Nur zu.«

»Diese Narben an deinem Körper. Woher hast du die?«

Vorher, als sie in der Kabine neben ihm lag, war sie mit den Fingern einer dieser Narben nachgefahren, hatte ihn fragend angesehen, jedoch nichts gesagt. Und er hatte von sich aus keine Erklärung geliefert. Nun jedoch sagte er, und er sagte es so leichthin, wie er es vermochte: »Im Jargon der Welt, in der ich lebe, habe ich ein paarmal was auf die Birne bekommen. Ich glaube, mehr als ein paarmal.«

»Und die Schwierigkeiten, in denen du steckst. Diese Pokerpartie. Gehört all dies auch in diese Welt?«

»Es steht damit in Verbindung.«

»Wenn sie vorbei ist, die Partie, was dann?«

»Das weiß ich wirklich nicht.«

Sie drehte den Kopf und schaute ihn an, und in ihrer gequälten Stimme schwang ein Echo des heftigen Widerstreits der Gefühle in ihrer Brust mit. »Ich will dich wiedersehen, Tim. *Ich muß.* Wenigstens noch einmal.«

Ich will. Ich muß. Ich brauche. Erfüll mir diesen einen Wunsch, und ich bin glücklich und zufrieden; na ja, vielleicht den Wunsch auch noch, und noch einen, und einen vierten vielleicht. Was für ein Haufen dringender Wünsche wir doch sind, dachte Waverly, wir alle. Und er hörte sich erwidern: »Ich will das gleiche.«

Und während sie dasaßen und ihren Wünschen nachhingen, glitt das Schiff durch den Lake Worth Kanal, passierte den tiefen Schatten von Peanut Island und dampfte auf den Hafen zu. »Komm mit«, sagte Caroline, und dann standen sie an der Reling und betrachteten die grelle Lichterpracht am Ufer. Das Schiff schob sich quer an den Pier heran, stieß leicht dagegen. Beiläufig, fast so, als wäre es eigentlich nebensächlich, sagte Caroline: »Ich glaube, ich fliege nächste Woche nicht zurück nach Houston. Vielleicht gehe ich mit dir.«

Waverly sah sie forschend an. »Du glaubst?«

»Heute glaube ich das.«

»Auch ohne deine Kinder?«

»Auch dann.«

Auf dem Grund dieser strahlenden Augen sah Waverly, oder er glaubte es zu sehen, Anzeichen unendlicher Möglichkeiten, grenzenloser Hoffnung. Er wurde von Gefühlen bestürmt, für die es keine Worte gab. Und seltsamerweise, als er den Parkplatz hinter dem Hafengebäude absuchte, was er instinktiv tat, war der schwarze Mustang nirgendwo zu sehen. Er hatte plötzlich den

Eindruck, als wäre er kurz nur im Besitz der Fähigkeit gewesen, einen Blick in die Zukunft zu tun, und als triebe er einem Ereignis entgegen, bislang noch nicht zu erkennen, jedoch elementar und unausweichlich und völlig außerhalb seiner Kontrolle liegend, einer weiteren Überraschung in einem Leben voller Unordnung und zerschlagener Träume und schrecklicher Überraschungen. »Ich verspreche nichts«, sagte er.

»Ich auch nicht.«

D'Marco war betrunken. Zum erstenmal, seit er sich erinnern konnte, und das waren Jahre. Der Kopf war angeschwollen, die Haut juckte, das Gesicht gerötet, die Augen whiskeyumflort, die Sprache lallend, schlaffe Glieder, und eine träge Wärme breitete sich von seiner Brust bist zu den äußersten Zonen seines Körpers aus, Kopfhaut, Fingerspitzen, Zehen – keine Frage, er war richtig betrunken. Als Beweis stand die fast leere Flasche Jim Beam auf dem Tisch neben ihm. Das war die eine Hälfte von Sigurds – Burts großer Überraschung. Die andere Hälfte, anschmiegsam, sexy, lebhaft, saß auf seinem Schoß und knabberte an seinem Hals: Miss Rhode Arsch Island, wenn auch nicht die von diesem Jahr, dann die vom vergangenen – auf jeden Fall ein jüngerer Jahrgang. Ein beeindruckender Anblick: eine Masse platinblonden Haars, jadegrüne Augen mit violetten Lidschatten, kreisrunde Rougeflecken auf den Wangen, wie mit einem Zirkel aufgezeichnet, ein Schmollmund, groß und von Lippengloss schimmernd – lieber Himmel, sie sah aus wie eine üppige Torte, dreilagig, voller Zuckerguß und gekrönt von einer Wolke Schlagsahne. Der wildeste, unwahrscheinlichste, geheimste pornographische Traum in Menschengestalt. Zum Leben erwacht. Was die Frau betraf, so wollte er sich noch nicht einmal daran erinnern, wie lange das her war. Lange.

»Ooh, was für *Muskeln*« flötete sie mit einschmeichelnder Stimme. Eine ihrer Hände hatte sich in sein Hemd verirrt und streichelte die tiefe Kluft zwischen seinen Brustmuskeln; die andere umklammerte einen teilweise aufgeblähten Bizeps. Sie hatte erstaunliche Hände, geschickte Finger, gelenkig, zielstrebig, die Nägel zu scharlachroten Klauen lackiert. Hände, die für die Massage von Schwanz und Eiern wie geschaffen waren.

D'Marco gab sich der weichen Berührung hin, diesem köstlichen, wunderbaren Gefühl, noch am Leben zu sein. Und nicht tot. Er pumpte den Bizeps zu seiner vollen Größe auf. »Ja, ich hab ein Paar ganz schöner Geräte an mir«, sagte er bescheiden und verschluckte die Worte halb. Seine Zunge fühlte sich pelzig an, viel zu dick für seinen Mund.

»Aber dein Hals«, murmelte sie und fuhr mit feuchten und leicht geöffneten Lippen über den wunden Bluterguß, »was ist denn damit passiert?«

»Ach... das... nun...«

Vor einer Antwort rettete ihn Burts Stimme, die von der Terrasse hinter ihnen hereindröhnte und von Maylenes schrillem Gekicher begleitet wurde. »Hey, Jake, macht's dir noch Spaß?«

Ohne über die Schulter zu blicken – der Hals schmerzte noch zu sehr, um das zu versuchen – hob D'Marco einen bleischweren Arm und wedelte als Antwort damit durch die rauchgeschwängerte Luft. »Spaß«, wiederholte er. »Ja, stimmt, Spaß. Toll. Wird immer besser.«

»Wie kommt es, daß er dich Jake nennt?« fragte Miss R. I. »Du sagtest doch, du heißt D'Marco.«

»Nee, ich heiße Jake. Ich hab dich auf den Arm genommen.«

Sie ließ ihre Zunge durch sein Ohr huschen. »D'Marco gefällt mir besser«, sagte sie. »Es klingt so stark, so hart.«

Zu spät umzukehren. Schade. Zumindest für diesen Abend war er Jake. Das war Sigurds Idee – Burt und Jake. Schon wieder eine seiner beschissenen Theorien. Und sie war Brooke oder Belinda oder Brigitte, etwas ähnliches, auf jeden Fall irgendwas mit einem verdammten B darin. Sie hatte ihre schlanken eleganten Beine aufreizend über die Armlehne des Sessels drapiert, diese Brooke-Belinda-Brigitte. Nun zog sie ein Knie zu seiner Brust hoch, entblößte dabei noch mehr von ihren weißen Schenkeln, die ohnehin von dem knappen Jeansmini kaum bedeckt wurden, der gefährlich hoch gerutscht war. Ihr Schoß war fast im Freien. »Apropos auf den Arm nehmen...« sagte sie.

Oder sie wollte es sagen, denn in diesem Moment kam Maylene, angekündigt durch eine Wolke ihres durchdringenden Parfüms, durch die Schiebetür hereingetrampelt und proklamierte lauthals: »Muß mal pinkeln.« Auch Maylene trug einen Minirock, entblößte massige Oberschenkel, prall, dick, formlos und auf den

Rückseiten voller Wabbelgrübchen, die, laut Sigurds/Burts Theorie ihre unersättlichen Begierden verrieten. Sie nickte Belinda zu (D'Marco hatte sich für diesen Namen entschieden, ihm gefiel der singende, weiche Klang) und fragte: »Kommst du mit, Schätzchen?«

»Ich mach mich nur ein bißchen frisch«, flüsterte Belinda ihm ins Ohr, und sie rutschte von seinem Schoß, strich mit einer vielsagenden, zögernden Hand über die Wölbung in seiner Hose und sagte, indem sie sie direkt ansprach: »Und bleib so, ja?«

Das Pärchen, Rhinozeros und geschmeidige Gazelle, eine Studie in Gegensätzen, verschwand hinter der Klotür.

Sigurd schlurfte ins Zimmer. Sämtliche Knöpfe seines Oberhemds waren offen. Sein von der Sonne angebratener Bauch quoll über seinen Gürtel. Ein Schweißfilm glänzte auf seiner Stirn. Seine Augen waren leicht glasig, der Mund zeigte ein schiefes Grinsen. In einem Winkel baumelte verwegen eine Zigarette. In der Hand hielt er ein Wasserglas voll Jim Beam. Mit der übertriebenen Vorsicht des Betrunkenen ließ er sich langsam auf einem Bett nieder. Er fragte: »Na, wie findest du es denn bis jetzt, Jaker?«

»Was meinst du?«

»Rhode Island. Ich hab dir doch nicht zuviel versprochen, oder?«

»Nee, das hast du wirklich nicht«, gab D'Marco zu.

»Die hat doch ein paar stramme Dinger, was? Hast du die schon getestet?«

»Ja, sicher, klar habe ich«, murmelte D'Marco, obgleich er tatsächlich den direkten Kontakt mit Belindas Schätzen noch herstellen mußte. Selbst enthemmt durch den Alkohol gab es da noch eine natürliche Zurückhaltung, eine Distanz, gefordert von den eisernen Regeln der Mythologie seines Lebens, die ihn hemmte.

»Heute ist die Nacht der Nächte, Mann«, verkündete Sigurd mit einem trägen Zwinkern. »Blasen, tuten, lecken, in den süßen Ekken.«

D'Marco wies ungeduldig auf die Badezimmertür. »Was treiben die da so lange?«

»Laß ihnen Zeit«, sagte der welterfahrene Burt. »Die donnern sich auf, wie die Schnallen das immer machen. Sie kommen sofort. Und dann geht es blitzschnell, und du bist am Ziel mit deinem

Stiel. Gib ihr richtig Zunder.« Er nahm einen Schluck Jim Beam. Stieß zwischen den Zähnen einen Pfiff aus. Seine Stirn legte sich in Falten, als dächte er richtig nach. Er schnippte mit einem Finger. »O ja, was unseren Job angeht, fast hätte ich's vergessen. Als ich draußen auf der Terrasse saß, habe ich gesehen, wie unser Mann über die Straße kam. Die Schnalle hat ihn abgesetzt. Du siehst, daß wir trotzdem dabei sind, bei der Arbeit, meine ich. Das bißchen Vögeln nebenbei schadet niemand.«

D'Marco nickte. Irgend eine verborgene Nische seines benebelten Gehirns nahm die Information auf, verarbeitete und speicherte sie, aber er sagte nichts dazu. Der ganze Abend war so bizarr, so auf den Kopf gestellt, daß er im Augenblick nicht darüber nachdenken wollte. Eigentlich interessierte es ihn auch gar nicht. Er war nur dankbar, noch am Leben zu sein, immer noch eine heile Haut zu haben. Einstweilen, für den Augenblick, war das, was ihm bevorstand, sobald die Tür aufginge und die Rhode Island Vision hereinkäme, genug. Mehr als genug.

Maylene und Belinda erschienen plötzlich. Und wortlos, wie auf ein geheimes Zeichen, verzog jeder sich irgendwohin, und, wie D'Marco dank seiner im Umgang mit Alkohol unerfahrenen Augen den Eindruck hatte, mit plötzlich gesteigertem Tempo: da war Maylene, zog sich die Bluse aus und warf sich aufs Bett, reckte die beiden Säulen ihrer Beine in die Luft, während sie sich den Rock herunterzerrte; da war Sigurd, fummelte an seinem Gürtel herum, ließ die Hose und seine Boxershorts fallen und warf sich auf sie; und da war Belinda, die auf ihn zukam, graziös ihren Rock und den Büstenhalter abstreifte, seine Hände ergriff und ihn aus dem Sessel hochzog und ihn zu dem unbesetzten Bett führte und hinter sich griff, das Licht löschte und ihn dann zu sich herunterzog, in ein Gewimmel aus Gliedmaßen und einen Sumpf voller dampfender, heißer Düfte, ihn dabei antrieb, ihn mit der Hand lenkte – hier, da –, dabei lustvolle Schreie und Seufzer von sich gab. »Und jetzt, Schätzchen, mach schon, ja ja jetzt jetzt...«; und da war er, D'Marco Fontaine (oder Jake) und dachte, was habe ich versäumt – wo war ich die ganze Zeit?

Später lag er auf dem Rücken, die Arme ausgebreitet, und in seinem Kopf drehte sich alles, und seine Sinne verwirrten sich. Erschöpft, wie taub.

Sigurds lüsterne, lallende Stimme drang durch die Dunkelheit und die Stille, die über den Betten lag: »Jemand Lust auf Bäumchen wechsel dich?«

Niemand antwortete.

Sigurd wartete einen Moment, dann versuchte er es erneut: »Ihr wißt doch, einmal ist keinmal, und zweimal tut auch nicht weh.«

Die Frauen kicherten.

D'Marco hörte ein Rascheln, spürte auf dem Bett eine Bewegung. Hände betasteten ihn, berührten ihn an geheimen intimen Stellen, wohin fremde Hände noch nie vor- oder eingedrungen waren. Er war zu erschlagen, ausgelaugt, um etwas zu sagen oder zu protestieren. Und dann senkte sich eine Masse keuchenden Fleisches auf ihn herab, und erstaunlicherweise schoß frische Energie in seine Lenden. Er umfaßte teigige stoßende Gesäßhälften und die Rückseiten zweier wabbeliger Oberschenkel und entdeckte, zu seiner Verblüffung und grenzenlosen Verwunderung, daß zumindest eine von Sigurds (Burts) schrägen Theorien zutraf.

20

Waverly erwachte früh am nächsten Morgen, durch Bennies rasselndes Schnarchen aus seinem traumlosen, wenig erholsamen und kurzen Schlaf gerissen. Schlafend oder halbwach, meistens halbwach, lauschte er während der nächsten dreißig Stunden den betrunkenen Reminiszenzen und wachsenden Ängsten eines Partners, der schnell in einer lähmenden Untergangsstimmung versank, lieferte ihm fade Aufmunterungen, wo er konnte, und starrte ein Telefon an, das sich beharrlich zu klingeln weigerte. Manchmal, wenn er in den Sprechpausen während einer von B. Epsteins Schilderungen der Vergangenheit Interesse vortäuschend nickte, ertappte Waverly sich dabei, wie er reizvolle Fluchtvisionen entstehen ließ, zum Beispiel von einem Flug zu irgendeinem fernen Ort, weit außerhalb der Reichweite finsterer, rachsüchtiger Killer, von einem Leben mit Caroline Crown (oder lieber Vanzoren; in seiner Phantasie war alles möglich), von alltäglichen Gewohnheiten, berechenbaren Lebensmustern, kleinen, harmlosen Problemen mit einfachen Lösungen. Bis seine Blicke wieder auf diesem verzweifelten, dicken Burschen landeten, der in einer Ecke eines heruntergekommenen Strandapartments in einem La-Z-Boy lag, diesem Mann, der von Natur aus und durch Erfahrung eine glasklare, elementare und, ja, letztendlich freundliche Sicht von der Welt besaß, diesem Wohltäter und seltsamem Freund, der gefangen war in einem unzerreißbaren Netz von Tricksereien und Betrug und Vergeltungen, mit denen er überhaupt nichts zu tun hatte, und der nun zu nichts anderem mehr fähig war als zu Untätigkeit und Verzweiflung – und indem er ihn so sah, löste Waverlys rosige Vision von einem anderen Leben sich auf wie die trügerische, bizarre Bildwelt eines phantastischen Traums.

Um etwa zwei Uhr am Sonntagnachmittag klingelte das Telefon endlich, und Waverly, der sich längst nicht mehr zu verstellen versuchte, schoß von der Couch hoch und nahm den Hörer während des zweiten Klingelns ab und hörte mit einer Mischung aus Enttäuschung und Erleichterung die polternde Stimme von Robbie Crown, die fragte: »Tim, bist du da?« Waverley bejahte. Robbie teilte ihm mit, die Pokerpartie sei endgültig arrangiert, und Waverly sagte prima. Dann, mit einer völlig neutralen Stimme und ohne jedes Poltern, sagte Robbie, daß sie sich heute unbedingt noch sehen müßten, um Zeiten und Umstände und irgendwelche Einzelheiten, eben solche Kleinigkeiten, abzustimmen, und es gäbe da noch »eine andere Angelegenheit« zu klären. Er weiß Bescheid, dachte Waverly. Wo und wann? fragte er vorsichtig. Irgendwo, wo es ruhig ist, schlug Robbie vor, wo sie etwas trinken und in Ruhe reden könnten; ein Stück vom Island entfernt, spezifizierte er. Waverly schlug das Crazy Horse in der North Lake vor. Er wollte den Weg dorthin erklären, doch Robbie sagte, er kenne den Weg, er könne in einer Stunde dort sein. So wurde es dann vereinbart: drei Uhr, im Crazy Horse.

Bennie schlief. Das war ganz gut. Ein Problem weniger. Waverly schrieb ihm eine allgemeine Nachricht und legte den Zettel auf die Frühstücksbar. Er ging durch das Zimmer und suchte sich die Schlüssel des Seville aus dem Kleiderhaufen auf dem Rauchtisch. Draußen, zum erstenmal nach zwei Tagen, überfiel ihn die glühende Hitze, und er mußte einen Moment lang stehenbleiben und warten, bis seine Augen sich an den grellen Schein der Sonne an einem weißen Himmel gewöhnt hatten. Infolgedessen entging ihm der neugierige Blick durch den Spalt der sacht geöffneten Tür von Oh Boy O'Boyles Bungalow.

Fünfzehn Minuten später, lange vor der verabredeten Zeit, lenkte er den Seville auf den fast leeren Parkplatz des Crazy Horse. Er setzte sich an einen Ecktisch in der Nähe des Fensters. Und bestellte sich ein Ginger Ale. Es war schon eine Weile her, drei Monate oder länger, seit er das letzte Mal hier gewesen war. Er sah sich um. Die Wände waren geschmückt mit Crazy Horse-T-Shirts und gerahmten Fotos von reizenden jungen Damen in Crazy Horse-Trikots. Es erklang lebhafte Musik vom Band, jedoch schien sie keinerlei aufmunternde Wirkung auf die wenigen mürrischen Sonntagnachmittagsgäste zu haben, die wie festgewachsen auf ihren Barhockern saßen. Keiner kam ihm bekannt vor oder sah irgendwie gefährlich aus. Er überlegte, ob er sich für das bevorstehende Gespräch schon ein paar Antworten zurechtlegen sollte, doch als ihm nichts Passendes einfiel, gab Waverly seine Bemühungen auf und wartete nur.

Kurz nach drei erhaschte Waverly den flüchtigen Blick auf den Rücken einer massigen Gestalt, die am Fenster vorbeieilte, und an dem zielstrebigen Schritt des Mannes erkannte er sofort, daß es sich um R. Blake Crown handelte, der sich zu einem kleinen Schwätzchen einfand. Nur einen Moment später parkte Robbie seine imposante Erscheinung auf dem Stuhl auf der anderen Seite des Tisches. Sie begrüßten einander. Robbie bestellte Jack Daniels, »pur und doppelt«. Dann fragte er, was Waverly trinken wolle, zog bei der Antwort eine Augenbraue hoch und sagte: »Wie du meinst, wenn das deinen Motor in Gang bringt«, und bat die Serviererin, auch noch ein frisches Ginger Ale zu bringen. Er erzählte ein paar lose Anekdoten über den Araber und beendete sie mit dem kehlig heiseren Lachen eines bellenden Seehunds. Er sprach dabei knapp, akzentuiert und schnell. Ein Mann, der viel zu sagen hatte und es schnell loswerden wollte. Er saß da, hatte die massigen Schultern nach vorne gezogen, und in seinem von der Sonne ziegelrot gebrannten Gesicht, in dem der Anflug einer leichten Blässe zu erkennen war, nämlich die gelbliche Wächsernheit totaler Erschöpfung, lag ein sparsames Lächeln.

Waverly sah ihn an und hörte zu und sagte sehr wenig. Die Getränke kamen. Robbie nahm einen kräftigen Schluck, straffte seinen Rücken, nahm die Schultern zurück und betrachtete Waverly einige Sekunden lang. Jetzt kommt's, dachte Waverly; jetzt, endlich, kommt es. Er irrte sich.

»Das Spiel neulich«, sagte Robbie. »Macht es dir was aus, mir zu verraten, wieviel du den Jungs abgenommen hast?«

»Warum?«

»Reine Neugier.«

»Nein, es macht mir nichts aus. Es waren rund fünfundsiebzigtausend.«

Robbie stieß mit einem leisen Pfeifen die Luft aus. »Ein ganz netter Gewinn.«

»Die Karten waren gut zu mir.«

»Aber du hast auch gut mit ihnen gespielt. Vor allem in der letzten Runde.«

»Das war auch das Spiel, bei dem ich gewann. Das rettete mir den Tag.«

»Weißt du«, sagte Robbie nachdenklich, »es überrascht mich eigentlich nicht, daß du beim Pokern so gut bist. Du warst schon immer ein Taktiker, einer, der gerne schwierige Probleme löste. Ich erinnere mich, wie gut du Schach gespielt hast.«

»Poker und Schach sind völlig verschiedene Spiele.«

»Dann sind sie es eben«, sagte Robbie, dem Gedanken zur Spieltheorie deutlich gleichgültig waren. »Hör mal, hast du schon mal was von der Goldenen Regel deines Gewerbes gehört?«

»O ja: derjenige, der das Gold hat, bestimmt die Regeln.«

»Genau die meine ich. Die Partie, die steigen wird – übrigens, morgen abend, acht Uhr, wieder draußen in Jocks Hütte –, bei der hat dieser Bettlakenheini das Gold, deshalb bestimmt er die Regeln. Was zum Teil der Grund dafür ist, daß ich mit dir reden wollte.«

»Zum Beispiel?«

»Nun, erst mal spielt er immer nur Partien von acht Stunden mit einer Pause. Drei Abende hintereinander, so will er es.«

»Was noch?«

»Nur Stud Poker und Lowball, mit fünf und mit sieben Karten.«

Waverly zuckte die Achseln. »Mit diesen Bedingungen kann ich leben.«

»Das hatte ich erwartet. Dein Lieblingsspiel ist Stud, stimmt's?«

Worauf wollte er hinaus? Waverly hatte keine Ahnung. Das gerötete Gesicht war ohne besonderen Ausdruck und verriet nichts.

»Das ist richtig«, sagte er. »Woher weißt du das? Du schienst dich neulich ja wenig dafür zu interessieren.«

»Von Jock. Er meinte, du hieltest nicht viel von diesen verrückten Varianten.«

»Da hat er recht. Aber wenn nichts anderes gespielt wird, dann tun's auch die.«

Robbie kicherte verhalten. Aber es klang unecht.

»Was ist denn der andere Teil?« fragte Waverly unschuldig.

»Wie bitte?«

»Du sagtest, die Regeln seien ein Teil des Grundes, warum du mich sehen wolltest.«

Robbie verschränkte die Hände hinter dem Kopf und blickte auf einen Punkt hinter Waverlys Schulter. Er ließ einige Sekunden verstreichen, ehe er sagte: »Ja, es gibt da noch zwei andere Dinge, über die wir mal reden sollten.«

Endlich kommen wir doch zum Wesentlichen, dachte Waverly. Und irrte sich schon wieder.

Robbie sagte: »Dir ist doch klar, daß morgen ohne Limit gespielt wird?«

»So habe ich es verstanden.«

»Da werden sicherlich erhebliche Summen herumgeschoben.«

Waverly war einigermaßen verwirrt über die seltsamen Themen dieser Unterhaltung. »Deshalb spielt man ja«, sagte er.

»Natürlich. Aber dieser Kamelreiter hat die ganzen Schätze Arabiens in der Hinterhand. Jock, Bulldog, sie sind Millionäre, mehrfache. Ich denke mir, daß deine fünfundsiebzig Soldaten am Tisch völlig unterlegen sind. Es sei denn, natürlich, du kannst andere Quellen anzapfen.«

Waverly reagierte nicht darauf.

Robbies Blick fixierte ihn abschätzend. »Wenn das nicht der Fall sein sollte«, fuhr er fort, »ich meine das mit den anderen Quellen, dann könnte ich dir dazu einen Vorschlag machen.«

»Und wie sähe der aus?«

»Zufälligerweise habe ich etwas zusätzliches Geld, das ich anlegen möchte. Nicht viel. Etwa soviel wie du zur Verfügung hast. Wie wäre es, wenn ich bei dir einsteige, meine fünfundsiebzigtausend auf deine drauflegte?«

Waverly entschied, daß es Zeit wurde für eine Zigarette. Er schüttelte eine aus der Schachtel, zündete sie an und verfolgte den davonziehenden Rauch mit den Augen. »Mal sehen, ob ich das richtig verstanden habe«, sagte er. »Du bietest mir an, mich zu finanzieren?«

»Genau.«

»Warum willst du das tun, ein Nichtspieler wie du? Und warum mich? Wenn du etwas verdienen willst an der Sache, warum gehst du dann nicht zu deinem Kumpel, zu Jock?«

»Das sind gleich drei Fragen«, sagte der gewiefte Anwalt. »Welche soll ich zuerst beantworten?«

»Such's dir aus.«

»Okay, fangen wir vorne an. Die traurige Wahrheit ist, Tim, daß ich im Augenblick ziemlich hohe Verpflichtungen habe. Ich muß Bargeld beschaffen, und das schnell – bis nächste Woche.«

Noch etwas, das ihnen gemeinsam war, dachte Waverly. Er sagte: »Wieviel?«

»Nicht viel. Zweihundert Riesen würden reichen.«

»Das kommt aber noch zu deinem Einsatz hinzu, ja?«

»Richtig.«

»Okay, eine Frage erledigt. Bleiben noch zwei.«

»Die sind einfach«, sagte Robbie. »Ich bin derjenige, der dieses Geschäft auf die Beine gestellt hat. Ich. Ohne mich wäre das Ganze nur eine Handvoll Luft. Träume. Im Augenblick stehe ich dicht davor, die ganze Sache unter Dach und Fach zu bringen, und es ist mein ›Kumpel‹, wie du ihn so nett genannt hast, der mich auf die Schnauze fallen läßt. Der gute alte Jock. Nach all der Zuhälter-Arbeit, die ich für ihn geleistet habe, für dieses Projekt, versucht er mich auszubooten. Das Wort dieses Mannes ist ungefähr genauso viel wert wie ein Teller Wassersuppe von der Heilsarmee.« Seine Stimme wurde allmählich hektisch. Wut legte sich auf sein Gesicht. Seine Augen waren voller Groll.

»Wenn du ihm Geld schuldest, wäre ein Kredit nicht viel einfacher? Und erheblich weniger riskant?«

»Ach«, sagte er mit einer wegwischenden Handbewegung, »all meine Geldquellen sind im Augenblick zu. Die Details wirst du sicherlich nicht wissen wollen, Tim.«

Das immerhin stimmte. Er brauchte nicht noch mehr Kostproben aus dem Leidenskatalog der Crowns. Was er bereits wußte, das reichte ihm vollauf. »Also kommst du zu mir«, sagte er. »Du mußt ja ganz schön verzweifelt sein.«

»Verzweifelt, ich glaube, das muß ich bejahen. Aber ich hätte mich auch mit dir zusammengetan, wenn es nicht so wäre.«

»Tatsächlich?« fragte Waverly mit einiger Skepsis. Honig ums Maul brauchte er auch nicht. »Warum das?«

»Erinnerst du dich noch an die klassische Literatur am Calvin College? ›Der Fuchs kann viele Dinge, während der Igel nur eins kann, aber das perfekt.‹ Das hat irgendein alter Grieche gesagt, ich hab vergessen wer. Und ich denke, daß die Karten deine Spezialität sind. Daß du alles darüber weißt. Vielleicht sogar ein paar raffinierte Tricks.«

Waverly drückte die Zigarette aus. Er sah ihn eisig an. »Denkst du etwa an Betrügen?«

»Ich rede vom Gewinnen.«

»Okay, dann habe ich auch ein Zitat für dich: ›Die Chancen im Leben stehen 6-5, dagegen.‹ Das hat Damon Runyon mal gesagt.«

»Na und. Was soll das heißen?«

»Es heißt, wenn es um Karten geht, gibt es keine Garantien. Überhaupt keine. Niemals. Selbst wenn ich falschspielen würde. Was ich nicht tue.«

Robbie hob eine Hand. Das Stopzeichen. »Ich habe nur einen Scherz gemacht«, sagte er, und als Beweis produzierte er ein herzhaftes Lachen. »Nichts für ungut. Ich weiß, daß du diese Hilfe nicht brauchst. Aber ich vermute, daß du etwas Geld im Rücken haben mußt, und falls ich recht habe, dann steige ich mit ein. Das ist mein Vorschlag, nenne es Angebot.«

Waverly stellte im Kopf einige schnelle Berechnungen an. Für sich selbst und für Bennie mußte er mindestens hundertfünfundsiebzig zusammenbekommen. Addierte man dazu weitere zweihundert, dann ging es um knapp vierhunderttausend. Eine riesige Zahl. Aber nicht unerreichbar in einem Spiel ohne Limit mit derart frischen Mitspielern. Mit ein bißchen Glück würde er das Geld schon am ersten Abend zusammenbringen und dann schnellstens verschwinden. Scheiß auf den Araber und seine anmaßenden Grundregeln. Auch auf Jock. Er würde einfach aufstehen und rausgehen. Mit ein bißchen Glück. Natürlich gab es da noch das Gegenszenario: seine fünfundsiebzig Soldaten, abgemurkst mit einer Strähne schlechter Karten. Such dir dein Drehbuch aus. Das erste gefiel ihm besser, aber daß es ihm gefiel, bedeutete nicht, daß es auch so kommen würde. »Jeder, für den ich spiele, bekommt die Hälfte vom Gewinn«, sagte er. »Und den gesamten Verlust. Wenn wir uns einigen sollten, dann läuft es so und nicht anders.«

»Beschaff mir nur die zweihundert bis Mittwoch. Für alles, was darüber ist, überlegen wir uns was. Einverstanden?«

»Abgemacht.«

»Hervorragend. Ich geb dir das Geld morgen abend. Ach so, das bleibt natürlich unter uns. Ich muß nämlich meiner Rolle treu bleiben.«

»Ist das so etwas wie ein Image, das man erhalten muß?«

Robbies Oberlippe schürzte sich leicht in der Parodie eines Lächelns. »So in etwa«, sagte er. Er griff nach seinem Glas, das er während des eindringlichen Gesprächs vergessen zu haben schien, und leerte es. »Ich muß mich beeilen«, sagte er. »Der Scheich läßt rufen.«

Für Waverly war es schwer zu glauben, daß er sich so einfach aus der Affäre ziehen konnte – aus der Sache mit Caroline. Und doch schien es so zu sein. Bis Robbie sich erhob und für einen Moment stehenblieb, ins Leere blickte wie jemand, dem etwas durch den Kopf geht, etwas, das aus seiner Erinnerung verschwunden war und sich plötzlich wieder eingestellt hat; und als er redete, stellte Waverly fest, daß er sich schon wieder geirrt hatte.

Denn Robbie sagte: »Ach ja, von wegen Image und Rolle, die man spielt. Deine und Carolines ist so durchsichtig wie Fensterglas.«

Er holte ein Foto aus der Hemdtasche und schnippte es mit einer lässigen Handbewegung auf den Tisch. Waverly sah gar nicht hin, denn er wußte, was es war.

»Zwei glückliche Ausflügler«, sagte Robbie spöttisch.

Sehr ruhig, wenngleich mit ziemlich wenig Überzeugungskraft und Festigkeit, sagte Waverly: »Sie kommt mit mir, weißt du.«

»Glaubst du wirklich?«

»Ja.«

»Du redest totalen Quatsch, Kumpel. Alter Freund. Sie geht nirgendwohin. Diese Nummer haben wir schon öfter durchgezogen, Care und ich. Sehr oft sogar.«

»Diesmal ist es anders.«

»Anders? Ich will dir mal einen anwaltlichen Rat geben, Timothy. Gratis. Kostenlos. Genau den gleichen, den ich auch Care gab.« In seinen Augen funkelte die nackte Wut, und der kostenlose Rat wurde voller Bosheit und Haß erteilt. »Wenn sie sich entschließt, abzuhauen, dann kann sie den Kindern Ade sagen. Und zwar für immer und ewig. Bei ihrer Vergangenheit, ihren Krankheiten, und dann dieser Affäre mit dir, Ex-Sträfling, Mörder, Kartenhai – bei einem Streit um das Sorgerecht drehe ich ihr Inneres nach außen. Dann bestrafe ich sie. Ich ziehe sie derart durch den Dreck, daß sie den Rest ihres Lebens in der Gummizelle verbringen muß. Daran kannst du sie erinnern, wenn ihr das nächste Mal wieder eine kleine Lustpartie unternehmen solltet.«

Er machte Anstalten zu gehen, hielt inne, drehte sich um und blickte über die Schulter zu Waverly. Die Karikatur eines Lächelns, lange nicht gesehen, kehrte zurück und breitete sich auf seinem geröteten Gesicht aus. »Wir sprechen uns morgen abend, ja? Bis dahin mach dir einen schönen Tag, Partner.«

Nicht mehr als neunzig Sekunden, nachdem Waverly die Tropicaire Apartments verlassen und sich auf den Weg zu einem überaus seltsamen Treffen gemacht hatte, klingelte das Telefon in einem Zimmer im zweiten Stock des Sea Spray. In diesem Moment kam Sigurd/Burt gerade aus der Dusche und summte leise eine nicht erkennbare Melodie vor sich hin. Maylene lag ausgebreitet auf einem Bett, tief versunken in einem whiskeyseligen und befriedigten Schlaf, reglos wie eine Leiche; und Belinda, das Prachtstück von Rhode Island, sonnte sich auf der Terrasse. Was nur noch D'Marco/Jake übrigließ, der auf dem anderen Bett hingestreckt lag, unter einem rhythmisch pulsierenden Schädel, einem immer noch schmerzenden Hals und verschiedenen Teilen seiner Anatomie litt, die bei den ausgelassenen Spielen der letzten dreißig Stunden stark in Mitleidenschaft gezogen worden waren – und er war der einzige, der sich schwerfällig umdrehte und den Hörer von der Gabel nehmen konnte. Er knurrte etwas, das eine Begrüßung sein konnte, ein träges und übelgelauntes und fragendes »Hnh?«

Seine Stimme wurde jedoch sogleich fester und kräftiger und bekam, berücksichtigte man seine Verfassung, eine Art erregter Gespanntheit, und hätte jemand gelauscht, so hätte man ihn murmeln hören können: »Ja, wann?... welche Richtung?... allein?... was ist mit dem anderen?... ja ja, gut gemacht... in Ordnung, halten Sie die Augen offen.« Er legte den Hörer auf und schwang die Beine über die Bettkante, hielt einen Moment inne, um sich zu orientieren, dann ging er zur Tür. Ehe er dort ankam, erschien Sigurd/Burt aus dem Badezimmer, abstoßend nackt bis auf einen dünnen Strick von Handtuch, das er sich um seine edlen Teile geschlungen hatte, und fragte: »Was liegt an, Mann? Hat nicht eben das Tele –«

»Der Kerl ist mit dem Caddie weg«, bellte D'Marco/Jake über die Schulter, »der Jude ist noch da. Zieh dich an, verdammt noch mal, und beweg deinen Arsch auf die Terrasse, paß auf ihn auf.« Er schlug die Tür hinter sich zu und sprintete so schnell er konnte durch den Korridor und die zwei Treppen zur Tiefgarage hinunter. Kurz darauf bog der LX mit quietschenden Reifen auf die Ocean Avenue ein. Er fuhr nach Norden, in die Richtung, die ihm genannt worden war, und passierte das Einkaufszentrum und die bunkerähnliche Toilette, wo er, gerade zwei Abende vorher, beinahe seinen letzten Atemzug getan hätte.

Keine Spur von dem Caddie.

Am Ende der Straße wandte er sich nach links, überquerte die Brücke und hielt an der Kreuzung Blue Heron und Highway One. Er war sich unschlüssig, in welche Richtung er fahren sollte. Aus einem Instinkt heraus bog er nach rechts ab. Und während der nächsten sechzig Minuten suchte er einen erheblichen Teil von Lake Park und North Palm ab, zuerst die Hauptstraßen: Silver Beach Road, Old Dixie Highway, Park Avenue, North Lake, Prosperity, RCA Boulevard; danach die Wohngebiete mit Straßennamen wie Jasmine, Laurel, Fair Haven, Gulf, Harbour, Garden Lane; seine Augen suchten hektisch, sein Kopf drehte sich nervös trotz des wunden, malträtierten Halses. Aber diesmal ließ sein Instinkt ihn im Stich. Kein Caddie.

Er machte einen letzten Versuch und fuhr auf dem PGA Boulevard nach Westen durch Palm Beach Garden bis zum Gelände des PGA National Golf Course und von dort zu dem Bungalow, wo in der Woche vorher die Pokerpartie stattgefunden hatte. Immer noch kein Erfolg. Das Haus wirkte verlassen: die Vorhänge waren zugezogen, und kein einziges Fahrzeug parkte auf der Straße davor. Für eine weitere halbe Stunde fuhr er ziellos umher. Schließlich gab er auf und kehrte nach Singer Island zurück. Und das erste, was er sah, als er die Ocean Avenue hinunterfuhr, war der flüchtige Caddie, der vor den Tropicaire Apartments parkte und mit seinen Fenstern das Sonnenlicht reflektierte.

In der Zeit, die er unterwegs gewesen war, hatten die drei Insassen des Zimmers die Positionen gewechselt. Arschlöcher reisen nach Jerusalem. Die Tür des Badezimmers stand offen, und Maylene, nur mit Büstenhalter und Schlüpfer bekleidet, der aussah, als wäre er einen Meter breit und doppelt so lang, stand vor dem Spiegel und schminkte sich. Nun war sie es, die falsch vor sich hinsang. Belinda in ihrem knappen Fadenbikini lag auf dem Bett und schlief. Draußen auf der Terrasse saß Sigurd/Burt hinter seiner blauen Sonnenbrille und schien die Straße zu beobachten, obwohl er gleichzeitig aus einer Bierflasche trank.

D'Marco/Jake trat neben ihn. »Wann ist er zurückgekommen?« erkundigte er sich.

»Vor zwanzig Minuten.«

»Hat sich drüben was getan?«

»Nee, überhaupt nichts. Wahrscheinlich hat er nur 'ne kleine Spazierfahrt gemacht.«

»Irgendwas vom Verwalter gehört?«

»Nichts.«

D'Marco/Jake überlegte. Aber nicht lange. Er wies mit dem Daumen auf das Zimmer. »Okay, sieh zu, daß die beiden verschwinden.«

Der Befehl wurde in einem grollenden Ton erteilt, so daß Sigurd/Burt entschied, lieber nicht zu widersprechen. Hinter der Glastür wurden kurz darauf Stimmen laut, doch D'Marco/Jake drehte sich nicht um. Statt dessen behielt er das Apartment auf der anderen Straßenseite im Auge. Wenig später erschien Sigurd/Burt wieder auf der Terrasse und murmelte etwas verlegen: »Die Mädels fragen, ob wir nicht ein paar Dollar übrig haben. So 'ne Art Spesengeld.«

»Tu, was du willst«, lautete die eisige Antwort. »Nur sorge dafür, daß sie sich endlich verpissen.«

Und obgleich er innerlich vor Scham, Abscheu, Selbsthaß glühte, fühlte er sich wenigstens zum Teil durch die Erkenntnis getröstet, daß er wieder er selbst war, D'Marco Fontaine. Nicht mehr Jake.

4. Teil

21

Der Araber war ein Mann, dessen Vorlieben deutlich in den Konturen seines weichen braunen Gesichtes zu lesen waren. Vielleicht war es der Mund, eine breite, geräumige Kammer mit vollen roten Lippen, ständig feucht, ständig leicht geöffnet, die Zähne enthüllten, so blendendweiß und so gleichmäßig, als wären sie aus Marmor gemeißelt worden. Ein Mund zum Aufnehmen, zum Konsumieren geschaffen. Oder vielleicht die Nase: markant gezeichnet, leicht adlermäßig gekrümmt über einer tief eingeschnittenen Hautfalte unter behaarten Nasenlöchern, die gelegentlich zuckten, als spürten sie einer bisher noch nicht genossenen ambrosischen Köstlichkeit nach. Gewiß waren es die Augen; dunkel, stechend, wäßrig, leicht vorstehend, und ganz entfernt der beutegierige Ausdruck einer Ratte. Sein Haar war kohlrabenschwarz und mit Pomade auf den Glanz von poliertem Leder gebracht. Fleischpolster unterlegten das geteilte spitze Kinn. Vielleicht auf Grund seiner starren Konsistenz war das sandfarbene Fleisch glatt und faltenfrei, und ein Schätzen seines Alters war unmöglich. Vierzig möglicherweise, plus oder minus fünf Jahre.

Und dennoch war er in keiner Weise korpulent, trotz seiner Aufgedunsenheit. Weich, ja, aber mit zartem Knochenbau, mit schmalen Schultern und einer flachen Brust, die in eine pralle kleine Kugel von einem Bauch überging, der von runden Hüften eingerahmt wurde, gestützt von einem schlaffen Gesäß und getragen von dünnen Hölzern, den Beinen. Eine Figur wie die eines verwöhnten Mädchens, war Waverlys Eindruck, als er ihn das erste Mal traf. Tatsächlich lag in seinen Gesten und Bewegungen eine raffinierte, beinahe feminine Eleganz, eine Art parfümierter Mattigkeit. Früher am Abend, als die Vorstellung stattfand (vorgenommen, natürlich, von Jock in seiner besten Provinzlerart: »Prinz, ich möchte Sie mit unserem Profi bekannt machen. Prinz Mohammed Al-Fassi, Tim Waverly.«), hatte der Prinz eine schlaffe, mit Brillantringen geschmückte Hand vorgestreckt, als böte er sie zum Handkuß dar. Indem er sein Kinn etwas anhob, hatte er Waverly angesehen und mit der Stimme eines Transvestiten sein Vergnügen über diese neue Bekanntschaft geäußert. Und später, ehe er seinen Platz am Tisch einnahm, hatte er mit den Augen seinen Leibwächter herbeizitiert, der wohl gleichzeitig als Diener fungierte und ihm in dieser Funktion aus seinem hellrosafarbenen Leinenjackett half und ihm den Stuhl zurechtschob.

Nun, nach drei Stunden Spiel, hatte Waverly sich sein Urteil gebildet und war zu dem Schluß gekommen, daß dieser Araber, dieser dandyhafte Prinz, alles andere war als ein gefährlicher Gegner, dem ein legendärer Ruf vorauseilte. Ohne Zweifel kannte er seine Zahlen und konnte rechnen, vielleicht sogar zu gut, denn er spielte mit einer gewissen mechanischen Vorhersehbarkeit; bar jeder Phantasie und Kühnheit und offensichtlich ohne auf jemand anderen am Tisch zu achten, als fände der Kampf ausschließlich zwischen ihm und den Karten statt, eine etwas erweiterte Form des Solitaire. Er war auch kein verwegener Wetter, der sein Blatt aggressiv nur mit Hilfe seiner unbegrenzten Mittel durchbrachte. Infolgedessen, nach gerade drei Stunden, lag Waverly sechzig Kilo über seinem Startkapital. Der große Sieger. Bisher.

Obgleich Jock, vermutlich aus Rücksicht auf seinen adligen Gast, es geschafft hatte, sein Nonstopgeplapper, das sein Spiel normalerweise begleitete, auf das absolute Minimum zu beschränken, fühlte er sich nach Waverlys drittem Sieg in Folge zu der Bemerkung genötigt: »Es sieht so aus, als wären Sie heute der große Abstauber, Mr. Waverly.« Diese Feststellung wurde in breitem Slang getroffen, so daß die Bauerntölpelfassade intakt blieb. Wenigstens einige Dinge waren in dieser Welt konstant, dachte Waverly, während er die Chips einsammelte. Eine hübsche kleine Summe, die er direkt dem Prinzen abgeknöpft hatte, als der nach der letzten Karte eines Low-Ball-Blattes gepaßt hatte.

Zwei weitere solcher Konstanten waren Bulldog und Buel. Der erstere spielte mit seiner gewohnten Ruhe und versteckte Strategien und Gefühle gleichermaßen hinter dem verknöcherten Überbißgrinsen; letzterer legte die gleiche verzweifelte Unvorsichtigkeit an den Tag, die ihm erst eine Woche vorher zum Verhängnis geworden war. Was der arme kleine B. B. hier zu suchen hatte, das wußte keiner so recht. Vielleicht befriedigte er irgendein düster prophetisches, nur unzureichend verstandenes Bedürfnis nach Selbsterniedrigung (Waverly hatte schon viele solcher Spieler gesehen, ein willkommenes Element bei jedem Spiel). Oder er war von Jock zum Mitmachen gezwungen worden, da Orton und Demerit sich klugerweise gegen eine Teilnahme entschieden hatten, obgleich sie an diesem Abend als Zuschauer anwesend waren. Wer ebenfalls das Spiel als Zuschauer verfolgte, war Robbie, der, nachdem er Waverly an der Tür einen Briefumschlag voller Dollarscheine überreicht hatte, ihn nach Möglichkeit mied.

Und das war es: fünf Spieler, drei Kiebitze und ein Diener – Leibwächter. Keine Nutten, auf Wunsch des Prinzen, der es vorzog, seine Zerstreuungen einzeln und schön der Reihe nach zu genießen und der, nachdem er würdevoll den Verlust hingenommen hatte, mit einer gelassenen, unter allen Umständen um adlige Ungezwungenheit bemühten Stimme sagte: »Nimrod, eine Zigarette, bitte.«

Wie ein furchteinflößender Geist aus der Flasche, so erhob Nimrod sich von einer schwellenden Couch, deren Polster sich unter ihm nach seinem Aufstehen aufplusterten, und näherte sich dem Tisch. Er war knapp über einsneunzig groß und wog an die zweihundertsiebzig Pfund. Ein riesiger Brocken von einem Mann, ohne Hals und mit einem kantigen, riesigen Schädel, der entweder direkt den fleischigen Schultern entsprungen oder mit einem Kran darauf herabgelassen worden zu sein schien. Sein krauses Haar war kurzgeschnitten mit einem wie mit dem Rasiermesser gezogenen Scheitel auf der linken Seite. Seine Haut war von einem mitternachtsdunklen Blauschwarz. Eine vorstehende Neandertalerstirn wölbte sich über völlig leeren Augen. Das übrige Gesicht sah aus, als hätte jemand darauf getreten, die Nase abgeflacht, die Nasenlöcher breit wie bei einem Pavian. Mit einer Serie flinker Bewegungen, jede mit sorgfältiger Präzision ausgeführt, als käme es nur auf die äußere Form an, präsentierte er Zigarette und Feuer. Stille senkte sich über den Tisch, und jedes Augenpaar im Raum (außer dem des Prinzen) verfolgte diese Aktion. Wie er ihn beobachtete, fühlte Waverly sich an die Obermacker von Jacktown erinnert, raubtierhafte Schwarze voll unerschöpflicher Brutalität, Typen, die sich wie ein Erdrutsch über einen her machen konnten und es nicht selten auch taten. Männer, denen man lieber nicht ins Gehege kam.

»Und ein Glas Weißwein«, verlangte der Prinz, und wie der Blitz verschwand Nimrod hinter der Tür zur Küche. Noch ein Blitz, und der Wein stand vor dem Prinzen, der ihn prüfend kostete. Nimrod überragte ihn, schien über ihm zu schweben. Plötzlich erschien vor Waverlys geistigem Auge ein Bild: Nimrod mit Turban, nacktem Oberkörper, mit einem Krummsäbel und bunter Pluderhose, einen Palmwedel in der Hand – der nubische Sklave, der jeden Wunsch seines effeminierten Herrn erfüllt. Der Prinz stellte das Glas hin, entließ seinen Diener mit dem Wink eines Fingers, und Nimrod kehrte auf seinen Platz auf der Couch zurück.

Das Spiel wurde fortgesetzt.

Bulldog war mit dem Geben an der Reihe. Er sagte Seven-card Stud an, mischte gekonnt und verteilte blitzschnell die Karten. Waverly bekam ein getrenntes Paar, Zehn und Neun verdeckt, die zweite Neun aufgedeckt. Der Reihe nach links neben ihm waren B. B. mit einer Dame, der Araber mit einem As, Jock mit einer Sechs, und der Geber saß auf einer seiner Zehnen. Der Araber blickte vorsichtig auf seine verdeckten Karten, schürzte die feuchten Lippen und setzte fünftausend in Chips. Alle anderen hielten.

Als vierte Karte bekam Waverly eine weitere schöne Neun. Er verspürte einen kurzen Adrenalinstoß: heute schien es aber geradezu ideal zu sein. B. B. erhielt das As des Arabers, der Araber eine bedeutungslose Fünf, Jock einen Buben, Bulldog eine Vier. Fast unmerklich nickte Bulldog Waverly zu und sagte: »Die Neunen sind vorn.«

Waverly erhöhte die Wette auf zehn. Der Araber betrachtete ihn mit leidenschaftsloser Abneigung und drehte seine Karten um. B. B. und Jock hielten die Wette. »Der Geber paßt«, sagte Bulldog. Die Andeutung eines finsteren Blickes, eher nur ein Zusammenziehen der Augenbrauen huschte über den oberen Teil seines Gesichts, ein Gegengewicht zu dem stillen Lächeln. Bisher war er der Hauptverlierer, war bis auf hunderttausend runter, vielleicht sogar mehr. Eine schlimme Pechsträhne.

Fünfte Karte. Eine wertlose Lusche für Waverly, die Dame für Big Boy, und Waverlys rechtmäßige Zehn landete bei Jock.

B. B. setzte zwanzigtausend, und der Sieg stand leuchtend in seinem kleinen Gesicht. Seltsamerweise gab es in seinem aufgedeckten Blatt nicht einmal einen Hinweis auf einen im Entstehen begriffenen Flush. Jock hielt die Wette. Es mußte ein Doppelpaar sein, dachte Waverly, auf Grund dessen er auftrumpfte und den Mut des Big Boy unterschätzte. Nicht so Waverly, der seine Karten hinlegte. In B. B.'s Stecknadelaugen lag ein zu starker gieriger Glanz.

Sechste Karte. Nur sie beide waren noch übrig. B. B. bekam eine Vier, Jock eine Sechs, sein erstes Paar war da. Billige Sechsen. Nichtsdestotrotz hielt er B. B.'s Einsatz, der allmählich anstieg, dreißigtausend jetzt.

Die letzte Karte fiel. B. B. betrachtete sein Blatt, aber nur kurz. »Ich erhöhe lieber auf vierzig«, sagte er.

Erstaunlicherweise hielt Jock vorschnell mit und sagte: »Ich habe hier alles voll, Mr. Beebee, Sechsen und Buben. Ich glaube, du hast gar nicht die Karten, die du brauchst.«

Er irrte sich.

Und genau das sagte B. B., wobei in seiner Stimme die unverhohlene Schadenfreude erklang: »Diesmal irrst du dich, Jocker«, und deckte ein Full House mit Damen auf. Mit seinen kleinen Händen zog er den Haufen Chips zu sich herüber. Die Rache der Zwerge.

Nach einer weiteren Stunde verlangte der Prinz eine Pause. Niemand widerspricht einem Prinzen. Er stand auf, während Nimrod seinen Stuhl zurückzog, ging hinüber zu einer Couch, Nimrod neben ihm, und ließ sich darauf nieder. B. B. und Bulldog sowie Orton und Demerit gingen in die Küche. Demerit hielt beiden Spielern einen Vortrag über ihre Fehler. Jock quälte sich schwerfällig auf die Füße, reckte die Arme wie jemand, der aus einem nicht besonders guten Schlaf erwacht, und zündete sich eine Macanudo an. Waverly blieb dort, wo er war. Desgleichen Robbie.

Der Prinz sagte: »Noch etwas Wein, Nimrod.« Sobald sein Diener den Raum verlassen hatte, sagte der Prinz, zu keinem speziell, sondern allgemein: »Sehen Sie, Nimrod ist mein Glücksbringer.« Ein schrilles *Hi Hi Hi* folgte auf diese Mitteilung.

Niemand schien genau zu wissen, was er darauf erwidern sollte, daher brach Jock, stets der zuvorkommende Gastgeber, das Schweigen. »'n Nigger dieser Größe haut einen glatt aus den Schuhen.« Ein Zeichen für Robbie, in gehorsames Gelächter auszubrechen.

Kurz darauf kehrte der Glücksbringer mit dem Wein zurück. Der Prinz spitzte seinen breiten Mund, legte zwei Finger auf seine Lippen. Indem er diese Befehlsgeste sofort verstand, reichte Nimrod ihm eine Zigarette. Sobald sie brannte, bezog er hinter der Couch Position, die Beine leicht gespreizt, die Hände auf dem Rücken verschränkt, so als wäre er ein Soldat in Rührt-euch-Haltung.

Der Prinz hielt das Weinglas am Stiel. Er rauchte und hielt die Zigarette mit der Asche nach oben. »Eigentlich«, fuhr er fort und ließ den Rauch zwischen seinen makellosen Zähnen hindurch ausströmen, »lautet sein Name Kanavis. Wir haben ihn in Nimrod umgeändert, als er in meine Dienste trat. Irgendwie schien er besser zu ihm zu passen. *Hi hi hi.* Er stammt aus – wie heißt deine seltsame Stadt noch mal, Nimrod?«

»Carbondale«, lautete die Antwort, ein tiefes, dumpfes Grollen, Nimrods erste verbale Äußerung des Abends.

Jock kam herüber und ließ sich dem Prinzen gegenüber in einen Sessel plumpsen. »Tatsächlich«, sagte er und sprach ihn direkt an. Dabei bemühte er sich um einen herzlichen Tonfall, obgleich er seine natürliche Abneigung gegen jeden Zeitgenossen mit etwas dunklerer Hautfarbe nur schwer verbergen konnte. »Direkt aus dem Herzen Amerikas, was?«

»Er war früher Sportprofi«, erklärte der Prinz, als schilderte er die Vorzüge einer besonders edlen Tierrasse. »Ich glaube, er hat Football gespielt. Wie hieß deine Mannschaft noch, Nimrod?«

»Die Hamilton Tiger Cats. In Kanada.«

Das gettotypische Stakkato schien Nimrods bevorzugte Sprechweise zu sein. Falls er selbst in irgendeiner Form auf diese Unterhaltung reagierte, in deren Mittelpunkt er stand, so ließ sich darüber nichts in seinem ausdruckslosen Gesicht und den leeren Augen ablesen.

»Nimrod verfügt über außerordentliche Körperkräfte und athletische Fähigkeiten«, sagte der Prinz weiter. »Er ist außerdem ein

Waffenexperte. Zeig diesen Gentlemen dein neuestes Spielzeug, Nimrod.«

Gehorsam trat Nimrod um die Couch herum und baute sich in der Zone zwischen Jock und dem Prinzen auf. Er öffnete sein Jakkett, entblößte dabei eine Pistole in einem Gürtelhalter, und holte aus einer Innentasche ein zylinderförmiges Objekt hervor, das mit Schaumstoff umwickelt war und sich in seine Handfläche schmiegte. Er hob seinen Arm, verharrte für einen kurzen Moment wie ein Quarterback, der einen Wurf ansetzt. Und dann zuckte seine Hand blitzartig nach vorn, und mit dem explosionsartigen Knall eines abgefeuerten Gewehrs verwandelte der harmlos aussehende Zylinder sich in eine Stahlrute von knapp siebzig Zentimetern Länge. Sie war auf Hochglanz poliert und funkelte im Licht der Zimmerlampen.

»Wie heißt das Ding, Nimrod?« fragte der Prinz.

»Teleskopschlagstock«, erwiderte Nimrod mit der monotonen Stimme von jemand, der aus einer Bedienungsanleitung vorliest oder den Text aus dem Gedächtnis zitiert, »gehärteter Stahl, vierteilig, siebzig Zentimeter.«

»Bitte, führ uns mal etwas vor.«

Die Vier in der Küche, angelockt durch den Knall des Schlagstocks, drängten sich in der Türöffnung, und zum zweiten Mal an diesem Abend stand Nimrod im Mittelpunkt der allgemeinen Aufmerksamkeit. Er führte eine Serie kurzer Schläge aus, vor- und rückhändig, gefolgt von langen Rundumschlägen, allesamt mit voller Kraft ausgeführt, so daß die Waffe pfeifend durch die Luft schnitt. In dieser Demonstration steckte nichts von der Kunst und atemberaubenden Grazie einer Ninja-Übung, sondern nur nackte Kraft, so als zerschmetterte er gründlich und unbarmherzig einen unsichtbaren Gegner. Abgesehen von jenem Ausdruck der Zufriedenheit, der manchmal mit angespannter Konzentration einhergeht, verriet sein Gesicht keine Regung, und er schlug weiter um sich, bis der Prinz ruhig sagte: »Das dürfte reichen.« Nimrods Schlagarm sank sofort herab, und er bückte sich und stützte das Ende des ausgezogenen Schlagstocks auf den Teppich und schob ihn in seinen harmlos aussehenden, mit Schaumstoff umhüllten Griff zurück.

Die Vorstellung war vorbei. Von Anfang bis Ende hatte sie den

Charakter einer sorgfältig geprobten Darbietung gehabt, und was immer mit ihr beabsichtigt war, hatte sich den Zuschauern unmißverständlich mitgeteilt. Der Anflug eines Lächelns huschte über das Gesicht des Prinzen, doch hinter dem Lächeln verbarg sich ein wahres Labyrinth vieldeutiger Botschaften. Zu Jock sagte er: »Eindrucksvoll, nicht wahr?«

Jock stieß einen anerkennenden Pfiff aus und erwiderte: »Ich werde den Teufel tun und Ihren Boy da auf mich wütend machen.«

Hi hi hi machte der Prinz.

Waverly erhob sich von seinem Stuhl und drängte sich durch die noch immer staunende Gruppe in der Tür. In der Küche öffnete er den Kühlschrank und suchte nach einer Flasche Ginger Ale. Nichts zu sehen. Auch das eine gezielte Maßnahme Appelgates? Wer wußte das schon. Er fand eine Dose Seven-Up und ging damit ans Fenster, das auf die Straße hinausging. Er sah nach rechts, er sah nach links, und dort, am Ende des Blocks, halb verdeckt von einem Baum, aber nur unzureichend, als käme es nun nicht mehr auf Heimlichkeit und Überraschung an, erkannte er die Umrisse des schwarzen Mustang. Damit war auch das geklärt. Er wandte sich vom Fenster ab und gewahrte Robbie an der Eßbar, wo er sich gerade einen Wild Turkey einschenkte. Aus dem Mundwinkel flüsterte Robbie: »Wie läuft's für uns?« Waverly hob eine Hand und wedelte in einer So-lala-Geste herum. Hoffnung und Angst, zu gleichen Teilen, schlichen sich in Robbies ansonsten mürrische Gesichtszüge, und er wollte noch mehr sagen, als Jock erschien.

»Kannst du mir auch einen geben, Robber?«

Robbie schenkte gehorsam ein.

Jock nahm das dargebotene Glas, ließ seinen Blick listig zwischen ihnen hin und her wandern. Nach einem genießerischen Schluck Whisky sagte er: »Also. Was habt ihr beide zu bereden?«

»Wir haben nur ein paar Bemerkungen über das Spiel gemacht«, antwortete Robbie hastig.

Jock richtete seinen Blick auf Waverly. »Was halten Sie denn von unserem Araber, Mr. Waverly?«

»Als Spieler oder als Mensch?«

»Sowohl als auch.«

»Er hat ein ganz gutes Kartengefühl«, sagte Waverly. »Für meinen Geschmack ist er vielleicht ein bißchen zu feinsinnig.«

»Der benimmt sich doch wie der reinste Schwule, oder? Man könnte ihn für einen Waschlappen halten, nur meint unser Robber, daß er die Mädels dutzendweise flachlegt. Stimmt's, Robber?«

Robber, dem diese unerwartete Befragung sichtlich unangenehm war, nickte hastig und sagte, so könne man es ausdrücken.

»Tja«, sagte Jock, und sein Mund verzog sich zu einem extrem breiten und boshaften Grinsen, »die ganze Truppe blauäugiger Floridahäschen kam heute mit Schwielen an den Knien aus seiner Suite im Breakers.«

Waverly wollte und konnte dazu nichts sagen. Die sexuellen Wünsche und Gewohnheiten des Arabers interessierten ihn überhaupt nicht. Robbie, dem die Stille offensichtlich noch unangenehmer war, warf ein: »All diese Wüstensöhne entpuppen sich als Preisbumser, sobald sie zu uns rüberkommen.«

»Schön«, sagte Jock weitsichtig, »aber sein Superschwanz scheint ihm beim Poker nicht allzuviel zu nützen. Bisher hat er nicht viel gezeigt. So wie es aussieht, scheinen die guten Blätter sowieso alle an Ihren Fingern zu kleben, Mr. Waverly.«

»Warten Sie ab, wir spielen ja noch einige Zeit«, sagte Waverly.

»Ja, das stimmt. Man soll die Nacht nicht vor dem Morgen beklagen.« Er leerte sein Glas und nickte mit dem Kopf in Richtung des Spielzimmers. »Nun, ich glaube, wir sollten lieber zurückgehen. Ehe er seinen Niggeraffen herschickt, damit er uns noch einmal seinen Prügel vorführt.«

Zweimal wanderte das Kartenpack um den Tisch, und für Waverly fiel nichts Nennenswertes ab. Das machte ihn etwas nervös. Und dann erwischte er seinen ersten Pott, einen kleinen nur, und er entspannte sich, brachte die Risiken und die Karten und die Zahlen, die in seinem Kopf herumsummten, in eine strengere Ordnung, studierte die Gesichter auf verräterische Anzeichen, betrachtete die Körperhaltungen und die Gesten, konzentrierte sich auf die Lautstärke, den Klang, die Melodie der Stimmen. Er fand den Rhythmus des Spiels wieder, und alle nervöse Hitze verflog und machte einer inneren Kälte Platz, die zum Fundament seiner Konzentration wurde. Er gewann noch etwas mehr, dann wieder und danach noch einmal und erwischte laufend phantastische Blätter, Kombinationen, mit denen er gar nicht verlieren konnte. Er trieb damit die Wetten in die Höhe, zerschmetterte jeden, der dumm genug war, sich ihm in den Weg zu stellen. Er hatte keine genaue Vorstellung, wie hoch er führte. Sehr hoch.

Die Stunden verstrichen. Kurz vor Ende der Partie ließ er sich in ein dreifaches Kopf-an-Kopf-Rennen mit Jock und dem Araber hineinziehen. Es wurde wieder Seven-card Stud gespielt. Fünf Karten waren draußen, und nirgendwo war ein Paar zu sehen. Es war eine reine Nervenschlacht. Dame-Bube-Neun des Arabers deuteten vermutlich auf einen entstehenden Straight oder auf ein oder zwei geteilte Paare hin, wobei noch höhere Blätter in den Kulissen warten konnten, um vernichtend zuzuschlagen. Möglich war alles. Aber sein vorsichtiges Wetten, solide fünftausend, deutete nicht auf eine solche Entwicklung hin. Jocks schwach aussehende Kombination von Acht-Drei-Zwei war ein Rätsel. Warum mischte er überhaupt noch mit? Irgend etwas Dickes, ob nun real oder latent, schien bei ihm ein verdecktes Dasein zu führen. Waverly saß da mit einem Vierer-Flush in Herz, insgesamt drei Karten, Bube-Fünf-Vier, beängstigend hoch die vierte Karte, eine Sieben, verdeckt wie auch eine weitere Fünf als Rückversicherung. Ein möglicher Flush, mögliche kleine Blätter – es war eine Kombination, in der einiges steckte. Gegen diese beiden allerdings auch eine Menge Risiko.

Jock war der Geber. Er schob Waverly ein As zu, Karo, keine Hilfe, egal in welcher Richtung. Der Araber bekam eine Acht, legte sie ans Ende seines Straight, ließ aber eine Lücke offen und zeigte gar nichts. Jock gab sich selbst eine Drei zum Paar, und damit war er vorn. Er blickte auf Waverlys Karten und sagte gedehnt: »Hm, im Keller könnte sich noch immer ein Flush verstekken.« Er musterte abschätzend das Blatt des Arabers. »Möglicher Straight da drüben.« Dann widmete er sich seinen eigenen Karten und zupfte nachdenklich an der Unterlippe. Ein hübsches Schauspiel. Schließlich sagte er: »Diese beiden Fahrkarten sind ein ziemlich schlappes Duo gegen soviel Masse. Ich schiebe lieber.«

Waverly hatte das Gebot. Zeit, die Temperatur zu testen. »Zwanzig«, sagte er, und der Araber hielt mit und steigerte, ohne mit der Wimper zu zucken, um weitere zwanzig. Vierzig für Jock, der ohne großes Zögern seine Chips in die Mitte schob, noch einige weitere abzählte und sagte: »Legen wir probeweise noch zwanzig drauf.« Sehr kaltes Wasser, eisig, mindestens Nordpol.

Zurück zu Waverly. Nun mußte er einige Zeit nachdenken. Das Gebot des Arabers konnte bedeuten, daß er den Straight wirklich im Keller hatte. Jocks Erhöhung ließ vermuten, daß er die Dreien hatte, vielleicht sogar ein Full House. Beide Gebote waren natürlich darauf berechnet, diesen Eindruck zu erwecken, aber beide, vor allem Jock, arbeiteten auch mit Bluffs und fremden Träumen, und hofften, den Pott mit überhaupt nichts in der Hand zu bekommen. Erstaunlicherweise war nur ein weiteres Herz aufgetaucht, daher war die Flush-Chance gut, durchaus im Bereich des Möglichen.

»Mr. Waverly?« fragte Jock.

Zwei Worte, fünf Silben. Aber ein kaum wahrnehmbares Vibrato schwang darin mit, nicht viel, gerade genug, um ihn zu entlarven. »Ich nehme eine«, sagte Waverly. Füll den Flush auf, und du bist da.

Dann folgten die letzten Karten. Waverly hob die Ecke von seiner hoch. Sie war schwarz. Aber es war eine Fünf. Damit hatte er drei.

Jock schlappes Duo war vorne. Er setzte sondierende zwanzig. Waverly hielt, und der Araber legt kühl zwanzig dazu. Jock gab ein paar nachlässige Schnalzlaute von sich, kniff aber nicht.

Es wurde ernst. »Ich erhöhe um zwanzig«, sagte Waverly und schob Chips für vierzigtausend über den Filz und in den aufgeblähten Pott. Er schaute zu Robbie, der rittlings auf einem Stuhl ein Stück hinter und zwischen Bulldog und B. B. saß und dessen Gesicht vor Angst verkniffen war und sich grau verfärbt hatte.

»Hey«, johlte Jock, »jetzt haben Sie uns aber gelockt.«

»Bedauerlich«, sagte der Araber. »Sehr bedauerlich.« Ob aus Spott oder ernsthaft, war unmöglich festzustellen. Seine Lippen teilten sich zu einem Viperngrinsen, und er fügte leise hinzu: »Aber ich glaube nicht, daß Sie irgend etwas in der Hand haben, Sir. Ich erhöhe Ihre Zwanzig um den gleichen Betrag.«

Nun zögerte Jock. Er schüttelte wehmütig den Kopf und versuchte ein dürres Lächeln. »Herr Jesus Christus«, sagte er, »ihr bringt mich noch ins Grab.« Nichtsdestoweniger hielt er die Erhöhungen mit: da er schon so weit mitgegangen war, blieb ihm nichts anderes übrig.

Zwanzig mehr von Waverly. Der vorher so hohe Chipsstapel

war nun zu einer einzigen Säule zusammengeschrumpft. Die Ausbeute eines Abends und der größte Teil von seinem und Robbies Kapital, und das alles steckte nun in diesem Monsterpott. Vielleicht wollte der Araber ihm mit seinem Reichtum Angst einjagen, und vielleicht blieb er am Ende vorn. Vielleicht hatte er aber auch den Straight und lockte sie in ihr Verderben. Vielleicht, aber Waverly rechnete eigentlich nicht damit. Das durchzuziehen, wäre zu schwierig. Nein, unmöglich. Er hielt.

»Ich habe zwei Paare«, sagte der Araber und drehte seine verdeckten Karten um. »Achten. Und die Dreien von Mr. Appelgate.«

Jocks Grinsen wurde um einen Deut breiter. »Ist das nicht wunderbar«, sagte er, »Sie haben meine Winzlinge erwischt. Die Sache ist nur die, daß ich noch zwei Typen habe, die auf meine aufpassen.« Er drehte seine Karten um und zeigte zwei Könige zu seinen Dreien; und dann sah er Waverly auffordernd an. »Was sagen Sie dazu, Mr. Waverly?«

Nur mit Mühe unterdrückte Waverly einen Seufzer der Erleichterung. »Einen Dreier«, war, was er dazu sagte, und er legte seine verdeckten Fünfen neben die einzelne.

Jocks Grinsen erstarrte. Für einen winzigen Moment schaute er entsetzt, war er wie erstarrt. Dann riß er sich zusammen und polterte los. »Sieht so aus, als hätte der Profi uns beide ausgetrickst, Prinz. Hätten wir unsere Karten mal lieber zusammengelegt, dann hätten wir ihn in die Tasche gesteckt.«

»Vielleicht ein anderes Mal«, sagte der Prinz. Sein Vipernlächeln hatte nicht nachgelassen, doch seine feuchten Augen waren nun zu Schlitzen verengt. Und die Blicke durchbohrten Waverly.

Der in diesem Moment den riesigen Haufen Chips einsammelte. Ein phantastischer Gewinn. In diesem Moment dachte er gar nicht daran zu zählen, nicht unter diesen haßerfüllten Blicken, aber selbst wenn er mit seinem windigen Finanzier teilen mußte (der, nach einem Erschauern den Zombieblick eines Mannes angenommen hatte, der soeben aus einem tiefen Koma aufgewacht war und feststellte, daß er immer noch denken konnte, immer noch lebte), dürfte der Betrag nahezu ausreichen, um ihn über den Berg zu bringen, ihn die süße Freiheit schnuppern zu lassen. Doch während er die letzten Runden dieser Nacht durchspielte, dabei sehr behutsam setzte, Wasser trat, spürte Waverly durchgängig das kombinierte Gewicht dieser feindseligen Blicke. Nun waren sie schon zu zweit hinter ihm her.

22

Kurz vor 12 Uhr am folgenden Tag setzte Gunter Dietz' Maschine auf dem International Airport in Palm Beach auf. Nachdem er das Flugzeug verlassen und seine einzige Reisetasche geholt hatte, hielt er ein Taxi an und gab dem Fahrer den Auftrag, ihn zum – und nun mußte er auf einem Notizzettel nachschauen, den er in seiner Brieftasche verstaut hatte – Sea Spray Inn auf Singer Island zu bringen. Im ersten Stock war auf seinen Namen ein Zimmer auf der Swimmingpool-Seite reserviert, und sobald er die Tür hinter sich abgeschlossen hatte, packte er seine Reisetasche aus, streifte seine verschwitzte Reisekleidung ab und duschte. Es war schon eine Weile her, seit er zum letztenmal geschäftlich in Florida zu tun gehabt hatte, und auch wenn die Temperatur um die dreißig Grad geschwankt hatte, als er Chicago verließ, war sie harmlos im Vergleich mit der kochenden schwülen Hitze hier unten. Glücklicherweise würde sein Aufenthalt nur kurz sein: drei Tage höchstens, möglicherweise nicht länger als bis übermorgen, wenn die Dinge liefen wie geplant. Und es war seine Absicht, dafür zu sorgen, daß sie es taten.

Dementsprechend, nach der erfrischenden Dusche, setzte er sich ans Telefon, legte den Notizzettel aus der Brieftasche vor sich auf den Tisch und erledigte das erste einer Reihe von Telefongesprächen.

»Ja?« erklang die knappe Antwort mit nur der Spur einer fragenden Betonung am Ende der geknurrten Silbe.

»Wer spricht?«

»Wer fragt?« lautete die Antwort, hart, in einem nicht zum Spaßen aufgelegten Ton.

»Gunter Dietz.«

Ein Moment leere Luft. Dann die Stimme, plötzlich unterwürfig, fast speichelleckerisch, sie füllte den Moment sozusagen mit: »Oh... Hier ist Sigurd, Mr. Dietz, Sigurd Stumpley... Erinnern Sie sich noch an mich aus dem Hilton, oben in Arlington?... Ich hatte nicht erwartet, daß Sie es sind... ich dachte, es wäre vielleicht mein Onkel Eugene... Sehen Sie, ich wollte gerade seine Nummer wählen, ihm Bescheid sagen, was hier... nun ja, Sie wissen schon, einen Bericht durchgeben... Percy...«

Dietz ließ es weiterplätschern, auslaufen. Schließlich war es soweit. »Jetzt kannst du mir direkt Bericht erstatten«, sagte er kühl. Abgesehen von Eugene hatte er seine Pläne niemandem offenbart, daher war er für diesen Blindgänger zweitausend Meilen weit weg. Anstatt ein Stockwerk tiefer. Darauf käme er noch zum geeigneten Zeitpunkt zurück. Timing, das Tempo bestimmen – in diesem Gewerbe war es gleichbedeutend mit Erfolg, damit behielt man die Kontrolle.

»Klar doch, Mr. Dietz. Mal sehen, was kann ich Ihnen erzählen? Es sieht so aus, als hätten sie die Absicht –«

»Ist jemand in der Nähe namens, äh, Frog?« unterbrach Dietz ihn, während er wieder seinen Notizzettel zu Rate zog.

»Ja, stimmt, richtig. Der ist da.«

»Hol ihn her.«

Dietz konnte Fetzen einer hektischen Unterhaltung hören, offenbar und nicht vollständig von einer Hand gedämpft, die die Sprechmuschel bedeckte. Dann hörte er: »Hier ist Frog.«

»Und hier spricht Ihr Auftraggeber«, sagte er.

»Schön. Was kann ich für Sie tun?«

Dietz gefiel die Einstellung, die er aus der Stimme heraushörte. Kein bißchen kriecherisch, überhaupt nicht. Ein sehr günstiges Zeichen. Vielleicht wurde wenigstens etwas in dieser Angelegenheit ordentlich erledigt. »Sie können damit anfangen«, sagte er, »indem Sie mir den augenblicklichen Stand der, äh, Dinge mitteilen.«

»Es gibt nicht viel zu erzählen. Während des Wochenendes ist nichts passiert, und gestern abend ging der Spieler zum selben Ort wie vorher schon mal. Eine Reihe Wagen stand dort, deshalb vermute ich, daß wieder eine Pokerpartie im Gange war.«

»Was wissen Sie über diese Partie?«

»Nichts. Ich komme da nicht heran. Aber es scheint wirklich

nur um Karten zu gehen. Keine anderweitigen Vergnügungen wie Frauen oder so. Nicht wie beim letzten Mal.«

»Demnach ein ernsthaftes Spiel?«

»Wie ich sagte, genau weiß ich es nicht.«

»Wie lange dauerte die Partie?«

»Fast die ganze Nacht. Der Spieler fuhr um acht Uhr hin und blieb bis etwa vier heute morgen.«

»Und der Jude? Was ist mit dem?«

»Nichts. Der Jude verhält sich still.«

»Wer hat ihn im Auge?«

»Ich hab den Verwalter angeheuert, von der Adresse, wo sie sich verkrochen haben.«

»Das sind die Tropicaire Apartments, oder?« Vorher, als das Taxi vor dem Hotel vorgefahren war, hatte Dietz im Eingang gestanden und zu den vier Bungalows auf der anderen Straßenseite hinübergeschaut. Und der auffällige rosa Seville, der vor einem parkte, der gehörte natürlich dem Itzig. Demnach war es genauso, wie Eugene es ihm beschrieben hatte. Keine Überraschungen, und so hatte er es immer am liebsten.

»Ja, das ist es.«

»Auf der anderen Straßenseite?«

Eine Pause entstand. Und dann drang die Stimme wieder durch die Leitung, zurückhaltend jetzt, wachsam. »Auch das stimmt.«

»Und was meinen Sie, woher ich das weiß, Frog?«

»Jemand hat Sie informiert?«

»Raten Sie noch mal.«

»Sie sind hier? In Florida?«

»Sogar noch näher dran«, sagte Dietz. »Ich befinde mich im Stockwerk unter Ihnen.« Er wartete einen Moment, ließ diese Offenbarung einwirken, dann fügte er hinzu: »Von jetzt an lenke ich die Aktion. Persönlich. Ist das klar?«

»Sie sind der Auftraggeber.«

Nun klang die Stimme gleichmütig. Er lernte schnell, dieser Frog. Auch das ein gutes Zeichen. »Der bin ich«, sagte Dietz. »Und ich will, daß Sie jetzt dort bleiben, wo Sie sind. Behalten Sie die beiden da drüben im Auge. Ich melde mich, na, sagen wir, in einer halben Stunde wieder bei Ihnen. Vielleicht auch eher. Verstanden?«

»Alles klar.«

Dietz legte den Hörer zurück und nahm eine kurze Auszeit, um im Kopf die Teile des Puzzles zusammenzufügen. Eine Strategie zu entwickeln. Es war ziemlich heikel, sich so weit vorzuwagen. Riskant. Eugene hatte völlig recht. Dennoch spürte er eine innere Erregung, eine nervöse Gespanntheit. Ein gutes Gefühl. Es gibt nichts Besseres als ein bißchen hautnahe Action, um die trägen Säfte wieder in Schwung zu bringen. Durch alles mögliche von allem isoliert, Schicht um Schicht, hatte er seit Jahren nicht mehr in eine solche drastische Wiedergutmachungsaktion, die sich hier abzeichnete, selbst eingegriffen. Jahre? – Eher schon Jahrzehnte. Sogar ein Schreibtischstratege, ein Mann im Hintergrund, einer, der die Fäden zog, mußte sich gelegentlich mal die Finger schmutzig machen. Aber vorsichtig, sagte er sich, und aus sicherer Entfernung, und mit äußerster Wachsamkeit und Vorsicht.

Nachdem er seinen Vorwärtsdrang (seine Erregung – wenn man das Kind bei seinem richtigen Namen nannte) derart gedämpft und unter Kontrolle gebracht hatte, tätigte er seinen nächsten Anruf. Er hörte ein weiteres knappes »Ja?« als Begrüßung, träge und mißgelaunt. Besonders geschliffene Umgangsformen beim Telefonieren schien es in diesem Gewerbe nicht zu geben.

»Ich möchte Mr. Ep-stein sprechen, wenn es möglich ist.«

»Sie tun es bereits. Wer ist da?«

»Gunter Dietz.« Es war für Dietz schon spaßig zu erleben, wie allein die Nennung seines Namens ein verblüfftes Schweigen auslöste. Sehr befriedigend. »Sie erinnern sich an mich«, füllte er die sich ausdehnende Pause. »Will ich mal annehmen.«

»O ja, ich weiß Bescheid.«

»Dann wissen Sie sicherlich auch, weshalb ich anrufe. Das heißt, wenn Sie und Ihr, äh, Kompagnon in jüngster Zeit mal auf den Kalender geschaut haben.« Dietz sprach langsam, artikulierte seine Worte sorgfältig, holte aus ihnen sämtliche Nuancen an Drohung und tiefster Verachtung heraus. Er hatte schon fast vergessen, wie sehr er diese Situation genoß, dieses Knüpfen, Umlegen und Zuziehen der Henkerschlinge.

»Hören Sie, Mr. Dietz, ich kann Ihnen schon mitteilen, daß wir – wie haben Sie es genannt? – worüber wir in Chicago gesprochen haben?«

»Den Aufschlag.«

»Genau den meine ich. Jedenfalls wir haben fast alles zusammen. Die ganze Summe.«

»Das ist ja glänzend, Mr. Ep-stein. Hervorragend. Vor allem in Anbetracht der Tatsache, daß die Zahlungsfrist in etwa sechsunddreißig Stunden abläuft.«

»Ja ja, ich weiß, bis dahin haben wir den kompletten Betrag. Vielleicht sogar schon etwas eher. Wenn Sie wollen, kann ich Sie morgen deswegen anrufen.«

»Das sind ja erfreuliche Neuigkeiten, Mr. Epstein. Sehen Sie, es ist tatsächlich so, wie ich es Ihnen sagte. Nichts ist unmöglich. Wenn man seine Prioritäten in die Reihe kriegt. Stimmt's?«

»Prioritäten. Ja, stimmt. Also, haben Sie eine Nummer, unter der ich Sie erreichen kann?«

»Nummer«, wiederholte Dietz, als müßte er sich die Bedeutung dieses Wortes klarmachen. »Nein, ich glaube nicht. Ich denke, es ist besser, wenn ich mich bei Ihnen melde. Sagen wir, morgen um die gleiche Zeit. Dann können Sie mir mitteilen, wie der Stand ist, und wir besprechen die Einzelheiten der Übergabe. Ist das annehmbar, Mr. Ep-stein?«

»Das wäre wirklich prima.«

»Schön. Wir sprechen uns. Bis bald.«

Dietz' drittes Telefongespräch fand in einem knappen, geschäftsmäßigen Telegrammstil statt. Ohne langes Herumgerede, ohne nebulösen Unfug und in jenem knappen Jargon ihres Gewerbes, der ihm, wie er zu seiner Befriedigung bemerkte, nach und nach wieder geläufig wurde wie der Text eines Liedes, das einem nach Jahren wieder einfällt und einen an seine verflossene Jugend erinnert.

»Frog?« fragte er.

»Am Apparat.«

»Okay. Hab eben mit dem Itzig gesprochen. Morgen steigt die Sache. Dann wird abgeschlossen.«

»Mir recht. Und bis dahin?«

»An beiden rund um die Uhr dranbleiben. Sie an dem Spieler. Ihr Partner – wie heißt er noch?«

»Sigurd.«

»Er an dem Jidd.«

»Wie soll es morgen laufen? Soll ich was Spezielles machen? Wenn Sie wollen, laß ich mir was einfallen.«

Was Spezielles. Dafür, daß die beiden Burschen ihm soviel Verdruß bereitet hatten. Der Gedanke gefiel ihm. »Kommt drauf an«, sagte er. »Ich melde mich noch. Bis dahin dranbleiben. Machen Sie Druck. Die beiden dürfen ruhig merken, daß Sie da sind.«

»Meinen Sie, die wollen doch noch die Fliege machen?«

»In ihren Träumen vielleicht. Aber soweit lassen wir es nicht kommen. Oder?«

»Keinesfalls.«

»Gut. Ich bin in Hundertacht. Falls was läuft während der nächsten vierundzwanzig Stunden, rufen Sie mich an.«

Dietz' letzter Anruf an diesem Nachmittag galt dem Zimmerservice. Er bestellte einen leichten Imbiss und, nachdem er das Für und Wider abgewogen hatte, einen Gin Tonic. Der würde ihm guttun, entschied er. Er verlangte speziell Bombay Gin. Kein Bombay. Beefeater, er könne Beefeater haben. Das hätte er sich denken können, wenn er den heruntergekommenen Schuppen betrachtete, in dem er hatte absteigen müssen. Aber das gehörte natürlich dazu, das ließ sich bei solchen Aktionen nicht umgehen. Man kann nicht alles haben. Daher sagte er mit einem schicksalsergebenen Seufzer: »Okay, dann eben Beefeater.«

Waverlys Gesicht war im Kopfkissen vergraben. Er hob den Kopf gerade hoch genug, um zu murmeln: »Wer war das?«

»Schlaf weiter. Du mußt morgen ausgeruht sein.«

Waverly drehte sich auf der Luftmatratze um. Mit den Handballen massierte er seine tränenden Augen und konnte seine Umgebung vage erkennen. Er verspürte eine benommene Taubheit wie nach einem von bizarren Träumen heimgesuchten Schlaf, obgleich die Bilder und der rote Handlungsfaden – falls es so etwas überhaupt gegeben hatte – dieser Träume vollkommen aus seinem Bewußtsein verschwunden waren. Aber sie konnten eigentlich nicht bizarrer als die verschwommene Vision gewesen sein, die sich ihm nun darbot, dieses allmähliche Zusammenwachsen der Einzelheiten dieses Raums: das Gesicht von Bennie Epstein, besorgt, bleich, beinahe völlig blutleer, das über der Eßbar hing; ein Käfer, der über den Fußboden krabbelte wie ein winziges Panzerfahrzeug auf Erkundungsfahrt, hungrig, suchend, vernichtend, verschlingend; der Rauchtisch mit einer Flasche und einem Glas an einem Ende und daneben eine dicke Zigarre in einem konventionellen Aschenbecher, deren Rauch sich im schwachen Sog des langsam rotierenden Deckenventilators emporkräuselte; und auf der Tischplatte ein Haufen grüner Backsteine, stapelweise mit Banderolen versehene Dollarscheine.

»Na komm schon, Bennie«, sagte er. »Wer hat angerufen? Caroline Crown?«

Träume. Wie war das noch mit den fließenden Grenzen des Träumens? Nach vier Tagen Stille begann er sich allmählich zu fragen, ob sie nicht mehr war als nur ein flüchtiges Bild aus einem seiner bizarren und nicht faßbaren Träume.

Bennie kam um die Eßbar herum und ließ sich hinter dem Rauchtisch auf die Couch fallen. Er nahm die Zigarre hoch und steckte sie sich wieder in den Mund und fuhr mit einer ausholenden Geste über das Geld. »Hast du eine Ahnung, wieviel du gestern abend nach Hause gebracht hast? Weißt du das?«

»Ich habe gerade eine Frage gestellt, Bennie.«

»Vierhundertdreißig Riesen. So viel. Mehr als du jemals in deinem ganzen Leben auf einmal gewonnen hast.«

»Zieh den Anteil für unseren Teilhaber ab, dann sieht es nicht mehr so riesig aus.«

»Für mich schon. Wenn wir deinem Freund seinen Anteil geben, dann brauchen wir nur noch fünfunddreißig, um zu Hause zu sein. Fünfunddreißig Riesen. Eigentlich eine sichere Sache.«

Waverly richtete sich halb auf, stützte sich auf einen Ellbogen und fixierte seinen Partner mit einem bohrenden Blick. »Wer hat angerufen?« fragte er erneut.

»Dietz. Das war Dietz.«

»Dietz«, wiederholte Waverly.

»Deshalb habe ich dir die Zahlen genannt. Damit du nicht vergißt, wo dein Kopf ist. Sein sollte.«

»Was wollte er?«

»Was er wollte?« fragte Bennie schrill. Seine Hände ruderten wieder durch die Luft, vollführten emphatische Gesten. Schweißtropfen glänzten auf seinem fast kahlen Schädel. »Mein Gott. Geld, das will er. Was dachtest du denn?«

»Hast du ihm gesagt, daß wir fast alles zusammen haben?«

»Hör mal, Typen wie Dietz interessieren sich nicht für halbe Sachen. Die wollen alles. Er kommt selbst, um zu kassieren.«

»Was meinst du? Er ist hier? In Florida?«

»Ob hier oder in Chicago, das ist scheißegal. Irgend jemand wird morgen hier sein und die Hand aufhalten – Dietz, jemand anderer, egal wer – und egal, was wir ihm geben, es sollte lieber der richtige Betrag sein. Oder wir sind Hundefutter, Timothy. Mausetot.«

»Das sind wir wahrscheinlich sowieso. Auch wenn die Summe stimmt. Das weißt du, Bennie. Das ist dir längst klar.«

Natürlich wußte er es. Sie führten schon lange genug dieses Leben, sie beide, um seine Ordnung, seine tödlichen Regeln zu kennen. Er wußte es. Und Waverly auch.

Bennie hielt einen der grünen Backsteine hoch, eine visuelle Hilfe. »Schaff mir nur noch einen von dieser Sorte heran, fünfunddreißig, und ich regle alles. Damit komme ich schon klar.«

»Bist du dir ganz sicher?«

»Natürlich.«

»Na schön, in Ordnung, die Scheine kann ich dir erst heute abend bringen«, sagte Waverly. »Wenn überhaupt.«

»Das ist es aber nicht, was ich hören möchte, Timothy. Gestern abend hast du sensationell abgeräumt. Und das kannst du wieder schaffen.«

Diese Art der Unterhaltung brachte keine Antworten hervor. Sie drehte sich ständig im Kreis. Waverly streifte das Laken ab und stand steifbeinig auf. »Ich glaube, wir müssen einfach abwarten und sehen, was kommt, nicht wahr«, sagte er.

Bennie wedelte mit den Geldscheinen. »Ach, geh aufs Klo, rasier dich, dusch dich. Mach schon, Dickschädel. Ich koche Kaffee.«

Eine halbe Stunde später saß Waverly an der Bar und trank Kaffee, so heiß wie glühende Lava. Starken, bitteren Kaffee. Seine Luftmatratze war zusammengelegt und im Schrank verstaut, eine einsame Konzession an die Ordnung in einem ansonsten hoffnungslos unaufgeräumten Zimmer. Der Käfer war auf dem Fußboden weitergewandert und untersuchte die Fußleiste an einer Wand. Drüben auf der Couch starrte Bennie stumm auf den Geldhaufen oder auch auf gar nichts, es war nicht genau zu erkennen. Der Rauch seiner Zigarre hing unter der Decke.

Das Telefon klingelte. Diesmal nahm Waverly ab. Seine Antworten waren einsilbig und bestanden vorwiegend aus Bekräftigungen: »Ja... ja... kann ich machen... Wann?... ja.«

Als das Gespräch beendet war, drehte er sich um und sah seinen Partner an, der müde sagte: »Das war die Braut, nicht wahr?«

»Stimmt.«

»Und du triffst dich mit ihr.«

»Stimmt ebenfalls.«

»Dieses Scheißleben ist schon rätselhaft.«

Waverly sagte nichts dazu. Er war nicht in der Stimmung, sich jetzt mit den zahllosen Geheimnissen des Lebens auseinanderzusetzen.

»Dieser Dietz«, schimpfte D'Marco, »was hat der denn hier unten zu suchen?«

»Keine Ahnung. Nachsehen, was ihm für sein Geld geboten wird. Mein Onkel meint, er sei geiziger als ein Schotte.«

»Ich mag es nicht, wenn mir jemand über die Schulter guckt. Ich muß in Ruhe arbeiten können.«

»Vielleicht will er selbst ein bißchen mitmischen.«

»Wenn ja, warum hat er mich dann überhaupt angeheuert?«

Sigurd zuckte die Achseln. »Das weiß ich auch nicht, Mann.«

»Also, mir paßt das nicht.«

»Was willst du denn dagegen tun, hey? Er ist die große Nummer, Dietz. Wenn du die Power hast, dann bestimmst du auch die Action. Percy.«

»Perscheiß«, knurrte D'Marco.

Sigurd sagte nichts. Seit Sonntag, seit D'Marco (er reagierte nicht mehr auf Jake) die Weiber rausgeworfen hatte (was, angesichts der Tatsache von Dietz' Erscheinen trotz allem als Glücksfall zu werten war), war er so verbissen wie eine Nonne, deren Tage zwei Wochen überfällig waren. Ein echtes Arschloch. Nicht so schlimm wie vor der Ohrenschnitzerei in dem Pissoir unten an der Straße, doch immer noch ganz schön sauer. So als ginge er sich zur Abwechslung mal selbst auf den Wecker anstatt allen anderen Leuten. Daher dachte Sigurd, daß es wohl besser wäre, den Mund zu halten. Im Augenblick sowieso. Wenn sie diesen Job erledigt hatten, ergab sich vielleicht noch einmal die Gelegenheit für ein bißchen Bettaction, ehe er wieder nach Hause mußte. Diese Rhode Island, die machte einen schönen Ständer aus deinem alten Rundauge. Und Maylene – woweee! –, den Schwanz gab es gar nicht, der bei ihr auf Grund laufen könnte.

Aber das war ein Thema für morgen abend oder auch übermorgen, falls es überhaupt noch mal dazu kommen sollte. Im Augenblick saßen sie auf der Terrasse vor ihrem Zimmer, schmorten in der Nachmittagshitze, blinzelten, trotz blauer Sonnenbrille, in eine lodernde Sonne, die den ganzen westlichen Himmel weiß bleichte, schwitzten aus allen Poren (zumindest er; D'Marco wirkte total cool; sauer, aber cool) und beobachteten die Bleibe ihrer Objekte, wie es ihnen befohlen worden war. Natürlich war dort überhaupt nichts im Gange. Genausogut könnten sie auch auf einem Friedhof Wache stehen (was sie, wenn man es genau bedachte, ja auch taten, denn es gab schließlich zwei Arten von Toten: die, die schon in der Erde lagen, und die anderen, die noch darauf herumliefen, wie zum Beispiel diese beiden Dummficker auf der anderen Straßenseite).

D'Marco reckte den Hals, unterbrach diese Betrachtungen und wollte wissen: »Wie sieht es aus?«

Und Sigurd, der ihn mißverstand, beugte sich in seinem Liegestuhl vor, schaute auf den Tropicaire Bungalow hinunter und fragte: »Was? Ich sehe nichts.«

»Ich meine doch meinen Hals, du Schwachkopf.«

Obwohl die weinrote Strieme allmählich etwas verblaßte, sah sie noch immer ziemlich frisch und wund aus, so als hätte er sich einen Schlag mit der Bullenpeitsche eingefangen. Durchaus möglich, daß er am Ende mit einem ewigen Knutschfleck herumlief, doch Sigurd sagte ihm das lieber nicht, sondern er äußerte das Gegenteil von dem, was er dachte. »Es sieht schon ganz gut aus. Du brauchst dir wegen einer Narbe keine Sorgen zu machen.«

D'Marco strich mit einem Finger über den violetten Streifen, betastete ihn behutsam. »Glaubst du wirklich?«

»Na klar. Er ist ja kaum noch zu sehen.«

»Eins merke ich aber«, murmelte D'Marco finster, »diese gottverdammte Sonne hilft kein bißchen.«

Das war genau die Eröffnung, auf die Sigurd gewartet hatte. So wie er es sah, war es völlig sinnlos, daß sie hier draußen schmorten, sich von der Sonne braten ließen, während einen auf der anderen Seite der Schiebetür eine Klimaanlage erwartete. Und außerdem mußte er noch diese lästige Sache erledigen. Die schob er nun schon fast eine ganze Woche vor sich her, aber es mußte getan werden, ehe die Dinge hier unten in Bewegung gerieten. Doch mittlerweile kannte er seinen Partner gut genug, um auf Umwegen, sozusagen durch die Hintertür, auf sein Anliegen zu sprechen zu kommen. »Das kann doch auch gar nichts bringen«, pflichtete er ihm bei, wartete einen Moment und machte dann weiter. »Weißt du, vielleicht sollten wir uns teilen. Uns wechselweise ausruhen.«

»Wir haben hier einen Job«, erinnerte D'Marco ihn finster, aber nicht sehr überzeugt, so als kämen ihm selbst gelinde Zweifel.

»Scheiße, Mann. Bei diesem Job sind ein Paar Augen genauso gut wie zwei.«

D'Marco reagierte nicht sofort darauf. Sein vorsichtiger Finger strich weiterhin über die Hautabschürfung an seinem Hals. Sigurd wartete. Es war nur noch eine Frage der Zeit. Schließlich sagte D'Marco: »Diese Idee mit der Pause. Laß mich mal raten, du möchtest zuerst reingehen, stimmt's?«

»Nee. Umgekehrt. Sieh zu, daß du mit deinem Hals aus der Sonne kommst. Ehe wir dich wegen Verbrennungen ins Krankenhaus bringen müssen.« Sigurd ließ ihn darüber nachdenken, aber nicht lange. »Ich muß nur mal kurz telefonieren«, sagte er hastig und so undeutlich, daß er kaum zu verstehen war. »Ich brauche drei, vier Minuten, mehr nicht.«

D'Marco verengte die Augen hinter den blauen Brillengläsern. »Anrufen?« grollte er mürrisch. »Wen anrufen? Hier kommen keine Mösen mehr rein.«

»Nee, keine Mösen. Ich muß mit zu Hause telefonieren.«

Der drohende, gewohnheitsmäßig finstere Gesichtsausdruck entspannte sich etwas zu einem spöttischen Grinsen. »Mußt dich wohl wieder bei Mammi melden, nicht wahr?«

»Na schön, ja«, verteidigte Sigurd sich. »Sie macht sich Sorgen.« Und mit leichtem Trotz in der Stimme fügte er hinzu: »Was dagegen?«

»Dann ruf verdammt noch mal an. Und beeil dich.«

Zwei Stunden draußen auf dem Grill, und die kalte Luft im Zimmer erwischte einen wie ein Schlag zwischen die Augen und haute einen fast um. Sigurd, kurzfristig benommen, ließ seinen Wanst auf ein Bett fallen, bis er sicher sein konnte, daß er nicht ohnmächtig oder ihm schlecht wurde, und dann tippte er Moms Nummer auf dem Tastentelefon und hörte nach etwa zehn Rufzeichen (wahrscheinlich hatte sie wieder eine ihrer verdammten Fernsehshows mit voller Lautstärke laufen) eine Reaktion, die klang wie ein Papagei, der das Wort »Ja« krächzte.

»Mom, ich bin's, hey. Sigurd.«

»Sigurd? Sig, bist du's? Wo warst du? Warum hast du nicht angerufen? Du hättest dich melden müssen. Ich hab mir Sorgen gemacht.«

In dem Papageienkreischen schwang Freude und das Leid der von ihrem eigenen Fleisch und Blut Vernachlässigten mit. So war es nun mal, wie er ihm gerade draußen erklärt hatte, diesem D'Marco: Wenn man jemanden hatte, eine Mom zum Beispiel, dann hatte man auch eine gewisse Verantwortung. Für sie. Sigurd sagte (und in seiner Sprache und seiner Betonung lag ein neuer Klang, der schwadronierende Ton des Kampferprobten, eine angenehme Folge der Reifeprüfung in der Nacht mit dem Itaker): »Laß mal, es gibt nichts, weshalb du dir Sorgen machen mußt. Ich hatte nur eine Menge zu tun. Der Job, weißt du?«

»Wo bist du gerade, Sig?«

Wo? Verdammt dämliche Frage. Aber er sagte geduldig: »In Florida, Mom. Immer noch in Florida.«

»Wann kommst du nach Hause?«

»Kann ich noch nicht genau sagen«, antwortete der müde, abgekämpfte Krieger. »Lange dauert es aber nicht mehr. In zwei Tagen vielleicht.«

Und dann fing Mom wie immer an: Ißt du anständig? Bekommst du genug Schlaf? Paßt du gut auf dich auf? Du mußt dich schonen, Sigurd... Er lauschte, ohne bewußt zuzuhören, antwortete automatisch (»Ja... sicher... tue ich... In Ordnung.«) in den gelegentlichen Sprechpausen auf der anderen Seite, wenn Mom Luft holte in ihrer Demonstration mütterlicher Fürsorge. Was er am liebsten getan hätte, war, ihr zu erzählen, daß Dietz tatsächlich hier unten war, Dietz persönlich, und daß er gerade mit ihm geredet und ihn sozusagen über die Lage ins Bild gesetzt hatte, nun ja, mehr oder weniger. Aber dann dachte er sich, daß das vielleicht doch keine so gute Idee war, weil sie Onkel Eugene davon erzählen konnte und er sich dann sofort einschaltete und seine patentverdächtige Arschtrittnummer abzog. Sigurd kämpfte noch mit diesen widerstreitenden Impulsen, als, gerade in diesem Moment, D'Marco durch die Schiebetür stürmte und bellte: »Der Spieler macht sich auf die Socken«, und ihm auf dem Weg zur Tür die Schlüssel des LX zuwarf. »Paß auf den Juden auf, bleib ihm auf den Fersen, falls er versuchen sollte abzuhauen«, und Sigurd sagte ins Telefon: »Ich muß jetzt los, Mom.«

»Aber wir haben doch kaum geredet«, jammerte Mom.

Sigurd umklammerte die Schlüssel, ein weiteres äußeres Zeichen für sein beschleunigtes Erwachsenwerden, ein weiterer Meilenstein, und sagte: »Hier kommt gerade etwas dazwischen. Es gibt Arbeit.«

»Sigurd, paß auf dich auf, mein Sohn. Hörst du?«

»Keine Sorge, Mom«, sagte er fest.

Das Collonades Hotel war ein riesiger, ausgedehnter Komplex – tatsächlich drei Hotels in einem: das Collonades North und South, verbunden mit dem mittleren Teil durch ein verwirrendes Labyrinth von Wegen und Durchgängen und Gruppen von Bungalows, die wie ein Bindegewebe zwischen den drei mehrstöckigen Gebäuden eingefügt waren. Und bei eingehender Betrachtung schien das Hotel kurz vor dem endgültigen Einsturz, dem totalen Zusammenbruch zu stehen, ein Horrorschloß aus Glas und Beton, im Begriff zu implodieren, sich in Staub zurückzuverwandeln, dem Sand anzupassen. Völlig zu verschwinden, nur vom Wind beklagt.

Als er im Eingang zum Haupttrakt stand, hatte Waverly ausreichend Zeit für solche melancholischen Ausflüge seiner Phantasie und auch für andere Gedanken. In zwanzig Minuten (hatte sie etwas atemlos gesagt) treffe ich dich gegenüber deinem Apartment, vor dem verlassenen Hotel, ich hab seinen Namen vergessen, in zwanzig Minuten. Das war jetzt gut eine Stunde her, vielleicht auch länger.

Und so wartete er, suchte unter dem Vordach Schutz vor der unbarmherzigen Sonne, eine Wand aus Weißgold am wolkenlosen

Himmel. Und schließlich kam der Jaguar die Ocean Avenue herunter und bog in die Hotelzufahrt ein. Sie näherte sich, lächelte spröde, schwankte kaum sichtbar, elegant gekleidet in einer rosafarbenen Chiffonbluse, tief ausgeschnitten, und einem schwarzen Seidenrock mit breitem Gürtel. Ihre hohen Absätze klapperten auf dem rauhen Asphalt. Der Sonnenschein hob die Konturen ihres Gesichts hervor. Die Augen waren hinter bronzefarbenen Brillengläsern verborgen. Eine Dame mit Stil und Eleganz, eindeutig Palm Beach-Klasse, die zu dem Stelldichein gekommen war und den Duft eines teuren Parfüms und die Spur eines Hauchs von Gin mitbrachte.

»Schon wieder zu spät«, sagte sie und hob in einer hilflosen Geste die Hände.

»Schon gut«, sagte Waverly ohne viel Überzeugungskraft.

»Würde es etwas nützen, wenn ich sage, es tut mir leid?«

»Es ist schon gut, Caroline«, wiederholte er.

»Da ist gerade eine Party, ein Empfang. Für den Prinzen. Im Venezianischen Salon im Breakers, sonst nichts. Alle Investoren mit ihren Ehefrauen waren dort. Sind es zum Teil noch.«

»Das klingt richtig festlich.«

»Sei nicht böse, Tim. Bitte.«

»Ich bin nicht böse. Vielleicht ein bißchen verwirrt über das, was geschieht. Oder nicht geschieht.«

Sie schenkte ihm einen verkniffenen, angespannten Blick, einen Blick, ernst und voller Zweifel. Dann griff sie nach seinem Arm und sagte: »Gehen wir ein Stück.«

Waverly wies mit dem Daumen auf ihren Wagen. »Die Cops verpassen dir ein Protokoll, wenn sie vorbeikommen. Die Zufahrt ist gesperrt.«

»Das soll Jock regeln«, sagte sie mit einem Achselzucken.

Sie schlenderten über den Weg, der am Gebäude entlangführte. Am südlichen Ende gelangten sie zu einem gepflasterten Weg, gesäumt von Läden und Boutiquen, alle dunkel und verrammelt. Der Weg führte durch das Hotel auf einen grasbewachsenen, unkrautüberwucherten hinteren Hof. Ein schmiedeeisernes Tor versperrte den Zugang. Ein Schild am Bogen über dem Tor identifizierte die Promenade als Rue de Paris. Caroline blieb für einen Moment stehen und betrachtete es. Sie begann leise zu kichern.

»Erinnerst du dich noch an unsere Wortspiele damals? Als wir noch jung waren?«

Waverly sah sie verständnislos an.

»Rue de Paris, Rue de Kaputt? So ähnlich?«

Er erinnerte sich an den Weg zurück über den Abgrund der Jahre und sagte: »Rue de Triste.«

»Rue de Plaisir.«

»Rue de Kismet«, sagte er, und ihr Gesicht verdüsterte sich, und ihr Kichern verstummte.

»Gehen wir weiter«, sagte sie und, immer noch seinen Arm festhaltend, zog sie ihn mit sich.

Sie gingen sehr langsam, als wollten sie sich vor der verzehrenden Hitze schützen. Der Weg führte sie an einem Bungalow vorbei, an dem die Farbe abblätterte, und dann zur Fassade des Collonades South. Gelegentlich, wenn sie darum bat, blieben sie stehen, um durch die schmutzigen Fenster zu schauen. Hier und da wurde das Licht von draußen durch einen Wandspiegel oder einen Kronleuchter reflektiert. Einige Gänge waren vollgestopft mit Sesseln, Lampen, auseinandermontierten Betten, Matratzen, sonstigem Gerümpel; andere waren vollkommen leer.

Bei einer dieser Pausen sagte sie verträumt: »Ein gespenstischer Ort. Wenn man ihn aus der Nähe sieht.«

»So war es aber nicht immer. Zu seiner Zeit war das hier eine Attraktion. Das Juwel von Singer Island.«

Sie schien ihn nicht zu hören. »So viele Geister darin.« Sie seufzte, als ob sie um sie trauere.

Waverly sah sie fragend an. So viele Geister, ja, und so viele menschliche Botschaften, die gesendet und empfangen und entschlüsselt und interpretiert werden mußten. Er wußte nicht, wie diese Botschaft hier lautete, aber er konnte es sich denken. Er entschied, daß er lieber abwartete, wenigstens noch eine kleine Weile.

Sie gingen weiter. Der Weg mündete auf einen weitläufigen Parkplatz, so leer und kahl wie ein Stück Mondlandschaft; ein weiterer überdachter Gang führte an der südlichen Gebäudefront des Hotels vorbei und nach hinten und von dort zu einem amöbenförmigen Swimmingpool und weiter zum Strand. Sie bogen um die Ecke und gingen in diese Richtung. Am Ende des Weges befand sich eine Treppe, versperrt von Maschendraht, offenbar um unbefugte Eindringlinge abzuhalten, allerdings ohne viel Erfolg, wie der ramponierte Zustand vermuten ließ.

»Glaubst du, daß dort drin Leute wohnen?« fragte Caroline und wies auf den niedergetrampelten Drahtzaun.

»Das ist möglich.«

»Aber wer? Wer würde sich dort hineinwagen?«

»Landstreicher, Drogensüchtige, Straßentypen. Wer weiß?«

»Aber es ist so... unheimlich.«

»Man kann dort schlafen, und es kostet nichts.«

In genau diesem Moment wehte ein heißer Windhauch vom Meer und blähte ihren Rock auf. Sie strich ihn züchtig glatt und sagte, begleitet von einem perlenden Lachen: »Ich glaube, es sind wirklich Geister hier, Phantome der Vergangenheit.«

Schließlich verlor Waverly doch die Geduld. »Bist du deshalb hergekommen, Caroline? Um dich über diese Ruine von einem Hotel zu unterhalten?«

»Nein, das war es nicht.«

»Was dann?«

Ein Gefühlssturm huschte über ihr Gesicht, und sie wandte sich ab, entzog sich seinem Blick. »Robbie sagt, das Geschäft – sein Projekt – ist praktisch unter Dach und Fach. Abgeschlossen, wie er es ausdrückt.«

»Tatsächlich. Schön für ihn.«

»Er ist sehr froh darüber. Fast schon manisch.«

Manisch war er allerdings. Kein Wunder. Waverly sagte: »Ich nehme an, daß du mittlerweile weißt, daß er das Foto gefunden hat.«

»O ja. Ich war die erste, die es erfuhr.«

»Und daß er mit mir darüber gesprochen hat?«

»Das auch.«

»Und? Wie denkst du darüber?«

»Wie ich darüber denke«, wiederholte sie und blickte auf den verlassenen Parkplatz, als fände sie dort eine Antwort. Und nach einem kurzen Zögern sagte sie: »Es ist alles so verwickelt. Er bittet mich, zu bleiben, die Familie nicht auseinanderzureißen. Er verspricht mir, sich zu ändern.«

»Und du glaubst ihm?«

»Nein, nein, nein, ich glaube ihm nicht.« Ihre Hände zeichneten flatternde Kreise in die schwere, drückende Luft. »Ich weiß es besser. Aber es ist nicht leicht für mich, Tim. Verstehst du denn nicht? Er ist eigentlich ein schwacher Mensch hinter all dieser polternden, prahlerischen Fassade. So furchtbar unsicher.«

»Und bösartig«, sagte Waverly ruhig. »Nach deiner eigenen Aussage.«

»Bösartig und gemein, ja, und egoistisch und grausam und rachsüchtig – all das und noch mehr. Aber in einem hat er recht: wir haben eine gemeinsame Vergangenheit, auch wenn sie nicht besonders schön ist.«

»Und was willst du mir jetzt damit andeuten?«

»Ich weiß es nicht. Vielleicht nur, daß man am Ende seiner eigenen Vergangenheit nicht entfliehen kann.«

Schon wieder die Vergangenheit. Der Wurm am Kern jedes Traums ist immer die Vergangenheit. Wer sollte das besser wissen als er, der sich gegen jede Vernunft so oft in jenes Schattenland der Erinnerung und des Schmerzes vorgewagt hatte. So viele Male. Die Botschaft, die er zu hören geglaubt hatte, als sie durch eine Glasscheibe auf jene geisterhaften Überbleibsel, diese Zerstörung geblickt hatten, war nun klar genug. Und dennoch, indem er sie ansah, ihre gepeinigte, matte Schönheit betrachtete, indem er durch sie durchsah und dahinter das lebhafte, inspirierte Mädchen erkannte, an das er sich erinnerte, den Menschen, der sie mal gewesen war, wurde er wieder einmal verführt von jener trügerischen Fiktion einer Hoffnung, und gegen sein besseres Wissen hörte er sich sagen: »Am Freitag, auf dem Schiff, da hast du gesagt, du würdest mit mir kommen. Ich muß dich jetzt fragen, ob sich daran etwas geändert hat.«

»Ich weiß nicht.«

»Du mußt dich entscheiden, Caroline. Bis morgen abend kommt eine Menge auf mich zu, und es entscheidet sich alles. So oder so mußt du eine Entscheidung treffen. Diesmal kannst du nicht auf Zeit spielen.«

Sie schlug die Hände vors Gesicht, und durch ihre gespreizten Finger und mit klagender, tränenerstickter Stimme sagte sie: »Ich *kann* mich nicht entscheiden.«

Waverly spürte, wie sich eine große Leere in ihm ausbreitete. »Ich glaube, das heißt, daß du es bereits getan hast«, sagte er.

Ein Durcheinander von Empfindungen schien die lastende und gemessene Stille auszufüllen, die zwischen ihnen entstand. Und dann, wie auf eine geheime Vereinbarung hin, gingen sie zurück, schweigend, weil es nichts mehr zu sagen gab, und eine seltsame niedergeschlagene Harmonie prägte die Stille. Am Wagen, ungeachtet seiner Warnung ohne Strafzettel, wandte sie sich um und betrachtete ihn durch die bronzefarbenen Brillengläser mit einem letzten, hoffnungsleeren Blick. »Timothy Waverly«, sagte sie, und obwohl die Tränen längst versiegt waren, brach ihre Stimme unter einem verunglückten Lächeln.

»Caroline Vanzoren.«

»Was für eine glückliche Koinzidenz, dich hier wiederzusehen, nach allem, was passiert ist, nach so vielen Jahren.«

»Koinzidenzen sind die Späße des Schicksals. Hat jemand mal gesagt. Oder so was Ähnliches.«

»Vielleicht liegen davon noch welche vor uns. Von den Koinzidenzen.«

»Schon möglich.«

»Leb wohl, Tim.«

Waverly schaute dem Jaguar nach, bis er am Ende der Straße verschwand. Die Leere in ihm wurde intensiver, breitete sich noch weiter aus. Wenn es doch jemanden gäbe, der ihm die Geographie des Herzens, seine verborgenen Landschaften, seine rätselhafte Zeichensprache erklären könnte. Aber keine Karte, keine Antworten boten sich ihm dar. Doch rechts von ihm, nicht mehr als dreißig Meter die Straße hinauf, befand sich ein drohender Vertreter jener anderen Seite seines Lebens: der Mietkiller, der am Ende seines eigenen Schattens in einem Strahl kristallenen Sonnenlichts stand, die Arme vor seiner mächtigen Brust verschränkt, die Lippen zu einem abfälligen Grinsen verzogen und langsam den Kopf schüttelnd, hin und her.

Bennie ging völlig unsystematisch vor und stopfte in einer theatralischen Demonstration von Ärger Kleider in eine Reisetasche auf dem Fußboden. Er blickte auf, als Waverly durch die Tür hereinkam, und murmelte: »Schnapp dir deine Sachen. Wir müssen ausziehen.«

»Ausziehen? Was ist denn los?«

»Heute ist doch dieser verdammte Termitentag.«

»Termitentag?«

»Ja, ihre große Beerdigung. Schon vergessen?«

Waverly stieß einen Seufzer aus. »Ach ja, die Begasungsaktion. Hab ich nicht mehr dran gedacht.«

»Da bist du nicht der einzige. Du warst weg. Oh Boy kommt vorbei und sagt, daß sie gleich morgen früh anfangen, deshalb müßten wir schon heute abend raus. Ein gutes Timing, was? Als hätten wir nicht schon genug Ärger.«

Damit hatte er absolut recht. Zu all den Schwierigkeiten, dem Durcheinander, in dem sie bis zum Hals drinsteckten, mußte ausgerechnet auch noch diese lästige Sache hinzukommen. Waverly fragte: »Wo bringt er uns denn unter?«

»In der Hundehütte hinten.«

»Müssen wir alles mitnehmen?«

»O' Kacker meint nein, aber wer traut schon einem Iren. Er sagt, daß das Gas, das sie gegen das Ungeziefer reinpumpen, der Wäsche nichts anhaben kann. Nur dir. Es erstickt dich ein bißchen. Macht dich ein bißchen tot.«

Waverly seufzte wieder. »Und was nimmst du mit, Bennie? Mehr will ich gar nicht wissen.«

»Soviel, daß ich damit zwei Tage auskomme. Das solltest du auch tun.«

»Die Kohle? Hast du sie?«

Bennie bedachte ihn mit einem vernichtenden Blick. Mit seinem Schuh stieß er gegen ein kleines Paket neben der Reisetasche. »Gut, daß einer von uns seinen Verstand noch halbwegs beisammen hat.«

Waverly überging diese Bemerkung. Er war nicht in der Stimmung für solche Geplänkel. Und außerdem hatte er eigentlich nichts anderes verdient, so wie die Dinge sich entwickelt hatten.

Bennie bückte sich, zog die Reißverschlüsse der Reisetasche zu, wuchtete sie hoch und schleppte sie keuchend und schnaufend durch das Zimmer. »Ich geh schon mal rüber. Vergiß nicht, hier abzuschließen, ja?« Die Tür fiel hinter ihm zu.

Waverly stand mitten im Zimmer und überlegte, was er brauchte, aber seine Gedanken irrten ab, zerstreuten sich. Caroline, Robbie, Bennie, die Bewacher, die bevorstehende Pokerpartie (weniger als drei Stunden blieben ihm noch, um sich innerlich darauf vorzubereiten, sich zu konzentrieren), die Geldübergabe übermorgen – zuviel ging ihm durch den Kopf, zu viel. Er fühlte sich leblos, niedergeschlagen, beinahe schon benommen. Er ließ seinen Blick durch das Zimmer wandern. Konzentrier dich. Ein, zwei Garnituren frische Kleidung würde er brauchen, sein Rasierzeug, das müßte reichen. Er suchte alles zusammen. Die Luftmatratze – vergiß nur nicht die Luftmatratze. Er holte sie aus dem Schrank. Und die Tür, denk an die Tür. Er schloß sie hinter sich ab und steckte den Schlüssel in die Tasche.

Abgesehen von den fehlenden betenden Blechhänden an der Wand war dieses Apartment mit dem identisch, das er gerade verlassen hatte. Ein bißchen phantasielos, die Tropicaire-Verwaltung. Bennie saß auf der Couch, beugte sich über die Geldscheinstapel, zählte sie erneut, als wolle er sich vergewissern, daß während des Umzugs keins verschwunden war. Waverly legte seine Sachen in den Schrank, ließ sich in den La-Z-Boy fallen und stellte ihn in Ruhelage. »Weckst du mich in einer Stunde?« sagte er. Bennie knurrte etwas, das nach Zustimmung klang.

Waverlys Augen fielen zu, und er schlief, aber unruhig. Bizarre, zusammenhanglose Bilder suchten ihn heim – ein ganzes Käferbataillon auf dem Marsch; eine barfüßige Nymphe in einem durchsichtigen Seidenschleier, die über eine mit blauem Schnee bedeckte Wiese tanzte; ein elegantes französisches Restaurant, besetzt ausschließlich mit handverlesenen Gästen, jeder von ihnen ohne Kopf; Gebäude, die zusammenbrachen und in Flammen gehüllt waren – all das brandete gegen die Bastionen seines Schlafs, wühlte seine Träume auf, rüttelte ihn wieder wach. Nach einer Weile gab er es auf, erhob sich aus dem Sessel und zog Hose, Sakko und Krawatte an, seine Arbeitskleidung. Er setzte sich an die Eßbar, rauchte eine Zigarette und wartete.

Bennie gab ihm Anweisungen. »Sobald wir über den Berg sind – wir brauchen nicht mehr als fünfunddreißig Riesen, vergiß das nicht – steh sofort auf und hol dir das Geld. Teile mit deinem Freund, und dann sieh zu, daß du verschwindest. Der Rest ist sein Problem. Es interessiert einen Scheiß, was die Typen von dir denken. Die können uns mal. Schließlich ist es unser Arsch, der auf dem Hackklotz liegt.«

Und noch mehr in dieser Art. Waverly setzte eine interessierte Miene auf, achtete aber überhaupt nicht auf das, was sein Partner sagte.

Kurz nach sieben sagte Bennie: »Es wird Zeit. Bist du bereit?«

»Bereit.«

»Bist du mit der Braut klar? Oder muß ich mir Sorgen machen?«

»Es sieht so aus, als wäre alles klar«, sagte Waverly. »Was meinst du mit klar?«

»Was man allgemein darunter versteht.«

Gleichzeitig standen sie auf. Bennie begleitete ihn zum Wagen. Als sie sich voneinander verabschiedeten, verzog Bennie seine fettgepolsterten Gesichtszüge zu einem schiefen Grinsen und sagte mit heiserer, kehliger Stimme: »Na los, hol dir deinen Anteil, Timothy. Zeig's diesen Burschen. Spiel sie schwindlig. Wenn es jemand schaffen kann, dann du.«

Wenn es jemanden gab, der am wenigsten für solche Aktionen geeignet war, dann bin ich das, dachte Waverly. Aber er sagte: »Ich gebe mir Mühe.«

»Tu das, und du hast sie in der Tasche.«

»Bis später, Bennie.«

Etwa eine Dreiviertelstunde später bat Jack seine Gäste ins Spielzimmer und kündigte in der Art eines Zeremonienmeisters an: »Meine Herren, spielen wir eine Runde Poker.«

Und etwa acht Stunden danach, diesmal mit etwas gedämpfterer Stimme und nicht ganz so feierlich, verkündete er: »Ich denke, das wär's für heute.«

Der Araber war der große Gewinner mit Bulldog dicht dahinter. B. B. hatte verloren, aber nicht viel. Es waren Jock und Waverly, die es erwischt hatte, die total ausgenommen worden waren, und zwar beide.

Jock versuchte ein Lächeln, erschöpft und mit einem Anflug von Gehässigkeit. »Da gehen Ihnen wohl die Augen über, nicht wahr, Mr. Waverly?« fragte er unschuldig.

Waverly starrte seine zusammengeschrumpften Chipsstapel mit einem Ausdruck gelähmter Ehrfurcht an. Der gesamte Gewinn des vorhergehenden Abends war weg und ein beträchtlicher Teil des Kapitals ebenfalls. Etwa um die dreihundertfünfzigtausend

Dollar und ein paar Gequetschte. Alles in Luft aufgelöst. »Das könnte man sagen«, sagte er.

23

»Weißt du, was jemand erfinden müßte«, sagte Sigurd, der gerade seinen ersten Chili-dog verzehrt und bereits von seinem zweiten den Mund voll hatte, »eine richtig dicke Semmel, breit und groß genug, damit man zwei Würstchen reinstecken kann. So ähnlich wie ein doppelter Cheeseburger, nur daß die Dogs nebeneinander liegen anstatt aufeinander. Das Ding könnte man dann Double Dog nennen. Wie findest du das?«

Was D'Marco dachte, war, vielleicht, aber nur vielleicht, wenn er keinen Laut von sich gab, wenn er nichts darauf erwiderte, dann würde dieses geistlose Geschwätz von selbst aufhören, verschwinden wie Seifenblasen in der Luft. Stille trat ein, nicht lang, aber lang genug, um seine Hoffnung zu nähren. Er hatte sich geirrt.

Sigurd verzehrte den letzten Happen von seinem einfallslosen einzelnen Chili-dog, spülte ihn mit einem großen Schluck Diätcola hinunter, rülpste zufrieden, zündete sich eine Zigarette an und kam wieder auf seine kreativen Überlegungen zurück. Und das laut.

»Ich weiß auch, wie sie dafür werben könnten – im Fernsehen, meine ich –, nämlich man zeigt einen Typen an seinem Schreibtisch, wo er mit irgendwelchen Papieren herumhantiert, so wie die normalen Leute das immer tun. Auf der Uhr hinter ihm an der Wand sieht man, daß es kurz vor Mittag ist. Alles ist ganz still, man hört keinen Laut. Plötzlich kommt eine Serie schneller Bilder« – er schnippte mehrmals hintereinander schnell mit den Fingern – »die über den Bildschirm zucken – du weißt schon, wie die das immer machen, klar? –, so als zeigten sie seine Gedanken. Du kannst mir folgen?«

Mit Schweigen schien er nicht weiterzukommen. »Ja, ich glaube, ich kann dir folgen«, sagte D'Marco und blickte starr geradeaus.

»Okay. Also bei diesen schnellen Bildern sieht man auch zwei Hunde ganz weit weg – richtige Hunde, meine ich – wie man sie auf der Rennbahn sehen kann, hab vergessen, wie sie heißen.«

»Greyhounds«, sagte D'Marco und verscheuchte mit der Hand den Zigarettenrauch, der in der feuchten Luft auf ihn zutrieb. »Du meinst Greyhounds.«

»Richtig, das sind sie. Jedenfalls die rennen durch die Gegend, diese Greyhounds. Die Kamera geht hin und her zwischen ihnen und dem Typen am Schreibtisch. Und allmählich kommt ihm eine Idee, das kann man in seiner dämlichen Bürohengstvisage sehen. Dazu hört man plötzlich Musik, erst ganz leise, und sie wird immer lauter, je näher die Hunde kommen. Die Musik geht« – Sigurd lieferte sogar die Melodie –« da da dit, da da dit, da da *dit dit dit*. Kennst du bestimmt, es ist die Lone Ranger-Melodie, ja?«

»Was du da zu singen versuchst ist die Ouvertüre von Wilhelm Tell«, sagte D'Marco. Seltsamerweise erinnerte er sich daran, und nur an diese eine Melodie, aus einem Musikkursus, an dem er vor Jahren in der Highschool teilgenommen hatte.

»Ja, sicher, ist auch egal.« Sigurd hatte mittlerweile beide Hände erhoben. Die eine verkörperte die heranjagenden Greyhounds, die andere den Büromenschen; und während seine Vision sich dem Höhepunkt näherte, wurde seine Stimme immer lauter. »Die Köter rasen wie verrückt, als hätten sie Raketen im Arsch, und der Typ am Schreibtisch kann nicht mehr arbeiten, er hat diese Idee, die ihm keine Ruhe läßt, hin und her geht die Kamera, hin und her, und dann *peng*!« – der Ausruf wurde durch ein heftiges Händeklatschen unterstrichen – »springt er aus seinem Sessel, rennt zur Tür, die Treppe runter und auf die Straße, fast so schnell wie die Hunde, vielleicht sogar noch schneller, bis er zu diesem Imbißstand kommt, und dann hört die Musik, die inzwischen so laut geworden ist, daß einem fast das Trommelfell platzt, plötzlich auf, es ist totenstill, und der Typ geht zu dem Mann am Stand und sagt: ›Einen *Double Dog*, bitte!‹ Und in der letzten Kameraeinstellung sieht man ihn, wie er in so ein Ding reinbeißt und dabei grinst, als würden ihm gerade die Eier gekrault. Ach ja, vielleicht bückt er sich sogar und streichelt die beiden richtigen Hunde, die auf einmal auch da aufgetaucht sind, quasi aus dem Nichts.« Von der Begeisterung über seine Idee getrieben, war er bis an die Kante seines

Liegestuhls vorgerutscht. Abschließend sagte er erwartungsvoll: »Das ist doch eine tolle Idee, was? Ich glaub, damit läßt sich 'ne Menge Kohle machen.«

Jetzt, endlich, sah D'Marco ihn an und dachte, daß er in vierundzwanzig Stunden, vielleicht sogar in weniger, diesem Quatschkopf nie mehr würde zuhören müssen, für den Rest seines Lebens. Und obwohl er dankbar war – soweit ihm der Begriff Dankbarkeit überhaupt vertraut war – noch am Leben zu sein, mußte er sich über die Götter wundern, die, von allen Leuten auf der Welt oder zumindest allen Leuten in diesem Gewerbe, und das waren, wenn man es recht betrachtete, ganz schön viel – jedenfalls von all denen ausgerechnet diesen hier, Mr. Double Dog, aussuchen mußten, ihm das Leben zu retten. Seltsam, wie das Schicksal manchmal spielte. Vielleicht war es ein Test, eine Prüfung. Um seinen Charakter zu festigen. »O ja«, sagte er gedehnt, »das ist wirklich eine sensationelle Idee, das mit den Double Dogs.«

Sie hatten wieder ihren Posten auf der Terrasse bezogen und schmorten erneut in der feuchten Mittagshitze. Auch das eine Prüfung. Der Morgen war grau und neblig gewesen, die Sonne hatte matt und wie ein orangefarbener Fleck am Himmel gehangen. Auf der anderen Straßenseite legte eine Gruppe Arbeiter, so eifrig und lebhaft wie das Ungeziefer, gegen das sie einen aussichtslosen Kampf führten, letzte Hand an den Tropicaire Bungalow. Auf dem Dach hefteten zwei von ihnen die letzten Teile der Kunststoffplane zusammen, die den Bungalow einhüllte. Unten befestigte einer ein Warnschild mit der Aufschrift LEBENSGEFAHR! an der Konstruktion. Ein vierter hievte einen Behälter vom Lastwagen und schaffte ihn zu einer Öffnung in dem Kunststoffzelt, die sich genau vor der Bungalowtür befand. Der Lastwagen selbst trug die Aufschrift TERMINEX MAN, was Sigurd überaus spaßig fand. »Terminex Man«, johlte er, »so sollten sie uns nennen.«

Sogar D'Marco fand das lustig. »Das wäre nicht schlecht«, sagte er.

»Das sieht wirklich seltsam aus«, meinte Sigurd, während der Bungalow Stück für Stück unter der grauen Plane verschwand. »Das sieht aus wie ein verdammtes Zirkuszelt, nur ist das Programm nicht besonders lustig.«

»Das liegt daran, daß die Clowns in der anderen Bude weiter hinten hocken.«

»Na ja, heute abend haben sie sowieso ihren letzten Auftritt.«

»Auch damit hast du nicht unrecht.«

Eine Idee, inspiriert durch das Begasungszelt, nahm in D'Marcos Kopf Gestalt an, doch ehe sie sich richtig entwickeln konnte, klingelte das Telefon hinter der Schiebetür. »Ich gehe ran«, sagte er, und im Zimmer meldete er sich mit »Ja?«.

»Gunter Dietz«, lautete die Antwort in einem erschöpften, silbenstechenden Tonfall.

»Was kann ich für Sie tun?«

»Sie können mir erst einmal verraten, was da drüben im Gange ist.«

»Begasen«, sagte D'Marco mit einem Anflug von Besserwisserei in der Stimme. »Man nennt das Begasen.«

Eine Pause trat ein, und dann drang die Stimme wieder durch die Leitung, kalt wie Polareis. »Was zum Teufel ist das, Begasen? Wo sind die Kerle? Was läuft da unten? Ich will Antworten, Frog. Keine Klugscheißereien. Antworten.«

D'Marco dachte, daß er besser mitspielen sollte. Schließlich war das immerhin der Typ, der für alles zahlte. Er sagte: »Mit dem Begasen töten sie das Ungeziefer. Kein Grund zur Sorge. Unsere Vögel sitzen in dem hinteren Bungalow. Wir haben sie im Auge.«

»Was war gestern abend?«

»Das gleiche wie vorher. Der Spieler ist zu dem Bungalow rausgefahren und kam gegen vier Uhr morgens zurück. Ich bin ständig an ihm dran. Der Jude blieb zu Hause und hat gepennt. Keiner von ihnen hat heute die Nase rausgestreckt.«

Da das Treffen mit der Schnalle gestern nachmittag nichts Besonderes erbracht hatte, verzichtete D'Marco darauf, es zu erwähnen. Warum sollte er die Dinge noch komplizierter machen? Falls sie blöde genug war, heute abend die beiden wandelnden Leichen zu begleiten, dann würde es sie genauso erwischen wie sie. Pech, Lady. Dann hast du auch verloren.

»Wie lautet ihre neue Telefonnummer da drüben?« wollte Dietz wissen.

D'Marco nannte ihm die Nummer, die das hilfsbereite Wiesel von Verwalter ihm durchgegeben hatte.

»Na schön. Ich werd ihnen mal, äh, ein bißchen Feuer machen. Sie bleiben am Telefon. Ich melde mich in fünf Minuten.«

Es war fast zehn Minuten später, als D'Marco den Hörer beim ersten Klingeln abnahm und, nachdem er sich an die Reaktion seines Auftraggebers erinnerte, einfach sagte: »Frog.«

»Dietz.«

»Und? Was war?«

»Sie wollen Zeit schinden«, sagte Dietz, und nun war seine Stimme klirrendes Eis, voll verhaltener Wut.

Für D'Marco, der es leid war und bereit, sofort zuzuschlagen, waren das keine erfreulichen Neuigkeiten. »Sie schinden Zeit?« sagte er. »Wieso?«

»Sie wollen einen Aufschub.«

»Wie lange?«

»Bis morgen.«

D'Marco atmete erleichtert auf. »Das ist kein Problem, aus meiner Sicht. Mitternacht, morgen, das läuft aufs selbe raus.«

»Sie scheinen nicht zu begreifen, Frog. Sie haben vor, mich auszutricksen. Es lag in der Stimme des Juden. Ich höre so was.«

»Und was meinen Sie?«

»Ich verrate Ihnen, was ich meine – nein, streichen Sie das –, was wir tun. Der Spieler wird heute wieder rausfahren zum Pokern. Sie hängen sich an ihn. Ihr Partner – wie heißt er noch?«

»Sigurd.«

»Er bewacht den Juden. Genauso wie bisher. Aber nur bis Mitternacht.«

»Und was geschieht dann?«

»Um Mitternacht geht er über die Straße und schnappt sich unseren hebräischen Freund.«

»Schnappen«, wiederholte D'Marco. »Sie meinen, er serviert ihn ab.«

»Nein, noch nicht. Dieser Sigurd paßt auf ihn auf, bis der Spieler wieder zurück ist. Und dann sind Sie dran, greifen ihn sich und bringen die beiden her.«

»Auf Ihr Zimmer? Sie wollen sie auf Ihrem Zimmer haben?«

»Richtig. Auf Hundertacht. Und außerdem, Frog, vergessen Sie nicht, alles Geld mitzubringen, das Sie bei ihnen finden.«

»Hören Sie mal«, schnappte D'Marco, »ich klaue nicht. Wenn

Sie das meinen, dann suchen Sie sich besser einen anderen für die Dreckarbeit.«

»Es sollte nur eine Warnung sein.«

»Ach ja, ich verstehe. Sonst noch was?«

»Ja, eins noch. Gestern haben Sie von etwas Speziellem geredet, so haben Sie sich wohl ausgedrückt. Ist Ihnen dazu etwas eingefallen?«

»Ja, ich hab da einige Ideen. Vor allem eine ganz bestimmte reizt mich.«

»Und die wäre?«

»Ich denke an diese Begasungsaktion da drüben. Das Zeug, das sie verwenden, kann ihrer Gesundheit abträglich sein. Es soll einen erst mal lähmen, ehe es einen totmacht. Nicht gerade die angenehmste Art abzutreten.«

Für eine Weile herrschte Stille, und dann sagte Dietz sehr ruhig und sehr bedächtig: »Das geht in Ordnung. Aber ich möchte sie vorher noch ein bißchen winseln hören. Die beiden sollen nicht so leicht davonkommen. Es soll ihnen richtig wehtun, Frog. Ehe es vorbei ist.«

D'Marco, der an all die Werkzeuge und Instrumente in seinem Gerätekoffer dachte, an die Lötlampe und den Eispickel und die Zangen und die anderen Utensilien, die zu seinem Tätigkeitsfeld gehörten, sagte: »Auch das können wir leicht arrangieren.«

Während D'Marco und Dietz sich den Aktionsplan für den Abend zurechtlegten, ihn auf mögliche Mängel abklopften, ihn verfeinerten, wurden im Tropicaire Bungalow auf der anderen Straßenseite ebenfalls Überlegungen angestellt, zwar nicht so zielgerichtet, aber nicht weniger intensiv. »Es muß ein Betrüger am Tisch gesessen haben«, erklärte Bennie und beendete einen langen, klagenden und für seine Verhältnisse ungewöhnlich profanen Monolog. Dabei klang seine Stimme heiser vor Beklemmung und Angst.

»Sieh den Tatsachen ins Gesicht«, sagte Waverly, »die Karten waren gegen mich. So etwas kann vorkommen.«

»Unmöglich! Unmöglich, daß ein Spieler wie du derart fertiggemacht werden kann, ohne daß daran gedreht wird. Geh noch mal alles durch. Irgendwo muß ein Punkt sein, der nicht ins Bild paßt. Ein Muster, irgendwas.«

»Warum? Was soll das bringen? Wir haben doch schon alles durchgehechelt.«

»Tu mir den Gefallen, ja?«

Waverly, ausgelaugt, todmüde, lag auf der Couch. Er beobachtete Bennie, der aufgeregt auf und ab ging, während seine Hände in der Luft herumfuhren, die Adern an seinem Hals dick hervortraten, gefährlich pulsierten, und eine dicke Rauchwolke von der Zigarre in seinem Mund aufstieg. Viel lieber hätte er sich in den erschöpften Schlaf zurückgeflüchtet, der wenige Augenblicke vorher von dem klingelnden Telefon gestört worden war. Also kein Schlaf. »Na schön«, sagte er, »das Ganze noch einmal von vorne.« Er deckte die Augen mit den Händen zu, und während er, so gut es seine verschwommene Erinnerung vermochte, das Auf und Ab des Spiels vom vergangenen Abend rekonstruierte, entdeckte er, zu seiner Verwunderung, die Andeutung eines Musters, wie Bennie es suchte. Ganz vage und kaum überzeugend, aber ein mögliches System. Denn die Monsterpötte, das dicke Geld, lag immer dann auf dem Tisch, wenn der Araber gab, und er erinnerte sich jetzt auch, daß es immer der Araber war – kühl, selbstsicher, unanfällig für jeden Bluff –, der sie einsackte. Aber der Araber? Unmöglich.

Nichtsdestoweniger, mitten in seiner Zusammenfassung, unterbrach Bennie ihn und sagte: »Er ist es. Er muß es sein.«

»Aber warum? Für ihn ist das ein Taschengeld. Er ist kein Robbie Crown.«

»Falschspielen hat nichts mit dem Bankkonto zu tun. Falschspielen liegt einem im Blut. Ein Betrüger macht es niemals wegen des Geldes. Es ist der Reiz der Gefahr, auf den er scharf ist, der ihn high macht. Glaub mir, Timothy, da kenne ich mich aus.«

Waverly überlegte einige Sekunden. »Na schön«, sagte er, immer noch skeptisch, »angenommen, an der Sache ist etwas dran – was ich stark bezweifle –, wie macht er es?«

»Wie? Du warst dabei, du müßtest es mir erklären können. Was war mit den Karten? Ist dir irgend etwas daran aufgefallen? Unregelmäßigkeiten auf den Rückseiten? Aufgerauhte Kanten? Irgendwelche anderen Markierungen?«

»Die Spiele kamen von Appelgate. Und er hat außerdem ebenfalls verloren.«

»Vielleicht hat er den mechanischen Griff, teilt zwischendurch von unten aus. Hast du darauf mal geachtet?«

»Ich kenne diesen Griff. Er hat ihn nicht.«

»Und wie sieht es aus mit einem Partner? Jemand, der ihm irgendwelche Signale gibt?«

»Sieh mal«, sagte Waverly, dessen Geduldsfaden allmählich zu reißen drohte, »das sind brave Bürger. Arschlöcher durch und durch, aber brave Bürger. Jeder hat genug Geld. Sie spielen zum Zeitvertreib. In solchen Kreisen gibt es einfach keine Falschspieler.«

»Was habe ich dir gerade über Betrüger erzählt? Paß auf. Wenn es nicht das Spiel ist und auch nicht seine Hände und wenn es keinen Partner gibt, dann muß es irgend etwas Technisches sein. Eine andere Möglichkeit gibt es nicht.«

»Vielleicht eine besonders ausgedehnte Glückssträhne?«

Bennie unterbrach seine Wanderung. Er legte den Kopf etwas schief, und der Blick, den er seinem Partner zuwarf, war ein Blick, der sich zusammensetzte aus Verwunderung und unendlichem Mitleid. »Ja. Sicher. Glück.«

Waverly zuckte die Achseln. »Glaub, was du willst«, sagte er. »Aber wenn er betrügt, dann ist er für mich zu raffiniert. So oder so, was bedeutet das schon für uns?«

»Was das für uns bedeutet? Das fragst du tatsächlich? Damit landen wir dort, wo uns die Würmer fressen, Timothy. Wenn wir morgen nicht diesen verdammten Aufschlag auf den Tisch legen können. Das war es nämlich, was Dietz gerade am Telefon sagte.«

»Also was schlägst du vor?«

»Ich schlage vor, du schaffst heute abend das Geld ran.«

»Einfach so? Indem ich einmal mit dem Zauberstab winke, und schon habe ich eine Viertelmillion in der Tasche?«

»Du kannst es schaffen. Am Montag wärst du fast soweit. Wenn der Wüstensohn gibt, dann steig aus, opfere deinen Einsatz und mach ihn bei den anderen Spielen fertig.«

»Und wenn das nicht klappt? Wenn die Karten nicht entsprechend verteilt sind?«

Bennie ging zum Fenster und schaute hinaus auf den mit der Kunststoffplane umhüllten Bungalow auf der anderen Hofseite. Er hatte die Hände auf dem Rücken verschränkt. Eine nachdenkliche Pose, meditierend. Schließlich sagte er: »Du könntest dafür sorgen, daß sie richtig verteilt sind. Du weißt, wie man ein Spiel zusammensteckt, wie man auch mal von unten austeilt. Dreh das Spiel einfach um, schlag den Kerl mit seinen eigenen Waffen, wie immer die aussehen mögen.«

»Ich bitte dich, Bennie«, sagte Waverly und sprach zu seinem Rücken. »Das kann ich nicht.«

»Kannst du oder willst du nicht?«

»Ich kann es nicht. Sie würden es sofort merken. Sie sind zwar Amateure, aber dumm sind sie nicht.«

Bennie wandte sich nicht um. Für einen Moment schwieg er, und als er weiterredete, lag in seiner Stimme ein neuer Unterton, ein Flehen. »Ich glaube, ich dringe nicht richtig zu dir durch, Timothy. Mit Dietz läßt sich nicht verhandeln. Entweder wir zahlen morgen früh, oder wir können uns begraben lassen, buchstäblich, verstehst du, was ich da sage?«

»Ich verstehe. Und ich sage dir, wie es am Spieltisch läuft.«

Bennies runde Schultern sackten noch tiefer. »Na schön, was nicht geht, geht nicht«, sagte er trübsinnig. »Deshalb sollten wir uns lieber einen anderen Plan überlegen. Du kannst ja schon mal anfangen. Ich brauche jetzt was zu trinken.« Er durchquerte das Zimmer, sank auf einen Hocker an der Eßbar, streifte die Asche seiner ausgegangenen Zigarre in einer Untertasse ab und schenkte sich Bourbon in ein Glas. »Du auch?«

»Das ist das letzte, was ich jetzt brauche.«

Er nahm einen tiefen Schluck und starrte in sein Glas. Zweifelnd legte seine Stirn sich in Falten. Schließlich sagte er: »Okay, paß auf, wir machen folgendes. Du ziehst los und spielst bis zur Pause um Mitternacht. Dann rufst du mich an und gibst mir durch, wo du stehst. Wenn es relativ gut aussieht, dann schaffe ich es vielleicht, mit Dietz etwas auszuhandeln.«

»Wie gut ist relativ gut?«

»Zweihundert. Nicht weniger.«

»Und wenn ich das nicht schaffe?«

Bennies Antwort kam schnell, professionell, und man hörte ihm die Erfahrung mit solchen Situationen an. »Dann verschwindest du sofort. Ich kenne diese Wochenendhütten. Wenn der Killer vorne wartet, dann laß den Wagen stehen, hau durch die Hintertür ab, schleich dich zum Hotel, ruf ein Taxi, fahr zum Flughafen und mach die Fliege. Vergiß nicht, etwas Taschengeld mitzunehmen. Das wirst du brauchen, wenn du überhaupt so weit kommst.«

»Was ist mit dir? Sie sind doch längst hinter uns beiden her.«

»Ich glaube, ich versuche das gleiche. Vielleicht kann ich O'Boyle irgendwie einspannen, daß er mir bei der Tarnung hilft. Mir fällt sicher etwas ein. Ich gebe dir die Nummer eines Kerls in Miami. Er ist okay. Wenn du es bis dorthin schaffst –«

»Betonung auf wenn«, warf Waverly ein.

»Ja, also, wenn du es schaffst, dann ruf ihn an. Aber warte damit erst mal zwei Monate. Es ist besser, wenn keiner von uns weiß, wo der andere ist, für den Fall, daß einer von uns verfolgt wird.«

Waverly schüttelte langsam den Kopf. »Ist das dein Plan?«

»Der beste, der mir auf die Schnelle einfiel. Wenn man so tief in der Kacke sitzt, ist jeder sich selbst der nächste. Du bist doch ein Jacktown-Absolvent. Du weißt doch, wie der Hase läuft.«

»Ich weiß.«

Bennie machte sein Glas leer, hielt die Flasche hoch. »Bist du ganz sicher, daß du keinen haben willst?«

Waverly kam herüber und setzte sich zu ihm an die Bar. »Einen«, sagte er. »Auf die alten Zeiten.«

Bennie schenkte ein. »Vielleicht gehen wir ganz neuen Zeiten entgegen«, sagte er und sah seinen Partner beschwörend an. »Man weiß ja nie. Vielleicht lächeln dir die Götter heute abend zu.«

Götter, die lächeln. Für B. Epstein und nur für ihn war das eine Hoffnung, die er niemals verlor. »Es sind schon verrücktere Dinge passiert«, sagte Waverly.

Sie stießen mit den Gläsern an.

Bennies Blick wurde leer, und er schien plötzlich in sich selbst zu schauen. Seine Gesichtszüge erschlafften. »Weißt du«, sagte er wehmütig, »im nächsten Monat erreiche ich die Sechs mit der großen Null. Dann bin ich sechzig Jahre jung. Mach dir nichts vor, Junge, mit sechzig fängt das Leben erst an.«

Waverly fühlte sich gut. Es war widersinnig; wenn man alles zusammenzählte, dann ergab es überhaupt keinen Sinn. Da war er nun, in der Gewalt von Mächten, die völlig außerhalb seiner Kontrolle waren. Er brauchte sie sich nur mal anzusehen: vor ihm eine letzte Pokerpartie, die ihn rettete oder nicht; hinter ihm, den Rückspiegel ausfüllend und jegliche Fassade von Heimlichkeit und Raffinesse hinter sich lassend, der schwarze Mustang, in dem sein eigener Todesbote saß; ein Fluchtplan, so dürftig (aufstehen und abhauen, darauf lief es hinaus, dreh dich nicht um und hoffe auf dein Glück), daß er in seiner Unwirklichkeit einem Zeichentrickfilm aus dem Samstagskinderprogramm entsprach – der unschuldige, unsterbliche Roadrunner, da kommt er wieder, beep, beep!, und weg ist er, nicht gebunden an die Gesetze von Natur und Physik und auf wunderbare Weise immer noch lebendig und unversehrt; und Caroline Crown, vergiß Caroline nicht, aufgetaucht aus dem Nichts, der Vergangenheit, um für einen winzigen Moment in sein Leben zu treten mit einer trügerischen Hoffnung, und sicherlich längst wieder verschwunden. All diese verlogenen, wenig greifbaren Mächte. Dennoch, trotzdem und jeglicher Vernunft spottend, fühlte er sich gut, wie er so auf dem Ocean Boulevard nach Norden fuhr. Er fühlte sich sogar besser als gut, wie vom Glück begünstigt, so als hätte die Wirklichkeit jegliche Bedeutung für ihn verloren, als gäbe es für ihn Dinge wie Niederlagen und Katastrophen und grenzenloses Leid nicht mehr. Timothy Waverly, Roadrunner: mein Geist ist wach, mein Auge scharf, mein Fuß windschnell. Das rauschgleiche Delirium der Unbesiegbarkeit. Bennies Götter, die auf ihn herablächelten.

Auf dem PGA Boulevard fuhr er nach Westen in den dunstigen violetten Schimmer des Sonnenuntergangs. Und gleichzeitig in die Niederungen einer brutalen Wirklichkeit, nämlich auf eine Schlange abendlichen Autoverkehrs zu, die vor ihm von einer Zugbrücke aufgehalten wurde, zwei Betonrippen Straße, die rechts und links vom Intracoastal Waterway aufragten, während ein Frachtkahn im Zeitlupentempo vorbeituckerte. Fünf Minuten lang, vielleicht auch etwas länger, wartete er. Diese unwillkommene Störung seines inneren Friedens zerrte an seinen Nerven. Er trommelte ungeduldig auf das Lenkrad, rauchte eine Zigarette. Schließlich senkte die Brücke sich wieder, die Schranken gingen hoch, und der Verkehrsstrom schob sich vorwärts und beschleunigte behutsam seine Fahrt. Er sah auf die Uhr. Zehn vor acht. Er würde es rechtzeitig schaffen, würde sogar etwas zu früh kommen. Jetzt nur nicht aufregen.

Nur folgte die nächste Störung in Gestalt von Robbie Crown, der vor dem Bungalow auf ihn wartete, ihn wütend musterte, als er sich auf der Straße näherte und hinter dem Rolls-Royce Corniche des Arabers parkte. Sie gingen sich auf dem Bürgersteig entgegen. Robbie rannte fast, packte seinen Arm und steuerte ihn zum Wagen zurück und murmelte leicht außer Atem: »Mein Gott, wo bleibst du denn? Wir müssen miteinander reden.«

Waverly machte seinen Arm los. »Worüber?«

»Worüber?« sprudelte Robbie hervor. »Über gestern abend. Was schiefgelaufen ist. Was du dagegen tun willst. Darüber.«

Sein Gesicht leuchtete puterrot, und jeden Moment schien ihm der kalte Schweiß auszubrechen. Die Hände fuhren durch die Luft. Er erinnerte ihn an B. Epstein, dachte Waverly, aber dann ließ er diesen Gedanken schnell wieder fallen; denn abgesehen von ihrer gemeinsamen Erregung und der offensichtlichen Panik, waren diese beiden Gelegenheitsfreunde, oder genauer, die Symbole der beiden gegensätzlichen Hälften seines seltsamen Lebens, sich in nichts ähnlich. »Ich habe verloren«, sagte er einfach, und er gab sich keine Mühe, die Verachtung in seiner Stimme zu kaschieren. »Du warst doch dabei. Du mußt es gesehen haben.«

»Verloren«, sagte Robbie und revanchierte sich ebenfalls mit Verachtung. »Das war eher ein Untergang. Ein Totalabsturz.«

»Beim Kartenspiel gibt es keine Garantien. Das wußtest du von Anfang an.«

»Ich wußte nicht, daß du alles vermasseln würdest. Angeblich bist du doch der Profi.«

»Paß mal auf, ich habe jetzt keine Lust, mir irgendwelche Kritik oder Vorwürfe anzuhören. Gestern abend war gestern abend.«

»Na schön, und was wird heute? Was hast du vor?«

»Ich werde reingehen und versuchen, mir mein Geld zurückzuholen, das habe ich vor. Was anderes *gibt* es nicht.«

Waverly hingen diese Unterhaltungen allmählich zum Hals raus. Jeder war ein Stratege, jeder war ganz wild darauf, ihm Ratschläge zu erteilen. Sollten sie doch selbst spielen. Er wollte weitergehen zur Tür, aber Robbie trat ihm in den Weg. »Moment mal. Du und ich, wir sind noch nicht fertig miteinander.«

Waverly musterte ihn mit zusammengekniffenen Augen. »Was willst du sonst noch? Außer Geld.«

Robbie wich nicht zur Seite. »Nicht Care, falls du die meinst. Die Sache ist bereits geregelt.«

»Bist du dir ganz sicher?«

»Ich denke schon.«

»Dann haben wir wohl nichts mehr miteinander zu schaffen. Gehst du jetzt aus dem Weg?«

Robbie schwankte nicht, aber seine schneidende Stimme klang weicher, bekam einen bittenden, plädierenden, verständnisheischenden Klang, allerdings mit einem Anflug von Verzweiflung. »Hör mal, Tim, vergessen wir unsere anderen Differenzen. Die liegen hinter uns, sind begraben und vergessen. Für mich jedenfalls. Tabula rasa.« Eine wegwischende Geste seiner Hand, und sie waren weg, die Differenzen. »Du willst da drin gewinnen«, fuhr er fort, »und ich auch. Wir brauchen beide das Geld. Und heute ist der entscheidende Zeitpunkt. Das weißt du.«

Waverly sah an ihm vorbei. Unter einem Baum am Ende der Straße parkte der Mustang, dessen schwarzer Lack im Schatten und im sinkenden Licht noch düsterer zu sein schien. »Wem sagst du das«, sagte er.

»Wie steht es denn mit diesen ganz besonderen Tricks, die ihr Profis für solche Fälle parat habt?«

»Was soll damit sein?«

»Wenn es überhaupt einen Zeitpunkt gibt, um sie einzusetzen, dann auf jeden Fall jetzt. Es wäre nur vernünftig, Tim. Für uns beide.«

»Wir haben über dieses Thema doch schon einmal gesprochen«, sagte Waverly kühl. »Und meine Antwort kennst du.«

Robbie explodierte. »Um Gottes willen, wach endlich auf, ja?« Dann riß er sich zusammen und senkte die Stimme. »Heute steht alles auf dem Spiel. Es geht um alles oder nichts. Und da bleibt keine andere Möglichkeit.«

»Nein, eben darin täuschst du dich. Es gibt eine andere Möglichkeit. Heute abend gewinne ich.«

»Wie zum Teufel kannst du das wissen?«

»Nenn es eine Ahnung«, sagte Waverly und schickte sich erneut an, zur Haustür weiterzugehen, und diesmal machte Robbie keine Anstalten, ihn aufzuhalten.

Aber er irrte sich. In der ersten Stunde holte er sich ein paar Pötte, kleine nur, aber genug, um sein gefährlich zusammengeschrumpftes Kapital auf über hunderttausend zu steigern und ihn an die Richtigkeit seiner Vermutung glauben zu lassen. Und dann, in der zweiten Stunde, nahm er nichts mehr ein, verlor er öfter, als daß er gewann, und hielt sich so eben über Wasser. Als die dritte Stunde anbrach, begann auch für ihn der Absturz, ein langes, qualvolles Abrutschen, unaufhaltsam, tiefer und tiefer. Nichts schien ihm zu gelingen, und wenn er mal ein vielversprechendes Blatt in der Hand hatte, dann war immer jemand da, der darauf wartete, ihn aufzuhalten, ihn an die Wand und aus dem Spiel zu drücken. Und nicht selten, häufiger als nur ein paarmal, öfter, als die Gesetze der Wahrscheinlichkeit es zuließen oder der Zufall es logisch erscheinen ließ, war dieser Jemand der Prinz.

Waverly beobachtete ihn. Strahlend, in einem pflaumenblauen Sakko und Seidenkrawatte mit Paisleymuster, spielte der Prinz mit einer Art müheloser Ruhe, indem er mit einem geradezu unheimlichen Gefühl für Timing angriff und sich zurückzog, wobei sein Gesicht völlig ausdruckslos blieb. Wenn er redete, was nur selten geschah, dann klang seine Stimme weich und phlegmatisch und spiegelte nichts von jenen Risiken und Gefahren wider, die auch die Stimmen der erfahrensten Spieler unweigerlich erbeben lassen. Und wenn er den Pott einsammelte, die Chips zu sich herüberwischte, dann bewegten seine Hände sich in einer geradezu mädchenhaften, koketten Art und Weise. Die Brillantringe an seinen Fingern reflektierten gelegentlich das Licht der Lampe über dem Tisch mit einem blendenden Funkeln. Sein Haar, so glänzend wie eine frisch gegossene Teerdecke, schimmerte ebenfalls im Lampenschein.

Waverly behielt auch die anderen Mitspieler im Auge, ließ seine Blicke verstohlen von Gesicht zu Gesicht wandern. Drummond, Jock – in ihren Gesichtern war nichts anderes zu lesen als die mühsam getarnte Niedergeschlagenheit der Verlierer. Sie mußten an diesem Abend heftig bluten. Nicht so der vergnügte B. B., der, wunderbarerweise, der einzige andere Gewinner war und sich gerade eben mit dem vom Glück begünstigten Araber einen wilden Zweikampf lieferte. Gespielt wurde Seven-card Stud. Der Araber gab. Aber B. B. hatte offenbar bei der letzten Karte mehr Glück.

Er zeigte zwei Paare, Buben und Vieren, und hatte, dem Funkeln seiner Augen nach zu urteilen, noch mehr vorzuweisen. Der Araber, der nichts anderes hatte als ein Neuner-Paar, sagte die Einsätze mit einer Leidenschaftslosigkeit an, die an Gleichgültigkeit grenzte. Der Pott, während der ersten vier Karten von den drei Aussteigern entsprechend gefüttert, wuchs mit atemberaubendem Tempo. Eine sichere Beute für den Big Guy.

Nur kam es nicht dazu. Die letzte Karte wurde gegeben, B. B. verdoppelte die Wette, und der Araber, nachdem er deutlich gezögert hatte, sah es und erhöhte um einen Betrag, der hoch genug war, um die Aufmerksamkeit aller anderen im Raum – der drei ausgestiegenen Spieler, der drei Kiebitze, die aus sicherer Entfernung zusahen, sogar die der reglosen schwarzen Gestalt hinter der Couch – zu wecken und den völlig verblüfften B. B. kurz am ganzen schmächtigen Körper erbeben zu lassen. Ihm blieb nichts anderes übrig, als mitzugehen. Er hatte sein Full House, klar, aber eins mit drei Vieren. Der Araber deckte drei Neunen und ein Paar Zweien auf, gestattete sich ein schmales Lächeln und zog ohne ein Wort die Chips zu sich herüber.

Zu niemand Bestimmten bemerkte B. B.: »Ich glaube, diesmal hat's mich erwischt.« Er versuchte tapfer, seine Enttäuschung zu überspielen, doch seine Mundwinkel sanken herab, und seine Augen glänzten feucht. Für einen kurzen Moment sah es so aus, als würde er gleich in Tränen ausbrechen.

»Ich glaube, das kannst du zweimal sagen«, sagte Jock mitleidslos.

Waverly dachte über das nach, was er gerade miterlebt hatte. Nur ein Narr hätte gegen das Blatt gewettet, das B. B. zeigte, und der Araber war kein Narr. Oder ein Hellseher, und das war er auch nicht. Oder ein Falschspieler. Nach weniger als drei Stunden zeichnete sich das Muster wieder ab. Eine Wiederholung des vorhergehenden Abends. Bennie hatte wohl recht. Irgendwie wurde hier getrickst.

Nun war Jock der Geber, doch ehe er mit dem Mischen beginnen konnte, sagte Waverly: »Bitte neue Karten.«

Jock hob eine Augenbraue. Seine Oberlippe verzog sich zu leisem Spott. »Wollen Sie Ihrem Glück mit einem neuen Kartenspiel auf die Sprünge helfen, Mr. Waverly?«

»Warum versuchen wir es nicht mal und sehen uns an, was passiert.«

»Ich wußte gar nicht, daß Profis auch abergläubisch sind. Ich hatte immer angenommen, sie arbeiten rein wissenschaftlich.«

»Kommt darauf an«, sagte Waverly. Er sah über den Tisch den Araber an, der ihn mit einem Lächeln musterte, das derart amüsiert und knapp ausfiel, als hätte er es vor dem Spiegel geübt.

»Robber«, befahl Jock, »hol mir ein neues Spiel. Unterste Schreibtischschublade im Arbeitszimmer.«

Robbie sprang auf, verließ den Raum und kehrte mit den Karten zurück. Jock riß die Verpackung auf, mischte, und das Spiel ging weiter.

Zweimal wanderte das Spiel um den Tisch. Dasselbe Muster. Wie immer der Trick aussah, Waverly hatte keine Ahnung, wie er funktionierte. Die Karten waren so sauber, daß sie sogar von einem Damenbridgeclub hätten gespielt werden können. Demnach lag es nicht an den Karten. Und der Araber war nicht der einzige, der dicke Pötte einstrich, wenn er gab; das gelang Bulldog, sogar B. B. Es war rätselhaft. Und zerrte an den Nerven. Seine Frist lief in einer Stunde ab, und sie machten ihn Blatt für Blatt fertig. Fünfmal hintereinander paßte er. Ein schneller Blick sagte ihm, daß die hundert Riesen auf die Hälfte geschrumpft waren. Schließlich bekam er ein vielversprechendes Blatt in einer Seven-card-Lowball-Runde, der Pott wuchs und wuchs, und er stand genauso wie der unglückliche B. B. in der Schußlinie des Arabers. Denn der war, wieder einmal, der Geber.

Fünf Karten waren draußen. Waverly zeigte eine Sieben-Drei-Zwei und hatte verdeckt ein As und eine Fünf. Ein fast perfektes Blatt. Bisher. Gut genug, um jedem angst zu machen. Das heißt, jedem, bis auf den wachsamen und geduldigen Araber, der vor einer Neun mit einer Sechs-Fünf saß. Dicht dran, aber ungefährlich. Bislang.

Die Einsätze waren gemacht, und der Araber schnippte jedem eine Karte hin. Eine zweite Fünf für Waverly, eine dicke offene Königin für den Geber. Waverly stieg mit zwanzigtausend ein. Er hatte keine andere Wahl. Sein Paar war verdeckt. Nach dem, was er zeigte, war er so stark wie Godzilla. Selbst ein Risikospieler ohne Nerven sollte eigentlich erkennen, wann es besser war, die

Segel zu streichen. Nicht der Araber. Ohne mit der Wimper zu zucken hielt er mit.

Die letzte Karte. Waverly warf einen kurzen Blick auf seine, und obgleich sein Gesicht keine Reaktion zeigte, tobte dahinter Enttäuschung, die an körperlichen Schmerz grenzte. Die Karte war ein König. Sein fast perfektes Blatt war vernichtet, seine Strategie ein Trümmerhaufen. Wegen einer einzigen Karte. Aber die vier offenen reichten noch immer als Warnzeichen aus, und ihm waren die Möglichkeiten ausgegangen. Und auch das Geld fehlte. Er zählte seine noch verbliebenen Chips und schob sie in den Pott. »Dreiundzwanzigtausend«, sagte er ruhig. »Ich setze alles.«

Erneut formten die feuchten Lippen des Arabers ein vor dem Spiegel geübtes Lächeln, und der Blick, mit dem er Waverly musterte, war von tödlicher Hinterhältigkeit. Wissend. »Ich halte Ihren Einsatz«, sagte er genauso ruhig und fügte nach einer dramatischen Pause und mit einer Stimme, die wenig lauter klang als ein Murmeln, hinzu: »Und ich muß um dreißigtausend erhöhen.«

Waverly hatte das betäubende Gefühl, hilflos in einem tiefen Loch zu verschwinden. Er brauchte Zeit und Ruhe, um alles durchzudenken. Keine Zeit, keine Ruhe. »Sie sehen, daß ich blank bin«, sagte er. »Nehmen Sie auch einen Schuldschein, wenn es dazu kommen sollte?«

Der Blick des Arabers wandte sich nach innen, überlegend, abwägend. Er stützte seine Finger gegeneinander, schien nachzudenken. Das Licht der Deckenlampe spiegelte sich an einem mit Ringen besetzten Finger, und irgendein inneres Warnzeichen erklang in Waverlys Ohr.

»Ich glaube, das kann ich tun«, sagte der Araber großzügig und genoß diesen Augenblick. »Dieses eine Mal.«

»Dann bin ich dabei.«

Sie drehten ihre verdeckten Karten um und ließen die Blätter für sich selbst sprechen. Der Araber zeigte ein Viererpaar, doch die Dame war seine höchste Karte. Mit einem Ausdruck affektierter Genugtuung sagte er: »Ich glaube, ich habe Sie geschlagen, Sir. Äußerst unglücklich.«

Er streckte die Hand nach dem Chipsstapel aus, und erneut warf der Ring funkelnde Lichtreflexe, und nun ertönte der Alarm in Waverlys Kopf mit voller Lautstärke, und er ließ seine eigene

Hand vorschießen und nagelte das Handgelenk des Arabers auf die Tischplatte. Er nahm eine Karte und hielt sie über den Ring, der ihm ein winziges Spiegelbild der Karte zeigte. »Nein«, sagte er, »*das* nenne ich unglücklich.«

Die im Raum Anwesenden schienen gleichzeitig die Luft anzuhalten. Die Kiebitze sprangen auf, Nimrod tauchte hinter ihnen auf. »Was zum Teufel tun Sie da?« stammelte Jock.

»So was nennt man einen Shiner«, sagte Waverly, und seine Stimme zitterte vor kaum gebändigter Wut. »Das ist der älteste Trick bei dem Spiel. Wir haben es hier mit einem Falschspieler zu tun. Einem schmierigen kleinen Betrüger.«

»Betrüger!« bellte Jock, und der Speichel flog von seinen Lippen. »Sie sind wohl von Sinnen, Waverly!«

»Sie haben es doch gesehen.«

»Sie sitzen hier nicht mit Ihresgleichen am Tisch. Der Prinz ist mein Gast. Lassen Sie sofort seine Hand los.«

Waverly schaute sich um, suchte Unterstützung. Orton und Demerit waren bis an die Wand zurückgewichen. Robbies Gesicht hatte den entsetzten Ausdruck eines vom Schock Getroffenen. B. B.'s Hände lagen verkrampft in seinem Schoß, und er wurde von einem nervösen Kichern geschüttelt. Bulldogs vorstehende Zähne ragten aus einem häßlichen Grinsen heraus. Jock hatte sein Kinn aggressiv vorgereckt. Von Unterstützung konnte keine Rede sein. Und von der anderen Tischseite fixierte der Araber ihn mit feuchtglänzenden haßerfüllten Augen. Sein braunes Gesicht war rotglühend. Waverly ließ das Handgelenk los.

Ein scharfer Knall ertönte plötzlich, und der mit Schaumstoff umhüllte Zylinder in Nimrods Hand verlängerte sich blitzartig zu dem glitzernden stählernen Schlagstock. Er schlug sich damit klatschend in die andere Handfläche und kam auf Waverly zu. Der Araber hob Einhalt gebietend einen Arm. »Nimrod! Nein! Nicht hier. Noch nicht.«

Nimrod stoppte so abrupt wie ein abgerichteter Hund, doch seine freie Hand ballte sich zur Faust und entspannte sich in schnellem Wechsel. Seine Augen waren so kalt wie Stahldorne. Der Tod lauerte darin.

Jock wandte sich an Waverly und schnaubte: »Verpissen Sie sich, Sie Hurensohn. Solange Sie noch laufen können.«

Waverly schob seinen Stuhl vom Tisch weg, erhob sich und ging langsam rückwärts zur Tür. Dabei hörte er Jock flehen: »Es tut mir wirklich leid, Prinz. Dieser Dreckskerl hat kein Recht, Sie...«

Und das war alles, was er verstand, ehe er losrannte. Wäre er noch einen Moment im Raum geblieben, dann hätte er gesehen, wie der Araber bei Jocks Entschuldigung spöttisch lächelte, und er hätte ebenfalls gesehen, wie er sich dann an seinen Leibwächter wandte und mit einer Stimme, zitternd vor Tücke und verletztem Stolz, befahl: »Jetzt!«

Nach zwei nervösen, ereignislosen Stunden auf der Sonnenterrasse entschied Sigurd, einer Eingebung zu folgen, die schon den ganzen Abend durch seinen Kopf ging, und zu handeln. Er ging hinein, wählte die Nummer des Zimmerservice und bestellte ein gekühltes Sechserpack Bier. Das würde niemandem schaden, dachte er, wenn man etwas trank; es würde seine flattrigen Nerven beruhigen. Eine ganz große Sache kam auf ihn zu, um Mitternacht, mehr Verantwortung, als er je hatte tragen müssen, und er wollte es nicht vermasseln. Er wollte es allen zeigen – D'Marco, Onkel Eugene, Dietz, vor allem Dietz –, daß Sigurd Stumpley eine Menge Tricks in petto hatte. Mach es richtig und bleib am Ball – das war sein Motto. Und dafür sorgen, daß seine Mom auf ihn stolz war, das wäre auch nicht schlecht, sozusagen als Dreingabe.

Mit dem Bier hatte er recht gehabt. Wieder auf der Terrasse, wo er eins trank (aber langsam, mäßig, es war erst sein drittes), fühlte er sich schon besser und beruhigte sich im angenehmen Dunkel der Nacht. Okay, okay, seinem Partner paßte das vielleicht nicht – na und? Scheiß drauf. Er war nicht da, konnte nicht ständig herummeckern, und er brauchte es nicht zu wissen. Es machte ja nichts kaputt. Auf der anderen Straßenseite spielte sich nichts ab. Alles war unter Kontrolle. Scheiß auf ihn. Außerdem war er sowieso ziemlich bescheuert, dieser D'Marco. Ein sicherer Kandidat fürs Irrenhaus.

Er brauchte nur diesen Abend als Beispiel zu nehmen. Vorher, als er die Ausrüstung in seiner Tasche durchgegangen war, um sich zu entscheiden, was er alles benutzen und mitnehmen sollte, hatte er ein Messer mit doppelter Schneide hochgehalten, das etwa dreißig Zentimeter lang war – Dolch nannte er das Ding – und erzählte etwas davon, sie erst noch ein bißchen aufzuschlitzen, Hackfleisch aus ihnen zu machen. Dann holte er eine verdammte Lötlampe raus, um Himmels willen, und redete vom Grillen. Ganz lässig und nebenbei, als müsse er sich zwischen einem Budweiser und einem Coors (oder einer Mohrrübe und einer Gurke, in seinem Fall) entscheiden. Und als er ihm schließlich die .22er und den Schalldämpfer reichte, wurden seine Augen feucht und glitzernd, und er sagte: »Schieß damit, und das Lauteste, was du zu hören bekommst, ist der Schrei deines Opfers.« Das hatte er gesagt, dieser verfluchte Dr. Frankenstein.

So wie Sigurd es sah, die beiden Vögel abzuknallen, solange sie stehen konnten, das war eine Sache. Aber dieses schräge Zeugs, wie die Sache mit dem Ohr neulich abends, das gefiel ihm gar nicht. Das kam direkt aus dem Horrorkabinett D'Marco Fontaines, und darüber wolle er am liebsten gar nicht nachdenken.

Also versuchte er damit aufzuhören. Er machte es sich in seinem Liegestuhl bequem, trank Bier und wartete und ließ seine Gedanken mit den ausgefransten Wolken mitziehen, die über das Antlitz des Mondes glitten. Der Himmel, ohne irgendwelche Sterne, schien sich vor seinen Augen zu verändern. Himmel, Wolken, der Mond, die schwüle Nacht – alles zusammen hatte eine verzaubernde Wirkung, so wie er es damals gespürt hatte, als er in die schwarze Unendlichkeit des Meeres gestarrt und, auf seine Art, über die erhabenen Rätsel von Schicksal und Zufall und über die schmale Grenzlinie zwischen Leben und Tod nachgedacht hatte.

Aber um kurz nach elf wurden diese philosophischen Betrachtungen von einem heftigen Druck in seiner Blase unterbrochen, und obgleich er seinen Posten nicht verlassen wollte, dachte er sich, daß er sich lieber gleich darum kümmern sollte, ehe die große Show begann. Auf der Toilette wusch und spülte er seine Hände getreu seiner Gewohnheit gründlich ab und stellte sich vor der Klosettschüssel auf, zog den Reißverschluß seines Hosenstalls auf und wollte dankbar den Fluten freien Lauf lassen, als – war es denn zu fassen? – das gottverdammte Telefon klingelte. Ohne sich erleichtert zu haben, kehrte er ins Zimmer zurück, nahm den Hörer ab und preßte ihn an sein Ohr, und ehe er seine übliche »Ja?«-Begrüßung hervorbringen konnte, wollte eine atemlose Altmännerstimme wissen: »Haben Sie gesehen?«

»Häh?« fragte Sigurd leicht ungehalten. »Wer ist da?«
»O'Boyle. Tropicaire. Haben Sie gesehen?«
»Was gesehen?«
»Die Lady. Sie ist gerade vorgefahren und drüben ins Haus gegangen.«
»Wann ist das passiert?«
»Jetzt im Moment, sage ich doch. Haben Sie es nicht gesehen?«
»Nee, ich mußte mal eben reingehen.«
»Sind Sie Frog? Sie sind nicht Frog.«
»Ich bin sein Partner.«
»Dieser Frog, er hat gesagt, ich soll heute nacht gut aufpassen, sobald sich etwas tut, soll ich mich melden. Er hat aber nichts von einer Lady gesagt, deshalb dachte ich, daß ich lieber anrufe und Bescheid sage –«
»Okay, okay«, unterbrach Sigurd ihn, »mach mal Pause, hey. Ich muß nachdenken.« Sein Mund war plötzlich wie ausgetrocknet, und er konnte spüren, wie sein Herzschlag sich beschleunigte. Selbst der Druck in seinem Unterleib verblaßte dagegen.
»War es richtig, daß ich angerufen hab?«
»Ja, das war schon in Ordnung.«
»Sie sagen Frog Bescheid, ja?«
»Ich sag's ihm.«
»Soll ich sonst noch was tun?«
»Nee, bleiben Sie, wo Sie sind. Passen Sie weiter auf. Und bleiben Sie ganz ruhig.«
Die Anweisungen wurden knapp, deutlich und mit Nachdruck ausgesprochen, so als wüßte er, was er täte, aber Sigurd mußte sich fragen, ob sie dem Verwalter oder ihm selbst galten. Er legte den Hörer auf und, indem er seinen Hosenstall schloß, lief er hinaus auf die Terrasse. Und tatsächlich, vor dem Apartment parkte der Jaguar, der gleiche Wagen, den die Schnalle des Spielers fuhr. Deshalb war sicherlich etwas im Gange, etwas Seltsames, wie der alte Sack grade gemeldet hatte. Er sah auf die Uhr. 11:20. Er sollte erst um Mitternacht loslegen. Vielleicht sollte er gleich schon mal rübergehen. Oder vielleicht Dietz anrufen. Verdammt, wenn er wüßte, was zu tun war. Niemand hatte ihm Instruktionen für *diesen* Fall hinterlassen.
Einen Moment lang stand er da, mit hämmerndem Herzen und

brennender Blase. Gequält von Zweifeln und körperlicher Not. Und dann wurde ihm die Entscheidung aus der Hand genommen, denn von rechts erschienen zwei Lichtfinger und hinter ihnen ein Wagen, der die Straße heruntergerast kam und neben dem Jaguar stehenblieb. Heilige Scheiße, es war der Caddie, der Spieler. Sigurd schaute die Straße entlang und erwartete, daß der LX um die Ecke bog. Kein LX. Irgend etwas lief furchtbar schief, irgendein Fehler war gemacht worden. Und er wußte, was Dietz über Fehler dachte. Und auch D'Marco. Voll manischer Entschlossenheit und laut das bösartige Schicksal verfluchend, das die Last der Entscheidung auf seine Schultern gelegt hatte, stürmte er durch die Schiebetür und aus dem Zimmer und die Treppe hinunter. Dabei bewegte er sich ziemlich steifbeinig und so schnell, wie der Druck in seinen unteren Körperregionen es erlaubte, und schraubte den Schalldämpfer auf seine Pistole, während er rannte.

Noch nicht mal Mitternacht, und da kommt Mr. Arschloch durch die Tür gestürmt wie von Hunden gehetzt. Springt hinter das Lenkrad des Caddie und rast die Straße rauf und auf den PGA Boulevard hinaus. Was immer da im Gange war, es paßte nicht in den Plan. Aber was es auch sein mochte, D'Marco hatte keine Zeit, sich darüber klarzuwerden. Das war okay. Egal. Es war sowieso genug nachgedacht worden.

Er ließ den Motor an und fuhr los. Er bog auf den PGA ein, gab Gas und verringerte die Distanz zwischen sich und dem Spieler ohne Schwierigkeiten. Kein Problem. Überhaupt nicht. Gegen seinen hübschen kleinen Renner hatte der Caddie keine Chance. Und während er ihn fixierte, ihn durch die Windschutzscheibe anvisierte, löste die träge Lethargie, die davon herrührte, daß man drei Stunden lang (drei Stunden? – zwei lange Wochen) auf seinem Hintern gesessen und gewartet hat, sich in der erregenden Hitze auf, die aus seiner Magengrube aufstieg und sich über seine Brust fortpflanzte und seine Gliedmassen erfüllte und seinen Atem beschleunigte. Die gleiche vertraute Hitze, die er immer verspürte, kurz bevor er jemanden umlegte. Es gab auf der ganzen Welt nichts, was sich mit diesem Gefühl vergleichen ließ. Nicht einmal annähernd.

D'Marco konzentrierte sich derart auf das ungleiche Wettrennen, dessen Sieger und Verlierer längst vorherbestimmt waren, daß er sich nicht ein einziges Mal die Mühe machte, in den Rückspiegel zu schauen. Hätte er das einmal getan, dann hätte er etwas Seltsames sehen können: nämlich einen Rolls, der auf der Straße hinter ihm herjagte, genauso schnell wie er, und sich genauso geschickt durch den Verkehr schlängelte, und hinter dem Lenkrad einen Schwarzen mit wütendem Blick.

Zufälligerweise war es die Zugbrücke, die ihn rettete. Rettete? – Die ihm etwas Zeit verschaffte, um genauer zu sein. Während der Mustang schnell aufholte, der vage Fluchtplan fallengelassen in der wilden Konfusion der Flucht, sah er ein Stück voraus den hohen Mast einer Segelyacht, die durch den Kanal glitt. Er hatte freie Bahn bis zur Brücke, und er trat das Gaspedal bis auf das Bodenblech durch und rutschte gerade noch unter der sich senkenden Sperre durch. Im Rückspiegel konnte er sehen, wie der Mustang schlingernd bremste und zum Stehen kam und dann einen weiten Bogen fuhr, und hinter ihm, wenn er sich nicht irrte (denn die beiden Fahrbahnen teilten sich jetzt und begannen sich zu heben) der Corniche, der das gleiche Manöver ausführte. Daher mußte er annehmen, daß nun schon zwei Leute hinter ihm her waren, und wenn er sich nicht täuschte, dann würde der Killer instinktiv wissen, wohin er wollte, und die schwarze Kampfmaschine wäre sicherlich schlau genug, sich an das Fahrzeug zu hängen, das eindeutig ihn verfolgte, und wenn sie die Umgehung die Prosperity hinunter und über den Highway One und über die Blue Heron Bridge nahmen, dann hatte er vielleicht fünf Minuten Vorsprung vor ihnen, fünf Minuten höchstens, nicht mehr, eher weniger.

All diese Gedanken jagten Waverly durch den Kopf, und auch noch andere, aber kein derart verwirrender, schrecklicher wie der Gedanke, der beim Anblick des silbernen Jaguar entstand, der vor dem Tropicaire Bungalow parkte. Caroline? Hier? Jetzt? Nicht einmal das böswilligste Schicksal konnte sich einen derart grausamen Scherz mit ihm erlauben. Doch als er durch die Tür stürmte, da war sie tatsächlich, saß auf einem Hocker an der Bar, hatte einen Drink vor sich stehen, und da war Bennie, machte Konversation, hielt ebenfalls ein Glas in der Hand, rauchte, und sah ihn finster an. Sie begannen beide gleichzeitig zu sprechen, ein gemischter Chor.

Bennie: »Timothy, verdammt, was tust du denn hier –«

Caroline: »Tim, ich habe mich entschlossen –«

Waverly brachte sie beide mit einer Handbewegung zum Schweigen. »Kein Wort. Keine Zeit. Sie sind mir auf den Fersen. Raus raus raus – sofort!«

Bennies Unterkiefer klappte herunter. Er hatte verstanden. Er warf sein Glas auf die Couch und stürzte zur Tür. Aber Caroline erstarrte. Waverly durchquerte den Raum und packte ihr Handgelenk und zerrte sie grob auf die Füße.

»Meine Sachen«, sagte sie, wies mit dem Kopf auf die beiden Reisetaschen auf dem Fußboden in einer Ecke. »Was ist mit –«

»Vergiß das Gepäck. Lauf.«

Sie lief. Aber draußen, als er die Jaguartür aufriß, blieb sie stehen, drehte sich um, sah ihn mit einem gehetzten, fragenden, verwirrten Blick an. »Tim, was ist los? Warum bist du –«

»Hör zu, Caroline. Rede nicht, hör zu. Du bist hier in Gefahr. In großer Gefahr. Ich will, daß du dich in dieses Auto setzt und wegfährst. So schnell du kannst.«

»Aber ich bin hergekommen, um bei dir zu bleiben«, sagte sie, und in ihren Augen glitzerten die Tränen. »Um mit dir zu gehen. So, wie wir es uns überlegt haben.«

Waverly zögerte. Es gab so viel zu sagen. So viel war nicht ausgesprochen worden. »Ich weiß, ich weiß. Vielleicht schaffen wir es ja doch noch. Ein anderes Mal.«

»Um Himmels willen, Timothy«, brüllte Bennie ihn an und zwängte seinen Bauch hinter das Lenkrad des Caddie. »Wir müssen los!«

Ein trockenes dumpfes Geräusch ertönte, und das Heckfenster des Jaguar zersplitterte. Waverly riß Caroline hinter der Tür nach unten, lugte um die Kante und sagte mit einer Stimme, die eher wie ein verzweifeltes Stöhnen klang: »Jesus, es ist zu spät.«

Denn auf der anderen Seite der Straße, nicht mehr als fünfzig Meter entfernt und seltsam watschelnd auf sie zustürmend, erschien der Laufbursche, der komische Fettkloß, der nun, mit einer Pistole in der Hand, gar nicht mehr so lustig aussah. Aber in diesem Moment blieb er schlagartig stehen und wirbelte herum und wurde von den Scheinwerfern eines Wagens erfaßt, der auf ihn zuraste.

Waverly erhob sich und zog Caroline neben sich hoch und rief über die Schulter: »Komm schon, Bennie, lauf!«

»Wohin?«

»Dort rüber!«

Zu dritt hetzten sie über die Straße und über den Weg vor dem Collonades, Waverly als erster, während er sie antrieb: »Schnell, schnell.« Er hörte den Wagen mit quietschenden Reifen anhalten, drehte sich um: natürlich der Mustang. Sie rannten weiter.

Und während sie am Südflügel des Hotels um die Ecke bogen, erklangen noch zweimal hinter ihnen die trockenen dumpfen Geräusche. Sie sprinteten an der Mauer entlang bis zur hinteren Treppe, und dort blieb Waverly plötzlich stehen. Er schaute sich um. Auf der einen Seite war die Mauer, auf der anderen der weite, leere Parkplatz und vor ihnen eine Rasenfläche und dahinter ein breiter Strandstreifen mit dem dunklen, stummen Ozean als letzte Grenze. Carolines Atem ging keuchend. Bennie ächzte die Worte »Wohin jetzt?« hervor.

Waverly stellte einen Fuß auf den Maschendraht, der den Zugang zu den Treppen versperrte, und drückte ihn nach unten. »Dort hinauf«, sagte er. »Eine andere Möglichkeit bleibt uns nicht.«

Nachdem er etwa die halbe Entfernung zum Hotel zurückgelegt hatte, bremste D'Marco, ging in die Hocke, packte die Pistole mit beiden Händen und schoß zweimal auf die Gestalten, die durch die Schatten vor der Hotelfassade eilten. Unmöglich festzustellen, ob er irgendwas getroffen hatte. Er hörte keinen Schrei, daher glaubte er es nicht. Er rannte über die Straße, war kurz ohne Deckung und folgte dann dem Weg am Gebäude entlang. Erneut blieb er stehen, preßte sich mit dem Rücken an die Wand, hielt den Atem an und, graziös wie eine Ballerina, sprang er um die Ecke, die Arme ausgestreckt, die Ellbogen an die Seiten gepreßt, und die Waffe in seiner Hand schwang hin und her wie der Kopf einer Kobra in Trance. Auf dem Parkplatz war niemand, auch nicht in dem dunklen Gang vor ihm. Er rannte zur Rückseite des Hotels, verharrte, lauschte. Über sich hörte er Schritte, die die Treppe hinaufeilten. Außerdem schwere Schritte hinter ihm und Sigurds pfeifende, von Panik erfüllte Stimme: »Hast du sie gesehen, Mann? Hast du sie erwischt?«

»Halt verdammt noch mal die Klappe. Erzähl, schnell, was da unten los war.«

»Keine Ahnung. Ich hab von der Terrasse alles beobachtet, und wie aus dem Nichts taucht plötzlich die Schnalle auf, dann der Spieler. Du warst nicht da, und ich hatte keine Ahnung, was ich tun soll. Ich hab gedacht, ich laufe besser rüber und halte sie fest, bis –«

»Okay, demnach sind sie also – wie viele? – zu dritt?«

»Ja, richtig, drei.«

»Haben sie Waffen?«

»Keine Ahnung. Ich glaube nicht, so wie sie da rausgeschossen sind. Ich hätte sie ja abgeknallt, nur hast du gesagt –«

»Komm.«

»Wohin?«

»Bleib nur hinter mir, Fettkloß. Und beweg dich.«

D'Marco nahm immer drei Stufen auf einmal. Dem Klang nach konnten sie nicht mehr als drei, vier Treppenabsätze über ihnen sein. Das war kein nennenswerter Vorsprung. Sehr vorsichtig verließ er die Treppe im siebten und letzten Stock. Er hörte, wie die Schritte sich auf dem zum Meer hin gelegenen Wandelgang entfernten, und dann hörte er das Knarren einer Tür, die geöffnet wurde. Dann keine Schritte mehr. Indem er dieselben Ballettschritte vollführte, schob er sich um die Ecke. Der Wandelgang war leer. Stille.

Stille bis auf das Poltern. Das war wohl das Elefantenbaby, das sich die Treppen hinaufquälte. Nicht zu gebrauchen. Sein Keuchen und Ächzen kündigte ihn schon von weitem an. Sigurd erschien am Ende der Treppe und setzte seinen Weg mit unbeholfenen, mühsam vorsichtigen Schritten auf Zehenspitzen fort. Er wollte etwas sagen, als D'Marco eine Hand hochreckte und jegliche Rede und weitere Bewegung unterband. D'Marco wartete einen Moment, und dann winkte er ihn zu sich heran und flüsterte fast lautlos: »Okay, jetzt wird es interessant, richtig interessant. Sie haben sich in einem der Zimmer versteckt, ich kann nicht sagen, in welchem. Dem Klang nach am anderen Ende des Gangs. Wir gehen folgendermaßen vor. Du fängst hier an. Wenn sich irgend etwas rührt, dann schießt du sofort. Ich gehe ins Stockwerk unter uns, komme von der anderen Seite, und dann haben wir sie in der Mitte. Dann durchsuche ich ein Zimmer nach dem anderen und scheuche sie raus. Du brauchst mich nur von hier aus zu dekken. Meinst du, du schaffst das?«

»Ja, klar schaffe ich das«, sagte Sigurd, doch diese Überzeugung wurde von dem schrillen Flattern in seiner Stimme aufgehoben. Sein Gesicht glänzte vor Schweiß, und sein Körper schien heftig zu zittern, vor allem die untere Hälfte.

D'Marco musterte ihn mit zusammengezogenen Augenbrauen. »Was ist mit dir los? Du wirst mir doch jetzt nicht vor Angst umkippen?«

»Es ist nichts los«, murmelte Sigurd. »Ich bin okay.« Er würde ganz bestimmt kein Wort über sein dringendes – besser: heftiges Bedürfnis zu pinkeln verlieren. Diese verdammte Blase fühlte sich an wie ein zu prall aufgeblasener Luftballon, der jeden Moment zu platzen drohte.

»Na schön«, sagte D'Marco und ging auf die Treppe zu. »Dann mal los.«

Auf dem ganzen Weg nach Singer Island hielt Nimrod, ein exzellenter und erfahrener Verfolger, einen sicheren Abstand zwischen sich und dem Mustang, und als er in die Ocean Avenue einbog und sah, was auf der Straße los war, knipste er seine Scheinwerfer aus und hielt am Bordstein. Er konnte nicht genau sagen, was überhaupt im Gange war, aber er konnte es sich bald zusammenreimen: das reinste OK Corral-Gemetzel war hier im Gange mit den beiden Todeskandidaten, die sich für seinen Wichser interessierten. Dieser Junge schien nicht besonders beliebt zu sein, kam offenbar mit niemandem klar. Das gab der Sache eine ganz neue Wendung, diese beiden Kopfjäger, aber das war in Ordnung, kein Grund zur Sorge, wenn sie ihm in die Quere kamen, mußten auch sie dran glauben. Heute nacht würde er sich sein Geld verdienen und seinem Wüstenprinzen eine echte Trophäe mit zurückbringen. Zum Beispiel die Hand des Wichsers, mit der er seinen Boß gepackt hatte, dessen böses Händchen.

Daher wartete er lange genug, bis die beiden kleinen Brüder am Ende des Hoteltraktes angelangt waren, und dann stieg er aus dem Rolls und nahm die Verfolgung der beiden auf, in einem tödlichen Rennen. Für jemanden seiner Größe kam er schnell vorwärts. In der einen Hand hielt er einen Colt .357 Magnum, in der anderen den ausgezogenen Stahlschlagstock (sein ganz persönlicher Zauberstab, ein Schlag damit, und er garantierte, daß alles verschwand, was sich einem im Weg befand). Er schaute vorsichtig um die Ecke und sah sie gerade noch die Treppe hinaufrennen. Er huschte am Gebäude entlang, blieb im Treppenhaus stehen, wartete, bis sein Atem sich wieder beruhigt hatte, dann folgte er ihnen nach oben. Im vierten Stock hörte er jemanden herunterkommen, daher drückte er sich an die Mauer und hielt sich sprungbereit. Aber wer es auch sein mochte – höchstens einer von ihnen, soviel konnte er aus den Schritten heraushören – blieb im Stockwerk über ihm und eilte den Wandelgang hinunter.

Nimrod überlegte einen Moment und legte es sich zurecht: an jedem Ende einer von ihnen, der Wichser in der Mitte, eine schöne kleine Zange. Okay, das war cool. Sollten sie die schwere Arbeit tun, dann würde er auftauchen und die Lorbeeren einsammeln. Indem er lautlos auftrat wie ein Gespenst, setzte er den Aufstieg fort, doch als er das oberste Stockwerk erreichte, war sogar er, der in seinem Leben schon viel gesehen hatte, auf den Anblick und das Geräusch nicht vorbereitet, das ihn begrüßte: der Bruder mit dem Wabbelarsch drehte ihm den Rücken zu, hatte seinen Johnny in der Hand und ließ einen Niagarafall über das Geländer nach unten rauschen. Genau der richtige Zeitpunkt, um das Bein zu heben, eine nette Idee, echt professionell.

Sigurd stand breitbeinig, plattfüßig und mit hochgezogenen Schultern da und bot ein Bild absoluter Konzentration. Indem er mit seinem Glied zwischen zwei wackeligen Stangen des hüfthohen Geländers hindurchzielte, richtete er seinen Löschstrahl auf die dunkle Schlucht unter ihm. Ein leiser Seufzer kam pfeifend über seine Lippen. Seine Augen fixierten den dunklen Ozean, hier und da mit weißem Schaum einer sich träge auf dem Strand brechenden Welle gefleckt, ansonsten jedoch so schwarz wie die sternenlose Himmelskuppel. Sein Gesicht trug den verträumten, sinnierenden Ausdruck eines Mannes, der das unbeschreiblich beglückende Gefühl einer längst überfälligen Erleichterung genießt. Ein Streifen Mondlicht fiel durch eine Lücke im Wolkengebirge, und für einen kurzen Moment und aus Gründen, die ihm unbekannt waren – war es die Nacht, das Meer, der Himmel? – wer vermochte es zu sagen? –, war er verwirrt, benommen, in Ehrfurcht erstarrt von der grenzenlosen Unendlichkeit des Raums und dem unbarmherzigen Lauf der Zeit.

Aber nur für einen winzigen Augenblick. Etwas vage Unbewußtes, eher gefühlt als gehört, das rote Warnzeichen eines Tiers in tödlicher Gefahr, blitzte an den Schaltstellen seines Gehirns auf und veranlaßte ihn, sich umzudrehen. Eine riesige Gestalt, schwarz, eine Silhouette im Mondlicht, schwebte voller Leichtigkeit aus der Dunkelheit auf ihn zu. Sein schlimmster Alptraum wurde Gegenwart, sein verrückter Film wurde Wirklichkeit: *Ride, Muthafucka, Ride*. Und als sähe er ihr Auftauchen durch das falsche Ende eines Fernrohrs, wobei Zeit und Bewegung und Entfernung verschwammen, erstarrte er in einer lähmenden Trance der Angst, während ein heißer Blitz seine Brust durchzuckte und seine Hände das immer noch sprühende Glied festhielten. Und obwohl er nicht glauben konnte, daß irgend etwas davon geschah und ihm geschah, während er, betäubt, die Gestalt anstarrte, die auf ihn zustürmte, die stählernen Augen im schwarzen Gesicht mitleidlos auf ihn gerichtet und mit einem mächtigen Arm ausholend und dabei mit einem glitzernden Stab in einem tödlichen Bogen nach ihm zielend, erkannte er, daß der furchtbare Moment seines eigenen Todes nun gekommen war. In angstvoller Qual wich er zurück, und er stieß einen schrillen Schrei aus, als das Geländer unter seinem Gewicht zersplitterte und seine Hände das umherschlenkernde Geschlechtsorgan losließen, den wahren Urheber all seines Unglücks, und haltsuchend durch die Luft fuhren, aber nur kurz, denn ein dichter, samtiger Nebel schien hochzusteigen, um ihn einzuhüllen und seinen Fall über sieben Stockwerke zu dämpfen.

Sie hatten es bis zum vorletzten Zimmer im Korridor geschafft. Waverly preßte sich neben der Tür mit dem Rücken an die Wand. Bennie und Caroline kauerten in der Ecke ihm gegenüber, eingehüllt in den tiefen Schatten. Nichts bewegte sich auf dem Wandelgang. Der Mond tauchte hinter einer dahinziehenden Wolkenbank auf, und ein fahler Lichtbalken drang durch das Fenster und traf auf den Fußboden. Waverly hielt verzweifelt Ausschau nach einer Waffe, nach irgendeinem Gegenstand, mit dem er sich wehren könnte. Gegenstände, in der Dunkelheit im Zimmer nur vage und verzerrt auszumachen, nahmen Form an: eine Frisierkommode mit Spiegel, ein Tisch, zwei Sessel, zwei Betten mit einem Nachttisch dazwischen, und auf dem Nachttisch eine Lampe. Ein Messingzylinder mit Schirm, der den dünnen Lichtstrahl des Mondes reflektierte. Waverly gab Bennie und Caroline mit der Hand ein Zeichen, in Deckung zu bleiben – alle Kommunikation fand nun in Form von Gesten statt, kein Wort wurde geflüstert –, und dann huschte er hinüber und nahm den mit Spinnweben bedeckten Lampenschirm ab. Er wickelte die Leitungsschnur um den Lampenzylinder und packte ihn mit beiden Händen, in der typischen Griffhaltung des Schlägers beim Baseball, und kehrte auf seinen Posten neben der Tür zurück.

Er wartete. Noch immer nichts auf dem Wandelgang – keine Bewegung, kein Laut. Und während er auf diese Weise ausharrte, in einem lächerlichen, dürftigen Hinterhalt hinter einer dünnen Tür, erschloß sich ihm der schwarze Humor dieser Szene, dieses Augenblicks, durchaus. Am Ende des neunten Innings, zwei Aus, die Bases besetzt – und der Schläger trat an die Platte, ein echter Home-run-Spezialist, um das tödliche Spiel aus dem Feuer zu reißen. Achtung, ihr Killer! Dieser hervorragende Gegner, ein ideenreicher Trickser, führt eine harte und zielsichere, nun ja, Lampe.

Ein Schrei, eher schon in der Kategorie eines Kreischens, zerriß die Stille, gefolgt von dem Geräusch zersplitternden Holzes, wiederum gefolgt von einer Gestalt, die am Fenster vorbeiraste, sowie einer Serie vertrauter gedämpfter Laute, die durch den Korridor hallten. Waverly drückte die Tür einen Spaltbreit auf, gerade weit genug, um die Gestalt am südlichen Ende des Wandelgangs zu erkennen, die sich über irgend etwas beugte – unmöglich zu entscheiden, was es war, irgendein dunkles zusammengesunkenes Bündel. Ein Wolkenvorhang schob sich vor den Mond. Er gab Bennie und Caroline ein Zeichen, und sie standen auf, und zu dritt drängten sie sich durch die Tür und huschten um eine Ecke zum nördlichen Treppenhaus und rannten die Stufen hinunter, Bennie als erster und Waverly, der immer noch seine furchteinflößende Lampe umklammerte, als Rückendeckung.

D'Marco erreichte gerade rechtzeitig die oberste Etage, um zu verfolgen, wie sich eine Gestalt über das Geländer beugte und eine andere durch die Luft segelte, wobei sie mit den Armen und Beinen herumruderte im wilden ungraziösen Fall eines Vogels mit gebrochenen Flügeln. Er konnte nicht genau erkennen, wer der Flieger war, doch aus der Tonhöhe des Schreis glaubte er den richtigen Schluß zu ziehen. Der Haufen Fett, der sieben Stockwerke tiefer auf die Wiese aufschlug, das konnte eigentlich nur Sigurd sein. Der arme Fettkloß. Der arme dämliche Hund. Er würde nie mehr ein Burt sein.

Daher startete er durch und jagte durch den Wandelgang und deckte die in der Dunkelheit am anderen Ende umherhuschende Gestalt mit einer Kugelsalve ein. Sie stieß gegen das Geländer, wurde zurückgeworfen, stolperte, schien ein paar zittrige Tanzschritte auszuführen, gab kehlige Laute von sich und stürzte dann mit einem dumpfen Schlag zu Boden. D'Marco schob sich langsam näher heran, den Arm mit der Pistole starr vorgestreckt. Seine Kiefermuskeln arbeiteten. Eine Zange, unsichtbar, aber nicht weniger real, zerrte an seinen Nervenenden. Als er ans Ende des Korridors gelangte, hörte er ein leises, kehliges Gurgeln; und er sah einen riesigen Fleischberg, der mit dem Gesicht nach unten in einer Pfütze aus Blut und, dem Geruch nach zu urteilen, Pisse lag.

Der Berg bewegte sich nicht. Trotzdem näherte D'Marco sich vorsichtig und hielt die Pistole im Anschlag. Er schob einen Fuß unter eine muskulöse Schulter und rollte die reglose Gestalt auf den Rücken und erwartete, den Spieler oder vielleicht auch den Juden zu sehen, die versucht hatten, sich aus dem Staub zu machen, was ihnen, wenigstens zur Hälfte, dann auch gelungen wäre. Doch sein Gesicht spiegelte die absolute Fassungslosigkeit wider angesichts dessen, was er sah: ein gottverdammter Nigger, um Himmels willen, zwei riesige Löcher in der Brust, Augen, die wie Schneebälle hervortraten, aufgerissener Mund, eine heraushängende Zunge und immer noch krampfhaft Luft holend, immer noch gurgelnde Geräusche von sich gebend. Ein Metallstab, etwa so lang wie ein Baseballschläger, und eine Pistole, die wie eine Magnum aussah, lagen auf dem Boden außer Reichweite der schlaffen, ausgestreckten Arme. Offensichtlich ein Killer, vielleicht sogar ein Bulle. Jesus, jetzt wurde es kompliziert. D'Marco bückte sich zwecks einer genaueren Inspektion. Er hatte ihn noch nie zuvor gesehen, soweit er es beurteilen konnte, aber diese Burschen sahen ja alle gleich aus, vor allem im Dunkeln. Wer er auch war und was, zum Teufel, er hier suchte, er brachte das Spiel ziemlich in Unordnung. Aber jetzt nicht mehr. Das kommt davon, wenn ein Nigger zum falschen Zeitpunkt am falschen Ort auftaucht.

D'Marco hielt den durch den Schalldämpfer verlängerten Lauf mit der Mündung zwischen die Augen des Liegenden, die nun, resignierend, glasig geworden waren. »Das hier ist für Burt«, sagte er und drückte ab und riß ihm den halben Schädel weg. Ein Zucken durchfuhr den Körper und nahm seinen Lauf, und das Gurgeln brach ab. D'Marco war von absoluter Stille umgeben. Er dachte nach. Er wußte nichts von Bedauern; Sorge und Leid waren Empfindungen, die ihm fremd waren. Dennoch verspürte er eine seltsame Leere, als wäre ein ständiger, quälender, vertrauter Schmerz von ihm genommen worden, allerdings zu abrupt und ohne ausreichende Vorankündigung. Er sollte sich lieber nicht den Kopf darüber zerbrechen. So wie er es betrachtete, war seine Verpflichtung abgegolten, war die Schuld bezahlt. Soviel zum Thema Partnerschaft. Nie mehr wieder.

Eilige Schritte erklangen am gegenüberliegenden Ende des Wandelgangs. Er fuhr herum und sah drei schemenhafte Gestalten, die im Treppenhaus verschwanden. Okay, zurück zum Geschäft. Es wurde Zeit, ein Ende zu machen. In diesem Geschäft kannte er sich aus. Er lud seine .22er nach, schnappte sich die Magnum – Reserveartillerie konnte eigentlich nie schaden –, schob sie sich in den Hosenbund und fiel in einen adrenalingetriebenen Sprint.

Rennend, stolpernd, keuchend, fluchend, mühsam nach Luft schnappend gelangten sie sechs Treppenabsätze weit hinunter und durch das Labyrinth der Wandel- und Verbindungsgänge, die die Bungalows miteinander verknüpften, und über die letzte Treppe bis auf den Platz hinter dem Hauptgebäude. Dort sank Caroline gegen Waverly, schüttelte träge den Kopf, nein nein, und sagte: »Aus. Ich kann nicht mehr.« Bennie ging es nicht viel besser. Er stand vornübergebeugt da, hielt sich die Seiten, schnaubte wie ein

Tier auf einem Bauernhof, hatte keine Luft, um zu sprechen, doch auch dann wäre sein Kommentar nicht anders ausgefallen: Aus. Ende, Schluß.

Angst loderte auf. Ein ganz neues Element in dieser blinden Flucht. Waverly sah sich gehetzt um. Vor ihnen erstreckte sich ein Weg; außerdem eine weite Rasenfläche ohne Deckung rechts von ihnen, und hinter ihnen befand sich der Killer, oder auch mehrere, das ließ sich nicht genau feststellen, und kam schnell näher. Damit blieb ihnen nur noch der Speisesaal des Hotels, groß wie eine Höhle und genauso undurchdringlich finster, von ihnen getrennt durch eine Glaswand. Er hatte wenig Zeit zum Nachdenken. Und er hatte die Lampe und das, was von seinem Verstand noch übrig war, und das war alles, was er hatte. Er hatte keine Wahl.

Die Tür war nur einen Meter weit entfernt. Er gab Bennie einen Stoß und zog Caroline mit sich, und dann blieb er stehen, trat einen Schritt zurück und holte mit der Lampe aus und schlug zu. Das Klirren des Glases durchdrang die Stille. Er schob eine Hand durch die Öffnung, löste die Verriegelung, riß die Tür auf und stieß die beiden hindurch. Soweit er erkennen konnte, standen drei oder vier Tischreihen im Saal, die meisten immer noch mit weißen Tischdecken darauf, auf denen Gedecke und laternenförmige Kerzenleuchter standen. Ein Muster weißer Löcher in der Dunkelheit. Die Luft in dem Saal war stickig und schal, angefüllt mit den Düften von tausenden festlicher Bankette voll müßiger Vergnügungen. Er hörte Schritte auf dem Wandelgang. Ein Hauch von einem Schatten, kaum zu erkennen im ungewissen Licht des mit Wolken verhangenen Mondes, glitt an der Glasfront entlang. Ein Schatten, ein Killer. Einer war viel, mehr als genug. Heute abend keine Vergnügung und keine Muße.

Er steuerte Caroline und Bennie zu einem Tisch in der zweiten Reihe direkt gegenüber der Tür. »Runter«, befahl er, und gehorsam kauerten sie sich hin. Bennies Atem ging in knappen, rasselnden Stößen. Carolines Schultern erbebten. Sie starrte Waverly mit leeren Augen an. Er zog an dem Tischtuch und deckte es halb über sie, befestigte es mit dem Kerzenständer und ging auf die Knie herunter und kroch davon.

»Wo willst du hin?« fragte Bennie, und seine Stimme krächzte vor Angst.

»Bleibt dort sitzen. Es könnte gleich zu einer Schießerei kommen. Wenn er euch den Rücken zuwendet, dann rennt zur Tür.«

»Und was ist mit dir?«

Waverly sah ihn ernst an, sie beide, dieses erschöpfte Paar, starr vor Angst, unschuldig in diese verschlungene Kette aus Unglück und Pech und Schicksal verwickelt, die sich als roter Faden durch sein ganzes Leben zog. »Frag nicht«, sagte er.

Bennie konnte seinen Blick nicht ertragen. Er fragte nicht.

»Paß auf sie auf«, sagte Waverly. »Das tust du für mich, okay?«

»Ja, sicher. Ich tue was ich kann.«

Der Schatten hatte die Tür erreicht. Waverly robbte über den Fußboden und duckte sich hinter einen Tisch. Es blieb keine Zeit mehr, eine größere Distanz zwischen sich und Bennie und Caroline zu legen: zwei Tische, mehr schaffte er nicht, vielleicht drei Meter, nicht mehr als das. Es würde sehr eng. Nach den ersten Schüssen konnte er sich nicht darauf verlassen, daß sie in Deckung blieben; einer von beiden oder vielleicht beide würden sich ins Bockshorn jagen lassen. Daher mußte er die Aufmerksamkeit – und das Feuer – auf sich ziehen. Der Schatten verharrte geduckt an der Tür und schien zu überlegen. Leise, aber deutlich genug, um seinen ungefähren Aufenthaltsort im Saal mitzuteilen, sagte Waverly: »Willkommen im Collonades. Warum treten Sie nicht ein?«

Für einen längeren Augenblick herrschte Stille. Dann, begleitet von einem gespenstischen Kichern, folgte die Antwort: »Oh, ich komme gleich, Mann, ich komme. Darauf kannst du dich verlassen.« Aber kein Schuß. Dieser Killer verstand sein Geschäft.

Waverly packte die Lampe fester mit der rechten Hand. Mit der linken reichte er hoch und nahm ein Platzgedeck vom Tisch – Messer, zwei Gabeln, ein Löffel. Eine Handvoll Besteck und eine Messinglampe, dürftige Waffen. Nun mußte er eine wichtige Entscheidung treffen. Er konnte das Besteck in die Tischreihe hinter ihm schleudern, das typische B-Film-Manöver, und hoffen, daß der Schütze raffiniert und schnell genug war, um es zu durchschauen. Oder er konnte gleich hier für Ablenkung sorgen, an Ort und Stelle, und annehmen, daß der Killer nicht der Raffinierteste war. So oder so eine gefährliche Sache. Und alles hing von einer großen Unbekannten ab: dem unbekannten Grad von Raffinesse seines unbekannten Gegners.

Die Tür öffnete sich knarrend. Aus einem Impuls, einer Idee – nein, mehr aufs Geratewohl – schleuderte er das Besteck hoch. Er wappnete sich gegen eine mögliche Reaktion, hielt sich bereit, um sich mit einem Sprung in Sicherheit zu bringen, sich zu ducken und die Flucht zu ergreifen. Das Besteck regnete klirrend auf ihn herab, und Stille senkte sich wieder über den Saal. Keine Bewegung an der Tür. Keine Schüsse. Nichts. Stille.

Sie dehnte sich aus. Bis schließlich eine Stimme, freudlos, gelangweilt, voller Spott, träge sagte: »Mein Gott, Mann, laß dir was Neues einfallen. Denk doch mal nach. Wir haben jede Menge Zeit.«

Zeit? Waverly kam sich plötzlich wieder wie ein Kind vor, das kindliche Spiele in der Dunkelheit trieb. Er wurde von der Erinnerung und seiner Phantasie in einen verzauberten, bedrohlichen Zeittunnel hineingerissen, verfolgt von Ungeheuern und Schatten, umgeben von den erstaunlichen Mächten der Voraussicht, die, ungenarrt, seine Gedanken dachten und in seinem Geist lasen. Ein phantastisches, jenseits der Zeit ablaufendes Versteckspiel. Tödlich. In seinen Beinen pochte der Schmerz, sie waren völlig verkrampft. Und er hatte keine Strategie mehr, wußte nicht mehr, was er nun noch tun sollte. Er atmete tief ein und brüllte: »Hier bin ich, Freund, hier drüben«, und dann rammte er mit der Schulter den Tisch und kippte ihn um.

Der Schatten kam durch die Tür gestürmt, rief »Hier kommt die Avon-Beraterin« und vollführte eine akrobatische Flugrolle auf dem Saalboden und feuerte eine Salve in die Tischreihen.

Waverly tauchte nach rechts weg. Eine Kugel prallte von einem Stuhl neben ihm ab, eine andere wischte dicht über seinen Kopf hinweg. Jemand, er konnte nicht feststellen wer – Bennie? Caroline? – tauchte aus der Deckung unter der Tischdecke auf und rannte schwerfällig in den hinteren Teil des Saales. Ein Strahl Mondlicht fiel plötzlich durch die Glasfront, und der Schatten nahm in dem Quadrat silbernen Lichtes Form und Ausdehnung an, und er kniete jetzt, hatte beide Arme erhoben, zielte sorgfältig auf die fliehende Gestalt in der Dunkelheit. Waverly sprang hoch und warf sich über die kurze Distanz auf ihn. Er hatte die seltsame Empfindung, auf Hochtouren zu laufen, sämtliche Bremsen gelöst, sich jedoch auf einer Fläche frisch gegossenen Zements zu befinden und darauf herumzurutschen. Er zielte mit der Lampe auf die Umrisse eines Schlüsselbeins und zerschmetterte es. Aber erst, als der Killer bereits einmal gefeuert hatte. Seine Pistole klirrte auf den Fußboden. Ein Arm hing schlaff herab, der andere machte sich an seinem Gürtel zu schaffen. Waverly holte erneut aus und erwischte ihn diesmal mitten auf dem Rücken. Die Wucht des Schlages hätte jeden anderen umgeworfen. Aber nicht diesen Mann. Er richtete sich auf den Knien auf, geschmeidig wie ein Turner, und rammte seine Schulter Waverly mitten in den Leib und schleuderte ihn nach hinten, so daß er den Boden unter den Füßen verlor.

Waverly lag auf dem Rücken, sein Kopf war gegen den soliden Holzsockel eines Tisches gekeilt. Und der Killer war über ihm, hämmerte mit einer Faust auf ihn ein, nur mit einer, aber die war wuchtig genug. Instinktiv kreuzte er die Arme über seinem Gesicht in dem verzweifelten Bemühen, die Treffer der einzelnen Faust zu mildern. Abrupt hörten die Schläge auf, doch ein Unterarm legte sich auf seinen nackten Hals, mit dem gesamten Körpergewicht dahinter, drückte ihn zusammen, preßte ihm die letzte Luft aus dem Körper. Seine eingeklemmten Beine und sein Oberkörper bäumten sich wild auf, warfen sich hin und her. Seine Arme peitschten die Luft. Winzige Explosionen flammten hinter seinen Augen auf, die nun in ihren Höhlen schwammen und auf einen Bogen weißen Tuchs über seinem Kopf fielen. Er griff danach und zerrte daran, und ein Kerzenständer und vier Besteckgarnituren regneten in einem Leinenknäuel auf ihn herab. Der Killer ließ sich nicht ablenken, hatte nur ein Ziel vor Augen und verstärkte den Druck. Waverlys Zunge schien sich aufzublähen und füllte seinen Mund vollständig aus. Seine Arme wurden schwer. Seine Hände tasteten kraftlos über den Fußboden. Eine, die linke, stieß gegen ein Stück Besteck, dem Gefühl nach eine Gabel; und er holte sie in einer verdrehten zustoßenden Bewegung hoch und rammte sie in das Gesicht des Killers, dicht unter dem Wangenknochen, und dann riß er sie quer über die rechte Gesichtshälfte, zerfetzte Fleisch, schlitzte ein Nasenloch auf und durchtrennte die Lippen. Der Killer stieß ein verblüfftes, qualvolles Heulen aus, und sein Arm löste sich von Waverlys Hals, und er kippte nach hinten und zuckte konvulsivisch. Blut spritzte unter der Hand hervor, die das zerfleischte Gesicht bedeckte.

Waverly rang nach Luft und keuchte wie ein Tier, das zu lange, zu schnell gerannt war. Erschöpft, ausgepumpt wie er war, begriff er dennoch vage, daß er nur einen winzigen Moment Zeit hatte, mehr nicht. Dies vor Augen, stieß er die Gabel in die Hand vor dem Gesicht, durchbohrte sie, und ein weiterer Schrei drang über die zerfetzten Lippen, und der Killer, im Mittelpunkt eines tobenden Schmerzes, ein sich krümmendes Bündel von Schmerzen, ergriff die Gabel mit der anderen Hand, der lahmen. Indem er seine letzte Kraft zusammenraffte, stieß Waverly ihn weg, kroch über den Boden und nahm die hingefallene Pistole an sich. Er richtete sie auf ihn, kam schwankend auf die Füße. Nun war er am Drükker. Von irgendwoher aus der zweiten Tischreihe meldete sich eine zitternde Stimme: »Timothy? Bist du das?«

»Bennie?«

»Bist du okay?«

»Komm her! Schnell!«

Bennie erhob sich schwerfällig und kam auf ihn zu. Dabei hob er in einer hilflosen Geste die Hände. »Hör zu, ich hab versucht, sie aufzuhalten, aber –«

Waverly hörte ihn nicht mehr. Er drückte ihm die Pistole in eine der erhobenen Hände. »Paß auf ihn auf. Wenn er sich bewegt, gib ihm eins drüber.«

Er rannte zwischen den Tischen hindurch dorthin, wo sie gestürzt war. Er fand sie auf dem Rücken in einer sich ausbreitenden Blutlache liegend. Er sank auf die Knie, hob sanft ihren Kopf hoch und bettete ihn in seinen Schoß. Ihre Augen waren offen, blickten erschreckt und staunend zugleich. Ihr Atem ging rasselnd und schwach. Er sagte: »Halt durch, Caroline. Ich hol dich hier raus.«

Kaum hörbar murmelte sie: »Es tut so weh, Tim.«

»Halt durch«, sagte er, »halt durch«, und wiederholte es verzweifelt, als könnten die Worte und sein Wille den Atem erhalten, die erschlaffenden Gliedmaßen mit Leben erfüllen, die Lebensgeister bannen, die mit einem Blutstrom aus ihr heraussickerten und in der Dunkelheit verschwanden. Ihre Lippen schienen sich zu bewegen, doch er hörte nichts. Er beugte sich tiefer herab. »Was ist, Caroline? Was? Sag es mir!«

»Wir hätten eine so schöne Zeit haben können, Tim. Du und ich. Ein richtiges Paar.«

»Das werden wir noch«, beteuerte Waverly und glaubte kein einziges Wort.

Ihre Lippen bewegten sich noch eine Zeitlang, ohne einen Laut hervorzubringen. Das Wissen um den herannahenden Tod schlich sich in ihre staunenden Augen. Ihr Ausdruck veränderte sich. Sie stieß einen kleinen, wehmütigen Seufzer aus, und dann hörte sie auf zu atmen.

Für einen langen, betäubten Moment rührte Waverly sich nicht. Er kniete da, den Blick starr und verzweifelt auf mittlere Distanz gerichtet, während ihr Kopf immer noch in seinem Schoß lag, schlaff auf seinem Polster aus zerzausten Haaren. Er war überwältigt von dem qualvollen Wunsch, zurückzukehren, über den breiten Strom der Jahre hinweg, um diese Reise noch einmal von vorne zu beginnen. Und dann verging dieser melancholische Wunsch und wurde durch eine rasende Wut ersetzt. Er legte Carolines leblosen Kopf vorsichtig auf den Fußboden, murmelte etwas, vielleicht auch nicht, vielleicht dachte er es nur, und dann erhob er sich und durchquerte den Saal.

Der Killer hatte sich mittlerweile auf die Füße gekämpft, schwankte leicht und stützte sich auf eine Stuhllehne. Irgendwie hatte er es geschafft, die Gabel aus seiner Hand zu ziehen. Sein Gesicht glänzte von Blut. Bennie stand auf der anderen Seite des Tisches, in einem vorsichtigen Abstand zu ihm, hielt in jeder Hand eine Pistole, eine mit Schalldämpfer, die andere ohne. Beide waren auf die wacklige Gestalt gerichtet. Two-gun Epstein.

»Die hatte er auch noch bei sich«, sagte Bennie und hob die Magnum leicht an. »Ich hab ihn gefilzt.«

»Sie ist tot, Bennie.«

»Mein Gott, Timothy. Was soll ich dazu sagen?«

»Es gibt nichts zu sagen.«

Waverly sah den Killer an. Er erkannte in ihm denjenigen, der ihm während der vergangenen Woche ständig auf den Fersen gewesen war. Er nahm Bennie die Magnum aus der Hand und umrundete den Tisch und betrachtete ihn, als wollte er sich die zerfleischten Gesichtszüge für immer einprägen. Ganz ruhig sagte er: »Du hast sie getötet, du Hurensohn. Weißt du das? Du hast sie umgebracht.«

D'Marco erwiderte seinen Blick und schob herausfordernd das

Kinn vor. Er hob die heile Schulter in der Andeutung eines Achselzuckens.

»Ich denke, du solltest jetzt lieber von dem Stuhl weggehen.«

Ein fanatisches Licht funkelte in Waverlys Augen und stand in krassem Gegensatz zu dem halbirren Singsang, der sich plötzlich in seine Stimme geschlichen hatte. Und hinter ihm erklang die Stimme B. Epsteins voller Vernunft, Vorsicht und Überlegtheit: »Komm doch, Timothy, du darfst ihn nicht umbringen. Wem nützt das? Wir haben schon genug Probleme.«

Waverly achtete nicht auf ihn und wiederholte seine Anweisung.

»Laß es gut sein«, bat die erhobene Stimme der Vernunft. »Wir müssen von hier verschwinden, ehe die Polypen auftauchen. Sieh ihn dir doch an. Mit diesem Gesicht hat er in Hollywood keine Zukunft. Schlag ihn zusammen, wenn du dich danach besser fühlst.«

D'Marco, der auf das Ende dieser Debatte wartete, hatte sich die ganze Zeit nicht gerührt. Waverly stieß ihm die Pistole entgegen. »Ich sage es nicht noch einmal.« D'Marco machte einen vorsichtigen Schritt zurück und nahm eine trotzige Haltung an, oder zumindest so trotzig, wie sein kraftlos herabbaumelnder Arm es ihm erlaubte.

»Benutz deinen Kopf, Timothy. Er ist nichts anderes als der Finger am Abzug. Er ist nicht derjenige welcher.«

»Das ist mir schon klar«, sagte Waverly. »Deshalb habe ich ja auch noch eine letzte Pflicht zu erfüllen.« Und zu dem Killer sagte er: »Wo ist Dietz?«

»Wer ist Dietz?«

Waverly musterte ihn prüfend. »Denk nach. Viel Zeit hast du nicht mehr.«

»Du brauchst nicht nach Dietz zu suchen«, schnaubte D'Marco. »Der wird dich schon finden.«

Waverly schüttelte traurig den Kopf, zielte mit der Magnum, drückte ab und zerschmetterte mit einer Kugel D'Marcos linkes Knie. Das donnernde Echo und die schmerzerfüllten Schreie vermischten sich und tanzten durch den Saal, zurückgeworfen von den Wänden und der Decke. D'Marco stürzte zu Boden und zappelte herum wie ein im Netz zuckender Fisch. Waverly folgte ihm, blieb vor ihm stehen, klopfte ungeduldig mit dem Fuß einen Takt und wartete, bis das Geschrei etwas nachließ. »Versuchen wir es noch mal«, sagte er friedlich.

D'Marco krächzte die Worte hervor: »Sea Spray.«

»Zimmer?«

»Hundertacht.«

»Bist du sicher? Ich komme zurück, weißt du.«

»Es ist Hundertacht.«

»Sehr gut. Du hast gerade dein anderes Knie gerettet.«

»Leck mich«, zischte D'Marco, und er hätte sicherlich noch mehr gesagt, wenn der Griff der Magnum ihn nicht voller Wucht seitlich am Kopf getroffen hätte.

»Vollnarkose«, sagte Waverly zu niemand anderem als zu sich selbst, und dann kam er zu Bennie zurück, der mit offenem Mund und gaffenden Augen dastand, und sagte: »Wir müssen uns jetzt beeilen, Bennie. Nimm eine der Tuchservietten, wisch die Pistole ab, die du in der Hand hältst, und leg sie neben ihn.«

»Das ist verrückt, Timothy. Was hast du vor?«

»Tu was ich sage.«

»Schon gut, schon gut. Soll ich die Kugeln rausnehmen?«

»Nicht nötig. Der geht nirgendwo mehr hin.«

Waverly verstaute die Magnum in seiner Jackentasche und griff ebenfalls nach einer Serviette. Er fand die Gabel und wischte sie ab. Das gleiche machte er auch mit der Lampe und den anderen Besteckteilen auf dem Fußboden. Über die Schulter rief er: »Alles, was du angefaßt hast.« Er bewegte sich schnell und zweckmäßig und war sich darüber im klaren, wie schnell die Zeit verstrich. Als er fertig war, ging er zu Bennie, der an der Tür wartete.

»Du tust jetzt folgendes. Fahr zurück zum Tropicaire, melde dich bei O'Boyle. Wenn er noch wach ist, dann beschäftige ihn. Paß gut auf ihn auf, er könnte in dieser Sache mit drinstecken.«

»Du willst zu Dietz«, sagte Bennie. Seine Stimme klang ausdruckslos, resigniert.

»Ich treffe dich am Wagen. Warte zehn Minuten, nicht mehr. Wenn ich bis dahin nicht zurück bin, dann mach dich aus dem Staub.«

»Sag es noch mal, Timothy. Das ist völlig verrückt, was du vorhast. Es ändert nicht das geringste.«

»Ja, aber wir tun, was wir tun müssen.«

Bennie zuckte schicksalsergeben die Achseln. »Zehn Minuten«, sagte er.

»Draußen.«

Waverly ging durch den Flur im ersten Stock des Sea Spray, zählte die Zimmernummern ab, bis er vor 108 stand. Er schaute nach rechts und links. Nichts zu sehen. Er holte die Magnum aus seinem Jackett und klopfte leise an die Tür. Die Stimme auf der anderen Seite fragte wachsam: »Frog?«

»Ja, ich bin's.«

Der Knauf drehte sich, und die Tür schwang auf. Dietz sah ihn verständnislos an. Sah an ihm vorbei in den leeren Gang. Sah auf die Pistole. »Wer sind Sie?« wollte er wissen.

»Einer Ihrer Schuldner. Ich bin gekommen, um zu zahlen.«

Dietz, der der Geste mit der Pistole gehorchte, wich ins Zimmer zurück. »Dann sind Sie Waverly«, sagte er.

»Und Sie sind Dietz.«

»Das stimmt.«

»Soweit ich weiß, schulde ich Ihnen Geld.«

Dietz räusperte sich, bemühte sich um einen drohenden Unterton in seiner Stimme, als befände sich zwischen ihnen nur ein Konferenztisch und keine .357er Magnum, und sagte: »Auch das stimmt. Haben Sie's?«

Starker Spruch. Ein harter Bursche, dieser Dietz. Waverly gestattete sich ein knappes Lächeln und antwortete: »Ich fürchte nein. Ich konnte es nicht zusammenkriegen.«

»Okay. Dann geben Sie mir, was Sie haben, und wir sind quitt.«

»Aber sehen Sie, Mr. Dietz, ich habe gar nichts«, erklärte Waverly geduldig. »Außer der hier«, fügte er hinzu und wies auf die Waffe.

Dietz schlug jetzt einen feilschenden Ton an. »Na schön, vielleicht können wir uns irgendwie einigen«, sagte er, nun ganz beweglicher Unterhändler.

»Würden Sie die Frist verlängern?«

»Das könnte ich tun.«

»Vielleicht sogar eine Ratenzahlung akzeptieren?«

»Ja, das wäre eine Idee.«

»Etwas Ordentliches. Wie im Geschäftsleben.«

»Wenn man Geschäfte macht«, sagte Dietz äußerst verständnisvoll, »läßt sich alles arrangieren.« Ein knappes erwartungsvolles Lächeln schürzte seine Lippen.

In was für einer auf den Kopf gestellten Welt lebst du doch, dachte Waverly, in der es von allen möglichen krummen Geschäften wimmelt. Sehr seltsam. Er sagte: »Ich glaube nicht, Mr. Dietz. Nicht diesmal.«

»Hören Sie, was wollen Sie?«

»Ich will, daß Sie ins Bad gehen und sich in die Badewanne legen.«

Dietz' Mund spannte sich. Das Lächeln, zumindest das, was davon übrig war, verschwand vollends. Seine Blicke zuckten nervös herum. Waverly winkte mit der Pistole und folgte ihm ins Badezimmer. Dietz stieg in die Badewanne und streckte sich auf dem Rücken aus.

»Kommen Sie schon, Mr. Dietz, Sie wissen doch Bescheid. Gesicht nach unten.«

Dietz drehte sich auf den Bauch und legte die Hände flach gegen die Wandung der Wanne, als wolle er sie abstützen. Ein Mann, der diese Position und ihre Bedeutung kannte. Er drehte den Kopf zur Seite und fragte: »Ihr Partner – wie heißt er noch?«

»Epstein.«

»Lassen Sie mich mit ihm reden. Wir können eine Vereinbarung treffen.« Sämtliche Farbe war aus seinem Gesicht gewichen, und alles Bedrohliche hatte seine Stimme verlassen.

»Ich fürchte, er hat im Augenblick keine Zeit. Sie müssen schon mit mir vorliebnehmen.«

Waverly ließ das Waschbecken vollaufen und nahm zwei Badetücher und einen Waschlappen aus dem Regal. Er tauchte die Teile ins Wasser, wrang sie aus, so gut es mit einer Hand ging, legte sich die Badetücher über die Schulter und stopfte sich den Waschlappen in die Tasche. Kein einziges Mal ließ er die liegende Gestalt in der Badewanne aus den Augen, und kein einziges Mal senkte er die Pistole. »Jetzt können Sie aufstehen«, sagte er.

»Was zum Teufel soll das?« Verblüffung schwang in der Stimme mit. Eine Mischung aus Unglaube und Hoffnung.

»Hoch.«

Dietz stand auf und stieg über den Badewannenrand.

Waverly ging rückwärts durch die Tür und forderte ihn auf, ihm zu folgen. »Kommen Sie schon.«

»Wohin?«

»Das werden Sie sehen.« Er trat hinter ihn und bohrte ihm den Lauf der Magnum in den Rücken. »Oh, eine Sache noch, Mr. Dietz. Sie sollen ganz ruhig bleiben. Sie wissen, daß ich nichts zu verlieren habe. Ist Ihnen das klar?«

Dietz nickte heftig mit dem Kopf, um zu zeigen, daß er verstanden hatte.

Waverly dirigierte ihn durch den Korridor, zu einer Seitentür und dann nach draußen und auf die andere Straßenseite. Sie gingen unter der gelben Leuchtreklame der Tropicaire Apartments hindurch, die über ihnen unter einem schwarzen Himmel knisterte. Am Eingang zu dem mit der Plastikplane verhängten Apartment sagte Waverly: »Sie müssen sich wieder hinlegen. Genauso wie in der Badewanne, nur nehmen Sie jetzt die Hände auf den Rücken.«

»Hören Sie, wir können doch immer noch –«

Waverly strich ihm mit dem Pistolenlauf am Nacken entlang. »Sie sollten lieber gehorchen, Mr. Dietz.«

Dietz legte sich hin.

Waverly setzte sich rittlings auf ihn und schlang ein Badetuch um seine Handgelenke und knüpfte einen Knoten. Es war schwierig, ihn gleichzeitig im Schach zu halten und den Knoten zu binden, aber er war geschickt und schaffte es. Mit dem anderen Badetuch fesselte er ihm die Füße. Das war einfacher. Er packte Dietz am Kragen und zog ihn hoch auf die Knie. Und half ihm, sich auf die Füße zu stellen.

Sie standen vor der Plane, die die Apartmenttür verdeckte. Eine Tafel war daran befestigt. Waverly ließ ihn den Text lesen. Er dachte, daß es eigentlich nur fair sei. Man mußte schließlich ein gewisses Ritual einhalten, auch bei einer solchen Aktion. Unter dem Totenschädel mit den gekreuzten Knochen stand:

LEBENSGEFAHR
BEGASUNGSAKTION MIT AGGRESSIVEM SCHWEFELFLUORID
HOCHGIFTIG
LEBENSGEFAHR BEI EINATMEN DER DÄMPFE

Ein krampfhaftes Zucken schüttelte Dietz' Körper von Kopf bis Fuß, als stünde er unter Strom. Er schwankte auf den Beinen. Er machte ein merkwürdiges Geräusch, wortlos, nicht besonders laut, nicht gerade ein Stöhnen, ganz gewiß kein Schrei, eher ein getragenes nasales Winseln. Äußerst merkwürdiges Geräusch. Aber man mußte ihm zugute halten: er bettelte nicht um sein Leben.

Waverly löste die Halteklammern von zwei Planen. Sie klappten auseinander, gaben die Haustür frei. Er griff in die Tasche, holte den Schlüssel zum Apartment heraus und schob ihn in das Schlüsselloch. Aus einer anderen Tasche nahm er den feuchten Waschlappen, hielt ihn sich vor Mund und Nase. Es fiel ihm schwer, ein Grinsen zu unterdrücken: Timothy Waverly, der Rächer mit der Maske, Werkzeug der göttlichen Gerechtigkeit. Neben dem Durcheinander und den zahllosen Katastrophen seines Lebens erschreckten ihn auch dessen Schmieren-Aspekte immer wieder aufs neue. Dennoch blieb ihm, nachdem er so weit gegangen war, nichts als der letzte Schritt, alles zu einem Ende zu führen und die alte Ordnung wiederherzustellen. Daher wandte er sich an Dietz, der immer noch diesen seltsamen Laut hervorstieß, und sagte, fast freundlich: »Atmen Sie ganz tief ein. Man sagt, daß es so leichter ist.«

Er hielt die Luft an, stieß die Tür auf und schob Dietz, der nur hüpfen konnte, hinein. Ein heißer Schwall stinkender Luft attakkierte seine Augen und drang durch das feuchte Tuch und brannte in seiner Nase. Er gab Dietz einen Stoß, daß er stürzte. Hustend und würgend sprang er durch die Tür nach draußen, knallte sie hinter sich zu und zog den Schlüssel ab. Mit dem Griff der Pistole hämmerte er auf den Türknauf ein und verbog ihn, damit es aussah, als wäre jemand gewaltsam eingebrochen. Besonders überzeugend war es nicht. Etwas Besseres fiel ihm nicht ein. Dann klemmte er die beiden Planen wieder zusammen und wischte die Klammern mit dem Waschlappen ab. Und von der anderen Seite der Plane und der Tür drang ein ersticktes Aufheulen nach draußen, gefolgt von einem heftigen Poltern, dann noch ein Aufschluchzen und ein Husten, und dann nichts mehr.

Waverly bog um die Ecke des Bungalows und entdeckte Bennie hinter dem Steuer seines Caddie, dessen Motor bereits lief. Er stieg ein, und Bennie lenkte den Wagen mit quietschenden Reifen auf die Straße, wobei er murmelte: »Ich frag nicht, wie es war.«

Waverly sagte einfach: »Immerhin hat unsere Geschichte auf diese Weise ein Happy-End.«

24

Sie fuhren auf dem Turnpike nach Norden. Bennie fuhr so schnell es ging. Die Zigarre in seinem Mund war zu einem nassen Stummel heruntergekaut. Ausfahrten huschten vorbei. Wolken trieben wie Rauch über den allmählich sich aufhellenden Himmel. Waverly starrte dumpf auf den geraden Streifen Highway vor ihnen, der die Landschaft zerteilte. Ihn umgab die benommene Aura des Schwerverwundeten. Eine schreckliche Leere füllte seine Kehle.

Längere Zeit fuhren sie schweigend, jeder mit seinen eigenen Gedanken beschäftigt. Waverlys Gedanken wanderten ziellos umher. Es waren nicht so sehr Gedanken als ein Durcheinander von Bildern, die hinter seinen Augen umherwirbelten, lebhaft, hüpfend, bizarr. Dominierend unter ihnen, einem regelmäßig aufleuchtenden Impuls nicht unähnlich, der vom Leichnam eines fernen Sterns ausgesandt durch Raum und Zeit blinkte, war eine Vision von Caroline Vanzoren Crown. Für eine Weile blieb sie bestehen, diese Vision, doch während der Highway sich vor ihnen abspulte, schien der Eindruck zu verschwimmen und wurde ersetzt durch ein Mischmasch verletzter Gefühle und unklarer Sehnsüchte und auch durch die wehmütigen Überlegungen zu den seltsam komplizierten und verschlungenen Wegen des Schicksals, der breiten Spur des gewaltsamen Todes in seinem Gefolge und all den vielfältigen Spielen und Lügen und Fiktionen, die sein eigenes Leben durchsetzten.

Ohne Vorwarnung begann sein Magen zu knurren. Bennies antwortete mit einem fast gleichlautenden Echo. Die reinste Verdauungssymphonie. Waverly konnte sich nicht erinnern, wann er zum letztenmal gegessen hatte. »Der Kampf der Bäuche«, sagte er, um etwas zu sagen.

Bennie machte eine ungeduldige Handbewegung. »Hey, wenn du an Essen denkst, das kannst du dir gleich aus dem Kopf schlagen. Wir halten nicht an, ehe wir die Grenzen dieses unfreundlichen Staates hinter uns haben.«

»Wohin fahren wir überhaupt?«

»Keine Ahnung. Weg. Nach Westen von mir aus. Warst du schon mal in Nevada?«

»Nein. Nie.«

»Dann eben nach Westen.«

»Wieviel hast du noch in der Tasche?«

»Keinen Nickel. Und du?«

»Keinen Dime.«

»Heilige Scheiße«, sagte Bennie. »Keinen Nickel und keinen Dime.« Er biß die Zähne zusammen und packte das Lenkrad fester. »Dann mal los.«